HEYNE BÜCHER

Das Buch
Eigentlich wollte die Forschungsgruppe Terabyte um den Nobelpreisträger Professor Brohier so etwas wie einen »Traktorstrahl« entwickeln. Doch bei ihren Nachforschungen entdecken sie nebenbei den »Trigger«, ein anfangs unerklärlich scheinendes Energiefeld von etwa 500 Metern Durchmesser, in dessen Wirkungskreis alle auf Nitrat basierende Schusswaffenmunition von selbst explodiert. So detonieren einem Wachmann die Patronen in der Waffe, als Jeffrey Horton, Brohiers rechte Hand, den »Trigger« anwirft. Das Team hält die Entdeckung zunächst geheim, zieht dann aber doch weitere Fachleute hinzu, denn die Implikationen sind komplex und von unvorstellbarer Tragweite. Eine Welt ohne Waffen scheint möglich, eine Welt, die von seriell hergestellten »Triggern« bewacht wird und in der sich Munition und feindliche Absichten buchstäblich in Luft auflösen. Brohier und Aron Goldstein, der Finanzier des Instituts, sehen eine Revolution am Horizont dämmern, und konsultieren Senator Wilman, einen erklärten Aktivisten der Anti-Waffen-Front. Von hier landet das Anliegen direkt beim US-Präsidenten, der das Potential des »Triggers« erkennt und das Forschungsprojekt finanziell unterstützt. Doch die Friedensambitionen des Präsidenten stehen angesichts der Macht der amerikanischen Waffen-Lobby auf wackligen Füßen.
Zudem ergeben sich auf dem Feld der Forschung neue Aspekte, die den Frieden empfindlich stören …

Der Autor
Arthur C. Clarke ist neben Isaac Asimov der unbestrittene Altmeister der Science Fiction Literatur. Man nennt ihn den Propheten des »Space Age«. Zu seinen über 50 Romanen gehören Weltbestseller und SF-Klassiker wie zum Beispiel 2001 – Odyssee im Weltall – das unter der Regie von Stanley Kubrick zum Klassiker des S.F.-Films wurde – und die drei Folgebände.
Der 1917 im englischen Minehead, Somerset geborene Brite lebt heute in Sri Lanka.

ARTHUR C. CLARKE /
MICHAEL KUBE-MCDOWELL

WAFFENRUHE

Roman

Aus dem Amerikanischen
von Bea Reiter

WILHELM HEYNE VERLAG
MÜNCHEN

HEYNE ALLGEMEINE REIHE
Nr. 01/13131

Titel der Originalausgabe
THE TRIGGER

Umwelthinweis:
Das Buch wurde auf
chlor- und säurefreiem Papier gedruckt.

Redaktion: Verlagsbüro Dr. Andreas Gößling und
Oliver Neumann GbR, München
Deutsche Erstausgabe 9/2000

Printed in Germany 2000
Umschlagillustration: Kevin Twedell/Artist Partners
Umschlaggestaltung: Nele Schütz Design, München
Satz: Pinkuin Satz und Datentechnik, Berlin
Druck und Bindung: Ebner Ulm

ISBN 3-453-16936-0

http://www.heyne.de

Widmung

Den Kindern von Dunblane, Schottland, und Jonesboro, Arkansas, gewidmet.

Danksagung

Bei jedem Projekt dieser Größe haben die Autoren jenen viel zu verdanken, die nicht auf dem Titel genannt werden. Ganz oben auf dieser Liste steht ein unentbehrliches Team aus Verlagsprofis, zu denen die Literaturagenten Russell Galen und Danny Baror, die Lektoren Tom Dupree und Pat Lobrutto von Bantam Spectra und die Lektoren Jane Johnson und Joy Chamberlain von Harper Collins gehören. Ohne ihre Hilfe hätten wir diese Reise nie beginnen und sie auch nie zu Ende bringen können.

Da unsere Helfer über zwölf Zeitzonen verstreut waren, war das Internet für uns ein unentbehrliches Werkzeug, um miteinander in Kontakt zu bleiben. Darüber hinaus hat es sich als ausgezeichnetes Hilfsmittel für unsere Recherchen erwiesen. Über das Web hatten wir rund um die Uhr Zugang zu einer erstaunlichen Fülle von Informationen und Meinungen (ein Teil der Bibliographie kann unter http://www.sff.net/people/K-Mac/trigger.htm abgerufen werden). Gleichzeitig haben zahlreiche Internet-Newsgroups (von rec.aviation.military bis hin zu talk.politics.gun) sowohl ein internationales Team aus freiwilligen Helfern als auch eine große Bandbreite an Lebensanschauungen und Einstellungen zu dem Thema bereitgehalten.

Zu den vielen Einzelpersonen, die den Autoren freundlicherweise bei ihrer Arbeit behilflich waren, gehören: Georgia Whidden vom Institute for Advanced Study, Dr. Rick Langolf; Daniel K. Jarrell, Cdr. Cole Pierce, USN (a. D.), Dr. Graham P. Collings, Maj. Billy Harvey, USAF (a. D.), Jeff Crowell, Lt. Col. Les Matheson, USAF, Paul J. Adam, Robert Brown, Todd Ellner, Scott Rosenthal und Urban Fredrikkson. Sie sind natürlich nicht für Fehler verantwortlich, die wir eventuell bei der Verwertung der von ihnen erhaltenen Informationen gemacht haben, und auch nicht dafür, dass wir ihren Empfehlungen womöglich nicht gefolgt sind.

Und schließlich gilt unser Dank jenen, die uns am nächsten stehen – unseren Freunden und Familien, die uns während der langen Entstehungsphase von *Waffenruhe* so ausdauernd geholfen und beigestanden haben. Ihre Unterstützung für unsere Arbeit war – und ist – für uns von unschätzbarem Wert.

Michael P. Kube-McDowell, im Mai 1999

Prolog

Der Auserwählte

Jeffrey Horton stand im Gästezimmer der Wohnung, das er und sein Mitbewohner spöttisch ›Das schwarze Loch‹ nannten, und sah sich das Sammelsurium an Hardware an.

Unter und auf den Tischen lagen Disketten und Bänder, und unter der Rolle eines Bürostuhls hatte sich eine hoffnungslos zerkratzte CD-ROM festgeklemmt. In den Ecken bildeten Computerbauteile und Prüfgeräte der ersten Generation gefährlich schwankende Stapel aus Metall und Kunststoff, die jeden Augenblick zusammenbrechen konnten. Auf der Sitzfläche von Hortons Stuhl türmten sich Kabelknäuel, und über dem Monitor hing ein mit Büchern und Betriebsanleitungen voll gestopftes Regalbrett wie ein Damoklesschwert in der Luft.

Der Normalzustand im schwarzen Loch war ein unbeschreibliches Durcheinander, das nur bei anderen Techies auf volles Verständnis stieß ... fast alle von Hortons Freunden hatten in ihrer Wohnung mindestens ein Zimmer, das genauso aussah. Auf dem Fußboden standen bis oben gefüllte Pappkartons, und es war klar, dass Hal in den Wochen, in denen Horton weg gewesen war, sämtliche Elektronikflohmärkte im Silicon Valley heimgesucht hatte.

»Wenn es kaputt ist, kann ich es reparieren. Wenn es funktioniert, kann ich es gebrauchen«, war Hals Motto. Er sagte nur ungern Nein, wenn ihm auf einem Flohmarkt etwas angeboten wurde, egal, ob es ein Refraktometer für fünfzig Dollar, ein Argon-Ionen-Laser für hundert Dollar oder ein vollständig erhaltener Computer aus der Windows-Ära für 25 Dollar war. Das schwarze Loch schluckte alles, was Hal anschleppte.

Horton widerstand der Versuchung, in den Kartons zu wühlen und sich Hals neueste Errungenschaften anzusehen. Er ging aus dem Zimmer und machte die Tür hinter sich zu. Der Berg schmutziger Wäsche auf seinem Bett und die auf dem Balkon des Apartments angehäuften Recyclingabfälle hatten eine höhere Priorität als der Kampf gegen die Entropie in dem Raum, den ihr Vermieter missmutig als ›nicht genehmigten Schrottplatz‹ bezeichnete.

Aber dann hörte Horton, wie jemand an die Tür der Wohnung klopfte. Das Klopfen klang ziemlich ungeduldig, als ob jemand schon eine ganze Weile an die Tür hämmern würde ... was ohne weiteres möglich war, da er gegen das Hintergrundgeräusch des altersschwachen Geschirrspülers ankämpfen musste, der in der winzigen Küche vor sich hin brummte.

Horton beeilte sich zu öffnen und warf daher nur einen kurzen Blick in den Monitor der Videoüberwachung, in dem ein silberhaariger Mann in einem langen Stoffmantel zu sehen war. Er entriegelte die beiden Schlösser an der Tür und machte sie auf.

»Hallo, ich suche ...«, sagte der Besucher. Aber dann hob er erfreut den Kopf und lächelte. »Oh, ich habe Sie schon gefunden.«

Horton starrte völlig verblüfft in ein Gesicht, das absolut nichts vor seiner Wohnungstür zu suchen hatte. »Sie sind Karl Brohier«, meinte er und schüttelte ungläubig den Kopf. Er hatte keinen blassen Schimmer, wie man sich verhielt, wenn ein Nobelpreisträger einfach so vor der Tür auftauchte wie ein Versicherungsvertreter. Ihm fiel nichts anderes ein, als sich zu wiederholen. »Sie sind Karl Brohier.«

»Ich weiß«, entgegnete der ältere Mann, der den Kopf etwas zur Seite geneigt hielt. »Und Sie sind Jeffrey Alan Horton.« Er hielt eine Flasche Wein hoch. »Darf ich hereinkommen?«

»Äh ... natürlich, Dr. Brohier«, sagte Horton, der einen Schritt zurücktrat und die Tür noch etwas weiter aufmachte.

»Karl«, berichtigte ihn sein Besucher.

Für Horton war es unvorstellbar, einen Nobelpreisträger einfach so beim Vornamen zu nennen, daher nickte er nur. »Bitte entschuldigen Sie die Unordnung. Ich bin in den letzten drei Monaten nur selten hier gewesen ...«

»Ja, ich weiß«, entgegnete Brohier, während er sich an Horton vorbeidrückte. »Wie hat Ihnen der Mittlere Westen gefallen?«

»Äh … mit Schnee im Frühling hatte ich nicht gerechnet.«

Brohier lachte amüsiert, während er nach einem Sitzplatz suchte. »Und Marsh Tolliver … was halten Sie von ihm?«

Tolliver war der Direktor des National Superconducting Cyclotron Laboratory an der Michigan State University, wo Horton 600 Stunden als unbezahlter Praktikant gearbeitet hatte, um 60 Minuten am Zyklotron zu bekommen, die er für seine Doktorarbeit brauchte. »Er hat noch viel vor«, erwiderte er.

»Sie sind viel zu höflich«, meinte Brohier und ließ sich auf einem Küchenstuhl nieder, auf dem sich zufällig keine Post stapelte. »Die Studentenkrankheit. Sie werden schon noch darüber hinwegkommen.«

»Ich …«

»Tolliver ist ein angeberischer Bürokrat, der Wissenschaftler spielt. Das ist bei den Spitzenleuten an Regierungseinrichtungen leider nicht die Ausnahme, sondern die Regel. Alles, was an Erwähnenswertem aus dem NSCL kommt, haben wir der stellvertretenden Direktorin Ginger Frantala zu verdanken. Ich bin sicher, dass Professor Huang mit ihr gesprochen hat, als er Ihr Praktikum dort arrangierte. Hat es sich wenigstens gelohnt?«

Brohier schien einfach alles über ihn zu wissen. »Die Ergebnisse haben meine Dissertation unterstützt.«

»Ausgezeichnet. Ich freue mich schon darauf, sie zu lesen. Werden Sie veröffentlichen?«

»In einer Fachzeitschrift? Ich glaube nicht, dass sie gut genug …«

»Oh, ich schon. Nach dem, was mir der alte Tiger erzählt hat … Der alte Tiger. Er mag diesen Spitznamen. Es würde überhaupt nicht schaden, wenn er zufällig einmal mitbekommt, dass Sie ihn so nennen.« Brohier schmunzelte. »Schicken Sie Ihre Doktorarbeit an Physical Letters B.

Ich sitze dort im Prüfungsausschuss und würde Ihre Arbeit ganz unparteiisch beurteilen.«

»Dr. Brohier …«

»Karl«, beharrte sein Besucher.

Horton verzog kurz das Gesicht, dann nickte er. »Karl«, sagte er. »Karl, Sie sehen einen sehr verwirrten Mann vor sich. Ich meine, Ihr Besuch ist eine große Ehre für mich. Ich habe Ihre Abhandlungen gelesen und mich sehr gefreut, als Sie den Nobelpreis bekommen haben. Ich halte es für ein Privileg, mich mit Ihnen unterhalten zu dürfen …«

Brohier winkte abwehrend. »Jeffrey, ich bin schon siebenundsechzig. Kommen Sie zur Sache.«

»Warum sind Sie hier? Verzeihen Sie, wenn ich das sage, aber das hier ist ungefähr so, als würde ein Pin-up-Girl aus dem *Playboy* in einer Studentenbude auftauchen«, sagte Horton, der dabei ratlos mit den Achseln zuckte.

Ein überraschtes Lachen ließ Brohiers scharfe Gesichtszüge weicher erscheinen. »… und den Präsidenten um ein Rendezvous bitten.«

»Ja«, stimmte Horton zu. »In etwa so unwahrscheinlich.«

»Das Leben ist unwahrscheinlich … aber dafür real. Ich bin hergekommen, weil ich Sie fragen wollte, was Sie in den nächsten zehn Jahren vorhaben. Wenn Sie nichts Besseres zu tun haben, würde ich Ihnen gerne einen Job anbieten.«

»Wie bitte?«

»Der Nobelpreis öffnet einem tatsächlich Türen … und nicht nur Ihre«, sagte Brohier. »Vor knapp einem Jahr hat ein sehr zukunftsorientiert denkender Mann namens Aron Goldstein mit mir über die Gründung eines neuen Forschungszentrums gesprochen. Ich habe ihm gesagt, ich sei nur interessiert, wenn ich so viele der besten jungen Wissenschaftler einstellen könnte, wie ich wollte, und er ihnen die Mittel und die Freiheit geben würde, um in den für sie interessantesten Bereichen zu forschen.«

»Hört sich an wie eine Universität ohne Scheine.«

Brohier lächelte. »Ich habe zu ihm gesagt, dass ich keine gewinnorientierte Fabrik für technische Spielereien leiten wolle und der Meinung sei, wir bräuchten eine Ideenfabrik, die an die Grenzen der Wissenschaft geht und Neuland betritt.«

»Eine neue Wissenschaft schafft auch neue Möglichkeiten.«

»Ja, das ist richtig«, sagte Brohier. »Es ist bis jetzt immer so gewesen. Ich habe ihm erklärt, dass ich keinen Geschäftsplan absegnen werde, dass ich ihm nicht sagen kann, zu welchen Ergebnissen wir kommen und was sie wert sein werden, und dass ich nicht in der Lage sein werde, ihm etwas Konkretes zu versprechen. Dann hat er mich gefragt, wie viel ich bis jetzt mit meinen Patenten und Lizenzen für Festkörperspeicher verdient hätte. Ich habe es ihm gesagt. Daraufhin hat er gemeint, das würde ihm genügen, und dann haben wir uns die Hand gegeben.

Jeffrey, in etwa fünf Monaten werde ich meine Stellung als Direktor dieses Zentrums antreten und einen supermodernen Forschungscampus eröffnen, der gerade auf mehr als fünfhundert Hektar Land vor den Toren von Columbus, Ohio, gebaut wird. Ich würde Sie gern von Anfang an dabeihaben. Sind Sie interessiert?«

»Sie brauchen mir nur zu sagen, wen ich dafür umbringen soll«, entgegnete Horton.

Brohier grinste breit. »Diese Flasche hat einen Korken.« Er deutete auf den Wein. »Hat diese Wohnung einen Korkenzieher?«

»Als ich gegangen bin, war noch einer da.«

»Dann sollten Sie ihn jetzt suchen, damit wir diesen ausgezeichneten Bordeaux und ein paar unserer grauen Zellen vernichten können«, sagte Brohier. »Willkommen bei Terabyte Labs, Jeffrey. Fangen Sie schon mal an, darüber nachzudenken, an welchem Projekt Sie als Nächstes arbeiten wollen.« Brohier war deutlich anzumerken, dass er sich über Hortons Zusage sehr freute. »Und gewöhnen Sie sich langsam an die Vorstellung, dass man Sie in Zukunft glühend beneiden wird und dass sich Ihre Kollegen wünschen werden, an Ihrer Stelle zu sein.«

I. Der Trigger

1.

Die Anomalie

»Vox«, sagte Jeffrey Alan Horton zu seinem Auto. Die sprachgesteuerte Anzeige im Armaturenbrett leuchtete auf, dann wurde ein Menü auf die Windschutzscheibe projiziert. »Nachrichten, überregional.«

»… es wird erwartet, dass Generalstaatsanwalt John Woo in Kürze die endgültige Planung für den bereits zweimal verschobenen Mordprozess gegen Melvin Hills und acht Mitglieder der Anti-Abtreibungsvereinigung ›God's Assassins‹ bekannt gibt. Den Angeklagten wird der verheerende Raketenangriff auf die Familienberatungsstelle in San Leandro zur Last gelegt, bei dem es fünf Tote gegeben hat.

›Wir versprechen den Angeklagten eine faire Verhandlung, dem Gericht einen sicheren Prozess und den Opfern eine gerechte Verurteilung.‹

Die ungewöhnliche virtuelle Gerichtsverhandlung wird aller Voraussicht nach vollständig über das Hochgeschwindigkeitsnetz G2Net erfolgen. Richter, Geschworene, Ankläger und Verteidiger werden sich für die Dauer des Prozesses an weit von einander entfernten, geheim gehaltenen Orten aufhalten. Die erste Jury war im Januar entlassen worden, nachdem einige Geschworene Morddrohungen erhalten hatten …«

»Vox«, sagte Horton. »Nachrichten, regional.«

»… Abtreibungskliniken im Großraum Columbus wollten keine Angaben darüber machen, ob zusätzliche Sicherheitsmaßnahmen ergriffen wurden, aber die stellvertretende Polizeipräsidentin, Jeanne Ryberg, versprach während der gesamten Prozessdauer ›maximale Wachsamkeit‹.

›Wir wissen, wozu die Mitglieder dieser Vereinigung fähig sind, und wir werden nicht zulassen, dass hier bei uns etwas geschieht …‹«

Horton seufzte. Der San-Leandro-Prozess hatte noch nicht einmal angefangen, und er war es jetzt schon Leid, auf Schritt und Tritt davon zu hören. Da aber auf allen Kanälen rund um die Uhr darüber berichtet wurde, blieb ihm nichts anderes übrig, als im nächsten Monat einen großen Bogen um sämtliche Medien zu machen. »Vox. Radio aus.« Er bog nach rechts in die Shanahan Road ein.

Um diese Jahreszeit stieg die Sonne an einem klaren Morgen wie diesem wie ein glühender Feuerball über den von Osten nach Westen verlaufenden Straßen auf und blendete die Autofahrer. Horton kniff seine übermüdeten Augen zusammen und tastete auf dem Beifahrersitz nach einer Sonnenbrille, die er dann aber nicht fand. Er war froh, als er schließlich in die von Bäumen gesäumte Einfahrt der Terabyte Laboratories einbiegen konnte.

Der Eingang zu dem Forschungskomplex, der durch weitläufige Baum- und Grünflächen von den umliegenden Wohngebieten getrennt war, wirkte eher wie der Zugang zu einem Park als zu einem der weltweit besten Forschungszentren. Dieser Eindruck wurde noch durch die Tatsache verstärkt, dass die Sicherheitsmaßnahmen im Außenbereich nicht auf den ersten Blick zu erkennen waren. Es gab keine Tore, keine Sicherheitsbeamte, keine Schranken ... nur ein harmlos aussehendes Hinweisschild.

Aber der Augenschein täuschte. Nach hundert Metern fuhr man automatisch auf eine Spur, in der alle Besucher ferngesteuert überprüft wurden. Ein unter dem Straßenbelag verborgener Sensor kontrollierte das Fahrgestell von Hortons Honda Passport, und ein Transmitter am Straßenrand fragte den Funksender seiner ID-Karte ab.

Horton wusste aus Erfahrung, was passieren würde, wenn einer der beiden Checks negativ ausfiel: Hinter der ersten Kurve würde er auf mehrere Blockaden treffen, die aus der Fahrbahn ausgefahren wurden, und von einem kanariengelben Jeep des Sicherheitsdienstes abgefangen werden. Jeder, der trotzdem weiterfuhr oder den Campus querfeldein zu erreichen versuchte, würde von optischen und thermischen Sensoren aufgespürt und von bewaffneten Sicherheitsbeamten, die von Berufs wegen humorlos waren, erwartet werden.

Am Anfang hatte Horton die Sicherheitsmaßnahmen noch abgelehnt. Sie passten ganz und gar nicht zu der Angewohnheit Brohiers, das Terabyte-Gelände ›Campus‹ zu nennen, denn Zäune und Kontrollposten hatten nicht zu Hortons Collegezeit gehört, weder in Stanford oder Purdue noch an der Tennessee State. Aber in letzter Zeit hatte er die ständige Gegenwart des Sicherheitspersonals zu schätzen gelernt. Vor allem, als das Labor mit einer Lieferung Büromaterial auch eine von ›Ned Ludds‹ Paketbomben erhalten hatte.

Inzwischen kannte Horton alle Sicherheitsbeamten persönlich und empfand ihre Gegenwart als beruhigend, wenn er, was häufig der Fall war, sehr früh, sehr spät oder am Wochenende arbeitete. Er hatte lediglich einmal Ärger mit ihnen gehabt, als er in seinem ersten Winter bei Terabyte versucht hatte, mit dem nicht gekennzeichneten Elektro-Saturn seiner Freundin auf den Campus zu fahren, weil bei seinem Auto die Bremsen repariert werden mussten.

Seine Freundin ... das war ein Wort, das Horton schon länger nicht mehr benutzt hatte, als ihm lieb war. Seine letzte engere Beziehung hatte er zu Kelly Braddock in Stanford gehabt. In den eineinhalb Jahren ihrer Freundschaft hatten sie sich zwar nie zu der Entscheidung durchringen können, in eine gemeinsame Wohnung zu ziehen, aber in die Beziehung mit Kelly, deren gefühlsmäßige Bandbreite von emotionalen Abwehrreaktionen bis hin zu völliger sexueller Offenheit reichte, hatte er genauso viel Zeit und Energie investieren müssen, wie seine Freunde für die Partnerinnen erübrigten, mit denen sie zusammenlebten. Zu der Zeit, als Karl Brohier vor Hortons Tür gestanden hatte, wollte er eigentlich schon gar nicht mehr. Er hatte angefangen, Kelly aus dem Weg zu gehen, und überlegt, ob es nicht besser war, sich von ihr zu trennen.

Brohiers Jobangebot hatte das Problem gelöst, allerdings nicht ganz so, wie Horton sich das vorgestellt hatte. Einige Wochen später hatte Kelly ihm mitgeteilt, dass sie an der University of Texas ein Stipendium bekommen habe. Daher konnte sie einen Monat früher als Horton aus

Palo Alto weggehen und sich damit beweisen, dass sie ihre Unabhängigkeit durch die Beziehung nicht gefährdete. Sie verabschiedeten sich ohne Tränen und Versprechungen voneinander.

Eine Weile hielten sie über das Net Kontakt zueinander. Aber Netsex erwies sich mit der Zeit als unbefriedigender Ersatz für richtigen Sex, und irgendwann war klar, dass ihre Beziehung lediglich davon zusammengehalten wurde. Ohne Sex gab es zu wenig, um ein allmähliches Auseinanderleben zu verhindern, und nach wenigen Monaten waren sie nur noch ›alte Freunde‹ und auf dem besten Weg, flüchtige Bekannte zu werden.

Nachdem Kelly aus Hortons Leben verschwunden war, vermisste er die leidenschaftlichen Nächte und die Abwechslung in seinem Alltag, die sich aus den unvorhersehbaren Reaktionen seiner Exfreundin ergeben hatten, und er machte einige unbeholfene und halbherzige Versuche, Ersatz für beides zu finden.

In seinem ersten Jahr bei Terabyte hatte er mehrere Beziehungen, von denen die mit Moira, der Besitzerin des Saturns, am längsten hielt. Moira, eine extrovertierte Dreißigjährige, die aus Toledo stammte und im selben Apartmenthaus wie Horton wohnte, besaß etwas von dem inneren Feuer Kellys, das bei ihr jedoch von einer weicheren, anpassungswilligeren Persönlichkeit begleitet wurde. Allerdings fehlte ihr Kellys Enthusiasmus für Unabhängigkeit, und sie hatte eigentlich nur ein Ziel, das ziemlich altmodisch war: heiraten und Kinder bekommen. Unmittelbar nach ihrer ersten gemeinsamen Nacht fing sie an, laut darüber nachzudenken, wie es wäre, wenn sie zusammen ein Haus kaufen würden. Als sie hörte, dass Horton ganz andere Träume hatte, verschwendete sie keine Zeit mehr mit ihm.

Seit damals ließ Horton eher aus Trägheit denn mit Absicht zu, dass ihn seine Arbeit mit Haut und Haaren verschlang. Seine einzige Freizeitbeschäftigung bestand aus gelegentlichen Besuchen auf einem Schießplatz oder in einem IMAX-Kino und einmal im Jahr einer Woche Wandern in einem Nationalpark. Seine sozialen Kontakte außerhalb der Arbeit beschränkten sich auf Netchat und zwei oder drei Besuche bei seinen Eltern, die in Columbia, South Carolina, wohnten.

Er sagte sich, dass ihm sein zölibatäres Junggesellendasein nichts ausmache, dass ihm seine Arbeit genüge, und es gab niemanden, der ihm so nahe stand, dass er es hätte anzweifeln können. Also redete er sich ein, dass es ihm egal sei, allein zu schlafen, allein zu essen, allein zu verreisen … Aber Spaß machte es ihm nicht.

Er sagte sich, dass er später, wenn er Karriere gemacht hatte, wenn Arbeit und Freizeit wieder ins Gleichgewicht kamen, mehr Zeit, mehr Spaß und ein erfüllteres Leben haben würde … Doch das sagte er sich nun schon seit fast sechs Jahren. In knapp einem Monat wurde er dreißig, und zum ersten Mal konnte er sich vorstellen, dass er mit 35 noch genauso leben würden wie heute. Und mit vierzig auch …

Horton wusste, dass ein für den Vormittag angesetztes Experiment der Katalysator für seine trübsinnigen Gedanken war. Und das beste Gegenmittel, das er sich vorstellen konnte, war ein seit langem überfälliger Erfolg.

Am Ende der gewundenen Zufahrtsstraße lagen der Parkplatz und das Tor, hinter dem das eigentliche Gelände von Terabyte begann. Da Horton zu den Führungskräften des Forschungszentrums gehörte, hatte er Anspruch auf einen Parkplatz hinter dem schmiedeeisernen Zaun. Er hielt seinen Ausweis in Richtung des Tors und ließ dabei das Fenster auf der Fahrerseite herunter.

»Sie sind ja schon wieder da, Dr. Horton«, sagte Eric. Der hünenhafte Sicherheitsbeamte mit der sanften Stimme hatte Dienst gehabt, als Horton um drei Uhr morgens nach Hause gefahren war. »Hat das kurze Nickerchen etwas genützt?«

»Nicht viel«, erwiderte Horton. Er zwang sich zu einem gequälten Lächeln. »Haben Sie etwas über den Status der Vorbereitungen gehört?«

»Ich habe gerade mit dem Chef gesprochen. Um 7.15 Uhr wird alles fertig sein«, sagte Eric. »Sieht man von Tim und mir ab, hat Ihr Team den Campus ganz für sich allein. Der Haustechniker wird alle nicht unbedingt erforderlichen Systeme um sieben Uhr abschalten. Wir werden es Ihnen so ruhig wie möglich machen.«

»Danke«, sagte Horton mit einem Nicken. Dann fuhr er weiter.

»Viel Glück!«, rief ihm Eric nach.

Horton verzog das Gesicht. Glück. Das konnten sie jetzt gut gebrauchen. Bis jetzt hatten er und sein Team nur Pech gehabt.

Die theoretischen und konstruktiven Arbeiten für ›Baby‹ hatten fast ein Jahr in Anspruch genommen, und der Bau des Versuchsgeräts hatte noch einmal sechs Monate gedauert. Und bis jetzt, mehr als zwei Jahre später, hatte es die Anlage noch nicht geschafft, erfolgreich eine Einzeltestreihe zu bestehen. Es hatte einen Brand, Computerausfälle, Probleme mit der Stromversorgung und eine Reihe rätselhafter Programmfehler gegeben, was den kompletten Umbau des Detektors, zwei größere Änderungen am Sender und den Austausch fast aller Test- und Messinstrumente erforderlich gemacht hatte.

Sicher, das Projekt war Spitzentechnologie und wagte sich in völlig unerforschte Bereiche vor, sodass Rückschläge zu erwarten waren. Aber selbst in der gelösten Atmosphäre der Terabyte Labs spürte Horton inzwischen immer mehr Druck – der meistens von ihm selbst ausging. Wenn er die letzten vierzig Monate und 14 Millionen Dollar von Aron Goldsteins Geld mit der Jagd nach einem Hirngespinst vergeudet hatte, lag es an ihm, die Konsequenzen zu ziehen und das Projekt sterben zu lassen. Und wenn Suite 1 nicht bald ein paar positive Ergebnisse brachte, würde Horton vielleicht gezwungen sein, genau das zu tun ... und dann musste er auch zugeben, dass er sich geirrt hatte.

Die Hong-Jaekel-Mussermann-Gleichungen zur einheitlichen Feldtheorie hatten den Paradigmenwechsel ausgelöst, auf den die theoretische Physik im letzten Drittel des letzten Jahrhunderts sehnsüchtig gewartet hatte. Die Kosmologen gehörten zu den ersten Anhängern des so genannten ›CERN-Systems‹, da es plausible Lösungen für das Problem der fehlenden Masse und das Alter/Expansions-Paradoxon bot.

Die physikalischen Grundsätze wurden auf den Kopf gestellt und von einer wissenschaftlichen Revolution überrollt. Wissenschaftler von Weltruf verschwanden wie gestürzte Könige in der Versenkung, und plötzlich gab es neue Helden, die aus der Anonymität heraustraten und die Richtung vorgaben. Die letzten fünf Nobelpreise für Physik waren alle für Forschungsprojekte zum CERN-System vergeben worden, und niemand wollte darauf wetten, dass die Serie damit zu Ende war. Für einen Physiker konnte es kaum eine aufregendere Epoche geben.

Und Horton hätte sie beinahe verpasst. Wenn die Vereinigten Staaten ihren Superconducting Super Collider termingerecht fertig gestellt hätten, wären die wesentlichen Bestandteile des CERN-Systems vielleicht schon zwei Jahrzehnte früher entdeckt worden. Dann wäre vermutlich jemand anderem gelungen, das zu tun, was Horton jetzt gerade versuchte. Und damit hätte Horton seine Chance bereits als Erstklässler verpasst. Die neue Geschichte der Physik wurde in einem atemberaubenden Tempo geschrieben.

Aber das SSC war vom amerikanischen Kongress – einer Institution, die historisch gesehen schon immer zu viele Rechtsanwälte und zu wenig Weitblick hatte – auf Eis gelegt worden, als es kaum mehr als ein Loch in der staubigen Erde von Texas gewesen war. Ironischerweise hatte gerade diese Kurzsichtigkeit dafür gesorgt, dass Horton doch noch seine Chance bekam – jetzt mussten er und sein Team ihrem Baby nur noch das Laufen beibringen.

Vor vier Jahren, auf der CERN-Tagung des amerikanischen Physikerverbandes in Honolulu, war Horton aufgefallen, dass eine der Feldgleichungen des neuen Paradigmas auf ein bis dato unentdecktes Phänomen hinwies, dieses aber nicht zwingend voraussetzte. Das war der Tag, an dem Jeffrey Horton begann, die induzierte Emission von Gravitonen zu untersuchen, jenen winzigen Bose-Teilchen, die den Schlüssel zur Schwerkraft bildeten.

Die von ihm aufgestellten zusätzlichen Gleichungen deuteten darauf hin, dass das, was in der alten Physik noch undenkbar gewesen war, in der neuen vielleicht möglich war ... nämlich eine Art Laser für Schwerkraft zu entwickeln. Obwohl ein solches Gerät erst noch erfunden werden musste, gab es schon einen Namen dafür, den man sich aus der Science-Fiction-Literatur geborgt hatte, wo er zur Technologie der Zukunft gehörte: der Traktorstrahl.

Aber das würde erst der Anfang sein. Künstlich geschaffene Schwerkraft für lange Raumflüge, reibungsfreie Antriebssysteme, Brückenkräne ohne Kabel und bewegliche Teile, Städte auf dem Meeresboden, in denen Schwerelosigkeit herrschte ... Horton und Brohier hatten bereits eine Liste mit mehr als zweihundert patentierbaren Anwendungen erstellt.

Wenn Baby volljährig wurde, würden alle mit ihm spielen wollen.

Aber Horton konnte sich nicht darauf verlassen, dass er der einzige kreative Physiker war, der sich die Gleichungen der CERN-Arbeitsgruppe angesehen und erkannt hatte, was damit möglich war. Er hatte Angst vor dem Tag, an dem er sich in den Vorabdruck-Server von Los Alamos einloggte, die neu hinzugekommenen Abhandlungen über Hochenergiephysik durchsuchte und feststellte, dass seine Vermutungen von jemand anderem in Worte und Gleichungen gefasst worden waren.

Diesen Tag fürchtete er fast so sehr wie den Gedanken, irgendwann erkennen zu müssen, dass er sich geirrt hatte und sie alle ihre Zeit verschwendet hatten.

In Labor 1 des Davisson Centers brannte bereits Licht. Hortons Projektmanager waren mit den letzten Vorbereitungen für den Test beschäftigt.

Dr. Gordon Greene lag rücklings auf dem Fußboden

unter der kühlschrankgroßen Transformatorstufe des Feldgenerators, von der er fast völlig verdeckt wurde. Neben ihm war eine Ecke einer schon ziemlich mitgenommen aussehenden Werkzeugtasche zu sehen, vor der eine Faradayplatte Nr. 4 lag.

Dr. Leigh Thayer saß im Schneidersitz vor der Datenerfassungskonsole und massierte sich mit einer Hand den Nacken, während sie die Doppelanzeige im Auge behielt. Sie hatte Horton den Rücken zugewandt, als dieser den Raum betrat.

Zwischen Gordie und Lee hätte es keine größeren Gegensätze geben können. Bei ihm spannte sich schokoladenbraune Haut über dem muskulösen Oberkörper eines Mittelgewichtringers, sie dagegen war groß, blass und zart wie ein Reh. Die Wurzeln seiner Familie lagen in dem Land, das heute Ghana heißt, und waren fast ausschließlich mit Hoffnung gewässert worden, während sich ihre lange Ahnenreihe bis in das koloniale England zurückverfolgen ließ, das einst mit seinen Vorfahren gehandelt hatte. Er war in einer heruntergekommenen Straße Oaklands aufgewachsen, sie in einem der reichen Vororte Connecticuts. Während er ein staatliches Stipendium gebraucht hatte, um an der UC-Davis studieren zu können, hatte sie freie Wahl unter den Eliteuniversitäten der USA und sich für Cornell entschieden.

Aber sie hatten trotzdem etwas miteinander gemein. Beide waren einen völlig anderen Weg gegangen als ihr familiärer Hintergrund hätte erwarten lassen. Gordie hatte in Davis so gute Leistungen gebracht, dass man ihm einen Platz in einem weiterführenden Studiengang für Elektrotechnik und Maschinenbau an der Cal Tech angeboten hatte. Und Lee hatte nach einem Jahr erklärt, dass Cornell und ihre Kommilitoninnen sie anödeten, den finanziellen Erpressungsversuchen ihrer Eltern widerstanden und war an die Renssaeler Polytechnic gewechselt, weil sie ›endlich einmal schmutzige Fingernägel bekommen‹ wollte.

Horton wusste, dass er Glück gehabt hatte, als er gleich beide für sein Projekt interessieren konnte. Gordie war zu

Terabyte gekommen, weil Hughes ITT seine Prototypabteilung nach der Einführung einer virtuellen Prototypentwicklung aufgelöst hatte. Und Lee, die acht Jahre älter war als Horton, hatte völlig frustriert bei Fermilab gekündigt, da nacheinander drei Projekte aus Budgetgründen gekippt worden waren.

»Gordie, Lee ... ist einer von Ihnen überhaupt zu Hause gewesen?«, fragte Horton, als er seine Aktentasche auf eine Ecke seines Arbeitstisches fallen ließ.

Thayer hob die Hand. »Ich«, erwiderte sie, ohne ihn anzusehen. »Ich habe geduscht, meine Unterwäsche gewechselt und sämtliche Fetische und Glücksbringer zusammengesucht. Dann bin ich sofort wieder hierher gekommen, um die Kalibrierung der Messinstrumente abzuschließen.«

»Gordie?«

»Ich habe ein paar Stunden auf dem Sofa in Ihrem Büro geschlafen«, rief Greene, der immer noch unter dem Generator lag. »Und dabei hatte ich einen Albtraum, in dem es wieder einen Brand in der Transformatorstufe gegeben hat. Daher wollte ich mir das Ganze lieber noch einmal ansehen.«

»Streift mich hier etwa der kalte Hauch des Aberglaubens?«, fragte Horton mit einem ungläubigen Lächeln. »Sie brauchen nicht zu antworten. Ich muss noch eine Kerze am Grab von Niels Bohr anzünden.«

Greene lachte in sich hinein. »Also, wenn das kein exotischer Fetisch ist!«

»Du hast eine schmutzige Fantasie«, sagte Thayer kopfschüttelnd. »Wenn du nicht der beste Metallklopfer wärst, den ich je gesehen habe, würde ich den Chef dazu bringen, dass er dich feuert.«

»Ach, gib's doch zu, du willst mich«, erwiderte Gordie. Dann stemmte er die Fersen gegen den Boden und schlängelte sich unter der Transformatorstufe hervor. »Warum würdest du sonst frische Unterwäsche anziehen?«

»Neandertaler.«

»Mimose.«

»Chef, jetzt sehen Sie, was ich mir alles anhören muss,

wenn Sie nicht da sind«, sagte Thayer, die sich dabei zu Horton umdrehte. »Wenn dieses Individuum und ich der gleichen Spezies angehören würden, könnte ich ihm eine Klage wegen sexueller Belästigung anhängen, die sein Ego in Grund und Boden stampfen würde.«

»Sie hören sich beide an, als könnten Sie etwa zehn Stunden Schlaf gebrauchen«, sagte Horton. »In getrennten Betten«, fügte er schnell hinzu. »Vielleicht sollten wir den Test um einen Tag verschieben und uns dann ausgeruht an die Arbeit ...«

Thayer schüttelte den Kopf. »Chef, ich werde diesen Ort hier in drei Stunden verlassen, um nach Hause zu gehen und eine Woche lang zu schlafen. Oder um nach Hause zu gehen und mich eine Woche lang zu betrinken, das hängt vom Testergebnis ab. In beiden Fällen ...«

»Ich würde es nicht wagen, Sie um eine Änderung Ihres Terminplans zu bitten«, sagte Horton mit einem ironischen Grinsen. »Gordie, wie sieht es aus? Werden wir die Testreihe durchführen können?«

»Von mir aus schon«, antwortete Greene.

»Falsche Antwort. Sie hätten sagen sollen: ›Dr. Horton, ich garantiere Ihnen, dass alles gut geht.‹«

»Ich kann Ihnen nur eins garantieren ... wenn heute etwas schief geht, wird das an einem Teil liegen, mit dem wir noch nie Probleme hatten. Reicht Ihnen das?«

Horton seufzte. »Das muss es wohl. Lee, wie viel Zeit brauchen Sie noch?«

»Ich bin so weit. Alle Aufzeichnungsgeräte sind synchronisiert, die Sensoren auf null gestellt. Ich behalte die Messgeräte aber vorsichtshalber im Auge, damit Gordie nicht noch im letzten Moment alles ruiniert.«

»Gordie?«

»Ich brauche noch zehn Minuten, um Baby anzuziehen. Aber dann können wir den Generator jederzeit warm laufen lassen.«

Horton sah auf die Uhr, die über seinem Arbeitstisch hing. »In Ordnung. Ich muss mir nur noch eine Dosis Koffein und Zucker besorgen und das Versuchsprotokoll aktualisieren, bevor ich vergesse, was wir heute Nacht gemacht haben. Ich würde sagen, wir fangen um 7.15 Uhr mit dem Abhaken der Checkliste an, dann können wir um 7.30 Uhr mit der Testserie beginnen.«

»Wird Dr. Brohier dabei sein?«, fragte Thayer.

Horton verzog das Gesicht. »Dieses Mal nicht. Er sagte, dass er uns vielleicht Unglück bringt, da er bei allen früheren Katastrophen dabei gewesen ist. Ich bin sicher, dass er das metaphorisch und nicht metaphysisch gemeint hat.«

»Und ich bin sicher, dass er nur nicht so früh aufstehen wollte«, entgegnete Thayer naserümpfend. »Ich bin halb so alt wie er, und *mir* wäre es auch lieber gewesen, wenn ich heute Morgen noch etwas länger hätte schlafen können.«

»Irgendetwas sagt mir, dass er es noch bereuen wird, heute nicht dabei gewesen zu sein«, warf Greene ein, der sich wieder auf den Rücken legte und mit einer Faradayplatte in der Hand unter dem Gerät verschwand. »Fragt mich bloß nicht, woher ich das weiß«, fügte er hinzu. Plötzlich hörte sich seine Stimme wie die des Erzählers aus einem Horrorfilm an. »Eine unbekannte Macht hat sich meines Bewusstseins bemächtigt, meine Gedanken werden von etwas Unerklärlichem beherrscht – ich befinde mich plötzlich in der Gewalt einer geheimnisvollen, unwiderstehlichen Kraft …«

»Testosteron«, murmelte Thayer.

Horton musste lachen. Dann machte er sich auf die Suche nach einem Donut.

Der Aufbau des Primärgenerators war im Grunde genommen ganz einfach.

Ziel des Tests war, eine winzige, temporäre lokale Veränderung in der Anziehungskraft von Ziel und Sender nachzuweisen. Dazu wurde die Ablenkung des Ziels gemessen, das aus einem Vorhang extrem feiner Bänder bestand, von denen jedes aus einem anderen Grundmetall gefertigt war.

Theoretisch würde die richtige Kombination von Material und Frequenz dazu führen, dass bei den einzelnen

Bändern ein kurzer Ausschlag in Richtung der Antenne erfolgte, wenn das Ziel einer von der Senderantenne erzeugten elektromagnetischen Strahlung – von Kilohertz bis Gigahertz, langen Radiowellen bis kurzen Röntgenwellen – ausgesetzt wurde. Horton konnte allerdings nicht voraussagen, welche Frequenzen verwendet werden mussten. Seinen Gleichungen fehlte eine theoretische Konstante, die nicht abgeleitet werden konnte und nur experimentell zu bestimmen war.

Praktisch war es aber leider so, dass der Detektor mit zunehmender Empfindlichkeit immer störanfälliger wurde und auch dementsprechend empfindlich auf äußere Einflüsse reagierte. Selbst der Luftstrom, den jemand beim Vorbeigehen am Detektor erzeugte, besaß eine Größenordnung, die Brohiers optimistischste Schätzungen des Traktoreffekts auf experimentellem Leistungsniveau bei weitem übertraf. Der erste Bändersatz wurde durch Vibrationen auseinander gerissen, als ein Besucher zufällig gegen den Arbeitstisch stieß, auf dem die Bänder zusammengebaut wurden.

Seit damals war alles nur Erdenkliche unternommen worden, um den Detektor zu isolieren. Er wurde unter einer dicken Glasglocke eingeschlossen, aus der man so viel Luft entfernte, dass im Innern nur noch ein verschwindend kleiner Bruchteil des normalen Luftdrucks herrschte. Dann wurde die Glasglocke auf einen drei Tonnen wiegenden Block aus schwarzem Granit montiert, der auf einem Ölkissen schwamm.

Als Brohier einmal ins Labor gekommen war, hatte er Horton, Greene und Thayer überrascht, die im Kreis um den Granitblock standen und auf und ab hüpften, um die Stoßsicherung zu testen. Der Direktor des Forschungszentrums hatte schlagfertig reagiert und angefangen, die Titelmusik ›Also sprach Zarathustra‹ aus *2001 – Odyssee im Weltraum* zu pfeifen, während er, ohne ein Wort zu sagen, wieder hinaus auf den Korridor ging.

Horton hatte schon lange nicht mehr so befreit gelacht.

»Gordie?«

»Stromversorgung steht. Daumen sind gedrückt, Kerzen angezündet.«

»Lee?«

»Alle Sensoren stehen auf null. Gebetsmühlen sind angestoßen.«

Horton sah zum Detektor hin, der jetzt hinter einem Halbkreis aus tragbaren Strahlenschutzwänden verborgen war. »Lasst uns anfangen. Ablaufsteuerung wird gestartet.«

»Aufzeichnungsgeräte laufen«, meldete Lee vom Steuerpult aus.

»Ausgangsleistung bei fünf Prozent«, berichtete Gordie wenig später. »Ausgangsfrequenz bei 100 Hertz und steigend.«

Horton setzte sich auf seinen Drehstuhl, stützte sich mit den Ellbogen auf den Armlehnen ab und ließ die Hände in den Schoß sinken. Das Experiment wurde jetzt von einem eigens dafür geschriebenen Programm mit dem Spitznamen ›Steady Hand‹ gesteuert, das auf dem Alpha 3 an Lees Steuerpult lief. Steady Hand war immun gegen Nervosität und Aufregung und hatte in erster Linie die Aufgabe, die Ausgangsleistung in jeder Phase der Testserie konstant zu halten und ein langsames, ruhiges Abtasten des Senderspektrums zu gewährleisten.

Einige Minuten lang sagte keiner von ihnen ein Wort. Thayer und Horton blickten auf die Monitore vor sich, die kontinuierlich aktualisiert wurden. Beide konnten durch einen Knopfdruck die Ablaufsteuerung anhalten oder den Test ganz abbrechen.

»Infrarotsequenz beginnt«, meldete Lee.

Horton nickte. Da sich die hauchdünnen Bänder zu sehr aufheizten, musste fast das gesamte Infrarotspektrum ausgelassen werden. »Achtung, der erste Regenbogen.«

Hinter den Strahlenschutzwänden flackerte ein Blitz aus blassrotem Licht auf. Kurz darauf schlug das Licht in Orange um und nahm dann andere Farben an, bis es als zartlila Schatten aufblitzte und wieder verschwand.

»Röntgenstrahlsequenz beginnt«, informierte Thayer.

»Ich hoffe, du hast vorhin Unterwäsche aus Blei angezogen«, witzelte Gordie.

»Man kann nie wissen«, antwortete sie kurz angebunden. »Chef, bei mir sieht alles unverändert aus.«

»Bei mir auch. Ich hätte aber nichts dagegen, wenn es jetzt endlich einmal wackeln würde.«

»Haben Sie eine Vermutung, wo das ungefähr sein wird?«

»Im unteren Bereich – bei den ultragroßen Wellenlängen. Dr. Brohier denkt genau das Gegenteil – er glaubt, dass unser Sender das erforderliche Frequenzband gar nicht erreichen kann, das bis etwa 10^{22} geht.« Er hob die Schultern. »Da das mittlere Frequenzspektrum inzwischen schon mehr als ausgiebig erforscht worden ist, haben wir eine gute Chance, dass einer von uns beiden Recht hat ...«

»Erster Durchgang abgeschlossen«, unterbrach ihn Lee. »Ergebnis negativ.«

»Wenigstens haben wir den ersten Durchgang geschafft«, sagte Gordie. »Ausgangsleistung jetzt bei zehn Prozent. Und noch einmal mit Gefühl ...«

»An dem Punkt sind wir schon einmal gewesen«, meinte Thayer. »Für mich wird es erst interessant, wenn wir unser bestes Ergebnis überschreiten.«

Und das waren 28 Minuten und sechs Sekunden oder drei fast vollständige Durchgänge, die sie bei dem Test vom 12. Dezember erreicht hatten. Dieser Versuch war abrupt zu Ende gewesen, als der Spannungsregler ausfiel, was bei Steady Hand zu einem schweren Fall digitaler Lähmung geführt hatte.

»Infrarotsequenz beginnt«, kündigte Thayer leise an.

Horton nickte.

Ein Regenbogen aus Licht zuckte über die Wände des Labors.

»Vielleicht sitzt jetzt gerade ein französischer Physiker in der Steuerwarte des CERN«, überlegte Greene laut, »der Z-Teilchen in einen simulierten protostellaren Nebel schießt und seiner Abhandlung über induzierte Schwerkraftänderungen den letzten Schliff verpasst ...«

Horton, der seinen Drehstuhl in Greenes Richtung schwang, zuckte mit den Achseln. »Selbst wenn dem so ist – von mir aus gern. Denn wenn sich herausstellen sollte, dass man schwere Bosonen braucht, um einen Schwerkraftlaser zu laden, werden wir mit Sicherheit nicht diejenigen sein, die ihn bauen. Fermilab, CERN, KEK, selbst Stanford und Brookhaven – wir kommen nicht rein, und wir können nicht mit ihnen konkurrieren.«

»Ich bin immer noch der Meinung, dass es ein Fehler war, nicht mit einem der kleineren Hochenergielaboratorien zusammenzuarbeiten«, erwiderte Greene. »Es gibt immer eines, das gerade in finanziellen Schwierigkeiten steckt. Macdonald, Elettra – ich habe gehört, dass Protvino verkauft werden soll.«

Thayer verzog das Gesicht. »Du willst doch nur mal mit einer Billion Elektronvolt herumspielen.«

»Wer will das nicht?«

Horton stand auf und streckte sich. »Ich. Denn das würde uns auch nicht weiterbringen. Ich versuche, einen Effekt zu finden, der sich in der realen Welt anwenden lässt – die physikalischen Zusammenhänge der ersten drei Sekunden des Universums haben für uns keinen praktischen Nutzen. Wenn wir aber …« Er brach mitten im Satz ab und sah konzentrierter auf den Monitor. »Was, zum Teufel, ist das denn?«

Thayer runzelte die Stirn und schob ihren Stuhl näher an das Steuerpult heran. »Scheint ein leichtes Beben zu sein. Sehen Sie sich mal den Seismographen an.«

Bevor Horton ihr antworten konnte, heulte ein durchdringender Alarm auf, der durch die Lautsprecheranlage übertragen wurde.

»Was ist das – der Alarm für die automatische Verriegelung der Labortüren?« Horton starrte auf die Tür des Labors. »Sämtliche Systeme auf den Anfang des aktuellen Durchgangs zurücksetzen«, brüllte er, um die Alarmsirene zu übertönen. »Überprüfen Sie Ihre Kalibrierungen …«

Plötzlich musste Horton nicht nur gegen den Alarm, sondern auch noch gegen eine andere Stimme ankämpfen.

»Achtung, Achtung – hier spricht der Sicherheitsdienst. Als Vorsichtsmaßnahme wurde auf dem gesamten Campus die automatische Türverriegelung aktiviert. Stromversorgung und Kommunikation werden ab sofort von Notfallprotokollen gesteuert …«

»Das war's dann wohl mit unserem Versuch«, sagte Greene.

»… Bleiben Sie, wo Sie sind. Verlassen Sie auf keinen Fall das Gebäude. Halten Sie sich von den Fenstern fern …«

Horton rannte auf die Labortür zu, aber als er sie erreicht hatte, blinkten die roten Kontrollleuchten an dem elektronischen Schloss bereits, und die Tür ließ sich nicht mehr bewegen. Er griff nach dem Hörer des Telefons, das an der Wand daneben montiert war, und drückte auf eine Taste, auf der ›Sicherheitsdienst‹ stand. Es läutete äußerst lange – elfmal –, bevor sich jemand meldete.

»Hier ist Dr. Horton. Was ist denn los?«

»Tim Bartel. Sind Sie und Ihre Mitarbeiter in Ordnung?«

»Uns geht es gut …«

»Wo sind Sie jetzt gerade?«

»Davisson, Planck Center.«

»Gut. Bitte bleiben Sie, wo Sie sind, Dr. Horton. Wir kommen zu Ihnen, sobald wir sicher sind, dass keine Gefahr mehr besteht.«

»Verdammt noch mal, würden Sie mir jetzt endlich sagen, was los ist?«

Bartel zögerte einen Augenblick. »Es hat eine Explosion auf dem Gelände gegeben«, erwiderte er dann.

»Wie bitte? Eine Bombe?«

»Verdammt«, sagte Greene, der mitgehört hatte.

»Ich weiß nicht, wodurch die Explosion ausgelöst worden ist«, sagte Bartel nervös. »An zwei Stellen sind Brände ausgebrochen, außerdem hat es einige Verletzte gegeben. Aber für Sie dürfte keine Gefahr bestehen. Bitte bleiben Sie, wo Sie sind, bis wir sicher sind, dass wir die Situation unter Kontrolle haben.« Dann brach die Verbindung ab, weil Bartel das Gespräch beendet hatte.

Horton legte den Hörer auf, seufzte tief und ließ die Schultern hängen. Als er den Kopf hob, sah er den fragenden Ausdruck auf den Gesichtern seiner Mitarbeiter. »Schalten Sie alles ab«, sagte er müde. »Für heute sind wir hier fertig.«

2.

Das Rätsel

San Juan, Puerto Rico – In der Nacht von Dienstag auf Mittwoch wurde Puerto Rico von neun schweren Explosionen erschüttert, die einen Toten und mehrere Verletzte forderten. Die Bomben zerstörten eine Eisenbahnbrücke und verursachten schwere Schäden an einem Busbahnhof und einem Umspannwerk, das Ft. Buchanan, das Hauptquartier der US Army South, mit Strom versorgt hat. Die Anschläge der für die Unabhängigkeit Puerto Ricos kämpfenden Macheteros ereigneten sich am Jahrestag der Invasion durch US-Truppen, die im spanisch-amerikanischen Krieg auf der Insel einmarschierten.

Vollständige Meldung
Stellungnahme Gouverneur Harrod

Die automatische Verriegelung der Labortüren wurde nach zwei Stunden aufgehoben, sodass Jeffrey Horton das Planck Center verlassen konnte. An der Tür wurde er von einem stechenden Brandgeruch und Donovan King empfangen. Der Leiter des Sicherheitsdienstes wartete in seinem gelben Jeep auf ihn.

»Dr. Brohier erwartet Sie am Lieferanteneingang«, sagte King. »Steigen Sie ein – ich möchten Ihnen beiden einen Überblick über die Schäden geben.«

Horton kletterte auf den Rücksitz. »Was ist passiert?«

»Das wüsste ich auch gerne«, erwiderte King kurz angebunden, als sich der Jeep in Bewegung setzte.

»War es eine Bombe?«

»Ich wollte, ich wüsste es.«

Kings Antwort war ernüchternd. Der schlanke, braun gebrannte Sicherheitschef hatte zehn Jahre bei einer Spezialeinheit der Luftwaffe gedient und war dann 16 Jahre bei einem Sicherheitsdienst beschäftigt gewesen. In dieser Zeit wurde er mit der ganzen Bandbreite von Sicherheitsrisiken konfrontiert, von selbstmörderischen Jahrtausendjüngern und Waffenschmugglern aus der Dritten Welt bis hin zu betrogenen Ehemännern und Hackern, die in die Computernetze von Firmen eingebrochen waren. Normalerweise war er die Ruhe selbst – und daher war sein offensichtliches Unbehagen Grund genug, um sich Sorgen zu machen.

»Hat es Verletzte gegeben?«

»Dr. Horton, ich verstehe ja, dass Sie langsam ungeduldig werden, aber ich würde gern warten, bis sich Dr. Brohier uns anschließt, und Sie dann beide auf einmal informieren.«

Horton antwortete nicht. Er wurde gerade von einer dünnen, grauen Rauchfahne abgelenkt, die im Nordwesten zu sehen war. Da ihm ein grasbewachsener Hügel die Sicht versperrte, konnte er nicht erkennen, wo und wie weit entfernt es brannte, aber der sengende Geruch in der Luft sagte ihm, dass der Brandherd ganz in der Nähe sein musste.

Es dauerte nicht lange, bis sie das Tor am Lieferanteneingang erreicht hatten, wo Brohier auf sie wartete. Der Direktor der Terabyte Labs sah ohne Krawatte und Jackett und mit einer widerspenstigen Haarsträhne über dem linken Ohr etwas zerzaust aus, was für ihn völlig untypisch war. Aber er begrüßte Horton mit einem entspannten Lächeln auf den Lippen.

»Ich bin froh, dass Sie und Ihre Leute in Ordnung sind, Jeffrey. Mr. King, wie geht es Mr. Fleet?«

»Sobald ich ihn entbehren konnte, habe ich Charlie ins Krankenhaus geschickt, um sich nach Erics Zustand zu erkundigen«, erwiderte King. »Aber bis jetzt habe ich noch nichts von ihm gehört.«

»Gut«, sagte Brohier, der etwas unbeholfen auf den Beifahrersitz des Jeeps kletterte. »Zeigen Sie uns, was passiert ist.«

Nach kurzer Fahrt hielten sie vor den noch qualmenden Überresten eines Schuppens an, in dem der Gärtner seine Maschinen und Werkzeuge gelagert hatte. Das kleine, mit Erde bedeckte Gebäude war völlig zerstört. Betondecke und Dachbepflanzung aus Erde und Gras waren verschwunden, der Inhalt bestand nur noch aus geschwärzten Klumpen. Die Profiltür lag dreißig Meter weit weg auf dem Boden und war völlig verbeult. Ganz in der Nähe stand ein Mitarbeiter der Wartungsmannschaft neben dem Löschwagen des Labors – ein Schaumgenerator, der auf einem Hummer montiert war.

»Was hat Eric hier eigentlich gemacht?«, fragte Horton, während er sich die Überreste eines Traktors ansah. »Er war doch am Tor, als ich gekommen bin.«

»Er war immer noch am Tor, als das hier hochgegangen ist«, sagte King. »Er war gar nicht hier.«

»Das verstehe ich nicht.«

»Ich auch nicht«, entgegnete King. »Kommen Sie mit, ich zeige Ihnen den Rest.«

King fuhr sie zum Tor am Haupteingang. »Eric war in der Baracke.« Er deutete auf das niedrige Gebäude. »Bis auf ein paar Brandspuren auf dem Fußboden ist eigentlich nichts zu sehen. Er hat Verbrennungen von der Hüfte abwärts bis zum Knie erlitten. Sein Bein sieht aus, als wäre es in eine Lötlampe gehalten worden. Das, was von seiner Waffe noch übrig ist, liegt jetzt bei mir im Büro. Offensichtlich hat das geschmolzene Nylon seines Holsters einige der schlimmsten Verbrennungen verursacht.«

»Du lieber Himmel«, sagte Brohier. »Und das wurde alles von den Trümmern der Explosion verursacht?«

»Dr. Brohier, die Baracke ist völlig in Ordnung. Kein Loch im Dach, kein geborstenes Glas …«

»Aber was ist dann passiert? Hat er sich selbst in Brand

gesteckt? Vielleicht hat er sich ja gerade eine Zigarette angezündet, als die Bombe hochging ...«

»Eric raucht nicht«, erwiderte Horton.

»Nein?«

»Nein«, bestätigte King.

»Aber was war es dann?«

»Ich werde Ihnen gleich das Band aus der Videoüberwachung zeigen. Vielleicht können Sie mir dann sagen, was passiert ist.«

Doch zuerst fuhr sie der Leiter des Sicherheitsdienstes an dem ausgebrannten Wrack einer zweitürigen Limousine vorbei, die auf dem Parkplatz vor dem Sicherheitszaun geparkt worden war, etwa drei Reihen südlich vom Tor.

»Wir hatten zu wenig Männer, als es losging«, erklärte King. »Eric und der Lagerschuppen hatten Vorrang. Die Jungs konnten sich erst um das Auto kümmern, als es schon fast völlig ausgebrannt war.«

»Dann wurde Eric also dadurch verletzt«, sagte Brohier. »Es muss zwei Bomben gegeben haben, eine hier draußen und eine zweite auf dem Gelände. Er hat wohl gerade den Wagen hier überprüft ...«

»Nein«, widersprach ihm King. »Warten Sie, bis Sie den Rest gesehen haben.«

»Noch was?«

King fuhr sie zur Westseite des weitläufigen Edison Centers, in der die Verwaltung von Terabyte untergebracht war, und führte sie dann in die kleine Garage des Sicherheitsdienstes, in der normalerweise der Löschwagen untergestellt war. Dort zeigte er ihnen eine geschwärzte Kassette zwischen den Vordersitzen eines gelben Jeeps, der im hinteren Teil der Halle stand und mit rotem Plastikband abgegrenzt war. Das Innere des Jeeps war mit einem sandigen, weißen Pulver überzogen, das Horton für Rückstände aus einem chemischen Feuerlöscher hielt.

»Wenigstens *das* haben wir bis jetzt geheim halten können«, sagte King. »Jack hat heute Morgen mit Nummer 3 die Runde auf dem Gelände gemacht. Als er die Explosion hörte, wollte er seine Waffe nehmen, die in der Kassette war. Dazu kam er jedoch nicht, weil er sich am Deckel der Kassette die Hand verbrannt hat. Ich kann mir so ungefähr vorstellen, was wir finden werden, falls es uns gelingen sollte, die Kassette zu öffnen – der Deckel bewegt sich keinen Millimeter, das Schloss ist blockiert, und im Innern herrscht vermutlich ein Vakuum.«

»Jetzt verwirren Sie mich – was haben denn all diese Vorfälle miteinander zu tun?«, fragte Brohier stirnrunzelnd.

»Das wollte ich eigentlich von Ihnen wissen«, sagte King.

Horton überlegte bereits fieberhaft. »Ihre Männer sind mit Glock 17 ausgerüstet, stimmt's?«

King nickte.

»Ist an der Munition etwas Besonderes?«

»Abgesehen von der Tatsache, dass es so etwas Ähnliches wie eine massive Fehlzündung gegeben hat, die ich mir beim besten Willen nicht erklären kann? Nein. Wir verwenden Standardmunition von Remington, neun Millimeter – wir stellen die Patronen nicht selbst her.«

»Trotzdem würde es nichts schaden, wenn wir uns die Kassette einmal etwas genauer ansehen ...«

»Es würde nichts schaden, aber jetzt werden wir die Kassette nicht öffnen. Wenn Sie mir ins Büro folgen, werde ich Ihnen zeigen, warum.«

Eine Minute später standen sie im Geräteraum des Sicherheitsdienstes und starrten fassungslos auf die verbogene Tür des Waffensafes. Weder das Wasser aus der Sprinkleranlage noch die Ventilatoren, mit denen der Raum gerade getrocknet wurde, hatten den Geruch nach verbranntem Schießpulver aus der Luft entfernen können.

»Das Feuer ist *im* Safe ausgebrochen?«, fragte Brohier.

»Sieht ganz so aus.«

Brohier schüttelte den Kopf. »Ich brauche einen Kaffee«, sagte er. »Mr. King, kommen Sie doch bitte in einer halben Stunde in mein Büro. Bringen Sie Mr. Fleets Waffe mit und alles, was Sie bis dahin noch finden können. Und schicken Sie jemanden los, der die Kassette aufmacht – ich glaube, wir sollten uns das Innere besser einmal anschauen.«

»Am späten Vormittag wird ein Experte für Spurensicherung kommen. Bis dahin möchte ich die Kassette lieber nicht anrühren.«

Brohier nickte widerstrebend. »In einer halben Stunde also.«

»Dr. Brohier … Noch etwas«, sagte King. »Die Brandinspektorin wartet auf meinen Anruf. Wie soll ich mich gegenüber den Behörden verhalten? Kooperieren oder versuchen, sie vom Gelände fern zu halten?«

»Das kommt ganz darauf an, Mr. King. Haben wir es hier mit einem Verbrechen oder einem Unfall zu tun?«

»Zum jetzigen Zeitpunkt kann ich das noch nicht sagen.«

»Dann sollten wir das Ganze noch eine Weile vertraulich behandeln. Und um die Behörden werde ich mich selbst kümmern.«

King nickte. »Von mir aus geht das in Ordnung.«

Eine von Karl Brohiers positiven Eigenschaften, die Horton am meisten bewunderte, war dessen gelassene Reaktion in einer Krise. Als Donovan King ins Büro kam, war es Brohier zwar nicht gelungen, auch nur in die Nähe einer Kaffeemaschine zu kommen, aber er hatte in der Zwischenzeit sieben Telefongespräche geführt – mit der Brandinspektorin des Verwaltungsbezirks, zwei Mitgliedern des Stadtrates, dem Lokalredakteur des *Columbus Dispatch,* dem Personalleiter von Terabyte, dem zuständigen Sachbearbeiter der Versicherungsgesellschaft des Labors, dem Chefarzt des Olentangy Medical Center und dem lokalen Nachrichtensender, der über eine knapp vor dem Zaun schwebende UAV Bilder des rauchenden Kraters auf dem Gelände des Forschungszentrums live übertrug. Aber das Erstaunlichste an der ganzen Aktion war, dass Brohier von jedem seiner Gesprächspartner anscheinend genau das bekam, was er wollte – eine Atempause.

»Gibt es etwas Neues über den Gesundheitszustand von Mr. Fleet?«, wollte Brohier von King wissen, als sich die drei setzten.

»Ich warte immer noch auf Informationen von einem der Ärzte, die ihn in der Notaufnahme des Krankenhauses behandelt haben, aber die Rettungssanitäter waren recht optimistisch«, antwortete King. »Er wird vielleicht einige Transplantate brauchen, was natürlich nicht so angenehm ist. Wahrscheinlich ist ihm noch gar nicht bewusst, dass er irrsinniges Glück gehabt hat. Ich zeige Ihnen die Aufnahmen von den Überwachungskameras am Tor.«

Brohier und Horton sahen schweigend zu, als die Bilder über den geteilten Bildschirm flimmerten. Vor dem Tor war kein Auto zu sehen, und es gab keinerlei Hinweise darauf, dass ein Außenstehender in der Nähe war. Fleet saß in der Baracke und trank eine Tasse Kaffee. Und dann schien plötzlich das Holster an der rechten Hüfte des Sicherheitsbeamten zu explodieren, begleitet von einem lauten Knall und einer gelben Stichflamme. Eric, der laut schrie und wie wild um sich schlug, prallte gegen den Schreibtisch aus Metall und dann gegen die Seitenwand, bis er schließlich durch die Tür taumelte und draußen auf die Straße fiel.

»Großer Gott«, sagte Brohier, der blass geworden war.

»Das hätte eigentlich nicht passieren dürfen. So etwas habe ich noch nie gesehen«, bemerkte Horton kopfschüttelnd.

»Sie haben Recht – es hätte nicht passieren dürfen«, bestätigte King. »Anscheinend sind siebzehn Schuss – das ganze Magazin und eine Patrone in der Kammer – einfach explodiert. Die Waffe ist nur noch Schrott. Der Griff ist fast vollständig weggebrannt. Es sieht so aus, als wären die meisten Kugeln noch in der Waffe – allerdings halb geschmolzen.«

»Warum das?«, fragte Brohier stirnrunzelnd. »Sie müssten doch eigentlich in alle Richtungen losgegangen sein?«

»Das Messing ist nicht stabil genug, um dem Gasdruck standzuhalten, der durch das brennende Schießpulver erzeugt wird«, erklärte Horton. »Die Patrone platzt auf und entlädt sich, bevor die Kugel eine nennenswerte Eigendynamik entwickeln kann.«

»Und für was halten Sie das, was wir hier gerade gesehen haben? War es eine Fehlzündung?«, fragte Brohier.

»Nein, nein«, antwortete King. »Es war keine Fehlzündung. Und eine Explosion war es auch nicht. Wir haben es hier mit einer von Schießpulver verursachten Stichflamme im Innern einer Pistole zu tun. Ein paar Sekunden lang war die Pistole keine Waffe mehr, sondern ein Flammenwerfer.«

»Woher wissen Sie, dass es so abgelaufen ist?«, wollte Horton wissen.

King tippte auf das Bild links oben auf dem Bildschirm, das eine Aufnahme vom Innern der Baracke zeigte. »Eric bewahrt sein Reservemagazin im Schreibtisch auf, weil ihm sein Gürtel sonst zu schwer wird …«

»Dann haben also *beide* Magazine gebrannt?«, fragte Horton ungläubig.

»Ich werde Ihnen die Aufzeichnung noch einmal zeigen. Sie sehen den Blitz, dann wird die Schreibtischplatte hochgehoben, und aus allen Ritzen quillt Rauch heraus.«

»Das ergibt keinen Sinn«, sagte Horton, der immer noch den Kopf schüttelte.

»Und was ist mit der Autobombe?«, fragte Brohier.

King nickte. »Autobombe ist das falsche Wort dafür. Haben Sie gesehen, was von dem Fahrzeug noch übrig ist?«

»Ja, als ich hergekommen bin«, sagte Brohier.

»Nur flüchtig«, erwiderte Horton.

»Der Autobrand wurde ebenfalls von einer Überwachungskamera aufgenommen. Sehen Sie selbst.«

Die Kamera schwenkte langsam über den fast leeren Parkplatz, als im Innern einer weißen Limousine, die im Vordergrund des Bildes zu sehen war, plötzlich ein grellweißer Blitz aufleuchtete. Das Fahrzeug schien in die Höhe gehoben zu werden, dann wurden die Windschutzscheibe und beide Fenster auf der Beifahrerseite von einer Wolke graublauen Rauchs herausgesprengt, die noch eine Weile über dem Wagen in der Luft hing. Um das Armaturenbrett herum tauchten die ersten Flammen auf, die sich innerhalb von Sekunden im gesamten Innenraum der Limousine ausbreiteten. Dann färbte sich die Rauchfahne schwarz, weil synthetische Stoffe verbrannten.

King schaltete den Videorekorder ab. »Etwa drei Minuten später ging der Benzintank in die Luft. Das Ergebnis kennen Sie. Zum Glück hat niemand versucht, den Brand zu löschen – wir waren alle mit Eric beschäftigt.«

»Was ist zuerst passiert?«, fragte Brohier. »Die Fehlzündung oder der Autobrand?«

»Da die Videoaufnahmen mit einem Zeitstempel versehen sind, wissen wir, dass alles genau im selben Moment passiert ist. Auf der Tonspur der Parkplatzaufnahme hört man, wie Erics Waffe losgeht. Und auf der Bildspur vom Tor ist der erste Blitz aus dem Wagen als kurzer Schatten zu sehen.

»Sie glauben doch nicht etwa, dass die beiden Vorfälle etwas miteinander zu tun haben?«, fragte Horton.

»Ich weiß nicht, was ich glauben soll«, sagte King. »Das Ganze ist äußerst merkwürdig.«

»Wem gehört eigentlich das Auto?«, fragte Horton.

»Ihrem Assistenten«, antwortete King. »Dr. Gordon Greene. Ich glaube, wir sollten uns einmal mit ihm unterhalten. Vielleicht kann er ja etwas Licht in die ganze Sache bringen.«

»Natürlich«, erwiderte Brohier. »Sagen Sie ihm bitte, dass er gleich herkommen soll.«

King nickte. »Vielleicht sollte ich ja jemanden ins Labor schicken, der ihn herbringt. Nur für den Fall.«

»Für welchen Fall?«, wollte Horton wissen.

»Für den Fall, dass er zu flüchten versucht«, erwiderte King ruhig.

»Moment mal … Das ist doch völlig absurd. Wieso verdächtigen Sie ihn?«

»Ich bin mir noch nicht sicher«, sagte King. »Aber ein guter Freund von mir liegt auf der Intensivstation, weil irgendetwas Merkwürdiges mit seiner Waffe passiert ist. Und Greene ist doch Ihr Mann für technische Spielereien, oder nicht? Die Absolventen der Cal Tech haben angeblich ein Faible für schlechte Scherze …«

»Greene ist mein Versuchsingenieur«, entgegnete Horton wütend. »Aber wenn Sie glauben, dass er absichtlich jemanden in Gefahr bringen würde …«

»Jeff, beruhigen Sie sich«, unterbrach ihn Brohier. »Wir suchen alle nur nach Antworten. Mr. King, geben Sie die Türverriegelung frei, und bitten Sie Dr. Greene, hierher zu kommen. Vielleicht weiß er ja doch etwas mehr als wir.«

»Chef«, sagte Greene und nickte Horton zu. »Dr. Brohier. Was ist hier eigentlich los?«

»Der Vorfall, der sich heute Morgen ereignet hat, wurde von den Überwachungskameras aufgenommen«, erklärte King. »Wir möchten Sie bitten, sich die Videoaufzeichnung anzusehen und uns alles zu sagen, was Ihnen dazu einfällt.«

Greene zuckte mit den Achseln und setzte sich auf einen Stuhl, der links neben dem Monitor stand. »Ist das nicht Abschnitt B? Ich dachte, die Schießerei wäre am Tor gewesen.«

»Das ist Abschnitt B«, bestätigte King und drückte auf die Taste, mit der das Standbild freigegeben wurde.

»Ja, stimmt – das ist mein Auto. Da drüben. Das weiße.«

»Behalten Sie Ihr Auto im Auge«, sagte Horton leise.

»Was meinen Sie damit? Ich … oh … o nein – das kann doch nicht wahr sein …« Greene riss überrascht die Augen auf, als auf der Beifahrerseite der Lichtblitz aufzuckte und gleich darauf die Rauchwolke zu sehen war. Sein Gesichtsausdruck veränderte sich zu ungläubigem Staunen. »Ich glaub's einfach nicht – Chef, sehen Sie sich das an! Die Raten dafür laufen noch zwei Jahre …«

Niemand sagte etwas. Greene hatte die Fäuste vor sich auf dem Tisch geballt und sah sich wortlos den Rest der Aufzeichnung an. Als das Band zu Ende war und nur noch ein Standbild auf dem Monitor flimmerte, ließ er den Kopf auf die geballten Fäuste sinken.

»Können Sie sich vorstellen, was passiert ist?«, fragte King.

Greene hob langsam den Kopf, lehnte sich zurück und atmete tief durch. »Ja. Tennessee.«

»Wie bitte?«

»Als ich an Weihnachten meinen Bruder Brandon besucht habe, um mir seine gerade geborenen Zwillinge anzusehen, bin ich durch Tennessee gefahren«, erklärte Greene mit einem Seufzer. »An jeder Ausfahrt auf dem Highway steht ein Laden für Feuerwerkskörper, einer größer als der andere, und jeder behauptet, billiger zu sein als die anderen. Auf dem Rückweg bin ich schwach geworden.« Er schüttelte den Kopf. »Ich hatte Knallfrösche im Wert von zwanzig Dollar im Handschuhfach, und unter dem Beifahrersitz lagen Raketen für fünfzig Dollar.«

King runzelte die Stirn. »Sie haben die Feuerwerkskörper an Weihnachten gekauft. Warum lagen sie dann immer noch im Auto?«

»Weil ich einfach noch nicht wusste, was ich damit machen soll. Ihnen dürfte bekannt sein, dass sie hier in Ohio verboten sind. Oh, verdammt – unerlaubter Besitz von Feuerwerkskörpern«, stöhnte er. »Ich werde keinen Cent von meiner Versicherung bekommen …«

»Können Sie sich vorstellen, warum sich die Feuerwerkskörper entzündet haben?«

Wortlos schüttelte Greene den Kopf.

»Wie waren sie gelagert? Könnten sie nass geworden sein?«

»Sie waren immer noch in der Plastikverpackung, in der ich sie gekauft habe. Ich habe den Karton nicht einmal aufgemacht. Meine Nachbarn wohnen ziemlich nah, und sie haben kein Verständnis, wenn es einmal etwas lauter wird. Ich habe die Feuerwerkskörper für den Memorial Day am 30. Mai aufgehoben. Jillian und ich wollten zur Hütte ihrer Eltern am Black Lake fahren«, fügte er entschuldigend hinzu. Greene sah den Sicherheitschef an. »Ist der Sicherheitsbeamte durch meine Feuerwerkskörper verletzt worden?«

King, dessen Lippen zu einem schmalen Strich zusammengepresst waren, schüttelte den Kopf. »Nein, sieht nicht so aus.«

»Kann ich das meiner Versicherung sagen?«, wollte Greene noch wissen, als er aufstand.

Brohier antwortete ihm. »Dr. Greene, würden Sie mir bitte einen Gefallen tun und den Schaden vorläufig nicht Ihrer Versicherung melden? Wir können jetzt niemanden brauchen, der Fragen stellt, die wir selbst nicht beantworten können.«

»Ist die Polizei denn nicht schon informiert?«, fragte Horton. »Ich dachte, Krankenhäuser wären verpflichtet, alle Schusswunden zu melden.«

»Das ist richtig«, sagte Brohier. »Zum Glück ist Dr. Giova von der Olentagy-Klinik ein guter Freund von mir. Er hat mir geglaubt, als ich ihm versichert habe, dass die Waffe nur indirekt etwas mit dem Vorfall zu tun hatte. Es wird vorläufig keine Ermittlungen durch die Polizei geben.«

King nickte zustimmend. »Ausgezeichnet.«

»Na ja – wenn alle hier die Fakten etwas zurechtbiegen, kann ich das vermutlich auch«, sagte Greene. »Zumindest für eine Weile.«

»Ich danke Ihnen, Dr. Greene. Melden Sie sich bitte morgen bei Mr. King«, sagte Brohier. »Und jetzt gehen Sie erst einmal beim Verwaltungsbüro vorbei – dort wird man Ihnen die Schlüssel für einen unserer Firmenwagen geben, den Sie vorläufig benutzen können.«

Greene sah Brohier überrascht an. »Danke«, sagte er, während er auf die Tür zuging. »Chef, werden wir den Test morgen früh wiederholen?«, wollte er von Horton wissen.

»Das kann ich noch nicht sagen.«

»Aber ich«, sagte Brohier. »Hier arbeitet niemand, bevor wir nicht wissen, was eigentlich passiert ist.«

»Chef?«

Horton nickte. »Sie haben es gehört.«

»Okay. Dann hole ich mir jetzt etwas zu essen und gehe nach Hause.«

Als Greene weg war, sahen sich King und Brohier an. »Zwei Handfeuerwaffen, ein Lagerschuppen, ein Waffenschrank und ein Karton mit Feuerwerkskörpern«, zählte Brohier auf. »Sehen Sie da einen Zusammenhang, Mr. King? Können Sie eine Person oder eine Gruppe von Personen mit allen fünf Vorfällen in Verbindung bringen?«

»Nein. Ich sage es zwar nicht gerne, aber für jemanden, der nicht zu meinen Leuten gehört, wäre es sehr schwierig, an die Waffen oder den Waffenschrank heranzukommen«, sagte King und stand auf. »Vielleicht sollte ich jetzt besser mit Eric und Charlie reden.«

»Lassen Sie es mich wissen, wenn etwas dabei herauskommt.« Als der Sicherheitschef gegangen war, wandte sich Brohier an Horton. »Und – was denken Sie?«

»Ich habe nicht den leisesten Schimmer einer Ahnung, was hier passiert sein könnte«, sagte Horton.

Brohier schmunzelte, als er den Deckel der Akte zuschlug. »Schicken Sie alle nach Hause, Jeff. Und Sie gehen auch heim. Das Labor ist bis morgen früh geschlossen, damit Donovans Leute ungestört arbeiten können. Wir treffen uns morgen früh um sieben Uhr mit Donovan, dann werden wir entscheiden, wie es weitergeht.«

»In Ordnung. Es wird ziemlich merkwürdig sein, an einem ganz normalen Arbeitstag vor Einbruch der Dunkelheit nach Hause zu kommen. Ich werde gar nicht wissen, was ich mit mir anfangen soll.«

»Das kann ich mir nicht vorstellen«, sagte Brohier. »Oh ... da wäre noch etwas, Jeff.«

»Ja?«

»Ihr Experiment war das Einzige, das gerade lief, als hier die Hölle ausbrach. Denken Sie mal darüber nach, während Sie ein bisschen Schlaf nachholen.«

An einem Wochentag und dazu noch am frühen Nachmittag war es auf der 100-Meter-Außenbahn des Buckeye Sportsmen's Club ungewöhnlich ruhig. Nur drei der Schießstände waren belegt – zwei von Frauen, die mit 9-mm-Automatikwaffen übten, und einer von einem grauhaarigen Mann, der eine Winchester 94 mit Unterhebelabzug angelegt hatte.

Jeff Horton suchte sich den Schießstand aus, der am weitesten von den anderen Schützen entfernt lag, stellte den schwarzen Hartschalenkoffer, den er in der Hand hielt, auf die Holzplatte, und packte seine Wettkampfpistole aus.

Die exotisch aussehende Hämmerli-Walter Olympia war auffälliger als Horton lieb war, aber sie war die einzige Waffe, die er besaß – und vermutlich hätte er sich eine so gute Waffe nie selbst gekauft.

Vor zwanzig Jahren hatte Hortons Vater festgestellt, dass seine Kinder auf dem Volksfest in Minnesota nur noch Augen für die Schießbude hatten, und beschlossen, aus der Begeisterung für das Schießen ein Freizeitvergnügen für die ganze Familie zu machen. Er kaufte einen gebrauchten Marlin Karabiner, eine billige Browning-Automatik und meldete sie im Schützenklub an, und sämtliche Mitglieder der Familie Horton entwickelten sich zu eifrigen Sportschützen.

Alle machten mit – sogar Jeffs Mutter, die lieber mit dem Gewehr und auf weite Entfernungen schoss, und Jeffs jüngerer Bruder Tom, der noch vor seinem zehnten Geburtstag erstaunlich gut im Schnellschießen wurde. Jeffs große Schwester Pamela erwies sich als besonders talentiert. Sie war zielsicher, hatte ein gutes Auge und blieb bei Wettkämpfen eiskalt, sodass sie mit 17 die US-Jugendmeisterschaften gewann und dann als Mitglied der amerikanischen Nationalmannschaft an zwei Olympiaden teilnahm. Die Olympia war irgendwann einmal nicht mehr gut genug für sie, sodass sie die Waffe vor vier Jahren ihrem Bruder schenkte.

Horton wusste, dass er kein sehr guter Schütze war. Aber die Rituale beim Schießen besaßen für ihn eine tröstliche, wenn nicht gar nostalgische Vertrautheit, und die Konzentration, die ihm diese scheinbar einfache Aufgabe abverlangte, wirkte beruhigend und sogar klärend auf seine aufgewühlten Gedanken. Für ihn war Schießen eine Art Meditation und manchmal auch ein Ventil, um seine Frustrationen loszuwerden.

An diesem Nachmittag war Horton aus beiden Gründen auf den Schießplatz gegangen, und er blieb dort länger als üblich. Erst als er alle sechzig Patronen aus seinem Pistolenkoffer verschossen hatte, dachte er wieder an das, was am Vormittag geschehen war.

Was haben Sie mir zu sagen versucht, Dr. Brohier? Was hat unser Experiment mit der ganzen Sache zu tun?

Als er den Schießplatz verließ, ging Horton in den kleinen Laden des Klubs und sprach den Manager an, der früher bei den Marines gewesen war. »Bobby, hätten Sie eine Minute Zeit für mich?«

»Hallo, Dr. Horton. Was sehe ich denn da? Sie tragen ja immer noch dieses Spielzeug mit sich herum. Ich würde Ihnen gerne dabei helfen, irgendwann einmal ein bisschen von Ihrem Geld in eine richtige Waffe zu investieren.«

»Irgendwann einmal«, versprach Horton. »Ich würde Sie gern etwas fragen, aber es klingt vielleicht etwas merkwürdig. Nehmen wir an, Sie wollten eine Automatik manipulieren – eine Glock beispielsweise, sodass das ganze Magazin auf einmal explodiert. Wäre das möglich?«

Die Frage brachte ihm einen skeptischen Blick ein. »Warum wollen Sie denn so etwas machen?«

»Ich nicht. Aber ich habe neulich auf einer Party gehört, dass jemandem so etwas passiert ist, und ich kann mir einfach nicht vorstellen, wie man das fertig bringt.«

»Ich auch nicht«, entgegnete der Manager. »Unter Umständen könnten Sie eine Glock als Blitzableiter verwenden. Mit einem Colt ACP würde das allerdings besser funktionieren – mehr Metall. Sind Sie sicher, dass Sie sich nicht verhört haben?«

»Ganz sicher«, sagte Horton. »Könnte man denn nicht das Magazin selbst manipulieren, vielleicht einen Hammer- oder Stiftmechanismus einbauen?«

Der Manager runzelte die Stirn und schüttelte dann den Kopf. »Dafür haben Sie keinen Platz. Und selbst wenn Sie es irgendwie fertig bringen würden, würde das Gewicht nicht mehr stimmen. Jeder, der seine Waffe kennt, würde es sofort merken. Auf der Party muss Ihnen jemanden einen Bären aufgebunden haben.«

Horton runzelte die Stirn. »Trotzdem vielen Dank.« In Gedanken versunken, drehte er sich um und wollte gehen.

»Kein Problem. Brauchen Sie Munition?«

»Bitte?«

»Da draußen liegen eine ganze Menge Hülsen herum«, sagte der Manager und deutete mit dem Daumen in Richtung des Schießplatzes. »Ich habe mich nur gefragt, ob Sie keine Patronen brauchen.«

»Nein«, sagte Horton. »Warten Sie – ich brauche doch welche. Haben Sie Platzpatronen Kaliber .22 da?«

Der Manager sah ihn überrascht an. »Sicher. Das ist was für Startpistolen. Für Ihre Olympia würde ich das Zeug aber nicht nehmen, es wird Ihnen nur den Lauf verschmutzen.«

»Das weiß ich«, sagte Horton. »Geben Sie mir trotzdem eine Schachtel.«

Karl Brohiers zweistöckiges Haus lag in einer ›gehobenen‹ Wohngegend in den Claremont Hills. Der gepflegte Rasen vor dem Haus war so groß, dass man dort ein Krocketturnier hätte veranstalten können, und in dem Wald hinter dem Haus hätte man ohne weiteres ein Rudel Rotwild untergebracht. Aber Brohier schien das eher peinlich zu sein. Er wirkte alles andere als stolz, wenn er Besucher zu Hause empfing. Horton hatte mehr als einmal gehört, wie Brohier erzählte, dass der Grundbesitz seiner Eltern in Vermont – eine Farm, Wald und Grundstücke, die über eine Länge von tausend Metern an einen See angrenzten – beim Verkauf eine derart astronomische Summe eingebracht hatte, dass ihm einfach keine andere Wahl geblieben war: Entweder er kaufte sich ein ›kleines Häuschen‹ in Columbus oder er zahlte die Hälfte der Summe, die er dafür aufbringen musste, als Beitrag zur Stabilisierung der sozialen Sicherheit an den Staat – in Form einer neuen Steuer, die Erben großer Vermögen traf.

»Mein Vater war ein altmodischer Konservativer aus Neuengland – so etwas hätte er nie unterstützt«, hatte Brohier erklärt. »Er hätte es mir nie verziehen, wenn ich sein Erbe mit unseren Freunden in Washington geteilt hätte.«

An diesem Abend begrüßte Brohier seinen Überraschungsgast in Turnschuhen, ausgebleichten gelben Shorts und einem riesigen T-Shirt, auf dem ein ›Dr. Quark‹-Cartoon von Sidney Harris abgedruckt war. Der Direktor des

Forschungszentrums war ganz und gar nicht überrascht, als er Horton vor der Tür stehen sah.

»Gehen wir ein paar Schritte.« Er deutete auf die Rasenfläche. »Mein Arzt sagt, dass ich vier Kilo Übergewicht habe, und besteht darauf, dass ich viermal in der Woche ins Schwitzen komme.«

»Ihr Arzt ist ein Tyrann«, sagte Horton, während er neben Brohier ging. »Ich kenne ein paar Leute, die dreißig Jahre jünger sind als Sie und einiges dafür geben würden, wenn Sie so fit wären wie Sie.«

»Mein Arzt ist auch dreißig Jahre jünger als ich«, sagte Brohier mit einem leisen Lachen.

»Beunruhigt Sie das nicht?«

»Aller Wahrscheinlichkeit nach ist jeder Arzt in meinem Alter, der noch nicht nach New Mexico gezogen ist, um dort die Früchte seiner Arbeit zu genießen, kein sehr guter Arzt«, sagte Brohier. »Und außerdem – würden Sie sich gerne von jemandem untersuchen lassen, der im 20. Jahrhundert studiert hat?«

Jetzt musste Horton lachen. »Wenn Sie das so sehen ...«

»So und nicht anders«, erwiderte Brohier. »Das Rezept für ein langes, gesundes Leben – frage alte Philosophen und junge Ärzte um Rat, und umgib dich mit alten Freunden und jungen Frauen. Da ich zu keiner dieser Gruppen gehöre – was führt Sie heute Abend zu mir?«

»Der Vorfall heute Morgen und Ihr kleiner Stoß in die Rippen danach«, antwortete Horton. »Was sonst? Dr. Brohier, würden Sie mich für verrückt halten, wenn ich sage, dass der Unglücksfall vielleicht durch mein Experiment verursacht worden ist?«

»Gibt es eine theoretische Begründung für diese Annahme?«

»Nein«, musste Horton zugeben. »Nur eine verblüffende Übereinstimmung, die auf eine Anomalie zurückzuführen ist.«

»Und die Übereinstimmung wäre ...?«

»Dass sowohl Gordies Feuerwerkskörper als auch als Erics Waffe genau in derselben Sekunde verrückt gespielt haben. Mir ist egal, was Mr. King denkt – die Feuerwerkskörper und die Waffe haben nichts miteinander zu tun. Zwei unterschiedliche Phänomene, was bedeutet, dass wir nach einem dritten Faktor suchen – der Ursache für beide. Und das einzige Ungewöhnliche heute Morgen war unser Experiment. Wir hatten gerade vierzig Prozent erreicht, es war das erste Mal, dass wir auf diesem Niveau waren ...« Horton unterbrach sich. »Sie sagen ja gar nichts.«

Brohier, dessen Atem etwas schneller ging, blieb stehen und drehte sich zu Horton. »Sie haben das auch ohne mich ganz gut gemacht.«

»Bin ich plötzlich verrückt geworden, oder gibt es hier etwas, mit dem wir uns näher beschäftigen sollten?«

»Wir können es uns nicht leisten, eine Anomalie zu übersehen«, sagte Brohier. »Sagt Ihnen der Name Auguste de Tocquard etwas?«

Horton schüttelte den Kopf.

»De Tocquard war ein französischer Wissenschaftler, der Ende des 19. Jahrhunderts gelebt hat«, erklärte Brohier. »Er experimentierte mit Hochspannungs-Entladungsröhren. Eines Tages fiel ihm auf, dass unbelichtete Fotoplatten, die in der Nähe der Röhren herumlagen, nicht mehr zu gebrauchen waren. Er schob daher alle Platten, die noch in Ordnung waren, ein Stück weiter weg. Anschließend machte er mit seinen Experimenten weiter.«

»Und die Röntgenstrahlen hat dann ein anderer entdeckt«, sagte Horton mit einem erstaunten Grinsen.

»Eine solche Entdeckung hätte die Wissenschaft seiner Zeit revolutioniert«, sagte Brohier. »Jeffrey, ich weiß nicht, was hier los ist – und Sie wissen es offensichtlich auch nicht. Aber vielleicht haben wir ja auch rein zufällig etwas Neues entdeckt. Und daher sollten wir uns jetzt fragen, wie es weitergeht.«

Horton nickte eifrig. »Der theoretische Ansatz ist eine Sackgasse – es fehlt zu viel. Und den Kontext haben wir wahrscheinlich auch nicht. Schließen Sie das Labor wieder auf. Ich möchte mein Team zusammentrommeln und herausfinden, ob wir das Ganze wiederholen können.«

»Ja. Das müssen wir als Erstes wissen«, entgegnete Brohier. »Aber glauben Sie, dass wir es vielleicht auch allein könnten, ohne Ihr Team? Heute Nacht? Nur Sie und ich?«

»Warum?«

»Weil ich befürchte, dass wir uns beide in eine fixe Idee verrannt haben«, antwortete Brohier. »Und uns vielleicht bis auf die Knochen blamieren, so wie dies nur alten Narren und jungen Träumern passiert. Falls ja, sollte das besser ein Geheimnis zwischen Ihnen und mir bleiben. Und falls nicht – nun, dann wäre es vielleicht auch besser, das Ganze geheim zu halten, zumindest für eine Weile.«

Horton hatte nur fünf Minuten gebraucht, um die Sensoranordnung für den zweiten Test zu entwickeln, und nur 15 Minuten, um sie zu bauen. Der Sensor war in seinem früheren Leben ein Zaunpfahl gewesen und beim Bau von Hortons Veranda übrig geblieben. Jetzt hing der Pfosten aus dem Beifahrerfenster seines Wagens heraus wie ein Hund, der seine Ohren im Wind flattern lässt.

Während sich Brohier um das Aufschließen der Türen und die Sicherheitskontrollen kümmerte, trug Horton den Balken auf der Schulter ins Labor. Die beiden Männer schleppten einen schweren Tisch in Reichweite des Senders und befestigen den Zaunpfahl mit Schraubzwingen auf der Tischplatte. Dann sah Brohier zu, wie Horton in jedes der Löcher, die sie alle 25 Zentimeter über die gesamte Länge des Pfostens gebohrt hatten, eine Platzpatrone Kaliber .22 hineinschob. Die meisten Patronen passten problemlos in die Bohrlöcher und ließen sich so weit hineinschieben, dass nur noch das flache Endstück zu sehen war. Bei der letzten Patrone musste Horton jedoch kräftig drücken, und trotzdem ließ sie sich nur bis zur Hälfte in ihr Loch schieben.

»Haben Sie für mich auch eine kugelsichere Weste mitgebracht?«, fragte Brohier, der Hortons Bemühungen aufmerksam verfolgte. »›Nobelpreisträger mit Holzpflock im Herzen tot aufgefunden‹ ...«

Horton runzelte die Stirn. »Vielleicht sollte ich die hier wieder herausnehmen.«

»Das denke ich auch«, erwiderte Brohier. »Und während Sie das tun, werde ich den Rest dieses Kartons mit Granatsplittern zu den Sicherheitsbeamten bringen und ihnen erklären, dass der Karton, ihre Waffen und sie selbst für die nächste halbe Stunde an der Einfahrt zum Gelände bleiben sollen. Reicht Ihnen das?«

»Das dürfte genügen«, sagte Horton. »Wir brauchen uns dieses Mal nicht mit einer Kalibrierung aufzuhalten – an oder aus ist alles, was wir brauchen.«

Als Brohier zurückkam, waren die Monitore an beiden Steuerpulten eingeschaltet, und die Stromversorgung des Testgeräts gab ein deutlich hörbares Brummen von sich. Horton stellte gerade den digitalen Camcorder ein, den er in einer Ecke des Labors auf einem Stativ befestigt hatte.

»Ah, ja«, sagte Brohier. »Beweisen müssen wir es natürlich auch. Oder sollte das eher dazu gedacht sein, unser Ableben zu dokumentieren?«

»Wenn das passiert, was ich erwarte, werde ich mich hinsetzen und mir das Ganze mindestens ein Dutzend Mal ansehen müssen, bevor ich es glaube«, entgegnete Horton. Er richtete sich auf und trat ein paar Schritte vom Camcorder zurück. »Ich glaube, wir sind so weit.«

»Nicht ganz«, sagte Brohier und gab Horton eine Sicherheitsbrille und ein Päckchen mit Ohrstöpseln. »Außerdem sollte ich mich wohl besser dort drüben hinstellen, hinter Lees Steuerpult. So schnell möchte ich mein Übergewicht nun auch nicht verlieren.«

Horton grinste etwas gezwungen, dann setzte er sich hin. Er richtete eine winzige Fernbedienung auf den Camcorder, und gleich darauf fing eine rote Lampe über dem Objektiv zu blinken an. »19. Mai, 2.19 Uhr, Davisson Labor, Planck Center, Campus der Terabyte Corporation in Columbus, Ohio. Anwesend sind Dr. Karl Brohier, der Direktor des Labors, und Dr. Jeffrey Horton, der stellvertretende Direktor des Labors. Es handelt sich hier um den Test einer Trigger-Hypothese aus Anlass des Vorfalls vom 18. Mai …«

»Das darf doch wohl nicht wahr sein«, platzte Brohier dazwischen. »Sie sind hier nicht auf CNN, und ich werde nicht ewig leben. Jetzt fangen Sie schon an – drücken Sie endlich auf diesen verdammten Knopf.«

Horton errötete leicht, aber dann drehte er sich zu seinem Steuerpult hin. »Ich beginne bei zehn Prozent, Lowband …« Die darauf folgende Feuersalve ließ ihn zusammenzucken. Mit klopfendem Herzen und klingenden Ohren wirbelte er auf seinem Stuhl herum und sah, wie aus vier aufgesplitterten Löchern weiße Rauchwolken aufstiegen. Zwei der glänzenden Messinghülsen hüpften immer noch über den harten Fußboden – *pling pling pling*. Eine dritte hatte sich in die weiche Deckenverkleidung gebohrt.

Brohier starrte ungläubig vor sich hin. »Großer Gott«, murmelte er vor sich hin. »Großer Gott.«

Mit zitternden Händen griff Horton nach dem Päckchen Ohrstöpsel auf seinem Pult und riss es auf. Die Stöpsel purzelten ihm in die Hand, und er drückte sich zwei davon mit fieberhaftem Eifer in die Ohren. Sein Hals war knochentrocken, und eine Weile konnte er nicht sprechen, weil er das Gefühl hatte, jemand hätte ihm gerade die Zunge herausgeschnitten.

»Stei…« Er schluckte und versuchte es noch einmal. »Steigere Leistung auf ein Zehntel Prozent pro Sekunde.« Er korrigierte die Einstellungen, drehte sich dann aber zur Versuchsanordnung hin, bevor er auf den Knopf drückte.

Und dieses Mal konnte er es sehen – den rotgelben Blitz, die glänzenden Messinghülsen, die gegen die Decke geschleudert wurden, das grauweiße, pilzförmige Wölkchen aus Treibgas, die Hülse, die auf den Fußboden fiel. *Wumm! Pling pling pling …*

Ein paar Sekunden später ging es wieder los. *Wumm! Pling pling pling …*

Brohier und Horton sahen sich an. Sie suchten Bestätigung, Bejahung, Freude in den Augen des anderen. *Kann so etwas wirklich passieren?*, wollten Hortons Augen wissen. In Brohiers Blick stand ein ehrfürchtiges Staunen, als hätte er schon vor langer Zeit die Hoffnung darauf aufgegeben, dass ihn das Universum irgendwann noch einmal überraschen könnte.

Wumm! Pling pling pling …
Wumm! Pling pling pling …

Und so ging es weiter, bis die letzte Patrone entzündet worden war. Hortons Monitore gaben an, dass der Sender erst bei knapp 15 Prozent seiner Leistung war.

»Das Tor und der Parkplatz liegen innerhalb der möglichen Reichweite«, sagte Horton, der eine Gleichung auf seinen Informationsmanager kritzelte. »Selbst wenn dieses Phänomen auf dem quadratischen Entfernungsgesetz basiert …«

»Es sah so aus, als hätten wir sie der Reihe nach mit einem Hammer aufgeschlagen«, meinte Brohier verwundert. Er wankte zum nächsten Stuhl und ließ sich hineinfallen. Dann wischte er sich den Schweiß von der Stirn und sagte mit zittriger Stimme: »Dr. Horton, wenn Sie Gordie das nächste Mal sehen, können Sie ihm sagen, dass Terabyte ihm einen neuen Wagen kauft.«

3.

Die Prophezeiung

Windsor, NC – Ein Polizeisprecher hat bekannt gegeben, dass es in dem schockierenden Mordfall von gestern, bei dem drei Menschen in einem Lebensmittelgeschäft ums Leben kamen, noch keine konkreten Spuren gibt. Auf der Aufzeichnung einer Überwachungskamera ist zu sehen, wie zwei maskierte Täter die sechs Opfer mit Klebeband fesseln, sie übereinander auf den Boden legen und dann in den Stapel aus menschlichen Körpern schießen, ›als hätten sie alle Zeit der Welt‹, wie aus Polizeikreisen verlautete.

Vollständige Meldung

Der Campus der Terabyte Corporation in Columbus blieb offiziell für 19 Tage geschlossen. Als er dann wieder geöffnet wurde, war den zurückkehrenden Mitarbeitern sofort klar, dass in dieser Zeit einiges passiert sein musste.

»Die Heinzelmännchen haben aber ganz schön geschuftet«, sagte Gordon Greene, der auf dem Beifahrersitz von Leigh Thayers kastenförmigem Skystar saß und aus dem Fenster sah.

»Heinzelmännchen?«

»Oder wer auch immer die vielen neuen Schuhe für den Schuster gemacht hat, während der geschlafen hat.«

Greenes Kommentar bezog sich auf ein neues Pförtnerhäuschen samt Tor an der Einfahrt zum Campus, neben dem ein neuer, schwarz asphaltierter Parkplatz zu sehen war, für den man eine große Wiese mit einigen Bäumen gerodet hatte.

In der Nähe des Pförtnerhäuschens war eine neue Ladebucht gebaut worden, genau an der Stelle, an der früher die zweite Spur der Zufahrtsstraße gewesen war. Die Lieferrampe, in der gerade ein brauner Transporter von UPS stand, war links und rechts von Betonbarrieren umgeben. Auf der anderen Seite der Rampe, die schon auf dem Gelände des Labors lag, stand ein blassblauer Pritschenwagen von Terabyte, der eng an der Wand geparkt worden war. Zwei Männer in der Uniform des firmeneigenen Sicherheitsdienstes trugen Pakete zwischen den beiden Transportern hin und her.

Zwischen Tor und Ladebucht verlief ein neuer Zaun, der Terabyte von der Shanahan Road trennte. »Sieht ganz so aus, als dürfte jetzt kein externes Fahrzeug mehr in die Nähe der Labors kommen«, sagte Lee.

»Meiner Meinung nach ist das ein bisschen zu viel des Guten, findest du nicht auch?«

Lees Vermutung wurde einen Moment später bestätigt, als zwei Sicherheitsbeamte ihr Auto auf den Parkplatz winkten. »Dr. Leigh Thayer, Parkplatz Nummer 8«, sagte einer der beiden Wächter, während er ein Abziehbild mit einem Sender an der Innenseite der Windschutzscheibe aufklebte. »Dr. Greene, wenn Sie Ihr neues Auto haben, parken Sie auf Nummer 9. Sie können am Pavillon auf einen Fahrer warten.«

Der Sicherheitsbeamte wies mit dem Daumen auf einen überdachten, von Wänden aus Plexiglas umgebenen Bereich, der einige Meter hinter der Sicherheitskontrolle lag. Daneben standen drei mit einer Art Markisendach versehene Wägelchen mit jeweils sechs Sitzen, die auch auf einen Golfplatz gepasst hätten.

»Ich glaube, es gibt etwas, von dem wir noch nichts wissen«, sagte Lee, die durch die Windschutzscheibe des Skystars nach draußen starrte. »Wir sollten besser herausfinden, ob sie es uns sagen wollen.«

Bevor sie das Tor passieren konnten, mussten Lee und Gordie ihre alten Terabyte-Ausweise abgeben. Dafür händigte man ihnen neue, größere Karten aus, die an einer Kette um den Hals zu tragen waren.

»Wenn ich scharf darauf gewesen wäre, ein Hundehalsband zu tragen, hätte ich einen Job bei IBM angenommen«, beschwerte sich Greene, als sie zum Pavillon hinübergingen.

Dort erwartete sie noch eine unangenehme Überraschung – sie durften nicht selbst zu den Labors fahren. Für den Wagen war ein spezieller Schlüssel erforderlich, der nur dem Fahrer anvertraut wurde, in ihrem Fall einer Frau um die dreißig mit Schultern wie ein Gewichtheber und freundlichen, aber wachsamen Augen.

Angesichts des laut heulenden Elektromotors und des heftigen Windes, der die Markise über ihren Köpfen hin und her riss, versuchten weder Lee noch Gordie, eine Unterhaltung zu beginnen. Aber nach der Hälfte der Strecke deutete Gordie wortlos zwischen den Sitzen hindurch auf das Holster der Fahrerin, in dem ein rechteckiger, schwarzer Kasten steckte, der ganz und gar nicht wie eine Waffe aussah.

Sie wurden ohne Halt zum ehemaligen Haupttor gefahren, das man wieder aufgebaut und durch ein sechsseitiges, gepanzertes Pförtnerhaus ergänzt hatte.

»Al Capone«, kommentierte Gordie, als ihr Shuttle in den ›Schleuseneingang‹ fuhr. Die mit stählernen Querbalken verstärkten Tore sahen stabil genug aus, um alles aufzuhalten, was nicht gerade ein Panzer war.

»Wie bitte?«

»Er meint das neue Pförtnerhaus«, rief die Fahrerin über die Schulter. »Es sieht so aus wie die Schießbuden, die kleine Städte in den Dreißigerjahren gebaut haben, um Bankräuber in die Flucht zu schlagen. Ich habe einmal eine gesehen, in Goshen, Indiana – genau neben dem Gerichtsgebäude. Maschinengewehre auf der Hauptstraße – stellen Sie sich das mal vor!«

»Muss ich?«, fragte Lee.

Als sie durch die Schleuse fuhren, machte sie Gordie durch eine Handbewegung darauf aufmerksam, dass der innere Zaun in der Zwischenzeit unter Strom gesetzt worden war.

Er nickte. »Die Realität sieht jetzt wohl etwas anders aus«, sagte er. »Willkommen in der Wirklichkeit, Dorothy.«

Sie wurden direkt zum Haupteingang des Planck Center gefahren, wo sie eine weitere Überprüfung ihrer brandneuen Ausweise über sich ergehen lassen mussten – dieses Mal mit einem Lesegerät, das sowohl den Barcode als auch den Speicherstreifen am unteren Ende der Plastikkarte abtastete, damit das Sicherheitslog die Inhalte vergleichen konnte.

»Dr. Greene, Dr. Thayer«, sagte der Sicherheitsbeamte gleich darauf. »Der Direktor und Dr. Horton erwarten Sie im Konferenzraum.«

»Wollen Sie uns denn nicht dorthin begleiten?«, fragte Lee spöttisch.

»Nein, Dr. Thayer«, antwortete der Sicherheitsbeamte und schüttelte nachdrücklich den Kopf. »Ich bin nicht berechtigt, dieses Gebäude zu betreten.«

Jeff Hortons Gesicht hellte sich auf, als seine beiden Assistenten den Raum betraten. »Lee, Gordie, ich freue mich, Sie zu sehen.«

»Ich freue mich auch, Sie zu sehen, Chef«, sagte Greene. »Ich hatte schon befürchtet, George Orwell hier zu finden.«

Als Horton und Karl Brohier in schallendes Gelächter ausbrachen, stellte Greene fest, dass noch jemand im Raum war – ein großer, schlanker Mann mit kantigen Gesichtszügen, der eine fast schon mit Händen greifbare Ruhe ausstrahlte. Brohier stand auf und winkte den Mann zu sich.

»Ich würde Ihnen gerne das neue Mitglied unseres Teams vorstellen«, sagte der Direktor. »Pete McGhan – Dr. Gordon Greene, Dr. Leigh Thayer. Pete ist unser Koordinator für das Spezialmaterial.«

»Spezialmaterial?« Greene warf Horton einen fragenden Blick zu.

»Ein Euphemismus für seine Steuererklärung«, erklärte Brohier. »Mr. McGhan – ehemals Colonel McGhan, USMC – wird sich um die Beschaffung, Lagerung, Bearbeitung und Vorbereitung der Proben für Ihr neues Testprogramm kümmern. Da wir gerade davon sprechen, Dr. Greene – haben Sie den Scheck erhalten? Hatten Sie Probleme, Ersatz für Ihren Wagen zu bekommen?«

»Der Händler braucht eine Woche länger, wegen der Farbe, die ich mir ausgesucht habe, aber das würde ich nicht unbedingt als Problem bezeichnen«, sagte Greene. »Ich möchte Ihnen noch einmal danken ...«

»Das brauchen Sie nicht«, sagte Brohier. »Schließlich sind wir daran schuld gewesen.«

Während Greene verwirrt die Stirn runzelte, trat Thayer vor. »Dr. Brohier, Dr. Horton – würden Sie uns jetzt bitte erzählen, was hier los ist? Warum wurden die Sicherheitsmaßnahmen derart verschärft? Und – bei allem Respekt für Mr. McGhan – warum brauchen wir auf einmal einen neuen Mitarbeiter, der sich um unsere Proben kümmert?«

»Weil er vierzehn Jahre Erfahrung im Umgang mit Munition und Sprengstoff hat und wir nicht«, antwortete Horton. »Gordie, *wir* haben Ihr Auto in die Luft gejagt – Sie, ich, Lee und Baby.«

»Wie?«, wollte Thayer wissen.

Horton und Brohier verzogen beide das Gesicht. »Das weiß ich noch nicht, Lee. Und genau deshalb wird es jetzt Zeit, dass wir wieder an die Arbeit gehen«, antwortete Horton dann.

Vorher mussten sie allerdings neue und noch strenger als früher formulierte Geheimhaltungsverpflichtungen unterschreiben. Dann führten Brohier und Horton den Neuankömmlingen die Aufzeichnung der mitten in der Nacht durchgeführten Tests vor und nahmen sie mit ins Davisson Labor, um ihnen zu zeigen, was alles verändert worden war.

Die erste und auffälligste Änderung bestand darin, dass die gesamte Zielkonstruktion einschließlich des Marmorpodests aus dem Labor entfernt worden war. »Wir haben draußen eine neue Testkammer gebaut«, sagte Horton und deutete auf eine neue Metalltür und ein Bullauge aus Plexiglas in der gegenüberliegenden Wand.

»Dreißig Zentimeter dicke Wände, die mit Verbundplatten aus Kevlar und Panzerstahl verkleidet sind. Die Kammer ist versiegelt und mit einem 500-Liter-Wasserschalldämpfer ausgestattet«, fügte McGhan hinzu. »Wir haben sie gestern getestet – es platscht ganz schön, aber dafür gibt es kaum Geräusche oder Rauch.«

»Wir wollen keinen Ärger mit den Nachbarn«, erklärte Brohier. »Je weniger Fragen, desto besser.«

»Sieht so aus, als müssten wir Baby herumdrehen«, sagte Greene, der sich die Anordnung der Testgeräte ansah. »Jetzt wissen wir ja, dass wir darauf achten müssen, in welche Richtung der Sender zeigt.«

»So genau wissen wir das noch gar nicht. Und das ist jetzt auch am wichtigsten – wir müssen herausfinden, in welchem Bereich die Wirkung eintritt. Pete wird Ihnen Testmaterial besorgen, mit dem Sie sich oder das Labor nicht in Gefahr bringen«, sagte Horton. »Lee, Ihre Aufgabe wird sein, festzustellen, welche Daten wir innerhalb der Kammer sammeln können, und sie für Steady Hand zu verkabeln.«

»Was für Material werden wir testen?«

»Zuerst Munition – sämtliche Kaliber und Treibgase. Dann die ganze Latte der Sprengstoffe, von Amatol bis Torpex«, erwiderte McGhan. »Alles, was meine Lizenz abdeckt und meine Kontakte mir besorgen können.«

»Und dann das gesamte *Handbuch der Chemie*«, warf Brohier ein. »Wir müssen genau wissen, welche Verbindungen reagieren und welche nicht – eine unabdingbare Notwendigkeit, da wir über keinerlei theoretische Basis verfügen.«

»Und das wird *meine* wichtigste Aufgabe sein«, sagte Horton. »Wir müssen verstehen, was hier vor sich geht – warum das, was aus diesem Labor kam, eine Wirkung hatte, die natürliche Strahlung nicht hat. Oder zumindest nicht so, dass wir etwas feststellen könnten.«

»Haben Sie etwas im PSR-Index oder dem JPSI gefunden?«, fragte Thayer.

Horton schüttelte den Kopf. »Ich bin nun schon seit einer Woche bei der Literaturrecherche, und es sieht so aus, als wäre dieses Phänomen noch nie beobachtet worden – zumindest wurde noch nie etwas darüber geschrieben. Ich muss mit einer leeren Seite anfangen.«

»... die wir mit ein paar brauchbaren Daten füllen werden, damit Sie arbeiten können«, sagte Thayer. Dann sah sie Brohier an. »Gibt es außer uns fünf noch jemanden, der weiß, auf was wir hier gestoßen sind?«

»Noch nicht«, erwiderte Brohier. »Und das ist das Problem, das *ich* auf dem Tisch liegen habe. Denn wenn wir eine sechste Person ins Vertrauen ziehen, wird sich die Welt verändern. Ich kann es nicht oft genug betonen – Ihre Verschwiegenheit wird uns die Zeit verschaffen, die wir dringend brauchen. Jede noch so kleine Indiskretion wird uns die Chance nehmen, das zu gestalten, was als Nächstes kommt.«

Seine Worte sorgten dafür, dass die freudige Erregung aus den Gesichtern der anderen verschwand. Aber Brohier wurde noch deutlicher. »Machen Sie keinen Fehler«, fuhr er fort. »Niemand wird noch in der Lage sein, die Zukunft zu beeinflussen, wenn diese Entdeckung erst einmal bekannt ist. Wir haben es dann mit Politik und Psychologie zu tun, mit den Pseudowissenschaften und der unergründlichen Natur der menschlichen Rasse. Diese Entdeckung wird die Regeln für die Verteilung der Macht ändern, die die Weltpolitik beherrscht haben, seit Schwert und Speer durch das Steinschlossgewehr ersetzt wurden. Aber nicht wir werden die neuen Regeln schreiben – wir sind nur der Grund dafür, dass es dazu kommen wird.

Es gibt kein Zurück. Wir haben uns diese Verantwortung nicht ausgesucht, aber wir können sie nicht zurückweisen. Was wir entdeckt haben, werden mit Sicherheit auch andere entdecken. Später werden Sie an den heutigen Tag zurückdenken als einen der letzten Tage, an denen die Welt noch ihre alte, vertraute Ordnung hatte. Ihre Kinder werden in einer anderen Welt aufwachsen.« Brohier sah den Sender an. Auf seinem Gesicht erschien ein Lächeln, das den Ernst seiner Worte milderte. »Ich hoffe, es wird eine bessere sein.«

4.

Die Untersuchung

Dale City, Maryland – Um Licht in die Schießerei zu bringen, bei der in einer vorwiegend von Weißen bewohnten Gegend ein Mann aus einem fahrenden Auto heraus erschossen wurde, konzentriert sich die Polizei mit ihren Ermittlungen auf den Mitschnitt eines Notrufs. Die Aufzeichnung mit einer Länge von einhundert Sekunden beginnt, kurz bevor Hausbesitzer Gil Dellard von mehreren Schüssen durch sein Küchenfenster getötet wird, und enthält auch Schreie und laute Rufe von angetrunkenen Jugendlichen. Das Opfer hatte gerade versucht, bei der Notrufzentrale ein Auto mit grölenden

Jugendlichen zu melden, das über den Rasen in seinem Vorgarten fuhr.

Vollständige Aufzeichnung des Notrufs

In den folgenden Wochen war das Leben im Davisson Labor zwar von viel Arbeit bestimmt, aber trügerisch ruhig.

Die Generator-/Sendereinheit wurde umgesetzt und neu eingestellt und diente jetzt dazu, die Proben, die viermal am Tag von Pete McGhan geliefert wurden, zum Explodieren zu bringen. Da für McGhan akute Gefahr bestand, wenn er sich dem Labor während eines Tests näherte, diktierte sein Kommen und Gehen den Ablauf des Testprogramms und den Tagesablauf von Hortons Team.

Die erste Lieferung erfolgte um acht Uhr morgens, die übrigen Lieferungen jeweils im Abstand von drei Stunden. Für jede Lieferung hatten sie einen halbstündigen ›Blackout‹ in Steady Hand programmiert. Als zusätzliche Sicherheitsmaßnahme war vereinbart worden, dass McGhan auf einer Standleitung anrief, bevor er den Campus von Terabyte betrat, und sich vergewisserte, dass der Sender ausgeschaltet und die Testkammer aufnahmebereit war.

»Hat der Doktor jetzt Zeit für mich?«, fragte er jedes Mal.

»Kommen Sie in die Praxis«, lautete die Antwort, wenn McGhan kommen konnte. »Tut mir Leid, es gibt keine Termine mehr«, war das Zeichen dafür, dass er außerhalb der Sicherheitszone bleiben sollte.

McGhan blieb nie länger im Labor, als notwendig war, um die Proben in der Testkammer aufzustellen und die Etiketten mit den chemischen Angaben und anderen Standarddaten an Horton zu übergeben. Dann verschwand er wieder vom Campus und kehrte zu dem geheim gehaltenen Ort zurück, wo er die Proben in Empfang nahm, lagerte und für den Test vorbereitete.

»Danke für den Termin«, sagte er jedes Mal, wenn er die Sicherheitszone verließ.

»Empfehlen Sie uns bitte weiter«, lautete die richtige Antwort darauf.

Diese Agenten-Aspekte der Übergabe riefen bei Hortons Team kindisches Gekicher und abfällige Witze hervor – vor allem bei Lee, deren Aufgabe es war, die Anrufe McGhans entgegenzunehmen. »Er hört sich an wie ein Hypochonder mit einem Drogenproblem«, beschwerte sie sich bei Horton. »Und ich wie eine Puffmutter aus Cincinnati. Wenn Sie in den Forschungsunterlagen auch nur ein Wort davon erwähnen, werden uns alle für paranoide Möchtegern-James-Bonds halten.«

»Nur weil du paranoid bist ...«, warf Greene ein.

»Ich weiß, ich weiß.« Thayer beugte sich über ihr Steuerpult und warf einen verstohlenen Blick nach links und rechts. »Wir müssen sehr vorsichtig sein«, sagte sie mit düsterer Stimme. »Der Feind ist überall. Jeder von uns kann ein Spion sein ...«

Abgesehen von McGhans Lieferungen und Anrufen gab es wenig andere Störungen ihrer Arbeit. Die Mitarbeiter in der Verwaltung schirmten sie vor Routineanfragen ab, verhinderten persönliche Kontakte durch einen Katalog plausibel klingender Entschuldigungen und sorgten dafür, dass eine ganze Reihe profaner Notwendigkeiten erledigt wurde, was auch die Abholung von Dr. Greenes neuem Wagen und die Lieferung von Tiefkühlmahlzeiten bis in den Kühlschrank von Dr. Hortons Wohnung einschloss.

Karl Brohier kam in den ersten Tagen noch jeden Tag einmal vorbei, aber dann, nachdem er angekündigt hatte, er werde für einige Zeit unterwegs sein, ließ er sich plötzlich nicht mehr blicken. Wo genau er war und welchen Zweck seine Reise hatte, war Anlass heftiger Spekulationen, aber nicht einmal Horton schaffte es, von den direkten Mitarbeitern Brohiers Informationen darüber zu bekommen.

»Er wird doch wohl keinen faulen Kompromiss machen, oder?«, fragte Greene. »Hinter unserem Rücken einen Vertrag abschließen?«

»Nein«, erwiderte Horton in entschiedenem Ton. »Das würde er niemals tun. Er ist auf der Suche – genau wie Diogenes. Es wird einige Zeit dauern.«

»Diogenes«, sagte Thayer mit unverhohlenem Missfallen. »Sie hätten sich ruhig einen etwas optimistischeren Vergleich aussuchen können, Chef.«

»Die Suche nach einem ehrlichen Mann? Ist das nicht genau die Art von Mensch, die wir als Nummer sechs brauchen?«

»Das ist alles, was die Leute im Allgemeinen über Diogenes wissen«, sagte sie mit einem Seufzer. »Chef, er war der Gründer der Zyniker …«

Greenes Gesicht hellte sich auf. »Papi! Endlich habe ich dich gefunden!«

Thayer warf ihm einen finsteren Blick zu. »Er wurde *Kayo* – ›Hund‹ – genannt, weil er auf der Straße schlief. Seinen Anhängern predigte er, sämtliche Formen der Zivilisation zu verachten. Um das zu unterstreichen, gab er alle weltlichen Güter auf. Chef, wenn wir uns Dr. Brohier schon als griechischen Philosophen vorstellen sollen, könnte es dann nicht wenigstens einer aus der ionischen Schule sein? Thales oder Anaximander vielleicht?«

»Als Kind hatte ich auch mal einen Anaximander«, sagte Greene. »Er hat in einem Aquarium auf meiner Kommode gewohnt – aber dann ist er gestorben.«

Lee knüllte ein Stück Papier zu einer Kugel zusammen und warf es ihm an den Kopf.

Je mehr Tage vergingen, desto mehr Daten sammelten sich an.

Bei der ersten Testserie konzentrierten sie sich auf Munition, die jener in Erics Fleet Pistole ähnelte – Munition, die mit Treibgasen auf Zellulosehexanitratbasis oder Schießwolle gezündet wurde. Da sie nur wenig Erfahrung mit Waffen besaßen, waren Thayer und Greene überrascht von der schier unerschöpflichen Auswahl an Munitionstypen, die McGhan ihnen brachte. Allein der Katalog von Winchester enthielt elf Pulversorten und mehr als zweihundert unterschiedliche Patronen.

Mischung, Korngröße und -form, Füllstoffe, Hersteller, Kaliber – jeder dieser Faktoren konnte entscheidend sein und den Unterschied zwischen einem positiven und einem negativen Test ausmachen. Aber die ersten zwanzig Proben duplizierten die Anomalie mit einer solchen Zuverlässigkeit, dass das Team dazu überging, den letzten Mausklick des Testprotokolls als ›abdrücken‹ zu bezeichnen.

Als sie nach acht Tagen 32 erfolgreiche Tests durchgeführt hatten, gelang es Thayer und Greene, die unbedingt auch anderes Material testen wollten, Horton mit ihrer Ungeduld anzustecken. Die Tests wurden nun schneller durchgeführt, indem immer drei Munitionsproben gleichzeitig in die Testkammer gelegt wurden.

Die Ergebnisse blieben gleich. Magnum und ACP, Randfeuer und Zentralfeuer, Gewehr und Handfeuerwaffe, .218 Bee bis .458 Winchester – innerhalb von Sekundenbruchteilen, nachdem der Sender ein Leistungsniveau von zehn Prozent erreicht hatte, entluden sich die Patronen. Die weiche Messinghülse zersplitterte in der Halterung, die Kugel schlug stark abgebremst im Auffangkasten ein.

Am Ende des 17. Testtags, nachdem 140 Proben fein säuberlich im Testprotokoll verzeichnet waren, drohte Langeweile die produktive Ungeduld der Neugierde zu ersetzen, und immer noch hatten sie nichts von Karl Brohier gehört.

Schließlich riss Horton die Kontrolle über das Projekt wieder an sich. »Das ist mehr als genug«, sagte er zu sich selbst. Dann klappte er das Versuchsprotokoll zu und rief McGhan an. »Pete? Der Zeitplan wird geändert. Ich möchte die reinen Pulver morgen und am Samstag testen und Material der Serie drei gleich am Montag nächste Woche. Ist das ein Problem für Sie? Gut. Wir sehen uns morgen.«

Als er den Hörer auflegte, hörte er leises, aber begeistertes Händeklatschen hinter sich. Er drehte sich um und musste feststellen, dass Greene und Thayer gelauscht hatten.

»Eine weise Entscheidung«, meinte Greene. »Mir war schon so langweilig, dass ich mir ernsthaft überlegt hatte, am Wochenende mit dem neuen Wagen nach Tennessee zu fahren.«

»Warum ist Testosteron nur so vernarrt in Explosionen?«, fragte Lee, die gar keine Antwort erwartete, mit einem theatralischen Seufzer. »Chef, wenn wir morgen früh mit dem Pulver anfangen, sollten wir heute Abend besser die Lüftungs- und Feuerlöschsysteme durchtesten.«

»Nein«, sagte Horton. »Für heute war's das. Ich werde Sie beide jetzt zu einem anständigen Abendessen mitnehmen.«

Greene nickte zustimmend. »Weise Entscheidung Nummer zwei. Das wird ja immer besser.«

»Warten Sie, bis Sie Entscheidung Nummer drei hören«, sagte Horton. »Sie haben zwei Minuten, um sich ein bisschen frisch zu machen, dann gehen wir – nach Zanesville fährt man etwa eine halbe Stunde.«

»Ich fahre«, bot Greene sofort an.

»O nein. *Ich* fahre«, widersprach Horton. Lee atmete vor Erleichterung hörbar aus.

Auf dem Weg ins Restaurant erzählte Horton den beiden von seinen weiteren Plänen.

»Da unser Testsender ohne Probleme läuft, nutzen wir Ihr Potenzial gar nicht richtig aus, Gordie. Ich möchte, dass Sie morgen mit den Arbeiten an einem Sender der zweiten Generation beginnen«, sagte er.

»Klingt gut. Parameter?«

»Sehen Sie sich alles an, was wir bis jetzt herausgefunden haben, und halten Sie sich daran. Wir wissen ja nun, dass wir nicht das gesamte Spektrum brauchen, null bis unendlich. Vereinfachen Sie. Bauen Sie mir einen Sender, der kleiner, leistungsfähiger und robuster ist und außerdem noch autonom. Kurz gesagt, ich brauche etwas Transportables.«

»Transportabel?«, fragte Thayer und zog erstaunt eine Augenbraue hoch.

»Die Reichweite des Senders lässt sich nicht im Labor testen – der Campus ist nicht groß genug. Dabei könnte jemand verletzt werden, in dem Wohngebiet südlich der Shanahan Road oder auch jemand, der einfach nur im Auto vorbeifährt. Wir müssen in der Lage sein, eine Testausrüstung in unbewohntes Gebiet zu schaffen, vielleicht in den Westen oder mitten auf den Eriesee. Wenn Sie möchten, können Sie Baby II auf die Ladefläche eines Lieferwagens bauen.«

»Nur so aus Neugierde, Doc – lässt der Trigger auch Benzin explodieren?«

»Gute Frage. Ich glaube nicht, dass Sie eine Vermutung als Antwort akzeptieren werden.«

»Doch – wenn Sie den Lieferwagen bezahlen«, erwiderte Greene grinsend.

»Dann sollten wir Benzin nächste Woche testen. Ich werde McGhan informieren.«

»Es wäre vielleicht nicht schlecht, wenn wir dann auch gleich Kerosin und Diesel testen«, warf Thayer ein. »Es sei denn, Sie haben nichts gegen Überraschungen – beide Kraftstoffe werden überall verwendet.«

Horton nickte. »Ja. Und am Tag der Anomalie hatten wir alle drei Kraftstoffe auf dem Campus, und alle drei haben nicht auf den Sender reagiert. Vielleicht wird eine höhere Ausgangsleistung einige Stoffe beeinflussen, von denen wir bis jetzt angenommen haben, dass sie in einem Trigger-Feld stabil sind. Wenn ich auf der theoretischen Seite irgendwelche Fortschritte machen würde, könnte ich diese Frage vielleicht beantworten. Vorläufig bleibt uns nichts anderes übrig, als mit den Tests weiterzumachen. Eine zweite Einheit hätte übrigens den Vorteil, dass wir das Testprogramm erheblich beschleunigen könnten.«

»Jedes Mal, wenn wir Baby hochfahren, testen wir mehr als die Probe, die gerade in der Testkammer ist«, sagte Thayer. »Wir wissen bereits, dass Plexiglas, Beton, Grapefruits, schwarze Spitze und Elasthan, kohlensäurehaltige Getränke und die Batterien in Gordies billiger Uhr nicht auf den Trigger reagieren.«

»Schwarze Spitze und Elasthan?«, wiederholte Greene und warf ihr einen Blick über die Schulter zu.

»Ich werde es dir erklären, wenn du ein bisschen älter bist.«

Für den Rest der Fahrt stellten die drei eine Liste mit Materialien zusammen, von denen sie wussten, dass sie einem Trigger-Feld bereits ausgesetzt worden waren – und zwar einfach deshalb, weil sie zum Gebäude, zur Umgebung oder zur Ausstattung des Davisson Labors gehörten. Aber als Horton in die Einfahrt des Old Market House Inn einbog, konfiszierte er die Liste.

»Jetzt reicht es«, sagte er. »Kein Wort mehr über die Arbeit. Und wenn wir nicht mehr wissen, wie man eine gepflegte Unterhaltung führt, werden wir beim Essen eben schweigen – ich bin nämlich fest entschlossen, diesen Abend zu genießen. Schließlich binde ich mir nicht jeden Tag eine Krawatte um.«

»... oder esse etwas, das nicht in buntem Papier und Styropor serviert wird«, sagte Greene, als er die Tür öffnete. »Ich akzeptiere Ihre Bedingungen. Aber jetzt los – ich bin am Verhungern.«

Mit überraschender Leichtigkeit unterhielten sie sich dann zwei Stunden lang ausschließlich über die kleinen Laster der Popkultur, das Ende des Profi-Footballs für Frauen und den Urlaub ihrer Träume, während sie zarte Steaks mit Gemüse aßen und zwei Flaschen Wein fast bis zur Neige tranken. Gegen Hortons Tischregel wurde lediglich einmal verstoßen – von ihm selbst, aus Anlass eines Toasts.

»Auf die größte, effektivste und abschreckendste Schusswaffe aller Zeiten und das Team, das sie gebaut hat«, sagte er leise. »Mögen wir bald herausfinden, wozu sie gut ist und wie man mit ihr zielt.«

»Sie sind ein sentimentaler Säufer, Chef«, spöttelte Thayer, als sie mit ihm anstieß. »Aber trotzdem stimme ich jedem Ihrer Worte zu.«

Es war nicht ganz klar, woran es lag – an der späten Stunde, der beruhigenden Wirkung des guten Essens und des Weins oder der ernüchternden Nachwirkung von Hortons Toast –, aber auf der Fahrt zurück nach Columbus wurde nur wenig gesprochen. Horton lenkte das Auto auf die

Schnellspur für Automatikbetrieb und ließ es nach Westen fahren, während er sich die im Dunkeln liegenden Farmen am Straßenrand ansah. Greene döste vor hin und schnarchte manchmal leise. Thayer beobachtete den Verkehr auf der Spur für Selbstfahrer. Als sie von einer dunklen, viertürigen Limousine mit hoher Geschwindigkeit überholt wurden, die nach kurzer Zeit in der Nacht vor ihnen verschwand, zuckte sie zusammen.

»Nicht gekennzeichnetes Dienstfahrzeug?«, schlug Horton vor. »Jemand muss ganz dringend auf die Toilette?«

»Geheime Regierungsbehörde, die gefangenes Alien zum Luftwaffenstützpunkt Wright-Patterson transportiert«, entgegnete sie leichthin.

»Natürlich. Ich hätte es wissen müssen.«

Das Schweigen schien jeden Kilometer zu verlängern, daher schaltete Horton das Satellitenradio ein und stellte einen Sender mit Swing ein, um die Zeit schneller vergehen zu lassen. Als Greene an der bewachten Zufahrt vor seiner Wohnung ausstieg – er hatte beschlossen, am nächsten Morgen mit dem Taxi zur Arbeit zu kommen, statt noch fast eine Stunde zu fahren –, wurde gerade die zweite Hälfte von Count Basies ›Kansas City Suite‹ gespielt.

Stan Kenton brachte sie zum Gelände von Terabyte, wo Thayers Wagen geparkt war.

»Das war ein nettes Restaurant und ein gutes Essen, Chef – vielen Dank.« Obwohl es wie eine Bemerkung zum Abschied klang, machte sie keine Anstalten, die Tür zu öffnen.

»Es war mir ein Vergnügen. Bis morgen.«

»Kann ich Ihnen etwas gestehen?«

Verwirrt drehte sich Horton zur Seite, damit er ihr ins Gesicht sehen konnte. »Aber natürlich.«

»Ich konnte den Abend heute gar nicht richtig genießen ...«

»Das tut mir Leid ...«

»Es war nicht Ihre Schuld«, sagte sie. »Chef, ich war die ganze Zeit auf der Fahrt ins Restaurant und wieder zurück furchtbar nervös, was mir normalerweise nicht passiert, wenn wir spät abends allein von der Arbeit nach Hause fahren. Ich musste die ganze Zeit daran denken, dass ein Autounfall reicht, um den Status quo zu sichern …«

»Ich glaube, Dr. Brohier hat inzwischen genug Material, dass er allein weitermachen könnte, falls uns etwas passieren würde.«

»Das denke ich auch – aber wissen das auch Außenstehende?«

»Was wollen Sie damit sagen, Lee?«

»Den ganzen Abend habe ich darüber nachgedacht, dass unsere Arbeit die Machtbasis von sehr vielen Leuten gefährdet, die uns für das, was wir tun, nicht gerade mit Lorbeeren überschütten werden, und uns sicher gern aufhalten würden, wenn sie die Chance dazu hätten. Im Restaurant hätte ich Sie und Gordie fast gebeten, leiser zu reden, obwohl sie uns schon verboten hatten, über die Arbeit zu sprechen. Ich wollte nicht, dass uns jemand bemerkt. Ich wollte einfach nur unsichtbar sein.«

Sie seufzte. »Und ich weiß nicht, was ich machen soll, damit diese Angst wieder aufhört, jetzt, nachdem mir all diese Gedanken durch den Kopf gegangen sind. Jedes Geräusch, dass ich draußen vor meiner Wohnung höre, jedes Mal, wenn meine Katze mitten in der Nacht irgendetwas bemerkt, jedes Mal, wenn ich gerade den Schlüssel im Zündschloss meines Wagens herumdrehen will, werde ich mich fragen, ob es jetzt so weit ist. Jeff, wir werden erst wieder sicher sein, wenn wir nicht mehr die Einzigen sind, die wissen, wie der Trigger funktioniert.«

»Ich weiß nicht, ob …«

»Aber Sie wissen, dass es Menschen gibt, die aus Berechnung töten – um ihre Interessen zu fördern, um sich selbst zu schützen. Sie sind nicht nur eine Erfindung Hollywoods.«

»Ja, schon. Ich muss gestehen, dass ich darüber noch nicht so richtig nachgedacht habe.«

»Aber ich«, sagte sie gereizt. »Meine Schwester in Cleveland hat Probleme mit Jugendbanden, weil ihr Sohn sich weigert, Mitglied zu werden. Auf ihr Haus ist schon dreimal geschossen worden.« Sie seufzte wieder. »Und als ich zwölf war, war mein Onkel Ted in einem Prozess Sprecher der Geschworenen. Es ging dabei um Bankraub, und der Angeklagte war Vorsitzender von einem dieser nationalistischen Verbände, die nur weiße Mitglieder haben. Die Geschworenen sprachen ihn schuldig. Eine Woche später war Onkel Ted tot. In seinem Körper steckten sechzehn Kugeln, und auf die Windschutzscheibe seines Autos hatte jemand ›Verräter‹ geschrieben.«

»Daran kann ich mich erinnern«, sagte Horton überrascht. »Ich habe damals in den Nachrichten davon gehört. Aber ich hatte keine Ahnung ...«

»Damals habe ich mir geschworen ...« Sie schüttelte den Kopf und begann noch einmal von vorn. »Ich habe zu mir gesagt, dass ich mich solchen Menschen und dem, was sie wollen, nie in den Weg stellen werde – dass ich mich dann einfach im hohen Gras verstecken und warten werde, bis die Löwen die Sache unter sich ausgemacht haben.«

»Lee, was kann ich tun?«

»Ich würde gern im Labor wohnen«, sagte sie. »Ernie auch, wenn das kein Problem ist.«

»Ernie ist Ihre Katze?«

Lee nickte. »Nur bis wir veröffentlicht haben und nicht mehr so viel auf dem Spiel steht. Ich könnte Bartons altes Büro benutzen – es liegt in der Nähe der Waschräume, und die Couch ist lang genug für mich.«

»Wir werden Ihnen ein Bett und einen Schrank besorgen«, sagte Horton in bestimmtem Ton. »Und einen alten Sessel für Ernie, an dem er sich die Krallen schärfen kann.«

Auf Lees Gesicht erschien ein erleichtertes Lächeln. »Danke.«

»Soll ich Sie bis zum Tor fahren? Wollen Sie gleich heute Nacht hier bleiben?«

»Nein – Ernie spielt verrückt, wenn ich nicht nach Hause komme.« Sie überlegte kurz. »Aber ich werde Ernie und einen Koffer morgen mitbringen, wenn das in Ordnung ist.«

»Aber natürlich. Ich bin ziemlich sicher, dass es die Verwaltung schaffen wird, bis morgen Abend ein Bett aufzutreiben, wenn ich ein bisschen Druck mache.«

Thayer nickte und öffnete die Tür. »Danke, dass Sie mich nicht für eine hysterische Ziege halten.«

»Es gibt eine ganze Menge in dieser Welt, vor dem man Angst haben sollte«, sagte Horton. »Aber die meisten von uns werden damit fertig, indem sie so tun, als wäre es gar nicht da. Ihnen hat man diese Illusion viel zu früh genommen.« Er seufzte. »Und mir, glaube ich, soeben auch. Vielleicht sollte ich der Verwaltung sagen, dass sie zwei Betten besorgen soll.«

»Tut mir Leid, Chef ...«

»Das braucht es nicht. Dr. Brohier hat versucht, es uns zu sagen. Er hätte gar nicht deutlicher werden können. Und ich habe es einfach ignoriert, weil ich nur Augen für das Puzzle, für die Wissenschaft gehabt habe.« Er schüttelte den Kopf. »Es ist schon spät. Wir sollten besser nach Hause gehen.«

Thayer wollte aussteigen, aber dann blieb sie sitzen und sah Horton mit ernstem Gesicht an. »Jeff?«

»Ja?«

»Wir werden veröffentlichen, nicht wahr? Sagen Sie mir, dass wir nicht für Dow Chemical oder das Verteidigungsministerium arbeiten. Sagen Sie mir, dass Dr. Brohier weiß, warum wir den Trigger nicht einfach an den verkaufen können, der am meisten dafür zahlen will – dass wir die Chance haben, mit dieser Erfindung wenigstens ein paar Löwen die Krallen zu ziehen. Das ist der einzige Grund, warum ich nicht schon in der ersten Woche alles hingeworfen habe.« Sie lächelte wehmütig. »Ich wollte, aber Onkel Ted hat es nicht zugelassen.«

»Wir werden veröffentlichen«, sagte Horton entschieden. »Und die Löwen werden eine Überraschung erleben, dass ihnen Hören und Sehen vergeht.«

5.

Chemie

Lyon, Frankreich – Am Dienstag wurden Anhänger des französischen Präsidenten Charles Fontenay auf einer nur spärlich besuchten Kundgebung von Rauchbomben und Knallfröschen vertrieben. Eine Frau wurde schwer verletzt, als sie auf einer Rolltreppe stürzte. Es war bereits das neunte Mal innerhalb von zwei Wochen, dass eine Wahlkampfveranstaltung der Sozialdemokraten von der selbst ernannten politischen Terroristengruppe ›Mad Dogs‹ gestört wurde. Ein Sprecher der französischen Polizei gab bekannt, dass heute ein Treffen mit Vertretern der drei wichtigsten Präsidentschaftskandidaten stattfinden wird, in dem es um die Sicherheit auf Wahlkampfveranstaltungen und ›beunruhigende Gerüchte‹ gehen soll.

Vollständige Meldung
Termine/Veranstaltungen
Grundsatzerklärung ›Mad Dogs‹
Fontenay liegt bei Umfragen vorn

Als sie damit anfingen, auch andere Stoffe zu testen, erhielten sie die ersten vagen Hinweise darauf, wie der Trigger-Effekt funktionierte.

Eine Testprobe aus lockerem Schießpulver auf Nitrozellulosebasis entzündete sich mit einer einzigen, grellen Stichflamme. Als McGhan später auf einem Arbeitstisch eine gleich große Menge mit einem Streichholz anzündete, wurde ihnen klar, dass die Flamme in der Testkammer auf ein erheblich schnelleres Abbrennen des Pulvers als unter normalen Umständen der Fall zurückzuführen war.

»Es sieht so aus, als gäbe es keine Konvektionsverzögerung – als ob jedes Korn in der Ladung den Schwellenwert für die Verbrennung genau im gleichen Augenblick erreicht«, überlegte Horton. »Wie der Unterschied zwischen dem Erhitzen von Wasser auf dem Ofen und in der Mikrowelle.«

»Das würde auch erklären, warum Eric so schwer verletzt wurde«, sagte Greene. »Und warum mein Wagen wie eine Bombe hochgegangen ist. Unser Baby ist eben sehr gründlich bei dem, was es tut.«

»Ich wünschte, du würdest aufhören, den Sender ›Baby‹ zu nennen«, fuhr Thayer ihn an. »Es ist absolut nichts Niedliches und Liebenswertes mehr dran – falls es überhaupt mal so gewesen ist.«

»Was hältst du von ›Problemkind‹? Ist das besser?«

»Solltest du nicht am anderen Ende des Flurs sein und an dem Sohn von deinem Problemkind arbeiten?«

»Ich komme nur hierher, wenn du abdrückst«, sagte er zu seiner Verteidigung und ging langsam auf die Tür zu. »Zehn Minuten alle drei Stunden. Mir ist eben langweilig so ganz allein. Okay, okay, ich weiß ja, dass ihr jetzt ein paar Stunden lang mit den Daten zu tun habt – macht einfach weiter.«

Die nächste Probe war Schwarzpulver – der erste Sprengstoff der Welt und mehr als dreihundert Jahre lang die wichtigste Waffe aller Armeen, von China bis England. Aber zur Überraschung aller rauchte die Probe nur und wurde graubraun. Ein zweiter Test auf der nächsten Leistungsstufe führte zum gleichen Ergebnis. Und das, was übrig geblieben war, reagierte kaum auf ein Streichholz.

»Es müsste doch eigentlich brennen«, sagte Horton kopfschüttelnd. »Schwarzpulver entzündet sich bereits an einem Funken. Aber dieses Zeug hier – als wollte ich eine nasse Katze anzünden.«

»Es wird uns wohl nichts anderes übrig bleiben, als unsere Proben bald von einem Chemiker analysieren zu lassen«, sagte Thayer. »Bei den Verbindungen passiert irgendetwas Merkwürdiges.«

»Wir sollten einen Chemiker im nächsten Labor sitzen haben«, sagte Greene schlecht gelaunt. »Kennt ihr denn nicht jemanden auf dem Campus, den wir nach einem kurzen Schlag auf den Kopf hierherschleppen können?«

»Das steht ganz oben auf der Liste, die ich Dr. Brohier in die Hand drücken werde, sobald er wieder da ist«, sagte Horton. »Aber ich brauche keinen Chemiker, um zu wissen, dass Schießpulver und Schießwolle lediglich bei den Nitraten übereinstimmen. Und ich glaube, dass der Unterschied zwischen Zellulosehexanitrat und Kaliumnitrat den Unterschied zwischen einem Blitz und einem wirkungslosen Zischen ausmacht.«

»*Ich* glaube, dass wir auch einen Experten für physikalische Chemie brauchen werden«, sagte Thayer mit einem Stirnrunzeln. »Mit den Elektronenverbindungen muss irgendetwas Merkwürdiges passieren.«

»Und *ich* glaube, dass wir eine Probe von Sprengpulver B brauchen«, sagte Horton. Als die anderen ihn verständnislos ansahen, fügte er hinzu: »Die gleiche chemische Verbindung wie Schwarzpulver, aber es enthält Natriumnitrat. Und das wird uns ein weiteres Teilchen unseres Puzzles liefern.«

Am Nachmittag sahen Horton und Thayer zu, wie fünf Gramm Sprengpulver B die Testkammer mit stinkendem grauem Rauch füllten. Weder bei der Probe selbst noch beim Rückstand war eine Flamme zu sehen.

»Faszinierend«, meinte Horton.

»So ist es, Mr. Spock«, sagte Thayer nach einem Blick auf ihre Monitore. »Aber ich möchte diese jämmerliche Testkammer am liebsten abreißen und richtig wieder zusammenbauen. Es ist völlig indiskutabel, dass ich für diesen Rauch keine Daten von einem Spektrografen habe ...«

»Lee, würden Sie bitte Mr. Kings Bericht zur Anomalie heraussuchen?«

»Ja, sicher – was brauchen Sie?«

»Sehen Sie nach, ob er eine Liste enthält, auf der die Feuerwerkskörper in Gordies Wagen verzeichnet sind.«

»Es gibt eine – ich habe sie schon gesehen.« Ihr Bildschirm flackerte mehrmals hintereinander auf. »Zwei Dutzend Flaschenraketen. Eine Schachtel M-60-Knallfrösche.

Ein Sortiment Feuerwerksraketen mit der Bezeichnung ›Mega-Himmelsstürmer‹.«

»Das ist alles?«

»Das ist alles.« Dann wurde ihr klar, auf was Horton hinauswollte. »Oh! Wir haben ein kleines Problem, stimmt's?«

Horton nickte langsam. »Wenn das Schwarzpulver nicht gebrannt hat und das Sprengpulver auch nicht, warum sind dann die Feuerwerkskörper in Gordies Wagen hochgegangen?« Er schob seinen Stuhl von der Steuerkonsole weg. »Ich muss mir ein wenig die Beine vertreten. Bin gleich wieder da.«

Die auf einen Aluminiumrollwagen mit Gummibereifung montierte mobile Sendeeinheit nahm bereits Gestalt an. Horton konnte sehen, dass die Geometrie des Stromversorgungs- und Steuermoduls bereits gut definiert war. Greene war gerade dabei, die Stützkonstruktion für den Sendezylinder in aufrechter Stellung zu verankern.

»Ich habe noch nie jemanden gesehen, der so schnell Metall biegen kann wie Sie«, sagte Horton. »Wird es wegen der vertikalen Ausrichtung Probleme geben?«

»Nicht für mich«, sagte Greene. Er richtete sich auf und wischte sich den Schweiß von der Stirn. »Ich brauchte nur eine halbe Stunde mit dem Cursor ein paar Linien herumzuschieben, und schon hat die CAM-Werkstatt die Teile ausgespuckt.«

»Ich meinte eher das, was in Ihrem Kopf vorgeht, bevor Sie den Cursor anfassen. Das ist mir ein Rätsel.« Horton setzte sich auf einen Hocker, der neben Greenes Arbeitsbühne stand. »Wir haben ein Problem, Gordie.«

Greene runzelte die Stirn, sagte aber nichts.

»Nun kommen Sie schon, Gordie – oder muss ich erst böse werden?«, sagte Horton. »Ihnen muss doch klar gewesen sein, dass wir es irgendwann merken.«

Greene wischte sich langsam die Hände an seinem Overall ab, dann hob er den Kopf und lächelte Horton reumütig an. »Eigentlich nicht. Bis heute Morgen dachte ich,

Schießpulver sei Schießpulver. Wer ahnt denn schon so was?«

»Was war im Wagen?«

»Eine nicht zugelassene Pistole.« Er schnaubte verächtlich. »Meine Versicherung gegen Auto-Kidnapping. Eine kleine Neun-Millimeter-Ruger aus Kunststoff.«

»Noch ein Souvenir aus Tennessee?«

»Kentucky. Sie schaffen es immer noch, jedes Bundesgesetz zu übersehen, das ihnen nicht gefällt. Und der 30. Verfassungszusatz dürfte ihnen auch nicht gefallen haben.« Er beugte sich nach vorn, stützte die Ellbogen auf den Oberschenkel ab und rieb langsam die Hände aneinander. »Dr. Horton – es tut mir Leid. Ich wusste nicht, dass das Feuer vertraulich behandelt werden wird. Ich hatte Angst vor den fünf Jahren Gefängnis, die auf unerlaubten Waffenbesitz stehen. Und nachdem ich Ihnen dann meine Version der Wahrheit geliefert hatte – Doc, mir war es einfach viel zu peinlich zuzugeben, dass ich gelogen hatte.«

Horton stand auf. »Diese kleine Überraschung werde ich wohl noch unter den Teppich kehren können«, sagte er. »Aber bitte verschonen Sie mich mit großen. Haben Sie sich für Ihr neues Auto auch so eine Versicherung besorgt?«

»Nein.« Greene schüttelte den Kopf. »Ich habe darüber nachgedacht, aber dann hielt ich es für besser, noch eine Weile zu warten, bis sich hier wieder alles beruhigt hat, bevor ich noch einmal ein solches Risiko eingehe.«

»Es dürfte klar sein, dass Ihnen das Labor auf gar keinen Fall zwei Ersatzautos bezahlen wird«, sagte Horton. Dann erschien ein entspanntes Grinsen auf seinem Gesicht. »Wenn Sie sich ohne Pistole im Handschuhfach nicht sicher fühlen, können Sie sich ja immer noch für Lees Lösung entscheiden – oder für meine.«

»Wie sieht Ihre aus?«, wollte Greene wissen.

Horton lachte. »Ich fahre einen so stinklangweiligen Wagen, dass niemand auf die Idee kommen würde, ihn zu stehlen.«

Nachdem sie einen Tag lang Feuerwerkskörper auf Schwarzpulverbasis getestet hatten, war klar, dass Greenes explosive Vorräte den Autobrand zwar beschleunigt haben konnten, aber nicht die Ursache dafür gewesen waren.

Danach schloss Hortons Team die Testserie für Verbrennungssprengstoffe mit geringer Bewegungsenergie ab und konzentrierte sich nun auf Detonationssprengstoffe mit hoher Bewegungsenergie.

Bevor McGhan die ersten Proben lieferte, gab er allen eine kurze Einführung. »Dreiunddreißiger Gewehrpatrone«, sagte er und stellte einen glänzenden Messingzylinder auf den Tisch vor sich. »Drei Kubikzentimeter Treibmittel für Schießwolle. Das Pulver verbrennt in ein paar Tausendstelsekunden und entwickelt einen Detonationsdruck von maximal einigen hundert Pfund pro Quadratzentimeter.«

Er stellte einen kleinen, hellgrauen Zylinder neben die Patrone. »Drei Kubikzentimeter RDX, auch unter der Bezeichnung Cyclonite bekannt. Die Explosion erfolgt innerhalb weniger Millionstelsekunden, dabei entwickelt sich ein Detonationsdruck von mehreren Millionen Pfund pro Quadratzentimeter. Wenn ein Gewehr eine 30-30-Kugel zweihundert Meter weit schießt, würde eine RDX-Patrone der gleichen Größe die Kugel bis in eine Umlaufbahn zur Erde schießen – wenn es ein Gewehr gäbe, das nicht schon beim Abdrücken zersplittern würde.

Es gibt mehr Sprengstoffsorten, als Sie sich vermutlich vorstellen können – mehr als hundert Formulierungen, die problemlos erhältlich sind, vermutlich ein weiteres Hundert, die früher einmal verwendet wurden und inzwischen in Vergessenheit geraten sind, plus ein paar Dutzend mehr, die Militär- oder Industriegeheimnis sind. Aber die meisten davon sind auf einer oder mehreren von etwa einem halben Dutzend Basisverbindungen aufgebaut – Ammoniumnitrat, Pikrinsäure, Nitroglyzerin, PETN, RDX, TNT. Dr. Brohier hat mich gebeten, Proben jeder Sprengstoffgruppe in der reinsten und einfachsten Formulierung zu besorgen und dann anhand der Ergebnisse festzulegen, welche Mischungen untersucht werden sollen.

Fast alles, was ich Ihnen bis jetzt über das von Ihnen getestete Material gesagt habe, trifft ab sofort nicht mehr zu. Dynamit kann verbrennen, ohne zu explodieren. Aber das im Dynamit enthaltene Nitroglyzerin explodiert bereits bei einer Erschütterung wie dieser.« Er schlug kurz mit einem Bleistift gegen die Tischkante. Alle zuckten zusammen. »Während Nitromex so stabil ist, dass Sie mit einer Pistole darauf schießen oder eine Sprengschnur darunter entzünden können.

Die Detonationssprengstoffe unterscheiden sich *derart* von den Verbrennungssprengstoffen und dann auch noch von Gruppe zu Gruppe, dass ich mit mir selbst eine Wette abgeschlossen habe – ich glaube nicht, dass der Trigger irgendeine Wirkung darauf haben wird. Auf keinen davon.

Wie dem auch sei, Sie werden die Finger von dem Material lassen. Vorbereitung, Transport, Aufstellung und Entsorgung werde ich übernehmen – und bei den beiden zuletzt genannten Aktivitäten werde ich meinen Schutzanzug aus Kevlar tragen.« McGhan sah in die Runde. »Dr. Brohier ist in diesem Punkt sehr deutlich geworden. Ich kann ersetzt werden – Sie nicht. Und daher werde ich ab jetzt nicht mehr ins Labor kommen – ich bestücke die Testkammer von außen, und Sie sorgen dafür, dass die Einstiegsluke auf dieser Seite verschlossen und gesichert ist.

Die bisher verwendeten Sicherheitsmaßnahmen, die Anrufe, die Blackouts und so weiter, waren nur eine Übung für das, was jetzt kommt«, fügte er hinzu, als er aufstand und seine Requisiten zusammensuchte. »Mit einer Gewehrpatrone im Kofferraum meines Wagens würde ich vermutlich überleben, wenn sie abdrücken. Aber wenn Sie das bei einer Probe Torpex machen, habe ich keine Chance. Ich bin zwar ersetzbar, aber ich bin mir auch ziemlich sicher, dass das Forschungsprogramm einen empfindlichen Rückschlag erleiden würde, wenn Sie Ihren Kurier mitten auf der Shanahan Road in die Luft jagen.«

Dann steckte er sich den grauen Zylinder in den Mund

und fing an, darauf herumzukauen. »Pfefferminzgeschmack, zuckerfrei«, sagte er. »In einer halben Stunde bin ich wieder da, dann habe ich echtes RDX dabei.«

Seine Wette hatte McGhan noch vor zwölf Uhr mittags verloren. Ein aus einem Sprengstoff namens EDNA bestehender Würfel mit einer Kantenlänge von einem Zentimeter schaffte es, den Wasserschalldämpfer trocken zu sprengen und einen Sprung im Plexiglasbullauge der Testkammer entstehen zu lassen.

»Die Bewegungsenergie liegt ganz erheblich über dem Standard«, sagte McGhan verärgert, der sich den Helm seines Bombenanzugs unter den Arm geklemmt hatte und den Schaden begutachtete. »Ich werde alle Proben um ein Viertel bis ein Drittel verkleinern müssen, um unsere Sicherheitsmarge einhalten zu können.«

Horton, sichtlich geschockt, konnte dem nur zustimmen.

Ende der Woche war Karl Brohier wieder da.

Seine Rückkehr vollzog sich genauso unspektakulär wie seine Abreise, aber dieses Mal hatte er niemandem vorher Bescheid gesagt. Dass der Direktor von Terabyte wieder da war, erfuhr Horton erst, als Brohier den Kopf zur Tür des Davisson Labors hereinstreckte, Lee zuwinkte und rief:

»Jeff? Kommen Sie doch mal bei mir vorbei, wenn Sie ein bisschen Zeit haben.« Brohier benahm sich so, als wäre er nie weg gewesen, als würden ihm nur profane Verwaltungsangelegenheiten durch den Kopf gehen.

Horton war einen Augenblick lang sprachlos, aber dann gelang es ihm doch, ein paar Worte zu stammeln, bevor Brohier wieder zur Tür hinaus war. »Ich komme gleich.«

»Lassen Sie sich Zeit«, sagte Brohier gut gelaunt. »Meine Assistentin hat mir gerade gesagt, dass in meiner Mailbox 514 Nachrichten mit dem Vermerk ›Dringend‹ auf mich warten.«

Trotzdem wartete Horton nur so lange, wie er brauchte, um Greene in der Prototypwerkstatt anzurufen, und folgte Brohier dann quer über den Campus ins Edison Center, das Verwaltungsgebäude.

»Ah, Jeffrey«, sagte Brohier, als er eintrat. »Was macht die Arbeit? Sie und Ihre Mitarbeiter haben doch hoffentlich noch alle Finger?«

»Ja. Mit Pete haben Sie eine gute Wahl getroffen«, erwiderte Horton, der es sich auf der Couch bequem machte. »Er ist gewissenhaft, pünktlich und nur dann neugierig, wenn es um Dinge geht, die mit seinem Job zu tun haben, den er übrigens sehr gut macht. Wo haben Sie ihn eigentlich gefunden?«

»Mein Enkel Louis ist bei den Marines«, sagte Brohier, der gleichzeitig in den Monitor vor sich sah. »Er darf mir nicht sagen, in welcher Einheit er ist, aber ich glaube, es ist die Spezialtruppe, die dafür ausgebildet wird, hinter der Feindeslinie zu operieren und Sabotage- und Terrorakte zu begehen. McGhan war Ausbilder bei dieser Einheit, bis er den Fehler gemacht hat, mit der Frau eines höherrangigen Offiziers zu schlafen. Er wurde wegen Vergewaltigung angeklagt und hat dann einer Entlassung aus der Armee zugestimmt.«

»Vergewaltigung? Wie ...«

»Offensichtlich hat der höherrangige Offizier seiner Frau ein paar aussagekräftige blaue Flecke verpasst und ihr einen guten Grund zum Lügen gegeben.« Brohier lächelte trocken. »Ich war der Meinung, die Tatsache, dass dieser Offizier immer noch am Leben ist, ist Beweis genug dafür, dass Mr. McGhan ein Mann mit Selbstdisziplin und Grundsätzen ist.«

»Das würde ich auch sagen. Ein kleines Bömbchen dürfte genügen ...« Horton schüttelte den Kopf. »Sie haben mich gefragt, was die Arbeit macht. Meistens macht sie *Bummm*. Wir bekommen inzwischen immer mehr Hinweise darauf, dass alles, was eine Nitratverbindung enthält, vom Trigger gezündet wird.«

»Faszinierend.« Brohier hob den Blick. »Was ist mit Nitratverbindungen, die nicht zu den Sprengstoffen gehören?«

»So weit sind wir noch nicht.«

»Und Sprengstoffe, die keine Nitrate sind?«

»Keine Wirkung. Aber es gibt gar nicht so viele davon.

Alle gängigen Sprengstoffe – militärisch *und* zivil – verwenden Nitrate. Sämtliche Standardmunition verwendet Nitrate.«

»Und die meisten Farmer«, sagte Brohier. »Und viele Leute mit Durchfall – nach einer Reise nach Brasilien hat mir mein Arzt einmal Bismutsubnitrat verschrieben. Haben Sie schon einmal über diesen Punkt nachgedacht?«

»Farmer?«

»Dünger. Ein Sattelschlepper mit Düngemittel, der im falschen Moment hier vorbeifährt, und wir wären der Aufhänger in den CNN-Nachrichten.«

»Mein Gott«, stöhnte Horton, der plötzlich aschfahl geworden war. »Nitroglyzerin. *Nitroglyzerin.* Ich habe auch nicht ein einziges Mal an Medikamente gedacht ...«

Brohier lächelte ihm aufmunternd zu. »Aber ich. Mein Arzt hat mir versichert, dass Nitrotabletten nicht explodieren können. Und was die übrigen Medikamente angeht – nun, mit denen werden wir uns eben noch näher beschäftigen müssen, bevor wir den Trigger auf die Menschheit loslassen.«

Horton konnte nicht verstehen, warum der Direktor so leichtfertig über etwas hinwegging, was für ihn selbst ein unverzeihlicher Fehler war. »Dr. Brohier, wir haben russisches Roulette gespielt. Wir müssen sofort mit den Tests aufhören, heute noch«, sagte er aufgeregt. »An diesem Standort können wir mit unserer Arbeit nicht weitermachen. Wir werden an einen Ort gehen müssen, der abgeschiedener liegt, um dort die Probleme mit der Steuerung zu lösen – Reichweite, Richtung. Und dann können wir vielleicht wieder zurückkommen.«

»Wie der Zufall es will, habe ich bereits mit den Verhandlungen für den Kauf eines Grundstücks im Westen begonnen«, entgegnete Brohier. »Jeffrey, bitte – wir sollten uns doch nicht über etwas aufregen, was gar nicht passiert ist.«

»Es *hätte* passieren können, und dann wäre ich dafür verantwortlich gewesen.«

»Wir haben die Daten gebraucht«, erklärte Brohier. »Selbst wenn wir es von Anfang an gewusst hätten, wäre es ein kalkulierbares Risiko gewesen. Jetzt ist das Bild schon deutlicher, und wir können uns entsprechend darauf einstellen. Aber jetzt müssen Sie mir sagen, wie Sie mit dem theoretischen Teil vorankommen.«

Horton seufzte. »Überhaupt nicht. Der Trigger passt nicht in das CERN-Modell des Atoms. Er passt nicht in das Quantenmodell, und in das Bohr-Modell passt er auch nicht. Soweit ich das sagen kann, passt er nicht einmal zur konventionellen chemischen Thermodynamik – die Ergebnisse liegen erheblich über den Standardwerten.«

»Wirklich?«, fragte Brohier erstaunt. »Nun – ich werde in Kürze mehr Zeit haben, um mich damit zu beschäftigen, und ich muss sagen, es freut mich, dass Sie mir noch etwas übrig gelassen haben.« Er lächelte etwas gequält. »Ich nehme an, das hätte ich auch etwas diplomatischer formulieren können.«

»O nein, ist schon Ordnung – mein Ego wird sich erst wieder melden, wenn es um die Angabe des Verfassers geht. Zurzeit ist noch alles und jedes ein Problem für mich. Ich wäre froh, wenn ich jemanden hätte, mit dem ich über meine Hypothesen sprechen kann«, sagte Horton.

»Die Verfasserzeile wird jedenfalls kein Problem sein«, entgegnete Brohier mit trockenem Humor. »Wenn es so weit ist, werden wir wahrscheinlich mehr Interesse daran haben, den Vorwürfen aus dem Weg zu gehen als nach Anerkennung zu schreien – und ›Anonym‹ dürfte wohl uns allen gerecht werden.«

Horton nickte nachdenklich. »Ich brauche einen Chemiker im Team, jemanden, der die Rückstände unserer Testproben analysieren und uns sagen kann, was auf molekularer Ebene passiert – inwiefern sich die Reaktion auf den Trigger von einer gewöhnlichen, durch Funken oder Erschütterung ausgelösten Detonation unterscheidet. Vielleicht findet sich ja unter den Mitarbeitern der anderen Forschungsprojekte einer, der dafür geeignet ist. Falls nicht – ich kenne da jemanden an der Ohio State University, der für den Job in Frage käme.«

»Wir brauchen doch niemanden fest einzustellen«,

wandte Brohier ein. »Wir könnten die Proben auf mehrere Vertragslabors verteilen …«

»Ich möchte keinen Crashkurs in physikalischer Chemie absolvieren. Mir wäre es lieber, wenn ich mit einem Experten arbeiten könnte, der über den Kontext Bescheid weiß – jemanden, der uns beiden dabei helfen kann, die konkreten Grundlagen für die Theorie zu erarbeiten.«

»Die zurzeit ja noch auf recht wackligen Füßen steht, stimmt's? Lassen Sie mich einen Tag darüber nachdenken. Und sagen Sie mir, wie der Chemiker an der Ohio State heißt, damit ich ein paar Erkundigungen über ihn anstellen kann.«

Horton gab ihm ein zusammengefaltetes Stück Papier. »Alles, was Sie brauchen, steht hier drauf.« Er deutete zur Tür. »Ich glaube, es ist besser, wenn ich jetzt ins Labor gehe und den Stecker herausziehe.«

»Ja, sicher«, sagte Brohier. »Und da Sie dann für den Rest des Tages sowieso nichts mehr zu tun haben, können Sie gleich zum Abendessen mit zu mir kommen.« Als er Hortons überraschten Blick sah, fügte er noch hinzu: »Ich habe einen Gast, der Sie gerne kennen lernen würde.«

Am Ende von Karl Brohiers Einfahrt parkte ein schwarzes Coupé, neben dem zwei Männer in schwarzen Anzügen standen. Sie musterten Horton aufmerksam, reagierten aber nicht weiter, als er an ihnen vorbeifuhr, sondern drehten sich lediglich um und sahen ihm nach.

Keine Sicherheitsbeamten vom Labor, dachte Horton, als er einen Blick in den Rückspiegel warf. *Ein privater Sicherheitsdienst – Leibwächter. Für Karl oder seinen Gast?*

Auf dem halbkreisförmig angelegten Kopfsteinpflaster vor dem Haus parkte eine silberne Mercedes-Limousine. Eine schlanke Frau in einer Chauffeursuniform kam gerade den Weg vor der Eingangstür herunter. Sie blieb an der Fahrertür des Mercedes stehen, als Horton anhielt; dann setzte sie sich hinter das Steuer und fuhr davon, während er ausstieg. Horton starrte angestrengt in die Limousine, als diese wendete und die Auffahrt hinunterfuhr, konnte jedoch nur die Fahrerin erkennen.

Da er bereits die Sicherheitsbeamten in der Einfahrt gesehen hatte, war es keine große Überraschung für ihn, als ihm die Tür nicht von Brohier, sondern von einem breitschultrigen Mann in einem dunklen Anzug geöffnet wurde. Der gleiche prüfende Blick, die gleiche ruhige Wachsamkeit.

»Kommen Sie bitte herein«, sagte der Mann und begleitete Horton in die Eingangshalle. »Die Herren erwarten Sie im Wintergarten.«

Der zweistöckige Wintergarten auf der Nordseite des Hauses war höher als breit und tief und gab durch große, schräg abfallende Fenster aus Permaglas den Blick frei auf den höher gelegenen Wald und den Himmel. Zwei Avocadobäume und eine riesige Dieffenbachia holten den Wald ins Haus und schirmten einen im Boden eingelassenen Whirlpool von einer gemütlichen Sitzgruppe ab.

Dort traf Horton auf Brohier und seinen Gast, einen schlanken Mann mit einem kurz geschnittenen weißen Bart und dunklen, tief liegenden Augen, die von unzähligen Lachfältchen umgeben waren. Er trug Golfshorts, Poloshirt und ausgetretene Sandalen und hatte die Füße auf die gerundete Kante eines niedrigen Steintisches gelegt.

»... ich habe mich nie groß um Ihr Budget gekümmert und werde auch jetzt nicht damit anfangen«, sagte er gerade zu Brohier, als Horton hereinkam. »Ah, da ist er ja.«

Brohier drehte sich auf seinem Stuhl herum und warf einen Blick über die Schulter, dann stand er auf. »Jeffrey – darf ich Ihnen Aron Goldstein vorstellen.«

Horton hatte bereits vermutet, wer Brohiers Gast war. Er hatte Terabytes Hauptinvestor und Mehrheitsaktionär nie persönlich kennen gelernt, aber im Büro des Direktors stand ein Foto von Goldstein und Brohier, und kurz bevor Horton nach Columbus gekommen war, hatte Horton das Hypernet nach Informationen über Goldstein durchsucht.

Die nützlichsten Hinweise hatte er auf der Netsite von *Fortune* gefunden, auf der ein Diagramm mit Goldsteins zahllosen Holdings abgebildet war – 31 Unternehmen aus elf Branchen. Das umsatzstärkste war Advanced Storage Devices, Inc., der alleinige Lizenznehmer von Brohiers Patenten für Festkörperspeicher. Die interessantesten Informationen hatte er auf den Klatschseiten von *Microscope* gefunden, die Goldstein als Amerikas ›begehrtesten Junggesellen‹ bezeichneten und höhnisch kommentierten, ›soweit wir wissen, hat es niemand mit so viel Geld je fertig gebracht, es so wenig zu genießen‹.

Goldstein stand auf und gab Horton die Hand, dann setzte er sich wieder. »Essen Sie gern chinesisch, Jeffrey?«, fragte er.

»Äh ... ja. Fast alles«, antwortete dieser verdutzt.

»Gut. Setzen Sie sich doch, bitte.« Goldstein wartete kaum, bis Horton auf seine Aufforderung reagierte, dann sprach er weiter: »Ich möchte Ihnen zu Ihrer Entdeckung gratulieren. Sie ist einfach atemberaubend. Ich konnte kaum über etwas anderes reden, seit Karl es mir gesagt hat. Was für ihn eine ziemliche Belastung gewesen ist, weil ich sonst mit niemandem darüber sprechen konnte.

Aber jetzt habe ich ja noch Sie. Und als Erstes möchte ich Ihnen sagen: gut gemacht. Diese Entdeckung ist eine Revolution, wie der Motor von Watt, die Funktelegrafie von Marconi und der Tabullierer von Hollerith.« Er schmunzelte. »Mir gefallen die Beispiele, weil es jedem dieser Männer gelungen ist, Geld zu verdienen und gleichzeitig die Welt zu verändern.«

»Ich muss zugeben, dass ich mir nicht vorstellen kann, wie man damit Geld machen könnte«, erwiderte Horton.

»Das ist schon in Ordnung – dazu bin ich ja da«, sagte Goldstein mit einer abwehrenden Handbewegung. »In Zeiten der Veränderung werden immer neue Möglichkeiten geschaffen. Ich habe in den letzten zehn Tagen drei Firmen und zweihundert Patente gekauft.« Als er sich vorbeugte, verschwand das selbstzufriedene Glitzern aus seinen Augen. »Das ist allerdings völlig irrelevant. Jeffrey, wissen Sie, warum ich Terabyte Laboratories geschaffen habe?«

»Nach dem, was Dr. Brohier mir bei meiner Einstellung erzählt hat, nehme ich an, dass es mehr oder weniger der gleiche Grund gewesen ist, aus dem Farmer säen und Investoren Termingeschäfte machen.«

»Sie haben nur zum Teil Recht«, antwortete Goldstein. »Ich wollte die Bell Labs des 21. Jahrhunderts schaffen.«

»Bell Labs ...«

»Genau – die Forschungsabteilung des ehemaligen Telefonmonopolisten Bell. Einer der zu Unrecht übersehenen Vorteile dieses Monopols bestand darin, dass damit die Rechnungen für ein einzigartiges Programm zur Grundlagenforschung bezahlt wurden. In den Bell Labs wurde das 20. Jahrhundert erfunden.«

»Der Transistor«, warf Brohier ein. »Der Laser. Mobilfunk. Solarzellen. Radioastronomie. CCDs und LEDs. Urknall-Strahlung.«

Goldstein nickte und redete weiter. »Acht Nobelpreisträger. 30 000 Patente – im Durchschnitt eines pro Tag. Und das alles war das Produkt eines aufgeklärten Kapitalismus. In ihrer Glanzzeit waren die Bell Labs jedem Universitätsfachbereich, jedem staatlichen Forschungszentrum und jedem unternehmenseigenen Forschungslabor in der Welt ebenbürtig oder sogar noch besser.«

»Ich fürchte, da können wir nicht mithalten«, sagte Horton.

»Sagen Sie das nicht«, widersprach Goldstein. Irgendwo im Haus klingelte es. »Ich könnte gar nicht zufriedener sein. Jeffrey, ich habe schon vor langer Zeit den Punkt erreicht, an dem ich mehr als genug Geld verdient hatte, um mir alle Träume zu erfüllen, die man sich nur vorstellen kann. Und an einem solchen Punkt stellt man sich dann die unbequeme Frage, was man mit dem Zuviel anfangen soll. Mit Geld protzen hat für mich keinen Reiz. Wohltätigkeit im landläufigen Sinne auch nicht – es gibt keine Goldstein-Stiftung, die Stipendien an jüdische MBA-Studenten oder zu langsam gewordene Mittelfeldspieler oder Kinder städtischer Angestellter verteilt. Ich spende nichts, um Wale zu retten, Vögel zu füttern oder kostenlose Konzerte im Park zu sponsern ...«

Die Chauffeuse kam in den Wintergarten, und Goldstein hörte auf zu sprechen, während sie eine blauweiße Kühlbox auf den Steintisch stellte. Als sie den Deckel hochheben wollte, winkte Goldstein ab.

»Darum kümmern wir uns selbst«, sagte er. »Danke, Barbara. Das wäre dann alles für heute Abend.«

»Ja, Sir. Ich bleibe über Nacht hier, wenn Sie also etwas brauchen ...«

»Wir sehen uns zuerst noch Karls Spielzimmer an«, sagte Goldstein lächelnd. Als sie gegangen war, sah er die anderen an und fragte geistesabwesend: »Wo bin ich stehen geblieben?«

»Konzerte im Park«, half ihm Brohier auf die Sprünge.

»Konzerte im Park«, wiederholt Goldstein stirnrunzelnd. »Jeffrey, Geld redet mit Ihnen wie eine Hure und flüstert Ihnen ein, was Sie alles machen könnten, wenn Sie nur Ihre Brieftasche aus der Tasche holen würden. Und wenn man kein Schamgefühl besitzt, lässt man sich zu fast allem verführen.« Goldstein stand auf und ging zu der Kühlbox, dann fing er an, braune Papiertüten herauszuholen, in denen weiße Kartons steckten. »Karl, wir brauchen drei Teller und ein paar Löffel.«

»Ich hole sie.« Brohier stand auf.

Goldstein machte den Deckel eines Kartons auf und atmete den aufsteigenden Dampf ein. »Was macht man mit ein paar überflüssigen Milliarden?«, fragte er. »Kunst sammeln wie Hearst? Frauen sammeln wie Hughes? Die meisten Beispiele, die einem dazu einfallen, sind einfach nur peinlich. Als Bill Gates die Ares-Mission auf den Mars finanziert hat, war das eine Sensation – aber im Grunde genommen nur eine Schmeichelei für sein Ego. Er ließ sich dazu verführen, weil er sich Unsterblichkeit für sich und sein Firmenlogo kaufen wollte, indem er sich ein historisches Ereignis unter den Nagel reißt. Ich habe mir geschworen, dass ich niemals so schwach sein würde – und dann bin ich dem Zauber einer noch launenhafteren Verführerin erlegen.

Jeffrey, für mich arbeiten in 18 amerikanischen Staaten und sieben Ländern fast 200 000 Menschen. In diese Menschen habe ich investiert, um Geld zu verdienen. In Sie habe ich investiert, um etwas zu verändern. Und jetzt haben Sie mir die Chance dazu gegeben.«

Goldstein setzte sich vor Horton auf den Tisch und beugte sich zu ihm hinunter, als wollte er ihm ein Geheimnis verraten. »Waffen und Bomben sind seit vierhundert Jahren der Schlüssel zur Macht. Irgendjemand hat einmal gesagt, dass vor einer Waffe alle Menschen gleich sind, aber für mich sieht es eher so aus, als würde man Waffen sehr viel häufiger dazu benutzen, um alles ins Chaos zu stürzen. Im letzten Jahrhundert haben Waffen und Bomben Juden, Homosexuelle und Zigeuner nach Buchenwald getrieben, drei amerikanische Präsidenten dahingerafft, fünfzig Millionen Menschen in Kriegen und fast so viele in Friedenszeiten getötet, Dutzende von Eingeborenenstämmen und Hunderte von Tierarten ausgelöscht. Wer die meisten Waffen oder die größten Bomben hatte und als erster bereit war abzudrücken – *der* war der Nutznießer der Genialität von Nobel, Colt und Winchester.«

»Um Geld ging es dabei natürlich auch«, sagte Brohier, der gerade zurückgekommen war und Goldsteins letzte Worte gehört hatte. Er stellte ein Tablett mit Tellern und Besteck auf den Tisch und setzte sich wieder.

»Ja … ein schändliches, aber notwendiges Geschäft«, fuhr Goldstein fort. »Mit einer Gewehrkugel, die vom anderen Ende des Schlachtfelds auf einen zukommt, kann man nicht diskutieren. Mit einem Artilleriegeschoss, das vom Himmel fällt, kann man nicht verhandeln. Die einzige Antwort auf eine Waffe, die einzige *Verteidigung* gegen eine Waffe sind bis jetzt immer nur mehr Waffen gewesen. Sie, Jeffrey, haben uns eine andere Antwort gegeben. Sie haben die Möglichkeit geschaffen, uns dieses unmenschliche Werkzeug aus der geballten Primatenfaust zu reißen …«

»Wenn die Macht der Waffen zu Ende ist – was wird dann kommen?«, wollte Horton wissen.

»Vielleicht Chaos«, erwiderte Goldstein. »Vielleicht Frieden. Stellen Sie sich zwei Armeen vor, die sich mit leeren Händen auf dem Schlachtfeld gegenüberstehen. Werden sich Menschen auch noch im 21. Jahrhundert für Gott und Vaterland in die Bajonette stürzen? Stellen Sie sich einen Terroristen vor, einen potenziellen Mörder, der plötzlich nicht mehr in der Lage ist, seine feige, anonyme Tat aus der Ferne zu verüben.

Und jetzt stellen Sie sich Tel Aviv, Belfast, Sarajevo, Los Angeles als Oasen des Friedens vor, mit einem Ihrer Geräte, das von einem Turm aus bis ins Zentrum jeder Stadt strahlt. Stellen Sie sich vor, wie viele Pflugscharen wir schmieden könnten, wenn wir keine Schwerter mehr kaufen würden. Sie sagen, Sie können nicht mit den Bell Labs mithalten? O nein, Jeffrey, ganz im Gegenteil – der Trigger ist ein Geschenk von unschätzbarem Wert. Und eines verspreche ich meinen und Ihren Kindern – ich werde dafür sorgen, dass sein Potenzial richtig genutzt wird. Selbst wenn ich dafür mein Leben und mein Vermögen hergeben müsste.«

Goldstein richtete sich auf und warf mit geschlossenen Augen den Kopf zurück. »So viele Worte, die übereinander stolpern, um gesagt zu werden«, meinte er. Dann holte er tief Luft und seufzte. »Ich habe Sie gewarnt, nicht wahr? Wir sollten jetzt besser essen – das wird mich zumindest für eine Weile zum Schweigen bringen.«

Doch selbst das Essen konnte nicht verhindern, dass ständig jemand am Reden war, denn Goldstein war nicht der Einzige, der mit niemandem darüber hatte sprechen können, was ihm auf der Seele brannte. Und dann fingen sie an, bei Glasnudeln, Chopsuey und schwarzem Tee den Plan für eine Revolution zu entwerfen.

6.

Eine Reise

Kalkutta, Indien – Am Donnerstag hat ein Möchtegern-Samariter auf der Straße nach Berhampore mehr verloren als nur sein Auto und seine Brieftasche – ihm wurde auch der Idealismus geraubt. Der britische Tourist Thomas Sudaranka war gerade auf einer Pilgerfahrt zum Ganges unterwegs, als er anhielt, um einem auf der Straße liegenden Mädchen zu helfen, das er für verletzt hielt. Sudaranka wurde von zwei Kugeln in den Rücken getroffen und liegen gelassen, weil er für tot gehalten wurde. Er befindet sich jetzt im Krankenhaus, wo eine Lähmung im rechten Bein behandelt wird. Behörden in Murshidabad zufolge wurde das Mädchen vermutlich von einer örtlichen Straßenbande als Lockvogel eingesetzt. Reisenden in dieser Gegend wird zur Vorsicht geraten.

Vollständige Meldung
Landkarte

Das Dröhnen der einmotorigen Helio Courier wurde erheblich lauter, als das Flugzeug in die Kurve ging und am Himmel über dem menschenleeren Tal kreiste. Vor sich und auf der rechten Seite konnte Horton den schmalen Streifen einer zweispurigen Straße erkennen, die nach Norden führte. Auf der Straße waren keine Autos zu sehen, und auch sonst gab es keinerlei Anzeichen dafür, dass hier jemand wohnte.

»Wohin führt die Straße da?«, fragte er und tippte dem Piloten auf die Schulter.

»Das ist die Nevada 278«, rief ihm der Mann zu. »Trifft bei Barlin, östlich von Emigrant Pass, auf die I-80. Keine Menschenseele auf 150 Kilometern.«

Das silber und rot bemalte Flugzeug von Ely Air Taxi hatte inzwischen an dem wolkenlosen Himmel nach Westen abgedreht und war in den Sinkflug übergegangen. Als sie die Nevada 278 kreuzten, flogen sie bereits unterhalb der Berge, von denen die Ebene umgeben war.

»Ich kann den Flugplatz gar nicht sehen«, sagte Horton.

Der Pilot deutete auf eine unbefestigte Straße, die parallel zu einem ausgetrockneten Flussbett verlief. »Da unten«, sagte er. »Vinini Creek Road. Das ist der einzige Flugplatz in Eureka County. Aber ich will ihn mir erst einmal genau ansehen, bevor ich aufsetze. Im letzten Monat hat es ziemlich viel geregnet, und dann kommt es häufig zu Unterspülungen.«

Horton klammerte sich an seinem Sitz fest und starrte ungläubig auf die holprige, schmale Straße vor sich, während sie in einer Höhe von knapp dreißig Metern darüber hinwegflogen.

»Sie werden schon erwartet«, rief der Pilot. Horton erhaschte einen flüchtigen Blick auf einen sandfarbenen Jeep Cherokee und einen Mann, der daneben stand, bevor der Pilot die Nase des Flugzeugs nach oben riss. »Sieht gar nicht so schlecht aus. In ein paar Minuten habe ich Sie unten.«

Horton konnte nur noch nicken.

»Früher gehörte das ganze Land hier der Regierung«, fuhr der Pilot fort. »Der Staat bekam es dann wieder zurück, aber bauen will hier eigentlich niemand. Manchmal kommen ein paar Leute her, die sich ein bisschen umsehen wollen – sie suchen entweder nach UFOs oder nach Fossilien. Die UFO-Anhänger reden ziemlich viel, daher müssten Sie zur anderen Kategorie gehören.«

Während er sprach, führte der Pilot einen gewagten halben Looping aus, der die Courier wieder über die Straße brachte, dieses Mal jedoch in der anderen Richtung und sogar noch niedriger. »Jetzt gehen wir runter«, rief er und drosselte den Motor. Die Maschine schien einen Augenblick lang in der Luft stillzustehen, dann sackte sie nach unten und setzte auf, wobei sie noch zweimal auf und ab hüpfte und eine Wolke aus gelbem Staub aufwirbelte. Nachdem sie ein paar Meter weitergerollt war, blieb sie etwa fünfzig Meter vor dem Cherokee stehen.

»Kennen Sie den Mann?«

Horton, der krampfhaft versuchte, seinen Sicherheitsgurt zu lösen, starrte durch den sich lichtenden Staub nach draußen. Der Mann, der neben dem Cherokee stand, war Donovan King. Er trug eine dunkle Sonnenbrille und eine Baseballmütze mit der Aufschrift ›Colorado Rockies‹.

Horton und King winkten sich kurz zu. »Ja«, erwiderte Horton und öffnete die Tür. »Danke für den Flug.«

Horton war es in der kleinen Kabine der sechssitzigen Maschine schon sehr warm vorgekommen, aber die Hitze, die ihn beim Aussteigen empfing, war fast zu viel. Er beeilte sich, zu dem wartenden Fahrzeug zu kommen, das mit laufendem Motor und King am Steuer zur Abfahrt bereit war.

»Haben wir im Annex eine Klimaanlage?«, fragte Horton. Er schaltete die Lüftung auf die höchste Stufe und richtete den kühlen Luftstrahl aus der nächsten Düse auf sein Gesicht.

»In den Wohnwagen. Für das Laborgebäude brauchen wir noch ein oder zwei Wochen.«

»Je früher desto besser. Du meine Güte, ist das eine trockene Hitze«, beschwerte sich Horton.

Sie warteten, bis die Courier an ihnen vorbei nach Osten gerollt war und sich mit aufheulendem Motor für den Abflug bereitmachte. »Wir werden ein eigenes Flugzeug samt Pilot für diese Flüge brauchen«, sagte Horton, als King den Cherokee wieder auf die Straße brachte und dann nach Westen fuhr. »Der Typ eben war viel zu neugierig.«

King schmunzelte. »Der Typ eben *war* unser Pilot«, entgegnete er. »Er redet gern, aber sonst ist er harmlos. Wir haben eine Charterflugfirma in Elko gekauft, die allerdings nur ein Flugzeug hat, und eine kleine Spedition in Reno. Der Transportverkehr wird großflächig verteilt, und die Geschichte mit den Fossilsuchern wird uns dabei helfen, kein Aufsehen zu erregen.«

»Ah, jetzt verstehe ich, was der Pilot gemeint hat«, sagte Horton, der durch die Windschutzscheibe auf die karge Landschaft draußen starrte. »Wie weit ist es noch?«

»Etwa 13 Kilometer«, sagte King. »Übrigens – auf dem Rücksitz liegt ein Kissen. Nehmen Sie es, und setzen Sie sich drauf – Sie werden gleich wissen, warum.«

Die Warnung war keineswegs übertrieben. Nach kurzer Zeit verließen sie die Vinini Creek Road und bogen auf einen nicht markierten Weg ab, der nur halb so breit war wie die Straße. Die Schlaglöcher und Unebenheiten in der Fahrbahn ließen nicht gerade darauf schließen, dass der Weg jemals planiert worden war. Und die Fahrzeuge, die die Strecke vor ihnen gefahren waren, hatten ihn auch nicht besser gemacht. Obwohl sie nicht schneller als achtzig Stundenkilometer fuhren, kam sich Horton vor wie auf einer Achterbahnfahrt, die kein Ende nehmen wollte.

»Ich werde vorschlagen, dass wir einen Hubschrauber kaufen«, sagte er und stützte sich am Armaturenbrett ab.

»Wir haben vor, einen Teil Ihrer Ausrüstung mit einem Lastenhubschrauber herzubringen, den wir bereits für das Baumaterial benutzen. Aber ich möchte ihn nicht öfter als unbedingt notwendig einsetzen. Für einen Staat mit einer derart geringen Bevölkerungsdichte wird der Himmel hier draußen von ziemlich vielen Augen beobachtet.«

Die Fahrt endete vor einigen Gebäuden, die auf dem Grund eines schmalen, von steilen Wänden umgebenen Canyons errichtet worden waren. Das größte davon war ein fensterloses, einstöckiges Monstrum aus Naturstein, das Horton an seine Grundschule erinnerte. Westlich davon stand ordentlich aufgereiht ein halbes Dutzend Wohnwagen, und östlich wurde gerade der Stahlrahmen eines scheunengroßen, aus Fertigteilen bestehenden Gebäudes errichtet. An der Ostwand des Hauptgebäudes konnte Horton einen kleinen Bulldozer, einen Tiefbagger und drei weitere Cherokees erkennen, die in dem schmalen Band des Nachmittagsschattens geparkt worden waren. Als er aus dem Jeep in die Hitze hinauskletterte, schlug ihm eine Kakophonie aus Baugeräuschen entgegen.

»Musste sich Dr. Brohier denn unbedingt einen Ort aussuchen, der *so* abgelegen ist?«, fragte er kopfschüttelnd, während er sich die Baustelle ansah.

»Ich schätze, der Unterschied zwischen ein paar Nachbarn und überhaupt keinen Nachbarn hat den Ausschlag gegeben«, antwortete King. »Der Direktor sagte, dass er einen Sicherheitsradius von acht Kilometern und einen Schutzradius von fünfzehn Kilometern braucht. Wo wollen Sie zuerst hin – in Ihren Wohnwagen oder in das Labor?«

»Nach dieser Fahrt hat sich meine Blase für den Wohnwagen entschieden.«

King lächelte, was bei ihm selten vorkam, und deutete auf einen der Wohnwagen. »Sie sind in Nummer drei.«

Als Horton wiederkam, drückte King ihm einen Lageplan und einen Schutzhelm in die Hand. »Mahlzeiten und Freizeitaktivitäten finden in dem breiten Wohnwagen statt. Wohnwagen Nummer zwei ist für Dr. Brohier und Gäste reserviert. Das Kommunikationszentrum ist vorläufig in fünf untergebracht, das Sicherheitsbüro vorläufig in sechs. Die Bauarbeiter wohnen in Containern auf der Nordseite des Geländes – wenn sie weg sind, werden dort die Mitarbeiter untergebracht.«

Horton warf einen Blick auf den Lageplan, dann sah er mit zusammengekniffenen Augen in die flimmernde Hitze gen Norden. »Was ist das dort?«

»Das weiß ich nicht. Einige der Bauarbeiter sagen ›Klohäuschen‹ dazu. Insgesamt sind es sechs. Jedes ist ungefähr so groß wie ein Kleiderschrank, die Wände wurden aus Natursteinen gebaut. Sie waren völlig leer, wie das Gebäude dort«, sagte King und deutete auf das Hauptgebäude.

»Und für welchen Zweck wurde das dort gebaut?«

»Das kann ich Ihnen auch nicht sagen«, antwortete King. »Als die letzten Bewohner gegangen sind, haben sie bis auf die nackten Gebäude alles mitgenommen. Wir haben alle Schrammen auf den Fußböden und Befestigungsbügel, die wir gefunden haben, fotografiert. Sie können sich gerne am allgemeinen Rätselraten beteiligen.«

»Und was glauben Sie?«

»Ich glaube, Sie haben hier keine Schafe gezüchtet.« King schüttelte den Kopf. »Es gibt keine nahe liegende Antwort, Dr. Horton, und deshalb macht das Raten auch so viel Spaß. Morgen nehme ich Sie mit hinüber und zeige Ihnen die Betongräben, mit denen die Klohäuschen untereinander verbunden sind.« Er deutete nach Norden. »Nevada hat im Laufe der Jahre eine Menge Geheimnisse bewahrt, von Trinity bis zu Area 51. Wenn wir Glück haben, wird es unseres auch bewahren.«

Als Aron Goldsteins schwarze Dassault Falcon 55 in den unruhigen Luftmassen über dem Potomac auf dreihundert Meter herunterging, drehte Karl Brohier seinen Sessel zum nächstgelegenen der ovalen Fenster und suchte die Stadt unter sich nach vertrauten Orientierungspunkten ab.

Brohier, der weder für Politik noch für laute, von Verkehrsstaus geplagte Städte etwas übrig hatte, war erst dreimal in Washington, D. C., gewesen, zuletzt vor acht Jahren anlässlich der Beerdigung eines guten Freundes. Bei dem Besuch davor wurde er von Politikern in der Öffentlichkeit zur Schau gestellt und musste sich dann vor einem halben Dutzend Ausschüssen die Mittel für seine Grundlagenforschung zusammenbetteln – für Brohier eine Erfahrung, die fast so unangenehm war wie eine Beerdigung. Aber der erste und weitaus schönste Besuch in Washington hatte sein Leben verändert.

Zu einer Zeit, als wohlhabendere Schulbezirke ganze Flugzeugladungen von Schülern nach Europa schickten, Windjammern in der Karibik charterten und Wildwasserfahrten in Kanada veranstalteten, konnte die Abschlussklasse der Champlain Valley Union High School im ländlich geprägten Chittenden County lediglich eine 13-stündige Busfahrt unternehmen, um sich drei Tage in der Hauptstadt der Vereinigten Staaten umzusehen. Die begleitenden Lehrer machten die Schmach durch ein lockeres Programm und viel Freizeit für ihre Schutzbefohlenen wett.

»Ihr müsst schon selbst entscheiden, was ihr euch ansehen wollt«, sagte Mr. Freebright, der Klassenlehrer, zu ihnen. »Jeder von euch hat einen Reiseführer, einen Metropass, einen Freund und einen Kopf zum Denken dabei. Wenn ihr nichts davon verliert, werden ihr viele schöne Erinnerungen mit nach Hause nehmen.«

Brohier und sein bester Freund Tom Lange verweigerten die Teilnahme an Exkursionen zu verschiedenen Lasterhöhlen in Maryland, die mit Alkohol, Spieltischen und Oben-ohne-Tänzerinnen lockten. Stattdessen verbrachten sie die für eigene Aktivitäten zur Verfügung stehende Zeit mit der Besichtigung des Smithsonian Museum, des Museum of Natural History und des U. S. Naval Observatory.

Die Hauptattraktion des Observatoriums war für die beiden die Chance, durch den achtzig Zentimeter großen Reflektor einen Blick auf die Jupitermonde oder eine Sonnenprotuberanz werfen zu können, aber diese Hoffnung wurde durch graue Wolken und einen Sommerregen zunichte gemacht.

Enttäuscht und gelangweilt ließ sich der junge Brohier, der in einer Schlange vor dem Eingang stand, von der Atomuhr der Vereinigten Staaten und der damit zusammenhängenden naturwissenschaftlichen Magie gefangen nehmen. Cäsiumoszillatoren, Wasserstoffmaser, Satelliten und Synchronisatoren öffneten ihm die Tür zu einer Welt voller Wunder und führten ihn zu Relativität, Radioaktivität und Nuklearwissenschaft. Nachdem er einen Sommer lang das Terrain erkundet und eine Unmenge von Fachliteratur gelesen hatte, ging er an die University of Vermont, begann dort sein Studium und änderte prompt sein Hauptfach – statt einer sicheren Karriere in Computerwissenschaften nahm er den unsicheren Weg der Physik.

Es gelang ihm, die Neuigkeit eineinhalb Jahre vor seinen Eltern geheim zu halten und sich dann ihren hartnäckigen Versuchen, seinen ›Fehler‹ doch noch zu korrigieren, zu widersetzen. Nachdem er in einem durchschnittlichen Studienprogramm überdurchschnittlich abschnitt, wurde ihm ein Stipendium am MIT angeboten, wo sowohl der Wettbewerb als auch die intellektuellen Reize auf einem erheblich höheren Niveau lagen. Aber es war genau der richtige Zeitpunkt – nie wieder waren sein Verstand schneller und sein Hunger nach Wissen unersättlicher gewesen als damals. Nach zweieinhalb Jahren machte er auch dort auf sich aufmerksam.

Danach wurde es allerdings schwieriger. Ein Fiasko an der University of Texas folgte, wo eine persönliche Unverträglichkeit mit dem Leiter der Fakultät und die Probleme, die sich aus seiner ersten Liebe und der bald darauf folgenden Trennung ergaben, dazu führten, dass er seine Doktorarbeit in den Sand setzte. Dann fünf Jahre als Laborant im Materiallabor von TRW – ein Gefallen von Tom Lange, aber ein Gefängnis für Brohiers Neugierde. Schließlich der zweite Versuch zu promovieren, dieses Mal in Stanford, wo alle anderen Doktoranden jünger waren und schneller zu begreifen schienen und Brohier hart darum kämpfen musste, den Anschluss nicht zu verpassen. Bis zu den Anfängen der CERN-Revolution sollte es noch fünf Jahre dauern, bis zu Amy Susan noch einige mehr und bis zur Datenspeicherung über Nullphasenfestkörper noch fast zwei Jahrzehnte.

Diesen Weg hatte er hier in Washington begonnen, und jetzt war er wieder hier – gegen seine Überzeugung.

Die Kabine der Falcon 55 vibrierte, als das Fahrwerk und die Landeklappen ausgefahren wurden. Unter ihnen war nichts als Wasser, das schon sehr nah zu sein schien. Und dann sah Brohier plötzlich Felsen, ein Stück Land mit braunem Gras und den Beginn der Landebahn. Die Reifen berührten den Beton zuerst etwas zaghaft, aber dann wurde die Maschine entschlossen nach unten gedrückt. Als das Bugrad aufsetzte und die Schubumkehr auf die drei Triebwerke der Falcon wirkte, fing die Kabine an zu vibrieren.

Brohier sah zu Goldstein hinüber, der immer noch wie ein Baby schlief. Seine schmächtige Gestalt wurde von dem dick gepolsterten Sessel fast verschluckt. *Ich hoffe, Sie haben Recht, mein Freund,* dachte er. So früh hatten weder Brohier noch Horton einen Vertreter der Bundesregierung ins Vertrauen ziehen wollen, und beide hatten sich entschieden dagegen ausgesprochen, dem Militär auch nur ein einziges Wort über den Trigger zu sagen. Allein die Tatsache, dass das Pentagon keine drei Kilometer entfernt lag, jagte Brohier einen Schauer über den Rücken.

Er hatte Angst vor dem Szenario, das Horton ›Hangar 57‹ genannt hatte – Angst davor, dass ein falsches Wort zur falschen Person genügte, um einen Konvoi aus schwarzen Lieferwagen mit Special Agents auf den Campus von Terabyte rollen zu lassen, die alles und alle wegschaffen würden. Goldstein hatte Stunden gebraucht, um sie davon zu überzeugen, dass seine ›Freunde in hochrangigen Positionen‹ nicht zu der Kategorie frei erfundener Fabelwesen wie Einhörner und Meerjungfrauen gehörten.

»In jeder Schicht unserer Gesellschaft gibt es Menschen, die uns helfen können und auch wollen«, hatte Goldstein beharrlich beteuert. »Und wir brauchen möglichst viele von ihnen auf unserer Seite, wenn denjenigen, die sich *gegen* uns stellen werden, die Gefahr bewusst wird.«

»Wir müssen absolut sicher sein, mit welcher Seite wir reden«, hatte Horton gesagt.

»Der Mann, den ich ins Vertrauen ziehen will, wird uns garantiert nicht verraten. Unter den gewählten Volksvertretern ist er so etwas wie eine Eiche im Schilf.«

»Das ist gut und schön, aber meiner Erfahrung nach wird es uns nicht viel nützen.«

Goldstein hatte verärgert auf diese Kritik reagiert. »Wenn es um Politik geht, seid ihr Wissenschaftler unglaublich naiv. Politiker kennt ihr nur aus CNN, und manchmal nicht einmal von da«, hatte er Horton angeschnauzt. »Ich kenne diesen Mann seit zwanzig Jahren und habe noch kein einziges Mal erlebt, dass er unüberlegt gehandelt oder gegen seine Prinzipien verstoßen hat. Und außerdem wird *seine* Machtbasis nicht durch den Trigger bedroht – ganz im Gegenteil sogar. Und wenn er uns tatsächlich hilft, werden seine Kontakte von unschätzbarem Wert für uns sein.«

»Und warum sagen Sie uns dann nicht, wie er heißt?«

»Um ihn für den Fall in Schutz zu nehmen, dass er sich gegen unseren Vorschlag ausspricht – er ist nämlich ein *sehr guter* Freund von mir.«

Schließlich hatten sie einen Kompromiss geschlossen – Brohier würde mit nach Washington fliegen und bei dem Gespräch dabei sein. Horton wollte Goldstein nur mit dem großen Unbekannten sprechen lassen, wenn er sicher war, dass seine Interessen vertreten wurden – und er kannte Goldstein nicht gut genug, um sich auf dessen Wort zu verlassen.

Im Grunde genommen war es eine unvernünftige und

sogar unsinnige Forderung, da Goldstein schon vor Wochen von Brohier über die Erfindung informiert worden war und in der Zwischenzeit Hunderte von geheimen Treffen mit allen möglichen Leuten hätte arrangieren können. Aber es stand so viel auf dem Spiel, dass sogar Brohiers Vertrauen manchmal ins Wanken geriet, und er war froh, dass er einen Vorwand hatte, um bei den geplanten Gesprächen anwesend zu sein.

Als die Falcon 55 am Flugsteig für VIPs hielt, öffnete Goldstein die Augen und stand auf. »Das ging aber schnell«, sagte er nach einem Blick auf seine Uhr. »Haben Sie sich ein wenig ausgeruht?«

»Ich kann im Flugzeug nicht schlafen«, bekannte Brohier.

»Dann würde mein Job Sie vermutlich umbringen«, sagte Goldstein mit einem munteren Lächeln.

Nach erstaunlich kurzer Zeit saßen sie auf dem Rücksitz eines silbernen Mercedes, der auf dem Washington Memorial Parkway nach Norden fuhr. Links von ihnen kam unvermittelt das Pentagon in Sicht. Goldstein fiel auf, dass Brohier das riesige, bedrohlich wirkende Gebäude anstarrte, als sie daran vorbeifuhren.

»Machen Sie sich immer noch Sorgen?«, wollte er wissen.

»Nicht wegen Ihnen, Aron. Wegen Ihnen habe ich mir nie Sorgen gemacht. Ich mache mir Sorgen darüber, die Kontrolle über das Ganze zu verlieren«, erwiderte Brohier. »Ich will die Verantwortung nicht – ich will all diese Entscheidungen gar nicht treffen. Aber mir ist es lieber, wenn ich das tue – wenn wir das tun, als eine Menge anderer Leute, die mir jetzt gerade einfallen. Sehr viele von ihnen leben und arbeiten in dieser Stadt.«

Goldstein nickte. »Vor langer Zeit habe ich etwas über die Leute in Washington gelernt. Die gute Nachricht ist: Wenn sie nicht vor der Kamera stehen, sind sie genauso wie die Menschen in ihrem Heimatstaat, von denen sie gewählt wurden. Die schlechte Nachricht ist: Wenn sie nicht vor der Kamera stehen, sind sie genauso wie die Menschen in ihrem Heimatstaat, von denen sie gewählt wurden. Nicht besser und nicht schlechter also – aber sie stehen in der Öffentlichkeit, und ihre Fehler haben etwas mehr Tragweite.«

Brohier verzog das Gesicht. »Sehr witzig. Ihr Freund ... um nicht völlig depressiv zu werden, habe ich versucht, mir vorzustellen, dass jemand, den ich kenne und respektiere, nominiert und auch gewählt wurde. Jemand wie mein Vater zum Beispiel.«

»Mr. Smith geht nach Washington«, sagte Goldstein. »Karl, ich möchte Ihnen jetzt etwas sagen, was ich in Gegenwart Jeffreys nicht erwähnen wollte, da er sich sowieso schon aufgeregt hat. Dieses Treffen morgen – dieser Mann – wir brauchen ihn dringend. Bis jetzt ist unsere Verschwörung noch sehr gefährdet.«

»Darüber habe ich auch schon nachgedacht«, entgegnete Brohier. »Die Tatsache, dass wir alles geheim halten müssen, arbeitet gegen uns. Eine kleine Razzia, und alles wäre vorbei.«

»Stimmt. Aber im Gegensatz zu Ihnen und sogar zu mir hat mein Freund so viel Einfluss, dass er nicht so einfach zum Schweigen gebracht werden kann«, erwiderte Goldstein. »Im Gegensatz zu Jeffrey und seinen Leuten ist er viel zu bekannt, um einfach zu verschwinden. Er kann nicht eingeschüchtert werden, und er wird sich auch nicht umdrehen lassen.« Er sah aus dem Fenster und ließ den Blick über den Potomac bis zum Lincoln Memorial schweifen. »Und er wird die richtigen Fragen stellen, sehr laut und an den richtigen Stellen, wenn wir verschwinden.«

»Das beruhigt mich«, sagte Brohier. »Aron – Ihr Freund ... es ist Senator Wilman, nicht wahr?«

Goldstein nickte wortlos. Sein Nicken spiegelte sich in dem getönten Glas. »Was halten Sie davon?«

»Ich glaube, es war eine gute Entscheidung.«

»Schön. Aber trotzdem«, fügte Goldstein geistesabwesend hinzu, »ist es vermutlich besser, wenn wir ihm vorläufig nichts vom Annex sagen. Für alle Fälle.« Goldstein wandte den Kopf und sah Brohiers fragenden Blick. »Falls ich mich in ihm getäuscht habe oder unsere Gegner weitergehen, als ich dachte.«

7.

Die Strategie

Hongkong, China – Um den nun schon seit 16 Tagen andauernden Demonstrationen gegen Peking ein Ende zu machen, hat der neue Militärgouverneur von Hongkong heute eine Ausgangssperre verhängt, die zwanzig Stunden und damit auch während des Tages gilt und lediglich den Weg zur Arbeit und wieder zurück gestattet. Gouverneur Han Lo gab bekannt, dass die Zugführer der chinesischen Armee zum gezielten Schießen ermächtigt seien, wenn sich ›Verräter und Störenfriede‹ dem Befehl widersetzten. Bei früheren Auseinandersetzungen im Botanischen Garten Hongkongs und im Hafenviertel Victoria in der Nähe der Universität sind bereits mindestens ein Dutzend Demonstranten und fünf Polizeibeamte getötet worden.

Vollständige Meldung
Hongkong seit Wiedervereinigung
Biografie Han Lo
Live-Bericht über Sky-Scan

Die Büroräume von Grover Andrew Wilman im Humphrey-Verwaltungsgebäude des Senats waren in der Regel die ersten, die auf diesem Stockwerk morgens zum Leben erwachten, und die letzten, in denen abends das Licht ausgeschaltet wurde. Offiziell begann der Arbeitstag seiner beiden persönlichen Referenten um sieben Uhr morgens, was für Mitarbeiter des amerikanischen Kongresses schon sehr früh war. Aber wenn sie zur Tür hereinkamen, stellten sie häufig fest, dass ihr Chef schon lange vor ihnen ins Büro gekommen war und bereits das Arbeitspensum eines ganzen Vormittags erledigt hatte.

Wilman begann den Tag fast immer mit dem Lesen von Post einer ganz speziellen Kategorie, die er ›Hassbriefe‹ nannte. Die Aufklärungs- und Lobbyingarbeit seiner Organisation Mind Over Madness, die sich für Abrüstung und Entwaffnung der Bevölkerung aussprach, generierte einen nicht enden wollenden Strom von kritischer und oftmals feindseliger Post – in Form von Video, Audio und Text. Anonym abgeschickte Hasstiraden wurden zwar vorher aussortiert, aber trotzdem gingen pro Tag mehrere hundert Nachrichten von Menschen ein, die Wilman unbedingt mitteilen mussten, dass er hoffnungslos irregeleitet, naiv oder illoyal sei oder ganz einfach Unrecht habe.

»Das bringt mich morgens besser in Schwung als ein Liter Kaffee«, sagte Wilman immer, wenn man ihn fragte, warum er sich die Mühe mache, Nachrichten zu beantworten, die jeder andere einfach ignorieren würde. »Und wenn sie eine Antwort von mir persönlich bekommen, sind sie so überrascht, dass sie manchmal anfangen nachzudenken. Außerdem bin ich so unvernünftig zu glauben, dass letzten Endes immer die Vernunft siegen wird.«

Der frühe Morgen eignete sich auch sehr gut für Telekonferenzen mit seinen Verbündeten in Europa. Mind Over Madness hatte Ortsgruppen in 41 Ländern und in fast der Hälfte davon aktive Partner, die genau wie Wilman die Carta von MOM unterzeichnet hatten. Diese Allianz machte Wilman natürlich zum bevorzugten Ziel der christlichen Ultranationalisten und verschiedener Randgruppen, die an eine internationale Verschwörung glaubten.

Aber Wilman machte sich keine allzu großen Sorgen darüber. Einerseits war es nur Trommelwirbel, andererseits die Bestätigung dafür, dass seine Organisation etwas bewirkte. Dieser Umstand und die Flut von unterstützenden Briefen sowie die gelegentliche ›Bekehrung‹ eines Gegners genügten Wilman, um den einmal eingeschlagenen Weg weiterzugehen. Sein Kreuzzug war kein auf die Wähler zugeschnittener, mediengerechter Trick mit begrenzter Lebensdauer, der ihm lediglich die Wiederwahl sichern sollte. Es war ein langfristiges Engagement mit hohen Grundsätzen, das darauf abzielte, den Menschen eine andere Art der Konfliktbewältigung beizubringen. Und Wilman war so klug, die Fortschritte seiner Arbeit nicht nach der Anzahl der Hassbriefe zu bemessen.

Wilmans Büro war so unkonventionell wie seine Politik und so offensichtlich auf Konfrontation ausgelegt wie sein Auftreten im Senat. Das Standardaccessoire von Senatoren war eine amerikanische Flagge, die grundsätzlich so platziert wurde, dass sie von Besuchern nicht ignoriert und von Kameras nicht übersehen werden konnte. In Wilmans Büro wurde dieser Ehrenplatz von einer gerahmten Vergrößerung seiner Lieblingsanzeige für Mind Over Madness eingenommen – die umstrittene ›Leichencollage‹, bei der Aufnahmen aus Leichenschauhäusern und Tatortfotos mit der Überschrift MENSCHEN WERDEN NICHT VON WAFFEN GETÖTET am oberen Bildrand und einem süffisanten GLAUBT DAS ETWA NOCH JEMAND? darunter kombiniert worden waren.

Auch die sonst immer vorhandenen akademischen Auszeichnungen und Familienfotos suchte man in dem Büro vergebens. Stattdessen hatte Wilman die Wände mit Texten und Bildern von Helden und Pionieren der Friedens- und Abrüstungsbewegungen dekoriert. Es war seine private Ruhmeshalle, ein Schrein für eine philosophische Idee, die seit mehr als eineinhalb Jahrhunderten dem herrschenden Zeitgeist hinterherhinkte – der Mensch als Killeraffe, die Evolution mit blutroten Zähnen und Klauen.

Die einzigen beiden Bilder, auf denen Wilman selbst zu sehen war, waren zwei gerahmte politische Karikaturen von ihm und ein Foto, das ihn mit seiner Panzercrew in der Wüste vor An-Najal im Irak zeigte. Neben dem Foto hingen ein Rahmen mit den Rangabzeichen eines Captains der US-Armee, Militärorden und der Urkunde über seine ehrenhafte Entlassung.

Ich habe das moralische Recht dazu, sagte das Foto. *Ihr könnt mir keine Feigheit oder Untreue oder Angst vorwerfen und mich dann vergessen – Ihr müsst euch mit dem moralischen Element dieser Herausforderung auseinander setzen.* Ein Jahr zuvor war dieses Foto für sämtliche Wahlkampfanzeigen verwendet worden und hatte Wilman einen hauchdünnen Sieg und weitere sechs Jahre als ranghöchster Senator Oregons beschert.

»Kein anderer Staat hätte Sie nach Washington geschickt«, hatte sein Gegner von den Demokraten in einem privaten Telefongespräch zu ihm gesagt. »Und kein anderer Staat hätte Sie *noch einmal* hergeschickt, nachdem klar war, was er da angerichtet hat. Trotzdem, wegen der Probleme, die Sie den Republikanern bereiten, und weil Sie einiges zustande bringen, indem Sie uns mit der Nase in unseren eigenen Dreck stoßen, macht es mir eigentlich gar nicht so viel aus, gegen Sie verloren zu haben. Aber wenn Sie meinem Parteivorsitzenden erzählen, dass ich das gesagt habe, werde ich dafür sorgen, dass ihr verkommener Verein aus moralisch korrupten Technokratenbubis nicht noch einmal hundert Dollar von meiner Frau als Mitgliedsbeitrag bekommt.«

Nicht nur Wilmans Wahlkampf, sondern seine gesamte politische Karriere wurde von diesem Paradoxon beherrscht. Es waren genau die gleichen Charaktereigenschaften, die seine Freunde und Verbündeten an ihm kritisierten und seine Feinde bewunderten: Seine hartnäckige Zielstrebigkeit, die für ihn charakteristische Direktheit im Dienste eines permanent uneinsichtigen Verstands und sein kompromissloses Engagement für seine Grundsätze, denen sich alles unterordnen musste. Um es mit den Worten des führenden Nachrichtenmagazins *In Touch* zu sagen – Wilman war der Prototyp des Antipolitikers.

»Er bricht Regeln, die als heilig gelten, aber ganz bewusst und eher aus Notwendigkeit denn als Trotz«, hatte der Chefredakteur des politischen Ressorts in einem Artikel über Wilman geschrieben. »Er macht Fehler, die jeden anderen den Kopf kosten würden, aber er überlebt, weil Passion in dieser ansonsten blutleeren Stadt etwas Seltenes und daher etwas Kostbares ist. Grover Wilman macht uns gleichzeitig stolz und verlegen, so als wüssten wir um die Wahrheit seiner Worte, aber auch die Hoffnungslosigkeit, seinen Idealen zu entsprechen. Noch nie zuvor in den dreißig Jahren meiner Berichterstattung über dieses hohe Haus habe ich einen Bilderstürmer oder Intellektuellen von Wilmans Kaliber im Kongress erlebt. Obwohl er als Präsidentschaftskandidat keinerlei Chancen hätte, befindet er sich auf dem Höhepunkt seiner Macht – und wenn die Massen seiner zuweilen etwas gar zu moralisierenden Botschaft müde werden, was zwangsläufig geschehen wird, werden Washington und unser nationaler Dialog um eine Persönlichkeit ärmer sein.«

Wilman, dem die Lobeshymne gleichgültig war, schickte dem Redakteur eine Kopie des Artikels, auf der er ›was zwangsläufig geschehen wird‹ rot angestrichen und mit einer handschriftlichen Anmerkung quer über den unteren Rand versehen hatte:

Wenn Höflichkeit nicht die Grundlage allen Tuns darstellt, ist Zivilisation nur ein Hirngespinst. Können Sie Ihren Kindern denn nichts Besseres bieten?

»Ich halte das hier für das Beste«, sagte Toni Barnes. Die Grafikerin berührte die Steuereinheit, und auf der Videowand des Konferenzraums erschien ein anderer Anzeigenentwurf: Ein Schwarzweißfoto von acht Erwachsenen, die in einem Kreis standen und der Person zu ihrer Linken einen Revolver an den Kopf hielten. »Wir können so etwas wie ›Fühlen Sie sich jetzt sicher?‹ als Aufhänger nehmen und ›Das Töten hört erst auf, wenn wir damit aufhören‹ als Slogan.«

»Ich bin immer noch für den ersten Entwurf«, sagte Evan Stolta, der Strategieberater von Mind Over Madness. Er streckte die Hand aus und projizierte das Foto eines Dreijährigen auf die Leinwand, der einen winzigen Tarnanzug trug und ein Sturmgewehr in der Hand hielt. »Nur fünf Worte – ›Jetzt ist er ein Mann‹. Einfacher und prägnanter geht's nicht.«

»Jetzt hören Sie doch endlich auf, wie ein liberaler Intellektueller zu denken«, sagte Barnes. »Viele Leute werden gar nicht begreifen, was wir damit sagen wollen – sie werden das Foto für *niedlich* halten.«

»Wenn jemand die Ironie nicht begreift, helfen Erklärungen auch nicht mehr viel«, entgegnete Stolta, der sich über den Seitenhieb ärgerte. »Was wollen Sie eigentlich – einen rauchenden Lauf und noch ein Kind, das in einer Blutlache liegt?«

»Zeigen Sie mir, wie das aussieht«, sagte Senator Wilman, der das Brainstorming seiner Mitarbeiter bis jetzt ohne ein Wort verfolgt hatte.

Barnes runzelte die Stirn und setzte sich an ihr Digitalisierungstablett. Innerhalb weniger Sekunden war das Schwarzweißfoto farbig. Und nach kurzer Zeit war eine Leiche auf dem Foto zu sehen.

Wilman schüttelte bereits den Kopf, als Barnes sich umdrehte und nach seiner Meinung fragen wollte. »Nein. Auf keinen Fall. Wir haben noch nie ein Opfer in unser Material hineinretuschiert, und dieses Motiv ist nicht stark genug, um ein solches Vorgehen zu rechtfertigen. Aber die Farbe gefällt mir gut. Warum haben unsere Anzeigen in letzter Zeit eigentlich immer so krampfhaft künstlerisch wie von Wiesenthal-Bergman ausgesehen? Die Menschen, die wir erreichen wollen, leben nicht in einer einfarbigen Welt, und wir müssen sie dort ansprechen, wo sie leben.«

»Wir ...«, begann Stolta, aber dann fiel ihm nichts dazu ein.

»Toni, dieser Menschenkreis würde genauso gut in Farbe funktionieren«, fuhr Wilman fort. »Besser sogar, weil die Leute dann wie eine Familie und ihre Nachbarn aussehen und nicht wie zwielichtige Gestalten aus einem *film noir*. Sie könnten die Lichtquelle noch ein wenig verschieben, um den emotionalen Unterton stärker herauszuarbeiten. Zeigen Sie mir heute Abend ein paar Entwürfe dazu.«

Barnes nickte und klappte ihr Tablett zu. Wilman wandte seine Aufmerksamkeit Stolta zu. »Evan, was ist eigentlich mit der Sache, über die wir letzte Woche gesprochen haben – die Programminhalte der Sender? Wir können einfach nicht genug Sendezeit für unsere Spots kaufen oder zusammenbetteln, um mit den Programmbibliotheken von Turner, Sony und Bertelsmann zu konkurrieren. Die Sender werden uns schon unterstützen müssen.«

»Sie wollen nicht mit uns reden«, sagte Stolta und zuckte mit den Achseln.

»Natürlich nicht«, erwiderte Wilman und stand auf. »Sie sitzen auf mehreren hunderttausend Stunden Programmmaterial, bei dem unter Unterhaltung verstanden wird, dass Menschen andere Menschen verstümmeln, foltern und töten. Aber es ist Ihr Job herauszufinden, wie wir sie dazu bringen können, mit uns zu reden.«

Stolta schüttelte den Kopf. »Sie haben enorme Investitionen in ihren Bestand gesteckt ...«

»Ein Bestand, der nur aus Gift besteht. Wir müssen sie dazu bringen, dass sie diese Bibliotheken nicht als Kapital, sondern als Klotz am Bein ansehen«, entgegnete Wilman schroff. »Den Sendern muss klar werden, dass es bei dem, was sie tun, auch eine moralische Dimension gibt, die über Angebot und Nachfrage hinausgeht. Und wenn das heißt, dass wir an geschlossene Türen klopfen und uns mit starrsinnigen Programmdirektoren auseinander setzen müssen, bis wir Fortschritte machen, dann werden wir genau das tun. Wenn Sie allerdings zu ausgebrannt für diese Art von Kampf sind ...«

»Tragen Sie mich für Freitag in Ihrem Terminkalender ein«, sagte Stolta. »Bis dahin habe ich vermutlich schon ein paar Ideen für Sie.«

»Gut.« Wilman sah auf die Uhr. »Ich bin spät dran für meinen nächsten Termin. System?«

»Bereit«, sagte die synthetische Stimme der Steuereinheit für den Konferenzraum.

»Besprechungsprotokoll Ende.«

»Bestätigt«, sagte der Konferenzraum. »Möchten Sie das Protokoll zusammenfassen und in den Verteiler übertragen lassen?«

»Nein. Nur archivieren.« Wilman hob den Blick und

warf den anderen ein mitfühlendes Lächeln zu. »Unser Weg ist mühsam und steinig«, sagte er. »Und sehr schwierig. Manchmal, wenn ich kurz davor stehe, den Mut zu verlieren, denke ich darüber nach, wie es wäre, den Namen der Organisation in ›Sisyphusgesellschaft‹ zu ändern. Bis jetzt habe ich aber Gott sei Dank noch jedes Mal wieder neuen Mut geschöpft, bevor ich die Papiere dazu unterzeichnen konnte – den Namen würde sowieso nur ein liberaler Intellektueller verstehen.« Er blinzelte Stolta zu, und sein Lächeln wurde so breit, dass ein schelmisches Glitzern in seinen Augen zu erkennen war.

»Die Gelegenheit ist ja nun vorbei«, sagte Stolta. »Wir hätten so ein schönes animiertes Logo auf unseren Netsites verwenden können.«

Wilman lachte, als er seinen Aktenkoffer nahm. »Ich bin in einer Stunde wieder im Büro. Wenn es bis dahin etwas Dringendes gibt – Marina weiß, wie sie mich erreichen kann.«

Die leichte Brise auf dem Nationalfriedhof von Arlington linderte die Hitze des Morgens, der einen jener typischen, drückend schwülen Sommertage in Washington ankündigte. Dennoch lief Wilman der Schweiß in Strömen über das Gesicht, als er vom Sheridan Gate aus zu dem sanft ansteigenden Hügel ging, wo die sterblichen Überreste von Dayton Charles Arthur Deich im Schatten eines hundert Jahre alten Ahornbaums ruhten. Der Baum unterbrach die lange Reihe der Grabsteine aus weißem Marmor und hatte mit seinen kräftigen Wurzeln Daytons Grabstein in eine leichte Schieflage gebracht.

Der einzige Besucher, der Daytons Grab im letzten Jahr besucht hatte, war ein Soldat der 3. US-Infanterie gewesen, der hier am Memorial Day kurz stehen geblieben war und eine kleine amerikanische Flagge vor dem Grabstein in die Erde gesteckt hatte. Mit dieser Tradition erinnerten die Angehörigen der Streitkräfte daran, dass hier jemand für sein Land gefallen war. Die Chance war ziemlich groß, dass sie die Einzigen waren.

Dayton war vor mehr als einem halben Jahrhundert auf der anderen Seite der Welt gefallen. Er war als Unteroffizier eingezogen worden und in einem bitteren koreanischen Winter bei einer bitteren Niederlage gefallen – dem verlustreichen Rückzug nach Hungnam. Bei seinem Tod war er einundzwanzig Jahre alt und ohne Nachkommen. Der Nächste seiner noch lebenden Cousins war drei Generationen und fünf Bundesstaaten weit weg.

Aber Dayton war nicht der Einzige, der langsam in Vergessenheit geriet. Als von den Veteranen des Koreakrieges keiner mehr am Leben war, überschritt Daytons Krieg die Grenze von der Erinnerung zur Historie. Er wurde zu einem Geplänkel des kalten Krieges, das weder mit patriotischen Liedern noch mit heldenhaften Bildern prahlte, bar jeglicher Qualen und Emotionen war.

Im Bewusstsein der Öffentlichkeit waren selbst die grundlegendsten Fakten nicht mehr vorhanden. Kaum ein Zivilist wusste mehr über Korea als das, was er in einer zum Klassiker gewordenen Fernsehkomödie sah. Ridgeway und MacArthur, Pusan, Inchon und der Yalu – der Klang dieser Wörter weckte keine Emotionen mehr.

Aber das galt auch für Daytons Nachbarn in den alten Gräbern auf dem Hügel in Abschnitt 20. Selbst jene, die in einem ›guten‹ Krieg gekämpft hatten, konnten sich nicht darauf verlassen, dass ihre Einsamkeit zuweilen von einem Besucher geteilt wurde.

Wir geben euch dieses Stück Land, dachte Wilman, als er auf die beiden Männer zu ging, die unter dem Ahornbaum auf ihn warteten, *lassen euch etwas besitzen in einer Welt, die ihr bereits verlassen habt – und wozu? Zu Propagandazwecken, um die Wahrheit rein zu waschen. Unsere Helden in ihrer letzten Ruhestätte, ohne jeden Hinweis darauf, was sie getan, was sie erlitten haben, womit sie sich diese zweifelhafte Ehre verdient haben. Wir sehen keine blutverschmierten, zerfetzten und verstümmelten Körper, keine Waffen – nur endlose Reihen steriler weißer Steine, die durch ihr Schweigen lügen. Ich hasse diesen Ort mehr als jeden anderen auf der Welt …*

Karl Brohier runzelte die Stirn. »Ist er das?«

»Ja, das ist er«, erwiderte Aron und nickte.

»Er sieht nicht sehr glücklich aus.«

»Das hatte ich auch nicht erwartet.«

»Vielleicht hätten wir ihn einfach mit Ihrem Wagen abholen und eine Weile in Washington herumfahren sollen«, sagte Brohier. »Das wäre sicher genug gewesen. Auf jeden Fall besser als dieser Treffpunkt. Hier reicht ja schon ein billiges Audioteleskop, um ...«

»Ich weiß, wie er über Arlington denkt«, unterbrach Goldstein ihn. »Es ist genau der richtige Ort.« Er ging auf Wilman zu und streckte die Hand aus. »Grover! Danke, dass Sie gekommen sind.«

»Sie sagten, es sei dringend«, antwortete Wilman und sah an Goldstein vorbei. »Ich kenne Sie. Wo habe ich Sie schon einmal gesehen?«

»Das tut nichts zur Sache«, sagte Goldstein. »Wir setzen uns besser hin. Karl, die Decke, bitte.«

Sie setzten sich im Schatten des Baums auf eine rotschwarz gemusterte Wolldecke. Für einen zufällig vorbeikommenden Besucher hätten sie ausgesehen wie drei Brüder, die einen verstorbenen Familienangehörigen besuchten.

»Was ist los, Aron?«

»Was würden Sie sagen, wenn es eine Möglichkeit gäbe, um dafür zu sorgen, dass auf diesem Friedhof nie wieder ein Grab ausgehoben wird – es sei denn, um einen alten Mann wie mich unter die Erde zu bringen?«

»Ich verstehe nicht, was Sie damit meinen«, antwortete Wilman stirnrunzelnd. »Die Verlustrate der amerikanischen Truppen ist so niedrig wie noch nie – selbst wenn wir Truppen in den Kampf schicken, wird fast alles von den Maschinen übernommen, und wenn doch einmal ein Soldat im Einsatz fällt, steht das sofort auf der Titelseite aller Zeitungen. Diesen Teil der Schlacht haben wir schon fast gewonnen, Aron. Verluste werden nicht mehr toleriert.« Er deutete in Richtung des Pentagons, das durch einen Wald vor ihren Blicken verborgen wurde. »Jetzt müssen wir sie nur noch dazu bringen, dass sie über die Hutus oder die Brasilianer genauso denken.«

»Da verlangen Sie wohl zu viel«, sagte Brohier.

»Warum?«, wollte Wilman wissen.

»Seit Zehntausenden von Jahren töten sich die Menschen gegenseitig – und das ganz bewusst. So schaffen sie sich Platz auf dieser Welt.«

»Kommen Sie mir bloß nicht mit Darwin«, sagte Wilman angewidert. »Boxer prügeln sich gegenseitig das Gehirn aus dem Leib und umarmen sich hinterher. Beim Football blockt ein Verteidiger den Quarterback und spendiert ihm nach dem Spiel ein Bier. Ich kenne dieses soziologische Gefasel über die dunkle Seite des Menschen zur Genüge, aber es bedeutet lediglich, dass wir die Frauen und Mütter manchmal nicht weinen hören.«

»Das müssen Sie mir erklären.«

»Gern. Erzählen Sie mir, was Sie über Desert Storm noch wissen.«

»Desert Storm? Du meine Güte, das war – also, was die Ereignisse der letzten sechzig Jahre angeht, gibt es in meinem Gedächtnis große Lücken. Ich glaube, ich hatte gerade meine große Krise in den Bell Labs.«

»Ich saß in einem Abrams M1A1«, sagte Wilman. »Weiter – alles, woran Sie sich erinnern können.«

»Da CNN fast einen Moment lang pausenlos darüber berichtete, sollte ich mich eigentlich an mehr erinnern können«, sagte Brohier stirnrunzelnd. »Wir hatten die Stealth-Bomber, die gelenkten Raketen und Schwartzkopf. Die anderen hatten Saddam Hussein, Scud-Raketen und Luftstreitkräfte, die in den Iran flüchteten. Soweit ich mich erinnern kann, war es keine große Auseinandersetzung.«

»Stimmt.«

»Und die Irakis haben die Ölfelder in Brand gesteckt, nicht wahr? Bei ihrem Rückzug aus Saudi-Arabien.«

»Kuwait.«

»Stimmt, aus Kuwait. Na, wie war ich?«

»Sie erinnern sich an das, woran sich die meisten erinnern«, sagte Wilman. »Es war einer dieser guten Kriege.

Unsere Sache war gerecht, wir haben mit Leichtigkeit gewonnen, und es sind fast alle wieder nach Hause gekommen.« Er deutete auf die scheinbar endlosen Reihen aus Grabsteinen, von denen sie auf allen Seiten umgeben waren. »In jenem Winter sind nicht sehr viele Soldaten gestorben. Und das ist schade ...«

»Wie bitte?«

»Weil der gute Krieg eine Lüge ist. Desert Storm war ein scheußlicher kleiner Krieg. Und das Schlimmste daran war, dass nur sehr wenig von all den Scheußlichkeiten bis nach Frogleg, Mississippi, vorgedrungen ist. Wir sind wegen des Öls und wegen eines Königs, der nicht unser König war, in den Krieg gezogen – nicht, weil wir uns verteidigen mussten, nicht, weil wir an demokratische Grundsätze glaubten. Die Presse hat diesen Krieg wie ein Videospiel behandelt, und für die Amerikaner war er ein TV-Mehrteiler, der gigantische Einschaltquoten erzielt hat.«

Wilman schüttelte den Kopf. »Innerhalb von sechs Wochen hat die Allianz mindestens doppelt so viele irakische Soldaten und Zivilisten getötet wie die USA in fünfzehn Jahren in Vietnam verloren haben. Aber wir haben die Mütter nicht weinen gesehen, daher hat es uns nichts bedeutet. Der gute Krieg.« Er schnaubte verächtlich. »Das heißt doch nur, dass lediglich Fremde mit sonderbar klingenden Namen in Stücke gerissen wurden.«

»Grover, was wäre, wenn wir das alles hätten verhindern können?«, fragte Goldstein. »Wenn die Kuwaitis eine Grenze gehabt hätten, die kein irakischer Panzer hätte überqueren können, ohne in die Luft zu fliegen, die kein irakischer Soldat hätte überqueren können, ohne sofort entwaffnet zu werden?«

»Und was wäre, wenn die Irakis das vorher gewusst hätten?«, fügte Brohier hinzu.

Wilman sah die beiden lange an, bevor er antwortete, als ob er nicht genau wüsste, ob sie es ernst meinten. »Die Irakis hatten eine hervorragende Langstreckenartillerie, und zwar eine ganze Menge davon. Eine befestigte Grenze hätte ihre Armee nicht aufhalten können, sondern nur dafür gesorgt, dass sie ihre Taktik ändern. Wollen Sie mich etwa fragen, wie hoch der Preis hätte sein müssen, um Saddam von diesem Krieg abzubringen?«

»Nein«, erwiderte Goldstein. »Ich will wissen, ob der Krieg überhaupt begonnen hätte, wenn alle Panzergranaten und Artilleriegeschosse explodiert wären, bevor sie ihre Ziele erreichten, wenn Bomben und Raketen in der Luft hochgegangen wären, wenn Gewehr- und Pistolenmagazine Feuer gefangen hätten, sobald die Fußtruppen näher als tausend Meter an die Grenze herangekommen wären.«

Wilman runzelte verwirrt die Stirn. »Es gibt ja immer noch Waffen wie Pfeile, Katapulte und die Phalanx. Ich glaube nicht, dass das zweite Jahrhundert sehr viel friedlicher gewesen ist als das Zwanzigste. Trotzdem hätte Ihr Szenario sicherlich vielen Leuten einen Strich durch die Rechnung gemacht – Saddam eingeschlossen. Aber das ist doch nur eine Fantasie, oder nicht?«

»Interessante Frage«, antwortete Goldstein. »Nennen wir es statt Fantasie lieber Gedankenspielerei und beschäftigen wir uns noch ein wenig damit. Nehmen wir an, es gäbe eine Technologie, mit der man so etwas erreichen könnte. Wie würden Sie diese Technologie in der Öffentlichkeit einführen, wenn Ihr Ziel darin besteht, Krieg und Gewalt ein Ende zu setzen? Wem würden Sie sie anvertrauen?«

»Das Spiel gefällt mir nicht«, sagte Wilman. »Haben Sie dieses Ding oder haben Sie es nicht?«

»Wir haben es, Senator«, entgegnete Brohier leise. »Wir nennen es den Trigger-Effekt. Das Gerät selbst heißt Trigger.«

»Theoretisch oder …«

»Nein«, beeilte sich Goldstein zu sagen. »Der Prototyp funktioniert.«

Wilmans Körper zitterte plötzlich unkontrolliert. Sein Blick ging in die Ferne. »Mein Gott«, sagte er dann. »Eine Waffe gegen Waffen. Ein solches Gerät brauchen die Blauhelme der UNO seit fünfzig Jahren.«

»Ein Gerät, das jeder Tyrann haben will, um damit seine Gegner zu entwaffnen«, erwiderte Goldstein. »Was können wir tun, damit es nicht in die Hände von Tyrannen fällt?«

»Vielleicht sollten Sie es den Gegnern zuspielen«, antwortete Wilman. »Wie aufwendig ist die Herstellung des Geräts? Wie klein kann es sein, ohne an effektiver Reichweite zu verlieren? Wie teuer sind die einzelnen Elemente?«

»Es ist noch zu früh, um Fragen dieser Art beantworten zu können«, musste Brohier zugeben.

»Das hilft uns nicht weiter …«

»Aber so ist es nun mal. Die ersten Laser waren groß, stromintensiv, störanfällig und teuer. Aber schon nach ein paar Jahrzehnten der Weiterentwicklung konnte man sich einen Laser kaufen, der mit einer Knopfzelle funktionierte und in die Hosentasche passte. Wir wissen nicht, ob sich der Prototyp erheblich verkleinern oder vergrößern lässt. Und so schnell werden wir das vermutlich auch nicht herausfinden.«

»Diese Erfindung – wurde sie gänzlich innerhalb von Terabyte gemacht? Terabyte ist der alleinige Eigentümer?«

»Terabyte hat noch nie einen Dollar an Regierungsgeldern genommen«, sagte Goldstein mit unverhohlenem Stolz.

»Gut«, sagte Wilman. »Langfristig gesehen wird das allerdings keinen Unterschied machen. Wenn sie euch haben wollen, gehört ihr ihnen – und sie werden euch mit Sicherheit haben wollen. Wie sieht es mit der Geheimhaltung aus?«

»Die Sicherheitsmaßnahmen sind so streng wie nur möglich«, antwortete Brohier. »Diese Unterhaltung ist das größte Risiko, das wir bis jetzt eingegangen sind.«

»Und wie ist es Ihnen dann gelungen, den Prototyp mit Artilleriegeschossen und Panzern zu testen?«

Brohier und Goldstein sahen sich an. »Eigentlich noch gar nicht«, sagte Brohier schließlich. »Wir haben da ein kleines Problem mit der Beschaffung.«

»Dieses Problem werden Sie ganz schnell lösen müssen«, sagte Wilman. »Wenn Sie die Grenzen und Fähigkeiten Ihres Systems nicht kennen, werden Sie damit Menschen töten – und zwar die falschen.«

»Deshalb sind wir zu Ihnen gekommen«, erklärte Goldstein. »Weil wir wissen, dass Sie genauso denken wie wir, wenn es um den Einsatz dieser Erfindung geht – und weil Sie Washington und das Pentagon sehr gut kennen. Deshalb möchten wir, dass Sie mit an Bord kommen. Deshalb brauchen wir Ihren Rat.«

Wilman runzelte die Stirn. »Den ersten gebe ich Ihnen jetzt gleich. Wenn diese Trigger eines Tages so billig wie Fernseher und so weit verbreitet wie Armbanduhren wären, würde ich mir wünschen, so lange zu leben, bis dieser Traum in Erfüllung gegangen ist. Aber ob ich Washington oder das Pentagon gut genug kenne, um mithelfen zu können, dass diese Vision in die Realität umgesetzt wird, ist fraglich. Und daher ist jeder Rat von mir mit Vorsicht zu genießen.«

»Warum lassen Sie uns das nicht beurteilen?«, fragte Brohier. »Schließlich haben wir nicht gesagt, dass wir Ihre Ratschläge auch befolgen werden.«

Wilman lachte überrascht. »Stimmt, das haben Sie nicht. Gut. Ich glaube, es ist Ihre Pflicht, den Präsidenten zu informieren, so wie Einstein Roosevelt darüber informiert hat, dass die Atombombe gebaut werden kann …«

Jetzt war Goldstein überrascht. »Grover, fünf Minuten nachdem wir den Präsidenten informiert haben, wird das ganze Projekt vom Pentagon für streng geheim erklärt.«

»Genau das wird passieren.«

»Und trotzdem sind Sie der Meinung, dass wir ihnen unsere Erfindung einfach so überlassen sollen?«, wollte Brohier wissen. »Wie soll uns das einer Abrüstung auch nur einen Schritt näher bringen? Es dürfte wohl eher zu einer *Pax America* führen – wenn wir das einzige Land sind, das den Trigger hat, werden wir auch das einzige Land sein, das noch Armeen hat.«

»Karl hat Recht, Grover«, sagte Goldstein erregt. »Ich bin Patriot, ich liebe mein Land … Aber ich werde ganz sicher nicht so weit gehen und einem jungen Caesar eine Zauberformel in die Hand drücken, mit der er sich ein Imperium aufbauen kann. Und erzählen Sie mir nicht, dass der Vorsitzende der vereinigten Stabschefs Sie dabei unterstützen wird, den Trigger zu so etwas Alltäglichem wie einen Fernseher zu machen.«

»Nein«, sagte Wilman. »Das werde ich nicht. Aber lassen Sie mich doch erst einmal ausreden. Wir müssen uns über das Ziel im Klaren sein. Es besteht nicht darin, der Regierung und dem Militär diese Entdeckung vorzuenthalten – weil Sie das nicht können. Selbst wenn die Geheimdienste bis jetzt nichts davon wissen – sie werden es mit Sicherheit erfahren, wenn Sie die ersten Trigger verteilen. Glauben Sie, dass Ihnen das mehr Einfluss, mehr moralische Autorität, mehr Verhandlungsmacht verschaffen wird, als Sie bekommen würden, wenn Sie vorher zur Regierung gehen?«

»Wahrscheinlich nicht«, gab Brohier zu. »Aber ...«

»Natürlich nicht«, sagte Wilman. »Sie werden nicht versuchen, den Trigger vor ihnen geheim zu halten. Sie werden versuchen, dafür zu sorgen, dass er Ihnen nicht weggenommen wird. Wenn wir es so weit kommen lassen, dass der Geheimdienst erst herausfinden muss, was Sie da erfunden haben, werden damit ihre schlimmsten Befürchtungen bestätigt. Aber wenn wir freiwillig zu ihnen gehen und sie an all diese Friedensmissionen erinnern, die alles andere als friedlich verlaufen sind, wird einigen von ihnen klar werden, dass wir mit diesem Gerät ein paar unserer Kinder retten können. Und dann wird der Trigger Tests durchlaufen, die Sie allein nie bewerkstelligen könnten – die ganze Palette der Militärwaffen.«

»Ja, aber dafür verlieren wir die Kontrolle darüber«, sagte Goldstein. »Diese Erfindung gehört nicht in die Hände derjenigen, die Waffen auf andere richten. Sie gehört in die Hände derjenigen, auf die Waffen gerichtet sind.«

»Sie hatten niemals die Kontrolle über den Trigger«, widersprach Wilman. »Er ist wissenschaftliches Allgemeingut – er gehört allen. Wie viele Labors weltweit könnten anfangen, heute einen Trigger zu bauen, wenn sie Zugang zu Ihren Informationen hätten?«

Goldstein sah Brohier an. »Ich weiß es nicht«, sagte der Wissenschaftler langsam. »Dreißig, vierzig? Vielleicht mehr.«

»Und wie viele dieser Labors wären in der Lage, die Grundlagen selbst zu entdecken, im nächsten Monat oder im nächsten Jahr?«

»Vielleicht ein Drittel. Oder auch die Hälfte.«

»Und welche Bedeutung hat der Stempel ›Streng geheim‹ dann noch?«, fragte Wilman. »Es ist eine wertlose Rückversicherung für unsere Regierung.«

»Es bedeutet ein Jahr Vorsprung, wenn nicht mehr«, sagte Brohier. »Ein Jahr, in dem wir in Mexiko einmarschieren und Cardeña stürzen könnten oder Westkanada annektieren oder …«

»Aber das könnten wir doch heute auch schon«, meinte Wilman. »Unser Militär hat das Beste vom Besten und genug davon, um auf jedem Schlachtfeld auf jedem beliebigen Kontinent zu gewinnen. Aber wir tun nicht einmal ein Zehntel von dem, was wir mit diesem ganzen Arsenal tun *könnten.* Und warum? Weil wir wissen, dass wir ganz lausige Eroberer abgeben würden – wir würden zögern, wenn es so weit wäre, Dissidenten zu erschießen und den Widerstand zu zerschlagen. Und weil moderne, industrialisierte Demokratien keinen Krieg anfangen – er ist schlecht für die Wirtschaft. Glauben Sie wirklich, dass auch nur ein Mensch im Weißen Haus insgeheim das brennende Verlangen hegt, triumphierend in Vancouver einzuziehen?«

»Darauf will ich es nicht ankommen lassen. Im Weißen Haus hat schon mehr als ein Abenteurer gewohnt. Vielleicht ist es bald wieder so weit, früher, als wir denken.«

»Es gibt keine Alternativen, die völlig ohne Risiko sind. Wenn ich entscheiden müsste, welcher herrschenden Großmacht ich diese Sache für ein Jahr oder zwei oder fünf Jahre anvertrauen wollte, würde ich mir unsere Regierung aussuchen. Sie werden vielleicht nicht genau das tun, was wir für das *Richtige* halten – aber ich bin mir sicher, dass sie nicht das *Falsche* tun werden.«

»Ich wünschte, ich könnte genauso zuversichtlich sein wie Sie.«

»Ich kenne diese Leute. Und Aron auch – fragen Sie ihn, was er vom Präsidenten hält«, sagte Wilman. »Außerdem müssen wir noch etwas berücksichtigen – wenn diese Erfindung Bagdad, Havanna, Phnom Penh und Kiew erreicht, bevor unsere Leute etwas davon wissen, wird es mit Sicherheit jemanden geben, der sie gegen uns einsetzt, während wir versuchen, die anderen einzuholen. Stellen Sie sich den Trigger in den Händen von Menschen vor, die Ihnen wehtun wollen – nicht nur in den Händen der Menschen, denen Sie helfen wollen.«

»Karl, ich glaube, Grover hat Recht«, sagte Goldstein leise. »Wir müssen mit dem Präsidenten reden.«

Brohier schüttelte den Kopf. »So habe ich mir das aber nicht vorgestellt.«

»Ich möchte nicht, dass Sie mich für einen naiven Einfaltspinsel halten«, sagte Wilman. »Aron, wenn Sie sich dazu entschließen sollten, mit dem Präsidenten zu reden, werde ich das gern arrangieren. Aber vorher möchte ich Sie noch bitten, zwei wichtige Dinge zu erledigen. Erstens, sichern Sie sich über das geheime Antragsverfahren ein Patent für die Trigger-Technologie. Das wird Versuche erschweren, Sie auszubooten.«

»Das Pentagon gegen das Patentamt? Wozu soll das denn gut sein?«, fragte Brohier mit einem sarkastischen Unterton.

»Und zweitens?«, fragte Goldstein.

Wilman ignorierte Brohier und wandte sich an Goldstein. »Zweitens möchte ich, dass Sie mir – meiner Organisation – Kopien der Pläne und sämtlicher technischen Informationen geben. Und eine Liste dieser Labors.«

»Warum?«, wollte Brohier wissen.

»Weil man die Katze nicht mehr einfangen kann, wenn sie einmal aus dem Sack ist«, sagte Wilman mit grimmiger Miene. »Weil man Sie zwar unter Androhung einer Gefängnisstrafe wegen Hochverrats zur Geheimhaltung verpflichten kann, aber keine Möglichkeit hat, die Worte zurückzunehmen, die Sie bereits gesagt haben. Weil ich mich vielleicht fürchterlich irre und dann etwas tun muss, um den Schaden wieder gutzumachen. Vielleicht sollten Sie ähnliche Vorbereitungen treffen – für alle Fälle.«

»Wäre das nicht auch Hochverrat?«

»Vielleicht«, entgegnete Wilman, der auf die Grabsteine hinaussah. »Was ist mit der kühlen Brise passiert? Die Luft ist plötzlich so drückend geworden. Der Weg zurück fällt mir jetzt schon schwer.« Er stand auf. Die beiden anderen folgten seinem Beispiel. »Dr. Brohier, es war mir ein Vergnügen, Sie kennen zu lernen. Sie sehen, ich habe mich doch noch an Ihren Namen erinnert.« Er lächelte Brohier höflich an. »Ich gratuliere Ihnen zu Ihrer Erfindung. Wer weiß, vielleicht bekommen Sie als nächsten Nobelpreis ja den Friedensnobelpreis. Aron, kommen Sie in ein paar Tagen zu mir und erzählen Sie mir dann, wie Sie und Dr. Brohier sich entschieden haben. Heute wird er sicher noch keine Entscheidung treffen können.«

»Wundert Sie das? Der Preis für eine falsche Entscheidung ist sehr hoch«, sagte Brohier.

»Ja, das stimmt«, antwortete Wilman. »Und ich kann Ihnen nicht garantieren, dass ich die richtige Entscheidung getroffen habe. Ich weiß, dass wir bereit sind, die Rolle des Weltpolizisten zu übernehmen. Aber sind wir dazu auch bereit, wenn wir mit einem leeren Holster auf Streife gehen müssen? Das kann ich Ihnen nicht sagen. Wenn man die Regeln ändert, ändert man auch das Spiel. Meine Herren.« Er nickte ihnen zu und ging den Hügel hinunter.

Brohier sah ihm nach. Dann fuhr er sich mit den Fingern durch das Haar und seufzte. »Aron, hat er gerade das Ruder übernommen?«

Goldstein, der die Decke zusammenfaltete, hielt inne. »Nein. Aber er würde es tun, wenn wir ihn darum bitten – oder den Mut verlieren.«

»Dann wird er also mit einem Speer in der Hand hinter uns stehen und uns zu Ruhm und Ehre scheuchen?«

»So ungefähr.«

»Gehörte das mit zu Ihrem Plan?«

»Er ist ein Tiger«, antwortete Goldstein und sah in die Richtung, in der Wilman gerade verschwunden war. »Wir brauchen seine Kraft.« Er wischte sich mit dem Handrücken den Schweiß von der Stirn. »Und ich brauche jetzt etwas zu trinken. Lassen Sie uns gehen.«

Sie passierten schweigend einige Reihen mit Grabsteinen, bis sie einen Fußpfad erreichten. Dieser brachte sie nach zehn schweißtreibenden Minuten zu ihrem Wagen, den sie in der Nähe des Arlington House neben anderen Autos geparkt hatten, damit er nicht auffiel.

Auf der Fahrt zum West Gate fiel Goldstein ein Straßenschild ins Auge, auf dem Roosevelt Drive stand. »Weiß man eigentlich, ob Einstein genauso gehandelt hätte, wenn Hitler noch nicht in Polen einmarschiert gewesen wäre?«, fragte er.

»Ja«, antwortete Brohier, der sich eine Hand voll Eis in den Nacken hielt. »Er schrieb den Brief an Roosevelt, in dem er ihn über die Bombe informierte, im Monat davor. Aber Sachs brauchte drei Monate, um ihn auszuhändigen.«

»Oh«, sagte Goldstein. »Dann vergessen Sie meine Frage.«

»Nein, nein, es war die genau die richtige Frage«, sagte Brohier. »Auf dem Weg hierher habe ich *Aus meinen späten Jahren* gelesen, weil ich mich gefragt habe, wie Einstein später über diesen Brief gedacht hat, nach dem Manhattan-Projekt, nach Hiroshima. Und in diesem Buch stand etwas, was ich nicht gewusst habe und auch nicht erwartet hätte. Einstein und die ungarische Verschwörung – Szilard, Teller und Wigner – wollten Hitler aufhalten, das stimmt. Aber sie waren auch Idealisten und Pazifisten. Sie dachten, dass die Entdeckung, die sie Roosevelt mitteilten, nicht nur *diesem* Krieg, sondern *allen* Kriegen ein Ende setzen würde.«

»Das kann nicht ...«

»Doch. Sie glaubten, dass die Atombombe eine Art Weltregierung und damit auch den Weltfrieden schaffen würde.« Brohier sah seinen Begleiter an und lächelte wehmütig. »Stoff zum Nachdenken, nicht wahr?«

Goldsteins Antwort war ein düsterer Gesichtsausdruck und das Geräusch von Gin, der über krachendes Eis geschüttet wurde.

8.

Freundschaft

Chicago, Illinois – Geschäftsführerin Amafa Jones bezeichnete das Schwab Rehabilitation Hospital am Freitag als ›Denkmal der Bandenkriminalität‹ und forderte von Vertretern der Stadt konkrete Maßnahmen, um den Straßenkrieg in der South Side zu beenden. »Es kann doch nicht sein, dass die Narbe einer Schusswunde als Auszeichnung gilt«, sagte sie bei ihrer Aussage vor dem Stadtrat. »In unseren Stationen wimmelt es nur so von Kindern, die nie wieder laufen werden.«

Vollständige Meldung
Chicagoer Banden im Net
Verbrechensstatistik Chicago
Reaktion des Polizeipräsidenten

»Chefassistent Champignon meldet sich zum Dienst«, verkündete Gordon Greene, als er das Labor betrat, in dem gerade die transportable Trigger-Einheit fertig gebaut wurde.

Leigh Thayer hob den Blick und sah ihn misstrauisch an. »Champignon?«

»Na klar – du weißt schon, wird im Dunkeln gehalten, mit ekligem Zeugs gefüttert …«

»Ich bekomme mein Frühstück aus der Kantine«, bemerkte Thayer trocken. »Vielleicht solltest du bei Gelegenheit überprüfen, wo deine Essensbestellung hingeschickt wird.«

Greene lachte. Aber als er seinen Schlafsack und eine rot-weiße Sporttasche an der Tür absetzte und auf sie zuging, wurde sein Gesichtsausdruck wieder ernst. »Jetzt mal im Ernst – bist du nicht auch der Meinung, dass wir hier völlig isoliert sind?«, fragte er sie. »Brohier und Horton sind gerade wer weiß wo, reden mit einem großen Unbekannten und treffen Vereinbarungen, mit denen wir dann leben müssen …«

»Ich bin der Meinung, dass wir immer noch eine Menge Arbeit zu erledigen haben«, sagte sie. »Und falls es noch ein paar Tage dauern sollte, bis wir etwas vom Chef hören, ist mir das auch recht, denn dann muss ich ihm nicht sagen, dass wir noch nicht fertig sind.« Sie deutete an Greene vorbei auf die Tasche. »Was ist das denn?«

»Ein Kissen, sechs Hemden, ein Dutzend Unterhosen, eine Zahnbürste und 23 Goldmünzen, die ich in ein Taschentuch gewickelt habe.« Als sie ihn verständnislos ansah, fügte er hinzu: »Ich bin von zu Hause weggelaufen.«

»Oh«, entgegnete sie. »Du wirst also endlich vernünftig und wohnst ab jetzt hier. Es ist mir schleierhaft, warum du das nicht schon vor zwei Wochen getan hast.«

»Miss Lee, ich bin überwältigt von der Gastfreundschaft, die Sie mir so großherzig angeboten haben«, sagte Greene. »Ich wäre Ihnen äußerst dankbar, wenn ich ein Weilchen bei Ihnen bleiben könnte. Ich werde Ihnen auch ganz bestimmt nicht zur Last fallen.« Er warf einen Blick in die tragbare Steuerkonsole, die erst teilweise zusammengebaut war. »Soll ich dir eine seitliche Verstrebung und einen Befestigungsbügel für die Prozessorplatine bauen?«

»Solange du nicht den Zugang zur Rückwandplatine blockierst«, wandte sie ein. »Ich möchte das Geräte nicht komplett auseinander nehmen müssen, wenn es gewartet wird.«

»Das geht schon«, meinte Greene, während er auf die Konstruktionsstation zuging, die mit dem Polymet-Prototypen-Lithografen am anderen Ende des Flurs verbunden war. »Du hast völlig Recht«, rief er ihr zu, als er sich an die Konsole setzte. »Es war völlig sinnlos, überhaupt noch nach Hause zu gehen nach einem Zwölf-Stunden-Tag. Ich habe mir vorgemacht, dass ich noch ein Privatleben habe.«

»Konntest du keine Verabredungen für Mitternacht arrangieren?«

»Das schon, aber ich bin immer dabei eingeschlafen. Das schadet meinem Ruf.«

Thayer schnaubte verächtlich. »Wenn ich du wäre, würde ich nicht damit rechnen, in nächster Zeit wieder ein Privatleben zu haben. Der Lochdurchmesser für den Bügel ist sechzig Millimeter.«

»Okay.«

Während der Bügel auf dem Monitor aufgebaut wurde, ging Greene im Geist eine Checkliste der Aufgaben durch, die Horton ihnen aufgetragen hatte: Die Projektdaten waren zusammengestellt, verschlüsselt und an zwei sicheren Orten außerhalb des Campus archiviert worden. Den Trigger-Prototypen hatten sie auseinander genommen und für den Transport verpackt. Die Proben für die Tests waren etikettiert, indiziert und sicher in drei Aluminiumkoffern mit Schubfächern verpackt worden. Jetzt mussten sie nur noch die Hauptsteuerkonsole verpacken, aber dafür brauchten sie eine speziell angefertigte, hölzerne Kiste, die noch nicht geliefert worden war, und ein paar kräftige Hände, die sie sich aus der Sicherheitsabteilung ausleihen wollten. Der transportable Sender hatte die Tests für den Betrieb mit einer geringeren Stromversorgung bestanden und konnte die ersten Systemchecks durchlaufen, sobald die Steuereinheit dafür fertig war.

Das einzige Projekt, das noch nicht abgeschlossen war, hatte Greene selbst auf seine Liste gesetzt – er wollte ›Baby II‹ so bauen, dass die Einheit nicht nur transportabel war, sondern auch mobil eingesetzt werden konnte. »Vielleicht müssen wir den Trigger einmal an einem Ort einsetzen, an dem wir kein Verlängerungskabel verwenden können«, hatte er dazu erklärt.

Und daher beschäftigte er sich nun mit etwas, das für ihn eine primitive Technologie war – zwei Hochleistungs-Caterpillar-Dieselgeneratoren. Das DuoCat1500 war als integrierte Einheit samt Anhänger mit Gummireifen und Schallschutzabdeckung geliefert worden und eigentlich für den Einsatz als Notfallgenerator gedacht, sodass es über eine automatische Umschaltung von Primär- auf Backup-Betrieb verfügte. Durch den Umbau, den Greene gerade durchführte, ging diese Redundanz zwar verloren, aber dafür verdoppelte sich die Leistung. Außerdem wollte er noch den Spannungsregler austauschen, um den Strom besser filtern und stabilisieren zu können, weil er hoffte, auf diese Weise Werte zu erreichen, die eher dem Laborstandard entsprachen. Greene schätzte, dass noch vier Tage Arbeit vor ihm lagen, sodass er vermutlich einen Tag früher fertig sein würde als Lee.

»Ich werde den Bügel aus dem PPL holen.« Er schob seinen Stuhl zurück. »Dabei kann ich dann gleich meine Sachen in Konferenzraum B abstellen. Sag mal – weißt du zufällig, wo dieses bequeme Sofa aus Bartons Büro hingeräumt wurde?«

»Oh, das steht immer noch in seinem Büro. Sie haben stattdessen den Schreibtisch herausgeschafft, um Platz für mein Bett zu schaffen.«

»Brauchst du das Sofa? Ich will die Verwaltung lieber nicht fragen, ob sich noch ein zweites Bett beschaffen ließe …«

»Ernie, meine Katze, schläft darauf …«, fing Thayer an zu erklären.

»Oh«, sagte Greene mit einer abwehrenden Handbewegung. »Vergiss es. Plan B. Dr. Brohier hat bestimmt etwas in seinem Büro, das ich mir ausborgen kann.«

»Nein, nein, das ist schon in Ordnung«, sagte sie zu Greenes Überraschung. »Ernie wird sich eben einen anderen Schlafplatz suchen müssen. Stell deine Tasche erst einmal in mein Zimmer. Ich helfe dir dann später, das Sofa hinauszutragen.«

In dem Moment, in dem Greene bei Terabyte zu arbeiten begonnen hatte, waren er und Lee in eine dumme und lästige Rivalität verfallen, die man für Flirten gehalten hätte, wenn sie zwanzig Jahre jünger gewesen wären. Sie äußerte sich darin, dass jeder von ihnen immer ein bisschen besser sein wollte als der andere – der sinnlose Wettstreit zweier hochintelligenter Menschen, die dem anderen ein Lob abringen wollten, gleichzeitig jedoch wild entschlossen waren, nicht derjenige zu sein, der dem anderen diese Genugtuung verschaffte.

Nach so vielen Monaten war nur noch wenig von dieser Rivalität übrig geblieben. Aber sie lag immer noch in der Luft, bereit, jederzeit wieder auszubrechen, eine Art Scherz, den keiner der beiden ernst nahm, den aber auch keiner aufgeben wollte. Horton nannte es Jetzt-wollen-wir-uns-mal-wieder-gegenseitig-beweisen-wie-gut-wir-sind und tadelte sie manchmal dafür, wenn er sie dabei erwischte.

An diesem Abend war es Thayer, die sie dabei erwischte. »Wir machen es schon wieder«, sagte sie, während sie sich zurücklehnte und die Testgeräte abschaltete.

»Was?«

»Dass wir um zehn Minuten vor zehn immer noch arbeiten, liegt nur daran, dass du nicht der Erste sein willst, der zugibt, hundemüde zu sein«, sagte sie. »Ich geb's zu – ich bin müde. Ich bin den ganzen Tag in dieser kleinen Schachtel hier gewesen, und meine Augen können sich einfach nicht mehr konzentrieren.«

Greene legte seine Werkzeuge zur Seite. »Jetzt denkst du sicher, du würdest damit beweisen, dass du diejenige von uns beiden bist, die reif und verantwortungsbewusst ist.«

»Ganz und gar nicht.« Sie stand auf und streckte sich. »Das habe ich schon letzte Woche bewiesen, als du so früh aufgehört hast, weil du wieder mal auf Schnepfenjagd gehen musstest.«

»Als ob ich etwas dafür könnte, dass die Frauen mich gern haben.«

»Natürlich haben sie dich gern. Du zahlst im Voraus und gehst bald wieder.«

Greene verzog das Gesicht. »Autsch. Ich bin das Opfer eines schmerzhaften Tiefschlags, der weiße König strauchelt, gesteht mit dem letzten Atemzug seine Niederlage ein und stürzt vom Brett«, sagte er, während er im Laufen eine pantomimische Darstellung seiner Worte zum Besten gab. »Zum Glück landet er auf einem bequemen Sofa.«

»Und in ihrer Großmut lädt die rote Königin den besiegten König ein, an ihrem Tisch eine große Pizza mit ihr zu teilen.«

»Hast du schon bestellt?«

»Vor einer halben Stunde, über Cellfax. Sie müsste in zehn Minuten am Tor sein.«

»Aha! Dann hören wir also auf, weil du Hunger hast? Ja!«, lachte er in sich hinein und begann dann einen gespielten Freudentanz. »Ich ziehe das Eingeständnis meiner Niederlage zurück. Oh, wie schwach das Fleisch doch manchmal ist ...«

Von der Pizza und der großen Flasche Ginger Ale, die Thayer aus ihrem winzigen Kühlschrank geholt hatte, war nach kurzer Zeit nichts mehr übrig.

»Vielen Dank«, sagte Greene. »Das war gut – zu gut. Morgen früh werde ich ein paar Runden um den Zaun drehen müssen.«

»Das könntest du doch gleich machen. Dann haben die Heckenschützen wenigstens Gelegenheit, ein wenig mit ihren Nachtsichtgeräten zu üben.

»Wie aufmerksam von dir.« Er klopfte auf das Sofa, auf dem er saß. »Vielleicht sollten wir das hier rausschaffen, damit ich jetzt so aufmerksam sein und dich allein lassen kann.«

»Vielleicht können wir es aber auch da lassen, wo es jetzt ist.«

Greene sah sie fragend an und wartete auf ihre Erklärung.

»Es ist für mich ziemlich schwierig gewesen, hier zu

schlafen.« Ihr war deutlich anzumerken, wie schwer ihr dieses Eingeständnis fiel. »Ich habe heute darüber nachgedacht – und mir wäre es lieber, wenn du hier schlafen würdest, wo ich weiß, was du tust, als wenn du irgendwo da draußen mitten in der Nacht sonderbare Geräusche machst. Das heißt, natürlich nur, wenn du nichts dagegen hast.«

Er zuckte mit den Achseln. »Kein Problem. Es sei denn, du schläfst bei Licht oder hast eine unnatürliche Beziehung zu deiner Katze oder etwas in der Art.«

»Nein«, erwiderte sie amüsiert. »Ich könnte es mir allerdings noch anders überlegen, wenn ich herausfinde, was für sonderbare Geräusche du *hier* mitten in der Nacht machst.«

»Ich bin stubenrein, ich schnarche nie, und meine Spinnen habe ich so dressiert, dass sie nachts nicht bellen.«

»Ein Juwel von Mann«, sagte sie. »Dann sollten wir es versuchen.«

Es gab ein paar verlegene Momente, als sie ins Bett gehen wollten. Lee war etwas überrascht, als sich Gordon, der ihre Anwesenheit offenbar ganz vergessen hatte, bis auf ein Paar weiße Boxershorts auszog, bevor er in seinen Schlafsack stieg. Und einige Minuten später, als Lee, die sich im Damenwaschraum umgezogen hatte, wieder hereinkam, erwischte Gordon sich dabei, dass er unerklärlicherweise sehr neugierig darauf war, wie ihr Körper unter dem knielangen Nachthemd wohl aussah.

Die Dunkelheit machte ihrer Verlegenheit zwar ein Ende, trotzdem war sich jeder der Gegenwart des anderen bewusst. Die Stille schien bedeutungsschwer zu sein, als würde sie begierig darauf warten, gebrochen zu werden, als würde sie noch etwas anderes über den Augenblick wissen als die beiden. Greene kämpfte gegen die Versuchung an, mehr in Lees zögerlicher Einladung zu sehen, und musste sich dabei mit einer wahren Flut unerwarteter Gedanken auseinander setzen.

Ich habe mir immer gesagt, dass wir Probleme dieser Art nicht brauchen können, weil wir miteinander arbeiten. Aber eigentlich geht es darum, dass du etwas Besseres verdient hast als eine sechswöchige Affäre, die zu Ende ist, wenn wir ein paar Mal miteinander im Bett gewesen sind, und ich weiß nicht, ob ich zu mehr bereit bin.

Das Büro war ein Raum ohne Fenster, und Gordon konnte Lees Silhouette auf dem Bett an der gegenüberliegenden Wand kaum erkennen. Aber er hörte, wie sie sich auf die Seite drehte, ihr Kissen zurechtrückte und einen tiefen Seufzer ausstieß. *Was denkst du da drüben? Hast du etwas anderes erwartet? Bist du enttäuscht oder erleichtert, oder ist alles nur eine arrogante Fantasie von mir, und ich bin dir völlig egal?*

Greene seufzte ebenfalls und wünschte sich dann, er könnte seinen Seufzer wieder zurücknehmen, da er viel zu laut und bedeutungsschwer in der Dunkelheit war, zu sehr wie eine Einladung klang. Und weil er einen Anknüpfungspunkt geschaffen hatte und fürchtete, sie würde darauf eingehen, und wusste, dass es Fragen gab, die er weder beantworten noch auf nette Art umgehen konnte, musste er das Schweigen als Erster brechen.

»Lee?«

»Mmmm.«

»Es gibt etwas, was ich dich schon immer mal fragen wollte …«

»Und das wäre?«

»Glaubt du wirklich, dass Babys niedlich sind?«

»Warum willst du das wissen?«

»Ach, ich denke gerade über die Unterschiede zwischen Männern und Frauen nach. Weißt du, ich habe keine Schwestern. Nur zwei Brüder. Sean will keine Kinder. Und Brandons Frau hat gerade ein Baby bekommen, das die ganze Zeit schreit, und soweit ich das beurteilen kann, hält er die Kleine nicht für niedlich.«

»Und warum willst du dann wissen, wie ich darüber denke?«

»Ich habe mich nur gefragt, wie allgemein gültig diese Sache mit den Babys ist, wie viel Wahrheit in diesem Stereotyp steckt. Ob alle Frauen so denken, auch Frauen, die gerne allein leben und Erfolg im Beruf haben.«

»Ah – jetzt verstehe ich. Das hier wird eines dieser Meine-beste-Freundin-darf-heute-bei-mir-übernachten-Gespräche.«

»Genau.«

Sie antwortete nicht sofort. »Es klingt, als würdest du dieses Stereotyp schon glauben, sonst würdest du mich nicht fragen.«

»Ich bin wie jeder andere der Meinung, dass es für Männer und Frauen unterschiedliche Baupläne gibt, wenn du das meinst.«

»Zum Beispiel?«

»Ich habe noch nie gesehen, dass sich Männer auf einen Kinderwagen stürzen. Brandon nennt Molly ›meinen Babymagneten‹. Deshalb nimmt er sie auch gerne zum Spazierengehen oder Einkaufen mit.«

»Kleiner Charmeur, dein Bruder.«

»Er ist noch jung. Es wird noch ein paar Jahre dauern, bis er etwas ruhiger wird.«

Lee musste lachen. »Und was sagt uns das über dich?«

»Dass ich auch kein Kostverächter bin.«

Sie lachte wieder. »Wie war … ist … deine Mutter? Da du keine Schwestern als Vorbild hattest …«

»Ich würde sagen, Mutter zu sein war für meine Mutter so eine Art Schicksal, und sie wusste das auch. Sie ist zu Hause geblieben, bis der Jüngste von uns – ich – in die High School kam. Irgendwann habe ich deswegen einmal Schuldgefühle bekommen. Sie sagte, dass wir sie nicht davon abgehalten hätten, etwas zu tun, was ihr besser gefiel, weil es nichts gab, was ihr besser gefiel. Ich glaube nicht, dass das nur leere Worte waren.«

»War sie eine Anhängerin der konservativen Familienbewegung?«

»O nein«, sagte er schmunzelnd. »Es war überhaupt nichts Politisches dran. Sie war einfach nur meine Mutter.«

»Das hilft mir, den Kontext der Frage besser zu verstehen. Welche Art von Antwort willst du haben? Allgemein oder spezifisch? Soziobiologie oder Psychologie?«

»Die Dame hat die Wahl.«

»Manchmal bist du ganz schön altmodisch.« Sie gähnte unwillkürlich. »Ich würde sagen, statistisch gesehen trifft das wohl auf neunzig Prozent aller Frauen zu. Die meisten Frauen haben Babys gern, und die meisten von ihnen können nicht einmal sagen, warum das so ist. Und dann gibt es natürlich noch die zehn Prozent. Ich habe tatsächlich zwei Freundinnen gehabt, die Babys aus dem Weg gegangen sind, als wären sie mit einer Sprengladung gekoppelt.«

Sie machte eine kleine Pause, bevor sie weitersprach. »Aber wenn ich jetzt darüber nachdenke – beide kamen aus zerrütteten Familien. Die eine hatte einen Stiefvater, der sie missbraucht hat, die andere eine alkoholkranke Mutter. Und beide hatten eine Katze. Vielleicht sind es doch eher fünfundneunzig Prozent.«

»Wir müssen natürlich auch die Ausnahmen berücksichtigen – keine Katzen, keine Pferde, keine Hunde und keine Gewissensbisse …«

»Du bringst hier mindestens vier verschiedene Arten von Frauen durcheinander«, entgegnete sie. »Die Beziehung zwischen Frauen und Hunden – große Hunde, kleine Hunde gelten als Katzen – ist ganz anders als die Beziehung zwischen Frauen und Katzen oder Frauen und Pferden. Ich will gar nicht bestreiten, dass bei allen drei Typen auch Kompensation und Ersatzbefriedigung mit im Spiel sind. Schließlich geht es hier um Beziehungen und nicht um den bloßen Besitz eines Tieres.«

»Wenn Katzen also Ersatzbabys sind …«

»Manchmal«, warnte sie ihn. »Und Hunde können manchmal sehr lieben – nicht im wörtlichen Sinne natürlich«, fügte sie hastig hinzu.

»Normalerweise jedenfalls nicht. Und Pferde …«

»Pferde … Pferde sind kompliziert.« Sie dachte einen Moment nach. »Ich glaube, Pferde können alle möglichen Beziehungen wachrufen, die es unter Menschen gibt, von der reinen Zweckbeziehung bis hin zu einem sehr persönlichen, sogar sexuellen Verhältnis. Ein Pferd kann Mutter, Vater, Freund, Kind, Geliebter oder ergebener Diener sein – ganz zu schweigen von der wilden Urkraft, die zwischen den Schenkeln zu spüren ist und nur von Zaumzeug, Peitsche und dem Willen der Reiterin gebändigt werden kann …«

»Ich nehme an, du hast als Kind *Xena* gesehen.«

»Woher weißt du das?«

Er konnte ihr Lächeln hören. »Ich habe geraten. Trotzdem, du sagst, es gibt Ausnahmen – Frauen, für die es keinen Reiz besitzt, Mutter zu sein, ein Baby zu haben, die dafür aber auch keine Ersatzbefriedigung brauchen und nicht vor ihren eigenen Ängsten davonlaufen.«

»Ja. Und deshalb kann man das auch nicht zur Regel für alle Frauen machen. Deshalb müssen Frauen wählen können.«

»Und – bist du eine von ihnen? Von den Ausnahmen?«

»Ah, du willst also doch eine persönliche Antwort«, sagte sie und seufzte. »Nein. Ich mag Babys. Ich finde sie wirklich süß. Ich wünschte, ich hätte mehr Zeit gehabt, als die Kinder meiner Schwester noch klein waren. Und ich habe die Hoffnung noch nicht aufgegeben, irgendwann einmal ein oder zwei eigene Kinder zu haben. Versteh das jetzt bloß nicht falsch.«

»Ich würde nicht einmal im Traum daran denken.«

»Nur um das mal zu sagen – du hättest ruhig etwas weniger schnell antworten können.« Wieder seufzte sie. »Ich bin nicht gerade das, was Männer wollen. Das weiß ich. Und ich habe auch kein Interesse daran, mich zu ändern, damit ich dem entspreche, was Männer wollen. Nein, das stimmt nicht. Ich weiß, was Männer wollen, und ich gehöre nicht zu den Frauen, die das furchtbar abstoßend finden. Es liegt mir nur nicht. Ich bin eine unmusikalische Sirene, ein Mauerblümchen beim Abschlussball. Und ich frage mich, warum Männer mich nicht einfach nur um meiner selbst wollen. Ich bin intelligent, ich lasse mir nicht gern etwas sagen, und ich habe Kinderkriegen nicht an die erste Stelle meiner Prioritätenliste gesetzt. Disqualifiziert mich das irgendwie?«

»Das sollte es nicht«, sagte er. *Es disqualifiziert dich nicht. Und jetzt gib mir bitte einen oder am besten gleich mehrere Hinweise darauf, was du willst und wo du das finden willst …*

Am nächsten Morgen warteten zwei Nachrichten auf sie. Die erste kam von Brohier, der ihnen mitteilte, dass er noch ein paar Tage in Washington bleiben werde. Die zweite war von Horton, der wissen wollte, wann Baby reisefertig sei.

»Es muss etwas passiert sein«, sagte Gordon. »Sie haben irgendeine Abmachung getroffen.«

»Das wäre doch eine gute Nachricht, findest du nicht? Oder willst du ewig in dieser Ungewissheit leben?«

»Es ist *keine* gute Nachricht. Brohier wird den Trigger an das Pentagon übergeben, und Horton wird danebenstehen und keinen Finger rühren, um es zu verhindern.«

»Das weißt du doch gar nicht. Der Chef hat mir versprochen …«

»Es ist unvermeidbar. Sie sind bestimmt nicht in Washington, um die verschiedenen Botschaften abzuklappern. Wenn sie global denken würden, wären sie jetzt in New York und würden mit dem UN-Generalsekretär sprechen. Aber sie sind in Washington, weil sie im Grunde ihres Herzens Nationalisten sind. Sie wollen nichts tun, was ihr Land schwächen könnte.«

»Und das ist ein Problem für dich?«

»Diese Art der Einstellung gehört nicht ins 21., sondern ins 17. Jahrhundert. Starke Armeen, starke Stadtstaaten, starke Mauern. Aber es gibt keine Mauern mehr. Wir haben eine globale Kultur und eine globale Wirtschaft, die auf Naturwissenschaften und Technologie basieren. Bis jetzt ist noch jeder Versuch, wissenschaftliche Erkenntnisse zu politisieren, eine komplette Katastrophe gewesen. Informationen wollen frei sein.«

»Was erwartest du eigentlich von ihnen? Dr. Brohier ist auf seinen Wissenschaftsorden genauso stolz wie auf seinen Nobelpreis.«

»Brohier ist ein Reaktionär«, sagte Greene empört. »Ich erwarte von ihnen, dass sie über die politische Bedeutung des Triggers nachdenken. Ich erwarte von ihnen, dass sie als *Homo sapiens sapiens* handeln – nicht als Amerikaner. Wir müssen unsere Stammesmentalität überwinden. Sie noch zu verstärken ist der falsche Weg.«

»Schließt sich das gegenseitig aus? Es ist doch ganz natürlich, wenn man erst dafür sorgen will, dass das eigene Haus sicher ist, bevor man losrennt, um das eines anderen zu retten.«

»Aber wenn sie den Trigger dem Militär geben, läuft das darauf hinaus, dass man Feuerwehrschläuche hortet und sich dann wundert, warum die Häuser in der Nachbarschaft abbrennen. Lee, du willst doch nicht, dass der Trigger in der gleichen Kategorie landet wie die Bundeslade, die Kaltfusionsturbine und das Roswell-UFO.«

Lee schüttelte den Kopf. »Du bist so paranoid, dass ich mir im Vergleich mit dir schon fast wieder normal vorkomme. Nein, ich will nicht, dass der Trigger dazu benutzt wird, um die, die an der Macht sind, unverwundbar zu machen – Leuten wie Nkruma und Moraña und Son Lee tut es ganz gut, wenn sie sich Sorgen darüber machen müssen, vielleicht mal am anderen Ende der Waffe zu stehen. Aber ich kann nicht glauben, dass wir den Trigger solchen Leuten geben würden.«

»Du glaubst doch nicht, dass unsere Regierung inzwischen damit aufgehört hat, unseren Freunden kräftig unter die Arme zu greifen und unseren Feinden in den Rücken zu fallen? Für so naiv habe ich dich nicht gehalten.«

»Gordie, wenn es um Politik geht, bin ich alles andere als naiv. Sie langweilt mich zu Tode – das ist ein Unterschied. Kirchenpolitik, Kommunalpolitik, Landespolitik, internationale Politik, es ist alles das Gleiche – ein sinnloser Wettstreit, der gelegentlich von einer blutigen Auseinandersetzung unterbrochen wird. Gegen Testosteron in hoher Konzentration bin ich allergisch.«

»Du kannst doch nicht einfach so tun, als wäre dir das Ergebnis völlig egal …«

»Es ist für mich so unwichtig wie das Ergebnis des nächsten Footballspiels der Ohio State.«

Greenes Gesicht verzerrte sich in gespieltem Entsetzen, dann legte er die Zeigefinger kreuzweise übereinander und hielt sie sich abwehrend vor das Gesicht. »Barbarin!«

»Daran ist mein ketzerisches Herz schuld«, sagte sie

ungerührt. »Von mir aus könnte man Football ganz abschaffen, und abgesehen von der Ruhe und den fehlenden Staus in der Nähe des Campus würde mir das gar nicht weiter auffallen. Das Gleiche gilt für Wahlen, Familienstreitereien, feindliche Übernahmen, Comics mit Superhelden, Profihockey und Actionfilme. Die Olympiade würde ich behalten, allerdings ohne Nationalmannschaften und Uniformen – jeder geht für sich selbst an den Start. Und Medaillen gäbe es auch keine mehr.«

»Du bist ein merkwürdiges Wesen.«

»Ich dachte, darauf hätten wir uns schon gestern Abend geeinigt«, erwiderte sie. »Gordie, im Ernst – vielleicht bin ich tatsächlich naiv, weil ich an das Versprechen glaube, das der Chef mir gegeben hat – dass wir erleben werden, wie Menschen mit dem Trigger befreit und nicht unterdrückt werden. Aber es sieht so aus, als würde es sehr viel Vertrauen brauchen, um eine Welt ohne Waffen aufzubauen, und ich bin bereit, dieses Risiko einzugehen. Wir müssen dazu bereit sein, sonst brauchen wir gar nicht erst anzufangen.«

»Aber Horton ist nicht in Washington – Brohier ist allein dort«, betonte Greene. »Was für ein Versprechen hat *er* dir gegeben?«

Darauf hatte sie keine Antwort parat. »Es spielt sowieso keine Rolle«, sagte sie stirnrunzelnd und wandte sich wieder ihrer Arbeit zu. »Was könnten wir denn tun, selbst wenn wir Beweise für deine These hätten? Einen ›Unfall‹ arrangieren, der das Labor zerstört und uns das Leben kostet? Mit Jeffs Babys davonlaufen und ausprobieren, wie lange wir dem FBI einen Schritt voraus sein können? Unsere Notizen und Daten im Internet veröffentlichen und zusehen, wie das Chaos ausbricht?«

»Ich könnte mir vorstellen, über mindestens zwei deiner Vorschläge ausführlicher nachzudenken.«

»Ich nicht«, antwortete sie und drehte ihm den Rücken zu. »Wir müssen diesen Weg weitergehen, ob es dir nun gefällt oder nicht. Und selbst wenn die ersten massengefertigten Trigger von TRW produziert und im Keller des

Weißen Hauses, im Hof des Pentagons, in der Air Force One und im Datenzentrum der Sozialversicherungsbehörde installiert werden – na und? Der Trigger ist ein Trojanisches Pferd, Gordie. Man kann ihn nicht zur Selbstverteidigung benutzen, ohne vorher die eigenen Waffen abgeschafft zu haben.«

»Sie werden eine Möglichkeit finden, das zu umgehen.«

»Bis sie das geschafft haben, werden wir so weit sein, dass der Trigger nur noch so groß wie ein Koffer und zum Preis eines guten PCs zu haben ist. Und dann werden überall Trigger sein und kleine Oasen der Vernunft schaffen. Oder vielleicht haben wir die Reichweite so weit gesteigert, dass wir nur noch drei Trigger bauen und diese in Clarke-Umlaufbahnen 120 Grad voneinander entfernt parken müssen. Washington ist dazu in der Lage, Teheran nicht.«

»Es ist schlimmer, als ich gedacht hatte«, sagte er mit düsterer Stimme. »Du bist auch noch Optimist.«

»Und was bist du?«, fragte sie gereizt. »Ein Optimist sieht nur die guten Seiten, ein Pessimist nur die schlechten. Ich dagegen sehe auch die Möglichkeiten. Man muss Hoffnung haben, Gordie. Und zwar jene grenzenlose Hoffnung, die uns eine bessere Welt im Schatten der unsrigen erkennen lässt – und uns warnt, dass wir sie nur durch harte Arbeit ans Licht locken können.«

Als sie zu Ende gesprochen hatte, sah Greene sie mit einem merkwürdigen Gesichtsausdruck an, der zu einem Viertel aus skeptischer Belustigung und zu drei Vierteln aus überraschter Bewunderung zu bestehen schien – oder vielleicht auch umgekehrt. »Leigh Thayer, du bist einfach bemerkenswert«, sagte er nur, sorgsam darauf bedacht, seiner Stimme nicht anmerken zu lassen, welches Gefühl die Überhand gewonnen hatte.

»Komisch, in der Überwachungsakte des FBI stand das auch.« Ihr Blick wurde starr, doch in ihren Augen tauchte ein amüsiertes Funkeln auf. »Aber das kannst du doch gar nicht wissen – es sei denn, du gehörst dazu.«

»Ha. Ich gehöre nicht nur dazu – ich *bin* das FBI.«

»Das hatte ich schon die ganze Zeit über vermutet«, sagte sie lächelnd. »Was willst du dem Chef über den Zeitplan sagen? Ich dürfte mit meiner Arbeit am Freitagabend, spätestens aber Samstagmittag fertig sein.«

»Sagen wir zehn Tage.«

Sie sah ihn fragend an. »Ich dachte, du wärst schon viel weiter.«

»Dann eben eine Woche.«

»Gordie, was soll das? Du bastelst doch nur noch am Generatoranhänger herum.«

»Ich glaube, wir müssen die transportable Einheit 72 Stunden auf kleinster Stufe einbrennen, bevor wir sie bewegen. Und dann sollten wir noch testen, wie sie auf Erschütterungen reagiert.«

»Warum?«

»Damit wir sicher sein können, dass sie auch während des Umzugs funktioniert.

»Denkst du immer noch, dass wir von FBI-Agents verfolgt werden?«

Er zuckte mit den Achseln. »Wer weiß? Aber warum sollten wir nicht von unserer eigenen Erfindung profitieren, sowohl hier als auch unterwegs? Mir ist es lieber, der Trigger funktioniert und ich brauche ihn nicht als umgekehrt.«

»Bist du sicher, dass du nicht einfach nur versuchst, den fahrenden Zug etwas abzubremsen?«

»Das bin ich«, sagte Greene bestimmt. »Allerdings sage ich nicht, das ich es nicht tun würde, wenn ich der Meinung wäre, es würde mir gelingen.«

Sie nickte verständnisvoll. »Ich werde dem Chef sagen, dass der Prototyp reisefertig ist und die transportable Einheit in sieben bis zehn Tagen so weit sein wird. Er wird nicht nachfragen. Er weiß, dass wir nur zu zweit sind und so schnell arbeiten, wie wir können.«

»Ich möchte nicht, dass du für mich lügst.«

»Das werde ich auch nicht«, erwiderte Lee. »Ich werde einfach nur sagen, dass wir noch nicht ganz fertig sind.« Sie sah sich im Labor um, aus dem inzwischen nicht nur persönliche Dinge, sondern auch alle sonstigen Spuren der

Arbeit, die sie hier geleistet hatten, entfernt worden waren, und seufzte leise. »Es war eine einmalige Aufgabe. Und jetzt sind wir damit fertig. Das ist mir klar. Aber ich bin einfach noch nicht so weit, dass ich gehen kann.«

9.

Gespräch

Algier, Algerien – Die Eröffnungszeremonie des Kongresses zur Entwicklung des Weltislam wurde durch einen Raketenangriff unterbrochen, der 32 Tote und zahllose Verletzte gefordert hat. Unter den Verletzten ist auch der ägyptische Präsident Mohamed Khaled, der sich gerade zu einem Staatsbesuch in Algerien aufhielt. Als Vergeltungsmaßnahme ordnete der algerische Premierminister Zaoui Boden- und Luftangriffe auf die Stützpunkte von Hassan Hattab in Z'Barbar und Tipaza an. In einem Interview mit CNN warf Zaoui ›skrupellosen Händlern in Frankreich und Amerika‹ vor, moderne Waffen an die regierungsfeindlichen Aufständischen verkauft zu haben.

Vollständige Meldung
Anti-Terrorismus im Programm des KEWI
Khaled spricht vom Krankenbett aus zur Konferenz

Keiner der drei Männer, die ungeduldig im Vorzimmer des Oval Office warteten, war zum ersten Mal im Weißen Haus, und keiner von ihnen war es gewohnt, wie ein Bettler an der Hintertür warten gelassen zu werden.

Bevor ihn seine Antiwaffenkampagne zu einem politischen Aussätzigen machte, war Grover Wilman eine der aufstrebenden Hoffnungen der Republikaner gewesen. Er war recht spät zur Politik gekommen, was den Vorteil hatte, dass er ein reifes Gesicht ohne die sonst übliche und zuweilen recht hinderliche Vergangenheit im politischen Umfeld vorweisen konnte, und stellte bald fest, dass man ihm die Rolle des klugen Kriegshelden gegeben hatte. Zwischen Kongressdebatten, legislativen Strategiesitzungen und Medienereignissen war Wilman mehr als sechzigmal im Weißen Haus zu Gast gewesen. Die meisten dieser Besuche hatten während der ersten Amtszeit von Präsident Evans stattgefunden.

Da die Mächtigen sich immer und überall gern mit Reichen umgeben und die Reichen ihnen diesen Gefallen gern tun, kannte auch Aron Goldstein das Weiße Haus sehr gut. Vier Präsidenten nacheinander – unter ihnen auch Evans – hatten ihn mit Einladungen zu gesellschaftlichen Ereignissen und Staatsdinners bedacht. In einem wahren Balanceakt war es Goldstein gelungen, seine Unabhängigkeit zu behalten, ohne dabei für die Präsidenten an Interesse zu verlieren und sich selbst den Zugang zum Weißen Haus zu verbauen. Da er weder um Gefälligkeiten bat noch diese kaufte, galt er inzwischen als integerer Mann, was ihn in diesen Kreisen willkommener machte als jeden anderen Milliardär.

Karl Brohier dagegen war erst zweimal im Weißen Haus gewesen, aber beide Male zu glanzvollen Ereignissen. Das erste Mal war er Gast bei einem Wahlkampfempfang, zu dem Präsident Engler mehrere Nobelpreisträger eingeladen hatte. In einer inzwischen als Peinlichkeit par excellence in die Geschichte eingegangenen Rede versuchte Engler, sich selbst das Verdienst für Amerikas Erfolge in den Naturwissenschaften anzurechnen. Wenige Minuten später wies Bartlesmann, der Träger des Nobelpreises für Medizin, vom selben Rednerpult auf dem Südrasen vor dem Weißen Haus aus darauf hin, dass Engler höchstpersönlich das Regierungsbudget zur Förderung der Naturwissenschaften auf die Hälfte zusammengestrichen und das Programm gekippt hatte, das es Bartlesmann einige Jahre zuvor ermöglicht hatte, seine Doktorarbeit zu schreiben.

Das zweite Mal, als Brohier aus den Händen von Präsident Evans den Wissenschaftsorden der Vereinigten Staaten von Amerika entgegennahm, war eine etwas ruhigere, aber erheblich würdevollere Angelegenheit.

Aber das war alles gewesen, bevor Mark Breland ins Oval Office eingezogen war.

Breland, der erste Mann seit Kennedy, der direkt vom Senat auf den Präsidentenstuhl gewechselt hatte, und der erste ›Volkspräsident‹ seit Teddy Roosevelt, hatte – zum Guten oder Schlechten sei dahingestellt – die meisten Regeln, nach denen Washington funktionierte, gebrochen oder neu geschrieben. Weder Evans noch Engler hätten zugelassen, dass Persönlichkeiten wie Wilman, Goldstein und Brohier beinahe zwei Stunden auf einen im Voraus vereinbarten Termin warten mussten. Aber das hier war jetzt das Weiße Haus von Mark Breland, wo alles anders war als vorher.

Brelands Ausstrahlung wurde oft mit der Kennedys verglichen, aber hier hörten die Gemeinsamkeiten auch schon auf. Breland kam zwar aus dem Senat, war aber nicht von diesem aufgebaut worden, und sein Reichtum war ›neues Geld‹ und selbst verdient – Breland war mehr als zehn Jahre der beste Pitcher der Philadelphia Phillies gewesen. Mit einem gewinnenden Lächeln, einer altmodischen Arbeitsmoral und einer mörderischen, fast heimtückischen Wurftechnik hatte Breland die Phils in drei Endspiele gebracht und war dabei zweimal als Spieler des Jahres ausgezeichnet worden.

Aber Breland ließ sich von Ruhm und Ehre nicht beeindrucken, auch dann nicht, wenn es um ihn selbst ging. Im Laufe seiner Spielerkarriere hatte er ohne viel Aufhebens sämtliche Angebote anderer Vereine abgelehnt, selbst wenn diese sein ohnehin schon sehr hohes Jahresgehalt verdoppeln oder verdreifachen wollten. Dann versuchte eine frustrierte Sportschuhfirma, von Brelands Bekanntheit zu profitieren, ohne seinen Namen oder ein Bild dafür zu verwenden. Sie ließ einen TV-Werbespot entwickeln, der aus Szenen mit unscharfen Spielszenen, schattenhaft angedeuteten Gestalten, verdunkelten Umkleidekabinen, dem Geräusch eiliger Schritte und einer großväterlich klingenden Stimme im Off bestand, die zu Beginn jedes Spots sagte: »O ja, er war der Beste, den ich je gesehen habe …« Anstatt die Firma zu verklagen, beschämte er sie in einer denkwürdigen Pressekonferenz, auf der er etwas Bemerkenswertes sagte:

»Warum sollte sich jemand darum kümmern, was für Schuhe ich trage? Ich bin der einzige, der mit meinen Füßen läuft. Und wissen denn nicht alle hier, dass es nicht die Schuhe sind, die einen dort hinbringen, wo man hinwill, sondern die eigenen Füße?«

Damals hatten die Amerikaner eine erste Ahnung von dem freimütigen, praktischen Populismus bekommen, der Brelands Ruf in der Öffentlichkeit definieren sollte. Und es war nicht das letzte Mal gewesen, dass er die Regeln brach. In einer Zeit, in der die Mannschaft eines Profivereins innerhalb von zwei oder drei Jahren vollständig wechseln konnte, spielte er während seiner gesamten Spielerkarriere nur für ein Team. »Kein Söldner war je ein Held. Man kann nicht erwarten, dass man gefeiert wird, wenn man mitten in der Schlacht die Uniform wechselt«, warf er seinen Spielerkollegen vor, für die Geld mehr bedeutete als Loyalität.

Und nachdem er während einer wahren Albtraumsaison für das ganze Team zum ersten und letzten Mal eine schlechte Leistung auf dem Spielfeld gezeigt hatte, entschuldigte er sich öffentlich bei seinen Fans und gab ihnen sein Gehalt in Form eines Preisnachlasses auf die Eintrittskarten zurück – 2,71 US-Dollar für jede Eintrittskarte zu den Spielen, in denen er auf dem Feld gewesen war. Das Geld wurde jedem namentlich bekannten Käufer per Post oder Banküberweisung zugestellt.

»Ich habe das große Glück, als erwachsener Mann ein Spiel für Kinder spielen zu dürfen«, hieß es auf einem Zettel, der der Rückzahlung beilag. »Ihr Geld werde ich erst wieder nehmen, wenn ich es mir auf dem Spielfeld verdient habe.« Acht Mannschaftskollegen folgten seinem Beispiel. In der darauf folgenden Saison fand das Team zu seiner alten Form zurück und erreichte wieder den ersten Platz der Liga.

Es waren Augenblicke wie diese, weshalb ›Breeze‹, der wegen einer Verletzung des Handgelenks seine Karriere vorzeitig beenden musste, zum beliebtesten Sportler des Profisports geworden war. In der Berichterstattung über seinen Rücktritt waren die am häufigsten verwendeten Adjektive ›aufrichtig‹ und ›ehrenhaft‹. Sein Bekanntheitsgrad war so hoch, dass er auch im Bewusstsein der breiten Öffentlichkeit fest verankert war, was ihn zu einem jener Elitesportler machte, die sofort von Millionen Menschen erkannt werden, selbst wenn diese ihn nie in einem Spiel gesehen hatten.

Als Breland die Vorsitzende der glücklosen Demokratischen Partei von Pennsylvania anrief und ihr sagte, dass er für den Senat kandidieren wolle, brachen die Parteifunktionäre in Jubel aus, weil sie dachten, jetzt endlich ein Pferd eingefangen zu haben, auf dem sie zurück zum Erfolg reiten konnten. Aber irgendwo auf dem Weg dorthin vertauschten sich die Rollen von Ross und Reiter. Hinter Brelands bekanntem Namen standen zwei akademische Abschlüsse in Literatur und politischen Wissenschaften, ein scharfer und entschlussfreudiger Verstand und die unerschütterliche Überzeugung, dass die Probleme des Landes durch eine großzügige Portion Fleiß und Mitgefühl zu lösen seien.

»Meine Eltern haben mir etwas sehr Wertvolles hinterlassen«, sagte er in der Nacht, in der er zum Senator gewählt wurde, und irgendwie bekamen die Worte bei ihm einen neuen Sinn, »nämlich ihre moralischen Werte, die sie mir durch ihr Beispiel vorgelebt haben. Du sollst hart arbeiten. Du sollst deine Familie beschützen und ernähren. Du sollst deine Verantwortung vor deine Wünsche stellen. Du sollst helfen, wenn jemand Probleme hat, du sollst zuhören und eine tröstende Hand reichen, wenn jemand in seinen Gefühlen verletzt wurde, du sollst deine Meinung sagen, wenn jemand einen Rat braucht, und du sollst dich zu Wort melden, wenn die Wahrheit einen Freund braucht.

Nichts davon bedarf einer Erklärung oder einer Rechtfertigung. Jeder hier versteht, was ich meine. Jeder weiß, dass es das Richtige ist. Ich spreche hier über die Werte von Gemeinschaften, die funktionieren, von Stämmen, Dörfern, Stadtvierteln, Städten. Unsere Herausforderung besteht darin, diese Werte auf Gemeinschaften von der Größe eines Staates und eines Landes auszudehnen – und mit der Zeit auf die ganze Welt.«

Es war eine Botschaft, die ein breiteres Publikum brauchte. Und dieses Publikum fand sich sechs Jahre später, als Breland darum bat, mit dem Amt des Präsidenten der Vereinigten Staaten von Amerika betraut zu werden.

Aber er bat das amerikanische Volk darum, und nicht die Demokraten. Eine Amtszeit war mehr als ausreichend gewesen, um deutlich zu machen, dass die Eigenschaften, die Brelands Anhänger an ihm bewunderten, die Parteispitze zur Weißglut trieben. Ihrer Meinung nach war er zu direkt und fühlte sich der Partei zu wenig verpflichtet. Breland wollte nicht mitspielen, wollte sich nicht vor den Ikonen der Partei verbeugen, wollte sich weder in seine Schranken weisen lassen noch seinen Mund halten. Und die Partei konnte ihn weder kontrollieren noch mundtot machen. Er brauchte sie nicht – und das wussten sowohl die Partei als auch Breland.

Die Partei dagegen brauchte ihn, und auch das wussten beide.

Obwohl abgestumpfte Insider in Washington Breland als politisches Leichtgewicht abtaten und ihm nicht einmal die Chance zugestehen wollten, es bis zu einer Nominierung zu schaffen, wurde in den Medien ausführlich über ihn berichtet, da er nicht nur ein Idealist war, sondern auch eine Menge sagte, das sich als Zitat in einem Artikel eignete. Und seine Worte trafen den richtigen Ton, nicht nur bei seinen größten Anhängern, die aus dem gesamten politischen Spektrum kamen, sondern auch bei einigen der abgestumpften Journalisten, die über seinen unkonventionellen Wahlkampf berichteten. Aus dem Witz vom Februar wurde im Mai der Außenseiter, der für alle überraschend im August zum Präsidentschaftskandidaten nominiert wurde und im November allen Umfragen zum Trotz die Wahlen zum amerikanischen Präsidenten gewann.

Brelands erste Amtshandlung am Morgen nach seiner Wahl bestand darin, offiziell auf das Präsidentengehalt in Höhe von 250 000 Dollar zu verzichten. »Ich bin ein Neuling in dieser Liga«, sagte er. »Wir sollten erst einmal abwarten und sehen, in welcher Form ich dieses Jahr bin.«

Bis jetzt war es für alle ein eher ungewohntes, aber trotzdem gutes Jahr gewesen, da Breland auch weiterhin die Regeln brach und Erwartungen widersprach.

Er hatte den Pomp und Glanz der Amtseinführung weitgehend abgeschafft, einschließlich der Parade, und den Schwerpunkt stattdessen auf das demokratische Wunder einer friedlichen Machtübergabe und auf das Motto seiner Rede ›Wir können es besser machen‹ gelegt. Innerhalb von zwei Monaten schlug die Presse, die den Präsidentschaftskandidaten Breland geradezu vergöttert hatte, dem Präsidenten Breland diesen Satz pausenlos um die Ohren und machte sich wegen einer ganzen Serie großer und kleiner Fehler über seinen Stab lustig.

Aber anstatt die übliche Taktik des Weißen Hauses einzuschlagen und alles abzustreiten, verärgerte Breland das Pressecorps, indem er den Journalisten öffentlich Recht gab.

»Ja, wir haben Fehler gemacht. Hat irgendjemand von Ihnen erwartet, dass ich gleich am ersten Tag der Saison ein perfektes Spiel abliefere?«, fragte er die im Raum anwesenden Journalisten und die Zuschauer über Holo-TV. »*Ich* habe das nicht erwartet. So etwas passiert einfach nicht – und ich bin sicher, Sie wissen das, da die meisten von Ihnen diesen Sport schon länger kennen, als ich ihn spiele. Aber mehr als einmal in meiner Karriere bin ich viel zu früh losgelaufen, war bei einem guten Team als Gegner mit mehreren Läufen im Rückstand und habe dann doch gewonnen. Lassen Sie mich im Spiel, Trainer. Ich werd's schon schaffen.«

Die Washingtoner Presse blieb verschnupft, da sie allergisch war gegen griffige Metaphern, die nicht von ihr selbst stammten – aber die Öffentlichkeit war verzaubert. Brelands Beliebtheitsquote ging um acht Punkte nach oben und blieb hoch, trotz der Bemühungen seiner Feinde.

Dennoch kannst du dir nicht alles erlauben, dachte Wilman verärgert, als er aufstand, um sich noch einmal bei der Sekretärin zu beschweren. Aber bevor er seine aufgestaute Wut auf sie loslassen konnte, wurde er von Richard Nolby, Brelands Stabschef, aufgehalten, dem Mann, der ihnen diesen Termin verschafft hatte.

»Senator«, sagte Nolby außer Atem. »Es tut mir furchtbar Leid. Die Krise in Algerien hat uns den ganzen Morgen über auf Trab gehalten. Aber jetzt hat Mark Zeit für Sie – würden Sie und die beiden Herren mir bitte folgen?«

Eines hatte sich nicht geändert, seit Breland Präsident war – die Atmosphäre der Macht im Oval Office war immer noch dieselbe.

Besucher, die dort waren, um geschmeichelt, beeindruckt, eingeschüchtert oder besänftigt zu werden, fanden Breland hinter einem Ein-Meter-fünfzig-Schreibtisch aus dunkler Eiche vor, der von den berühmten gewölbten Fenstern umrahmt war, auf einem Sessel sitzend, den er und seine Mitarbeiter ›heißer Stuhl‹ getauft hatten. Besucher, die zu Verhandlungen, Brainstormings, Diskussionen oder Verschwörungen kamen, wurden von Breland in ›die Grube‹ gebeten – zwei einander gegenüberstehende Davenports mit Klauenfüßen, zwischen denen ein niedriger Tisch mit einer Glasplatte stand. Ein dritter dieser Armstühle machte aus der Grube ein U, das um einiges gemütlicher aussah als der Raum um die kleine Sitzgruppe herum, aber Nolby hatte noch nie gesehen, dass Breland ihn benutzte. Abgesehen von den Davenports gab es einige weitere Stühle, von denen zwei bei der Ankunft der Besucher zu der Gruppe hinzugefügt worden waren.

Seit mehr als einer Stunde hörte Breland, auf der vorderen Sitzkante eines der Davenports kauernd, zu, was ihm seine Besucher über ihre erstaunliche Entdeckung berichteten. Die Technologie, die dahinter steckte, verstand er nicht, die Konsequenzen sehr wohl. Jedes Ziel, das er hatte, jedes Problem, mit dem er konfrontiert wurde, jede Hoffnung, die er gehegt hatte, war plötzlich belanglos geworden. Diese drei Männer – so bescheiden in ihrem Auftreten und so naiv in ihren Ansichten sie waren – fegten seinen Spielplan beiseite und schrieben die Zukunft vor seinen Augen neu.

Alles, was du weißt, ist falsch …

»Ich sehe schon, dass ich in nächster Zeit kaum mehr eine Nacht durchschlafen werde«, sagte Breland kopfschüttelnd. »Ich hoffe, Sie haben Verständnis, wenn ich Ihnen jetzt sage, dass ich diesen Trigger-Effekt gern selbst einmal sehen würde, und zwar so schnell wie möglich …«

»Das gilt auch für mich«, warf Wilman ein.

»Alles, was wir Ihnen gesagt haben, ist wahr«, sagte Goldstein mit einem leichten Anflug von Empörung.

»Habe ich etwas anderes angedeutet? Ich vertraue Ihnen voll und ganz«, entgegnete Breland. »Sie und Dr. Brohier besitzen genug Glaubwürdigkeit, um hier hereinzukommen und mir das Unglaubliche erzählen zu können. Aber ich gestehe, dass ich das kindliche Verlangen habe, das Wunder mit eigenen Händen anzufassen.«

»Das lässt sich jederzeit machen«, willigte Goldstein ein, der sich wieder beruhigt hatte.

»Aber vorher müssen wir uns um wichtigere Dinge kümmern«, sagte Breland und sah dann zu Nolby hinüber. »Wir sollten General Steppak informieren. Und Carraro«, schlug er vor. General Roland Steppak war der Verteidigungs-, Richard Carraro der Außenminister.

»Wenn nicht noch andere«, antwortete Nolby. »Aber wir müssen diese Information streng geheim halten. Dr. Brohier, wer weiß noch davon?«

»Spielt das denn eine Rolle?«, fragte Brohier erstaunt. »Langfristig gesehen gibt es keine Geheimnisse in der Wissenschaft. Bei einer Vertuschung wird das Universum nicht mitmachen.«

»Ich bin sicher, dass Richard nicht von einer Vertuschung gesprochen hat«, sagte Breland. »Aber Sie haben doch sicher schon einmal …«

»Sind Sie da ganz sicher?«, unterbrach ihn Wilman schroff. »Mr. President, es gibt nur einen Grund, warum wir hier sind. Weil Sie, besser als jeder andere Mensch, dafür sorgen können, dass diese Entdeckung zum Wohle der Menschheit eingesetzt wird, für den Fortschritt der Zivilisation. Diese Männer hier sind Patrioten wie ich – aber keiner von uns ist hergekommen, um Ihnen etwas so Vergängliches wie einen technologischen Vorteil gegenüber unseren Feinden anzubieten. Der Trigger ist keine Erfindung, die geheim gehalten werden muss – er muss mit anderen geteilt, in der ganzen Welt verteilt werden, bis ihn jeder in Händen hält, der davon profitieren kann. Und wenn Sie in diesem Punkt anderer Meinung sind als wir, entschuldigen wir uns jetzt dafür, dass wir Sie falsch eingeschätzt haben, und gehen wieder.«

»Nur weil wir gerade keinen Krieg führen, heißt das noch lange nicht, dass wir keine Feinde haben«, entgegnete Nolby ungerührt. »Nur weil sich vor unseren Grenzen keine Truppen versammeln und vor unserer Küste keine Kriegsschiffe liegen, heißt das noch lange nicht, dass unsere Feinde keine Gefahr für uns sind. Und da mindestens zwanzig Länder die ausgemusterten Kernwaffen der Sowjets haben, ist diese Gefahr alles andere als klein. Erinnern Sie sich an Srwestibad.« Srwestibad war als erste Stadt nach Nagasaki von einer Atombombe getroffen worden. »Wir dürfen es nicht zu einem Kernwaffenangriff auf Florida oder Texas oder Kalifornien kommen lassen.«

»Ich erinnere mich an Oklahoma City«, sagte Wilman. »Die größte Gefahr für uns sind unsere eigenen Waffen. Die größte Gefahr für uns sind Fanatiker, die aus unserem eigenen Land kommen.«

»Nein«, widersprach Breland kopfschüttelnd. »Sicher, diese Gefahr gibt es, aber …«

»Es ist mehr als nur eine Gefahr«, unterbrach Wilman ihn. »Wir reagieren völlig abgestumpft auf Blutvergießen, wenn es dabei nur um ein oder zwei Opfer geht. Wenn jemand zehn Menschen in einem Restaurant oder Postamt erschießt, hören wir einen Nachmittag lang hin. Wenn jemand fünfzig Menschen tötet, indem er eine Eisenbahnbrücke und einen Zug in die Luft jagt, beschäftigt uns das vielleicht eine Woche lang. Aber von den elftausend Morden, die jedes Jahr mit Schusswaffen verübt werden, nehmen wir keine Notiz – es sei denn, es ist mein Bruder, meine Schwester, ein Freund, ein Kind ...«

»Wenn wir elftausend junge Männer im Jahr bei Gefechten in Reisfeldern, Dschungelgebieten oder Sanddünen verlieren würden, würden Sie das nicht mit einem Achselzucken abtun«, sagte Goldstein. »Aber weil diese Morde in leer stehenden Häusern, Schlafzimmern und Bars geschehen ...«

»Ich tue das nicht mit einem Achselzucken ab«, erwiderte Breland. »Obwohl Ihr Vorwurf vielleicht gerechtfertigt ist, dass wir abgestumpft auf Blutvergießen reagieren – oder es zumindest nicht mehr so beachten. Aber ich wünschte, ich könnte Ihnen erzählen – verdammt, ich wünschte, ich könnte es CNN erzählen –, wie viel unsere Geheimdienste in den letzten zehn Jahren für dieses Land getan haben, wie viel Schmerz und Leid sie uns erspart haben, indem sie diese Waffen von unseren Grenzen fern hielten. Es hat so viele Opfer, so viele Helden gegeben, von denen man nie etwas erfahren wird.«

»Der Trigger kann der CIA bei dieser Aufgabe helfen«, sagte Wilman. »Aber wir müssten uns schämen, wenn wir ihn nur zu unserem eigenen Schutz einsetzen. In Panama, Korea, Angola und Bosnien sterben jeden Tag Unschuldige an dem Müll jener Kriege, die vor einem halben Jahrhundert zu Ende waren – Millionen von Minen warten nur darauf, dass ihnen der Fuß eines Kindes zu nahe kommt. Es gibt Orte auf dieser Welt, wo es seit hundert Jahren keinen Frieden mehr gegeben hat, weil Waffen und Bomben lauter sind als alle anderen Formen des Dialogs.«

Breland lächelte trocken. »Sie argumentieren sehr leidenschaftlich und überzeugend, Senator. Man könnte fast meinen, dass Sie das alles schon einmal gesagt haben.«

»Der Heimspielvorteil«, erklärte Wilman leichthin. »Und dafür werde ich mich nicht entschuldigen.«

»Natürlich nicht.« Breland warf einen kurzen Blick zu Nolby hinüber und sah dann Brohier an. »Sie wollen, dass ich einen Abrüstungswettlauf in Gang setze.«

»Ja«, antwortete Brohier. »Genau das.«

»Mr. President, entschuldigen Sie bitte, aber das ist das Dümmste, was wir jetzt tun könnten«, meldete sich Nolby zu Wort. »Man kann die Natur des Menschen nicht ändern. Konflikte lassen sich nicht einfach so in Luft auflösen. Schuld sind nicht die Waffen, sondern wir selbst. Schuld sind Habsucht, Gier und Wut – und jemand, der zwischen uns und dem steht, was wir wollen. Krieg hat es schon lange vor der Erfindung des Schießpulvers gegeben und Mord schon lange vor dem Krieg. Wenn wir ihnen die Waffen wegnehmen, werden sie Messer und Knüppel nehmen. Wenn wir ihnen die Bomben wegnehmen, werden sie Gift und Feuer nehmen. Den Impuls, der zu einem Mord oder zum Angriffsbefehl für die Truppen führt, können wir mit dem Trigger nicht beseitigen.«

»Ich bemitleide Sie«, sagte Goldstein, obwohl sein Gesichtsausdruck eindeutig auf Verachtung schließen ließ. »Sie leben aus freien Stücken in einer trostlosen, hoffnungslosen Welt und benutzen Ihren Pessimismus als Entschuldigung dafür, dass Sie nichts dagegen tun.« Er sah den Präsidenten an. »Aber selbst wenn Mr. Nolby Recht haben sollte und unsere Spezies dazu verdammt ist, Mörder und Kriegsherren zu produzieren, sollten wir anderen es ihnen so schwer wie nur irgend möglich machen.«

Jetzt meldete sich Wilman wieder zu Wort, und das, was er sagte, führte dazu, dass Goldstein und Brohier ihn ungläubig anstarrten. »Mr. Nolby hat Recht. Es wäre verlogen, wenn wir das Gegenteil behaupten würden. Ohne Krieg gäbe es keine nennenswerte Geschichte der Menschheit. Ohne Mord gäbe es keine nennenswerte Literatur. Der Mensch *ist* fehlerhaft, und der Fehler besteht in seinem Mangel an Mitgefühl. Wir sind nicht in der Lage, dem Leiden anderer genauso viel Bedeutung beizumessen wie unseren eigenen Problemen. Wir verhindern, dass der Schmerz anderer unsere Nervenenden erreicht, es sei denn, wir sind aus irgendeinem Grund dazu gezwungen, diesen Schmerz zu lindern.

Aber Mr. Nolby hat auch Unrecht. Er übersieht, wie wichtig die Lernfähigkeit des Menschen ist, und dass es möglich ist, ihn aufzuklären. Für Sie, Mr. President, würde ich das, was ich vor vielen Jahren und auf einem anderen Kontinent bereitwillig und unüberlegt für einen anderen Präsidenten getan habe, jetzt nicht mehr tun. Ich habe aus meinen Erfahrungen gelernt, und das sollten wir alle tun. Mr. Nolby, haben Sie Kinder?«

»Drei Söhne.«

»Dann gibt es zumindest einen Grund für Ihren Pessimismus«, entgegnete Wilman. »Wenn Sie heute Abend nach Hause kommen und feststellen, dass ihre Söhne im Garten mit Stöcken aufeinander einschlagen, werden Sie Ihnen vermutlich einen kleinen Vortrag über Respekt, andere Möglichkeiten der Konfliktbewältigung und die Hausregeln halten. Aber damit Ihre Kinder über die Weisheit Ihrer Worte und die möglichen Konsequenzen Ihrer Drohungen nachdenken können, werden Sie ihnen doch sicher die Stöcke wegnehmen, nicht wahr? Wird das denn genau genommen nicht das *Erste* sein, was Sie tun?«

Er wartete nicht, bis Nolby antwortete, sondern wandte sich an den Präsidenten. »Ich begrüße die Revolution. Ich möchte sehen, wie es ist, wenn unsere Präsidenten nicht mehr die Möglichkeit haben, einen Dschungel mit Napalm abzubrennen oder eine Menschenmenge mit Maschinenpistolen niedermähen zu lassen, wenn die Panzer unserer Generäle nur noch das vernichten können, was sie über*rollen,* wenn die Flugzeuge des Verteidigungsministers nur noch Steine abwerfen können. Ich will sehen, ob der Befehlshaber einer Armee seine Truppen in den Kampf schickt, obwohl er weiß, dass die Waffen seiner Soldaten diese vermutlich töten werden. Ich will sehen, ob diese Armee unbewaffnet in den Kampf zieht.«

»Aber machen Sie damit nicht den stärksten Mann des Stammes zum König?«, wollte Breland wissen.

»In gewisser Hinsicht ja«, antwortete Wilman. »Sir, ich kann Ihnen keine Welt versprechen, in der alle Menschen gleich sind. Dominanzhierarchien werden nicht verschwinden – sie werden sich sogar verstärken. Und so sollte es ja auch sein.«

»Das halten Sie für gut?«

»Es ist die Schnellspur auf der Straße zum Frieden. Waffen haben eine heimtückische Wirkung, denn sie wecken in schwachen Menschen den Ehrgeiz – anstatt sich geschlagen zu geben, fangen sie an zu kämpfen, anstatt ein Patt zu akzeptieren, kämpfen sie einfach weiter. Die Natur ist durch diese Waffen auf den Kopf gestellt worden. Stellen Sie sich vor, wie die Brunftzeit aussehen würde, wenn die Männchen mit Schrotflinten bewaffnet wären.«

Breland lächelte etwas kläglich, und Goldstein rang sich ein gezwungenes Lachen ab. Auf Nolbys Gesicht war inzwischen ein finsterer Ausdruck erschienen, den er nicht zu verbergen versuchte.

»Dann wollen Sie also unser Land verraten und die Weltherrschaft den Chinesen überlassen?«, fragte er. »Denn das Gegenmittel für die zahlenmäßige Überlegenheit der Chinesen ist unsere Militärtechnologie. Wenn wir diese technologische Überlegenheit verlieren, verschiebt sich das Machtgefüge zugunsten der Chinesen. Die Römer haben ihr Weltreich lediglich mit der Phalanx und der Rudergaleere aufgebaut.«

Brohier kam Wilman zu Hilfe. »Mr. President, ich kann Ihnen versichern, dass die chinesischen Physiker in der Lage sind, die gleiche Entdeckung zu machen wie wir. Genau genommen kann ich nicht mit Gewissheit sagen, ob sie den Trigger-Effekt nicht schon vor fünf Jahren entdeckt haben. Wir sind ihnen vielleicht einen Schritt voraus, aber es ist genauso gut möglich, dass wir ihnen hinterherhinken.«

»Es könnte also sein, dass die Chinesen diese Geräte bereits bauen?«

»Das ist durchaus möglich.«

Breland wandte sich an Nolby. »Ich weiß nicht, ob wir überhaupt eine andere Wahl haben, Richard. Aber ich werde mir Ihre Vorschläge natürlich anhören.«

»Ich habe keine«, musste Nolby einräumen. »Aber ich finde das Ganze äußerst beunruhigend.«

»›Beunruhigend‹ ist wohl das richtige Wort dafür«, sagte Breland. »Für mich sieht es so aus, als ob diese Erfindung noch sehr viele beunruhigen wird. Dr. Brohier, könnten Sie noch ein paar Tage in Washington bleiben?«

»Unter welchen Bedingungen?«

Nolby und Breland wechselten kurz einen Blick.

»Ich nehme an, Richard wird darauf bestehen, dass Sie eine Sicherheitserklärung unterschreiben ...«, begann der Präsident.

»Er kann auf so viel bestehen, wie er will«, unterbrach ihn Brohier. »Ich bin nicht vertrauenswürdiger, nur weil mein Name auf einem Blatt Papier steht.«

»Natürlich«, sagte Breland. »Aber Sie werden doch verstehen, dass ...«

Brohier hatte keine Geduld für verbale Beschwichtigungsversuche. »Mr. President, ich gehöre Ihnen nicht – und eine wissenschaftliche Entdeckung gehört auch niemandem. Sie können nicht von mir verlangen, dass ich eine Verpflichtung eingehe, wenn Sie nicht bereit sind, selbst eine einzugehen. Wenn Sie entschieden haben, wie Sie auf das, was wir Ihnen heute erzählt haben, reagieren werden, werde ich entscheiden, wie ich reagieren werde. Bis dahin werde ich mich auf ein Hotelzimmer zurückziehen und Ihnen die paar Tage Zeit lassen, die Sie brauchen. Aber nur ein paar – ich habe nämlich etwas dagegen, mir von Touristen auf die Füße treten zu lassen, und ich habe auch etwas dagegen, mich mit Rechtsanwälten zu unterhalten, was meinen Aufenthalt in dieser Stadt erheblich verkürzen wird.«

»Würde es Ihnen gefallen, die nächsten Tage oben in Camp David zu verbringen, Dr. Brohier?«, fragte Breland, den der Ausbruch Brohiers völlig verwirrt hatte. »Keine

Touristen, und ich kann dafür sorgen, dass die Rechtsanwälte vom Gelände geschafft werden, bevor Sie kommen. Wenn ich mich recht erinnere, sind Sie doch aus Vermont, nicht wahr? Der Berg und die Wälder werden Ihnen sicher gefallen.«

»Ein Gefängnis mit einer schönen Aussicht?«

»Dr. Brohier wird bei mir in Hollow Oak übernachten«, sagte Goldstein. »Falls alle damit einverstanden sind.«

»Da eine Menge auf dem Spiel steht, wäre es mir lieber, wenn der Secret Service das Grundstück bewacht«, wandte Nolby ein.

»Soll der Secret Service das Grundstück bewachen oder uns?«, fragte Brohier schroff. »Aber das spielt jetzt auch keine Rolle mehr. Aron, würden Sie mich dieses Mal ans Ruder lassen?«

Der Präsident sah etwas verwirrt aus, aber Goldstein dachte kurz nach und sagt dann: »Aber nur dieses eine Mal.«

Brohier nickte und sah Breland an. »Wir werden in Hollow Oak bleiben.«

»Wenn Sie darauf bestehen, akzeptieren wir eine Begleitung«, sagte Goldstein mit einem höflichen Lächeln. »Aber ich möchte keinen Agent auf meinem Grundstück sehen«, fügte er mit schneidender Stimme hinzu. »Hollow Oak ist *mein* Haus, Mr. President. Und ich habe mich dazu entschieden, keine Festung aus meinem Haus zu machen. Ihnen empfehle ich das Gleiche.«

In der Regel hatte Mark Breland keine Schwierigkeiten damit, eine Entscheidung zu treffen. Unentschlossenheit war bei Wettkampfsportarten ein fataler Fehler, und die Selbstsicherheit, die er auf dem Spielfeld gezeigt hatte, entsprach ganz und gar seinem Charakter.

Sicher, seine Entscheidungen waren nicht immer richtig. Aber Breland war es lieber, einmal eine schnelle falsche Entscheidung zu treffen, als sich mühsam eine ambivalente Zwischenlösung abzuringen. Schon bald nach seinem Einzug ins Weiße Haus war seinen Mitarbeitern und den Medien die geradezu beängstigende Fähigkeit des Präsidenten aufgefallen, sämtliche Möglichkeiten in kurzer Zeit einzuschätzen, die möglichen Konsequenzen zu beurteilen und dann eine Entscheidung zu treffen, mit der er leben konnte. Brelands Fans, die nur seine besten Entscheidungen sahen, führten dies auf einen messerscharfen Verstand zurück, für seine Gegner, die nur seine schlechtesten Entscheidungen sahen, war es eher Impulsivität.

Aber die Entscheidung, die Breland heute treffen musste, streute Sand in das Getriebe seines Analysemotors.

Die Möglichkeiten waren klar. Die Regierung konnte das gesamte Projekt übernehmen und den Trigger für eigene Zwecke bauen, sie konnte sich heraushalten und zulassen, dass Brohier und Goldstein den Trigger auf den Markt brachten, oder sie konnte den Mantel des Schweigens über die Erfindung ausbreiten und das Geheimnis in den Stahlschränken der CIA begraben.

Doch die potentiellen Folgen der verschiedenen Möglichkeiten waren erschreckend komplex – als würde man versuchen, bei einem Schachspiel, in dem jeder fünfhundert Figuren hatte, fünfzig Züge gleichzeitig zu spielen. Als Goldstein und Brohier gegangen waren, fühlte sich Breland von der Situation überrannt und nicht ausreichend darauf vorbereitet, die Verantwortung dafür zu übernehmen.

Es war nicht das erste Mal, dass er dieses Gefühl hatte, aber das letzte Mal lag schon viele Jahre zurück. Als 16-jähriger High-School-Student war er durch Zufall für ein wichtiges Spiel aufgestellt worden, weil bei einem Autounfall zwei Stammwerfer des Teams verletzt worden waren. Er hatte nicht damit gerechnet, auf das Spielfeld geschickt zu werden, sich nicht über die Schläger des Gegners informiert und sich weder mental noch körperlich richtig auf das Spiel vorbereitet, sodass die gegnerische Mannschaft jeden Ball gefangen hatte, der nicht völlig danebenging, während einer Runde, die bis in alle Ewigkeit zu dauern schien.

In der Einsamkeit eines leeren Umkleideraums hatte

Breland mit Tränen in den Augen geschworen, sich nie wieder derart überraschen zu lassen und nie wieder weniger als sein Bestes zu bringen. Bis zu jenem Tag hatte er sich lediglich auf seine natürliche Begabung verlassen und nie härter trainiert, als seine Auffassung von ›Spaß‹ es zuließ. Aber von jenem Tag an stellte er sicher, dass er immer auf den nächsten Schritt, die nächste Chance, die nächste Herausforderung vorbereitet war.

Im Herbst und Winter jenes Jahres überholte er alle anderen und wurde noch in der High School Mitglied der amerikanischen Nationalmannschaft. Nach der High School bot man ihm einen Vertrag als Profi mit einem Gehalt von mehreren Millionen Dollar an, aber er entschied sich stattdessen für ein Stipendium der Florida State University. Er spielte vier Jahre und verließ die Universität dann mit acht SEC-Rekorden, einem akademischen Grad plus sechs Scheinen für einen Magister und einen Spitznamen – ›Breeze‹, weil bei ihm alles so einfach aussah.

Breland hatte diesen Spitznamen nie gemocht, weil er fand, der Name wäre ein Indiz dafür, dass seine Fans die harte Arbeit nicht sahen. Der Spitzname passte besser zu dem Jungen, der er früher einmal gewesen war, als zu dem jungen Mann, zu dem er sich gemacht hatte. Aber als Breland in der Mitte der Saison, in der er dreimal so viel trainiert hatte wie seine Mannschaftskameraden, ein Angebot von einem Spitzenverein bekam, war er bereit. Und als aus Baseball Politik wurde und das Spielfeld plötzlich Washington hieß, änderte sich nichts – an dem Tag, an dem er angefangen hatte zu laufen, war er bereit für den Sieg, und an dem Tag, an dem er den Sieg errang, war er bereit zu arbeiten. Selbst seine schärfsten Kritiker gestanden ihm zu, dass er hart arbeitete.

Aber im Moment war er selbst sein schärfster Kritiker, und für das ungute Gefühl, mit einem Problem konfrontiert zu werden, das seine Fähigkeiten haushoch überragte, hatte er nur eine Antwort – noch härter arbeiten als bisher.

Breland verbrachte den größten Teil des Nachmittags damit, über das Breitbandterminal in seinem privaten Büro die Quellen der Kongressbibliothek abzufragen. Er suchte in erster Linie nach den Stichwörtern Kriminologie und Militärgeschichte, obwohl industrielle Chemie und das Manhattan-Projekt ebenfalls von Interesse für ihn waren. Bis zum frühen Abend hatte er eine Liste mit Fragen ausgearbeitet, die er menschlichen Experten stellen wollte. Er griff zu seinem abhörsicheren Telefon und setzte eine Parade zum Tor des Weißen Hauses in Bewegung.

Wo immer möglich, ließ er sich die Meinung seiner Besucher sagen, ohne ihnen etwas von der Existenz des Triggers zu erzählen. Er sparte viel Zeit an diesem Abend, da die meisten der Männer und Frauen, die er ins Weiße Haus rufen ließ, eine Stunde oder noch länger im Vorzimmer herumsaßen und ungeduldig darauf warteten, zum Präsidenten vorgelassen zu werden, wobei sie sich fragten, welch dringendes Ereignis sie so jäh aus ihrem Privatleben gerissen hatte.

Wenn Breland trotzdem einmal konkreter in seiner Fragestellung werden musste, sprach er über den hypothetischen Fall einer allgemeinen Abrüstung, ohne jedoch das Verfahren dazu näher zu beschreiben, oder vage über mögliche Szenarien für die Waffentechnologie der Zukunft. Nur den letzten beiden Besuchern an jenem Abend erklärte Breland schon zu Beginn des Gesprächs, worum es wirklich ging.

Seine Unterhaltung mit FBI-Direktor Edgar Mills begann kurz vor Mitternacht, und erst nach ein Uhr stellte Breland dem ernst dreinblickenden ehemaligen FBI-Agent die erste seiner beiden Fragen. »Mills, wenn diese Technologie in die Hände des Durchschnittsbürgers gelangt – welchen Einfluss hätte das auf die Kriminalität?«

»Zu welchem Preis soll das Gerät verkauft werden? Zum Preis eines neuen Mercedes oder zum Preis eines billigen Anzugs?«

»Es würde mich nicht überraschen, wenn wir im Laufe weniger Jahre beide Extreme erleben würden.«

Mills nickte und rieb sich seinen nahezu kahlen Kopf. »Im letzten Jahr gab es dreiundneunzig Bombenanschläge, die fast zweihundert Tote gefordert haben. Ein vergleichsweise ruhiges Jahr. Zum Preis eines Mercedes könnten wir vielleicht das Skript von fünfzig dieser Anschläge ändern – und dann gäbe es wahrscheinlich fünfhundert Tote.«

»Wie bitte?«

»Weil es nicht jeder Bombenattentäter darauf anlegt, dass es Tote gibt. Aber wir haben es trotzdem noch mit dreiundneunzig Explosionen zu tun, von denen einige dann allerdings zur Hauptverkehrszeit und mitten auf der Straße stattfinden werden anstatt um Mitternacht in einer fast leeren Klinik. Und der Attentäter wird keine Zeit mehr haben, vor der Zündung der Bombe irgendwo anzurufen, sodass zum Beispiel ein Bürogebäude geräumt werden kann. Wahrscheinlich werden wir letzten Endes sogar drei oder vier Anschläge pro Woche statt momentan zwei haben, da unsere Chancen sinken werden, die Attentäter zu erwischen, bevor die Zeitschaltuhr auslöst, und weil dieses Gerät dazu führen wird, dass aus Stümpern erstklassige Bombenbauer werden – während wir heute manchmal Glück haben, weil Amateure Fehler machen.«

»Aber wenn sich erst einmal herumgesprochen hat, dass die Attentäter von ihren eigenen Bomben getötet werden, würde das doch sicher zu anderen Zahlen führen, oder nicht?«

»Ich nehme eher an, dass sich die Taktik ändern wird«, erwiderte Mills stirnrunzelnd. »Es gibt eine Menge Möglichkeiten, eine Bombe von der Größe eines kleinen Päckchens abzuliefern. Sie müssen es nicht unbedingt selbst vor die Tür legen. Botendienste, UPS, ahnungslose Kuriere – Sie brauchen nur jemanden zu finden, der dorthin fährt, wo die Bombe hin soll, und ihm den Sprengstoff unter das Auto zu packen. Wenn das Gerät allerdings zu Preisen der Mittelklasse verkauft wird, könnten wir vielleicht das Skript von siebzig Anschlägen ändern, das wären dann zweihundert Explosionen und dreitausend Tote ...«

»Warum?«

»Weil Angehörige der Mittelklasse enger zusammenleben und -arbeiten als die Menschen, die sich einen Mercedes leisten können. Nach dem, was Sie gesagt haben, ist dieses Gerät ein Sprengzünder, der ständig eingeschaltet ist, mit unsichtbaren Drähten, die mehrere hundert Meter weit reichen – fahren Sie mit Ihrer Bombe an einem dieser Geräte vorbei, das beispielsweise am Eingang zu einer Villa installiert ist, dann erwischt es Sie und vielleicht noch einen Sicherheitsbeamten oder den Gärtner. Wenn Sie an einem Gerät vorbeifahren, das in der Eingangshalle eines Apartmenthauses installiert ist, sterben Sie und vielleicht noch ein paar hundert Leute, die dort wohnen. Die Sache ist die – je mehr von diesen Dingern verkauft werden, desto mehr Tote wird es geben. Dieses Gerät würde Bomben für uns alle gefährlicher machen, nicht nur für den potenziellen Attentäter.«

»Sie glauben also nicht, dass die Menschen ihr Verhalten ändern werden, wenn sie mit geänderten Umständen konfrontiert werden?«

»Mr. President, wir ändern die Umstände nun schon seit zweitausend Jahren, und es gibt immer noch genug Menschen, die kriminell werden.«

Breland nickte langsam. »Aber dieses Gerät würde auch dafür sorgen, dass Waffen *weniger* gefährlich sind. Wie würden Sie das im Kontext dessen sehen, was Sie gerade gesagt haben?«

»Da fangen die *echten* Schwierigkeiten erst an«, antwortete Mills kopfschüttelnd. »Es wird zum Teil daran liegen, dass die Leute zuerst an Waffen und nicht an Bomben denken werden, wenn ein solches Gerät in der Eingangshalle eines Apartmenthauses installiert wird. Aber der Hauptgrund wird sein, dass es in diesem Land fünfhundert Millionen Schusswaffen gibt und deren Eigentümer sich an die Vorstellung gewöhnt haben, dass ihr Schießeisen funktioniert, wenn sie es brauchen. Der zweite Verfassungszusatz ist eine Hochspannungsleitung, Mr. President – etwas Tödlicheres gibt es nicht. Lassen Sie die Finger davon. Denn wenn Sie das nicht tun, werden Sie nicht mehr lange Präsident sein.«

»Und Sie glauben wirklich, dass die Waffenbesitzer weiterhin mit der Tatsache leben wollen, dass es pro Jahr fünfzigtausend Tote durch Schusswaffen gibt?«

»Sir, was ich jetzt sage, klingt vielleicht kaltblütig, aber solange das Blutvergießen nur die Familie eines anderen trifft – ja. Sie werden Ihnen sagen, dass ein Drittel dieser Todesfälle Selbstmorde sind, und wen trifft daran wohl die Schuld? Sie werden Ihnen sagen, dass ein Drittel dieser Todesfälle Bandenmitglieder sind, die sich gegenseitig umbringen, und um die ist es ja schließlich nicht schade. Und sie werden Ihnen zu sagen versuchen, dass die übrigen Opfer von Schießereien zwar zu bedauern seien, ihre Zahl aber verschwindend gering sei, verglichen mit den Toten, die es gegeben hätte, wenn jemand nicht bewaffnet gewesen wäre, wenn die bösen Jungs keinen Grund gehabt hätten, Angst zu haben.«

»Und – haben sie Recht?«

Bevor Mills antwortete, trank er den Rest seines Kaffees aus. »Wenn ich in East L. A. oder im Tenderloin in San Francisco bin, denke ich wie ein zynischer, alter Cop und frage mich, wie ich je auf die Idee kommen konnte zu glauben, dass wir etwas anderes sind als brutale Wilde. Und wenn ich in Sydney oder Toronto bin, komme ich mir vor, als hätte ich eine verlorene Welt entdeckt, die Zivilisation genannt wird, und ich frage mich, warum, zum Teufel, wir Amerikaner nicht mehr von uns selbst erwarten. Aber das spielt eigentlich gar keine Rolle, Mr. President, weil *die Leute* glauben, dass sie Recht haben. Sie werden sie nicht ändern können, und sie werden Ihnen niemals verzeihen, dass Sie versucht haben, ihnen ihre Waffen wegzunehmen. Außerdem – wenn Sie sie entwaffnen können, können die *Sie* auch entwaffnen, und das können wir nicht zulassen. Nicht hier und nicht jetzt.«

Breland stieß einen kleinen Seufzer aus und lehnte sich in seinem Sessel zurück. »Mills, ich wollte Sie eigentlich fragen, wie Sie an meiner Stelle handeln würden, aber ich glaube, Sie haben sich schon deutlich genug ausgedrückt – trotzdem hätte ich gern noch eine Zusammenfassung ...«

Mills stand auf und machte Anstalten zu gehen. »Um

für das FBI zu sprechen – mir wären die Probleme lieber, die wir schon haben, als die, die diese Technologie mit sich bringen wird. Vergessen Sie das Ding irgendwo. Zerstören Sie es. Lassen Sie die Finger davon.«

Das Gespräch des Präsidenten mit seinem letzten Besucher, dem Berater für Fragen zur nationalen Sicherheit, General Anson Tripp, war erheblich kürzer. Breland war inzwischen in der Lage, seine einführenden Erklärungen auf etwas mehr als zehn Minuten zusammenzufassen. Und General Tripp war in der Lage, seine Antworten noch um einiges mehr zusammenfassen.

»General, wenn diese Technologie für den Kampfeinsatz verwendet wird …«

»… sollten wir diejenigen sein, die sie als Erste einsetzen.«

»Ihre Empfehlung wäre also …?«

»Bauen Sie das Gerät, finden Sie heraus, wie man es besiegt, und lassen Sie es dann in der Versenkung verschwinden.«

»Eine Geheimwaffe.«

»Genau.«

»Würde es denn nicht als Abschreckung dienen, wenn bekannt wäre, dass wir eine solche Waffe haben?«

»Mr. President, es gibt nur sehr wenig, das so vergänglich ist wie ein taktischer Vorteil aufgrund eines technologischen Fortschritts. Und es gibt auch sehr wenig, das uns mehr nützt. Wenn wir diese Technologie nicht geheim halten, können wir sie nicht als Waffe einsetzen.«

Als Tripp gegangen war, wartete niemand mehr im Vorzimmer. Bei einem Spaziergang über den Südrasen des Weißen Hauses versuchte Breland, seine Gedanken zu ordnen. Er blieb in der Nähe des Seerosenteichs stehen und sah zu der hoch aufragenden Turmspitze des Washingtondenkmals hinüber, das in weiches, an den Mondschein erinnerndes Licht getaucht war. Er versuchte, nicht nur in die stille Nacht hinauszustarren, sondern auch die Zukunft zu erkennen, die ebenfalls im Dunkeln lag.

Breland stand kurz vor seinem fünfzigsten Geburtstag –

er war zu alt, um noch Illusionen darüber zu haben, welchen bleibenden Eindruck er in Washington hinterlassen würde. Wie die meisten seiner Vorgänger war er ausführlich darüber belehrt worden, wo die Grenzen seiner Macht lagen. Er beendete seinen Arbeitstag oft, indem er, bereits im Bademantel, in seinem privaten Büro die Memoiren früherer Präsidenten las, insbesondere jener, für die auf den Touristenstadtplänen keine Denkmäler zu finden waren. Durch die Lektüre war er zu dem Schluss gekommen, dass einige Präsidenten die Chance, eine bedeutende Persönlichkeit zu werden, verpasst hatten, aber kein Präsident eine solche Chance je selbst hatte schaffen können – dieser Moment wurde einem geschenkt und war von Ereignissen außerhalb der Mauern des Weißen Hauses abhängig.

Breland wusste mit einer Bestimmtheit, die er sich nicht erklären konnte, dass jetzt *sein* Moment gekommen war. In fünfzig Jahren würde man lediglich aufgrund der Folgen seiner Entscheidung zum Trigger noch wissen, dass er existiert hatte – umso mehr, wenn er die falsche Entscheidung traf.

Er sagte sich, dass es ihm nicht so sehr darauf ankam, in guter Erinnerung zu bleiben. Ihm war es lieber, dass er seine Sache gut machte, und das entsprach vermutlich auch der Wahrheit. »Wir können es besser machen«, hatte er zu seinen Wählern gesagt, und jetzt würde dieser tief in ihm verwurzelte und im Brustton der Überzeugung geäußerte Meliorismus auf die Probe gestellt werden – eine Probe, die von einem exzentrischen Genie erdacht und von einem idealistischen Industriemagnaten realisiert worden war. Beide waren ihm mit der Skepsis begegnet, die man einem unerfahrenen Jugendlichen entgegenbringt. Stolz war sicher einer der Beweggründe, von denen er sich leiten ließ, aber gleichzeitig wollte er die Menschen nicht enttäuschen, die sich von ihm Rat und Führung erhofften – egal, ob sie wie Fans aussahen oder wie Väter klangen.

Aber weitaus wichtiger war, den Moment mit beiden Händen zu greifen und die Chance zu nutzen, die dieser ihm verschaffte. Es kam darauf an, dass er die richtige Entscheidung traf. Jedes Leben berührte Dutzende anderer, und die Grenze zwischen Leben und Sterben, zwischen gesund und verkrüppelt, zwischen Freude und Angst ließ sich im Handumdrehen überqueren. Denkmäler waren unwichtig. Das Leid der Menschen war wichtig, denn es war real und oft genug unnötig.

Angesichts dessen wurde dem völlig übermüdeten Breland um drei Uhr morgens auf dem menschenleeren Südrasen des Weißen Hauses mit großer Erleichterung klar, dass es schon in Ordnung war, wenn er für diese eine Entscheidung etwas länger brauchte also sonst. Er konnte sich selbst die Erlaubnis geben, schlafen zu gehen und die Augen zu schließen, obwohl die Frage immer noch nicht gelöst war, und morgen wieder darüber nachdenken. Morgen war früh genug.

Das Weiße Haus war voller Maulwürfe, und einige von ihnen standen im Dienst des Außenministers Devon Carraro.

Carraro war seit 22 Jahren im diplomatischen Dienst und hatte hochrangige Positionen in Berlin, Peking und Tokio bekleidet. In dieser Zeit hatte er gelernt, welchen Wert Informationen besaßen – und wie man sie sich am besten beschaffte. Alle Änderungen im Terminplan des Präsidenten, alle ungewöhnlichen Besucher, alle Besprechungen, die nicht im täglichen Bulletin für die Presse aufgeführt waren, wurden Carraro umgehend und äußerst diskret gemeldet. Da er wusste, dass das meiste von dem, was im offiziellen Washington wirklich wichtig war, im Verborgenen geschah, untersuchte er die Stadt, als würde er eine Gesandtschaft in die Hauptstadt einer fremden Macht führen, und war allzeit bereit, jene Hinweise und Andeutungen aufzuschnappen, die auf eine baldige Veränderung hindeuteten.

Von den Medien war Carraro als einer der ›Treffer‹ in Mark Brelands Team bezeichnet worden. Breland war noch nicht lange genug in der Politik gewesen, um Freunde oder Verpflichtungen in nennenswerter Anzahl angehäuft zu haben, sodass er sein Kabinett mit erfahrenen Insidern aus Washington besetzt hatte, die ihre Position weder der Freundschaft mit dem Präsidenten noch einer langen Parteizugehörigkeit zu verdanken hatten, sondern ihrer Erfahrung, ihrem Können und ihren Verbindungen. Dass dies als ungewöhnlich galt, sagte einiges über die Gewohnheiten und Prioritäten von Brelands Vorgängern aus.

Breland war zwar ein Newcomer, kümmerte sich aber dennoch nur sporadisch um Rituale und Ethos des engeren Machtkreises um den Präsidenten. Die ersten Kränkungen hatte Carraro noch schweigend hingenommen. Aber als er bei der Intervention in Ruanda einfach übergangen worden war – den ihm zustehenden Platz im Rampenlicht hatte der Botschafter der Vereinten Nationen eingenommen, der der Verantwortung zudem nicht gewachsen war –, hatte er sein normales Maß an Neugierde intensiviert und war zu offener Spionage übergegangen.

»Ich möchte alles tun, um weitere Peinlichkeiten zu verhindern«, sagte er zu seinen Quellen und sich selbst. »Diejenigen von uns, die schon etwas länger hier sind, müssen dem Präsidenten unter die Arme greifen. Aber ich kann das erst, wenn der Präsident mich um Rat bittet, und ich kann ihm meinen Rat erst anbieten, wenn ich weiß, was im Weißen Haus vor sich geht.«

An jenem grauen, windigen Frühlingsmorgen fügte sich das Bild langsam zusammen. Die wachsende Besucherliste war ungewöhnlich und rätselhaft – unter anderem zwei Soziologen, ein Psychologe, der Chefhistoriker der Kongressbibliothek, der Vizepräsident der American Chemical Society, der Geschäftsführer des Abbruchunternehmens CDI, ein halbes Dutzend Offizielle aus dem Pentagon (darunter ein Brigadegeneral, der Unterricht in Kriegsführung gab) und Carraros Koordinator für Terrorismusbekämpfung, Donald Lange.

Carraro war eher besorgt denn verärgert, als er Lange in sein Büro rief. »Don, ich wüsste gern mehr über Ihr Gespräch mit dem Präsidenten.« Er untermauerte seine Worte durch ein überzeugendes Lächeln und einen entwaffnend lässigen Ton, was seiner Erfahrung nach immer funktionierte.

»Ach, das war nichts Weltbewegendes«, sagte Lange. »Der Präsident fragte mich nach ein paar Fakten und Zahlen zur Entwicklung des internationalen Terrorismus …«

»Welche Art von Fakten und Zahlen?«

»Anzahl der aktiven Terroristengruppen, Anzahl der Anschläge pro Jahr, Tote pro Jahr – nichts, was ich nicht auch in meinem Jahresbericht erwähne, der allerdings seit sechs Monaten nicht mehr aktuell ist. Er interessierte sich für Trends und Methoden und stellte mir einige Fragen dazu.«

»Wer war noch dabei?«

»Die meiste Zeit über habe ich allein mit ihm gesprochen. Stabschef Nolby schaute ein paar Mal herein. Auf dem Weg ins Oval Office habe ich den Verteidigungsminister gesehen, aber er war schon wieder weg, als wir fertig waren.«

»War ein Stenograf dabei?«

»Nein, es wurde kein Protokoll angefertigt. Der Präsident hat sich ein paar Notizen gemacht, das ist alles. Aber wenn ich jetzt darüber nachdenke – ist das nicht ein bisschen merkwürdig?«

Carraro ignorierte die Frage. »Wie wurde das Gespräch arrangiert?«

»Ich habe heute Morgen einen Anruf des Präsidenten bekommen, in dem er mich bat, ins Weiße Haus zu kommen. Ich dachte, es wäre ein Scherz – selbst in Washington sind Telefonanrufe, die mit ›Hier ist der Präsident‹ beginnen, nicht an der Tagesordnung. Haben Sie nichts davon gewusst? Ich hätte Sie sofort benachrichtigt, wenn ich Grund zur Annahme gehabt hätte, dass man Sie nicht informiert hat …«

»Nein, nein, ich habe es gewusst«, beeilte sich Carraro zu sagen. »Ich wollte nur sicher sein, dass alles ordnungsgemäß geregelt worden ist, da ja nicht viel Zeit war.«

»Oh«, sagte Lange. »Dann können Sie mir also sagen, um was es hier eigentlich geht?«

»Tut mir Leid, Don«, erwiderte Carraro mit einem bedauernden Lächeln. »Zurzeit darf ich darüber noch nichts sagen. Das werden Sie sicher verstehen.«

»Natürlich. Wenn ich Ihnen sonst irgendwie helfen kann …«

»Danke, Don.«

Carraro ging in seinem Büro auf und ab und dachte über die Besucherliste nach: Verteidigungsminister, Stabschef, Terrorismusbekämpfung, Militärvertreter, Psychologie und Soziologie, Vertreter der Wirtschaft. Es deutete alles auf eine Drohung von Terroristen hin – und zwar eine ganz konkrete Drohung. Vermutlich ging es um eine chemische Fabrik. Er zog sein KomSet – Kommunikationsset – aus der Jackentasche und rief seine Sekretärin an.

»Clara, würden Sie mich bitte mit Richard Nolby verbinden?« Während er wartete, ging er zum Fenster und sah zum Weißen Haus hinüber. *Amateure,* dachte er verärgert. *Alles Amateure.*

»Mr. Nolby für Sie.«

»Danke, Clara.« Er drückte auf einen Knopf und hörte, wie sich das Hintergrundgeräusch der Verbindung änderte, als die digitalen Scrambler eingeschaltet wurden. »Richard, hier ist Devon. Was, zum Teufel, ist bei euch da drüben los? Ich möchte mit dem Präsidenten sprechen, und zwar sofort. Wenn das, was ich gehört habe, nach außen dringt, könnten wir es mit einer sehr ernsten Situation zu tun haben …«

Nolby protestierte, aber Carraro ließ sich nicht abwimmeln. Der Stabschef war ein Fliegengewicht, nicht mehr als ein Türsteher. Es stand ihm nicht zu, über Politik zu entscheiden oder den Zugang des Kabinetts zum Präsidenten zu kontrollieren. Und wenn er dachte, er könnte das, dann hatte er es verdient, von jenen in seine Schranken gewiesen zu werden, die es besser wussten.

»Ich komme rüber«, sagte Carraro. »Sagen Sie dem Präsidenten, dass ich ihn sofort sprechen will. Und denken Sie nicht einmal daran, mich am Tor aufhalten zu lassen – es sei denn, Sie wollen unsere Meinungsverschiedenheit vor einem größeren Publikum austragen, denn ich werde nicht gehen, ohne Himmel und Hölle in Bewegung gesetzt zu haben.«

Während er Breland zuhörte, wich die Überraschung in Carraros Augen einer langsam aufkeimenden Hoffnung, die sein Gesicht von Minute zu Minute jünger aussehen ließ.

»Das ist ja großartig ... Das ist mehr, als ich je zu hoffen gewagt habe ... Mr. President, wir *müssen* diese Geräte für unsere Botschaften haben. Wie lange wird es dauern, bis sie geliefert werden?«

Breland schüttelte den Kopf. »Ich habe noch nicht entschieden, ob wir diese Geräte überhaupt bauen werden – oder falls wir es tun, wie wir sie einsetzen wollen.«

»Sie haben noch nicht entschieden, oder Sie haben Ihre Entscheidung noch nicht bekannt gegeben? Das widerspricht Ihren sonstigen Gepflogenheiten«, entgegnete Carraro. »Darf ich etwas dazu sagen, Mr. President, auch auf die Gefahr hin, dass von anderer Seite bereits eine ähnliche Meinung geäußert wurde?«

»Bitte.«

»Danke.« Der Diplomat kniff angestrengt die Augen zusammen und wirkte plötzlich wieder um Jahre gealtert. »Mr. President, ich hasse Beerdigungen. Und ganz besonders hasse ich es, wenn ich als alter Mann an der Beerdigung junger Männer oder Frauen teilnehmen muss. Und besonders schwer fällt es mir, wenn ich an der Beerdigung junger Männer und Frauen teilnehmen muss, die während eines Einsatzes gestorben sind, zu dem ich sie geschickt habe.

Mr. President, unsere Botschaften werden belagert. Wir haben keine ernst zu nehmenden Gegner, aber Zehntausende von erbitterten Feinden. Jeden Tag gibt es Anschläge, jede Woche Verletzte, und wir alle leben in der Gewissheit, das Hauptziel für jene zu sein, die mit irgendetwas unzufrieden sind. Eine Botschaft ist ein Vorposten in feindlichem Gebiet. Wenn wir das vergessen, bringen wir die Menschen, die dort arbeiten sollen, in Gefahr.

Das diplomatische Corps im Ausland bezahlt den Preis für die Entscheidungen, die hier getroffen werden. Und ein Stahltor und ein Trupp Marines reichen als Bewachung einfach nicht aus. Ich glaube nicht, dass ich Sie daran erinnern muss, aber ich werde es trotzdem tun, denn es sind unsere Leute, die dabei ums Leben kommen. In Athen wurden elf Mitarbeiter der Botschaft durch eine Rakete getötet – drei von ihnen kannte ich persönlich. Botschafter Warton wurde von einem Heckenschützen ermordet. In Ankara explodierte eine Autobombe, während die Staatssicherheit weggesehen hat. Sofia. Taschkent. Jakarta. Ich kann mich noch an Nairobi und Daressalam erinnern.«

»Ich auch«, erwiderte Breland.

»Dann werden Sie vielleicht auch bemerkt haben, dass wir gar nicht mehr schockiert sind, wenn es zu solchen Anschlägen kommt, dass wir gar nicht mehr in der Lage sind, uns darüber zu entrüsten. Mein Ministerium hat in den letzten zehn Jahren Leichen aus zwölf Ländern nach Hause geholt.« Carraro zögerte, es fiel ihm offensichtlich schwer weiterzusprechen. »Eine dieser Leichen war der Verlobte meiner Tochter – ein Analyst namens John Dugan. Er wurde getötet, als eine aufgebrachte Menge die Botschaft in Amman stürmte. Ein intelligenter, warmherziger und humorvoller Mann. Ich hätte so gern seine und Jeannes Kinder aufwachsen sehen.«

Carraro schien in sich zusammenzusinken, als er über den Todesfall in seiner Familie nachdachte, aber hinter seiner Trauer steckte Wut, und sie half ihm, sich wieder zu fangen, als er nach seinem Glas mit Wasser griff.

»Mr. President«, sagte er mit seiner sanften Stimme, hinter der purer Stahl steckte, »Sie können nicht erwarten, dass die Mitarbeiter unserer Botschaften ihr Leben im Dienst für dieses Land riskieren, ohne nicht alles in Ihrer Macht Stehende zu tun, um dieses Risiko so klein zu halten wie nur möglich. Alles andere ist eine Schande und Ihres Amtes unwürdig. Wenn dieses Gerät in der Lage ist, eine aufgebrachte Menge zu entwaffnen, eine Bombe zu zünden, die noch einige Häuserblocks vom Eingangstor einer

Botschaft entfernt ist, eine Rakete in der Luft zu zerstören, dann müssen wir es bauen, und wir müssen es auch einsetzen. Das verlangt unser Gewissen von uns.«

Carraro stand mühsam auf und lehnte die Hand ab, die ihm zu Hilfe kommen wollte. »Mr. President, Sie waren so höflich, mir zuzuhören, und ich werde Ihnen jetzt keinen Grund geben, unhöflich zu sein. Ich weiß, wann ich gehen muss. Ich möchte Sie nur bitten, vor einer Entscheidung in dieser Sache darüber nachzudenken, wie Sie sich fühlen werden, wenn die nächste Bombe hochgeht oder die nächste Rakete einschlägt – und mir versprechen, dass Sie mich auf die Beerdigungen begleiten. Ich wünsche Ihnen noch einen guten Tag, Mr. President.«

Die Tür hatte sich kaum hinter Carraro geschlossen, als sie auch schon wieder geöffnet wurde. Nolby kam herein. »Alles in Ordnung, Mr. President?«

»Unser Gespräch war sehr interessant«, sagte Breland. »Und wir müssen Außenminister Carraro dafür danken, dass er uns gezeigt hat, wo wir nachlässig gewesen sind. Wir müssen aus diesem Fischglas heraus.«

»Wir brauchen eine passende Geschichte im Ärmel.«

»Denken Sie sich eine aus«, erwiderte der Präsident. Er griff nach seinem KomSet und war innerhalb weniger Sekunden mit Hollow Oak verbunden. »Mr. Goldstein, hier ist Mark Breland. Ich habe mich entschieden. Würden Sie und Dr. Brohier nach Camp David kommen, damit wir über die nächsten Schritte sprechen können? Gut. Nein, den Senator werde ich selbst verständigen. Ja, Sie werden abgeholt.«

Breland beendete das Gespräch und hob den Blick. Nolby stand vor ihm und starrte ihn an. Der Ausdruck auf seinem Gesicht war alles andere als glücklich.

»Dann werden Sie den Trigger also bauen?«

»Ja. Haben Sie immer noch Bedenken deswegen?«

»Mehr als das. Dieses Ding jagt mir eine höllische Angst ein. Ich glaube nicht, dass wir klug genug sind, um alle damit verbundenen Probleme zu verstehen.«

»Vor uns liegt ungeheuer viel Arbeit«, sagte Breland.

»Aber ich bin fest davon überzeugt, dass wir diesen Weg gehen müssen. Wir werden einen Schritt nach dem anderen in Angriff nehmen und Wilman und Goldstein an der kurzen Leine halten. Wir werden den Trigger nicht einfach auf den Markt werfen. Ich finde das Ganze genauso beängstigend wie Sie, Richard, aber es ist die einzig richtige Entscheidung. Und ich werde Ihre Hilfe brauchen, wenn wir Erfolg haben wollen.«

»Sie können auf mich zählen. Ich bin immer noch im Team«, sagte Nolby ohne rechten Enthusiasmus.

»Gut. Dann sollten wir jetzt den Rest des Teams zusammentrommeln und alle informieren. Wir brauchen Steppak, Carraro, Mills und vermutlich Davins von der NASA.«

»Wir sollten auch die Vizepräsidentin informieren.«

»Nein. Toni kann zurzeit nichts zum Projekt beitragen.«

»In Ordnung. Und was ist mit Harvey Tettlebaum?«, wollte Nolby wissen. Tettlebaum war der Berater für wissenschaftliche Fragen.

Breland schüttelte den Kopf. »Wir sollten erst einmal alle, die bereits über den Trigger Bescheid wissen, an einen Tisch setzen, bevor wir uns überlegen, wen wir noch ins Vertrauen ziehen. In diesem Stadium wird niemand informiert, den wir nicht unbedingt in unserem Team brauchen.«

»Hat Senator Wilman dem bereits zugestimmt?«, wollte Nolby wissen. »Ich glaube, er ist ein echtes Sicherheitsrisiko. Und Dr. Brohier wahrscheinlich auch.«

»Sie sind zu uns gekommen, also wollen sie etwas von uns«, sagte Breland und stand auf. »Wir finden schon einen Weg. Und jetzt lassen Sie uns anfangen.«

Der äußere Rahmen für die erste Besprechung des Teams – das von Nolby schalkhaft die ›Trigger-Garde‹ genannt wurde – war so bescheiden, dass auch Karl Brohier auf die Idee hätte kommen können, ausgerechnet diesen Ort zu wählen. Das verwitterte Holz und die mehrfach überstrichenen Wände von Hütte C verrieten, dass sie aus den Anfängen von Camp David stammte, als es noch ein Sommerlager für Jugendliche hoch oben auf dem Gipfel eines Berges war. Die Platte des langen Tisches wies so viele Kratzer auf, dass man unmöglich auf ihr schreiben konnte, und ein unachtsam hingestelltes Glas lief Gefahr, im nächsten Augenblick umzukippen.

Die Männer, die um den Tisch saßen, hatten sich der Umgebung angepasst und waren zwanglos gekleidet. Breland trug ein ausgeblichenes Baseballtrikot, das er sich in den Bund seiner Jeans gesteckt hatte, Goldstein ein Sweatshirt mit dem Aufdruck ›Georgetown University‹, dessen Ärmel er weit über die knochigen Ellbogen hochgeschoben hatte. Nolby hatte seinen zurückgehenden Haaransatz unter einer schwarzen Baseballmütze mit einem Chevrolet-Logo versteckt, und sein KomSet ragte aus der Brusttasche eines dicken, karierten Baumwollhemds heraus. Auf General Steppaks T-Shirt war ein B-25-Bomber aus dem Zweiten Weltkrieg abgebildet, und selbst Carraro hatte auf seinen obligatorischen Anzug mit Krawatte verzichtet und trug ein Designer-Poloshirt zu schwarzen Halbschuhen, die sich in der nach einem nächtlichen Regenguss aufgeweichten Erde als äußerst unpraktisch erwiesen hatten.

Breland verzichtete auch auf das sonst für Anlässe dieser Art übliche Protokoll. Als der leicht außer Atem gekommene Edgar Mills endlich aufgetaucht war, ging der Präsident einfach zu seinem Stuhl, setzte sich und wartete darauf, dass die anderen es bemerkten und sich ebenfalls hinsetzten.

»Mr. Nolby wird das Protokoll führen«, sagte er. »Sie können sich selbstverständlich Notizen machen, aber ich möchte Sie darauf hinweisen, dass diese als Geheimsache eingestuft werden und entsprechend behandelt werden müssen. Einige von Ihnen haben mir den Rat gegeben, den Trigger nicht nur zur Geheimsache zu erklären, sondern völlig aus der Welt zu schaffen. Aber es ist eine Tatsache, dass wir gar nicht in der Lage sind, diese Entdeckung zu unterdrücken. Uns bliebe lediglich übrig, sie dem amerikanischen Volk gegenüber zu verleugnen, den Chinesen, Indern oder Russen gegenüber könnten wir das jedoch nicht. Daher habe ich entschieden, dass wir den Trigger so schnell wie möglich weiterentwickeln und gleichzeitig alles tun, um möglichst lange die Kontrolle darüber zu behalten. Aber wir sollten uns diesbezüglich keine Illusionen machen. In meiner ersten Konferenz mit dem Geheimdienst wurde mir gesagt, dass Material der Kategorie ›Vertraulich‹ nach sechs Monaten durchgesickert ist. Bei der Kategorie ›Geheim‹ dauert es achtzehn Monate, bei ›Streng geheim‹ drei Jahre. Das ist unsere Chance. In drei Jahren wird diese Technologie überall sein.

Ich autorisiere hiermit ein Forschungsprojekt, ein umfangreiches Testprogramm und die sofortige Produktion des Triggers.« Breland bekam dafür ein zustimmendes Nicken von Brohier. »Die Geräte sollen als taktische Waffen für die Streitkräfte gebaut werden. Wir werden sie zur Terrorismusbekämpfung in Regierungseinrichtungen im In- und Ausland einsetzen. Und wenn aus dem Forschungsprojekt erste Ergebnisse vorliegen, können wir den Trigger unter Umständen auch im öffentlichen Bereich einsetzen. Ich bitte Terabyte Laboratories, uns so schnell wie möglich zwei Prototypen zur Verfügung zu stellen, damit wir herausfinden können, was im jetzigen Entwicklungsstadium alles möglich ist.« Breland sah zu Brohier hinüber.

»Ich denke, wir dürften in ein paar Wochen so weit sein, Mr. President«, antwortete Brohier.

»Bis dahin müsste auch klar sein, wer die Prototypen übernimmt und wo die Tests durchgeführt werden. Dr. Brohier, was ich Sie noch fragen wollte – halten Sie es für möglich, eine Trigger-Einheit in einer Umlaufbahn zu parken?«

»Zur Abwehr von Flugkörpern?«

»Nein. Das Ziel bestünde darin, einen Krisenherd auf der Erde anzupeilen, vergleichbar mit der Bekämpfung von Waldbränden, bei der Löschflugzeuge eingesetzt werden. Der Kosovokrieg wäre vermutlich anders ausgegangen, wenn wir die Serben auf diese Weise hätten entwaffnen können.«

In Brohiers Augen blitzte ein bei ihm ungewohnter Optimismus auf. »So etwas stellt uns natürlich vor eine ganze Reihe von Problemen, und außerdem können wir mit der aktuellen Version noch nicht zielen. Das müsste abgeklärt werden, Mr. President. Ich würde nicht sagen, dass es unmöglich ist, aber wenn es gelingt, wäre es sicherlich sehr nützlich.«

»Dann kommt es auf die Liste«, sagte Breland. »Dr. Brohier, ich möchte, dass Ihre Leute weiter am Trigger arbeiten. Mein Vorschlag wäre, Terabyte die Kosten bis zum heutigen Stand der Entwicklung zu erstatten und Ihnen und Ihrem Forschungsteam einen Regierungsauftrag für die weitere Mitarbeit an diesem Projekt zu erteilen. Ich weiß nicht genau, wem Sie unterstellt sein werden, aber ich sehe keinen Grund dafür, warum Sie nicht auch in Zukunft die Leitung dieser Abteilung übernehmen sollten. Sie muss allerdings um einiges größer werden, und das schnell, wozu Columbus wohl nicht der geeignete Ort ist. Haben Sie immer noch Interesse?«

»Ich hatte mich schon darauf vorbereitet, erbitterten Widerstand zu leisten, falls Sie versuchen sollten, mich aufs Abstellgleis zu schieben, Mr. President.«

Breland lachte und wandte sich an Goldstein. »Mr. Goldstein, wir brauchen jemanden, der die Fertigung dieser Systeme übernimmt. Vielleicht könnten Sie sich dazu überreden lassen, ein geeignetes Werk zu bauen?«

»Ich mache Ihnen gerne ein entsprechendes Angebot, Mr. President.«

»Das wird nicht notwendig sein. Und nun zu Ihnen, Senator Wilman ...« Er schüttelte bedauernd den Kopf. »Ich bin Ihnen sehr dankbar dafür, dass Sie diese beiden Männer zu mir gebracht haben. Aber ich weiß wirklich nicht, was *Sie* bei dem, was vor uns liegt, tun könnten.«

»Gehen Sie ans Telefon, wenn ich Sie anrufe«, erwiderte Wilman. »Ich werde Ihr Gewissen sein, Mr. President. Sie brauchen jemanden, der Ihnen nichts schuldet, um sicherzustellen, dass Sie den Ball nicht ins Aus werfen. Ich werde Sie daran erinnern, dass es hier nicht um das Weiße Haus, die *Washington Post*, die nächsten Wahlen, Ihren Platz in den Geschichtsbüchern oder den Gemütszustand des Pentagons geht. Ich glaube, das alles wissen Sie bereits, aber in Washington neigt man trotz bester Absichten dazu, Kompromisse einzugehen.«

»Da haben Sie Recht«, antwortete Breland. »Ich akzeptiere Ihr Angebot. Sie bleiben alle über Nacht hier?« Er wartete, bis alle genickt hatten, und stand dann auf. »Richard hat noch ein wenig Papierkram für Sie, und sobald das erledigt ist, können wir die Ärmel hochkrempeln und über die Details sprechen. Auf uns wartet eine Menge Arbeit.«

Als der Präsident die Blockhütte verlassen hatte, schob Nolby einen Stapel Papier vor Brohier und legte einen Stift darauf. »Drei Dokumente, drei Unterschriften«, sagte der Stabschef des Präsidenten. Während Brohier das erste Dokument vom Stapel nahm und durchblätterte, fügte Nolby leise hinzu: »Sie haben meine Frage nie beantwortet. Wie viele Ihrer Leute wissen davon? Ich brauche bis heute Abend eine Liste.«

Brohier hob den Blick und sah ihn herausfordernd an. »Mr. Nolby, ich unterschreibe hier nur für mich selbst. Die Menschen, über die Sie reden, arbeiten *bei* Terabyte, nicht *für* Terabyte – sie gehören uns nicht. Ich werde Ihr Angebot mitnehmen und meinen Mitarbeitern vorlegen. Und sie werden dann selbst entscheiden.«

»Aber diese Erfindung gehört doch Terabyte, nicht wahr? Ein gewisses Maß an Kontrolle über Ihre Mitarbeiter werden Sie sicherlich haben, oder etwa nicht?«

Brohier lachte spöttisch, kritzelte seinen Namen auf das Dokument und schob die Geheimhaltungserklärung über den Tisch. »So einfach ist das nicht, Mr. Nolby, nicht bei Menschen, die es gewohnt sind, für sich selbst zu denken. Sie können sie so viel Papier unterschreiben lassen, wie Sie wollen, aber trotzdem ist es so, als würden Sie von Ochsenfröschen verlangen, brav im Eimer sitzen zu bleiben.«

10.

Notlage

Philadelphia, Pennsylvania – Am späten Freitagabend führte ein Streit über das Abendessen in einem Stadtviertel im Süden von Philadelphia zunächst zur Misshandlung einer Frau und dann zu einer Schießerei mit tödlichem Ausgang. Es gab Dutzende von Zeugen, als Malia Jackson, 24, weinend aus ihrem Reihenhaus in der Fourth Street flüchtete und dann das Feuer auf ihren Freund Raymar Rollins eröffnete, als dieser ihr nachkam. »Das Mädchen hatte gar keine andere Wahl«, protestierte einer der Nachbarn, als Jackson verhaftet wurde. »Rollins hat sie jedes Wochenende geschlagen. Er war ein schlechter Mensch.«

Vollständige Meldung
Hotlines für misshandelte Frauen
Mord oder Notwehr? Ergebnisse unserer Umfrage

Das KomSet riss sowohl Leigh Thayer als auch Gordon Greene aus dem Tiefschlaf, denn genau das war für solche Fälle auch geplant. Dem Anruf ging ein spezieller Hochfrequenzton voraus, der einen Notfall ankündigte und sämtliche Filter- und Weiterleitungsfunktionen ignorierte, die Lee für ihre Privatnummer programmiert hatte.

Lee hatte ihren Notfallcode nur drei Menschen mitgeteilt – ihrer Schwester Joy, ihrer Halbschwester Barbara und ihrem Vater. Bisher hatte ihn lediglich ihr Vater verwendet, um Lee zu sagen, dass ihre Mutter einen Herzanfall erlitten hatte. Der schrille, nervenaufreibende Ton, der durch die Dunkelheit des provisorischen Schlafraums hallte, kündigte genauso schlechte Nachrichten an, und Lees Hände zitterten bereits, als sie nach dem zusammenklappbaren KomSet suchte. Der winzige gelbe Datenmonitor sagte ihr, dass es sich bei dem Anrufer um Barbara handelt.

»Ja … hallo? Barbara?«

Die Worte, die zu Lee durchdrangen, verloren sich in einem gequälten Wimmern, das von heftigem Schluchzen begleitet wurde.

»Barbara, was ist los? Komm schon, rede mit mir …«

Auf der gegenüberliegenden Seite des Raums setzte sich Gordon, der eine Leselampe eingeschaltet hatte, im Bett auf. Er sagte nichts, aber sein besorgter Blick ließ erkennen, dass er ebenfalls beunruhigt war.

Barbara sagte etwas, aber auch dieses Mal ging alles in einem lauten Schluchzen unter. Lee verstand nur ›Elise‹ und ›Fenster‹, aber der Rest war völlig unzusammenhängend und ein Indiz dafür, dass ihre Schwester Angst hatte oder unter Schock stand.

»Ich kann dich nicht verstehen, Barbara. Jetzt beruhige dich erst einmal – hol tief Luft und atme langsam wieder aus. Genau … du kannst es. Ganz ruhig. Atmen. Vergiss nicht zu atmen. Und jetzt erzähl mir, was mit Elise passiert ist. Ist sie verletzt?«

»Sie ist … sie ist …« Barbaras Stimme stockte, während sie versuchte, ihr Schluchzen zu unterdrücken. »Nein. Nein. Sie ist nicht verletzt. Sie ist nicht verletzt.«

»Gut. Ist Tony in Ordnung?«

»Tony … Tony geht es gut.«

»Und du, bist du verletzt?«

»Nein. Niemand ist verletzt. Wir sind gerade noch einmal davongekommen …«

»Bist du zu Hause?«

»Ja. Ja. Die Kinder sind endlich eingeschlafen. Das hoffe ich wenigstens. Ich habe sie in den Keller gebracht. Oh, Lee – ich dachte, es wäre vorbei. Ich dachte, wir hätten es endlich geschafft. Aber es geht weiter. Lee, sie wäre fast erschossen worden … Elise wäre fast erschossen worden.« Als Barbara das gesagt hatte, hätte sie fast wieder einen Weinkrampf bekommen, aber dann gelang es ihr doch, ihre Stimme wieder unter Kontrolle zu bringen. »Sie saß auf dem Sofa und hat ferngesehen. Die Kugel hat ihren Kopf um fünfzehn Zentimeter verfehlt. Fünfzehn Zentimeter …«

»Wer hat auf sie geschossen?«

»Diese verdammten White Kings.« Barbaras Stimme klang plötzlich wuterfüllt.

»Sind die Banden wieder hinter Tony her?«

Die Wut in Barbaras Stimme schlug in Verzweiflung um. »Was soll ich denn nur tun? Was soll ich denn nur tun?«, jammerte sie.

»Erzähl mir alles, was passiert ist.«

In den nächsten Minuten gelang es Lee, so viele Informationen aus Barbara herauszubekommen, dass sie sich die ganze Geschichte zusammenreimen konnte. Sie wusste bereits, dass Tony – damals 14 – vor zwei Jahren von einer Jugendbande namens Scimitars dazu aufgefordert worden war, Mitglied zu werden. Die Bande wurde von Iranern angeführt und war gerade dabei, die Kontrolle über den Drogenhandel an Tonys High School zu übernehmen. Als er sich weigerte, wurden die Fenster von Barbaras zehn Jahre altem Auto zerschossen, das in der Einfahrt zu ihrem Haus parkte. Weitere Auseinandersetzungen wurden zum Glück von den Rauschgiftfahndern der Polizei von Cleveland verhindert, die nach einer groß angelegten Razzia die meisten Mitglieder der Scimitars hinter Gitter brachten.

Aber in letzter Zeit hatte sich eine neue Bande in Tonys Stadtviertel gebildet, die sich White Kings nannte. Die White Kings spielten sich als Beschützer der weißen Minderheit vor den Einwanderern aus dem Nahen Osten und den Afroamerikanern auf, die in den umliegenden Vierteln in der Mehrheit waren und alle auf dieselbe High School wie der inzwischen 16-jährige Tony gingen. Es hatte Schlägereien und Überfälle gegeben, als sich die White Kings den nötigen Respekt verschaffen wollten.

Wieder war Tony aufgefordert worden, Mitglied einer Bande zu werden, wieder hatte er sich geweigert. Und wieder war er gewarnt worden, dass eine Weigerung als Verrat angesehen und nicht toleriert werden würde. Wie beim ersten Mal wurde die Warnung auch dieses Mal aus einer Waffe abgegeben – allerdings nur in Form einer einzigen Kugel, die eine Stunde nach dem Abendessen das Fenster des Wohnzimmers durchschlug, sich in die Wand über dem Sofa bohrte und einen Schauer aus Gipsstaub auf die völlig verängstigte, neunjährige Elise herabregnen ließ, während vor dem Haus die Flucht des Schützen vom Geräusch quietschender Reifen begleitet wurde.

»Hast du die Polizei angerufen?«

Ihre Frage wurde mit einem bitteren Lachen beantwortet. »Ich habe die Polizei angerufen. Eine halbe Stunde später habe ich sie noch mal angerufen. Eine Stunde später ist sie dann endlich gekommen und hat das Ganze wie einen Witz behandelt.«

»Was meinst du damit?«

»Wenn man keine Drogen verkauft und kein Blutbad anrichtet, hat unsere Polizei offensichtlich kein Interesse an einem. Einer der Polizisten sagte: ›Es ist doch niemand verletzt worden.‹ Er gab mir den Rat, dickere Vorhänge an die Fenster zur Straßenseite zu hängen und sie ständig geschlossen zu halten.«

»Sie werden die Bandenmitglieder also nicht verhören?«

»Sie werden überhaupt nichts tun. Das haben sie mir natürlich nicht ins Gesicht gesagt, aber sie hätten mir genauso gut den Kopf tätscheln und ›So, das war's‹ sagen können. Tony war aber auch keine große Hilfe.«

»Lass mich raten – er wollte keine Namen nennen.«

»Tony hat der Polizei gesagt, er wüsste nicht, wer ihn dazu aufgefordert hat, Mitglied der White Kings zu werden. Er hat behauptet, dass er sie nicht wieder erkennen würde und das Auto nicht gesehen hat. O Gott, Lee, das macht mir fast am meisten Angst – er kennt diese Jungs seit Jahren. Einige von ihnen waren in der Basketballmannschaft der Kirchengemeinde. Was soll ich denn nur tun? Soll ich Tony sagen, dass er Mitglied werden, sich eine weiße Mütze aufsetzen und Schwarze und Asiaten zusammenschlagen soll? Soll ich darauf warten, dass sie zurückkommen und einen von uns töten?«

»Nein. Nichts von alledem«, sagte Lee. »Ich sage dir, was du tun sollst – gleich morgen früh packst du Tony und Elise in dein Auto und kommst hierher. Ihr könnt in meinem Apartment bleiben – ich wohne zurzeit woanders. Ihr habt jede Menge Platz.«

»Das kann ich nicht«, jammerte Barbara. »Die Kinder müssen doch zur Schule …«

»Was ist dir wichtiger? Ihre Gesundheit oder die Anwesenheitsliste der Schule?«

»Ich werde meinen Job verlieren – ich kann erst in zwei Monaten wieder Urlaub nehmen. Außerdem hat es doch sowieso keinen Sinn. Lee, es ist sehr großzügig von dir, uns das anzubieten, aber das Problem wird dadurch nicht gelöst. Die White Kings werden immer noch da sein, wenn wir zurückkommen, und die Polizei wird immer noch nicht in der Lage sein, uns zu beschützen.«

»Wer hat etwas davon gesagt, dass ihr wieder zurückgeht? Wir werden das Haus zum Verkauf anbieten und in ein paar Tagen noch einmal hinfahren, um es auszuräumen. Nein, ich werde jemanden damit beauftragen und die Rechnung übernehmen – du brauchst keine Minute länger als unbedingt notwendig dort zu bleiben.«

»Dieses Haus ist alles, was ich habe«, sagte Barbara, die wieder kurz davor war, in Schluchzen auszubrechen. »Obwohl ich der Bank wahrscheinlich mehr schulde, als es wert ist. Ich kann es mir nicht leisten, das Haus zu verkaufen. Und ich kann es mir nicht leisten, ein Haus in Columbus zu kaufen.«

»Du kannst es dir leisten, ein Haus in Plain City oder in West Jefferson oder in Johnstown oder in Carroll zu kaufen. Es gibt eine Menge kleinerer Städte hier in der Gegend, die alle recht günstig sind. Außerdem kann ich dir ja ein bisschen unter die Arme greifen. Ich habe nie verstanden, warum du in diesem Haus geblieben bist, nachdem Jonas dich verlassen hat …«

Barbara weinte wieder. »Das wirst du auch nie verstehen. Tony und Elise sind in diesem Haus geboren worden und haben hier ihre ersten Schritte gemacht. Das kann man doch nicht einfach so wegwerfen.«

Lee, deren Geduld erschöpft war, fuhr ihre Schwester an: »Barbara, jetzt werd endlich erwachsen – willst du etwa auch sagen können: ›Tony und Elise wurden in diesem Haus ermordet‹? Dann könntest du ein Mausoleum daraus machen …«

»Das habe ich nicht verdient«, sagte Barbara anklagend. »Lee, du solltest nicht so mit mir reden – schließlich habe ich dich um *Hilfe* gebeten …«

»Warum akzeptierst du sie dann nicht, wenn ich sie dir anbiete? Pack die Koffer, nimm deine Kinder und fang hier bei mir ein neues Leben an. Komm schon, Barbara – es gibt doch nichts in Cleveland, was es wert wäre, sich daran festzuklammern, und das gilt auch für deinen Job.«

»Es tut mir Leid, wenn mein Leben nicht deinen Maßstäben entspricht«, erwiderte Barbara kühl. »Du hast überhaupt keinen Respekt vor mir, nicht wahr? Für dich zählt doch gar nichts, was mich und meine Kinder angeht. Mein Job, mein Haus, meine Gefühle, unsere Freunde …«

Lee war kaum bewusst, dass sie aufgestanden war und in dem schwach erleuchteten Raum hin und her lief. »Ist dir etwas davon so viel wert, dass du dafür Tonys Leben riskierst? Elises Leben? Dein Leben? Willst du, dass Tony sich eine Waffe besorgt und deine Probleme damit löst? Fünfzehn Zentimeter, Barbara. Fünfzehn Zentimeter sind alles, was eine zweite Chance von einer Beerdigung unterscheidet.«

Jetzt weinte ihre Schwester wieder. »Es ist einfach zu viel für mich. Ich kann es nicht, Lee.«

»Du brauchst es doch nicht allein zu tun …«

Das Schluchzen wurde stärker, bis ihre Worte kaum mehr zu verstehen waren. »Wie soll ich ihnen das denn sagen? Damit würde ich doch zugeben, dass mein ganzes Leben gescheitert ist. Ich kann doch nach fünfzehn Jahren nicht einfach davonlaufen. Was für ein Vorbild wäre ich dann für meine Kinder? Wie soll ich Tony erklären, dass davonlaufen das Richtige ist?«

»Es *ist* eben manchmal das Richtige. Barbara, ich bitte dich, es ist doch nur dein Stolz, der dir im Weg steht, sonst nichts. Jetzt denk ein einziges Mal in deinem Leben praktisch. In Cleveland kannst du deine Kinder nicht beschützen, und die Polizei wird es auch nicht tun – lass es nicht so weit kommen, dass Tony denkt, er müsste das für dich tun. Barbara, bitte – komm nach Columbus. Komm morgen. Komm heute Nacht. Bitte.«

»Ich weiß nicht«, antwortete Barbara, deren Stimme nur noch ein verängstigtes Flüstern war. »Ich weiß nicht. Ich muss darüber nachdenken. Ich rufe dich an.«

»Barbara …«

Die Verbindung war unterbrochen. Genervt warf Lee das KomSet auf ihr Bett und sah zu Greene hinüber. »Sie macht mich immer so wütend«, erklärte sie, als ihr bewusst wurde, dass sie am ganzen Körper zitterte.

Gordon nickte schweigend. »Erzähl mir die Hälfte, die ich nicht gehört habe. Ich will sicher sein, dass ich die ganze Geschichte mitbekomme.«

Lee hatte sich erst nach einer halben Stunde wieder so weit beruhigt, dass sie sich mit ihm unterhalten konnte. In den ersten Minuten nach dem Gespräch mit ihrer Schwester war sie so aufgewühlt, dass sie sich pausenlos bewegen musste – sie lief im Zimmer hin und her, stöberte in dem kleinen Kühlschrank, ohne etwas zu finden, das ihrer Stimmung entsprach, schrubbte sich im angrenzenden Waschraum so lange das Gesicht, bis es krebsrot war, und saß dann eine Weile auf ihrem Bett, wo sie sich so energisch die Haare bürstete, dass Gordon befürchtete, sie könnte sich wehtun. Schließlich legte sie die Bürste zur Seite und griff nach ihrem KomSet.

»Persönlicher Assistent«, sagte sie. »Suchen: Cleveland Heights, Ohio. Polizei. Notrufzentrale. Verbinden.«

Was folgte, war eine kurze, bittere Lektion über die Aufgaben der Polizei und die Grenzen, die ihr gesetzt waren. Gordon konnte beobachten, wie sich nacheinander Überraschung, Empörung, Entsetzen und schließlich Verzweiflung auf Lees Gesicht abwechselten.

Ja, die Polizei wusste von der Bandenkriminalität in Cleveland Heights. Ja, die Streifenbesatzungen wussten von der Schießerei vor Barbaras Haus. Nein, sie konnten keinerlei Schutzmaßnahmen zusichern – die Polizei untersucht Straftaten, sie ist nicht dazu da, Leibwächter bereitzustellen. Nein, die Beamten führten keine Ermittlungen zu dem Vorfall durch – pro Nacht wurde durchschnittlich ein Dutzend solcher Schießereien gemeldet. Ja, in einer idealen Welt schon – aber dies war keine ideale Welt, und daher hatten sie kaum genug Zeit, um Ermittlungen in den Fällen durchzuführen, in denen es Opfer gab, die entweder im Krankenhaus oder im Leichenschauhaus landeten.

Als Lee das Gespräch mit der Polizei beendet hatte, sah es immer noch so aus, als würde sie sich weder ansprechen noch trösten lassen. Sie stand mit gesenktem Kopf neben der Tür, die Arme vor der Brust verschränkt, und starrte so reglos auf ein und dieselbe Stelle im Teppich vor sich, als wollte sie ein Loch hineinbrennen. Gordon hatte das unbestimmte Gefühl, dass Lee ihm den Arm aus dem Gelenk reißen und darauf herumkauen würde, wenn er versuchen sollte, ihn tröstend um ihre Schultern zu legen.

Nach einer Weile griff sie wieder zu ihrem KomSet und ließ sich mit ihrer jüngeren Schwester Joy in Bakersfield, Kalifornien, verbinden. Barbara hatte Joy anscheinend nicht angerufen, sodass Gordon fast alle Informationen, die er noch brauchte, Lees Unterhaltung mit ihrer Schwester entnehmen konnte. Dann beklagten beide Barbaras Angewohnheit, auf eine Krise mit einer völligen Lähmung zu reagieren, was die Anspannung in Lees Gesicht etwas zu mildern schien.

»Genau … genau so ist es«, antwortete Lee auf eine Bemerkung von Joy. »Als ob sie gar keinen Überlebenswillen hätte. Sie reagiert wie ein Eichhörnchen, das mitten auf der Straße sitzen bleibt, wenn ein Auto kommt, und einfach nur mit großen Augen in die Scheinwerfer starrt, anstatt wegzulaufen. Bitte? Nein, ich glaube nicht, dass sie erwartet, gerettet zu werden. Sie ist einfach nur völlig überfordert.«

Joy hatte allerdings auch keine konkreten Vorschläge, die Lee weitergeholfen hätten, und konnte keine Lösung für ihr Dilemma anbieten. Beide Schwestern waren der Meinung, dass es keinen Sinn hatte, ihren Vater in die Sache hineinzuziehen, der mit der Pflege ihrer Mutter schon genug um die Ohren hatte und darüber hinaus Tausende von Kilometern entfernt in Florida wohnte. Es war daher schnell klar, dass die einzige Hilfe, die Joy anbieten wollte, in ein paar tröstlichen Worten und dem Versprechen bestand, Barbara gleich am nächsten Morgen anzurufen und zu versuchen, sie zur Annahme von Lees Angebot zu überreden.

Als Lee nach dem Gespräch mit ihrer Schwester das KomSet auf das Bett legt, war ihr Schutzpanzer aus Wut verschwunden. Sie sah aus wie jemand, dem relativ spät klar geworden war, dass die Kavallerie nicht kommen würde. Sie versuchte noch einmal, mit Barbara zu sprechen, aber es klingelte nur endlos lange, ohne dass jemand antwortete. Auf dem Voicemailsystem des Netzes hinterließ sie eine Nachricht für Barbara, aber es war kaum noch Leben in ihrer Stimme: »Barbara, hier ist Lee. Bitte ruf mich an.«

Dann setzte sie sich wieder auf ihr Bett, faltete das KomSet zusammen und legte es zur Seite.

»Vielleicht bedeutet das, dass sie schon im Auto sitzt und auf dem Weg hierher ist«, schlug Gordon vor.

»Nein«, sagte Lee. »Barbara ist nicht in der Lage, einfach durch die Tür zu gehen und sich erst dann um die Details zu kümmern, wenn sie hier ist. Sie würde niemals von zu Hause weggehen, ohne vorher mit mir zu reden – ohne sich zu vergewissern, dass ich sie abhole, ohne eine Uhrzeit zu vereinbaren, nach dem Weg hierher zu fragen, sich zu erkundigen, ob sie Kissen mitbringen soll oder nicht, solche Sachen eben.«

»Du denkst also, dass …«

»Daran will ich gar nicht denken. Sie hat vermutlich ihr KomSet ausgeschaltet, damit die Kinder nicht geweckt werden – schließlich brauchen sie ihren Schlaf, wenn sie morgen in die Schule gehen sollen.« Lee schüttelte den Kopf. »Ich habe Barbara furchtbar gern, aber manchmal möchte ich einen Funken gesunden Menschenverstand in sie hineinprügeln.«

Gordon nickte. »Aber zuerst müssen wir uns darum kümmern, das Eichhörnchen von der Straße zu holen.«

»Ich muss nach Cleveland«, sagte Lee mit einem resignierten Seufzer. »Ich muss sie irgendwie aufwecken – ich kann doch nicht zulassen, dass sie die Kinder noch einmal in Gefahr bringt.«

»Okay«, sagte Gordon. »Dann sollten wir uns jetzt besser an die Arbeit machen.«

»Wie bitte? Was hast du vor?«

»Ich weiß nicht, warum du nicht auf die gleiche Idee gekommen bist wie ich«, antwortete Gordon. »Diese Schlägertypen werden wissen wollen, ob ihre Warnung die beabsichtigte Wirkung zeigt. Wenn Tony ihnen morgen früh sagt, dass sie ihn kreuzweise können, werden sie morgen Abend wieder am Haus deiner Schwester vorbeifahren. Und dort werden wir auf sie warten.«

»Gordie, das ist doch verrückt ...«

»Nein, das ist es nicht. Baby II ist bis morgen Mittag reisefertig. Ich muss nur noch den Kollimator zusammenbauen, der mir seit einer Woche im Kopf herumspukt, während du ein provisorisches Steuergerät für die Fahrerkabine des Lastwagens zusammenlötest. Wir können in Cleveland sein, bevor die Kinder aus dem Schulbus steigen.«

»So etwas wird der Chef nie genehmigen.«

»Ein guter Grund, ihn nicht zu fragen.«

»Du glaubst doch nicht etwa, dass wir damit einfach so das Gelände verlassen können?«

»Doch, das glaube ich.«

»Sie werden uns erschießen. Und dann wird Brohier uns feuern. Und zu guter Letzt werden seine Freunde im Büro des Sheriffs unsere Leichen ins Gefängnis werfen.«

»Fällt dir nicht auf, dass du jetzt schon genauso klingst wie deine Schwester?«, sagte Gordon seelenruhig. »Warum suchst du nach Gründen, um es nicht zu versuchen?«

Sie riss überrascht die Augen auf, als die Speerspitze ihr Ziel gefunden hatte. »Glaubst du etwa, ich will meiner Schwester nicht helfen? Sie werden uns am Tor aufhalten, Gordie.«

»Das werden sie nicht«, widersprach er. »Ich bin schon dreimal mit dem Lastwagen vom Gelände gefahren, zweimal mit Baby II auf der Ladefläche – und das letzte Mal hatte ich sogar den Generatoranhänger hinten dran.«

»Warum?«

»Ich habe mir Sorgen wegen der Fahrtauglichkeit des Systems gemacht. Ich musste einfach wissen, ob es nicht zu einer Fehlfunktion kommt, wenn ich über einen Bahnübergang fahre.«

Lee starrte ihn an. Ein böser Verdacht stieg in ihr hoch. »Bist du dem Terminplan damit nicht ein wenig voraus? Gordie – hast du etwa vorgehabt, das System zu stehlen?«

Er zuckte mit den Achseln. »Ich habe nur versucht, meine Arbeit zu machen, das ist alles – ich wollte sicher sein, dass wir auf alle Überraschungen vorbereitet sind. Ich habe versucht, uns abzusichern. Und daher habe ich das System auch jede Nacht eingeschaltet. Eine zusätzliche Sicherheitsmaßnahme.«

»Wie bitte? Wie hast du das überhaupt gemacht?«

»Zeitschaltuhr, direkt auf dem Einschaltelement. Du brauchst dich nicht zu ohrfeigen – sogar du hättest um einiges paranoider sein müssen, um das Modul zu erkennen.« Er schmunzelte. »Am Dienstag, als du so früh aufgestanden bist, hättest du mich allerdings beinahe erwischt.«

»Du hinterlistiger, alter … und mir kam es an dem Morgen so merkwürdig warm vor in der Nische. Ich habe sogar überprüft, ob die Klimaautomatik richtig funktioniert.«

»Ich hatte Baby II in der Nacht an den Generatoranhänger angeschlossen. Dagegen kommt die Klimaautomatik nicht an.« Er lächelte verschwörerisch. »Und – was werden wir jetzt tun? Das Richtige oder das Ungefährliche?«

»Zuerst musst du mir etwas erklären – warum willst du dieses Risiko eingehen? Barbara ist meine Schwester, es geht um meine Nichte und meinen Neffen. Aber du kennst sie nicht einmal. Warum tust du das?«

Greene sah sie an. »Sie bedeutet dir etwas. Das ist für mich Grund genug. Bei mir läuft das etwas anders als bei anderen, Lee.«

»Und wirst du das auch dem Chef sagen, wenn wir wieder zurück sind?«

»Ich werde ihm sagen, dass wir das System für einen Feldversuch unter realen Bedingungen mitgenommen haben. Und wenn es für ihn oder Dr. Brohier kein guter Grund ist, deine Schwester und ihre Kinder zu beschützen, weiß ich wenigstens, dass die beiden nicht zu den Menschen gehören, mit denen ich gerne zusammenarbeiten möchte.«

»Und warum fragst du sie dann nicht einfach?«

»Weil wir geradewegs in eine Mauer aus Einwänden und Bedenken rennen würden und einfach nicht genug Zeit haben, um sie niederzureißen. Aber wenn wir wohlbehalten wieder zurück sind, können sie nicht mehr sagen: ›Ja, aber was ist, wenn …?‹« Er lächelte. »Deshalb bekommt man auch leichter Vergebung als eine Genehmigung.«

Lee schüttelte den Kopf. »Wenn ich erst einmal dort bin, kann ich sie bestimmt dazu überreden, hierher zu ziehen …«

»Hast du das schon einmal versuchst?«

»Habe ich was schon einmal versucht?«

»Sie zu überreden, vernünftig zu reagieren, wenn sie sich dazu entschlossen hat, das zu tun, was sie immer tut. Wie oft ist sie schon vom Auto überfahren worden, und wie oft ist es dir gelungen, sie rechtzeitig von der Straße zu schaffen?

»Das habe ich noch nie geschafft«, erwiderte sie bedrückt. »Sie lässt sich immer überfahren.«

»Und warum sitzt du dann immer noch da und jammerst bloß?« Er stand auf. »Wir haben noch eine Menge zu tun.«

Es war wirklich noch eine Menge Arbeit, sodass es erst ein paar Minuten nach Mittag war, als Gordon und Lee in den weißen Lastwagen ohne Aufschrift stiegen. Die Trigger-Einheit befand sich auf der abgesperrten Ladefläche hinter ihnen. Sie stand auf einem Sockel aus Schaumstoff und war mit breiten Gurtbändern an den Ösen festgebunden. An den Lastwagen angekoppelt war der in leuchtendem Orange lackierte Generatoranhänger.

Gordon, der die Hände auf das Lenkrad gelegt hatte, sah Lee an. »Kann's losgehen?«

Ihr Nicken war alles andere als überzeugend, aber Gordon drehte trotzdem den Zündschlüssel herum. Der Motor des Lastwagens heulte auf, hustete ein paar Mal und sprang dann an. »Jetzt schau nicht so schuldbewusst aus der Wäsche.« Er legte den Gang ein.

Am inneren Tor, in dessen Pförtnerhaus gerade Tim Bartel saß, gab es keine Schwierigkeiten. Er winkte sie einfach durch, nachdem er sich die schwarze Nummer notiert hatte, die mit einer Schablone auf die seitliche Ladefläche des Lastwagens gepinselt worden war. Die Sicherheitsbeamten am Tor zur Straße kannten sie nicht, zeigten aber auch kein besonderes Interesse, als sie die beiden Forscher in eine Liste eintrugen und das Fahrzeug durch die Doppelbarriere schickten.

»Ich habe es dir ja gesagt«, meinte Gordon, während er den Lastwagen auf die Shanahan Road lenkte. Aber in Lees Gesicht war keine große Erleichterung zu erkennen.

»Was ist los?«, wollte Gordon wissen.

»Ich musste gerade an Eric denken. Er ist immer noch im Krankenhaus, nicht wahr?«

»Soweit ich weiß, ja. Solche Verbrennungen brauchen ziemlich lange, bis sie geheilt sind.«

Lee sah zum Fenster hinaus. »Ich weiß nicht, ob ich das jemandem antun könnte – absichtlich.«

Er beugte sich zu ihr hinüber und drückte ihre Hand. »Das brauchst du auch nicht«, sagte Gordon. »Ich weiß, wie du darüber denkst. Du brauchst lediglich deine Schwester und ihre Kinder in ein Motel zu bringen – überrede Barbara dazu, dass sie dort ein paar Tage wartet, bis sich alles wieder beruhigt hat. Aber halte sie und die Kinder vom Haus fern. Den Rest werde ich übernehmen.«

»Hast du damit keine Probleme?«, wollte sie wissen.

»Nein, habe ich nicht.« Er zog seine Hand zurück, damit er den Lastwagen nach Süden, in Richtung des Freeways lenken konnte. »Lee, die Grundregeln haben diese Schläger selbst bestimmt, denn sie haben eine Waffe genommen und damit auf deine Familie geschossen. Ich werde keine schlaflosen Nächte haben, wenn das wie ein Bumerang zu ihnen zurückkommt. Werden wir sie verletzen? Oder vielleicht einen von ihnen töten? Das hoffe ich doch. Hast du *damit* ein Problem?«

»Ich glaube, ich kann Gefühle dieser Art nicht zugeben«, sagte sie leise. »Was nicht heißen soll, dass ich sie nicht habe.«

»Ich würde mir mehr Gedanken machen, wenn ich *nicht* so empfinden würde«, entgegnete Gordon. »Jeder, der ein neunjähriges Kind zu Tode erschreckt, jeder, der mit einer Waffe vor dem Gesicht eines Teenagers herumfuchtelt, jeder, der eine Familie, die sich nur um ihre eigenen Angelegenheiten kümmert, in Todesangst versetzt – der hat verdient, was auch immer er bekommt. Oder nicht? Barbaras Leben ist völlig aus den Fugen geraten.«

»Ja.«

»Dann sollten wir auch nicht zimperlich sein – dieses Ding hinter uns ist eine Waffe, und damit werden wir zurückschlagen.« Seine Stimme wurde weicher. »Aber wenn du willst, werde ich es allein tun. Du brauchst nicht dabei zu sein. Ich kann dich auch hier lassen.«

»Nein. Fahr weiter … aber hör auf zu reden. Ich will mir für ein paar Stunden noch etwas vormachen. Ich will meine Illusionen noch eine Weile behalten.«

Gordon und Lee sprachen erst nördlich von Brunswick wieder. Als sie die Ausfahrt nach Cleveland Heights erreichten, hatten sie einen Plan. Er basierte auf dem Entschluss, Barbara den eigentlichen Grund ihres Kommens zu verheimlichen, und ihr auf diese Weise ein Alibi zu verschaffen, das sie vor eventuellen Folgen ihrer Aktion schützte.

Sie parkten in Sichtweite der Diätklinik von East Cleveland, wo Barbara als Sachbearbeiterin in der Verwaltung arbeitete, und Lee rief sie vom Lastwagen aus an.

»Barbara Thayer-Cummins, bitte«, sagte sie und warf Gordon einen Blick zu, der sagte: *Jetzt gibt es kein Zurück mehr.* »Danke … Barbara, ich bin's, Lee. Hör zu, ein Freund von mir ist zufällig nach Norden gefahren und hat mich mitgenommen – ich bin nur ein paar Minuten von dir weg. Nein, ich will dir doch nur helfen. Bis wann arbeitest du heute … bis sechs? Okay, und wo gehen die Kinder nach der Schule hin? … Margie wohnt genau gegenüber, nicht wahr? Das ist verdammt nah, falls sie zurückkommen sollten … Nein, das war nicht fair von mir, es war sehr nett von Margie, dass sie ihre Hilfe angeboten hat. Das ist mehr, als man von einer guten Nachbarin verlangen kann … Hör zu, ich habe mir in Mayfield Heights ein Zimmer genommen, in dem Budgetel in der Nähe der 291. Kannst du lange genug weg, um die Kinder zu holen und sie ins Motel zu bringen? Ich werde mich um sie kümmern, bis du von der Arbeit kommst, und dann können wir zusammen Abend essen und uns überlegen, was wir tun sollen … Nein, ich weiß meine Zimmernummer noch nicht. Aber ich bin auf alle Fälle vor dir da … In Ordnung. Bis gleich.«

Eine Minute später kam eine Frau aus der Klinik, die sich nervös umsah und dann eilig auf den Parkplatz lief, wo sie in eine schon etwas ältere, himmelblaue Limousine stieg – ein Saturn Modell 02 oder 03, dachte Gordon.

»Ist sie das?«

»Das ist sie«, sagte Lee, deren linke Hand nach einem kleinen Schaltkasten tastete, der auf dem Sitz zwischen ihr und Gordon lag. Der Kasten hatte nur drei Schalter: Einen Drucktaster, mit dem der Generator angeworfen wurde, einen stufenweise verstellbaren Regelwiderstand, mit dem Baby II aktiviert wurde, und einen Joystick, mit dem der neue Kollimatorkopf auf ein Ziel gerichtet wurde.

Barbara fuhr in Richtung Süden. Gordon und Lee folgten ihr, wobei Gordon wegen der erhöhten Fahrerkabine einige Autos hinter ihr zurückbleiben konnte. Dieser Teil ihres Plans hatte ihm am meisten Kopfzerbrechen bereitet – Barbara und ihre Familie waren noch nicht in Sicherheit, und er hatte keine Ahnung, wo die White Kings waren oder ob sie dreist genug waren, am helllichten Tag einen zweiten Anschlag durchzuführen. Jedes Auto, das in die Nähe der blauen Limousine kam, war eine potenzielle Gefahr, und sie hatten einfach nicht genug Zeit, um eine echte Gefahr erkennen und darauf reagieren zu können. Auf der kurzen Fahrt zu Barbaras Haus hätte Gordon den Trigger am liebsten vorbeugend aktiviert. Nur die Tatsache, dass er dabei mit ziemlicher Sicherheit eine Spur der Verwüstung und unschuldige Verletzte hinter sich zurückgelassen hätte, hielt ihn davon ab.

Stattdessen fuhr er den Lastwagen auf die äußere Spur und brachte ihn in den toten Winkel des Saturns, sodass kein anderes Auto diesen Platz einnehmen konnte. Auf diese Weise hatten er und Lee alle Autos im Blick, die hinter oder neben ihrer Schwester fuhren. Als Barbara den Boulevard verließ und in eine einspurige Einbahnstraße fuhr, folgte Gordon mit gehörigem Abstand.

»Gleich kommt die Straße, in der sie wohnt, auf der rechten Seite«, sagte Lee.

»Schalt den Generator ein«, sagte er nervös. »Nur für den Fall, dass jemand auf Barbaras Auto wartet.« Gordon machte das Fenster auf und hörte das gedämpfte Brummen des DuoCat, dann riss er das Steuer herum und bog in die Seaton Road ein. »Welches Haus gehört Barbara?«

»Das vierte auf der linken Seite – das weiße Holzhaus vor dem gelben Doppelhaus.«

»Fällt dir irgendetwas Ungewöhnliches auf?«

»Nein.«

»Behalt das Haus im Auge.« Er warf einen Blick in den großen Rückspiegel. »Ich hoffe, sie hat vorher angerufen und den Kindern gesagt, dass sie kommt.«

»Sieht ganz so aus – da sind sie schon.« Auf der Treppe eines kleinen, braun angestrichenen Bungalows waren ein schlankes Mädchen und ein etwas größerer, stämmiger Teenager erschienen. Sie liefen über den Rasen des winzigen Vorgartens zu Barbaras Auto, dessen Bremslichter rot aufglühten.

»Hinter uns ist niemand«, sagte Gordon. »Kannst du sehen, ob jemand in den Autos ist, die da vorn parken?«

Lees Finger strichen nervös über den Regelwiderstand. »Da ist niemand.«

Die Kinder waren inzwischen auf den Rücksitz des Saturns geklettert, der sofort losfuhr. »Behalt das Auto im Auge«, sagte Gordon. »An der nächsten Kreuzung könnte man sie gut in die Zange nehmen.«

Aber der Saturn erreichte den stark befahrenen Boulevard ohne Zwischenfälle und fuhr dann nach Osten in Richtung Mayfield Heights. Gordon warf einen Blick zu Lee hinüber, der Schweißtropfen auf der Stirn standen. »Nervös?«, wollte er wissen.

»Ich habe mir die ganze Zeit über vorgestellt, wie sich jemand in einem dieser Autos aufrichtet und meine Familie vor meinen Augen erschießt.«

Er lächelte. »Du hättest als Kind öfter *Doom* spielen sollen. Es verbessert die Kampfreflexe.«

»Dieses Spiel habe ich gehasst.«

»Das überrascht mich inzwischen nicht mehr.« Er warf wieder einen Blick in die Rückspiegel. »Bis jetzt ist uns niemand gefolgt. Falls wir nicht einfach Pech haben und durch Zufall noch auf die bösen Jungs stoßen ...«

»Tun wir einfach so, als wären wir abergläubisch. Wir sollten uns besser keine Fehlerszenarien ausdenken, an denen sich die Vorsehung orientieren könnte.«

»In Ordnung«, stimmte Gordon zu. »Okay, da vorn ist das Hinweisschild für das Motel. Ich werde sie überholen, damit ich dich absetzen kann. Ich warte, bis sie wieder zur Klinik zurückfährt, dann komme ich rein und unterhalte mich ein bisschen mit Tony. Sorg dafür, dass sie nicht auf der Straße parkt. Und sag ihr, dass sie sich nach der Arbeit ein Taxi hierher nehmen soll oder sich von jemandem herbringen lässt. Ich glaube zwar nicht, dass diese Schlägertypen sehr ehrgeizig sind, und ich weiß auch, dass ein Saturn so ziemlich das unauffälligste Auto ist, das es gibt, aber wir sollten trotzdem nicht davon ausgehen, dass wir es mit Idioten zu tun haben.«

Drei Stunden später hatten Gordon und Lee den Lastwagen am westlichen Ende der Seaton Road geparkt. Ihre Nervosität war inzwischen einer zielstrebigen, beinahe fatalistischen Entschlossenheit gewichen. Sie hatten Tony in ihren Plan eingeweiht, und – wie Gordon bereits vermutet hatte – der Junge hatte ihnen erheblich mehr gesagt, als er gegenüber der Polizei zugegeben hatte. Jetzt wussten sie, nach welchen Autos sie Ausschau halten mussten: einem weißen Camaro Cabrio und einem dunkelgrünen Eddie Bauer Explorer.

»Sie ziehen jeden Morgen eine große Schau ab, wenn sie damit auf den Parkplatz der Schule kommen – sie hupen und lassen die Reifen quietschen«, hatte Tony ihnen erzählt. »Der Camaro gehört Frosty – Steven Frost –, und der Geländewagen John Nolan. Sie haben feste Parkplätze nebeneinander, gleich in der ersten Reihe. Alle wissen das, und niemand traut sich, dort zu parken. Wenn sie kommen, bleiben sie noch fünf Minuten sitzen und lassen die Motoren aufheulen, und nach einer Weile stehen zwanzig Mädchen – die hübschesten der Schule – um die Autos herum. Ich versteh's einfach nicht.«

Dank Tonys Hilfe wussten sie jetzt auch, dass sie nicht mehr lange auf die White Kings warten mussten.

Sie hatten ihm so wenig wie möglich über das gesagt, was sie vorhatten, aber trotzdem war es alles andere als einfach gewesen, Tony dazu zu überreden, im Motel zu bleiben. Der Teenager war genauso leichtsinnig und arrogant wie alle jungen Männer auf der Welt und wollte unbedingt mitkommen. Er sah sich schon als Sieger, der sich an der Demütigung seiner Peiniger labte und seine Rache genoss. Aber gegen das kategorische Nein von Lee und Gordon konnte er sich dann doch nicht durchsetzen.

»Du musst bei deiner Familie bleiben und sie beschützen«, sagten sie zu ihm. »Das kannst du am besten, und bei dem, was wir am besten können, kannst du uns nicht helfen.«

Trotzdem war er so lange unzufrieden, bis er eine Möglichkeit fand, doch noch eine aktive Rolle in ihrem Plan zu spielen. »Ihr wollt sicher sein, dass sie heute Abend tatsächlich vor unserem Haus auftauchen, stimmt's? Ihr beobachtet das Haus, für den Fall, dass sie zurückkommen.«

Widerwillig bestätigte Gordon das.

»Dann ruft mich an, sobald ihr dort seid«, sagte Tony. »Ich werde dafür sorgen, dass sie kommen. Ich weiß, wie man sie anlockt.«

Sie hatten ihn vor einer halben Stunde angerufen. Inzwischen lag die Dämmerung über der Seaton Road. Die Kinder verschwanden aus den Gärten, die Erwachsenen gaben ihre Sitzplätze auf den Terrassen und Treppen der Häuser auf. An Nebeneingängen und Hinterhöfen schaltete sich die Sicherheitsbeleuchtung ein, und die Hunde wurden für die Nacht hereingeholt. Zum Schutz vor der Dunkelheit wurden Jalousien herabgelassen und Vorhänge zugezogen, die das bläuliche Leuchten von Fernsehgeräten und Computermonitoren verbargen. Zwei der drei Straßenlampen schalteten sich ein und verbreiteten zunächst ein trübes, schwaches Licht. Als sie ihre volle Lichtstärke erreicht hatten, lag die Straße wie ausgestorben da, als hätte man sie kampflos an die Kreaturen übergeben, die die Nacht beherrschten.

Gordon und Lee hielten sich an der Hand und warteten wortlos darauf, dass sie aus ihren Löchern kamen.

Die Zeit schleppte sich dahin. In einiger Entfernung heulte eine Sirene auf, dann noch eine.

»Autounfall«, murmelte Gordon vor sich hin. »Oder ein Brand.«

Als er einen Blick in den Rückspiegel warf, sah er, wie ein Auto in die Seaton Road einbog und auf sie zukam. Die Scheinwerfer blendeten ihn, sodass er die Hand vor die Augen hielt. »Warte«, sagte er, als er Lees Unruhe spürte. Als der Wagen an ihnen vorbeifuhr, sah er, dass es eine rote Limousine mit vier Türen war. Sie fuhr noch ein Stück die Straße hinunter, bog in die schmale Einfahrt eines Hauses ein und verschwand in einem Carport.

Ein verwahrloster Hund trottete durch den Lichtkreis, den die am nächsten stehende Straßenlampe warf.

»Wäre dies nicht ein guter Zeitpunkt, um mir zu erklären, was deine Schwester in einer heruntergekommenen Gegend wie dieser macht?«

»Halbschwester.«

»Erzähl weiter.«

Thayer seufzte. »Mein Vater hat vor etwa dreißig Jahren auf einer Geschäftsreise hier in Cleveland übernachtet und unvorsichtigerweise ein paar Samenzellen zurückgelassen.«

»Oh.«

»Barbaras Mutter war nicht nur so dumm, mit meinem Vater zu schlafen, sie hat sich auch noch von seinen Anwälten dazu überreden lassen, einer Unterhaltserklärung zuzustimmen, die auf den ersten Blick vielleicht großzügig ausgesehen hat, aber alles andere als fair war. Trotzdem waren die Unterhaltszahlungen ein Magnet für Schmarotzer – zwei Ehemänner, zwei Freunde, die im Haus wohnten, noch zwei Babys. Als Barbara achtzehn wurde, bekam sie fünfundzwanzigtausend Dollar – angeblich fürs College, aber dazu reichte es hinten und vorne nicht. Sie hat sich stattdessen ein Auto gekauft. Und damit fährt sie heute noch.«

»Sie ist also nicht im Schoß deiner Familie aufgewachsen?«

»Nein. Mom wollte nie etwas mit ihr zu tun haben. Und mein Vater kümmert sich nur widerstrebend um sie. Ich stehe ihr wahrscheinlich am nächsten – vielleicht, weil ich auch so etwas wie das schwarze Schaf der Familie bin. Joy ist die gute Tochter, sie will Mom nicht verärgern und Vater nicht in Verlegenheit bringen. Sie hat zu viel zu verlieren.«

Von irgendwoher drang das Geräusch eines Hubschraubers zu ihnen in die Seaton Road.

»Werden wir warten, bis sie anfangen zu schießen?«, flüsterte sie.

»Nur, wenn das die einzige Möglichkeit ist, um mit Sicherheit sagen zu können, dass sie es sind«, flüsterte er zurück. »Sie haben schon geschossen, vergiss das nicht.«

Am anderen Ende der Seaton Road tauchte ein Wagen auf, der in entgegengesetzter Richtung in die Einbahnstraße fuhr. Gordon drückte Lee hinunter und duckte sich hinter das Armaturenbrett, damit sie nicht von den herannahenden Scheinwerfern verraten wurden. Gordon schätzte an dem Schatten auf der Windschutzscheibe ab, wie weit das Auto schon gefahren war. Als er sich wieder aufsetzte, sah er gerade noch, wie ein kleiner Lieferwagen an ihnen vorbeifuhr.

»Falscher Alarm«, sagte er. »Sieht so aus, als hätte er sich verfahren.«

Wieder gellte eine Sirene durch die Nacht.

Mit quietschenden Reifen tauchte ein weiteres Auto auf und parkte nur wenige Meter von dem Lastwagen entfernt auf der Straße. In den Sekunden dazwischen schien plötzlich die Zeit stehen geblieben zu sein.

»Der Generator wird uns verraten«, flüsterte Lee.

»Ganz ruhig.« Er drückte ihre Hand. »Sie werden ihn gar nicht hören. Solche Typen bevorzugen laute Autos und noch lautere Musik.«

»Ich glaube nicht, dass sie noch kommen.«

»Sie kommen. Es geht gar nicht anders. Sie denken, dass Tony vor Angst schlotternd zu Hause sitzt, während sie sich irgendwo in die richtige Stimmung für dieses Spielchen bringen.«

»Woher weißt du so viel darüber?«

»Was Freunde anbelangt, hatte ich früher ein außerordentlich schlechtes Urteilsvermögen.«

Sie warf einen Blick in ihren Rückspiegel. »Ich hasse das alles.«

»Sie kommen schon noch«, sagte er.

Es war schon fast Mitternacht, als Gordon einen Doppelauspuff hörte, der ein tiefes Grollen von sich gab.

»Cabrio an der Ecke.« Er berührte Lee, die eingenickt war, an der Schulter.

»Was?«

Dann kam auch der Explorer in Sicht, der dicht hinter

dem Camaro fuhr. »Da sind sie«, flüsterte Gordon. »Runter.« Er duckte sich vor den herannahenden Scheinwerfern des Camaro. Mit der rechten Hand schob er Lees linke zur Seite, dann griff er nach dem Steuerkasten für den Trigger. »Lass mich«, flüsterte er.

Es schien eine halbe Ewigkeit zu dauern, bis die beiden Autos an der Stelle vorbeigefahren waren, an der Gordon und Lee den Lastwagen geparkt hatten. Das tiefe Brummen des Camaros schien genau vor Gordons Fenster stehen zu bleiben, das dieser einige Zentimeter nach unten gekurbelt hatte, um frische Luft zu bekommen und die Geräusche draußen hören zu können. Eine qualvolle Minute lang befürchtete er, dass sie selbst zum Ziel geworden waren – dass die Bande entweder misstrauisch geworden war oder wissen wollte, wer oder was in dem Lastwagen war.

Durch das offene Fenster konnte Gordon Bruchstücke ihrer Unterhaltung hören, die mit Flüchen und Beschimpfungen nur so gespickt war und ständig von hysterischem Gelächter unterbrochen wurde. Er versuchte zu entschlüsseln, was er hörte, und plötzlich war ihm klar, warum sie trotz ihrer angeberischen Prahlerei so merkwürdig reagierten – sie wunderten sich darüber, dass Barbaras Haus völlig dunkel war. Obwohl sie sich ausgiebig über Tonys vermeintliche Feigheit lustig machten, zögerten sie, weil sie sich fragten, ob sie nicht vielleicht in einen Hinterhalt liefen.

Genau für einen solchen Fall hatte Gordon die Fernbedienung für das Sicherheitssystem des Hauses aus Barbaras Auto mitgenommen, während sie in Lees Motelzimmer war. Das System war ziemlich simpel, aber er wollte auch nicht viel damit anstellen – er brauchte es nur, um die White Kings anzulocken, das Äquivalent zu einem Kieselstein, der in die Dunkelheit geworfen wird. Er griff mit seiner freien Hand in die Jackentasche, fand die Fernbedienung und drückte auf den obersten Knopf. Fast im gleichen Augenblick ging auf der Terrasse und im Wohnzimmer das Licht an.

Das genügte, um die Bande in Bewegung zu setzen. Aus dem Camaro drang lautes Gejohle und Geschrei heraus, dann fuhr er mit quietschenden Reifen los.

»Bleib unten«, flüsterte Gordon Lee zu. Als auch der Explorer am Lastwagen vorbei war, richtete er sich auf.

Kaltblütig beurteilte Gordon die Situation auf der Straße vor sich. Im Cabrio waren vier White Kings. Einer von ihnen hatte sich auf den Rücksitz gestellt und schrie unverständliche Schmähungen in Richtung des Hauses, während er mit zwei Pistolen in der Luft herumfuchtelte. Ein anderes Bandenmitglied hatte sich aus dem Beifahrerfenster des Explorers gelehnt. Er klammerte sich mit einer Hand am Dach fest und hielt in der anderen Hand eine ziemlich große Waffe. In wenigen Sekunden würden beide Fahrzeuge direkt vor dem Haus sein.

Gordon wollte nicht mehr warten. Ein Daumendruck startete den Generator. Der Kollimator auf dem Trigger war bereits auf die Straße mit den Zielobjekten gerichtet. Mit einer leichten Drehung des Handgelenks aktivierte Gordon den Trigger und erhöhte stufenweise die Leistung.

Plötzlich hörte er mehrere Schüsse, die an das dumpfe Knallen einer kleinkalibrigen Automatik erinnerten – Gordon nahm an, dass es aus dem Explorer kam. Die Glasscheiben in der Windfangtür von Barbaras Haus zersplitterten, als hätte jemand mit einem Hammer darauf eingeschlagen. Aus einer anderen Waffe wurden zwei weitere Schüsse abgegeben. Er hörte höhnisches Gelächter.

Im nächsten Moment änderte sich die Situation schlagartig. Im Innenraum des Explorers war plötzlich ein grelles, gelbweißes Feuer zu sehen, fast so, als wären auf dem Rücksitz mehrere Leuchtkugeln gezündet worden. Von den Explosionen war kaum etwas zu hören, lediglich ein dumpfes *Plopp,* als würde jemand ein Kissen auf eine Matratze schlagen. Aber das Gelächter und übermütige Gejohle verwandelte sich in Schreie, als das Auto zur Seite ausbrach und dann mit quietschenden Reifen zum Stehen kam. Gordon konnte genau sehen, wie die Insassen verzweifelt versuchten, dem Feuer zu entkommen.

Der Fahrer des Camaros trat das Gaspedal durch. Aber er kam nicht weit. Nach wenigen Metern explodierte der Benzintank des Cabrios in einem Feuerball, der so groß war, dass Gordon die Hitze auf seinem Gesicht spürte. Einen Augenblick später schlitterte der Camaro mit dem furchtbaren Geräusch von aufreißendem Metall und zersplitterndem Kunststoff in einen geparkten Pick-up.

»Was der Mensch säet ...«, meinte Gordon leise. »Jetzt wird sich die Polizei vielleicht doch darum kümmern.«

Lee, die mit aufgerissenen Augen und bleichem Gesicht neben ihm saß, sagte nichts.

Als die Flammen immer höher schlugen und die Schreie der White Kings nur noch ein Wimmern waren, startete Gordon den Motor des Lastwagens. Die Seaton Road war durch die brennenden Fahrzeuge blockiert, daher fuhr er in eine Einfahrt und wendete den Lastwagen mit dem Hänger. Die Scheinwerfer des Lastwagens schaltete er erst ein, als er die nächste Kreuzung erreicht hatte und nach rechts abbiegen konnte. Von da an konnten sie so tun, als hätten sie nichts mit der Sache zu tun.

»Das war furchtbar«, sagte Lee mit heiserer Stimme.

»Schlimmer als die Beerdigung deiner Schwester oder eines ihrer Kinder?«

»Ich komme mir so schmutzig vor.«

»Das braucht du nicht. Sie sind hergekommen, um Tony und seiner Familie wehzutun. Stattdessen hat es sie erwischt. Sie haben ihre Strafe sofort bekommen. Wäre es dir lieber, wenn es Barbara gewesen wäre?«

Lee lehnte sich an die Tür und starrte nach draußen in die Nacht. Als sie Sirenen hörte, sah sie nervös in den Rückspiegel. »Ich wünschte nur, Tony hätte uns ihre Namen nicht gesagt.«

11.

Meuterei

Cleveland Heights, Ohio – Was am Montagabend zunächst wie ein harmloser Autounfall auf einer ruhigen Straße in einem Wohnviertel aussah, entwickelte sich zu einem tödlichen Feuer, als ein Kofferraum mit illegalen Waffen und Munition in Flammen aufging. Dabei wurden drei Mitglieder der rassistisch orientierten Jugendbande White Kings getötet, unter ihnen der mutmaßliche Anführer Steven ›Frosty‹ Frost. Vier weitere Bandenmitglieder liegen mit schwersten Verbrennungen und anderen Verletzungen im Krankenhaus. Die Polizei hat bereits mit den Ermittlungen zu dem Vorfall begonnen, bei dem drei Autos völlig ausbrannten und an mehreren umliegenden Häusern geringer Sachschaden entstand.

Vollständige Meldung
Liste der Opfer
Sicherheitstipps für Waffen
Rassistische Banden verkaufen keine Drogen, sondern Nostalgie

Da Ausschüsse zu den Mechanismen der Entscheidungsfindung gehören, die am wenigsten effektiv sind, hatte man sechs Tage mit zwei Besprechungen pro Tag gebraucht, um die Details für das neue Projekt festzulegen, das ›Operation Brass Hat‹ getauft worden war. Aber wenigstens war der operative Plan abgesegnet worden, der Wortlaut der Verträge mit Zivilunternehmen stand fest, man hatte die Durchführungsverordnungen unterzeichnet und den Geldfluss aus den geheimen Budgets genehmigt, sodass die Mitglieder des Ausschusses wieder auseinander gehen konnten.

Karl Brohier war auf dem Weg zurück nach Columbus,

um mit der Koordination des Forschungsprojekts zu beginnen. Aron Goldstein war auf dem Weg nach North Sioux City in South Dakota, wo nach der Stilllegung eines Montagewerks für Computer technisch ausgebildete Arbeitskräfte und 10 000 Quadratmeter Betriebsfläche auf eine neue Produktion warteten. Grover Wilman war auf dem Weg zurück nach Washington, wo der aus Mitgliedern der beiden Parteien bestehende Beratungsausschuss für Verteidigungsfragen ein neues Mitglied auf einer seiner ultrageheimen Sitzungen begrüßen wollte.

Dem Quartett aus dem Weißen Haus – Breland, Nolby, Carraro und Steppak – war die wohl schwierigste Aufgabe in den Schoß gefallen: Sie mussten Operation Brass Hat dem Pentagon schmackhaft machen. Und der Schlüssel dazu war General Roland Steppak, USAF (a. D.), der erste amerikanische Verteidigungsminister seit George C. Marshall mit Generalsrang und Kommandoerfahrung.

In den 26 Jahren seiner militärischen Laufbahn hatte Steppak fast 10 000 Flugstunden in verschiedenen Flugzeugtypen verbracht, darunter die modernsten Luftüberlegenheitsjäger und Angriffsflugzeuge der Welt. Er war Ausbilder für Luftkampf gewesen, hatte als Major eine F-22-Staffel in Namibia geführt und während der Taiwan-Intervention als Geschwaderkommodore gedient – obwohl er, was typisch für einen Piloten seiner Zeit war, nur 62 Kampfeinsätze geflogen und nie ein feindliches Flugzeug abgeschossen hatte. Steppak verdankte seinen legendären Ruf eher einem gesunden Selbstbewusstsein ohne Selbstgefälligkeit und Führungsqualitäten ohne Arroganz als Heldentum in der Luft.

Nachdem er seine Karriere im Cockpit beendet hatte, war er nach Keesler zurückgekehrt, um eine Einheit der Luftstreitkräfte bei einem Übungseinsatz zu führen, hatte in Japan als Kommandant eines Jagdgeschwaders gedient und sich einen dritten Stern verdient. Schließlich war er zum Kommandanten der Luftflotte im Pazifikraum befördert worden und dann wieder nach Hause zurückgekommen, um in Langley die Abteilung für Luftkampf zu übernehmen, was beim Militär als *die* prestigeträchtige Aufgabe galt.

Zwischen diesen Einsätzen hatte er drei hochrangige Stabspositionen im Pentagon bekleidet, wo er sich durch Fleiß und Kompetenz den Respekt sämtlicher Mitarbeiter verdiente. Nach seinem zweiten Jahr in Langley wurde er als aussichtsreichster Kandidat für die Position des Generalstabschefs der Air Force im Pentagon gehandelt.

Aber dann erfuhr seine Frau, Peggy Ashford Steppak, mit der er seit 22 Jahren verheiratet war, dass die Kopfschmerzen, unter denen sie seit einigen Monaten litt, eine ganz konkrete Ursache hatten – Gehirntumor. Am nächsten Morgen beantragte der General Urlaub – er hatte fast ein halbes Jahr angesammelt – und nach Ablauf des Urlaubs die sofortige Versetzung in den Ruhestand. Er quittierte sozusagen den Dienst und verletzte damit das feststehende Protokoll für die ordnungsgemäße Übergabe des Kommandos. Steppak brauchte nur bis zur Mittagszeit, um seine Uniform auszuziehen, den Stützpunkt zu verlassen und zu Peggy zu eilen, um ihr bei der nächsten Tomografie die Hand zu halten. Es war der selbstsüchtigste Entschluss seiner gesamten militärischen Laufbahn gewesen.

Die nächsten drei Jahre waren die schönsten und die schlimmsten seines Lebens. Der General und seine Frau lösten sämtliche aufgeschobenen Versprechen ein und verwirklichten all ihre Träume. Peggys letzte sechs Monate waren für beide eine Qual, sodass ihr Tod beinahe eine Erlösung war.

Fünf Jahre später hatte Präsident Breland Steppak aus der privaten Anonymität gerissen, in die er nach dem Tod seiner Frau versunken war, und damit seinem Schmerz und einer undefinierbaren Rastlosigkeit ein Ende gemacht. Die Ernennung zum Verteidigungsminister und die damit einhergehende Arbeit hatten aus Steppak einen neuen Menschen gemacht.

An manchen Tagen schien Steppak immer noch von der dunklen Aura eines nie geäußerten Bedauerns oder einer melancholischen Erinnerung umgeben zu sein, aber dies wirkte sich nie nachteilig auf seine Arbeit aus. Breland bereitete er auf die für den Vormittag angesetzte Besprechung mit den vereinigten Stabschefs genauso gewissenhaft und gründlich vor, als würde er seiner F-22-Staffel Anweisungen für einen Einsatz über der Straße von Taiwan geben.

»Erwarten Sie nicht, dass sie gleich bei der ersten Besprechung grünes Licht von den vereinigten Stabschefs bekommen«, warnte Steppak den Präsidenten. »Insbesondere die Stabschefs der Streitkräfte werden sich nicht sofort entscheiden. Sie stehen vor einem Dilemma – einerseits sind sie Ihre Berater, andererseits aber auch die Oberbefehlshaber der jeweiligen Waffengattung.«

»Und was werden sie Ihrer Meinung nach von dem hier halten?«, fragte Breland und deutet auf seine Trigger-Akte, auf deren Lederhülle die Worte STRENG GEHEIM geprägt waren.

»Sir, wenn ich ehrlich sein soll – ich glaube, Sie werden Probleme bekommen«, antwortete Steppak. »Der Trigger wird Folgen für die Außenpolitik und die nationale Sicherheit haben, aber darüber hinaus ändern Sie die Bedingungen für das Militär derart, dass die Identität der Stabschefs gefährdet wird. Sie sind auch nur Menschen. Sie sind seit dreißig Jahren dabei. Hinter den goldenen Sternen und den Rangabzeichen sind sie Piloten, Kapitäne, Panzerkommandanten. Sie wissen, was für die Leute, die den eigentlichen Kampfeinsatz übernehmen, auf dem Spiel steht, und sie identifizieren sich mit diesen Leuten.«

»Wie schlimm könnte es werden?«

»Ich schätze, sie werden ›Ja, Mr. President‹ sagen und eine Weile brauchen, bis sie den Schock überwunden haben und sich über die Folgen im Klaren sind. Aber wenn sie eine Weile Zeit zum Nachdenken gehabt haben, werden Sie ihren Widerstand zu spüren bekommen. Ob das heute oder erst später der Fall sein wird, kann ich nicht sagen.«

»Zuerst sämtliche Informationen über das Schlachtfeld auswerten, *dann* die Truppen einsetzen.«

»Zuerst einen Blick auf die Verteidigung werfen, *dann* das Signal zur Ballabgabe geben«, antwortete Steppak lächelnd. »Noch etwas – sie werden es Ihnen sehr wahrscheinlich übel nehmen, dass sie erst informiert wurden, nachdem bereits einige Entscheidungen getroffen waren. Sie werden sich vielleicht fragen, warum der Nationale Sicherheitsrat nicht eingeschaltet wurde.«

»Liegt das nicht auf der Hand? Goldsteins Leute wären vermutlich sofort wieder gegangen, wenn ich diesen Namen auch nur erwähnt hätte. Außerdem ist die Vizepräsidentin das einzige per Gesetz vorgeschriebene Mitglied des Sicherheitsrats, das nicht auch im Ausschuss für Operation Brass Hat sitzt.«

Steppak nickte. »Haben Sie vor, sie demnächst zu informieren?«

»Nein«, erwiderte Breland. Dann zuckte er mit den Achseln. »Truman hat auch erst nach Roosevelts Tod erfahren, dass es die Atombombe gibt.« Als er sah, wie überrascht der Verteidigungsminister war, fügte er hinzu: »Anscheinend fällt es mir nicht schwer, Szenarien zu entwerfen, für die man mir später ein Amtsenthebungsverfahren wegen Hochverrats anhängen könnte, was?«

»Ich wünschte, ich könnte sagen, dass Sie die Risiken meiner Meinung nach zu übertrieben darstellen, Mr. President.«

»Ich wäre schwer zu verkaufen. In Washington gibt es eine Menge Leute, die mir Hochverrat vorwerfen würden, weil ich diese Entdeckung zur Entwaffnung unseres Militärs nicht unterdrückt habe. Ben Twilly hätte mir sicher geraten, sämtliche Forschungsunterlagen zu vernichten und Terabyte verschwinden zu lassen«, sagte Breland mit einem gequälten Lächeln. »Und wahrscheinlich würde es ihm auch gelingen, eine Gruppe gleich gesinnter Bürger zu mobilisieren.«

»Das wäre sehr gut möglich.«

»Wenn ich Toni aus der ganzen Sache heraushalten kann, würde sie meine Amtsenthebung vielleicht überstehen. Was, wie ich glaube, nur zum Wohle des Landes sein kann – wenn irgendwann einmal alle Bürger der Vereinigten Staaten morgens aufwachen und feststellen, dass sie einen Präsidenten haben, den *niemand* gewählt hat ...« Er schüttelte den Kopf. »Wir sollten alles tun, um dieses Experiment in repräsentativer Demokratie zu vermeiden.«

»Ich bin ganz Ihrer Meinung.«

»Und damit wären wir wieder bei dem, was Sie vorhin gesagt haben«, entgegnete Breland, während er aufstand und hinter seinem Schreibtisch hervorkam. »Welche Form könnte dieser ›Widerstand‹ annehmen? Glauben Sie, dass die Stabschefs direkt gegen mich vorgehen würden?«

»Gegen Sie?«

»Gegen mich. Gegen uns. Und bitte – ich brauche eine ehrliche Antwort, keine oberflächliche Bestätigung, dass so etwas noch nie passiert ist.«

»Das ist keine oberflächliche Bestätigung«, sagte Steppak. »Diese Männer nehmen ihren Eid genauso ernst wie Sie den Ihren. Sie sind keine Schulkinder, die vor Beginn des Unterrichts ihr Treuegelöbnis herunterbeten.«

»Das akzeptiere ich – aber die Möglichkeit einer grundlegenden Meinungsverschiedenheit wird dadurch nicht aus der Welt geschafft. Sie schwören ihren Eid auf die Verfassung und das Amt des Präsidenten, aber nicht auf den Präsidenten als Person. Es muss eine Grenze geben, bis zu der sie sich ruhig verhalten und nichts unternehmen. Ich will von Ihnen wissen, wie nah wir Ihrer Meinung nach an dieser Grenze sind.«

»Es spielt keine Rolle, wo diese Grenze ist oder ob sie bereits überschritten wurde oder nicht«, sagte Steppak. »Es steht den vereinigten Stabschefs nicht zu, Sie Ihres Amtes zu entheben. Mr. President, Ihnen ist das vielleicht nicht bewusst – ihnen schon. Sie reden von der Natur des Menschen, aber bei der Ausbildung eines Soldaten geht es einzig und allein darum, sich über die Natur des Menschen hinwegzusetzen. Denn nur so können Sie einen Menschen dazu bringen, *in* die Richtung zu laufen, aus der die Kugeln kommen – jeder rational denkende Mensch würde zu der Auffassung gelangen, dass es am vernünftigsten ist *wegzulaufen*.«

Breland runzelte die Stirn. »Sie kennen alle Stabschefs persönlich, nicht wahr?«

»Ja. Zwei von ihnen zähle ich zu meinen Freunden. Aber das würde ich auch sagen, wenn ich keinen von ihnen persönlich kennen würde«, sagte Steppak in bestimmtem Ton. »Mr. President, wenn man gegen Sie ein Amtsenthebungsverfahren anstrengen würde und eine aufgebrachte Menschenmenge die Pennsylvania Avenue hinauf käme, um den Prozess etwas zu beschleunigen, würde sich jeder dieser Männer ohne zu zögern zwischen Sie und die Menge stellen und notfalls auch sein eigenes Leben opfern, um sicherzustellen, dass Sie lange genug leben, um ordnungsgemäß Ihres Amtes enthoben zu werden. Es hat keinen Militärstreich gegeben, als Johnson und McNamara den Vietnamkrieg verpfuscht haben, und keiner der Generäle hat zur Waffe gegriffen, als Nixon das Präsidentenamt beschmutzt oder Clinton es verkauft hat. Aus dieser Ecke haben Sie nichts zu befürchten.«

Breland war erstaunt über den leidenschaftlichen Ausbruch Steppaks, der das Militär so vehement verteidigte. Er wich einen Schritt zurück und setzte sich auf eine Ecke seines Schreibtisches. »Ich muss mich bei Ihnen entschuldigen, General Steppak«, sagte er leise. »Ich hatte nur einen Augenblick lang vergessen, welches Team der Gegner und welches mein eigenes ist.«

»Sie brauchen sich nicht zu entschuldigen, Mr. President«, entgegnete Steppak. »Es gehört zu meinen Aufgaben, dafür zu sorgen, dass Sie nichts Wichtiges vergessen. Und nun zu Ihrer Frage. Sie brauchen die Zustimmung der Stabschefs gar nicht. Sie brauchen nur ihren Gehorsam, und den werden Sie bekommen, egal, wie Ihre Befehle lauten. Der Oberbefehlshaber der Truppen sind Sie – Sie müssen die richtige Entscheidung treffen, und die Stabschefs müssen dafür sorgen, dass sie umgesetzt wird. Außerdem sind die Stabschefs gar nicht Teil der Befehlskette – sämtliche Befehle gehen direkt an die Oberkommandos der

Truppen, und zwar über mich. Selbst wenn die Stabschefs Ihre Pläne hintertreiben wollten, was, wie ich noch einmal betonen möchte, nicht passieren wird, müssten sie dazu ihre Kompetenzen überschreiten.

Aber Sie müssen mit einem Krieg der Worte rechnen. Wenn sie glauben, dass Sie Unrecht haben, werden sie mit Ihnen zu streiten beginnen – und ein Frontalangriff der Stabschefs ist nicht zu verachten. Sie werden so lange und so heftig mit Ihnen streiten, wie Sie es zulassen – und es wäre vielleicht keine schlechte Idee, wenn Sie ihnen viel Zeit dafür zugestehen würden, denn sie können eines tun, was Ihnen wirklich schaden würde: zurücktreten.«

»Sprechen Sie weiter.«

»Wenn Sie den Stabschefs eine Entscheidung vorlegen, die ihrer Meinung nach vollkommen falsch und gefährlich ist, und wenn Sie ihnen dann das Gefühl geben, Sie seien nicht bereit, ihre Einwände anzuhören oder Ihre Entscheidung vor ihnen zu verteidigen ...«

»... dränge ich sie in eine Position, in der sie nur noch einen Rücktritt mit ihrem Gewissen vereinbaren können.«

»Genau. Und wenn Sie von einem Tag auf den anderen zwei oder drei Stabschefs verlieren, wird das dem Kongress und den Streitkräften auffallen. So etwas hätte Ihnen gerade noch gefehlt. Diese Sache hier ist schon schwierig genug, wenn wir die *volle* Unterstützung der Stabschefs haben. Technisch gesehen brauchen Sie ihr Einverständnis gar nicht – aber in der Praxis müssen Sie sich auf ihre Erfahrung, ihr Know-how und ihre Führungsqualitäten verlassen können.«

»Es reicht einfach nicht, wenn sie Dienst nach Vorschrift machen«, sagte Breland. »Ich brauche ihre volle Unterstützung – ich brauche ihren vollen Spieleinsatz.«

»Genau, Sir. Wenn ich noch eine persönliche Bemerkung hinzufügen dürfte ...«

»Bitte.«

»Sie sind es dem Land schuldig, den Stabschefs die Gelegenheit zu geben, Sie davon zu überzeugen, dass Ihre Entscheidung falsch ist.«

»Denken Sie das etwa auch?«

Steppak hob etwas hilflos die Hände. »Mr. President, ich weiß es wirklich nicht. Ich kann zurzeit nur einschlafen, wenn ich mir immer wieder sage, dass es noch schlimmer hätte kommen können – es hätte auch *meine* Entscheidung sein können. Vielleicht ist der richtige Platz für den Trigger auf dem Grund eines dreihundert Meter tiefen Schachts, der mit Beton ausgegossen wird. Ich weiß es wirklich nicht.«

»Zurzeit schlafe ich auch ziemlich schlecht«, gab Breland mit einem ironischen Lächeln zu.

»Sie wären kein Mensch, wenn Sie jetzt noch gut schlafen könnten«, erwiderte Steppak. »Selbst nach einer Woche kann ich noch nicht behaupten, dass ich mir voll und ganz darüber im Klaren bin, welche Folgen es haben wird, wenn Sie Operation Brass Hat realisieren können. Aber ich weiß, dass der Trigger unser aller Leben verändern wird. Und wenn Sie das Projekt tatsächlich realisieren können, wird kein Präsident dieses Landes die Vereinigten Staaten, ja sogar die *Welt* so grundlegend verändert haben wie Sie. Ich wüsste nur zu gern, ob wir uns zum Guten oder zum Schlechten verändern werden.«

»Aber darum geht es doch gar nicht«, sagte Breland. »Wir müssen entscheiden, ob wir handeln oder ob wir warten, bis jemand anderes handelt. Eine dieser Möglichkeiten gibt uns zumindest die *Chance,* Einfluss auf das Ergebnis zu nehmen. Für mich ist das keine schwere Entscheidung, selbst wenn der Versuch misslingen sollte. Wir können den Trigger nicht einfach in der Versenkung verschwinden lassen. Was wäre, wenn irgendein chinesischer Physiker zu seinem Premierminister gegangen ist, genau an dem Morgen, an dem Brohier zu mir gekommen ist? Es wäre ein Missbrauch unserer Verantwortung, einfach *nichts* zu tun.« Auf Brelands Gesicht erschien ein entspanntes, zuversichtliches Lächeln. »Um es mit einer dieser Metaphern aus dem Sport zu sagen, die Sie auch so gern verwenden – jetzt geht es hart auf hart, und ich will derjenige sein, der den Ball in die Hände bekommt.«

Die Geheimtür zu den äußeren Büros öffnete sich gerade so weit, dass Nolby seinen Kopf hereinstrecken konnte. »Mr. President? Es wird Zeit.«

Breland sah auf die Uhr, die hinter seinem Schreibtisch hing. »Sie haben Recht. General?«

»Ich stehe hinter Ihnen, Mr. President«, sagte Steppak und erhob sich. »Und das meine ich ernst.«

»Das weiß ich.«

Nachdem die Anwesenheitsliste erstellt worden war, schickte General Donald Madison, der Vorsitzende der vereinigten Stabschefs, die protokollführende Sekretärin aus dem Konferenzraum.

Madison räusperte sich, schob seinen Terminkalender ein Stück von der Tischkante weg und legte seinen Kugelschreiber neben einen dicken weißen Umschlag, der mehrere Siegel aufwies. Vor jedem der Männer, die am Tisch saßen, befand sich ein identisch aussehender Umschlag. Die Umschläge waren mit Namen und Datum versehen und durchnummeriert; auf dem Umschlag neben Brelands rechter Hand stand *Kopie 1 von 8.* Der Inhalt war von Steppak zusammengestellt und von Breland genehmigt und noch einmal bearbeitet worden.

»Diese Sondersitzung wurde auf Wunsch des Präsidenten einberufen«, sagte Madison mit seiner tiefen, dröhnenden Stimme. »Die Informationen, die er uns mitteilen möchte, sind als streng geheim klassifiziert – sie dürfen sich keine Notizen machen, und es wird auch kein Protokoll geführt. Das Material wird am Ende der Sitzung wieder eingesammelt.« Er sah zu Breland hinüber. »Mr. President, Sie haben das Wort.«

»General Madison, ich danke Ihnen«, sagte der Präsident mit einem Nicken in Richtung des Stabschefs. »Meine Herren, ich möchte Sie hier nicht nur über eine sehr wichtige Entwicklung informieren, sondern mich auch mit Ihnen darüber beraten. Ich habe vor kurzem erfahren, dass es eine technische Neuerung gibt, mit der die meisten konventionellen Waffen neutralisiert werden können.« An dieser Stelle bot sich eine Kunstpause geradezu an, aber Breland legte Wert auf eine nüchterne Darstellung der Fakten ohne künstliche Dramatik und sprach sofort weiter. »Diese Entdeckung wurde Anfang des Sommers von amerikanischen Wissenschaftlern gemacht. Sie haben einen funktionsfähigen Prototyp gebaut und eine Reihe von Tests durchgeführt. Die Tests haben bestätigt, dass das Gerät, das wir Trigger nennen, Sprengstoffe und Treibmittel auf Nitratbasis von weitem zünden oder zerstören kann.

Nach Rücksprache mit dem Verteidigungsminister habe ich bereits ein umfangreiches Forschungsprogramm genehmigt, in dessen Rahmen der Trigger weiterentwickelt und eine theoretische Grundlage für dieses außergewöhnliche Phänomen gelegt wird. Darüber hinaus habe ich die sofortige Produktion von eintausend Triggern der Bauart Mark I angeordnet, die auf dem Prototyp basiert und, wie mir gesagt wurde, eine effektive Reichweite von ›nicht weniger als fünfhundert Metern‹ besitzt.

Einhundert dieser Geräte sind für umfangreiche Testreihen reserviert, die von der DARPA und Redstone Arsenal in Kooperation mit allen drei Waffengattungen durchgeführt werden. Ich habe General Steppak angewiesen, dafür zu sorgen, dass alle zurzeit inventarisierten Waffen und Munitionstypen – sowohl konventionell als auch nuklear – auf ihre Anfälligkeit für den Trigger-Effekt getestet werden. Wir gehen davon aus, dass *sämtliche* konventionellen Waffen und Munitionstypen auf den Trigger reagieren.

Keine der Personen, die bereits über den Trigger informiert sind, hat Zugang zu detaillierten technischen Informationen über die Konstruktion moderner Nuklearwaffen, daher sind genaue Angaben über deren Reaktion schwierig – ausgehend von allgemeinen Konstruktionsgrundsätzen ist eine Reaktion jedoch sehr wahrscheinlich. Mit Ihrer Hilfe werden wir diesen Punkt vielleicht schon vor Ende der Sitzung klären können.

Die drei Bereiche Forschung, Produktion und Test bilden die Operation Brass Hat. Allerdings werden sie sich lediglich mit den Grenzen und Fähigkeiten dieser neuen

Technologie beschäftigen. Es gibt sehr viel mehr Fragen und Probleme, die gelöst werden müssen, und viele davon sind entscheidend für die Sicherheit unseres Landes und die internationalen Beziehungen.

Wir sind in der glücklichen Lage, uns mit diesen Fragen beschäftigen zu können, bevor wir bei einem Kampfeinsatz mit dieser neuen Technologie konfrontiert werden. Wir haben die Chance, unser Verteidigungskonzept zu überdenken und unsere Taktik, unseren Waffenmix und sogar die Struktur unserer Streitkräfte so zu verändern, dass wir auch unter den neuen Kampfbedingungen schlagkräftig und effektiv reagieren.

Aber das ist nur der Anfang. Nachdem man mich über den Trigger informiert hatte, bin ich am nächsten Morgen mit der Erkenntnis aufgewacht, dass alles, was ich wusste, falsch war. Diese Entdeckung verlangt von uns, dass wir ein neues Konzept für ›Sicherheit‹ entwickeln, ein Konzept, das nicht davon abhängt, dass wir mehr und größere Waffen haben als der Feind. Wir haben die Chance, den Begriff ›Abschreckung‹ neu zu definieren. Wir können uns überlegen, ob wir auch in Zukunft traditionelle Mittel zum Schutz unserer Truppen einsetzen wollen.

Admiral Jacobs, stellen Sie sich folgendes Szenario vor – ein unbewaffneter Frachter mit einem Trigger an Bord wäre in einem Kriegsgebiet sicherer als der größte Kreuzer oder der schnellste Flugzeugträger. Genau genommen könnte der Frachter eine größere Gefahr für den Kreuzer sein als umgekehrt.

General Moorman, stellen Sie sich folgendes Szenario vor – wir haben endlich eine Möglichkeit gefunden, um ein völlig neues Konzept für eine Landesgrenze zu schaffen. Mit dem Trigger als Schutzmaßnahme können wir offene Grenzen in Regionen schaffen, in denen dies bis jetzt unmöglich war – im Nahen oder im Fernen Osten zum Beispiel. Offene Grenzen ohne die Gefahr eines Angriffs. Denn der Trigger kann Grenzen schaffen, die ein Freund jederzeit überqueren kann, die für einen Feind aber unüberwindbar sind.

Darüber hinaus sehe ich in dieser neuen Technologie eine großartige Chance, die über die Notwendigkeit, die Bürger unseres Landes und unsere Verbündeten zu schützen, hinausgeht – die Chance, zwanzigtausend Menschenleben pro Jahr zu retten und Hunderttausenden Leid und Elend zu ersparen. Denn trotz der Verträge von 1997 und 2000 sind immer noch mehr als einhundert Millionen scharfe Minen im Boden von Kambodscha, dem Kosovo, Afghanistan, Bosnien, dem Tschad, der Ukraine vergraben – Sie kennen die Liste dieser Länder genauso gut wie ich. Trotz des Verbots von Landminen werden immer noch jedes Jahr mehr Minen im Boden *vergraben* als *herausgeholt*. Und überall in Europa, Zentralafrika und Südostasien findet man auch heute noch nicht explodierte Geschosse, die ein Jahrhundert der Kriege in der Erde hinterlassen hat.

Wir können dieser Gefahr ein Ende machen. Wir können das Gemetzel an Unschuldigen beenden. General Hawley, stellen Sie sich folgendes Szenario vor – eine Helikopterstaffel, die mit Triggern ausgerüstet ist, könnte ein Hektar Land innerhalb weniger Minuten, ein ganzes Land innerhalb weniger Wochen von Minen räumen. Wir können aus den Schlachtfeldern wieder Ackerland, Weideflächen und Spielplätze für die Kinder machen, wir können das Land wieder zu dem machen, was es war, bevor die Soldaten aufgetaucht sind. Vielleicht sind die Menschen noch nicht so weit, dass sie aufhören können, sich gegenseitig zu bekämpfen, aber wir haben jetzt endlich eine Möglichkeit gefunden, um hinter uns aufzuräumen. Und wenn wir als eine Art globaler Hausmeister fungieren, werden wir mehr Gutes für mehr Menschen – und für unser Land – tun können, als wir das als Weltpolizist je gekonnt haben.«

Trotz seiner engagierten Worte und seiner aufrichtigen Begeisterung gelang es Breland nicht, sein Publikum zu erreichen. Etikette und die von den Stabschefs erwartete Disziplin sicherten ihm zwar ihre volle Aufmerksamkeit zu, aber sie hörten sich seine Worte fast ohne jede Reaktion an. Er wurde von den mit unbewegter Miene dasitzenden

Stabschefs kein einziges Mal unterbrochen, und ihre Körpersprache – die man schon fast als strammsitzen bezeichnen konnte – gab ihm keinerlei Hinweise darauf, wie er sich weiter verhalten sollte.

»Fürs Erste habe ich genug gesagt«, schloss er daher und setzte sich. »Öffnen Sie jetzt bitte die vor Ihnen liegenden Umschläge. Sie finden darin einen Überblick über Operation Brass Hat, eine Zusammenfassung der bisherigen Testergebnisse, einen Abriss von möglichen Problemen und Chancen sowie eine vorläufige Liste mit Fragen hinsichtlich der Folgen für die nationale Verteidigung. Wenn der Vorsitzende keine Einwände hat, möchte ich Sie bitten, das Material durchzulesen und sich dafür so viel Zeit zu nehmen, wie Sie brauchen. Anschließend werden wir wieder hier zusammenkommen und uns an die Arbeit machen.«

»Ich habe keine Einwände«, sagte General Madison, während die Stabschefs die Siegel mit einem leisen Knacken brachen und ihre Umschläge öffneten.

Breland nickte und stand auf. Er sah zum anderen Ende des Tisches hin, auf dem Gläser und einige Karaffen mit Eiswasser standen. Seine Erläuterungen hatten dazu geführt, dass er einen trockenen Mund hatte und von jenem Anflug von Heiserkeit geplagt wurde, der ihn immer dann überfiel, wenn er zu lange und zu viel geredet hatte. Aber als er sich vom Tisch abwenden wollte, räusperte sich jemand und sagte:

»Mr. President, ich brauche nicht mehr Zeit, um zu entscheiden, was ich davon halten soll.«

Breland drehte sich um und sah, dass General Hawley aufgestanden war und mit einer Hand auf den Umschlag vor sich zeigte. »Dann sagen Sie mir, was Sie davon halten, General.«

»Meiner Meinung nach ist das Ganze purer Wahnsinn«, sagte Hawley. »Allem Anschein nach wollen Sie diese Waffe nicht nur weiterentwickeln, sondern auch einsetzen – und das auch noch so öffentlich wie nur möglich.«

»Diese Entscheidung ist *noch nicht* getroffen worden«, antwortete Breland. »Aber ich will Ihnen nichts vormachen, General – eine Entscheidung in dieser Richtung wird sicher das beste Mittel sein, um das Verhalten eines potenziellen Feindes zu ändern.«

»Ich werde Ihnen sagen, welches Verhalten sich zuerst ändern wird. Zehn Minuten, nachdem diese Neuigkeit Peking erreicht, wird Premierminister Denh anordnen, den Trigger zu kaufen oder herzustellen. Sie werden jeden Wissenschaftler, der an Brass Hat arbeitet, irgendwo einsperren müssen, wo man ihn unmöglich finden kann. Jede dieser Mark-I-Einheiten wird rund um die Uhr bewacht werden müssen, und zwar von Leuten, die sich nicht bestechen lassen. Jeder Trigger, den Sie außer Landes bringen, wird von einem Zug Marines geschützt werden müssen. Und selbst wenn Sie das alles richtig machen, werden China, Iran, Irak, Pakistan und alle anderen Länder, die den Trigger wirklich haben wollen, ihn innerhalb von zehn Jahren auch haben.«

Breland nickte. »Das ist zu erwarten – würden Sie mir da zustimmen, General Steppak?«

Steppak nickte ebenfalls. »Jeder hier weiß, dass es nichts Vergänglicheres gibt als ein Militärgeheimnis. Meiner Meinung nach wird jedes Szenario für den Einsatz des Triggers letzten Endes zu dessen allgemeiner Verbreitung führen. Die Frage ist nur, wie lange es dauert.«

Am anderen Ende des Konferenztisches blätterte General Moorman durch die Seiten des Informationsmaterials. »Braucht man für den Bau des Triggers irgendein besonderes Material oder eine außergewöhnliche Technologie?«, wollte er wissen. »Vielleicht können wir die Geschwindigkeit seiner Verbreitung eindämmen, wenn wir die Produktion kontrollieren – so wie wir es bei den Nuklearwaffen gemacht haben.«

»Das geht leider nicht«, erwiderte Breland. »Sobald die Grundlagen der Konstruktion bekannt sind, kann jedes Land, das hochleistende Mikrowellentransmitter fertigen kann, den Trigger bauen, im Grunde genommen also alle Industrieländer. Und da wir hier nicht über mehrere Millionen Dollar für ein Gerät reden, werden sich die Länder, die den Trigger nicht bauen können, aller Wahrscheinlichkeit nach welche kaufen können.«

»Das verwirrt mich nur noch mehr«, sagte Hawley und schob den Umschlag ein Stück von sich weg, als wäre er ansteckend. »Mr. President, es ist mir völlig schleierhaft, warum Sie das überragende Militär des 21. Jahrhunderts demontieren wollen.«

»Demontieren?«, fragte Admiral Jacobs. »Ein Unterseeboot, das mit diesem Gerät ausgestattet ist, wäre so gut wie unverwundbar.« Dass der ehemalige U-Boot-Kommandant von dieser Vorstellung geradezu begeistert war, konnte man seiner Stimme deutlich anmerken.

»Und vollkommen nutzlos, Mark. Auf Ihrer *Sawfish* könnte nicht einmal eine Bordkanone mitfahren.«

»Moment mal – wir haben es hier doch wohl mit einem gerichteten Phänomen zu tun?«

»Nein, Sir«, entgegnete Steppak. »Das Trigger-Feld ist ungerichtet.«

»Aber es gibt doch sicher eine Möglichkeit, unsere eigenen Magazine davor zu schützen ...«

»Soweit wir wissen, ist das nicht möglich«, musste Steppak zugeben. »Wir müssen natürlich noch mehr Tests durchführen. Aber bis jetzt deutet alles darauf hin, dass das Feld sämtliche herkömmlichen Stoffe durchdringen kann. Die grundlegende Einschränkung des Triggers scheint die Reichweite zu sein – was in erster Linie von der verfügbaren Energie abhängt.«

»Was habe ich Ihnen gesagt, Admiral? Was habe ich Ihnen gesagt?«, triumphierte Hawley.

»Und was sollen wir dann tun?«, explodierte Jacobs und sah zu Breland hinüber, von dem er eine Antwort haben wollte.

»Ich werde Ihnen sagen, was Sie tun sollen – entwaffnen Sie die gesamte Flotte. Sie können sie auch einmotten«, entgegnete Hawley. »Nein, am besten, Sie montieren Rammböcke auf Ihre Schiffe. General Moorman, Sie müssten dann alle Ihre Panzer mit Bajonetten ausrüsten. Und Sie, General Brennan, rufen besser gleich Ihr Labor an und sagen Ihren Wissenschaftlern, dass sie eine Ladung Armbrüste bestellen sollen. Und ich kann mit Ausnahme meiner Aufklärungstrupps alle meine Männer in Pension schicken.«

Er drehte sich zu Breland hin und sah ihn wütend an. »Wenn Sie anfangen, diese Geräte zu bauen, Mr. President, werden Sie alles zerstören, was dieses Land stark macht und dafür sorgt, dass seine Bürger sicher sind. Wir haben überall einen technologischen Vorteil – Luft, Wasser, Land, Unterwasser und Weltraum. Wir sind jedem potenziellen Angreifer mit Ausnahme Chinas zahlenmäßig weit überlegen. Und selbst gegen China könnten wir uns eine absolute militärische Überlegenheit verschaffen – sogar bis vor ihre Haustür, wenn es sein muss. Aber wenn Sie diese Technologie realisieren, verlieren wir das alles.«

»Die Chinesen können eine Armee mit zehn Millionen oder sogar hundert Millionen Soldaten aufstellen und würden es kaum merken, wenn sie alle verlieren«, sagte Moorman. »Was sollen wir tun, wenn sie in Südkorea oder Vietnam einfallen – wenn sie Wladiwostock und Taiwan einnehmen und sich als Nächstes Japan vornehmen?«

Breland ließ sich nicht aus der Fassung bringen. »Meine Herren, für mich sieht es so aus, als würden Sie jetzt genau die Art von Fragen stellen, die ich ohne Ihre Hilfe nicht beantworten kann.«

General Heincer, der stellvertretende Vorsitzende, meldete sich zum ersten Mal seit Beginn der Sitzung zu Wort. »Es muss noch andere Möglichkeiten geben. Eine Übergangsstrategie … schnelle Weiterentwicklung, aber kein Einsatz … massive Anstrengungen zur Entwicklung alternativer Waffensysteme, aber maximale Anstrengungen zur Geheimhaltung dieser Entdeckung …«

Breland schüttelte den Kopf. »Falls dem Präsidenten nicht wieder einmal Informationen vorenthalten werden, haben wir einfach nicht genug Leute in China, um zu verhindern, dass sie diese Entdeckung auch machen. Wir wissen nicht einmal, ob es ihnen nicht schon gelungen ist«, entgegnete er.

»In diesem Punkt hat der Präsident Recht«, sagte der Vorsitzende. »Wir wissen, dass sich fast achttausend chinesische Agenten in den Vereinigten Staaten aufhalten. Wir dagegen haben nicht einmal zweihundert Agenten in China.«

»Vielleicht ist es Zeit, dass wir die Sache ein wenig ausgleichen«, meinte Admiral Jacobs. »Wir sollten sie bis zum Ende des Santa Monica Piers bringen, in Richtung Peking zeigen und sie losschwimmen lassen.«

»Und wenn die Reaktion Pekings darin besteht, alle amerikanischen Geschäftsleute auszuweisen ...«

»Das können sie von mir aus gerne tun«, schimpfte General Moorman. »Inzwischen kann man ja kaum etwas unter hundert Dollar kaufen, das nicht in China hergestellt wurde. Sie machen unser Spielzeug, unsere Kleidung, unser Werkzeug – letzten Monat haben meine Frau und ich sogar eine amerikanische Flagge gefunden, eine dieser kleinen, die man auf den Schreibtisch stellt, die in China gefertigt wurde. Und das in einem Geschäft auf dem Gelände der Basis. Ich konnte es einfach nicht glauben.«

»Glauben Sie es. Und seien Sie froh darüber. Das ist ein Teil der Antwort auf General Hawleys Vorwurf«, sagte Breland. »Wir sind Chinas größter Handelspartner. Und Japan ist der zweitgrößte. Als erobertes Land sind wir für China bei weitem nicht so nützlich wie als Kunde.«

»Das wird Wladiwostok auch nicht viel helfen«, sagte Jacobs. »Oder Taiwan. Du meine Güte, wenn sie sich Taiwan schnappen, werden wir noch viel mehr von ihnen kaufen müssen.«

»Aber darum geht es doch gar nicht«, sagte Breland. »Langfristig gesehen spielt es keine Rolle, ob die chinesischen Fabriken voller Kinder sind, denen man Sklavenlöhne bezahlt. Langfristig gesehen spielt es keine Rolle, ob der Machtapparat Chinas aus lauter fanatischen Anhängern einer Expansionspolitik besteht. Es geht darum, dass diese vielen Milliarden Dollar, die wir nach China schicken, eine einflussreiche Lobby im Land geschaffen haben. Und die hat ein großes Interesse daran, auch in Zukunft gute Beziehungen zu uns zu unterhalten.«

Jacobs antwortete mit einem verächtlichen Schnauben. »Bis jetzt haben wir doch lediglich ihre militärische Aufrüstung finanziert.«

»Was in etwa so dumm ist, wie den Scheidungsanwalt der eigenen Frau zu bezahlen«, sagte General Brennan. Dies brachte ihm einen Lacher der anderen Generäle ein, was die angespannte Atmosphäre im Raum etwas lockerte.

Breland hatte sich inzwischen wieder hingesetzt und ganz bewusst eine entspannte Sitzhaltung angenommen. »Meine Herren, ich respektiere das Engagement und die Gewissenhaftigkeit, mit der Sie sich um die Sicherheit unseres Landes kümmern. Es ist Ihre Pflicht, unsere Feinde im denkbar schlechtesten Licht zu sehen, ihre Aktionen so pessimistisch wie nur möglich zu interpretieren und ihre Worte so skeptisch wie nur möglich zu behandeln. Aber es ist meine Pflicht, das schlechtestmögliche Szenario gegen das bestmögliche abzuwägen und nach dem wahrscheinlichsten zu suchen. Wir haben keine befestigten Grenzen im Norden, weil wir nicht befürchten, dass irgendein kanadischer Premierminister plötzlich einen Hafen am Michigansee haben will. Wir lassen Lastwagen, Kühltransporter und Hutschachteln ohne Kontrolle über die Friendship Bridge in unser Land kommen, weil wir nicht davon ausgehen, dass kanadische Terroristen Nuklearwaffen hereinschmuggeln wollen.

Aber China ist nicht Kanada. Die Chinesen bauen nach wie vor Interkontinentalraketen. Sie kopieren nach wie vor Lenkwaffenkreuzer sowjetischer Bauart und bestücken sie mit Silkworms. Sie rüsten ihre Luftwaffe nach wie vor mit ausgemusterten Su-27 und MiG-31 auf. Sie spionieren nach wie vor bei uns und unseren Verbündeten. Sie stecken sechs Millionen Männer in Uniform. Kurz gesagt, sie verhalten sich so, als würden sie davon ausgehen, irgendwann einmal Ärger mit jemandem wie uns zu bekommen. Die Frage ist nur, ob sie auch davon ausgehen, dass sie diejenigen sein werden, die mit dem Ärger anfangen.«

»Von was reden Sie da eigentlich?«, wollte Moorman wissen.

»Für jeden von Ihnen gibt es ein Pendant in China. Und was erzählen Ihre Kollegen dem Premierminister über uns?«, fragte Breland. »Sie sehen sich die Vereinigten Staaten an, mit unserer technologischen Überlegenheit, unserer absoluten militärischen Vorherrschaft, unseren Verbündeten vor ihrer Haustür, unseren superleisen Boomern, die offiziell nicht in der Kurilenstraße oder in der Beringstraße lauern, unseren hypersonischen SSTOs, von denen wir ständig behaupten, dass sie keine Bomber seien – und vielleicht wird ihnen dann ein kleines bisschen mulmig, weil sie nicht sicher sind, wie *unsere* Absichten aussehen. Es ist gut möglich, dass sie sich darüber freuen würden, wenn sie aufhören könnten, jedes Jahr vierhundert Milliarden Yuan für Waffen und Bomben auszugeben.«

Der Vorsitzende beugte sich nach vorn und stützte sich mit den Händen auf dem Tisch ab. »Ich möchte Ihnen nicht zu nahe treten, Mr. President, aber ich hoffe, Sie wollen uns nicht erzählen, dass Sie zu diesen versponnenen Internationalisten gehören, die glauben, die Menschen seien überall auf der Welt gleich und jeder Konflikt nur das Ergebnis eines Missverständnisses.«

»Schon gut, General«, entgegnete Breland. »Und ich hoffe, Sie wollen mir nicht erzählen, dass Sie zu diesem Klub von Testosteronabhängigen gehören, die eine kindische Begeisterung für große, schnelle Spielzeuge und Krachmacher empfinden und sich nicht vorstellen können, jemals darauf zu verzichten.«

»Moment mal ...«, wurde er von Jacobs unterbrochen.

»Ich bin noch nicht fertig, Admiral«, fuhr Breland ihn an. »Tatsache ist, wir waren sehr erfolgreich, als wir nach den Regeln des 20. Jahrhunderts gespielt haben. Aber wenn wir immer nur den letzten Krieg nachspielen, marschieren wir eines Tages in roten Uniformen über eine Wiese, während unsere Feinde hinter den Bäumen stehen und uns erschießen. Möchte einer von Ihnen die Schlacht von

New Orleans im 21. Jahrhundert wiederholen – auf der Seite der Briten?

Meine Herren, die Spielregeln ändern sich. Im Grunde genommen haben sie sich bereits geändert. Selbst wenn Ihnen das nicht gefällt – wir müssen darauf reagieren. Ich weiß, dass der Übergang nicht einfach sein wird. Dennoch glaube ich daran, dass wir auch mit den neuen Spielregeln erfolgreich sein können, wenn wir unsere Erfahrung, unser Engagement und unser Know-how einsetzen. Aber wir müssen klug sein, und wir müssen flexibel sein. Wir müssen in der Lage sein, eingefahrene Wege zu verlassen und eine neue Definition für Erfolg zu finden. Und das könnte bedeuten, dass es nicht mehr um technologische Überlegenheit und militärische Vorherrschaft geht. Es könnte bedeuten, statt der Fähigkeit, einen Krieg zu beginnen, die Fähigkeit zu entwickeln, ihn zu verhindern. Es könnte hundert kleine Siege bedeuten, die niemand bemerkt, anstatt den einen großen, über den die nächsten hundert Jahre geschrieben wird. Es könnte eine neue Art von Konflikt bedeuten, eine neue Art von Frieden. Und wenn wir *sehr* klug sind und noch dazu ein bisschen Glück haben, könnte es eine neue Welt für uns alle bedeuten, eine Welt, die sicherer und vernünftiger ist als die, in der wir jetzt leben. *Das* erwarte ich von Ihnen, meine Herren.« Breland sah die Stabschefs der Reihe nach an. »Ich erwarte von Ihnen, dass Sie einen Weg finden, der uns dorthin bringt. Ich erwarte von Ihnen, dass Sie eine Möglichkeit finden, um uns dabei die größtmögliche Sicherheit zu geben. Ich erwarte von Ihnen, dass Sie sich der schwierigsten Aufgabe stellen, die diesem Gremium je von einem Präsidenten gegeben wurde – und der viel versprechendsten Chance, die unserem Land je vom Schicksal gegeben wurde.

Nein, wir werden nicht vergessen, dass wir Feinde haben, dass Gier und Grausamkeit und Hass das Böse in den Menschen am Leben erhalten. Aber wir werden auch nicht vergessen, dass es niemals einen Krieg gegeben hat, der die Welt besser gemacht hat – dass selbst die ›guten‹ Kriege einen furchtbaren Preis fordern, an Menschenleben und

Geld, an verlorenen Jahren und zerstörten Leben. Wenn es einen anderen, einen *besseren* Weg gibt, sollten wir diejenigen sein, die ihn als Erste gehen. Wenn Sie wollen, können Sie das ruhig als versponnenen Idealismus bezeichnen – ich nenne es schlicht menschliches Mitgefühl. Und wenn Sie dieses Gefühl bei sich nicht mehr wieder finden, haben Sie vergessen, warum wir ursprünglich einmal Waffen haben wollten.

Gibt es noch andere Fragen? General Hawley? General Moorman?« Breland sah von einem zum anderen und suchte nach den Männern hinter den Rangabzeichen, nach der Menschlichkeit hinter der Pflicht.

»Keine Frage, nur eine Anmerkung«, sagte General Brennan schließlich. »In den letzten Jahren haben die militärischen Forschungslabors eine ganze Reihe alternativer Waffen für unsere Spezialeinheiten untersucht – Druckluftgewehre, Schlagstöcke, Schockwaffen, verschiedene Geräte, die bei Kampfsportarten verwendet werden und so weiter. Es würde sicher nicht schaden, wenn wir uns die Unterlagen dazu jetzt noch einmal ansehen.«

»Ich werde das sofort veranlassen«, erwiderte Breland und nickte.

»Ich habe eine Frage«, sagte General Madison.

Breland drehte seinen Stuhl zur Stirnseite des Tisches. »Bitte.«

Der Vorsitzende trommelte eine ganze Weile mit den Fingern auf der Tischplatte herum, bevor er etwas sagte. »Die übrigen neunhundert Trigger – welche Pläne haben Sie dafür?«

»Ich muss gestehen, dass ich den Gedanken sehr reizvoll fand, einen Monat lang einen Trigger in jede High School von Los Angeles zu stellen«, antwortete Breland. »Aber Entscheidungen dieser Art werden erst getroffen, wenn ich Ihre Meinung dazu gehört habe.«

»Dann würde ich dazu gerne ein paar Anmerkungen machen, Mr. President«, sagte Madison. »Es gibt einige Standorte, die meiner Meinung nach vorrangig behandelt werden sollten.«

Als Breland sich zurücklehnte, fing er einen Blick von Steppak auf, der sagte: *Ich glaube, das Schlimmste ist vorbei.* »Nur zu, General. Irgendwo müssen wir ja schließlich anfangen.«

12.

Der Abtrünnige

London, Großbritannien – Constable Whitehead, der sich selbst als ›den letzten von Peels Bobbys‹ bezeichnet, beendete heute eine Ära, als er vor seinem täglichen Streifengang durch die Docklands ein Lederholster mit einer schwarzen Pistole vom Typ Webley & Scott anlegte. Londons berühmte Bobbys können schon seit Jahren selbst entscheiden, ob sie bei ihrem Streifengang eine Dienstwaffe tragen wollen oder nicht, aber nach dem Mord an zwei Polizeibeamten in Shropshire hat Scotland Yard das Führen einer Waffe im Dienst zur Vorschrift gemacht. »Ich bedaure das sehr«, sagte Whitehead, der seit 25 Jahren bei der Polizei ist und als letzter Londoner Streifenpolizist den Lehrgang für die neue Webley Metropolitan absolviert hat. »Es widerspricht der ursprünglichen Funktion eines Bobbys. Aber London ist schließlich nicht Aidensfield. Ich glaube, der Inspector hat keine andere Wahl gehabt.«

Vollständige Meldung
Walther lässt die Marke Webley wiederauferstehen
Soziologen sind der Meinung, dass amerikanische Kinofilme einen ›Waffenkult‹ in Großbritannien ausgelöst haben, und fordern strengere Zensur

Der Tag des Abschieds war gekommen, und Donovan King hatte ihn gut gewählt.

Es war ein wolkenverhangener, herbstlicher Samstag, und der eiskalte Wind kündigte den nahen Winter an. Die an erster Stelle der Liga stehenden Penn State Nittany Lions waren zu ihrer entscheidenden Kraftprobe mit den Buckeyes nach Columbus gekommen, und die ganze Stadt dachte nur noch an Football. In der gesamten Region begannen die Fans der Ohio State mit den Ritualen und Zeremonien, die sie zu ihrem Platz im Stadion oder vor das Fernsehgerät führen würden. Der Ablauf der Ereignisse war so vorhersehbar wie ein Sonnenaufgang: Wenn sich die Bars füllten, in denen das Spiel übertragen wurde, leerten sich die Straßen. Wenn der Spielbeginn näher rückte, verließen alle die Geschäfte. Wenn das Bier in Strömen floss und die Würstchen auf dem Grill brutzelten, steigerte sich die Vorfreude ins Unermessliche. Die Polizei hatte alle Hände zu tun, die Bevölkerung war abgelenkt.

Bei Terabyte begann der Samstag mit der Ankunft eines gelben Sattelschleppers von Ryder. Er wurde von zwei Männern gefahren, die zu Terabytes Sicherheitsdienst gehörten, und von einem dunkelgrünen Chevy Tahoe Pickup und einer silbernen Honda-Limousine begleitet. Die drei Fahrzeuge hatten Kennzeichen aus verschiedenen Staaten, und die Fahrer trugen Freizeitkleidung – Donovan King hatte sich bei der Planung des Umzugs von Columbus in den Annex um die kleinsten Details gekümmert.

Selbst auf einem schwach befahrenen Highway würde jemand mehr als den üblichen flüchtigen Blick brauchen, um erkennen zu können, dass die drei unauffälligen Fahrzeuge in einer Kolonne fuhren, oder auf die Idee zu kommen, dass hier etwas Wertvolleres transportiert wurde als nur Möbel und Haushaltsgegenstände. Um die Illusion perfekt zu machen, sollten die letzten drei Meter des Sattelschleppers mit gewöhnlichen Umzugskisten vollgestellt werden, in die der Inhalt von Leigh Thayers ehemaligem Apartment gepackt worden war.

Während die Kisten mit dem Prototyp und der Geräteausrüstung in den Sattelschlepper verladen wurden, kümmerten sich drei Teams aus Technikern des Labors um die

Fahrzeuge. Sie arbeiteten so schnell, dass sie der alle zwanzig Minuten stattfindenden Datenaktualisierung zuvorkamen, und entfernten die simplen GPS-Zielgeber von Ryder und Hertz, die sie anschließend in Fahrzeuge von Terabyte einbauten. Diese Fahrzeuge, deren gefälschte Kennzeichen mit denen der drei anderen Fahrzeuge übereinstimmten, würden die Umgebung von Columbus nicht verlassen. Anstelle der ursprünglichen Zielgeber installierten die Techniker die von Terabyte entwickelten GPS-III-Zielgeber. In die beiden größten Kisten hatte man bereits in der Nacht zuvor identische Systeme eingebaut, um sich gegen die Möglichkeit abzusichern, dass die beiden auf der Fahrt vom Sattelschlepper oder voneinander getrennt wurden. Das gehörte alles zu dem Versprechen, das King dem Direktor von Terabyte gegeben hatte: »Dr. Brohier, ich werde dafür sorgen, dass Sie immer genau wissen, wo die Fahrzeuge sind – und es allen anderen verdammt schwer machen, die das auch wissen wollen.«

Wenige Minuten vor Spielanpfiff rollte die Kolonne durch das Tor von Terabyte. Am Steuer des ersten Fahrzeugs saß King persönlich. Brohier sah zu, wie sie wegfuhren, dann ging er zu Lee und Gordon hinüber, die die Abfahrt vom Haupteingang des Planck Center aus verfolgt hatten. Ihm fiel auf, wie unterschiedlich die Körpersprache der beiden war – Gordon hockte mit weit offenem Mantel und ohne Kopfbedeckung lässig auf einer niedrigen Mauer, während Lee ein paar Schritte entfernt steif und verkrampft dastand, die Hände in den Taschen ihrer dicken Jacke vergraben, den Kragen hochgeschlagen und einen Häkelhut auf dem Kopf.

»Das wäre der Erste, Doktor«, sagte Gordon.

»Da haben Sie Recht«.

»Ich war etwas überrascht, als ich gesehen habe, dass King jetzt schon mitfährt.« Gordon sprang von der Mauer herunter. »Ich dachte, er bleibt noch, bis die zweite Kolonne weg ist.«

»Nein, er hatte es von Anfang an so geplant«, sagte Brohier. »Ich hätte einen Vorschlag für Sie – wir haben noch über eine Stunde Zeit, und ich habe der Köchin den Tag verdorben, weil ich sie gebeten habe, heute zu kommen. Wie wäre es mit einem letzten Mittagessen in der Kantine – um der alten Zeiten willen?«

»Gern«, antwortete Greene. »Aber ich esse Lees Hut, wenn Sie mir drei von Josies Spezialgerichten nennen können – wann sind *Sie* denn schon einmal in der Kantine gewesen?«

»Immer dann, wenn mehr als fünfzehn Zentimeter Schnee zwischen mir und einem besseren Koch lagen«, sagte Brohier gut gelaunt. »Lee?«

»Ich könnte etwas Warmes gebrauchen«, erwiderte sie vor Kälte zitternd. »Selbst wenn Josie es gekocht hat.«

Die gähnende Leere in der Kantine wirkte wie ein Verstärker, der jedes Klirren von Glas und Besteck, jedes Wort, das mehr war als ein Flüstern, in alle vier Ecken trug. Es herrschten perfekte Bedingungen, um Gespräche zu belauschen, wozu es allerdings wenig Gelegenheit gab, da das einzige Gespräch an dem Tisch geführt wurde, an dem Lee saß. Und dieses Gespräch war zum größten Teil ein Monolog von Karl Brohier. Dem Direktor schien aufgefallen zu sein, wie gezwungen sie und Gordon miteinander umgingen, und dass ihr neckisches Geplänkel durch ein eisiges, verlegenes Schweigen ersetzt worden war, sodass er ohne viel Aufhebens die Rolle des Alleinunterhalters übernommen hatte. Lee hatte ihn noch nie so redselig erlebt.

Brohier erzählte ihnen zuerst ein paar Physikerwitze, die so schlecht waren, dass beide laut lachen mussten, und dann, wie er zufällig einmal Stephen Hawking getroffen und wie er sich vor John Wheeler lächerlich gemacht hatte, außerdem von seinem chaotischen Praktikum bei den Bell Laboratories, bei dem John Bardeen sein Vorgesetzter gewesen war.

»Ich habe die Praktikumsstelle angenommen, weil ich hoffte, dass ich dadurch einen Job bei den Bell Labs bekommen könnte, und als ich angefangen hatte, sagte ich ihnen das natürlich.« Er lachte und zuckte mit den Achseln.

»Mein Vater sagte immer zu mir: ›Wenn du etwas haben willst, frag danach – vielleicht bekommst du es dann ja.‹ Aber wie man das macht, hat er mir nicht gesagt. Das musste ich selbst herausfinden. Dr. Bardeen war brillant, eines der wenigen echten Genies, die ich kennen gelernt habe – und er hatte gerade seinen *zweiten* Nobelpreis in Physik bekommen. Ich war damals noch jünger als Sie beide, die Tinte auf meiner Doktorarbeit war noch nicht einmal richtig trocken, ich hatte keine Ahnung, wie man sich auf dieser Ebene verhält, und war völlig begeistert von meinen Ideen, begeistert von *neuen* Ideen.

Ich wollte Dr. Bardeen beeindrucken. Und dazu habe ich genau das Gleiche getan wie in der Schule, wo ich meinen Lehrern bewiesen hatte, dass ich genauso klug war wie sie. Oder klüger. Und daher habe ich dieses Praktikum behandelt, als wäre es ein Seminar an der Uni – mit Gehaltsscheck allerdings. Sie ahnen sicher schon, was dann passiert ist – Dr. Bardeen und ich waren prinzipiell nie einer Meinung, vor allem nicht darüber, wie klug ich denn nun eigentlich war. Mindestens einmal in der Woche hatten wir einen richtigen Streit miteinander, und ich habe kein einziges Mal gewonnen. So langsam gewöhnte ich mich an den Gedanken, im Labor wie ein Idiot behandelt zu werden. Aber ich war ein sturer Idiot. Je weniger Erfolg ich hatte, desto fanatischer versuchte ich, den offensichtlich falschen Eindruck zu korrigieren, den Dr. Bardeen von mir hatte. Und das hat dann dazu geführt, dass ich am Ende ganz und gar unausstehlich war.

An meinem letzten Tag bin ich in Dr. Bardeens Büro gegangen, weil ich eine Diskussion weiterführen wollte, die wir schon ein paar Wochen früher begonnen hatten – ich glaube, es ging um Fahys Ansatz zur Modellierung des Verhaltens komplexer Stoffe aus den Grundprinzipien. Inzwischen ist das ja ein alter Hut. Aber so weit kam es gar nicht. Dr. Bardeen sagte, dass man mir keinen festen Job anbieten würde. Und dann meinte er noch, dass ihm unsere Diskussionen viel Spaß gemacht hätten und dass er der Meinung sei, ich hätte dafür gesorgt, dass es ein sehr ›lebhaftes‹ Jahr geworden sei – für mich hörte sich das so an, als wäre ich eine Art Pausenclown für ihn gewesen. Dann drückte er mir sein Empfehlungsschreiben in die Hand.

Ich hatte Angst, den Brief in seiner Gegenwart zu öffnen. Ich wollte ihn nicht einmal aufmachen, als ich allein war. Also saß ich in meiner Küche, starrte auf den Umschlag, und mit einem Mal wurde mir klar, welche Fehler ich gemacht hatte. Ich brauchte etwa eine Stunde, bis ich einen Punkt erreicht hatte, an dem ich dachte, den Brief lesen zu können, ohne zusammenzubrechen, und in dieser Stunde habe ich das ganze letzte Jahr nachgeholt und bin erwachsen geworden.«

Er trank einen Schluck Eiswasser, bevor er weitersprach. »Dr. Bardeens Brief enthielt ganze zwei Sätze. Er hatte geschrieben: ›Karl Brohier wird eines Tages Großes leisten. Ich kann seine Anstellung ohne jede Einschränkung empfehlen.‹«

Lee fing an zu lachen. »Nein!«

»Doch. Aber das war noch nicht alles – er hatte mir noch eine persönliche Nachricht geschrieben und unten auf den Brief geklebt. ›Ein alter Stier und ein junger Stier gehören nicht auf dieselbe Weide. Nehmen Sie es nicht persönlich – und hören Sie bloß nicht damit auf, sich durchsetzen zu wollen. Viel Glück – J. B.‹« Brohier lächelte vergnügt vor sich hin. »Den kleinen gelben Zettel habe ich heute noch.«

»Schätze mal, er hat gewusst, dass er es mit einem großen Talent zu tun hatte«, meinte Gordon.

»Vielleicht war es auch nur eine sich selbst erfüllende Prophezeiung«, entgegnete Brohier. »Niemand – bis auf meine Eltern vielleicht – war so überrascht wie ich, als Dr. Bardeens Vorhersage in Erfüllung ging. Meine Eltern waren sicher sehr erstaunt, als sie erfahren haben, dass ich schließlich doch noch etwas Wichtiges fertig gebracht hatte. Aber das ist eine ganz andere Geschichte. Die nächsten fünfzehn Jahre habe ich mit der Last dieser Erwartungen gelebt, bis es mir schließlich gelungen ist, aus einer von Dr. Bardeens wilden Ideen, die er irgendwann einmal aufgegeben hatte, das erste funktionierende Beispiel für Festkörperspeicher zu entwickeln.« Brohier lächelte ironisch. »So lange habe ich gebraucht, um eine Diskussion mit ihm zu gewinnen.«

»Haben Sie ihn dann angerufen und gesagt: ›Sehen Sie‹?«, wollte Gordon wissen.

»Das ging leider nicht mehr. Er war einige Monate vorher gestorben. Und dann hätte ich natürlich zugeben müssen, dass er mit seinen anderen wilden Ideen auch Recht hatte – vielleicht es ist so besser.«

Brohier griff nach einer Serviette und wischte sich die Hände daran ab, obwohl er kaum etwas gegessen hatte. »Ich habe den Eindruck, als würden Sie beide mein vergangenes Leben leben. Sie haben ihre wichtigste Entdeckung bereits gemacht, noch dazu in einem sehr jungen Alter. Die Folgen davon werden Ihnen erst jetzt klar, und es ist nicht gerade einfach, einen Weg zu finden, um sich von dieser Last wieder zu befreien.«

Er weiß es, wurde Lee schlagartig klar. Der Gedanke daran schnürte ihr den Brustkorb ein, nahm ihr die Luft zum Atmen und ließ ihr Gesicht zu einer Maske erstarren.

Brohier redete weiter. »Meine größten Fehler – Fehler, die aus Naivität, blindem Idealismus und Egozentrik entstanden sind und über die man später immer sagt: ›Ich war jung, ich habe es damals nicht besser gewusst‹ –, diese Fehler habe ich immer dann gemacht, wenn meine Entscheidung ausschließlich Folgen für mich selbst hatte. Sie haben diesen Luxus nicht mehr. Sie sollen wissen, dass ich sehr viel für Sie beide übrig habe – und meine Sympathie für Sie wird nur leiden, wenn Ihre Fehler die Grenzen meiner Verantwortung überschreiten. Ich habe Sie bereits gewarnt und Ihnen gesagt, dass das, was vor uns liegt, sehr viel schwieriger sein wird als das, was wir bereits hinter uns haben. Wie sagt man so schön? Heute ist das Morgen, über das man sich gestern Sorgen gemacht hat.«

Brohier warf einen Blick auf seine Nachrichtenuhr, aber Lee konnte nicht sagen, ob er nur wissen wollte, wie spät es war, oder überprüfte, ob neue Nachrichten für ihn eingegangen waren. »Die zweite Kolonne müsste inzwischen eingetroffen sein.« Er stand auf. »Es wird Zeit.«

Der Plan für den Umzug des Labors und der Mitarbeiter hatte sich ganz simpel angehört, als Donovan King ihn Gordon und Lee im Büro des Direktors erklärt hatte. Die Prototypen wurden getrennt und unter Bewachung auf die Reise geschickt, wobei die erste Einheit des Davisson Labs als Umzug eines Privathaushalts getarnt und der Lastwagen mit der transportablen Einheit und dem Anhänger umgespritzt wurde, damit man ihn für den Lieferwagen eines Elektrikers hielt. Welche Route die beiden Konvois nehmen würde, hatte King nicht gesagt, aber Gordon vermutete, dass keine der beiden Einheiten auf direktem Weg nach Nevada gefahren wurde oder die ganze Strecke über im selben Fahrzeug blieb.

Auch Lee und Gordon sollten getrennt reisen, jeder von ihnen in Begleitung eines Leibwächters. Gordons erste Zwischenstation war Atlanta, und Lee würde ihren Flug in Minneapolis unterbrechen, aber wie die gesamte Strecke aussah und wo sie letzten Endes landen würden, wussten sie immer noch nicht, da ihre Flugtickets bis zum Einsteigen von ihren Reisebegleitern verwahrt wurden. Gordon nahm an, dass King einen Plan ausgearbeitet hatte, um ihre Spuren zu verwischen – ein Tickettausch beim Umsteigen vielleicht –, sodass es aussah, als wären sie ganz woanders hingeflogen.

»Montagnachmittag sind Sie dann alle im Annex«, hatte King versprochen.

Aber nachdem King mit der ersten Kolonne abgefahren war, fing Gordon an, sich zu wundern. Und als Brohier sich anhörte, als würde er mehr als nur Columbus ›Auf Wiedersehen‹ sagen, fing er an, sich Sorgen zu machen. Als sie im Korridor waren, drückte sich Gordon an Brohier vorbei und rannte nach draußen in den Hof. Ein einziger Blick genügte, und er wusste, dass einiges schief gelaufen war.

Lastwagen und Anhänger von Baby II waren tatsächlich umgespritzt worden. Sie passten jetzt hervorragend zu den olivgrünen Fahrzeugen, die um sie herum standen, und den vier Soldaten in grünen Uniformen, die mit ihren M-16 im Anschlag den Lastwagen mit Baby II bewachten. Die anderen Fahrzeuge trugen das Emblem des 612th Engineer Battalion der Nationalgarde. Gordons Werkzeuge, die inzwischen auf dem Lastwagen hätten sein sollen, standen immer noch fünfzig Meter entfernt auf dem Gehweg.

Gordon schoss vor Wut das Blut in die Wangen. Er drehte sich zu Brohier um. »Mistkerl – Sie haben mich angelogen ...«, rief er.

»Ja«, sagte Brohier. »So wie Sie mich angelogen haben. Wir unterhalten uns in meinem Büro darüber, in ein paar Minuten.« Er drückte sich an Gordon vorbei, hob eine Hand und rief: »Captain Brandt!«

»Verdammt noch mal, kommen Sie sofort zurück!« Gordon wollte Brohier nachgehen, aber dann stand plötzlich Lee neben ihm und packte ihn am Arm. »Tu es nicht«, sagte sie.

Er schüttelte ihren Arm ab und wich einen Schritt zurück. »Ist dir denn nicht klar, was das bedeutet?«, fragte er und deutete auf den Militärkonvoi. »Er überlässt unsere Arbeit dem verdammten Pentagon.«

»Mir ist klar, was es bedeutet«, fuhr sie ihn an. »Es bedeutet, dass wir Mist gebaut haben und Brohier es weiß. Es bedeutet, dass er ihnen inzwischen mehr vertraut als uns. Es bedeutet, dass wir draußen sind, und das zu Recht. Na los, renn ihm nach, vielleicht kannst du ihn ja überreden, dass er uns auch noch dem Militär übergibt. Wie würde wohl die Anklage lauten, Gordie – Spionage oder Hochverrat? Oder vielleicht doch nur fünffacher Mord?«

Gordon, der von ihrem heftigen Ausbruch völlig überrascht wurde, fiel nichts ein, was er ihr hätte antworten können. Er ärgerte sich darüber, dass er nichts tun konnte, und sah schweigend zu, wie Brohier mit einem der Uniformierten redete, der offensichtlich die Leitung über den Konvoi hatte. Als sich die beiden die Hand gaben, fiel Gordon auf, dass der Captain keine Abzeichen der Einheit auf seinem Tarnanzug trug.

»Warum haben sie die Nationalgarde geschickt, um

Baby II abzuholen?«, sagte er leise. »Antwort – dafür gibt es keinen Grund, also ist das hier nicht die Nationalgarde. Vermutlich der Militärgeheimdienst. Niemand würde sich wundern, wenn er ein paar Wochenendsoldaten auf dem Highway sieht – und sie können direkt zu Camp Perry oder Camp Grayling fahren, Baby II in einen V-22-Senkrechtstarter verladen und damit überall hinfliegen.«

»Das spielt jetzt keine Rolle mehr«, sagte Lee. »Wir können nichts mehr tun.«

Gordon schüttelte langsam den Kopf. »Das akzeptiere ich einfach nicht.«

Während sie miteinander sprachen, war der Captain in einen der drei Hummer geklettert. Es waren keine Befehle zu hören, aber plötzlich wurden sämtliche Motoren gestartet, und die vier Soldaten verließen ihren Posten, um sich auf die vier Fahrzeuge zu verteilen.

»Es wird dir wohl nichts anderes übrig bleiben«, sagte Lee kurz angebunden, als Karl Brohier einige Schritte zurückwich und sich wieder zu ihnen gesellte. Der Hummer an der Spitze rollte vorwärts, die übrigen Fahrzeuge folgten mit militärischer Präzision. Als der Lastwagen mit Baby II an ihnen vorbeirollte, spürte Gordon, wie wieder der Zorn in ihm hochstieg. Aber weder er noch die beiden anderen sagten etwas, bis der Konvoi das innere Tor passiert hatte und hinter einer Kurve der Zufahrtsstraße verschwunden war.

»Und jetzt werden wir uns über Sie beide unterhalten«, sagte Brohier. Er drehte sich um und ging auf sein Büro zu, ohne ihre Antwort abzuwarten.

Brohier wartete hinter seinem Schreibtisch auf Gordie und Lee. »Setzen Sie sich«, sagte er. »Ich muss Ihnen noch eine Geschichte erzählen.«

Gordon und Lee wechselten einen Blick und setzten sich dann auf die beiden am nächsten stehenden Stühle.

»Gestern Abend habe ich einen Anruf von einem Mitglied der vereinigten Stabschefs bekommen«, sagte Brohier. »Er war gerade dabei, einen Bericht zu prüfen, den er von der NSA bekommen hat. Sie achten zurzeit auf alles, was mit unserer Entdeckung zu tun haben könnte. Allerdings waren sie nicht darauf gefasst, Informationen darüber im *Cleveland Plain Dealer* zu finden.« Er drehte seinen Monitor zu ihnen hin. »Das Sicherheitsprotokoll beweist, dass Sie und der Lastwagen nicht auf dem Campus waren, als die Sache passiert ist, Dr. Greene. Der Kilometerstand des Lastwagens … wir sind hier nicht vor Gericht. Sie und ich wissen, dass das auf Ihr Konto geht.«

Greene warf einen kurzen Blick auf den Artikel, der auf dem Monitor angezeigt wurde. »Ja«, bestätigte er. »Dass das Feuer ausgebrochen ist, tut mir wirklich Leid. Der Kollimator hat nicht so funktioniert, wie ich mir das vorgestellt hatte.« Er zuckte mit den Achseln. »Um die Wahrheit zu sagen, ich weiß fast nichts über das Trigger-Feld – nachdem es den Sender verlassen hat, jedenfalls.«

»Aber Sie haben gewusst, welche Wirkung es auf das Auto haben würde, in dem die Jugendlichen saßen.«

»Das Auto, in dem die Jugendlichen mit ihren Waffen saßen«, korrigierte Greene. »Ja, das stimmt. Aber machen Sie sich nichts vor – diese ›Jugendlichen‹ haben es nicht verdient, in einem Atemzug mit ihren Altersgenossen genannt zu werden, die sich in ihrer Freizeit mit ganz anderen Dingen beschäftigen.«

»Das sagen *Sie*«, erwiderte Brohier. »Aber *ich* sagte, dass das hier kein Gericht ist und ich keine Rechtfertigungen von Ihnen hören will.«

»Warum reden Sie eigentlich immer nur mit Gordie?«, meldete sich Lee zu Wort. »Ich war ja schließlich auch dabei.«

Brohier sah sie erstaunt an. »Darüber liegen mir keine Informationen vor.«

»Wie soll das gehen?«, wollte Lee wissen. »Der Sicherheitsbeamte muss uns beide ausgetragen haben. Es war meine Schwester, der wir geholfen haben. Mich trifft eine größere Schuld als Gordie. Er hat es für mich getan.«

»Du brauchst das nicht zu tun, Lee«, sagte Gordon leise. »Dr. Brohier, ich habe den Lastwagen gefahren. Ich habe auf den Knopf gedrückt. Ich habe es aus eigenem Antrieb und aus eigenen Beweggründen getan. Alles andere zählt nicht. Ich trage die volle Verantwortung dafür.«

»Gordie ...«

Aber beide Männer ignorierten Lee.

»Wissen Sie eigentlich, wie groß diese Verantwortung ist?«, fragte Brohier. »Wir haben eine einmalige Chance, den Trigger auf eine ganz bestimmte Art und Weise einzusetzen, einen Präventivschlag durchzuführen, wenn man es denn so nennen will – eine Chance, die sofort vorbei ist, wenn die Öffentlichkeit von seiner Existenz erfährt. Ich habe beschlossen, Ihnen keine konkreten Beispiele dazu zu nennen, nur so viel – es gibt einige Akteure auf dieser Bühne, denen man besser nicht die Chance zu einer Wiederbewaffnung geben sollte. Außerdem gibt es eine nahe liegende Gegenmaßnahme für den Trigger, und einige Regierungen werden sich nicht scheuen, sie einzusetzen: Sie werden Strafgefangene oder Geiseln als menschliche Schutzschilde in ihre Waffenlager setzen. Das Leben *rechtschaffener* Menschen steht auf dem Spiel, Dr. Greene – das Leben guter Soldaten und unschuldiger Zivilisten. Aber genau diesen Menschen soll der Trigger doch eigentlich helfen.

Sie denken jetzt vielleicht, dass Sie in Cleveland Heights auch in diesem Sinne gehandelt haben – ein Präventivschlag zur Verteidigung rechtschaffener Menschen. Aber da Sie einseitig gehandelt haben, eine ungetestete Ausrüstung in der Praxis ausprobiert haben, den zweiten Prototyp ohne ausreichende Bewachung mit nach draußen genommen haben, die Aufmerksamkeit der Öffentlichkeit erregt und der Polizei ein Rätsel aufgegeben haben, haben Sie vielleicht einen unkalkulierbaren Schaden angerichtet.« Brohier tippte mit dem Zeigefinger auf die Schlagzeile des Artikels vor sich. »Niemand weiß, wie viele Leute heute Abend denken werden: ›Hm, ich frage mich, was da passiert ist.‹ Und in dem Moment, in dem sich der Erste von ihnen zusammenreimt, was es gewesen ist, haben wir unsere Chance so gut wie vertan.«

»Ich glaube nicht, dass sich irgendjemand darüber Gedanken machen wird«, sagte Greene. »Wegen so etwas regt sich doch heute keiner mehr auf.«

»Ich bin sicher, dass sich die Polizei von Cleveland Heights darüber Gedanken machen wird«, sagte Brohier. »Und wir können es uns nicht leisten, dass sie Terabyte in ihre Ermittlungen hineinziehen.«

»Das wird nicht passieren«, antwortete Greene. »Niemand hat mich gesehen. Nicht einmal die Zielobjekte. Jeder denkt, es wäre ein Autounfall gewesen.«

»Das können Sie mir nicht garantieren. Vielleicht hat jemand den Vorfall mit einer Videokamera gefilmt, oder Sie wurden von jemandem gesehen, der gerade mit dem Hund draußen war.«

»Aber ich sage Ihnen doch, da war niemand«, beteuerte Greene. »Es gibt keine Möglichkeit, eine Verbindung zu Terabyte herzustellen.«

»Nein? Dann erklären Sie mir mal, warum die NSA mich angerufen hat«, entgegnete Brohier. »Sie haben sie auf uns aufmerksam gemacht. Alle grundlegenden Elemente sind vorhanden. Und manchmal ist es Motivation genug, wenn man weiß, dass etwas möglich ist. Daher habe ich beschlossen, das transportable System schon jetzt an das Verteidigungsministerium zu übergeben. Es war von Anfang an geplant, dass sie es zu Testzwecken bekommen sollten, aber ich hielt es für das Beste, wenn Baby II jetzt verschwindet und in die Hände von jemandem kommt, der einem neugierigen Polizeibeamten die Tür vor der Nase zuschlagen kann.«

»Und wir sollen jetzt wohl auch verschwinden«, sagte Lee.

»Wenn das alles wäre, was ich von Ihnen brauche, würde ein Anruf genügen«, erwiderte Brohier. »Nein, ich verlange etwas viel Schwierigeres von Ihnen beiden, jetzt, nachdem Sie Gelegenheit gehabt haben, egoistisch zu sein. Ich möchte, dass Sie beide Ihre privaten Probleme erst einmal vergessen und das Richtige tun.«

»Wobei Sie definieren, was ›das Richtige‹ ist«, meinte Greene herausfordernd.

»Sie sagen es«, antwortete ihm Brohier. »Dr. Thayer, würden Sie bitte für eine oder zwei Minuten draußen warten?«

»Sie kann ruhig hier bleiben«, sagte Greene. »Ich habe nichts dagegen.«

»Aber ich«, wandte Brohier ein. »Dr. Thayer, bitte.«

»Lee, lass dich doch nicht so von ihm herumkommandieren«, sagte Greene, der Lees Beispiel gefolgt und ebenfalls aufgestanden war.

»Ist schon in Ordnung, Gordie.« Sie strich ihm leicht mit den Fingerspitzen über den Handrücken, als sie an ihm vorbei nach draußen ging.

Als sich die Tür hinter ihr geschlossen hatte und die beiden Männer allein waren, drehte sich Greene wieder zu Brohier. »Also?«

»Sie sind ein ausgezeichneter Ingenieur, Dr. Greene«, sagte Brohier. »Aber als Hacker sind Sie lediglich Durchschnitt, und die NSA hat ganze Abteilungen mit Leuten, die besser sind als Sie – besser als die meisten Hacker. Für sie ist es eine Frage der Ehre, so gut wie alles zu entdecken, wenn Sie den Cyperspace durchkämmen. Außer dieser Nachrichtenmeldung haben sie auch die Kopie der Forschungsdatenbank gefunden, die Sie in einzelnen Teilen überall im Net gespeichert haben. Und einer unserer Leute hat das Trojanische Pferd entdeckt, das Sie an die Personaldatensätze von Terabyte angehängt haben – mit dem die Datenbank auf einem halben Dutzend Server veröffentlicht worden wäre, wenn man Sie entlassen hätte.«

»Ich musste es einfach versuchen«, sagte Greene.

»Nein, das mussten Sie nicht. Sie hätten uns vertrauen müssen – und dazu waren Sie nicht bereit.«

»Werden Sie mich der Polizei übergeben? Oder erwarten Sie von mir, dass ich mich selbst anzeige?«

»Weder noch. Ich werde Ihnen noch eine Chance geben. Noch eine Chance, um endlich ihren bequemen Zynismus zu überwinden und zu beweisen, dass Sie das Vertrauen, das man in Sie setzt, auch verdienen. Liegt Ihnen immer noch daran, Dr. Thayer aus der ganzen Sache herauszuhalten?«

Greene dachte eine Weile nach, bevor er antwortete. »Ja.«

»Selbst wenn Sie gar nicht weiß, dass Sie das für sie tun?«

»Selbst dann.«

»Dann möchte ich Sie bitten, heute noch zu kündigen …«

»Was wollen Sie damit erreichen?«

»Zunächst einmal bedeutet es, dass ich Ihren Namen nicht mehr auf die Liste für die Sicherheitsüberprüfung durch das FBI setzen muss, denn offiziell werden Sie nie Teil dessen sein, was aus dem Trigger-Projekt geworden ist«, entgegnete Brohier. »Und außerdem brauche ich dann nicht zu erklären, warum ich Sie gefeuert habe – Sie sagen einfach, dass Sie nicht bereit waren, den Umzug mitzumachen.«

»Ist das alles, was Sie wollen? Peinlichen Fragen aus dem Weg gehen?«

»Nein.« Brohier öffnete die rechte Schublade seines Schreibtisches und holte etwas heraus. Als er es auf die Schreibtischplatte legte und zu Greene hinschob, sah dieser, was es war – ein 10-GB-Festkörperdatenblock. »Ich möchte, dass Sie das hier für mich aufbewahren.«

»Was ist das?«

»Eine Kopie des Trigger-Forschungsarchivs, identisch mit jener, die Sie zu verstecken versucht haben – gleiches Verschlüsselungsschema, gleicher Passwortschlüssel«, sagte Brohier. Greene riss vor Überraschung die Augen auf. »Wenn Sie Terabyte auf die Art und Weise verlassen, die ich Ihnen gerade vorgeschlagen habe, freiwillig, ohne dass der Schatten eines Verdachts auf Ihnen lastet, wird sich vermutlich niemand, mit dem wir zusammenarbeiten, fragen, ob Sie etwas verstecken – oder ob Sie sich vor etwas verstecken.«

»Das verstehe ich nicht. Was soll ich denn damit machen?«

»Behalten Sie die Kopie. Verstecken Sie sie. Warten Sie ein Jahr. Und wenn nach einem Jahr nichts oder das Falsche passiert ist, bringen Sie das hier zu Senator Wilman und seiner Gruppe und helfen ihnen, das Beste daraus zu machen. Aber lassen Sie uns ein Jahr Zeit, um alles in Gang zu bringen. Lassen Sie uns ein Jahr Zeit, um unsere Chance zu nutzen.«

Greene beugte sich vor und nahm den Datenblock in die Hand. »Woher wollen Sie wissen, dass ich das hier nicht gleich morgen früh veröffentliche und dann einfach verschwinde?«

»Ich würde gerne sagen: weil ich Ihnen vertraue.« Brohier schob die Schublade zu. »Aber Ihnen ist sicher auch klar, dass Lee darunter leiden wird, wenn Sie das tun. Denn dann wird alles herauskommen, und Lee wird den Preis für Ihre Selbstgefälligkeit bezahlen, weil sie diejenige ist, die greifbar ist.«

»Dann ist Lee also die Geisel in *Ihrem* Waffenlager?«

»Ich gebe Ihnen die Möglichkeit zu wählen, Dr. Greene – und das ist offen gesagt mehr, als Sie eigentlich verdient haben.«

Greene runzelte die Stirn und nahm den Speicherblock in die andere Hand. »Was werden Sie der NSA sagen?«

»So wenig wie möglich. Dass wir Sie darum gebeten haben, die Datenbank zu archivieren. Über die Tatsache, dass Sie versucht haben, noch eine Kopie für sich persönlich anzulegen, können wir kommentarlos hinweggehen.«

»Und die Polizei von Cleveland Heights?«

»Sie sagten doch, dass Sie von niemandem gesehen worden sind?«

»Stimmt.« Greene starrte einen Augenblick lang auf den Speicherblock, dann steckte er ihn in die Tasche. »Wo schicken Sie Lee hin? Soll Sie immer noch im Annex arbeiten?« Als Brohier mit seiner Antwort zögerte, klopfte Greene auf die Ausbuchtung in seiner Tasche. »Wenn Sie mir das hier anvertrauen …«

Brohier gab nach. »Wenn sie damit einverstanden ist, wird sie Baby II ins Testzentrum der DARPA folgen und dort einige Mitarbeiter ausbilden, die das System bedienen und warten sollen. Danach wird sie zu uns in den Annex kommen.«

Greene nickte und stand auf. »Das wird nicht leicht für sie sein«, sagte er. »Eine neue Umgebung, Menschen, die sie nicht kennt.«

»Ich weiß.« Brohier stand ebenfalls auf. »Aber wenn Sie eine solche Verantwortung übernehmen können, wird es Dr. Thayer sicher auch schaffen.«

»Ich habe so das Gefühl, als würden Sie sie dazu überreden können, es auf jeden Fall zu versuchen.« Greene stieß einen tiefen Seufzer aus, mit dem auch seine Aggressivität verschwand. »Dr. Brohier, wenn das nächste Jahr so verläuft, wie Sie es sich vorstellt haben ...«

»... würde mich das schon sehr wundern«, vollendete Brohier mit einem gequälten Lächeln.

»Ich habe mich nur gefragt, ob ...«

»Ich weiß«, erwiderte Brohier. »Die Antwort ist Ja. Wenn wir Sie in einem Jahr von heute an nicht für etwas Wichtigeres brauchen, können Sie zurückkommen.« Er hielt Greene die Hand hin.

Ein Jahr Bewährung. Ein Jahr Buße. Vergleichsweise wenig für das, was ich getan habe – was ich beinahe getan hätte. Greene schüttelte dem Direktor die Hand. »Viel Glück«, sagte er mit unerwartet viel Gefühl. »Wir sehen uns nächstes Jahr im Oktober.«

13.

Maschinen

Paris, Frankreich – Suchen Sie noch nach dem ganz besonderen Geschenk? Auf der alle zwei Jahre stattfindenden europäischen Verteidigungsausstellung, die am Montag für eine handverlesene Schar kaufkräftiger Interessenten eröffnet wurde, können Sie iranische Panzer, französische Panzerbrecherraketen und chilenische Panzerabwehrminen ausprobieren und kaufen. »Es geht hier genauso zu wie bei anderen Verkaufsmessen«, sagte Henri Foucault, der Organisator der Ausstellung, die eine Woche dauert. »Aufwendig gestaltete Stände, Vertriebsleute in Anzügen, schöne Models und dumme Werbegeschenke. Bis auf die Produktdemonstrationen ist das Ganze eigentlich ziemlich langweilig.«

Vollständige Meldung
Top 10 der Waffenexporteure
Besucher der europäischen Verteidigungsausstellung suchen Verschwiegenheit und haben dicke Scheckbücher mitgebracht

Die ersten Mark-I-Systeme rollten fünf Tage vor Weihnachten vom Band der Brass-Hat-Fabrik in North Sioux City. Sie waren mit einer offiziellen, unaussprechlichen Pentagon-Bezeichnung (XM9M1, die Abkürzung für experimentelle Munition 9, Mark I) und einer Seriennummer (0001-1) versehen, ansonsten aber fast baugleich mit dem von Hand gebauten transportablen Prototyp. Die einzigen nennenswerten Änderungen waren der Austausch des Drei-Kilowatt-Caterpillar-DuoCat durch einen speziellen Generator des Militärs, der mit einer Kaltentkopplungs-Brennstoffzelle von Toyota ausgerüstet war, und ein zusätzlicher Sicherungsmechanismus für die Komponente, die jetzt Schusssteuerung genannt wurde.

Die Seriennummern 1 bis 10 wurden ohne viel Aufhebens dem 41st Tactical Batalion und seiner 3rd Combat Engineering Division übergeben. Das 41. Bataillon war reorganisiert worden und sollte Transport und Installation der Mark I Trigger übernehmen, während für die Bewachung der Einheiten eine neue Sicherheitstruppe vorgesehen war, die gerade zusammengestellt wurde. Alle zehn Einheiten wurden zunächst auf einen wieder eröffneten Militärflugplatz aus der Zeit des kalten Krieges in North Dakota gebracht, wo sie noch einmal bei laufendem Betrieb überprüft und zwei Tage lang getestet wurden.

Am Neujahrstag war Nummer 1 im Keller des Weißen

Hauses installiert. In der darauf folgenden Woche wurde der Trigger einige Male für wenige Sekunden aktiviert, damit seine Ausgangsleistung kalibriert werden konnte. Als dieser Prozess abgeschlossen war, umgab sein schützender Halo das gesamte Weiße Haus, den Ostflügel des Executive Office Building, den Westflügel des Finanzministeriums, die Fußgängerzone der Pennsylvania Avenue, den East Executive Drive mit dem Touristeneingang und die Hälfte des Südrasens.

Die Entscheidung, wie der Trigger eingesetzt werden sollte – als primäre Schutzeinrichtung oder als Unterstützung für die vorhandenen Sicherheitssysteme und -maßnahmen –, war alles andere als einfach. Nach endlosen Diskussionen mit dem Finanzminister und dem Direktor des Secret Service setzte sich Breland über beide hinweg und ordnete an, das System rund um die Uhr einzuschalten.

»Ich war immer der Meinung, dass das amerikanische Volk die Möglichkeit haben sollte, hierher zu kommen und sich ein Haus anzusehen – keine Festung«, sagte er. »Was für eine Art von Beispiel soll das sein, was für ein Signal geben wir hier, wenn ich andere bitte, ihre Waffen niederzulegen, und ihnen sage, dass sie dieser Technologie vertrauen sollen, im gleichen Atemzug aber zugebe, dass *ich* ihr nicht vertraue?«

Und das bedeutete, dass Breland ›innerhalb der Blase‹ von speziell ausgebildeten Agents des Secret Service bewacht wurde, die ein intensives Training mit Schockstäben und Druckluftgewehren absolviert hatten. Die Scharfschützen auf den umliegenden Dächern wurden abgezogen und durch Agents ersetzt, die Armbrüste mit einem Abschussgewicht von 250 Kilogramm trugen – eine Elitetruppe, die sich nach einiger Zeit inoffiziell ›Kompanie St. Georg‹ nannte, nach der mit Armbrüsten ausgestatteten Garde, die im Mittelalter Leibwache der englischen Könige gewesen war.

Konventionelle Waffen waren im neuen Sicherheitskonzept zwar immer noch vorgesehen, wurden aber außerhalb der Reichweite des Triggers positioniert. Die Luftabwehreinheit des Weißen Hauses, die mit den neuen, von der Schulter abgefeuerten Flugabwehr-Lenkwaffen vom Typ Raven ausgerüstet war, wurde auf die Dächer des Handelsministeriums und eines Verwaltungsgebäudes verlegt. Und um die Elitetruppe des Secret Service zu unterstützen, wurden Einsatzteams mit konventionellen Schusswaffen im Executive Office Building und am Zaun zum Südrasen postiert.

Nach mehreren Wochen Training und Probeeinsätzen wurde das alte Sicherheitssystem während Brelands Rede an die Nation still und leise durch das neue Konzept ersetzt.

Trigger Nummer 2 wurde auf der Ladefläche eines schwarzen Lieferwagens mit getönten Fenstern, Regierungskennzeichen und eigenem Generator installiert. Der Lieferwagen sollte bei offiziellen Anlässen direkt hinter der Präsidentenlimousine fahren und auf diese Weise deren Panzerung verstärken.

Obwohl bis jetzt noch keine Luftabfangtests durchgeführt worden waren, wurden Nummer 3 und 4 im Frachtraum von Air Force One und Air Force Two installiert, den beiden Flugzeugen Präsident Brelands, die im Falle eines Krieges als fliegende Kommandozentren dienten. Da die beiden 747-200 keine Waffen an Bord hatten, waren nur geringfügige Änderungen erforderlich, die lediglich die Agents des Secret Service und die üblicherweise mitgeführte Überlebensausrüstung betrafen.

Nummer 5 wurde nach Camp David in Maryland gebracht und neben dem Kommunikationszentrum installiert, das an das Haupthaus angrenzte. Die Grenze der waffenfreien Zone wurde mit einem Ring aus kleinen, blauen Wimpeln markiert. Die Sicherheitsbeamten des Camps behielten ihre Waffen, hielten sich in der Nähe des Zauns auf und achteten peinlich genau auf die Trigger-Grenze – eine Demonstration mit einer Grapefruit, die mit sechs 9-Millimeter-Patronen gespickt worden war und dann über die Grenze gerollt wurde, hatte genügt, um der Warnung Nachdruck zu verleihen.

Nummer 6 verschwand in den Kellergewölben des US-Kapitols, begleitet von derben Witzen darüber, ob der Kongress als schützenswerte nationale Einrichtung anzusehen war oder nicht.

Nummer 7 wurde im Gebäude des obersten Gerichtshofs installiert, was vom Chef des dortigen Sicherheitsdienstes mit großer Erleichterung aufgenommen wurde. Der Kampf um das Gesetz zur Schusswaffenregistrierung und -kontrolle, das von seinen Befürwortern mit Jubel aufgenommen und von seinen Gegnern als Lizenz zur Entwaffnung angesehen wurde, war noch nicht vorbei. Er wurde mit der gleichen oder sogar noch mehr Entschlossenheit geführt wie der Kampf um das Abtreibungsgesetz, und alles deutete darauf hin, dass er auch genauso lange dauern würde. Durch eine Entscheidung des obersten Gerichtshofs unter dem Vorsitz von Richter Souter war das Gesetz schon vor acht Jahren im Fall *Jefferson gegen die Vereinigten Staaten von Amerika* als verfassungskonform erklärt worden, aber die Morddrohungen und Demonstrationen waren kaum weniger geworden. Der immer am Jahrestag des Urteilsspruchs veranstaltete Marsch, der unter dem Motto ›Wir sind stolz auf unsere Waffen‹ stand, war von Jahr zu Jahr besser besucht.

Trigger Nummer 8 war für das Pentagon vorgesehen, und die vereinigten Stabschefs hatten vier verschiedene Pläne für den Einsatz des Systems in dem berühmten Gebäude entwickelt. Aber dann wurde keiner der Pläne verwirklicht. Offiziell hieß es, man hätte dazu so viele Traditionen aufgeben und so vielen Leuten auf die Zehen treten müssen, dass sich der Trigger sehr schnell zu dem am schlechtesten gehüteten Geheimnis der Militärgeschichte entwickelt hätte.

Breland vermutete jedoch, dass hinter dieser unbestreitbaren Wahrheit noch etwas anderes steckte und die vereinigten Stabschefs eine tief verwurzelte Liebe zum Vertrauten hegten. Obwohl es im Grunde genommen weitaus weniger Schusswaffen innerhalb der Mauern des Pentagons gab, als die meisten Außenstehenden vermuteten, waren die Stabschefs und Generäle – so dachte jedenfalls Breland – einfach noch nicht dazu bereit, ihre Untergebenen mit Besenstielen Wache halten zu lassen, und ihre Dienstwaffen wollten sie erst recht nicht aus der Hand geben.

Daher war es keine allzu große Überraschung mehr, dass auch der Direktor des FBI dankend ablehnte, als ihm ein Mark I für den Sitz der Behörde an der Ecke 10th und Pennsylvania angeboten wurde. Aber er wollte vier Einheiten für eine taktische Bewertung haben – ein Wunsch, der auf der langen Zuteilungsliste des Ausschusses für Operation Brass Hat ganz nach oben gesetzt wurde.

Danach überraschte es niemandem mehr, als auch die Direktorin der CIA das Angebot eines Triggers für das schwerbewachte Hauptquartier des Geheimdienstes in Langley, Maryland, ablehnte. Aber auch ihr war offensichtlich klar, welches Potenzial das System besaß, da sie zehn Einheiten für das Direktorat für Wissenschaft und Technologie anforderte. Dies sah Breland eher mit gemischten Gefühlen, da er sich fragte, wie sichergestellt werden sollte, dass die Einheiten nicht in die Hände des Einsatzdirektorats gerieten.

Die wichtigsten Waffen der National Security Agency waren Technologie und Kryptologie, die der Trigger in keinster Weise bedrohte. Aber da fast alle Einrichtungen der NSA – einschließlich der Hauptverwaltung – in unmittelbarer Nähe von Fort Meade lagen, war die Antwort des Direktors »Nein danke«.

Nummer 8, 9 und 10 wurden daher an Einrichtungen und Behörden vergeben, die laut FBI am meisten gefährdet waren – der Zentralbankvorstand, die Sozialversicherungsbehörde und das zentrale Datenzentrum der Bundessteuerbehörde.

»Eine sichere Welt für Finanzbeamte zu schaffen war nicht gerade das, was ich mir erträumt hatte, als Operation Brass Hat gestartet wurde«, sagte Breland trocken, als er die Transportgenehmigungen unterschrieb. »Heute Morgen habe ich die aktuellen Zahlen von FedStat bekommen

– letztes Jahr gab es fünfunddreißigtausend Tote und einige Hunderttausend Verletzte durch Schusswaffen. Ich will nicht nur die Mitarbeiter von Bundesbehörden schützen, sondern auch *diese* Menschen. Würde mir bitte jemand sagen, dass wir noch auf dem richtigen Weg sind?«

»Die nächsten fünfzig Einheiten – also die Produktion eines Monats – gehen direkt nach Utah, um das Testprogramm zu beschleunigen«, sagte Richard Nolby. »Den zivilen Bereich werden wir nicht vor März versorgen können.«

Breland seufzte. »Ich weiß, dass ich dem zugestimmt habe, aber brauchen sie wirklich so viele auf einmal?«

»Ja, Mr. President«, erwiderte General Steppak. »Eigentlich bräuchten sie hundert oder sogar noch mehr Einheiten. Bis jetzt haben sie nämlich keine Tests durchführen können, bei denen die Gefahr besteht, das einzige funktionierende Exemplar zu beschädigen – beispielsweise Tests, die reale Kampfbedingungen simulieren. Außerdem werden die Sondereinsatztruppen ihre Ausbildung erst in einigen Wochen beendet haben. Wir werden sie brauchen, wenn wir damit anfangen, die streng kontrollierten Umgebungen zu verlassen, in denen die ersten zehn Trigger installiert wurden.«

Breland stützte das Kinn in die Hand, drehte seinen Sessel zum Fenster hin und starrte auf das Schneegestöber draußen. »Vielleicht bin ich auch nur zu ungeduldig, General«, sagte er. »Zurzeit kann ich es kaum ertragen, mir die Nachrichten anzusehen – jede Schießerei, jeder Terroristenanschlag, jeder blutige Kampf in der Dritten Welt scheint noch sinnloser, noch tragischer zu sein, weil ich weiß, dass man *tatsächlich* etwas dagegen tun kann.«

160 Kilometer westlich von Provo im US-Bundesstaat Utah lag die Great Salt Lake Desert, die voll und ganz von der Kriegsmaschinerie in Besitz genommen worden war. Im Laufe der Jahrzehnte waren Hunderte von neuen, exotischen Waffen auf dem Testgelände des Militärs ausprobiert worden. Die weiße Salztonebene, die allein durch ihre abgelegene Lage vor den Blicken neugieriger Augen ge-

schützt wurde, war bombardiert, verbrannt, mit Granaten beworfen, beschossen, vergast und mit giftigen Chemikalien besprüht worden. Überall lagen die Überreste zerstörter Drohnen, zerschossener Panzer und abgestürzter Flugzeuge herum.

In der äußersten südwestlichen Ecke des Testgeländes war ein Sammelsurium aus Hangars, Geschäften, Reparaturwerkstätten und Baracken aufgebaut worden, das von jenen, die dort arbeiteten und lebten, ›die Festung der Einsamkeit‹ und vom Pentagon ›Wüstentestzentrum‹ genannt wurde. Hier wurden die neuesten und geheimsten Waffen einer strengen Prüfung unterzogen. Waffen, die diese Prüfung bestanden, wurden in der Regel in die Bestandsliste des Militärs aufgenommen. Jene, die die Prüfung nicht bestanden, verschwanden in der Regel in der Anonymität von ›ablegen und vergessen‹ – das Schicksal von Geheimprojekten, für die nicht einmal der Feind Interesse hatte.

Der Kommandant des Wüstentestzentrums, Lieutenant Colonel Roger Adams, hoffte inständig, dass der XM9M1-Trigger zur letztgenannten Kategorie gehörte. Und wenn sich dies ohne einen Verstoß gegen die Testprotokolle machen ließ, war er fest entschlossen, das System durchfallen zu lassen – weil ein Erfolg für jeden Truppenkommandanten ein Albtraum gewesen wäre.

Es war für alle besser, wenn sein Bericht in vier Worten zusammengefasst werden konnte: *nicht zuverlässig. Nicht effektiv.*

Die Uhren für den Dauerbetriebstest hatten die 200-Stunden-Schwelle bereits erreicht, und alle acht Systeme funktionierten noch. Aber selbst dieser Test wurde so schwierig wie möglich gestaltet, denn zwei Einheiten waren auf einem Schüttelapparat montiert worden, zwei bekamen unsauberen Strom und zwei wurden alle dreißig Sekunden von einem auf 100 Prozent Leistung geschaltet. Mit etwas Glück würden alle Systeme noch weit vor Erreichen des Testziels von eintausend Stunden ausfallen.

Aber der wichtigste Test sollte an diesem Morgen beginnen. Um sieben Uhr waren drei Fahrzeuge aus Hangar 9 gerollt und nach Norden in das Testgebiet gefahren. Das erste Fahrzeug war ein Hummer, der mit einer Kameraplattform ausgerüstet war, das letzte ein Bradley-Schützenpanzer, der anstelle des sonst üblichen 25-mm-Geschützes einen kleinen Wald aus Antennen trug.

Zwischen dem Hummer und dem Bradley fuhr Bodentestobjekt 1 – ein kastenförmiger, gepanzerter M113-Mannschaftstransportwagen mit schräg abfallendem Kühler, der von einem Operator im Bradley ferngesteuert wurde. In BTO-1 befand sich ein Trigger mit der Seriennummer 00013. (Adams schreckte nicht davor zurück, die Macht des Aberglaubens für seine Zwecke einzuspannen.)

Das Testgebiet lag sechzig Kilometer von der Festung der Einsamkeit entfernt, aber die holprige Zweistundenfahrt mitten durch das Gelände war eigentlich schon die erste Hürde. Und dann wartete auf BTO-1 ein mörderisches Spießrutenlaufen, das es unmöglich überstehen konnte – zuerst ein dicht bestücktes Minenfeld und dann fünf Schusszonen, von denen jede mit noch effektiveren Waffen bestückt war als die Letzte.

Um 8.30 Uhr stiegen Lt. Col. Adams und die Testkoordinatorin, Captain Dionne Weeks, in einen UH-60 M Black Hawk-Hubschrauber, vom dem aus sie den Test persönlich beobachten wollten. Es dauerte nicht lange, bis sie die Testkolonne unter sich erkennen konnten, die jetzt bewegungslos in der Wüste wartete, kurz vor einer mit Wimpeln markierten Grenze. Beide Offiziere setzten Kopfhörer auf, mit denen sie die Kommandofrequenz abhören konnten, und rutschten mit einem Fernglas in der Hand zu den großen Seitenfenstern des Black Hawk hinüber.

»Testkontrolle, hier Testkommando«, sagte Weeks. »Sie können anfangen. Ende.«

»Verstanden, Testkommando. Alle Stationen, fertig machen zur Aktivierung von BTO-1, auf mein Signal.«

Adams und Weeks sahen zu, wie der Hummer und der Bradley einige hundert Meter Abstand zwischen sich und den M113 brachten. Als der Befehl zum Aktivieren kam, konnten sie deutlich erkennen, wie vor dem M113 plötzlich ein riesiger Halbkreis des Minenfelds explodierte und mindestens fünfzig Rauchwolken aus weißen Kristallen und Staub vom Grund des ehemaligen Salzsees in die Höhe schossen. Das geräumte Gebiet war über dreihundert Meter breit. Als sich der M113 vorwärts bewegte, erweiterte sich der Halbkreis um fünfzig Meter und verwandelte sich dann zu einem gigantischen Bogen, der dem Fahrzeug wie eine Bugwelle vorauseilte.

»Das ist unglaublich«, rief Weeks zu Adams hinüber. Sie schüttelte den Kopf. »Für mich sieht das so aus, als könnte das Transportfahrzeug nur dann von einer Mine getroffen werden, wenn der Fahrer es in das Minenfeld bringt, bevor der Trigger aktiviert wird. Eine Panzerkolonne mit einem dieser Geräte an der Spitze bräuchte nicht einmal langsamer zu fahren. Ich würde sagen, das M58 ist damit überflüssig geworden«, fügte sie hinzu.« Das M58 war das modernste Minenräumgerät der Pioniere.

»Das überrascht mich nicht«, rief Adams verärgert. »Aufgrund der statischen Tests war das eigentlich zu erwarten.«

»Ja – aber wenn man es mit eigenen Augen sieht, ist es etwas ganz anderes.«

Nach der Räumung des Minenfelds gab es eine kurze Pause, damit Kameras und andere Aufnahmegeräte zurückgesetzt und der Black Hawk die erste Schusszone anfliegen konnten. Dann wurde der Befehl zum Vorrücken gegeben, und der altersschwache Mannschaftstransportwagen rumpelte vorwärts. Sobald er an der ersten Markierung vorbei war, eröffnete ein Schütze in 500 Meter Entfernung mit einem 40-mm-Automatik-Granatwerfer das Feuer – zuerst einzelne Schüsse, dann kurze Feuerstöße, dann eine zehn Sekunden dauernde Salve aus mehr als hundert Schüssen.

Für den Sergeanten hinter dem Granatwerfer sah es so aus, als wäre jeder Schuss ein Treffer gewesen – aber als sich der Rauch verzogen hatte, fuhr BTO-1 immer noch. Für das Kamerateam im Hummer und die Beobachter im Hubschrauber hatte das Ganze allerdings völlig anders ausgesehen. Von ihnen aus gesehen waren die Granaten mehr als hundert Meter von dem Fahrzeug entfernt explodiert – als hätten sie eine unsichtbare Wand getroffen. Der Mannschaftstransportwagen hatte lediglich einen leichten Schauer aus Granatsplittern abbekommen.

»Ich bin beeindruckt«, rief Weeks. »Für ein Mark 19 sollte ein gepanzerter Mannschaftswagen eigentlich kein Problem sein.«

Adams warf ihr einen finsteren Blick zu und sagte kein Wort.

In der nächsten Schusszone warteten Infanteristen mit zwei drahtgelenkten Panzerabwehrflugkörpern vom Typ Silver Dragon auf den Mannschaftstransportwagen. Ihre Treffsicherheit war bemerkenswert, die Explosionen waren noch lauter und spektakulärer, aber der Endeffekt der gleiche. BTO-1 fuhr einfach weiter.

In der dritten Schusszone stand ein Bradley-Schützenpanzer, auf dem die leistungsfähigste Panzerabwehrwaffe der Infanterie in Stellung gebracht worden war – der drahtgelenkte TOW-2-Flugkörper. Die Durchschlagskraft des Sprengkopfs war so groß, dass er die Frontpanzerung eines großen Panzers brechen konnte und ein leicht gepanzertes Fahrzeug wie den M113 mühelos in seine Einzelteile zerlegt hätte. Aber auch der TOW 2 war machtlos gegen das Trigger-Feld. Die Druckwelle der Explosion wurde durch die große Entfernung derart abgeschwächt, dass der Mannschaftstransportwagen lediglich kräftig durchgeschüttelt wurde.

»Also, wenn ich das nicht mit eigenen Augen gesehen hätte …«, murmelte Adams. »Testkontrolle, hier ist Testkommando – welche Frequenz benutzt der Abrams?«

»Combat 1 für C&C, Combat 2 zur Überwachung, Sir.«

Als BTO-1 in die vierte Schusszone fuhr, beugte sich Adams vor und stellte die Frequenz des Funkgeräts auf Combat 2 ein. Er hörte jetzt andere Stimmen in seinem Kopfhörer. Der M1A2-Abrams-Panzer machte sich bereit, seine 120-mm-Kanone aus einer Entfernung von 800 Metern abzufeuern.

»Kanonier, BTO-1, HEAT«, befahl der Panzerkommandant.

»BTO-1, HEAT, zu Befehl, Sir!«

»Ziel im grünen Bereich«, sagte die Testkontrolle.

»Kanonier, Feuer frei!«

»Feuer frei, zu Befehl, Sir!«

Aus dem Rohr des Panzers schoss eine grauweiße Wolke hervor, die von einer riesigen Stichflamme durchbrochen wurde, als das gewaltige Geschoss auf sein Ziel zuraste. Die Detonation des hochexplosiven Geschosses war so gewaltig, dass die Erde bebte und der Black Hawk kurz durchgeschüttelt wurde, als die Druckwelle ihn erreichte. Aber obwohl die Explosion eine Antenne abknickte und den Mannschaftstransportwagen auf der geborstenen Erde der Salzpfanne einen halben Meter zur Seite schob, konnte sie keinen größeren Schaden anrichten.

»Kanonier, BTO-1, SABOT.«

Als Weeks dies hörte, drehte sie sich um und starrte Adams an. »Wer hat das der Testroutine hinzugefügt?«, wollte sie wissen.

»Ich«, erwiderte Adams.

»BTO-1, SABOT, zu Befehl, Sir.«

»Aber ein SABOT-Geschoss enthält keinen Sprengsatz. Es wird nur als KE-Waffe eingesetzt – Sie wissen genau, was passieren wird.«

»Kanonier, Feuer frei!«

»Feuer frei, zu Befehl, Sir!«

Kurze Zeit später war von dem Testobjekt nicht mehr viel übrig – nur noch ein ölverschmierter Brandfleck in einiger Entfernung, eine dicke schwarze Rauchfahne und ein Schauer aus Metallsplittern, die auf die Wüste herabregneten.

»Testkommando an alle Einheiten, sieht so aus, als wären wir hier fertig. Alle Waffen sichern, Datenrecorder abstellen und zum Stützpunkt zurückkehren«, sagte Abrams, als der Jubel der Panzerbesatzung über den Kopfhörer kam.

»Colonel Adams, ich weiß nicht, was das soll«, rief

Weeks und riss sich den Kopfhörer herunter. »In Zone fünf hat ein mit Hellfire-Geschossen bestückter Apache gewartet.«

»Wir sollten das nicht hier diskutieren, Captain«, meinte Adams, dem deutlich anzumerken war, dass er sich ärgerte. Nachdem er seinen Kopfhörer abgenommen hatte, beugte er sich nach vorn, tippte dem Piloten auf die Schulter und signalisierte ihm, dass er zurückfliegen sollte.

»Und wo dann?«

»Warten Sie bis zur Einsatzbesprechung.«

Als der Hubschrauber gelandet war, deutete Adams in Richtung seines Büros und bedeutete Weeks, ihm zu folgen. Hinter verschlossener Tür drehte er sich zu ihr um, die Arme vor der Brust verschränkt. »Zuerst einmal sollten wir klarstellen, dass ich nicht dazu verpflichtet bin, Ihnen eine Erklärung für mein Verhalten eben zu geben.«

»Verstanden, Sir.«

»Schön. Dann betrachten Sie das hier als die Einsatzbesprechung. Was halten Sie von dem Test?«

»Da ich diejenige bin, die auf der ersten Zeile des Testberichts für das Hauptquartier unterschreibt, habe ich eigentlich gehofft, dass zunächst Sie mir Ihren Eindruck schildern.«

Adams sah aus dem Fenster. »Welches Ergebnis hätte Ihrer Meinung nach der Einsatz der Hellfires gehabt?«

»Nun ja – wenn selbst die 120-mm-HEAT nichts dagegen ausrichten konnte, hätten die Hellfires aller Wahrscheinlichkeit auch nichts mehr gebracht.«

»Und in diesem Fall hätten wir jetzt etwa einhundertzwanzig Soldaten, die ein Wunder mitangesehen haben, eine Blechbüchse, die sich in einen unbesiegbaren Panzer mit einem unsichtbaren Schutzschild verwandelt hat – und einhundertzwanzig Gehirne, die bestimmt schon darüber nachdenken, dass es etwas gibt, gegen das wir selbst mit unseren besten Schützen und unserer besten Munition nicht ankommen. Ich will hier niemandem Untreue vorwerfen, Captain Weeks, aber ich glaube nicht, dass sie es alle schaffen werden, nicht darüber zu reden. Und ich will nicht, dass innerhalb der Truppe Gerüchte entstehen. Es gibt nichts Schlimmeres für die Moral.«

»Und daher haben Sie ihnen zum Schluss noch einen großen Knall geschenkt – um sie zu beruhigen.«

»Genau«, sagte Adams. »Captain, ich kann schlecht dafür sorgen, dass die Soldaten alles vergessen, was sie da draußen gesehen haben – aber ein halbes Wunder ergibt längst keine so gute Geschichte, und der Unterschied reicht vielleicht aus, um ihnen dabei zu helfen, den Mund zu halten. Was Ihren Bericht angeht ... Sagen Sie, wie es war, aber komplizieren Sie es nicht unnötig. Ich habe das Testprotokoll ohne Ihr Einverständnis geändert, weil ich wollte, dass der gesamte Munitionsbestand getestet wird.«

Weeks brauchte einen Moment, um das zu verdauen. »Sir«, sagte sie dann langsam, »wenn der Trigger eine größere Reichweite hätte, würde jetzt der Abrams brennen.«

»Sorgen Sie dafür, dass das auch in Ihren Bericht kommt, Captain«, sagte der Colonel mit einem Nicken. »Aber woanders sollten Sie es besser nicht noch einmal sagen.«

An einem klaren, kalten Januarmorgen donnerten zwei Flugzeuge über die Startbahn der Nellis Air Force Base und stiegen in den samtblauen Himmel über Nevada auf. Test 11 bestand aus einem ungleichen Paar – einer altersschwachen F-14 der Marine und einer schnittigen F-22 der Air Force. Aber die beiden Flugzeuge starteten gemeinsam und drehten dann in einem eleganten Bogen nach Südosten ab, der den erfahrenen Piloten verriet.

Der Testflug war sorgfältig geplant worden, und die Crew hatte genaue Instruktionen erhalten. Aber nicht jede Frage war beantwortet worden, und es gab einige Fragen, die nicht einmal gestellt werden durften. Die Frage nach dem Zielflugzeug zum Beispiel. Die meisten Zieldrohnen waren ausgemusterte Kampfflugzeuge, aber dieses Mal sollten sie eine QT-1 Jayhawk ins Visier nehmen, eine Einzelfertigung auf der Basis eines ganz gewöhnlichen zweimotorigen Jets, der zur Ausbildung von Piloten für Tank-

und Transportflugzeuge verwendet wurde. Selbst der Testleiter hatte sich mit einem kleinen Scherz über das ungewöhnliche Ziel lustig gemacht.

»Es wird so aussehen, als wären wir hinter einem Passagierflugzeug aus Salt Lake City her«, hatte der General gesagt. »Also passen Sie auf, dass Sie nicht aus Versehen einen Flug der Southwest Airlines erwischen.«

Das Rätsel wurde noch um einiges größer, als die Piloten erfuhren, dass sie ungewöhnlich viele Waffen für einen Test dabeihatten, bei dem nur eine einzige Drohne abgeschossen werden sollte. Die Tomcat von Captain ›Mojo‹ Thornes war mit Phoenix- und Sparrow-Raketen bestückt, während die Raptor von Captain ›Rhino‹ Oatley Sidewinders und AMRAAMs in ihren Bombenschächten mit sich führte. Alle Raketen hatten scharfe Sprengköpfe. Außerdem hatte jedes der beiden Kampfflugzeuge eine volle Ladung Munition für das 20-mm-Vulcan-Geschütz dabei, die aus unterschiedlichen Geschosstypen zusammengesetzt worden war.

»Mojo, mehr geht beim besten Willen nicht mehr rein«, hatte einer der Waffenmeister gesagt.

»Wenn wir's nicht brauchen, bringen wir es wieder mit«, erwiderte Thorne. Zu seinem Hintermann sagte er später: »Sieht so aus, als wollten sie bei einem einzigen Einsatz Daten für einen ganzen Monat sammeln.«

Die Aussichten, die gewünschte Datenmenge tatsächlich zu bekommen, standen jedoch denkbar schlecht. Man hatte ihnen gesagt, dass das Ziel mit einer experimentellen Abwehrelektronik ausgestattet war, die nur ›das Paket‹ genannt wurde. Über das Prinzip und die Fähigkeiten des Pakets hatte man ihnen nicht einmal andeutungsweise etwas mitgeteilt. Aber Experiment hin, Experiment her, nichts in der Luft würde dem für ihren Einsatz vorgesehenen Waffenarsenal etwas entgegenzusetzen haben – und ein derart verwundbares, flügellahmes Ziel schon gar nicht.

Aber es stand ihnen nicht zu, nach Erklärungen zu fragen oder zu erwarten, dass man sie ihnen gab. Sie würden ihren Auftrag wie Profis erfüllen, die Drohne in Flammen setzen und den Rest denen da oben überlassen.

Die beiden Flugzeuge beschleunigten auf hohe Unterschallgeschwindigkeit und legten die Strecke bis zum ersten Wegpunkt über dem Nordwesten von Utah innerhalb weniger Minuten zurück. Dann drehten sie nach Süden ab, schalteten ihr Großraum-Angriffsradar ein und stiegen auf die angewiesene Höhe. Unmittelbar darauf erfassten sie die Drohne, die bereits innerhalb der Schussweite war. Die Raptor scherte aus und ließ sich hinter die Tomcat zurückfallen, die den ersten Schuss abfeuern sollte.

»Flagman, Mojo«, sagte Thorne, der den Controller für den Test rief.

»Mojo, Flagman. Ich höre.«

»Test 11 ist in Schussweite. Übernehme Kontrolle.«

»Verstanden, Mojo. Angriff. Ziel freigegeben.«

»Kontakt, zwanzig links, siebzig Kilometer.«

»Das Baby gehört Ihnen.«

Als seine Radartechnikerin fünfzig Kilometer ansagte, entschied sich Thorne für eine Phoenix-Rakete. Bei vierzig Kilometern sagte er: »Fox one« und drückte mit den Daumen auf eine Taste am Steuerhebel.

Als das Projektil aus den Schienen sprang und auf Überschallgeschwindigkeit beschleunigte, drehten beide Kampfflugzeuge in einer scharfen Linkskurve ab und hielten den vom Einsatzplan vorgesehenen Abstand zum Ziel ein. Die Phoenix legte die Entfernung zum Ziel so schnell zurück, dass nur die Radartechnikerin der Tomcat die Explosion mit eigenen Augen sah, als sie beim Abdrehen den Kopf zur Seite riss.

»Volltreffer!«, rief sie aufgeregt, als sich der gelbe Blitz in einer schwarzen Wolke auflöste. »Wir haben die Drohne erwischt!« Aber einen Augenblick später stellte sie fest, dass die Drohne immer noch auf dem Radarschirm war. »Mojo ...«

»Ich hab's gesehen. Flagman, Test 11. Haben Sie die Drohne noch auf dem Schirm?«

»Test 11, Flagman, kein Treffer, Drohne noch intakt.

Bleiben Sie, wo Sie sind.« Nach zwei langen Minuten meldete sich der Controller wieder. »Test 11, Ziel freigegeben. Angriff.«

Wenige Sekunden später donnerte die zweite Phoenix auf den Horizont zu. Und wieder gab es einen gelben Blitz und dann eine schwarze Rauchwolke – und wieder flog die offenbar nicht beschädigte Drohne einfach weiter.

Die Tomcat näherte sich der Drohne bis auf eine Entfernung von dreißig Kilometern und feuerte die erste der Sparrow-Mittelstreckenraketen ab. Aber die Drohne flog weiter.

»Rhino, auf internen Sprechverkehr umschalten«, sagte Thorne und stellte sein Funkgerät auf die Hochfrequenz für den Sprechverkehr zwischen den beiden Flugzeugen ein.

»Verstanden«, bestätigte Oatley und schaltete ebenfalls um.

»Rhino, was immer sie diesem Vogel da vorn umgehängt haben, ich will auch ein Exemplar davon.«

Bevor Oatley antworten konnte, hörten sie eine neue Stimme in den Kopfhörern, die General Thom Vannigan von der Abteilung Wehrtechnik des Pentagons gehörte. »Test 11, hier spricht Goldenrod. Lassen Sie das Geschwätz«, wies er Thorne zurecht.

»Verstanden, Goldenrod«, sagte Thorne verblüfft.

Die letzte Rakete der Tomcat war genauso wirkungslos wie die erste, und Thorne drehte ab, um der Raptor Platz für den nächsten Angriff zu machen. An diesem Punkt war Thorne bereits zu der Auffassung gelangt, dass ›das Paket‹ nicht nur die Flugbahn der Raketen beeinflusste, sondern auch dafür sorgte, dass die Sprengköpfe vorzeitig explodierten. Er ging aber davon aus, dass die AMRAAM der F-22 mit ihrem großen, gerichteten Splittersprengkopf der ganzen Sache ein Ende machen würde.

Er hatte sich geirrt. Viermal öffneten sich die Bombenschächte der Raptor, und viermal meldete der Controller: »Ziel verfehlt.«

»Verdammt noch mal, was ist das denn?«, fragte Thorne

seine Radartechnikerin. »Acht saubere Abfangmanöver, acht Sprengköpfe, und es ist immer noch da draußen?«

»Vielleicht ist da ja gar nichts«, entgegnete sie. »Oder vielleicht haben wir es mit einem Geist zu tun.«

»Wenn sie sich an den Einsatzplan halten, werden wir das gleich wissen.«

Sie mussten ihre Warteschleife noch fünfmal abfliegen, bis der Sicherheitsoffizier und der Controller die Genehmigung für den nächsten Angriff gaben.

»Test 11, Flagman.«

»Flagman, Mojo.«

»Mojo, Entfernung verringern, Geschütze einsetzen.«

Fast schon ungeduldig folgten die beiden Kampfflugzeuge dem Weg, den ihre nutzlosen Raketen gegangen waren. Es dauerte nicht lange, bis aus dem Punkt auf dem Radarschirm eine leuchtend rote Silhouette und aus der Silhouette ein deutlich zu erkennendes Flugzeug geworden war.

»Das ist wirklich eine T-1«, sagte Thorne, als er die Geschwindigkeit verringerte. »Eine verdammte Beechcraft.«

»Irgendwie ist das nicht fair, Mojo«, meinte die Radartechnikerin.

»Mit dem Abschuss verdienen wir uns keine Lorbeeren«, stimmte der Pilot der Tomcat zu.

Der Controller meldete sich. »Test 11, Ziel freigegeben. Achten Sie auf Ihren Abstand.«

»Verstanden, ich greife an. Rhino, mach mir mal ein bisschen Platz.«

Als die Raptor abdrehte, schoss sich Thorne auf die Drohne ein. Er feuerte die vorgeschriebenen Einsekundensalven mit der maximalen Reichweite seiner Kanone ab. Für ihn sah es so aus, als würden die ersten Salven wie Knallfrösche in der Luft explodieren, gegen eine unsichtbare Mauer prallen.

Aber einige Geschosse mussten das Ziel erreicht haben, denn plötzlich flogen einzelne Teile der Jayhawk durch die Luft. Kurz bevor Thorne abdrehte, explodierte der vordere Teil der Drohne. Die Trümmer wurden durch die Luft gewirbelt und trudelten dann auf die mit Salz überzogene Wüste zu, die 2500 Meter unter ihnen lag. Wortlos wendeten die beiden Piloten ihre Maschinen und suchten den Boden unter sich nach einer Erklärung ab.

Schließlich meldete sich Rhino beim Controller. »Flagman, Ziel wurde getroffen. Test 11 kehrt zum Stützpunkt zurück. Ende«, sagte er. Als er sich neben die Tomcat setzte, warf er einen Blick aus dem Cockpitfenster.

»Rhino sieht genauso fertig aus wie ich. Was, zum Teufel, haben wir da gerade gesehen?«, fragte seine Radartechnikern.

Thorne hatte nur ein Kopfschütteln als Antwort auf Rhinos fragenden Blick und die Bemerkung seiner Radartechnikerin. »Ich weiß nur so viel – wir werden uns ganz schön anstrengen müssen, *nicht* darüber zu reden.«

Jeffrey Horton war inzwischen der Meinung, dass es in der Wüste von Nevada nur nach heißem Asphalt und Betonstaub roch. Und an Geräuschen hörte man ausschließlich Nietmaschinen, Ratschen und röchelnde Dieselmotoren. Der Annex der Terabyte Laboratories war seit sechs Monaten eine Baustelle und ein Ende der Bauarbeiten nicht in Sicht. Die bereits fertig gestellten Gebäude waren schon überfüllt, und man hatte siebzig weitere Techniker und Ingenieure eingestellt, die aber noch nicht vor Ort waren – einfach deshalb, weil es für sie noch keinen Platz zum Arbeiten gab.

Alles hatte sich geändert und änderte sich immer noch. Die unbefestigte Straße mit den vielen Schlaglöchern, über die Horton beim ersten Mal gekommen war, gehörte der Vergangenheit an. Durch die karge Landschaft führte jetzt eine überbreite Asphaltstraße mit zwei Spuren, über die jeden Tag mehr als ein Dutzend Sattelschlepper donnerten, die tonnenweise Baumaterial und andere Geräte zum Annex brachten. Es gab fünf neue Laborgebäude, die südlich und östlich neben das ursprünglich vorhandene Gebäude gesetzt worden waren, und hinter dem Haupttor war ein ganzes Dorf aus vorgefertigten Apartmenthäusern entstanden, in denen die mehr als sechzig Mitarbeiter wohnten.

Alles war ganz anders, als Horton es sich vorgestellt hatte, und das wenigste davon gefiel ihm. Die Wochen, in denen er der Einzige des alten Teams aus Columbus im Annex gewesen war, waren schwierig gewesen – viel Arbeit, die zum größten Teil uninteressant war, unangenehmes heißes Wetter, eine provisorische Unterkunft mit wenig Komfort, die erdrückende Last der Verantwortung, und eine Abgeschiedenheit von der Welt, die ihn von Tag zu Tag stärker belastete. Er hatte die Zeit erstaunlich gut überstanden, weil er sich immer wieder gesagt hatte, dass alles nur vorübergehend war, dass das alte Team schon sehr bald wieder vereint sein würde und dass die Arbeit dann wieder Spaß machen würde.

Aber es war ganz anders gekommen.

Lee Thayer herrschte inzwischen über ihr eigenes Königreich, das aus eintausend Quadratmeter Labor und einem Instrumenten- und Messteam mit 18 Mitarbeitern bestand. Die meisten davon arbeiteten an dem entscheidenden, aber – bis jetzt jedenfalls – unlösbaren Problem, ein Trigger-Feld ohne Pyrotechnik zu entdecken und zu messen. Außerhalb des Labors blieb Lee die meiste Zeit über für sich. Horton bekam sie kaum noch zu Gesicht, bis auf die zweimal in der Woche stattfindenden Mitarbeiterbesprechungen, in denen sie kaum einmal lächelte und nie lachte. Er hatte keine Ahnung, was sie so verändert hatte, und bis jetzt hatte sie ihm noch keine Gelegenheit gegeben, danach zu fragen.

Lee hielt sich nur zeitweise im Annex auf, und Gordon Greene war überhaupt nicht in Nevada aufgetaucht. Brohier zufolge hatte Greene in letzter Minute seine Meinung geändert und gesagt, er wechsle lieber den Job als die Stadt. Unaufgefordert hatte der Direktor laut darüber nachgedacht, ob nicht vielleicht eine Frau hinter dieser Entscheidung steckte. Horton hatte Greene drei Nachrichten hinterlassen, aber nie wieder etwas von ihm gehört.

Val Bowden, der neue Konstruktionsingenieur, hatte doppelt so viel Platz wie Lee, aus dem er eine voll ausgestattete Montagewerkstatt für die Prototypen gemacht hatte – mit CAM-Technikern, Hardwareingenieuren, Programmierern, Kompositspinnern und Einbrennkesseln. Bis jetzt hatte Bowdens Team vier Varianten von Mark I konstruiert, eine für Lee, eine für Horton und zwei für das Testprogramm. Bowden war nett und sehr kompetent, und er hatte sehr gute Mitarbeiter in seinem Team – sein vierter Mark I war um vierzig Prozent leichter als sein erster und um ein Drittel leistungsfähiger. Aber bis jetzt war er nicht mehr als ein Kollege, und Horton vermisste seinen witzigen, zynischen Freund Gordon.

Selbst Brohier hatte sich verändert. In Columbus hatte es so ausgesehen, als wäre er mit seinem Schreibtischjob, bei dem er sich auf seinen zahlreichen Lorbeeren ausruhte und die eigentliche Arbeit seinen wissenschaftlichen Mitarbeitern überließ, völlig zufrieden. Er hatte die verschiedenen Labors nur sporadisch besucht und in der Regel mehr Interesse für Ergebnisse als für die Arbeit selbst gezeigt. Aber seit er im Annex arbeitete, war Brohier wie ausgewechselt. Er beschäftigte sich jetzt ausschließlich mit dem Trigger-Feld und den damit zusammenhängenden Ziel- und Abschirmproblemen und hatte einen sehr theoretischen Ansatz dafür entwickelt, der Bowdens Werkstatt in Atem hielt.

Horton hatte von allen am wenigsten Platz und am wenigsten Mitarbeiter. Sein Team für die theoretische Modellierung des Triggers belegte nur sechs kleine Büroräume, die sich um einen bescheidenen Konferenzraum gruppierten. Er hatte zwei technische Assistenten, einen Mathematiker, eine Sachbearbeiterin, um die Buchhaltung und die Forschungsdatenbank nicht verkommen zu lassen, und einen jungen Physiker mit einigen interessanten Ideen zur Informationstheorie des CERN-Systems.

Die ganze Gruppe traf sich jeden Morgen für eine oder zwei Stunden, um Ideen auszutauschen und neue zu generieren. Das Brainstorming half ihnen dabei, sich nicht in irgendwelche Sackgassen zu verrennen, aber der Druck war enorm, da sich jeder noch so kleine Fortschritt unmittelbar auf die Arbeit der übrigen Mitarbeiter auswirkte. Obwohl sie durch hartnäckiges Herumprobieren im experimentellen Bereich bereits einige Ergebnisse erzielt hatten, war ein gründliches theoretisches Verständnis des Phänomens immer noch das Fundament des Gebäudes, das sie zu bauen versuchten.

Leider machten sie nur langsam Fortschritte. Horton war inzwischen zu der Auffassung gelangt, dass sich seine Mitarbeiter zwar gut miteinander verstanden, die konkreten Ergebnisse aber einiges zu wünschen übrig ließen, wobei er sich an letzterem meist selbst die Schuld gab. Sehr oft verkroch er sich am Nachmittag in seinem Büro, weil er sich von der Aufgabe, mit der man ihn betraut hatte, völlig überrollt fühlte. Er kämpfte gegen die Überzeugung an, dass er allmählich nicht mehr klar denken konnte und der Gedankenflug, der zur Lösung des Rätsels erforderlich war, nicht von ihm kommen würde.

Die Selbstzweifel nahmen ab und zu, aber nie verschwanden sie ganz. Für Horton sah es immer mehr so aus, als wäre die Entdeckung des Trigger-Feldes ein glücklicher Zufall gewesen und als würde es jemand anderes sein, der die theoretische Erklärung dafür fand. Daher versuchte er, den Direktor zur Veröffentlichung ihrer bisherigen Ergebnisse zu überreden oder sie zumindest in einem halbwegs privaten Kreis von Kollegen, die dafür Interesse zeigten, zu verbreiten. Aber Brohier wollte davon nichts hören.

»*Mathematical Physics* hat doch gar kein Interesse für phänomenologische Anekdoten – und ich weiß nicht, was es unserer Arbeit bringen soll, wenn wir in *Ripley's Believe It Or Not* veröffentlichen«, sagte Brohier. »Außerdem verbietet es uns der Vertrag mit dem Verteidigungsministerium, ohne dessen Einverständnis zu veröffentlichen – und das werden wir wohl nicht bekommen, zumindest nicht zu diesem Zeitpunkt.«

»Ich verstehe einfach nicht, warum Sie dieser Klausel zugestimmt haben.«

»Wissen Sie, was ein ›Staatsgeheimnis‹ ist? Wir werden

erst veröffentlichen, wenn kein großes Risiko mehr besteht, die Projekte des Präsidenten oder die internationale Stabilität dadurch zu gefährden …«

»Was fünfzig Jahre dauern kann – oder bis in alle Ewigkeit.«

»Dafür hat die Regierung sich bereit erklärt, unsere Patentanmeldung für den Trigger nicht zu behindern.«

»Sie haben gesagt, dass wir das behalten können, was uns gehört – solange wir niemandem davon erzählen«, entgegnete Horton. »Irgendwie kommt mir das nicht sehr fair vor.«

»Wenn Sie der Meinung sind, dass wir zu große Kompromisse eingegangen sind, haben Sie noch nie mit den oberen Rängen unserer – einer – Regierung zu tun gehabt«, sagte Brohier. »Sie haben den Reflex verinnerlicht, einfach zu nehmen, was sie haben wollen, und sich dann zu sagen, dass sie im Interesse aller handeln. Nur den wenigsten gelingt es, dagegen anzukommen. Wir haben Glück, dass einer von ihnen gerade Präsident ist.«

»Und was wird in drei Jahren sein, wenn Breland nicht wieder gewählt wird?«

»In drei Jahren werden wir in einer ganz anderen Welt leben – aber fragen Sie mich bitte nicht, wie sie aussehen wird. Wenn Sie mehr Gehirnschmalz brauchen, Jeffrey, dann stellen Sie eben noch ein paar Leute ein – Sie haben nicht einmal die Hälfte der für Ihre Abteilung genehmigten Mitarbeiter, und ich bin mir fast sicher, dass niemand etwas dagegen einzuwenden hätte, wenn Sie diese Zahl noch einmal verdoppeln würden.«

»Unter diesen Bedingungen bekomme ich einfach nicht die Leute, die ich brauche – ich kann ihnen ja nicht einmal sagen, für welches Projekt ich sie brauche, und ich kann ihnen auch nicht sagen, wo sie arbeiten sollen, nur, dass ihr Arbeitsplatz nicht in Cambridge oder Palo Alto ist.«

»Sie nicht und ich vielleicht auch nicht«, stimmte ihm Brohier zu. »Aber der Präsident kann es mit Sicherheit. Wenn Sie jemanden im Auge haben …«

»Ich wünschte, es wäre so einfach«, sagte Horton. »Ich

wünschte, ich könnte Ihnen eine Liste mit zehn Leuten in die Hand drücken, von denen ich *wüsste,* dass sie helfen können. Aber woher soll ich wissen, welche Art von Fachwissen wir brauchen, wenn ich das Problem nicht einmal genau definieren kann? Wir könnten genauso gut nach Experten in Metaphysik suchen.«

Brohier schmunzelte. »Vielleicht wäre das gar keine schlechte Idee. Aber lassen Sie mich trotzdem auf eine andere Möglichkeit hinweisen. Washington hat bereits zahlreiche Wissenschaftler unter Vertrag, die für den zivilen Bereich, das Pentagon und sämtliche anderen Behörden und Abteilungen arbeiten. Experten für theoretische Physik sind zwar etwas spärlich gesät, aber ich bin sicher, dass irgendjemand darunter sein wird, der genau die Fähigkeiten und Kenntnisse besitzt, die Sie brauchen, und dass Breland ihn oder sie gern zu uns schicken wird. Eine leitende Stellung wäre auch kein Problem – wir könnten in jeder Behörde oder Abteilung bis ganz nach oben gehen. Denken Sie darüber nach.«

Eine Unterbrechung bewahrte Horton davor, zugeben zu müssen, dass er mit dieser Idee ein Zuständigkeitsproblem hatte. Die Unterbrechung kam in Gestalt eines Kuriers aus dem abhörsicheren Kommunikationszentrum, das von den Mitarbeitern ›Telegrafenamt‹ genannt wurde.

Soweit Horton wusste, waren die vier Offiziere, die dort Dienst taten, das einzige militärische Personal im Annex. Horton nannte den Mann, der jetzt zur Tür hereinkam, nur den ›Schneider‹ – sein dunkler Anzug und die blaue Krawatte wirkten so deplatziert, dass er genauso gut Uniform hätte tragen können.

»Soll ich gehen?«, fragte Horton.

»Hier ist sowieso nichts drin, was ich Ihnen nicht morgen bei der Besprechung erzählen würde«, sagte Brohier, als er für die magnetisch versiegelte Mappe unterschrieb. Noch bevor der Kurier aus der Tür war, hatte Brohier seinen Sicherheitscode eingegeben und die Dokumente aus der Mappe herausgenommen. Er warf einen Blick auf die Titelseite, schnaubte verächtlich und sah sich dann das nächste Blatt an. »Na ja.« Dann setzte er sich wieder hinter seinen Schreibtisch.

»Was ist es denn?«

»Die Wunschliste des Pentagons. Es sieht ganz so aus, als würde das die Ergebnisse der Tests mit den frühen Produktionseinheiten reflektieren.«

»Und?«, fragte Horton, der sich auf den nächsten Stuhl setzte.

»Oh, nichts Überraschendes. Sie wollen den Trigger kleiner, leichter und mit einem geringeren Stromverbrauch. Sie wollen mehr Reichweite – fünfzehnhundert Meter so schnell wie möglich, dreitausend Meter so schnell wie möglich danach.«

»Und sie wollen natürlich nichts davon wissen, dass sich ihre ersten beiden Wünsche schon an sich widersprechen.«

»Natürlich nicht«, stimmte ihm Brohier zu. »Außerdem wollen sie auch eine Möglichkeit, das Trigger-Feld abzuschirmen oder zu blockieren, oder eine Möglichkeit, es zielgerichtet zu verwenden.«

»Damit sie ihre eigenen Waffen nicht verschrotten müssen, wenn sie den Trigger einsetzen.«

»Anzunehmen.« Brohiers Blick ging zum Ende der Seite. »Das hier wurde vom Präsidenten unterzeichnet, nicht von Steppak.«

»Karl – wir können ihnen nicht das geben, was sie wollen.«

»Wie ich bereits sagte – es ist eine Wunschliste. Sie erwarten nicht, dass wir ihnen das alles morgen früh auf den Schreibtisch legen.«

»Das habe ich nicht gemeint.« Horton beugte sich vor. »In dem Moment, in dem wir ihnen eine Zielvorrichtung geben, hört der Trigger auf, eine defensive Waffe zu sein – er ist dann kein Mittel zur Abrüstung mehr. Wenn unser Militär einen gerichteten Trigger hat, wird es seine Waffen behalten und allen anderen die Waffen wegnehmen. Wenn unsere Polizei einen gerichteten Trigger hat, wird sie das gleiche Spiel spielen – sie wird *ihre* Waffen behalten und uns die Waffen wegnehmen. Karl, das war doch nicht so geplant. Oder doch?«

»Nein.«

»Und was werden wir jetzt tun?«

»An der Wunschliste arbeiten«, sagte Brohier, der das Memo des Präsidenten auf seinen Schreibtisch legte. »Aber damit es auch gerecht zugeht, werden an Weihnachten alle ein Geschenk bekommen.«

»Wollen Sie das wirklich tun?«

Brohier lächelte etwas gequält. »Den Anflug von Skepsis werde ich Ihnen noch einmal verzeihen. Aber auch ich habe ein Gewissen, Jeffrey, das allerdings sehr stark von meiner Loyalität beeinflusst wird. Ich will meinem Präsidenten und seinem Volk jede Chance geben, um der hohen Meinung, die ich von ihnen habe, gerecht zu werden. Aber naiv bin ich nicht, und daher ziehe ich auch die Möglichkeit in Betracht, sie könnten mich enttäuschen. Und auf diese Möglichkeit habe ich mich vorbereitet. Ich habe mich von Anfang an darauf vorbereitet.«

Horton holte tief Luft und atmete sie langsam wieder aus. »Ich glaube, dass sollten Sie mir etwas genauer erklären.«

In Brohiers Augen war Enttäuschung zu lesen. »Ich habe gar nicht gewusst, dass Sie mir mit einem solchen Misstrauen begegnen, Jeffrey.«

»Oh – nein, nein, deshalb will ich es nicht wissen«, sagte Horton. »Wissen Sie, ich habe mich immer wieder gefragt, ob ich mir nicht selbst Steine in den Weg lege – ob ich mich nicht vielleicht selbst daran hindere, die Antworten zu finden, weil ich keinen Einfluss darauf habe, was andere damit anstellen werden. Und Sie habe ich wegen Ihrer Selbstsicherheit immer bewundert – ohne zu wissen, dass mehr dahinter steckt als nur purer Optimismus. Wenn ich weiß, was Sie wissen ...«

»... können Sie das Problem mit einem reinen Gewissen angehen.«

»Na ja, etwas reiner auf jeden Fall.« Horton grinste. »Außerdem – falls Ihnen etwas passieren sollte, wäre es vielleicht besser, wenn noch jemand wüsste, wo Sie die Geschenke versteckt haben.«

»Das wäre für Terabyte so etwas wie ein GAU«, sagte Brohier nachdenklich. »Also gut, Dr. Horton – willkommen in meiner kleinen Verschwörung.«

14.

Die Chance

Port Arthur, Tasmanien – Schüsse aus einem vorbeifahrenden Geländewagen zerstreuten eine Menschenmenge aus mehr als eintausend Anhängern des Waffenkontrollgesetzes, die sich an der Gedenkstätte für die Opfer des Massakers von Port Arthur versammelt hatten. Elf Menschen wurden verletzt, einer davon schwer, außerdem wurde der Keramikfries der Gedenkstätte von zwei Kugeln getroffen. Die Polizei sucht nach drei Männern in einem sandfarbenen, schon etwas älteren Range Rover. »Meiner Meinung nach sind sie davon ausgegangen, dass wir nicht zurückschießen werden«, sagte Organisator Chad MacKee aus Hobart. Die Kundgebung war nur eine von vielen, die alljährlich am Jahrestag des Massakers von 1996 stattfinden, bei dem 35 Menschen von dem schwer bewaffneten Martin Byrant erschossen worden waren. Die Tat hatte zur Verabschiedung des australischen Waffenregistrierungsgesetzes und dem Verbot von selbstladenden Schusswaffen geführt.

Vollständige Meldung
Massenmörder und Wahnsinn
Flashback: Das Massaker von Port Arthur
USA immer noch führend bei Waffen, Mord, Selbstmord

Die 641st Tactical Brigade, eine selbständige Einheit des United States Army Intelligence and Security Command (INSCOM), trat zum ersten Mal in Erscheinung, als die zweite Phase der Trigger-Installation begann. Ein kleines Wunder an militärischer Effizienz hatte dazu beigetragen, dass die 641 Tac-BG in nur vier Monaten aus dem Nichts heraus aufgebaut werden konnte. Die Truppe hatte nur eine Aufgabe – sie sollte die zahllosen Mark-I-Trigger bewachen, wo auch immer sie installiert wurden.

Alle seit kurzem im Großraum Washington, D. C., eingesetzten Mark-I-Einheiten befanden sich an Standorten, die zu den sichersten in ganz Amerika gehörten. Und nur zwei dieser zehn Standorte waren ›scharf‹, das heißt, nur dort waren die Trigger rund um die Uhr eingeschaltet. Da die zehn Einheiten nicht so ohne weiteres zugänglich waren und bereits durch die vorhandenen Sicherheitsmaßnahmen geschützt wurden, hatte man jeder dieser zehn Einheiten lediglich ein Einsatzteam aus dem 115 Sig BT zugeteilt.

Der geplante Großeinsatz beinhaltete das Risiko, die Neugierde von Leuten zu erregen, die nicht zur Operation Brass Hat gehörten. Steppak hatte dem Präsidenten gesagt, dass die Geheimhaltung des Projekts nicht mehr gewährleistet sei, wenn Phase zwei erst einmal begonnen habe – es war lediglich eine Frage der Zeit, bevor jemand, ›der nicht auf unserer Liste für die Weihnachtskarten‹ steht, von der Existenz und dem Zweck des Triggers erfuhr. Und wenn das geschah, konnte es nicht ausbleiben, dass jemand versuchen würde, ein funktionierendes Exemplar zu stehlen, um es zu untersuchen, zu kopieren und gegen die amerikanische Regierung, das Militär oder die Öffentlichkeit einzusetzen.

»Für einen Terroristen wäre der Trigger die ideale Waffe im Kampf gegen einen bewaffneten Feind«, erläuterte Steppak. »Und offen gesagt – das am schwersten bewaffnete Ziel in Sichtweite sind wir, Sir.«

»Dann muss eben jedes dieser Geräte so gut bewacht werden, dass sich keiner unserer Feinde einen Trigger beschaffen kann«, war Brelands Antwort. Aber dann musste er sich sagen lassen, dass so etwas unmöglich war.

»Wir können gar nicht genug Männer um einen Trigger herum postieren, um einen hinreichend entschlossenen Feind davon abzuhalten, ihn mitzunehmen«, sagte Steppak. »Es sei denn, Sie stimmen zu, sämtliche Trigger auf einem unserer Stützpunkte für Interkontinentalraketen zu lagern. Aber wir können versuchen sicherzustellen, dass der Trigger keinerlei praktischen Wert mehr für einen Terroristen hat, wenn er bis zu einem der Geräte vorgedrungen ist.«

Dieses Gespräch war der Grund für die Genesis des 641 Tac-BG gewesen. Die ersten Mitglieder der Truppe waren 150 Soldaten, die man aus den Spezialeinheiten dreier Kompanien von Fort Campbell, Kentucky, rekrutiert hatte. Und die erste Aufgabe des neugegründeten Bataillons bestand darin, ein Ausbildungsprogramm für die aus sieben Mitgliedern bestehenden Kommandos zu entwickeln, die bald schon ›T-Teams‹ genannt wurden. Zwei Wochen später war der Ausbildungsplan fertig. Nach weiteren zwei Wochen fing der Kader – den man inzwischen mit der Umsetzung seines eigenen Plans beauftragt hatte – in Fort Sills, Kansas, mit der Ausbildung der ersten Rekruten an.

Das Konzept für die T-Teams sah vor, einen Trigger rund um die Uhr unter die Aufsicht eines aus zwei Mann bestehenden Postens zu stellen – vier Stunden Wache, vier Stunden Bereitschaft, die übrige Zeit frei. Im Großen und Ganzen versprach der Dienst in den T-Teams langweilig und unspektakulär zu werden – die Art von ›Interimsposten‹, den viele Angehörige von Spezialeinheiten nicht nur fürchteten, sondern insgeheim auch für unter ihrer Würde hielten. Man brauchte keine Spezialausbildung, um Wachdienst zu schieben, und selbst den Schlägertypen von der Militärpolizei begegnete man mit mehr Respekt.

Aber falls die Langeweile doch einmal unterbrochen werden sollte, war das T-Team aller Wahrscheinlichkeit nach gezwungen, unkonventionelle Waffen aus nächster Nähe einzusetzen, um zahlenmäßig überlegene Angreifer zurückzuschlagen – ein Job für die härtesten, gelassensten und engagiertesten Soldaten, die das Militär bieten konnte. Und daher stammten fast alle Soldaten, die man für die erste Klasse rekrutiert hatte, aus den Elitetruppen der Spezialeinheiten aller vier Waffengattungen – Green Berets, Seals, Army Rangers, Recon Marines.

641 Tac-BG hätte die Spezialeinheiten allerdings entvölkert, wenn es sich nicht nach anderen Möglichkeiten umgesehen hätte, um auf seine vorgesehene Truppenstärke von siebentausend Mann zu kommen. Daher wurde die aus 250 Rekruten bestehende erste Klasse sowie alle folgenden auch mit Soldaten aus der regulären Infanterie und verschiedenen Luftwaffeneinheiten besetzt.

Das dreimonatige Ausbildungsprogramm basierte zum Teil auf den traditionellen Stärken der Spezialeinheiten, die allerdings weiterentwickelt worden waren. Zum täglichen Unterrichtsprogramm gehörten neben Sport und Nahkampf auch Übungen, um Monotonie abzuwehren und geistige Wachsamkeit zu sichern.

Zur Standardausrüstung der T-Teams zählten eine zusammenklappbare Armbrust mit Schnelllademechanismus und ein kurzläufiger Druckluftkarabiner, mit dem Pfeile oder Gasampullen abgefeuert werden konnten. Der Kader war gerade dabei, noch einige andere ungewöhnliche Waffen zu testen, unter anderem eine Art ›Leimpistole‹, die zwar überraschend effektiv, aber leider so oft verstopft war, dass man sich nicht auf sie verlassen konnte.

Einige der ›Pakete‹ – so hießen die Trigger in sämtlichen Dokumenten und auch während der gesamten Ausbildung der T-Teams – würden mobil sein, und bei allen musste der Transport vom Werk zum Einsatzort überwacht werden. Daher beschlagnahmte das Truppenkommando kurzerhand dreißig Kilometer eines brandneuen, automatisierten Highways, der gerade westlich von Nashville gebaut wurde, und setzte jeden Rekruten hinter das Steuer der Transport- und Begleitfahrzeuge, um Anti-Kidnapping-Maßnahmen und Hochgeschwindigkeitsfahrten zu üben. Bei der ›Straßenarbeit‹ wurden mehr Rekruten aussortiert als bei jedem anderen Teil der Ausbildung.

Mehr als zwei Dutzend Gebäude und andere Einrichtungen in Fort Sill – von einem Munitionsbunker bis hin zu einem dreistöckigen Bürogebäude – wurden zu Pseudostandorten der Trigger umgebaut, und jede Trainingseinheit musste regelmäßig Wachen dort übernehmen. Über die versteckten Kameras, mit denen sie beobachtet wurden, informierte man sie allerdings nicht, und sie wussten auch nichts von der Gruppe aus Kadermitgliedern, die Überraschungsangriffe ausführte – was der Gruppe sehr schnell den ungewöhnlichen Spitznamen ›spanische Inquisition‹ eintrug.

Erst im dritten Monat, nachdem die meisten, die den Anforderungen nicht gewachsen waren, die Klasse verlassen hatten, zeigte man den Rekruten des 641 Tac-BG die Attrappe eines Mark-I-Triggers. Und erst zu diesem Zeitpunkt wurde ihnen gesagt, dass die Aufgaben eines T-Teams noch eine zweite Dimension beinhalteten – das Team musste seinen Trigger zerstören, wenn es ihn nicht schützen konnte. Man zeigte ihnen die Spezialhüllen aus Thermit – eine für die Steuereinheit, eine für den Sender –, die zu diesem Zweck entwickelt worden waren, und unterrichtete sie darin, wie die Hüllen scharf gemacht wurden.

Schließlich wurden die T-Teams im Gebrauch der Totmannschalter unterwiesen, die zwischen die Kieferknochen geklemmt oder in der Hand gehalten wurden. Dadurch konnte das Team so lange wie möglich kämpfen, aber gleichzeitig wurde sichergestellt, dass es seine letzte Aufgabe auch noch tot erfüllen konnte. Als die Rekruten auf der Abschlussfeier die neuen Abzeichen des Bataillons erhielten und ihnen ihre Einsatzorte mitgeteilt wurden, war ihnen klar, was auf dem Spiel stand – und warum man für diese Aufgabe sehr viel mehr können musste als ein ganz gewöhnlicher Wachsoldat.

Unangemeldet und unerwartet steckte Karl Brohier den Kopf zur Tür von Jeffrey Hortons Büro herein. Dieser saß mit dem Rücken zur Tür und hatte sich gerade über ein

Digitalisierungstablett gebeugt, das zwei Drittel seines Schreibtisches beanspruchte.

Brohier hatte sich nie richtig an das Tablett gewöhnen können – ironischerweise ein Produkt der Aleph Instruments, die ebenfalls zu Aron Goldsteins kleinem Imperium gehörten. Er bevorzugte den kleinen Notizblock, den er ständig mit sich herumschleppte, und die großen weißen Wandtafeln, die er in jedem Konferenzraum von Terabyte hatte installieren lassen. Aber das Tablett hatte zwei Vorteile, die für viele jüngere Wissenschaftler entscheidend waren – es konnte alles speichern und radierte sich selbst wieder aus.

Horton schien auch nicht gerade begeistert von der Technologie zu sein, mit der er gerade arbeitete – und auf dem Tablett stand nicht viel, das sich speichern oder ausradieren ließ. Brohier räusperte sich. »Haben Sie gerade Zeit?«

Horton warf einen Blick über die Schulter, dann richtete er sich auf und drehte sich um. »Sicher.«

»Gut. Dann packen Sie mal schnell eine Reisetasche.«

»Wie bitte?«

»Wir müssen nach Washington.«

Die Aussicht, dem Annex entfliehen zu können, verbesserte Hortons Laune schlagartig. »Verteilen wir jetzt die Weihnachtsgeschenke?«

»Noch nicht. Der Patentanwalt von Terabyte hat gerade die Entscheidung des Patentamts zu unserer Patentanmeldung weitergeleitet – sie wurde abgelehnt.«

»Mit welcher Begründung?«

Brohier schmunzelte. »Mit der Begründung, die sie immer dann verwenden, wenn sie Anträge für Perpetuum mobiles und reibungslose Antriebssysteme ablehnen – erfüllt das Kriterium der Brauchbarkeit einer Erfindung nicht. Erfüllt das Kriterium der Patentfähigkeit nicht, da keinerlei wissenschaftliche Grundlagen dazu vorliegen.«

»Sie glauben nicht, dass er funktionieren wird.«

»Genau. Sie wollen, dass wir ein funktionierendes Modell vorlegen.«

»Aber das können wir doch gar nicht, oder?«

»Stimmt. Wir werden eine abgeänderte Patentanmeldung einreichen, aber zuerst werden Sie und ich mit dem Patentprüfer reden.«

»Geht das denn nicht telefonisch?«

»Das Patentamt hat leider keine abhörsicheren Konferenzleitungen, die den Militärvorschriften genügen. Haben Sie einen Wintermantel?«

»In irgendeiner Kiste sicher. Warum?«

»Suchen Sie ihn. In Washington liegen fünfzehn Zentimeter Neuschnee.«

»Toll. Ich freue mich schon darauf.«

Brohier verzog das Gesicht und ging zur Tür. »Wir treffen uns um drei Uhr am Hubschrauberlandeplatz – mit Mantel.«

»Was ist mit Unterlagen?«

»Keine. Wir haben schon einen kleinen Berg nach Washington geschickt. Unser Problem besteht darin, ihnen das begreiflich zu machen, was sie lesen.« Als Brohier die Tür hinter sich zumachen wollte, rief ihm Horton noch etwas nach.

»Dr. Brohier, dürfen wir eigentlich zusammen reisen?«

Brohier rang sich ein Lächeln ab. »Aber sicher. Wir bekommen auch Begleitschutz. Aber die Wachen haben nur Angst, dass wir entführt werden. Wenn wir ums Leben kommen, ist das egal. Was Operation Brass Hat angeht, sind wir inzwischen entbehrlich. Wir können sogar direkt nach Washington fliegen – keine Ablenkungsmanöver, kein Austausch durch Doppelgänger, kein Umweg nach Kalamazoo. Und meine Erdnüsse können Sie auch haben – mein Magen verträgt sie nicht mehr.«

Horton war inzwischen aufgestanden. »Sie wissen, wie man einen Urlaub plant, Doc. Wir sehen uns um drei.«

Patentprüfer Michael Wayne war ein Jahr jünger als Jeffrey Horton, aber bereits an der Spitze der internen Hierarchie des Patentamts angelangt.

Er war klein, hatte einen Schopf widerspenstigen roten

Haares und äußerte sich sehr offen über das, was er von ›Sensationswissenschaft‹ und ›Betrügern mit Diplomen‹ hielt. Von Anfang an hatte es ihm besonders viel Freude gemacht, Anträge von ›Egotisten, die uns für Idioten halten oder nicht wissen, dass sie selbst welche sind‹, auseinander zu nehmen und abzulehnen. Obwohl er offiziell der Hauptprüfer für technische Physik war, übernahm Wayne aus eigenen Stücken die erste Beurteilung von Anträgen, deren Antragsteller von den Mitarbeitern des Amts ›Exoten‹ und von Wayne ›Fanatiker‹ genannt wurden.

»Sie haben keine Ahnung davon, wie viel sie nicht wissen«, sprudelte es bei der geringsten Provokation aus ihm heraus. »Sie können Clarkes Erstes Gesetz zitieren, aber das Erste Gesetz der Thermodynamik ist für sie ein Buch mit sieben Siegeln. Sie haben irgendwo gehört, dass Edison in der dritten Klasse sitzen geblieben ist und Einstein Nachhilfe in Mathematik gebraucht hat, und schon glauben sie, dass die Welt ungeduldig auf ihre Erfindung wartet – natürlich mit dem Scheckbuch in der Hand!«

Besonders große Verachtung erfuhren alle Antragsteller, die es wagten, das Wort ›revolutionär‹ auf einem Formular oder bei einem Gespräch zu verwenden: »Sie machen Fehler, die jedem Studenten der Naturwissenschaften im zweiten Jahr auffallen würden, und wenn man sie darauf hinweist, reden sie alle gleich von einer Verschwörung – General Motors oder Exxon oder IBM haben die Finger im Spiel und manipulieren alles und jedes, um ihre Aktionäre zu schützen. Diejenigen, die fest an ihre Erfindung glauben, sind der Meinung, dass nur noch ein kleiner Schritt fehlt, um milliardenschwerer Unternehmer zu werden, aber sie behandeln die Konzerne wie ein Gewerkschaftsfunktionär und wollen nicht hören, dass es viel harte Arbeit braucht, um so groß zu werden.«

Obwohl er offiziell nur Ausbildungsleiter für seine Gruppe war, hatte Waynes Einstellung die gesamte Abteilung für Maschinenbau beeinflusst, und die Sammlung von Perpetuum mobiles auf einem Regal hinter seinem Schreibtisch war eine Art Markenzeichen für den zweiten

Stock. Die Ironie – die allen klar war, die schon seit geraumer Zeit im Patentamt arbeiteten, Wayne selbst jedoch nicht – bestand darin, dass er zum Teil nur deshalb so schnell nach oben gekommen war, weil der Marchmont-Skandal eine kleine Armee von Hauptprüfern aus ihren Büros auf die Straße gespült hatte.

Rückblickend gesehen war klar, wie es zu dem Skandal gekommen war. Keiner der auf dem Antrag mit dem Titel ›Gerät zur verbesserten Energiegewinnung‹ aufgeführten Namen besaß auch nur ein Quäntchen Glaubwürdigkeit – weder die Namen der Personen noch die Universität von Wisconsin-Whitewater, an der die Antragsteller Studenten oder Lehrkräfte waren. Der Antragsgegenstand besaß sogar noch weniger Glaubwürdigkeit – das Patentamt hatte innerhalb von zwanzig Jahren mehr als dreihundert Kaltfusionsgeräte und -prozesse abgelehnt. Die Patentanmeldung roch nach einem Collegescherz, einem Witz, der bei Bier und Salzstangen geboren worden war.

Das einzige Problem bestand darin, dass das Gerät funktionierte. Von Rechts wegen hätte Peter Marchmont für seine Diplomarbeit in chemischer Verfahrenstechnik das Weltpatent für den hydrothermoelektrischen Entkopplungsgenerator bekommen müssen.

Stattdessen hatte Toyota das Patent dafür bekommen, auf der Grundlage einer Patentanmeldung in Tokio, die sieben Monate nach Eingang von Peter Marchmonts Patentanmeldung in Washington gestellt worden war. Und als die ersten elektrischen Pendlerautos von Toyota – mit einer Reichweite von eintausend Kilometern und billigen Brennstoffzellen, die problemlos ausgetauscht werden konnten – von den Montagebändern in Kyoto und Tennessee rollten, ließ man in Washington Köpfe rollen.

Bei Präsident Englers Säuberungsaktion wurden der Direktor, alle fünf stellvertretenden Direktoren und alle 16 technischen Bereichsleiter gefeuert. Aber das war lediglich die Ouvertüre. Als der Oberste Gerichtshof grünes Licht für *Marchmont gegen US-Patentamt* gab, ließ sich das Amt die außergerichtliche Einigung einiges kosten und machte sich dann daran, den Stall auszumisten. Mehr als zweihundert Hauptprüfer mussten gehen, weil eine Patentanmeldung abgelehnt worden war, die nur fünf von ihnen zu Gesicht bekommen hatten.

»Wir werden mit dem eisernen Besen gegen die fest verwurzelte So-habe-ich-das-aber-nicht-gelernt-Skepsis vorgehen«, sagte der neue Direktor des Patentamts, der einen MBA und bei Merck in einer Führungsposition gearbeitet hatte. »An unsere Haustür klopft die vorderste Front von Wissenschaft und Technik, und wir müssen bereit sein, sie willkommen zu heißen und in ihrer Sprache mit ihr zu reden.«

Wayne entging die Ironie seiner Stellung völlig, denn er interpretierte die Ereignisse von damals ganz anders als die meisten der Mitarbeiter, die den Skandal überlebt hatten. »Es lag nicht daran, dass die Prüfer zu skeptisch waren«, sagte er zu den Nachwuchsprüfern, die von ihm ausgebildet wurden. »Sie hatten keine Scheuklappen, und sie waren auch nicht rückständig. Sie haben sich ganz einfach geirrt. Wenn man morgens in dieses Gebäude kommt, dann ist das so, als würde man einen Raum betreten, dessen Boden mit kostbaren schwarzen Perlen und giftigen schwarzen Käfern bedeckt ist. Unsere Aufgabe ist es, die Käfer zu zertreten und die Perlen aufzuheben. Und wenn Sie nicht eines Tages so weit sind, dass Sie wissen, was Käfer und was Perlen sind, sollten Sie sich einen anderen Beruf suchen. Die Prüfer der Marchmont-Anmeldung sind auf eine Perle getreten – eine große, eine ganz große. Ich habe kein Mitleid mit ihnen. Wenn Sie Nein sagen, dürfen Sie sich nicht irren. So einfach ist das.«

»Also, meine Herren – Sie wollen eine abgeänderte Patentanmeldung zu Ihrem Gerät für ein entferntes pyrotechnisches Detonationsfeld einreichen?«

In der Stimme des Prüfers lag etwas, das Horton und Brohier veranlasste, sich einen kurzen Blick zuzuwerfen. »Deshalb sind wir hier, Mr. Wayne …«

»Dr. Wayne.«

»Entschuldigung«, sagte Brohier, der dem Beispiel des Prüfers folgte und sich hinsetzte. »Wie ich bereits gesagt habe, Dr. Wayne, deshalb sind wir hier – um sicherzustellen, dass Sie sich der besonderen Umstände dieser Patentanmeldung bewusst sind, und um herauszufinden, ob wir zu einer Annäherung der unterschiedlichen Meinungen gelangen können, die …«

Während Brohier sprach, nahm Wayne dessen Visitenkarte in die Hand und warf einen Blick darauf. »Besondere Umstände, ja, das mag sein – entschuldigen Sie, aber in welcher Funktion sind Sie heute hier?«

Brohier blinzelte überrascht. »Ich bin der Direktor der Terabyte Laboratories …«

»Aber Sie werden in der Patentanmeldung nicht namentlich als Erfinder aufgeführt, ist das richtig? Oder wollen Sie das auch noch ändern?«

»Ich sehe keinen Grund dazu …«

»Gut. Ich möchte Sie nur darauf hinweisen, dass es keinen Einfluss auf die Patentanmeldung haben wird, wenn Sie sich dafür einsetzen – ihre Mängel lassen sich dadurch nicht beseitigen. Außerdem ist es höchst unüblich, dass Sie bei einem Gespräch dieser Art dabei sind.« Wayne zuckte mit den Achseln. »Aber ich werde darüber hinwegsehen. Nun zu Ihnen, Dr. Horton. Wo ist Ihr Patentanwalt?«

Horton war völlig perplex von Waynes Fragerei, die ihn an ein Verhör bei der Polizei erinnerte, und konnte nur noch stammeln. »Ich, äh, der Patentanwalt der Firma hat seine Kanzlei in Cincinnati. Soweit ich weiß, gab es lediglich Probleme, äh – Probleme, die im technischen und wissenschaftlichen Bereich lagen, nicht im rechtlichen. Wir haben die Freigabe des Patentanwalts …«

»Wie Sie wollen«, sagte Wayne. »Dann werde ich hier vermerken, dass Sie es abgelehnt haben, Ihren Patentanwalt bei dem Gespräch dabeizuhaben. Und nun zu der abgeänderten Anmeldung. Wie Ihnen nicht entgangen sein dürfte, habe ich die Vorlage einer abgeänderten Patentanmeldung von der gleichzeitigen Vorlage eines funktionierenden Modells abhängig gemacht. Und dieses Mal müssen Sie auch Zitate aus Veröffentlichungen in angesehenen Fachzeitschriften beibringen, die die Gültigkeit des Funktionsprinzips belegen.«

Horton ärgerte sich maßlos über die selbstgefällige Überheblichkeit in Waynes Stimme. »Ich fürchte, es wird nicht möglich sein, Ihnen ein funktionierendes Modell zu zeigen …«

»Warum ersparen Sie mir dann nicht viel Aufwand und sich selbst erhebliche Kosten und reichen stattdessen eine Verzichtserklärung ein?«

»… ohne vorher die Genehmigung der vereinigten Stabschefs einzuholen«, beendete Horton seinen Satz. »Und Ihnen ein Exemplar zu überlassen, kommt von vornherein nicht in Frage.«

»Es handelt sich hier um ein Projekt der Regierung? Davon wurde in der Anmeldung nichts erwähnt. Wenn Sie Regierungsangestellter sind, können Sie unter Umständen gar kein Patent anmelden …«

»Es ist ein privates Projekt von einer privaten Forschungsgesellschaft«, sagte Brohier, »das inzwischen auf Anordnung des Präsidenten für geheim erklärt worden ist. Und daher hat Dr. Horton auch ein Geheimpatent beantragt.«

»Ich sehe keine Möglichkeit, hier *überhaupt* ein Patent zu erteilen. Das ist alles höchst unüblich.«

»Wir kennen uns damit auch nicht aus«, sagte Horton, der glaubte, dass Waynes Arroganz etwas ins Wanken geraten war. »Wie können wir uns gegenseitig helfen?«

Das Friedensangebot wurde in aller Schärfe zurückgewiesen. »Wir reden hier nicht über ein Geschäft auf Gegenseitigkeit, Dr. Horton. Wenn Sie ein gültiges Patent haben wollen, muss ich bestätigen, dass die Erfindung sowohl neu als auch brauchbar ist. Da Sie mir weder eine Demonstration noch eine Erklärung der Funktionsweise geben können …«

»Würde Ihnen eine Bestätigung von General Thom Vannigan, dem Leiter der Abteilung Wehrtechnik des Pentagons, genügen?«, fragte Horton.

»Wollen Sie damit etwa sagen, dass funktionierende Modelle dieser Erfindung bereits an die Regierung übergeben wurden?«

»Ja.«

»*Funktionierende* Modelle?«

»Ja.«

Auf Waynes Gesicht erschien ein verärgertes Stirnrunzeln. »Dann sagen Sie mir, wie es funktioniert. Wenn Ihre Erklärungen ausreichend sind, kann ich vielleicht die Regelung übergehen, dass Sie ein Beispiel einreichen müssen.«

Horton lachte amüsiert. »Wir wissen noch nicht, wie es funktioniert. Wir wissen nur, *dass* es funktioniert.«

»Das ist nicht akzeptabel«, sagte Wayne kopfschüttelnd. »Das ist einfach nicht akzeptabel. Ein Patent muss auf den Prozess Bezug nehmen ...«

Brohier lehnte sich zurück und schnaubte verächtlich. »Jeffrey, ich habe Ihnen doch geraten, Sie sollen sagen, dass das auch geheim ist.«

»Dr. Brohier, wenn das Ihr Beitrag zu diesem Gespräch sein soll ...«

»Dr. Wayne, was hätten Sie 1945 mit einer Patentanmeldung für die Atombombe gemacht? Oder 1939 für Radar?«

»Ich hätte sie genehmigt«, erwiderte der Prüfer ohne Zögern. »Beide Male ging es um einen bedeutenden technischen Fortschritt, der auf einer vernünftigen theoretischen Grundlage basierte. Sie aber ziehen einfach ein Kaninchen aus dem Hut – und wollen mir weder das Kaninchen noch den Hut zeigen. Mir sind die Hände gebunden. Ihr Patent könnte ohne weiteres angefochten werden. Ich bezweifle, dass es ein anderer Unterzeichnerstaat des Patentzusammenarbeitsvertrags überhaupt anerkennen würde.«

»Ich habe gar nicht vor, Patentschutz im Ausland zu beantragen«, erwiderte Horton.

»Selbst dann nicht, wenn Ihr amerikanisches Patent einmal veröffentlicht werden sollte?«

»Nein.«

Wayne sah völlig verwirrt aus und verschränkte die

Arme vor der Brust. »Und warum wollen Sie dann überhaupt ein Patent dafür haben? Wenn die Technologie geheim ist, nützt es Ihnen sowieso nichts – Ihr einziger Kunde ist das Pentagon. Geht es Ihnen hier nur um Ihr Ego? Oder um Geld – bekommen Sie dafür eine Erfolgsprämie von Terabyte?«

Horton sah kurz zu Brohier hinüber, bevor er antwortete. »Dr. Wayne, ich glaube nicht, dass meine Beweggründe etwas mit der Patentanmeldung und dem Prüfungsvorgang zu tun haben.«

»Stimmt – das haben sie nicht. Aber ich dachte, Sie könnten mir damit einen gewissen Anreiz geben, bei der Interpretation meiner Vorschriften so kreativ zu sein wie Sie beim Schreiben Ihrer technischen Offenlegung.« Wayne legte die rechte Hand auf den Mund und seufzte. »Haben Sie die Bestätigung von General Vannigan dabei?«

Horton holte einen versiegelten Umschlag aus der Tasche und legte ihn vor Wayne auf den Schreibtisch. »Sie können das nur einmal lesen«, warnte er.

Wayne nickte, brach das Siegel auf und las den Brief. Er begann sich bereits aufzulösen, als Wayne noch einmal seufzte und ihn wieder auf den Schreibtisch legte. In weniger als einer Minute hatte sich der Brief zu einem feinen, weißen Pulver aufgelöst und war nicht mehr rekonstruierbar.

»Tut mir Leid wegen des Drecks«, sagte Horton in die Stille hinein.

Wayne wehrte ab. »Das sind wirklich – besondere Umstände, wie Sie bereits gesagt haben, Dr. Brohier«, begann er langsam. »Eine geheime Technologie ... eine unausgegorene theoretische Definition ... ein Patent, das erst veröffentlicht wird, wenn das Pentagon die Genehmigung dazu erteilt. Wir brauchen Sie eigentlich nur als ersten Erfinder einzutragen, für den Fall, dass irgendwann einmal tatsächlich ein offenes Patent daraus wird.« Er trommelte mit den Fingerspitzen auf dem Schreibtisch herum und wirbelte dabei den Staub vor sich auf. »Aufgrund der hier vorgelegten – ähm – zusätzlichen Dokumentation kann ich ein vorläufiges – ähm, ein vorläufiges und bedingtes Patent genehmigen.«

»Und die Bedingung wäre …«

»Sie müssen eine ergänzte technische Offenlegung vorlegen, in der die theoretischen Grundlagen für das Gerät erklärt werden. Haben Sie das bis zur Aufhebung der Einschränkungen und der Veröffentlichung des Patents nicht getan, wird es ungültig – es wird zurückgenommen.« Wayne lehnte sich zurück und faltete die Hände im Schoß. »Mehr werden Sie von mir nicht bekommen, meine Herren. Ich schlage vor, Sie nehmen es.«

Als Horton dies hörte, spürte er, wie der Druck, der auf ihm lastete, noch um einiges größer wurde. Aber Brohier stand auf, lächelte erfreut und hielt dem Patentprüfer die Hand hin. »Sehr gut. Vielen Dank, Dr. Wayne. Das reicht uns schon – ja, das genügt vollauf.«

Stolz wie ein Pfau hatte Brohier nach dem Gespräch im Patentamt zu Horton gesagt, er habe für die Rückreise so viel Zeit eingeplant, dass sie Gelegenheit für ein frühes Abendessen bei Mamarand's in Alexandria hätten.

Nach sieben Monaten war jede Mahlzeit außerhalb des Annex – selbst ein eilig hinuntergeschlungenes Mittagessen in einem Bistro des Flughafens von Denver – eine Freude für den Gaumen. Aber Mamarand's war in jeder Hinsicht eine Verlockung, eine Vier-Sterne-Institution der Hauptstadt, der die politische Prominenz von Washington nun schon seit zwei Jahrzehnten treu war.

Horton schlug alle kardiologischen Bedenken in den Wind und entschied sich für eines der berühmt-berüchtigten Fleischgerichte, ein in Speck gehülltes Rinderfilet. »Wenn ich wüsste, dass es morgen auch nur halb so gut schmeckt, würde ich mir noch eines zum Mitnehmen bestellen«, sagte er zu Brohier.

»Und wenn ich wüsste, dass sich mein Körper bis morgen davon erholt, würde ich jetzt auch eins essen«, erwiderte Brohier, der mit Bedauern auf sein leichtes Fischgericht hinuntersah.

An den Wänden des Restaurants hingen signierte Karikaturen berühmter Gäste. Die wenigen Touristen, denen es gelungen war, einen Tisch zu bekommen – immer vor 19 Uhr – verrieten sich unweigerlich dadurch, dass sie die Karikaturen anstarrten oder kicherten. Die Stammgäste schauten nur hin, wenn ein neues Bild aufgehängt worden war.

»Hängen Sie hier auch irgendwo?«, fragte Horton. Er war inzwischen bei seinem dritten Glas Rotwein angelangt und hatte sich einen Spaß daraus gemacht herauszufinden, wie viele Gesichter er erkannte, ohne einen Blick auf die Signatur zu werfen.

»Ich?« Brohier schmunzelte. »Jeffrey, da draußen ist ein durchschnittlicher Nobelpreisträger eine Nachrichtenmeldung mit einer Halbwertzeit von zwölf Stunden. Ich bin nicht berühmt. Ich bin bestenfalls Antwort B auf Frage 190 in irgendeinem Test über amerikanische Kultur.«

Aber seine Behauptung wurde gleich darauf widerlegt, da sie ein halbes Dutzend Mal beim Essen unterbrochen wurden, als später kommende Gäste an ihrem Tisch stehen blieben und Brohier wie einen guten Bekannten begrüßten. Horton kannte niemanden von ihnen. Als er bei der obligatorischen Vorstellung den Namen erfuhr, stellte er fest, dass er auch noch nie etwas von ihnen gehört hatte. Und als Brohier ihm später erklärte, wer da gerade an ihrem Tisch stehen geblieben war, verstärkte das nur Hortons Gefühl, dass er ein vom normalen Leben losgelöstes Dasein führte. Mit jeder Begrüßung wurde er unzufriedener, und bald sagte er kaum noch etwas.

Brohier verstand seine Einsilbigkeit falsch und hielt sie für Müdigkeit. »Ich habe gerade darüber nachgedacht, dass es eigentlich gar nicht notwendig ist, heute Abend noch zurückzufliegen«, sagte er. »Wir können uns zwei Zimmer im Northwind nehmen und den Flug auf morgen früh umbuchen. Es wird uns ganz gut tun, wenn wir uns ein bisschen verwöhnen lassen – ein Bad im Whirlpool, eine Massage, flauschige Handtücher, ein großes Bett.« Er lachte in sich hinein. »Ich glaube, wenn wir wieder zurück sind, werde ich jemanden einstellen, der abends kleine

Schokoladentäfelchen auf die Kopfkissen der Mitarbeiter legt.«

Horton bezweifelte, dass er nach einer Nacht im Luxus mehr Lust haben würde, in den Annex zurückzukehren. »Gute Idee – das mit dem Hotel, meine ich, nicht die Schokoladentäfelchen.«

Brohier wischte sich mit seiner Serviette den Mund ab und zog sein KomSet aus der Tasche. »Mal sehen, ob sie noch Zimmer für uns haben.«

Aber nichts konnte Horton aus seiner melancholischen Stimmung herausreißen – weder die spektakuläre Aussicht auf die hell erleuchteten Gebäude und Denkmäler Washingtons, weder die angenehme Wärme einer ausgedehnten Dusche, weder der beim Zimmerservice um Mitternacht bestellte Shrimpscocktail, weder das flauschige Frottee des langen, weißen Hotelbademantels – nicht einmal fünfhundert Kanäle mit Musik, Theater und Filmen, die über eine Holowand zugänglich waren.

Als auch einige Längen im Hallenbad des Hotels nichts nützten, um ihm die nötige Bettschwere für die Nacht zu verschaffen, wurde Horton klar, dass er den Tag verlängerte, um den Morgen hinauszuschieben. Und in dem Moment wurde ihm auch klar, was sich ändern musste. Das war auch der Grund dafür, warum er um fünf Minuten vor eins im Bademantel vor Brohiers Suite stand und an die Tür klopfte.

»Es dauert nicht lange«, sagte er sofort, als Brohier nach einer Weile die Tür öffnete und ihn verschlafen ansah.

Brohier stöhnte und trat einen Schritt zurück, damit Horton hereinkommen konnte. »Ich dachte, Sie wären schon vor zwei Stunden ins Bett gegangen – so wie ich. Hätte es denn nicht Zeit bis morgen früh gehabt?«

»Ich muss das jetzt sofort klären, Karl – wenn ich es nicht tue, weiß ich nicht, ob ich morgen früh überhaupt noch da bin. So, wie die Situation jetzt ist, glaube ich nämlich nicht, dass ich morgen früh in dasselbe Flugzeug steigen werde wie Sie.«

Horton schloss die Tür hinter sich, während er sprach,

sodass der Raum nur noch von dem schwachen Leuchten einer niedrig gedimmten Lampe erhellt wurde.

»In Ordnung«, sagte Brohier, dessen Unmut inzwischen verflogen war. »Um was geht es?«

»Ich brauche eine Luftveränderung. Es macht mir keinen Spaß, immer nur mit dem Kopf gegen die Wand zu rennen. Ich weiß nicht, weshalb das so ist, und inzwischen habe ich es aufgegeben, nach dem Grund dafür zu suchen. Ich bin an einem toten Punkt angelangt. Ich bin geistig völlig ausgebrannt. Nein, es ist noch schlimmer – die ganze Sache gefällt mir nicht mehr.«

»Möchten Sie aussteigen?«

Horton war versucht, einfach Ja zu sagen, aber er drängte den Gedanken beiseite. »Ich habe mich gefragt, ob Sie nicht vielleicht mit mir tauschen wollen – mein Problem, meine ich?«

Brohier grinste sardonisch. »Glauben Sie etwa, ich würde erfolgreicher sein als Sie? Mir fällt es heute um einiges schwerer, mich zu konzentrieren, als früher, als ich noch in Ihrem Alter war. Reife hat einem Physiker nichts zu bieten, Jeffrey – nichts, was den Verschleiß wieder ausgleichen würde.«

»Wollen Sie mir etwa vormachen, dass Sie nicht daran interessiert sind, dass Sie sich nicht schon längst damit beschäftigen?«, erwiderte Horton. »Sie können aufhören, sich um die Grenzen von Aufgabenbereichen Gedanken zu machen. Ich habe sie soeben abgeschafft. Sie haben mir jede nur mögliche Chance gegeben, um allein dahinter zu kommen. Aber ich schaffe es nicht. Ich bitte Sie um Hilfe – so wie Sie mir das von Anfang an angeboten haben. Ich hätte es schon vor Monaten tun sollen.«

»Glauben Sie denn, ich hätte nichts gesagt, wenn sich ein erwähnenswerter Gedanke in mein Gehirn verirrt hätte? Jeffrey, Sie überschätzen mich – und von sich selbst haben Sie eine viel zu geringe Meinung.«

»Das glaube ich nicht. Und selbst wenn Sie dieses Problem nicht selbst lösen können, haben Sie immer noch die Möglichkeit, mit den Leuten Kontakt aufzunehmen, die das können. Sie kennen alle Wissenschaftler in unserem Forschungsbereich, und die kennen Sie. Es gibt niemanden, der einen Anruf von Ihnen nicht entgegennehmen würde, der Ihnen nicht vertrauen würde …«

»Oh, es gibt schon ein paar«, bestätigte Brohier mit einem ironischen Lächeln. »Mehr als nur ein paar.«

»Und alle würden sofort zugreifen, wenn Sie die Chance bekämen, mit Ihnen arbeiten zu dürfen. Ich weiß, dass Sie mehr von mir erwartet haben …«

Brohier seufzte. »Wenn Sie so etwas sagen, ist der Fall klar – Sie brauchen eine Luftveränderung. Etwas erzwingen zu wollen ist ein Fehler, der einen in fast allen Bereichen scheitern lässt. Also gut – ich nehme Ihren Vorschlag an.«

»Ich danke Ihnen …« Die Erleichterung war größer, als Horton es sich hatte vorstellen können.

»Aber nicht, weil ich glaube, dass das Problem vor meinem Superhirn die Waffen strecken wird«, fügte Brohier schnell hinzu, wobei er Horton auf die Schulter klopfte, »sondern weil es mich *wirklich* interessiert, und weil wir Freunde sind. Und bei etwas anderem haben Sie auch Recht gehabt. Zwischen uns liegen zwei Generationen, und ich kann meine Kollegen und jüngere Physiker fragen, was ihnen dazu einfällt. Für Sie ist das schon schwieriger. Ich werde mich ein bisschen umhören, und dann sehen wir ja, was dabei herauskommt.« Er zuckte mit den Achseln. »Aber vielleicht ist die Zeit einfach noch nicht reif dafür.«

Danach schlief Horton ohne Probleme ein.

15.

Loyalität

Kupang, Timor – Am Mittwoch entwickelte sich eine friedliche Demonstration in ein blutiges Massaker, als regierungstreue timoresische Sicherheitskräfte auf mehr als zweitausend Demonstranten schossen, die sich dem Regierungspalast in der Stadtmitte Kupangs nähern wollten. Die Anzahl der Toten wird auf ›mehr als vierzig‹ geschätzt, außerdem sollen mehr als 200 Demonstranten verletzt worden sein. Ein Sprecher des in die Kritik geratenen Präsidenten Gusmao bezeichnete die Teilnehmer der Demonstration als ›Banditen‹ und ›indonesische Terroristen‹, die von den wirtschaftlichen Schwierigkeiten der Insel zu profitieren versuchten.

Vollständige Meldung
Chronik: Wirren der Geschichte
Nobelpreis von 1996 ›brachte keinen Frieden‹

Die Brainstorming-Sitzungen, in denen die Grundlagen für Operation Brass Hat entwickelt und festgelegt worden waren, hatten zu den lebhaftesten und erfolgreichsten Besprechungen des Teams gehört. Aber als es darum ging, die Prioritäten für die mehr als 14 000 vorgesehenen Einsatzorte des Triggers festzulegen, zeigte sich bald, dass es bis auf die ersten hundert Plätze schlichtweg unmöglich war, einen Konsens für die Reihenfolge zu erzielen. Am Ende übernahm General Steppak diese Aufgabe nahezu allein und traf seine Entscheidungen nach Rücksprache mit dem Präsidenten und den Ministern.

Begleitet von T-Teams und Einsatzkommandos wurden Trigger an die Air Force geliefert, um in Global Hawk-Aufklärungsdrohnen, fliegenden E-8D Joint STARS-Radarstationen und KC-10B-Extender-Tankflugzeugen installiert zu werden – unbewaffneten Flugzeugen, die für die im 21. Jahrhundert vertretene Auffassung vom Krieg unentbehrlich waren. Die Marine hatte vor, aus vier U-Booten der Sturgeon-Klasse Torpedo-Abfangjäger für ihre Flugzeugträger zu machen, und spielte mit dem Gedanken, das Pegasus-Tragflächenboot als Angriffsplattform und Verteidigungsanlage gegen tieffliegende Marschflugkörper wiederauferstehen zu lassen.

Auf dem Boden plante die Armee, jede Panzertruppe mit

je zwei gepanzerten Mannschaftstransportwagen vom Typ M113A3 auszurüsten, in denen ein Trigger installiert war, um diese als Minenräumfahrzeuge einzusetzen. Das Marineinfanteriekorps testete gerade die Brauchbarkeit des Systems für amphibische Operationen, bei denen es einen Weg durch befestigte und verminte Strände freiräumen sollte. Es hatte vor, Prüfstände für Osprey-Kipprotorflugzeuge, Super-Cobra-Helikopter und seine LCAC-Luftkissen-Landefahrzeuge zu schaffen.

Im Laufe der Jahre hatten zahlreiche Abteilungen der Polizeibehörden sowie der Nachrichten- und Geheimdienste viele tausend Mannstunden in die Zusammenstellung umfangreicher Listen investiert, in denen potenzielle Angriffsziele für Terroristen und feindliche Truppen aufgeführt wurden. Diese Risikoeinschätzungen und Zielanalysen ergaben einen streng geheimen Katalog wichtiger nationaler Einrichtungen, von der Kommunikations- und Transportinfrastruktur bis hin zu Forschungszentren und Datenarchiven. FBI und Pentagon stellten dem Brass-Hat-Ausschuss ihre Listen zur Verfügung, aus denen Steppak zivile und militärische Standorte in fast jedem Staat auswählte.

Amerikas Luftfahrtindustrie erhielt schon sehr früh mehrere Trigger für die Venture-Star-Abschussbasen in Florida, Kalifornien und Südtexas und Stützpunkte mit Satellitenschüsseln in neun Staaten. Aber Steppak wollte noch weiter gehen – bis in den Weltraum. Er drängte den Direktor der NASA dazu, die sechs SSTO-Orbiter mit Triggern auszurüsten und dann bei der Verkehrsluftfahrt nachzuziehen. In den letzten beiden Jahren hatte es vier Zwischenfälle gegeben – von denen einer bestätigt, die anderen jedoch dementiert wurden –, bei denen Verkehrsflugzeuge beim Start oder der Landung von Stinger-Raketen abgeschossen worden waren.

Aber der NASA-Direktor sträubte sich. Er argumentierte, dass sich keiner dieser Vorfälle in den Vereinigten Staaten ereignet habe und jedes Kilogramm Nutzlast gebraucht werde, da inzwischen 18 Menschen in der internationalen

Weltraumstation lebten. Steppak hatte ein Gespräch zwischen Präsident Breland und dem NASA-Chef vereinbart, um die Diskussion darüber zu beenden.

Der Außenminister hatte keine derartigen Einwände. Für jede amerikanische Botschaft von Dhaka bis Gaborone waren zwei Trigger sowie eine Aufstockung der Marinewachmannschaften vorgesehen. Die meisten Trigger sollten nicht die ganze Zeit über aktiv sein, sondern als eine Art Rückversicherung für das unkalkulierbare Auf und Ab der Politik der Dritten Welt dienen. Ein halbes Dutzend würde jedoch von Anfang an auf Dauerbetrieb geschaltet werden, als Schutzmaßnahme gegen die unkalkulierbaren Gewaltaktionen politisch motivierter Terroristen.

Weder Breland noch Steppak waren bereit, einer Polizeibehörde einen Trigger zu überlassen – nicht einmal das FBI sollte einen bekommen. Aber an sechs über das ganze Land verteilten Standorten wurden gerade Sammeldepots eingerichtet, die Richard Nolby ›Mietagenturen‹ getauft hatte. Jedes dieser Depots sollte als Stützpunkt für bis zu zwölf mobile Trigger-Teams dienen, die von der Polizei und dem FBI für Einsätze und Ermittlungen angefordert werden konnten.

Die Lieblingsidee des Präsidenten bestand darin, den Trigger als eine Art ›Filter für die Gesellschaft‹ einzusetzen, um das Mitführen von Waffen in der Öffentlichkeit zu verhindern. »Es gibt viele Orte, von denen bereits bekannt ist, dass man dort keine Waffe bei sich tragen darf, Orte, an denen man davon ausgeht, dass man nach Waffen durchsucht wird«, sagte er zu Steppak. »Für diese Orte brauchen wir keine explizite Warnung mehr auszugeben, um sicherzustellen, dass die Regeln eingehalten werden. Keine Schießereien auf der Straße mehr. Keine Briefbomben mehr. Keine Massaker in Gerichtssälen oder Schulhöfen mehr.«

Nolby versuchte, Breland davon zu überzeugen, dass solche Vorfälle verhältnismäßig selten vorkamen und der Aufwand für Installation und Bewachung eines Triggers zu hoch sei, sodass eine Zuteilung aus den ersten tausend Systemen nicht gerechtfertigt war.

Aber Breland ließ sich nicht umstimmen. »So etwas mag selten vorkommen, doch der Einfluss ist enorm«, sagte er. »Jedes dieser Massaker schafft es auf die Titelseite. Jedes dieser Massaker bleibt den Menschen lange Zeit in Erinnerung. Kinder, die sich nach dem Mathematikunterricht gegenseitig erschießen – Briefbomben, die Uniprofessoren töten – Flugzeuge mit französischen Studenten, die mitten in der Luft explodieren – das sind die Momente, in denen sich die Menschen sagen, das Leben ist verrückt, irgendetwas stimmt hier nicht. Und genau das macht ihnen Angst.«

Als er das hörte, erinnerte sich Nolby daran, dass Breland in Williamsport aufgewachsen war, nur wenige Kilometer von Montoursville entfernt, dem kleinen Dorf, das von der Katastrophe von Flug 800 so hart getroffen worden war. Nolby gab nach, anstatt die ganze Diskussion noch einmal zu führen oder gegen die Erinnerungen des jungen Breland anzukämpfen. In den Gepäckbeförderungssystemen von 44 Flughäfen und den Sortiersystemen der zentralen Postverteilungsstellen wurden Trigger mit eingeschränkter Reichweite und Sprengkästen aus Kevlar installiert.

Aber Steppak gelang es, Breland davon zu überzeugen, dass die Schulen noch so lange warten mussten, bis man die Trigger ohne Geheimhaltung installieren konnte. Für die Präsenz von Soldaten ließ sich keine einleuchtende Erklärung finden. Steppak sagte: »So absurd, wie es ist, verletzte Kinder werden fast immer als unschuldige Opfer angesehen. Und wenn sie die Guten sind, dann sind wir die Bösen – also sollten wir den Trigger auf keinen Fall in der Öffentlichkeit einführen.«

Senator Grover Wilman verfolgte die Entwicklung durch seine monatliche Besprechung mit dem Präsidenten und die zweimal pro Woche stattfindende Konferenz mit dem Brass-Hat-Team. Die Informationen, die er dabei erhielt, bildeten die Grundlage für seine geheimen Berichte an den Sicherheitsausschuss des Kongresses.

Er schrieb diese Berichte mit wachsender Unzufriedenheit, an der auch die wiederholten Beteuerungen des Präsidenten nichts ändern konnten. Wilman hatte seine eigene Liste und seine eigenen Prioritäten, und Monat um Monat verging, ohne dass etwas davon realisiert wurde, sodass er sich fragte, wann es endlich so weit war. Als es Zeit für die Julibesprechung mit dem Präsidenten wurde, hatte Wilman allen Glauben in die Versprechungen verloren, die ihm Breland in jener denkwürdigen ersten Besprechung gemacht hatte.

Noch vor Ende des Monats sollten fünfhundert Mark I das Werk in South Dakota verlassen und der Obhut des 641 Tac-BG übergeben werden. Als er darüber nachdachte, kam Wilman zu dem Schluss, dass er lange genug gewartet hatte.

»Mr. President, haben Sie mich reingelegt?«, fragte Wilman, als sich die beiden Männer im Oval Office zu ihrer Besprechung trafen.

»Verzeihung, Senator?«

»Sie haben mich schon richtig verstanden. Haben Sie mich manipuliert? Sind diese kleinen Treffen mit Ihnen Ihre Art, mich zu neutralisieren, nachdem Sie dem Vorschlag, mich einfach umzubringen, nicht zustimmen wollten?«

»Niemand hat je einen derartigen Vorschlag gemacht, Senator«, sagte Breland, der verärgert die Stirn runzelte. »Jedenfalls nicht an einem Ort, an dem ich es hätte hören können.«

»Es gab keine Diskussionen darüber, ob man sich darauf verlassen kann, dass ich den Mund halte und nach Ihren Regeln spiele? Keine Andeutungen, dass ich mich MOM mehr verpflichtet fühle als der Verfassung? Dass ich ein internationalistischer Kriegsgegner bin, der sich als amerikanischer Held verkleidet? Falls nicht, haben Sie nicht richtig hingehört – es stimmt nämlich alles. Ich habe mich vorbildlich verhalten, Mr. President. Besser, als ich es selbst für möglich gehalten hätte. Acht Monate lang auf etwas so Großem zu sitzen – Sir, ich kann nur sagen, dass ich mich sehr schwanger fühle.«

»Soll das der Anfang einer Beichte sein? Werden Sie es bis zum neunten Monat schaffen?«

»Ich glaube, das hängt von Ihrer Antwort auf meine Frage ab, Sir.«

»Senator Wilman, ich bin Ihnen sehr dankbar für Ihre Geduld …«

»Das glaube ich Ihnen ja«, sagte Wilman. »Aber wird meine Geduld auch belohnt werden, oder ist Operation Brass Hat nur ein Scherz auf Kosten der Menschen, für die ich mich einsetze?«

»Ich verstehe nicht, was Sie meinen.«

»Dann werde ich es ganz offen sagen. Werden Sie jemals etwas *Konstruktives* mit dem Trigger anstellen?«

Breland runzelte die Stirn. »Ich weiß, dass Sie sämtliche Berichte über die Einsatzorte der Trigger bekommen, daher kann ich nur vermuten, dass Sie und ich unter diesem Wort etwas Unterschiedliches verstehen.«

»Ich werde Ihnen gerne erklären, was *ich* darunter verstehe. Aktiv und nicht passiv. Proaktiv und nicht reaktiv. Positive, bejahende, radikale, gewagte und folgenreiche Maßnahmen, die das Leben von Menschen beeinflussen, das Leben von Menschen *retten*. Ich dachte, Sie hätten ein visionäres Verständnis von der Macht und dem Potenzial des Triggers. Aber bis jetzt habe ich noch nicht herausfinden können, ob ich Recht hatte. Sie haben den Hammer und den Amboss vor sich – wann wollen Sie sie endlich benutzen?«

Breland sah verärgert aus. »Bis jetzt sind mehr als vierhundert Mark I installiert worden. Sie werden nicht irgendwo in einem Waffenlager gehortet.«

»Und selbst wenn es so wäre, würde das auch keinen Unterschied machen – die Trigger können sowieso nichts ausrichten. Sie haben aus einem revolutionären Durchbruch eine Versicherung für Eigenheimbesitzer gemacht. Wir schützen Stahl und Beton im Wert von mehreren Milliarden Dollar, wir kümmern uns um unsere heiß geliebten Sammlungen aus Spielzeugen und Souvenirs – und vergessen dabei die Menschen. Großer Gott, die meisten der installierten Trigger sind noch nicht einmal eingeschaltet. Wenn jetzt in diesem Augenblick hundert von ihnen in Betrieb wären, würde ich einen Stepptanz auf der Mall hinlegen – und zwar nackt.«

»Für jeden Standort gelten eigene Überlegungen, Senator. Ich weiß wirklich nicht, was Sie von mir erwarten.«

»Denken Sie einmal über 18 409 Tote nach.«

»Wo kommt diese Zahl her?«

»Von der statistischen Abteilung des CDC, gestern Nachmittag«, erwiderte Wilman. »So viele Menschen standen seit dem Tag, an dem Dr. Brohier und ich zu ihnen gekommen sind, einer Kugel im Weg. So viele Morde, Selbstmorde und tödliche Unfälle haben Sie toleriert. Das ist der Preis für Zaghaftigkeit, Geheimnistuerei und Passivität. Das sind natürlich nur die Amerikaner – und offiziell führen wir zurzeit nicht einmal einen Krieg. Ich weiß nicht, wie viele Europäer, Afrikaner und Asiaten auf Minen getreten sind oder das Pech hatten, in Grenzstreitigkeiten oder einen kleinen Bürgerkrieg hineinzugeraten. Unsere zwanzigtausend sind wahrscheinlich nur ein kleiner Teil davon.«

Breland war deutlich anzumerken, wie verärgert er über die Strafpredigt war. »Jetzt reden Sie wie ein Fanatiker, Senator. Das hatte ich von Ihnen eigentlich nicht gedacht. Sie erwarten doch nicht, dass wir dem Morden ein Ende machen können …«

»Wir können es zumindest sehr viel schwieriger machen, als es zurzeit noch ist. Aber wir müssen es wirklich wollen. Wir müssen es versuchen.«

»Aber wir versuchen es doch schon …«

»Das tun wir nicht, Mr. President. Wir tun nur eins – wir wehren uns mit Händen und Füßen gegen eine Veränderung. Und wir versuchen lediglich, unseren Vorteil zu wahren. Wir haben eine Heidenangst davor, dass Mao vielleicht doch Recht gehabt hat und alle politische Macht aus dem Lauf einer Waffe stammt – und davor, dass wir unsere demnächst verlieren werden.«

Breland fuhr sich mit dem Handrücken über den Mund und schwieg.

Wilman stand auf und setzte sich näher zu ihm hin. »Mr. President, es ist ganz normal, dass man seinesgleichen beschützen will«, sagte er, während er sich noch etwas weiter vorbeugte. »Aber für dieses Jahrhundert und für dieses Amt reicht das einfach nicht. Wir müssen uns über einen toten schwarzen Teenager in Atlanta genauso Gedanken machen wie über ein totes weißes Baby in Beverly Hills. Wir müssen uns über eine Bombe in einem Londoner Kaufhaus genauso Gedanken machen wie über eine Bombe in einem New Yorker Bus. Wir müssen uns über Granaten, die man über den Kongo auf Kinshasa schießt, genauso Gedanken machen, als würden sie über den Mississippi kommen und Kansas City bedrohen. Wie groß ist unser Stamm, Mr. President? Wer gehört dazu, wer nicht? Nur Soldaten und Politiker?«

»Nein – nein, natürlich nicht ...«

»Und warum schützen wir dann unseren Reichtum und unsere Macht – anstatt die Menschen?«

Breland saß da und starrte vor sich hin. »Sie hatten mich ja gewarnt, dass Sie mir ins Gewissen reden würden«, sagte er schließlich kopfschüttelnd. »Grover, im Grunde genommen sind wir in diesem Punkt einer Meinung. Ihre moralischen Grundsätze sind den meinen sehr ähnlich. Menschen sind wichtiger als Materielles. Menschenleben sind wichtiger als Ideologie. Und ich glaube fest daran, dass die Menschheit *eine* Familie ist – selbst wenn sie etwas zerrüttet ist.«

»Das sagen Sie jetzt, aber Sie haben neun Zehntel der Trigger-Produktion an Adressen geschickt, die mit ›Fort‹ anfangen oder mit ›Stützpunkt‹ aufhören.«

»Weil sie so weit sind, dass sie das System *jetzt* einsetzen können. Die zivile Bevölkerung ist noch nicht so weit. Vor uns liegt eine immense Aufklärungsarbeit ...«

»Ist das Ihre Entschuldigung dafür, dass Sie so langsam vorgehen?«

»Langsam? Von was reden Sie da eigentlich? Wir installieren sie so schnell, wie Goldsteins Leute sie produzieren können.«

»Und warum haben wir dann nicht ein zweites Tausend bestellt oder ein drittes? Warum drängen wir Goldstein nicht, die Kapazität so schnell wie möglich zu erhöhen? Warum sind wir so verdammt zaghaft?«

»Zaghaft?«

»Zaghaft«, wiederholte Wilman mit Nachdruck. »Das sind doch alles nur klitzekleine Schritte und halbherzige Maßnahmen. Ihre Idee mit einer Art Filter für die Gesellschaft ist genau das, was wir tun sollten. Aber Sie sind nicht weit genug gegangen.«

Breland zuckte ratlos mit den Achseln. »Sagen Sie mir, was ich übersehen habe.«

»Zunächst einmal alle geladenen Handfeuerwaffen in Handschuhfächern und unter Autositzen. Der Kongress hat das Merck-Martinson-Gesetz schon vor zehn Jahren verabschiedet, aber immer noch werden Menschen wegen eines kleinen Blechschadens oder weil sie dem Fahrer auf der Spur neben sich einen Vogel gezeigt haben, erschossen oder auf andere Art ermordet. Warum hatte Merck-Martinson keinen Erfolg?«

»Ich glaube, es lag an etwas, das ›hinreichender Tatverdacht‹ genannt wird«, sagte Breland mit einem gequälten Lächeln.

»Es lag daran, dass Merck-Martinson der Polizei nicht dabei helfen kann, diese Waffen zu finden, *bevor* etwas passiert. Aber der Trigger kann das. Er kann einem Gesetz zum Erfolg verhelfen, das bis jetzt ein zahnloser Tiger gewesen ist. Er kann für die Waffenkontrolle genauso entscheidend sein wie Radar und automatisierte Highways für die Verkehrskontrolle.«

»Was genau schwebt Ihnen vor?

»Nichts anderes als das, was Sie bereits für Postämter und Flughäfen angeordnet haben. Jeder, der mit dem Auto unterwegs ist, fährt irgendwann einmal über eine Brücke, kommt unter einer Überführung durch, benutzt einen Tunnel, hält an einer Zahlstelle. Wenn Sie genügend Trigger an neuralgischen Punkten einsetzen, bekommen Sie *alle* Waffen von der Straße.«

»Der Trigger wird nur die Waffen zerstören, die geladen sind. Und dabei einige erstklassige Verkehrsunfälle verursachen.«

Wilman zuckte mit den Achseln. »Es ist ja nicht so, als hätte noch nie jemand von Merck-Martinson gehört – man darf keine geladene Waffe in einem fahrenden Auto dabeihaben.«

»Und wir sollen also sämtliche Munition zerstören, selbst wenn jemand das Gesetz einhält, selbst wenn die Munition ordnungsgemäß in einer verschließbaren Kassette verwahrt wird, die der Fahrer nicht erreichen kann, selbst wenn dadurch ein Feuer ausbricht, bei dem ein vollbesetztes Auto ausbrennt ...«

»Markieren Sie die überwachten Zonen. Beleuchten Sie sie wie einen Weihnachtsbaum. Einen Kilometer weit große rote Warnschilder, alle hundert Meter eins. Große rote Streifen quer über der Straße. Jeder soll wissen, was kommt. Sorgen Sie dafür, dass die Fahrer ihre Munition loswerden können, bevor sie den Rand der Zone erreichen – wir wollen nicht, dass jemand verletzt wird. Das ist ...«

»Das können wir nicht machen, Grover. Sie wissen ganz genau, dass so etwas nicht geht.«

»Warum nicht? Und sagen Sie jetzt bloß nicht wegen des zweiten Verfassungszusatzes. Fragen Sie Ihren Justizminister nach *Miller gegen die Vereinigten Staaten von Amerika.*«

»Es geht nicht, weil wir noch nicht mit CNN reden können. Das Pentagon wird einer Offenlegung erst zustimmen, wenn es ein wirkungsvolles Gegenmittel und einen Ersatz für Schießpulver in der Hand hat.«

»Seit wann trifft das Pentagon solche Entscheidungen?«

»Es ist nicht die Entscheidung des Pentagons. Es ist meine Entscheidung.«

Wilman lehnte sich zurück, legte einen Arm über die Rückenlehne und dachte kurz nach. »War das die Entscheidung, die Sie von Anfang an treffen wollten, Mr. President?«

Breland sah ihn überrascht an. Ohne zu antworten, stand er auf und ging zu seinem Schreibtisch, wo er ein

Bonbon aus einer Schale angelte. »Ich weiß nicht, warum es mir so schwer fällt, diese Frage zu beantworten, Grover«, erwiderte er schließlich.

Wilman nickte. »Mr. President, ich glaube, ich muss mich bei Ihnen entschuldigen. Als ich sagte, Sie hätten versucht, mich zu manipulieren, habe ich mich geirrt. Ich habe eher den Eindruck, als wären Sie derjenige, der manipuliert wird. Sie brauchen sich deswegen nicht zu schämen, Sir – die sind Experten darin.«

Als Breland auf das Bonbon biss, war ein deutliches Knirschen zu hören. »Ich wusste, dass sie es versuchen würden«, sagte er. »Ich wusste, dass ich sie nicht allein durch meine Rede überzeugen könnte, dass sie mir nicht folgen würden, wenn ich zu weit vorauseile. Aber ich dachte, ich hätte alles unter Kontrolle, Grover.« Er seufzte, und das letzte Stückchen des Bonbons löste sich knirschend zwischen seinen Backenzähnen auf. »Vielleicht haben sie mich doch mehr manipuliert, als ich dachte.«

»Es war eine gute Rede. Sie konnten damit ihre Aufmerksamkeit erringen. Das Einsatzprogramm ist Beweis genug dafür – es riecht von vorne bis hinten nach Militär. Sie konnten nichts tun, um den Trigger verschwinden zu lassen, also haben sie ihn sich unter den Nagel gerissen. Und sie erklären Ihnen ständig, warum und wieso die Hölle los sein wird, wenn Sie etwas anders machen wollen.« Wilman rang sich ein kleines Lächeln ab. »Ein Argument, dass natürlich dadurch an Gewicht gewinnt, dass sie Recht haben – es wird wirklich die Hölle los sein. Ich freue mich darauf. Das Militär fürchtet sich davor. Sie …« Er ließ das Wort wie eine Frage in der Luft hängen.

Breland lehnte sich gegen die Schreibtischkante. »Schlagen Sie etwas vor. Etwas, das wir jetzt sofort tun können, damit Sie wissen, dass mein Herz noch auf dem rechten Fleck ist.«

»Ich hätte eine Menge Vorschläge für Sie. Mir fällt jeden Tag etwas ein, wenn ich mir die Nachrichten ansehe«, sagte Wilman. »Denis Sassou-Nguesso steht zurzeit ganz oben auf meiner Liste. Rufen Sie ihn an, sagen Sie ihm, dass er zwölf Stunden Zeit hat, um alle Menschen aus seinem Cobra-Lager herauszuschaffen, und schicken Sie dann eine F-117 in den Kongo, die einen Trigger dabeihat – ist es der Air Force inzwischen gelungen, einen Mark I in einen Bombenschacht zu bekommen?«

»Sie arbeitet noch daran.«

Wilman sah enttäuscht aus. »Auch gut. Er würde die Camps wahrscheinlich mit Geiseln aus dem Widerstand voll packen – wenn er welche findet, die seine Cobras noch nicht ermordet haben. Wir könnten natürlich auch *ohne* Vorwarnung losschlagen ...«

»Nächster Vorschlag«, sagte Breland entschieden.

»Sie wollen noch nicht an die Öffentlichkeit gehen. Aber wie wäre es mit ein wenig gezielter Desinformation?«

»Sprechen Sie weiter.«

»An Operation Brass Hat arbeiten zu viele mit, als dass Sie den Trigger auf Dauer geheim halten können. Ich bekomme keine Berichte vom Geheimdienst, aber ich wette, inzwischen hat jede Regierung, die sich für so etwas interessiert, schon von Brass Hat gehört, und einige von ihnen werden so gute Quellen haben, dass sie bis zur offiziellen Geschichte vorgedrungen sind – dass das Projekt ein Nachfolgemodell für Shortstop ist, das bei Minenräumaktionen eingesetzt werden soll.« Er brach ab und sah zu Breland hinüber, von dem er sich eine Bestätigung erwartete. »Sie hatten schon immer ein Pokergesicht.

»Nehmen wir mal an, dass Sie Recht haben.«

»Dann wäre es doch nur logisch, wenn Sie diese Geschichte durch eine kleine Demonstration erhärten würden«, sagte Wilman. »Die Jungs vom INSCOM sollen sich etwas Fotogenes ausdenken, das wir unter einen Black Hawk hängen können – viel glänzendes Metall, eine Menge Antennen und blinkende Lichter. Wenn sie wollen, können sie es auch mit einem Magnetfeld und ein paar Funkemissionen ausstatten, damit es für die Chinesen überzeugend genug aussieht«

»Und der echte Trigger befindet sich im Innern des Helikopters?«

»Genau. Das L-Modell des Black Hawk dürfte beide Geräte problemlos in die Luft bekommen. Sie legen den Termin für eine Pressekonferenz fest, kündigen ein Programm gegen Landminen an, sagen den Journalisten, dass Sie eine Spezialeinheit der Armee zur Minenräumung aus humanitären Gründen abkommandiert haben, und lassen die Hubschrauber losfliegen. So etwas gibt gute Bilder, Mr. President – sämtliche Nachrichtensendungen werden darüber berichten. Und dem Pentagon verschafft es noch ein paar Monate Deckung. Ein kleines Stück der Wahrheit kann eine wunderbare Lüge ergeben.«

Breland runzelte die Stirn. »General Madison und die vereinigten Stabschefs werden nicht einmal das verraten wollen.«

»Das kann Ihnen doch egal sein. Fragen Sie sie, wann sie das letzte Mal in einer Prothesenklinik in Bosnien oder ob sie schon einmal bei einem Dorfbegräbnis in Afghanistan dabei waren. Fragen Sie Madison, ob er glaubt, dass Geheimnisse dieser Art sein rechtes Bein oder das Leben seiner Enkelin Macey wert sind. Hundertfünfzig *Millionen* Minen sind im Boden vergraben – und pro Woche gibt es fast eintausend Tote und Verletzte dadurch. Diese Zahlen haben sich seit zwanzig Jahren nicht verbessert, ganz im Gegenteil, sie steigen. Sie können etwas dagegen tun, Mr. President. Tun Sie es auch.«

Breland stand auf und deutete anklagend mit dem Zeigefinger auf Wilman. »Genau das haben Sie gewollt, als Sie hier hereingekommen sind.«

»Ja, Sir«, gab Wilman unumwunden zu.

»Jetzt manipulieren *Sie* mich.«

»Nein, Sir. Ich beschäme Sie nur.«

Breland seufzte. »Und das können Sie sehr gut. Ich nehme an, Sie wissen, dass meine Nichte gerade ein Baby bekommen hat?«

»Ich glaube, ich habe davon gehört.«

Breland ging um seinen Schreibtisch herum. »Wissen Sie, was für mich die größte Überraschung gewesen ist, als ich dieses Amt übernommen habe, Grover? Wie schwer es ist, das Richtige zu tun, selbst wenn man die besten Absichten hat. Wie schwer es ist, überhaupt etwas zu tun. Jedes Mal, wenn sich eine dieser Türen öffnet, habe ich den Eindruck, als würde noch mehr Schmutz und Schlamm aus dem Potomac hereinschwappen. Bevor man es sich versieht, steht man bis zur Hüfte darin und kann sich kaum noch bewegen.« Er beugte sich nach vorn und drückte auf die Taste der Gegensprechanlage. »Mrs. Tallman, suchen Sie bitte General Steppak und sagen Sie ihm, dass ich ihn sofort sehen möchte.«

»Soll ich hier bleiben?«, fragte Wilman.

Breland schüttelte den Kopf. »Nur, wenn Sie eine Schaufel mitgebracht haben.«

»Viel Glück, Mr. President«, sagte Wilman schmunzelnd, als er aufstand.

An diesem Nachmittag schickte Wilman aus einem Impuls heraus ein Geschenk ins Weiße Haus hinüber – eine große Schaufel mit einem verchromten Blatt. Sie war ursprünglich für offizielle Grundsteinlegungen angefertigt worden. Wilman hatte ein großes Abziehbild mit dem Siegel des Präsidenten auf dem Blatt anbringen lassen.

Ob er den Präsidenten oder den Moment falsch eingeschätzt hatte, wusste er erst, als er bei seinem nächsten Besuch das Oval Office betrat und die Schaufel an der Wand links von Brelands Schreibtisch hing. Daneben hatte der Präsident ein schwarzweißes Schild befestigen lassen, das eher in eine Fabrikhalle gepasst hätte. Auf dem Schild stand: NUR FÜR NOTFÄLLE – NICHT ENTFERNEN.

Wilman lächelte immer noch vor Überraschung, als ihm Breland den neuen Zwischenbericht für Operation Brass Hat in die Hand drückte.

»Punkt zwei«, sagte der Präsident, dann wartete er einen Moment, bis Wilman die Seite überflogen hatte. »Haben Sie ein bestimmtes Land im Auge?«

Die Überschrift für Punkt zwei lautete *Brass-Hat-Minenräumprogramm.* Wilman hob den Blick und sah den Präsidenten an. »Nein, Mr. President. Aber ich wollte schon immer mehr von Kambodscha sehen.«

Breland nickte. »Dann also Kambodscha. Ich nehme an, es ist Ihnen recht, wenn ich Sie auf die Liste meiner Entourage setzen lasse?«

»Das möchte ich um nichts in der Welt verpassen.«

»Das sollten Sie auch nicht«, erwiderte Breland. »Ich habe vor, Sie in aller Öffentlichkeit zu loben, und ich will herausfinden, ob Sie dabei rot werden.«

16.

Die Binärinformation

Nagasaki, Japan – Dem Leiter der Internationalen Nuklearaufsichtsbehörde zufolge wird durch seismische Aufzeichnungen ›eindeutig‹ belegt, dass China gegen die Vereinbarung zum Verzicht auf Nukleartests verstoßen hat. »Die Messungen sind unmissverständlich. Es war eine neuartige Konstruktion mit einem bisher noch nicht erreichten Detonationswert«, sagte Dr. Ray Milius. »Ich gehe davon aus, dass es sich um den Sprengkopf der DF-10 gehandelt hat.« Die chinesische Raumfahrtbehörde hatte ihre neue Langstreckenrakete letzten Monat getestet. Von offizieller Seite in Peking wurde mitgeteilt, dass es sich bei den seismischen Störungen, deren Epizentrum in der Nähe des Lop-Nor-Atomtestgeländes lag, nicht um eine Explosion, sondern um ein Erdbeben gehandelt hat und dass die Dong Feng 10 als Trägerrakete für das bemannte Raumschiff Lotus entwickelt worden ist.

Vollständige Meldung
Außenministerium ›überprüft Daten‹
Video: Abschuss der DF-10
Japans Premierminister protestiert
Test als ›Warnung‹ an Russland und USA gedacht?

Gordon Greenes nackte Haut war noch nass vor Schweiß, als der Alarm an seinem KomSet losging, der bemerkenswert wenig Lärm machte – zum einen, weil er das Set im Tragemodus gelassen hatte, und zum anderen, weil die Jeans, in die er es gesteckt hatte, zwei Meter weit entfernt in einem zerknüllten Haufen auf dem Fußboden lag, in der Nähe der Schlafzimmertür. Der Alarm bestand aus einem tiefen Brummen, das nicht lauter war als die Atemzüge der nackten Frau, die sich an Greenes rechte Seite gekuschelt hatte. Greene löste sich vorsichtig aus ihrer Umarmung, schob ihr anstelle seiner Schulter ein Kopfkissen unter die Wange und ersetzte seine Körperwärme durch eine Decke, die er bis zu ihren Schultern hochzog.

Es war weder Zärtlichkeit noch Zuneigung, sondern eher eine Mischung aus Höflichkeit und dem Bedürfnis danach, allein zu sein. Wie fast immer, wenn aus Fremden Liebende wurden, war es in der letzten Stunde bei beiden nicht um Intimität, sondern eher um Egoismus gegangen. Sie hatte nicht allein sein wollen, er hatte sich nach einer zärtlichen Berührung gesehnt, und das hatte genügt, um sich im kalten Licht einer acht Häuserblocks vom Campus entfernten Tanzbar gegenseitig Versprechungen zu machen, die über eine bestimmte Grenze jedoch nicht hinausgingen.

Trotzdem hatten sie sich im Bett gut verstanden. Ihre Körper hatten mühelos zueinander gefunden, für feuchte Küsse und alles andere, was danach noch kam. Ihre Leidenschaft war so groß wie die seine, ihr Körper nahm seine Zärtlichkeiten willig auf, und sein Körper folgte den Verlockungen des ihren. Der Akt selbst war wild, laut und wollüstig gewesen, und als es vorbei war, hatten sie sich ohne einen Gedanken des Bedauerns in die feuchten Laken zurückfallen lassen – genau genommen war ihnen nur sehr wenig durch den Kopf gegangen, was den Nebel angenehmer Erinnerungen durchdringen und sie daran hindern konnte, unmittelbar danach einzuschlafen.

Und dann war der Alarm losgegangen. Greene fiel sofort wieder ein, warum er ihn gestellt hatte, und er fand, dass es Grund genug war, um das angenehme Gefühl von Kieras Haut auf der seinen aufzugeben. Er schaffte es, beinahe lautlos aus dem Bett zu kommen, lediglich eine der Sprungfedern in der Matratze quietschte kurz. Der Alarm hatte inzwischen aufgehört, aber Greene griff mit einer Hand nach seiner Jeans, als er aus dem Schlafzimmer schlich, und blieb kurz im Korridor stehen, um sie anzuziehen.

Durch die Jalousie des Arbeitszimmers drang genug Licht von der Sicherheitsbeleuchtung vor dem Fenster herein, sodass Greene den Weg zu seinem Drehstuhl ohne Probleme fand. Als er den Trackball berührte, wurde das Einhundert-Zentimeter-Display vor ihm aus dem Schlafmodus geweckt. Es warf genug Licht auf den Schreibtisch, dass Greene seine geteilte Tastatur erkennen konnte – eine Antiquität, für die man eine fast schon vergessene Fähigkeit brauchte, die aber immer noch Greenes Lieblingsgerät war, um mit seinem System zu reden. Bei einigen der interessantesten Sachen, die man mit einem Computer machen konnte, musste man auf den Komfort einer Multimedia-Schnittstelle verzichten – und auf Maschinenebene zählte sowieso nur Syntax.

Alle Nachrichtenagenten waren aktiv und zeigten neu hereingekommene Abfragen an. Da bis zur angekündigten Übertragung aus Phnom Penh noch etwas Zeit war, fing Gordon an, die wartenden Meldungen zu überfliegen.

In der Warteschlange für die Abfrage mit dem Suchwort ›Explosion‹ waren so viele Einträge, dass es fast den Anschein hatte, als könnte er das Echo davon hören. Eine Bombe in einem Lastwagen in Colombo, Minen auf einer belebten Straße im Jordangebiet, ein Raketenangriff in Algier, Granatwerferduelle vor Bogotá – das waren die Routinemeldungen. Greene hatte allein im letzten Monat Hunderte solcher Berichte gelesen. Fünfzig Jahre alte amerikanische Streubomben töten mehrere Bauern nördlich von Ho-Chi-Minh-Stadt, Selbstmordattentäter verübt Bombenanschlag in deutschem Zug, scharfe 105-mm-Artilleriegeschosse in einer Mülldeponie in Kentucky gefunden – das war zumindest etwas Neues, aber auch nicht das, wonach Greene suchte. Und ab und zu las er auch Geschichten, die man nur als makaber und bizarr bezeichnen konnte – eine Bombe auf einer Beerdigung in Süditalien, die im Sarg des Verstorbenen versteckt worden war, oder Esel, die Granatwerfer über die Berge nach Griechenland schmuggelten.

Manchmal bekamen die Kontextparser seiner Nachrichtenagenten auch einen kleinen Schluckauf und boten Greene vergnüglicheres Lesematerial an – Artikel über die ›Explosion‹ der Feuerameisenkolonien in Missouri zum Beispiel oder den Einschlag eines devonischen Kometen in Nevada. Ihnen standen Meldungen gegenüber, die Greene nicht so leicht wieder abschütteln konnte, Meldungen, die von sinnloser Brutalität und rücksichtsloser Gewalt berichteten. Die Bilder in seinem Kopf verfolgten ihn tagelang – Splittergranaten, die auf eine vollbesetzte Kirche in Manila gefeuert worden waren, eine zu früh hochgegangene Briefbombe in Grozny, die ein einmonatiges Mädchen in den Armen seiner Mutter getötet hatte.

Aber nirgendwo hatten die Nachrichtenagenten Hinweise darauf gefunden, dass der Trigger so eingesetzt wurde, wie man es versprochen hatte – Attentäter, die von ihren eigenen Bomben getötet wurden, Despoten, denen man die Macht raubte, Armeen, die plötzlich keine Waffenlager mehr hatten, Schläger, Verbrecher und Versager, denen man den blauen Stahl ihrer Männlichkeit wegnahm. Blut und Tod, Leid und Elend gab es immer noch, auf jedem Kontinent, in jedem Land, und nur die spektakulärsten und dramatischsten Todesfälle drangen in das Bewusstsein und das Gewissen von Fremden, die eine halbe Welt weit weg waren. Alles war so wie immer.

Greene verzweifelte nicht, denn er war Zyniker genug, um nichts Besseres erwartet zu haben. Aber trotzdem spürte er mit jedem Tag mehr, dass hier eine Chance vertan wurde – und es tat ihm Leid. Für sich selbst, für jene, die er seine Freunde genannt hatte, und für sie, an die er ständig dachte. Eine noble Geste für nichts, ein Jahr verloren, und zwei Leben, die man ohne Grund durcheinander gebracht hatte. Seine Enttäuschung rührte nicht so sehr daher, dass ihm seine Hoffnung geraubt worden war, sondern eher daher, dass er jetzt gezwungen war, seine guten Absichten aufzugeben. Sie waren hart auf dem Boden aufgekommen, und es sah immer mehr so aus, als müsste er jetzt vortreten und sich um sie kümmern.

Genau genommen war die Wahrscheinlichkeit dafür so groß, dass Greene bereits entsprechende Vorbereitungen getroffen hatte. Er hatte drei verschlüsselte Kopien der Trigger-Datei auf entfernten Servern versteckt, deren physikalischer Standort außerhalb der Vereinigten Staaten lag. Zwei der Kopien hatte er in einen digitalen Umschlag gesteckt, der an mehr als hundert öffentlichen Verteiler-Sites ging, von Newsgroups wie alt.peace und sci.physics bis hin zu Vorabdruck-Servern in 16 verschiedenen Ländern. Der dritte Umschlag war an fast zweihundert private Mailboxen adressiert, die Abrüstungsbefürwortern und internationalen Kontakten aus seiner Zeit bei Terabyte gehörten – Physiker aller Richtungen, Experimentalingenieure und Forschungsleiter unabhängiger Hightech-Unternehmen.

Alles in allem rechnete Greene damit, dass er mit Hilfe einiger Tricks und der neuesten Direct-Mail-Programme innerhalb der ersten Stunde nicht weniger als 10 000 Kopien der riesigen Datei versenden konnte. Abhängig davon, wie schnell und effektiv das Pentagon reagierte – Straßensperren, Paketangriffe und Lösch-BOTs waren nur einige der Maßnahmen –, konnte er vielleicht bis zu einer halben Million oder noch mehr Kopien verbreiten, bis sie die Quell-Server gefunden und abgeschaltet hatten. Und dann würde es zu spät sein. Zu viele Empfänger würden die digitalen Elefanten schon bemerkt haben, die Greene vor ihrer Haustür deponiert hatte. Es war unmöglich, sie alle verschwinden zu lassen.

Was Greene inzwischen am meisten fürchtete, war ein unangemeldetes Klopfen an der Tür. *Er* war das schwächste Glied der Kette – eine klassische Fehlerquelle, die alles zum Erliegen bringen konnte. Daher hatte er alle drei Verstecke mit Totmann-Mailingprogrammen verknüpft und deren Scheduler drei Tage vorgestellt. Wenn ihm etwas passierte und nicht mindestens einmal in drei Tagen ein harmloses ›Ping‹ bei seinen Mailing-Programmen ankam, wurde alles automatisch gestartet, ohne dass er noch etwas dazu tun musste. Der gleiche Mechanismus würde Greene einen Vorsprung verschaffen – ein paar Stunden, ein paar Tage, wenn er es riskieren wollte –, in denen er untertauchen konnte, falls der Anruf kam.

Und dass er jetzt mitten in der Nacht vor seinem Terminal saß – anstatt sich um die Frau zu kümmern, die in seinem Bett lag, wie es jeder normale Mann tun würde –, hatte einen ganz bestimmten Grund: Er wollte herausfinden, ob all diese Arbeit nicht vielleicht doch vergebens gewesen war.

Ein paar Minuten vor zwei, als er gerade seine Nachrichtenagenten schloss, hörte er, wie der Boden im Wohnzimmer knarrte.

»Hallo«, sagte Kiera leise, als sie auf ihn zukam.

»Hallo«, entgegnete er, während er CNN aufrief und den Ton leiser stellte. »Du hast einen leichten Schlaf.«

»Deiner ist offensichtlich noch leichter. Was machst du da?«, murmelte sie und legte ihm von hinten die Arme um seine nackte Brust.

»Ich sehe mir die Nachrichten an. Der Präsident ist gerade auf Staatsbesuch im Fernen Osten.«

»Ich kenne Männer, die danach eine rauchen müssen, Männer, die danach unbedingt etwas essen müssen, Männer, die danach aufspringen und sich die *Zähne* putzen …«

»Wie nett.«

»Du sagst es«, erwiderte sie, als eine Schlagzeile mit den Worten CNN LIVE auf dem Bildschirm auftauchte. »Aber wenn du jetzt nicht wieder ins Bett kommst, werde ich nach Hause gehen und glauben, dass du mich wegen eines Politikers vernachlässigt hast – ein ziemlich dämlich aussehender Politiker noch dazu.«

Mit der linken Hand startete Greene eine Videoaufzeichnung, mit der anderen machte er den Ton lauter.

Dann griff er nach Kieras Hand und hinderte sie daran wegzugehen. »Fünfzehn Minuten, und wir können da weitermachen, wo wir vorhin aufgehört haben.«

Sie kicherte. »Macht dich das da etwa an?«

»Na ja, du weißt doch, dass es eine genetische Verbindung zwischen Testosteron und Explosionen gibt.«

Die Startsequenz war vorbei, und Präsident Breland fing an zu sprechen.

Kiera warf einen Bild auf den Bildschirm. »Glaubst du, dass es eine Explosion geben wird?«

»Angeblich ja. Aber nicht auf dem Podium«, fügte er schnell hinzu. »Sie werden ein Minenfeld räumen.«

»Ist das nicht gefährlich? Und dauert das nicht ziemlich lange?«

»In der Regel ja. Daher auch die Sondersendung.«

Sie blickte noch einmal auf den Bildschirm, wo immer noch die Rede des Präsidenten lief.

»Fünfzehn Minuten? Versprochen?«

»Höchstens zwanzig.«

Sie gab ihm einen Kuss auf den Scheitel. »Vielleicht nehme ich dann rasch ein Bad.«

»Schwimm aber nicht davon.«

»Lass mich nicht warten.«

»Bestimmt nicht.«

Als sie weg war, fing Greene an zu lächeln. Er hatte gerade das Luftkissenfahrzeug gesehen, das hinter dem Präsidenten geparkt war. Sein Lächeln vertiefte sich zu einem breiten Grinsen, als die erste Großaufnahme davon übertragen wurde. Und als dann eine Konstruktionszeichnung auf dem Bildschirm zu sehen war, lehnte er sich zurück und lachte vergnügt in sich hinein.

»›Harmonisches Minenräumfahrzeug‹«, flüsterte er. »Das gefällt mir. Und die falschen Antennen auch – und diese dicken Lautsprecher vorn und hinten. Sehr überzeugend. Harmonisches Minenräumen – ja, das ist gut.«

Greene war so fasziniert von der Übertragung, dass mehr als eine Stunde verging, bevor er auf Zehenspitzen zurück ins Schlafzimmer schlich. Kiera lag leise schnarchend im Bett und schlief tief und fest. Er wollte sich am nächsten Morgen bei ihr entschuldigen, aber sie stand sehr früh auf und kam nicht wieder ins Bett. Mit einer langen Dusche hielt sie ihn auf Abstand, dann ging sie.

Greene stellte überrascht fest, dass er über die entgangene Gelegenheit nicht besonders traurig war und dass er es auch nicht übermäßig bedauerte, sein Versprechen gebrochen zu haben. Er versuchte nicht, sie zurückzuhalten oder sein Verhalten zu erklären. Sein erster Gedanke am Morgen hatte sich darum gedreht, wie die Medien wohl über die Aktion berichten würden. Sein zweiter Gedanke hatte Leigh Thayer gegolten – und der mit einem Mal sprunghaft gestiegenen Chance, sie wieder zu sehen.

»Vor Pol Pot und Lon Nol, vor Amerikas Geheimkrieg, vor Kambodschas brutalem Bürgerkrieg war dies hier einmal eine Farm«, sagte Präsident Breland in die Kameras, die sein Bild um die Welt trugen. Rechts von ihm stand der Vorsitzende des Obersten Nationalrats, links der Direktor des Cambodian Mine Action Center. »Auf diesen Feldern wurde Reis angebaut, und in den Wäldern dort hinten sammelte man Feuerholz und Obst. Diese Farm war kein Massentierhaltungsbetrieb und keine staatliche Kooperative. Die Farm gehörte der Familie von Ngos Tran.« Breland sah vom Podium hinunter zu der Stelle, an der ein dünner Mann mit hängenden Schultern stand. Er war barfuß und trug eine Jacke mit einem *Sampot.* »Er, seine acht Geschwister und seine Eltern, Poth und Ravi, bestellten diese unter Wasser gesetzten Felder, um überleben zu können. Und wenn in einem guten Jahr noch etwas übrig blieb, um es auf einen Karren zu laden und auf dem Markt zu verkaufen, dankten sie den Göttern.

Aber dann kamen die Soldaten, und Mr. Trans Bruder wurde erschossen. Nach einer Weile wurden diese Soldaten von anderen Soldaten vertrieben, und Mr. Tran verlor einen zweiten Bruder – er wurde mit vorgehaltener Waffe rekrutiert und nie wieder gesehen. Vier verschiedene Armeen sind über dieses Land gezogen, das viel zu nah am

Mekong und an der Straße nach Kampong Cham liegt, um unbemerkt zu bleiben.

Die Armeen sind inzwischen verschwunden, aber sie haben ein tödliches Souvenir hier gelassen – Dutzende von kunststoffummantelten Antipersonenminen, die unter dem Wasser und dem Schlamm lauern. Eine davon hat Mr. Trans älteste Schwester getötet. Eine andere hat seinem Vater das rechte Bein weggerissen. Jetzt lebt niemand mehr von diesem Land. Jetzt baut hier niemand mehr Reis an. Es ist zu gefährlich, selbst für Menschen, die verzweifelt und hungrig sind.

Aber die Minen in Kambodscha sind nicht nur eine Tragödie für eine Familie – sie sind eine Tragödie für das ganze Land. Es gibt hier mehr Amputierte als in jedem anderen Land der Welt – einer von zweihundert Menschen. Jeden Monat werden vierhundert Zivilisten getötet, in einer Zeit, die die Khmer Frieden nennen.

Und warum tut niemand etwas dagegen? Jemand hat es versucht. Seit mehr als einer Generation unterhält das Cambodian Mine Action Center eines der am besten organisierten, engagiertesten und erfolgreichsten Minenräumprogramme der Welt. Die CMAC-Teams – mehr als dreitausend Männer und Frauen, die zum größten Teil vom CMAC selbst ausgebildet wurden – gehen einen Schritt nach dem anderen, eine Mine nach der anderen vor und haben inzwischen mehr als siebzigtausend Minen aus dem Boden entfernt und mehr als sechstausend Quadratkilometer Land geräumt. Und mit jedem Quadratkilometer, den das CMAC räumt, können fünfzig Flüchtlinge nach Hause zurückkehren.

Aber trotz der unermüdlichen Arbeit des CMAC sind immer noch acht Millionen Minen unter den kambodschanischen Feldern verborgen. Sie lauern entlang der kambodschanischen Straßen und Wege. Sie sind in den kambodschanischen Wäldern versteckt. Diese Felder hier stehen seit neun Jahren auf der Liste der Flächen, die vorrangig geräumt werden sollen. Das CMAC – das Volk von Kambodscha – hat alles Menschenmögliche getan, um das Land von dieser Geißel zu befreien. Kambodscha braucht unsere Hilfe – und wir haben Hilfe mitgebracht.

Hinter mir steht eine bemerkenswerte Maschine – das Erste von mehreren hundert harmonischen Minenräumfahrzeugen, die ich überall dort einsetzen will, wo unsere Hilfe willkommen ist. Das MRF basiert auf dem Prinzip der Schallenergie, das allen vertraut sein wird, die schon einmal in einem Konzert gewesen sind, und kann in einer Stunde das erreichen, wozu ein Zug ausgebildeter Minenräumkräfte eine Woche braucht – und das ohne die schrecklichen Verluste, die diese tapferen Freiwilligen immer wieder zu beklagen haben.

Dieses Land hat zu viel Blutvergießen gesehen und viel zu lange brachgelegen. Für Mr. Tran und seine Familie wird es jetzt Zeit, in ihr Dorf und auf ihre Felder zurückzukehren. Und daher habe ich die neugebildete 318th Engineering-Brigade der US-Armee gebeten, das erste HMF hierher zu bringen und der ganzen Welt zu zeigen, dass das Zeitalter der Mine zu Ende ist, dass diese Waffe endgültig der Vergangenheit angehört. Mr. Tran, ich hoffe, dass dies die letzten Soldaten sind, die Sie auf Ihren Feldern je sehen werden.«

Breland drehte sich um und gab dem Lieutenant, der mit seiner Crew vor dem HMF stillstand, ein Signal – ein mit dem Zeigefinger in die Luft gemalter Kreis. Der Leutenant salutierte. Als er und seine Männer in das Fahrzeug stiegen, ließ sich Breland zu einem der fünf Stühle bringen, die durch drei große, schrägstehende Granatenschutzschilde aus Acrylglas abgeschirmt waren – ein Zugeständnis an den Secret Service, der zunächst geplant hatte, dass Breland seine Rede von einem Studio in Phnom Penh aus hielt.

Als die Turbinen des HMF ansprangen und das Luftpolster unter der zusammengesunkenen Gummischürze aufgebaut wurde, entstand ein erwartungsvolles Gemurmel. Sämtliche Turbinenräder des Fahrzeugs drehten sich, als es wendete und auf die Wimpel zufuhr, mit denen die Grenze zu dem minenverseuchten Stück Land abgesteckt war. Als es kurz vor dem ersten Wimpel war, konnte man noch ein anderes Geräusch hören – den tiefen Basston aus den Hochleistungslautsprechern, der sich für Breland fast wie ein Puls anhörte, obwohl er wusste, dass es ein durchgehender Ton war.

Unmittelbar danach schoss ein halbes Dutzend Fontänen aus Wasser und Erde in einem weiten Bogen aus dem brachliegenden Reisfeld vor dem HMF. Die einzelnen Explosionen, die durch den Abraum gedämpft wurden, waren kaum lauter als das vereinzelte Echo, aber trotzdem zuckten die etwa hundert Zuschauer zusammen. Doch dann war deutlich zu sehen, dass die Explosionen sie begeisterten. Während das HMF über den Rand des Reisfelds fuhr, setzten sich die Erschütterungen unter dem begeisterten Applaus der Menschen fort. Als das Fahrzeug an der Baumgrenze anhielt und dann umdrehte, um mit dem zweiten Durchgang zu beginnen, sah Breland, dass die Schürze über und über mit Schlamm bespritzt war, das HMF aber ansonsten keine Schäden davongetragen hatte.

»Wie viele davon können Sie uns leihen?«, fragte der Vorsitzende des Obersten Nationalrats, der sich zu Breland hinübergebeugt hatte.

»Wir stellen gerade Bataillone zusammen, die aus jeweils vier Fahrzeugen bestehen«, antwortete Breland. »Ich habe gehofft, dass Sie Ihre Zustimmung zur Stationierung von zwei Bataillonen geben. Meine Experten haben mir gesagt, dass sie das gesamte Flachland bis Ende des Jahres geräumt haben könnten.«

»Bis Ende des Jahres?«, fragte der Vorsitzende.

Genau in diesem Augenblick ereignete sich innerhalb des abgesteckten Gebiets ohne jede Vorwarnung eine gewaltige Explosion. Das Schutzschild wurde von etwas Hartem getroffen, sodass das Podium bebte. Breland duckte sich instinktiv und wollte dann mit klingenden Ohren aufstehen. Das HMF war hinter einer Wand aus Schlamm, Rauch und Wasser verborgen, sodass er es nicht sehen konnte.

Er wurde von zwei Agents des Secret Service gepackt, die ihn zu Boden werfen und mit ihrem Körper schützen wollten. Breland schüttelte sie verärgert ab, als Colonel Grassley vom 318. auf das Podium gerannt kam.

»Was ist los, Colonel?«, rief der Präsident, während er dem Direktor des CMAC auf die Füße half.

»Nicht explodierte Munition, Mr. President. Vermutlich ein Artilleriegeschoss oder eine Granate, die sich hier eingegraben hat. Hörte sich wie etwas Großes an – die Chinesen haben die russische 82-mm-Granate kopiert, und etwas in der Art könnte es gewesen sein. Es könnte sogar eine von unseren Eisenbomben gewesen sein.«

»Ist das HMF beschädigt wurden?« Aber Breland sah selbst, dass es die Explosion unbeschadet überstanden hatte – das Fahrzeug war zwar von oben bis unten mit Schlamm bespritzt, aber es bewegte sich immer noch vorwärts und fuhr gerade an einem kleinen Krater vorbei, der sich rasch mit Wasser füllte.

»Nein, Sir. Sollen wir weitermachen?«

Der Einsatzleiter des Secret Service trat einen Schritt vor, um die Frage zu beantworten, aber Breland war schneller. »Natürlich, Colonel. Räumen Sie das gesamte Feld.«

Die Agents des Secret Service standen jetzt links und rechts von Breland und drängten ihn dazu, das Podium zu verlassen. »Mr. President, wir müssen Sie von hier wegbringen.«

»Ich werde mich wieder hinsetzen«, erwiderte Breland so leise, dass seine Stimme nicht bis zu den Mikrofonen drang. »Aber noch weiter werden Sie mich nicht von hier wegbringen.«

Zehn Minuten später war alles vorbei. Es gab keine großen Explosionen mehr und nur eine, die etwas heftiger war und von Grassley als Panzerabwehrmine identifiziert wurde. Alles in allem detonierten beim ersten Räumgang etwa drei Dutzend ›Knaller‹, wie der Direktor des CMAC die kleinen Antipersonenminen nannte. Das HMF führte noch einen zweiten Räumgang im rechten Winkel zum ersten durch, aber es gab keine einzige Explosion mehr. Offenbar war bereits der erste Räumgang zu einhundert Prozent effektiv gewesen und hatte jede unter der Oberfläche lauernde Gefahr entdeckt und beseitigt.

Als das HMF in der Parkzone auf seiner Gummischürze in sich zusammensank, sprang Breland auf und rannte vom Podium hinunter auf die gegenüberliegende Straßenseite, um der Crew zu gratulieren. Die Agents des Secret Service eilten ihm nervös nach und hofften, dass er danach endlich in den Hubschrauber steigen würde, der ihn ins sichere Singapur zurückbringen sollte. Aber als Breland der Crew die Hände geschüttelt hatte, sah er, dass auch Ngos Tran das Podium verlassen hatte und zögernd auf die roten Wimpel zuging.

In diesem Augenblick machte Breland aus einem Impuls heraus jene Geste, die fast jeder Nachrichtenredakteur am nächsten Tag als *das* Bild des Tages wählen würde. Er ging mit langen, gemächlichen Schritten zu der Stelle hinüber, an der Ngos Tran stand.

Die beiden Männer unterschieden sich äußerlich wie Tag und Nacht und kamen aus zwei völlig verschiedenen Welten – Westen und Osten, Stadt und Land, breitschultrig und dünn, groß und gebeugt, mächtig und verarmt, ein Präsident und ein Reisbauer. Keiner konnte den anderen verstehen. Aber wenige Gesten genügten ihnen, um zu wissen, um was es ging.

Ist es wirklich sicher?, wollte Tran wissen.

Kommen Sie – sehen Sie selbst, war Brelands Antwort.

Seite an Seite gingen die beiden Männer an den roten Wimpeln vorbei auf das sumpfige Feld, das eine halbe Stunde früher keiner von beiden zu betreten gewagt hätte. Nach einer Weile folgten kambodschanische Offizielle ihrem Beispiel, und dann eilten auch andere von der Plattform auf das Feld, wie um zu beweisen, dass auch sie keine Angst mehr hatten. Aber die anderen zählten nicht. Die Kameras waren nur auf die beiden Männer an der Spitze gerichtet.

Für das Foto von Ngos Trans Geste der Dankbarkeit – er sah zu Breland auf und applaudierte ihm mit beiden Händen, während die beiden Männer bis zu den Knöcheln im

Schlamm standen – bekam der Fotograf Milos Thurban einen Pulitzerpreis.

Präsident Mark Breland sollte dafür noch sehr viel mehr bekommen.

17.

Der Trick

Sacramento, Kalifornien – Bei einem im Keller des State Capitol ausgebrochenen Brand sind am Samstagabend sechs Menschen ums Leben gekommen. Verwaltungsleiterin Beth Markham zufolge sind an dem historischen Gebäude ›keine größeren Schäden‹ entstanden, sodass die kurz bevorstehende Sitzung des Kongresses wie geplant stattfinden kann. Markham sagte, die Techniker hätten gerade modernste Klimakontrollgeräte installiert, mit denen die zahlreichen Antiquitäten und Kunstgegenstände des Capitols vor Umwelteinflüssen geschützt werden sollen, als das offenbar durch Funkenflug entzündete Feuer ausbrach. Unter den Opfern sind auch zwei Techniker der US-Armee, die die Installation überwacht hatten.

Vollständige Meldung

Dr. Leigh Thayers Instrumenten- und Messteam hatte an diesem Nachmittag das Testgelände in Beschlag genommen. Es hatte mehr als vierhundert Materialproben vorbereitet, die auf ihre Eignung als Trigger-Abschirmung getestet werden sollten – von Metallen und Kristallen über Flüssigkeiten bis hin zu anorganischen Verbindungen mit hohem Stickstoffgehalt. Jedes Material sollte in drei Stärken – ein, drei und fünf Zentimeter – und aus zwei verschiedenen Entfernungen – zehn und 25 Meter – getestet werden.

Lee nannte diese Tests ›Krabbelei‹, weil sich dabei das gesamte Team auf dem Testgelände verteilte und Tabletts mit Proben von einer Testfläche zur nächsten trug, was Assoziationen zu einer Ameisenkolonie weckte. Die Tests selbst dauerten immer nur wenige Sekunden, sodass man den Eindruck bekam, als würden die Mitarbeiter lediglich etwas hinstellen und nach kurzer Zeit wieder einsammeln.

Für den heute angesetzten Test waren insgesamt zwanzig Testflächen in zwei Bögen nördlich des Hauptlabors präpariert worden. Lee hatte mehr haben wollen, damit mehr Materialien auf einmal getestet werden konnten. Aber nachdem sich Brohier kurz vor seiner Abreise nach Princeton die erste Krabbelei angesehen hatte, war er dagegen gewesen.

»So, wie es jetzt ist, haben Sie einen Mitarbeiter pro Material – sehr ordentlich, wenig Möglichkeiten für Fehlerquellen«, hatte er gesagt. »Aber wenn Sie die Anzahl der Proben erhöhen, erhöhen Sie damit auch die Fehlerwahrscheinlichkeit.«

Fehler waren inzwischen nicht mehr so gefürchtet wie noch am Anfang, da bei den Tests keine Explosivstoffe mehr verwendet wurden. Zur Anzeige eines Trigger-Feldes setzten sie jetzt das ein, was einem funktionsfähigen Trigger-Detektor am nächsten kam – Leigh Thayers ›Puffdeckel‹.

Analog zu einem Reagenzstreifen oder einer Strahlenschutzplakette bestanden die Deckel aus einer kleinen Kunststoffplatte mit einer runden Stoffscheibe, die mit einer aus Schwarzpulver hergeleiteten Lösung getränkt war. Wenn die Deckel einem Trigger-Feld ausgesetzt wurden, reagierten sie mit einem leichten Knall und einem gut sichtbaren Wölkchen aus parfümiertem Rauch.

Die Informationen, die die Puffdeckel lieferten, waren absolut binär – ›ja‹ oder ›nein‹, ›Trigger vorhanden‹ oder ›Trigger nicht vorhanden‹ –, und die Deckel selbst wurden dabei zerstört. Aber im Gegensatz zu den pyrotechnischen Knallern, die einen von Lees Assistenten zwei Finger gekostet hatten, konnte man die Deckel ohne Spezialausbildung anfassen und den Zeitaufwand für die Tests halbieren. Darüber hinaus waren sie fast geräuschlos, sodass an den Tagen, an denen die Tests durchgeführt wurden, nicht mehr länger eine Geräuschkulisse wie am 4. Juli herrschte. Das Pentagon wollte sie eventuell als Grenzalarmgeber einsetzen, sodass Goldstein die Deckel in seine Produktion aufgenommen und Lee ein Patent angemeldet hatte.

Aber Lee suchte immer noch nach dem Durchbruch, der es ihr ermöglichte, einen richtigen Detektor und ein Stärkemessgerät für Trigger-Felder zu bauen. Die beiden Probleme – eine Abschirmung gegen das Feld zu finden und deren Stärke zu messen – schienen unentwirrbar miteinander verknüpft zu sein. Bis zur äußersten Reichweite eines Mark I ging das Trigger-Feld offenbar durch jede Materie hindurch, als ob sie gar nicht vorhanden wäre.

Lee hatte Tests mit Knallern durchgeführt, die hundert Meter in einen Brunnenschacht herabgelassen oder auf der anderen Seite einer Felsformation aus Granit platziert worden waren. Sie hatten den Brunnenschacht überflutet und den Sender mit Bleiplatten isoliert. Sie hatten einen Knaller in einer Kassette aus angereichertem Uran versiegelt. Die Ergebnisse waren allesamt positiv gewesen und hatten sämtlichen Ausbreitungsgesetzen auf der Grundlage des Verhaltens von elektromagnetischer Energie widersprochen. Was auch immer aus einem Mark-I-Trigger kam – Gestein war dafür so durchlässig wie Luft.

Da Materie derart schwach und selektiv auf den Trigger reagierte, war es geradezu unvermeidlich, dass Horton und Brohier anfingen, sich mit Neutrinos zu beschäftigen. Das CERN-Modell betrachtete die mysteriösen Teilchen mit dem gleichen Misstrauen wie den interplanetarischen Äther und hatte sie als reine Verlegenheitslösung für ein unausgegorenes theoretisches Modell disqualifiziert. Aber trotzdem waren sie nach wie vor interessant. Seit fast zwei Wochen redete Horton über nahezu nichts anderes mehr.

Als ihre theoretische Existenz noch nicht angezweifelt wurde, waren Neutrinos die seltsamsten der seltsamen Kreaturen im subatomaren Zoo gewesen. Mit ihrer variablen Masse, gebrochenen Spinzahlen, unglaublicher Vielfalt und der bizarren Fähigkeit, die gesamte Erdmasse durchdringen zu können, als wäre diese überhaupt nicht vorhanden, waren Neutrinos der letzte Heilige Gral des Standardmodellphysikers – und die letzte Hoffnung von Jeffrey Horton.

Er setzte darauf, dass irgendwo in irgendeiner Forschungsdatenbank eine andere Trigger-Anomalie vergraben war, die nur noch niemand erkannt hatte. Und es hatte ihn beunruhigt, dass er nicht in der Lage gewesen war, ihre Entdeckung mit einem in der Natur vorkommenden Phänomen in Verbindung zu bringen.

»Ich würde meinen rechten Arm dafür geben, wenn ich das Ganze aus einer anderen Perspektive sehen könnte«, hatte er zu Lee gesagt, als sie eines Abends kurz nach ihrer Ankunft im Annex miteinander zu Abend gegessen hatten.

»Dazu müssten Sie erst einmal jemanden finden, der Ihren rechten Arm haben will.«

Zu diesem Zeitpunkt hatte Horton schon jeglichen Humor verloren. »Sie wissen, was ich meine. Was wir hier mit einer neuen Technologie erreichen, müsste sich da draußen eigentlich auch ohne diese Technologie ereignen. Es gefällt mir gar nicht, dass es keine Parallelen in der Natur gibt. Wenn wir es wirklich mit einem echten Phänomen zu tun haben, wo sind dann die Beobachtungen, die wir damit erklären könnten?«

»Hortons Paradoxon«, erwiderte sie. »Und was ist bei der Literaturrecherche herausgekommen?«

»Nichts«, sagte er mit einem Kopfschütteln und einem angeekelten Gesichtsausdruck.

»Vielleicht haben Sie ja an der falschen Stelle gesucht. Vielleicht sollten Sie in *The Weekly World News* anstatt in *Physics Today* suchen.«

»Glauben Sie mir, ich bin an einem Punkt angelangt, an dem ich es nicht mehr für unter meiner Würde halte, es auch mit Phänomenologie zu versuchen. Die Regenbogenpresse habe ich zwar nicht durchsucht, aber ich habe die Suchparameter so allgemein wie nur möglich definiert und sichergestellt, dass sie alle Rand- und Parawissenschaften erfassen.«

»Und?«

»Ich glaube nicht, dass Sie das wissen wollen.«

»Doch. Erzählen Sie's mir.«

»Der Suchagent hat andauernd versucht, mir zu sagen, dass spontane Selbstentzündung beim Menschen ein guter Treffer für meine Kriterien sei.«

Lee lachte leise in sich hinein. »Oh, wirklich?«

»Natürlich nicht«, antwortete er kurz angebunden. »Es gibt keinen einzigen dokumentierten Fall, für den Zeugen vorhanden wären – keine Prediger, die auf der Kanzel zum Opferlamm wurden, egal, was Sie je darüber gehört haben. Soweit ich sagen kann, ging es bei fast allen diesen Fällen um eine zurückgezogen lebende ältere Dame, die Übergewicht hatte, allein lebte, gern einen über den Durst trank und rauchte.«

»Hm. Scheint so, als bräuchte man kein Sherlock Holmes zu sein, um sich selbst ein Bild zu machen.«

»Und die gerichtsmedizinischen Berichte sind entweder anekdotenhaft oder nicht aufzufinden. Sie haben mit Sicherheit noch nie solche haarsträubenden Geschichten gehört ...«

»Doch. Meine Eltern gehören der Episkopalkirche an.«

»Dann nehme ich das zurück.« Er lächelte ironisch. »Aber trotzdem, wenn wir Mary Reeser oder Mrs. Oczki brauchen, um überzeugende Argumente zu finden ...«

»Wie wäre es mit ›Brände mit ungeklärter Ursache‹? Irgendjemand muss doch Daten darüber haben.«

»Ja – das nationale Datenzentrum der Feuerwehren. Diesen Punkt haben wir schon überprüft, als Sie noch in Utah waren und die Operators der Armee ausgebildet haben.«

»Und?«

»Bestenfalls ein entschiedenes ›Vielleicht‹. Dem Datenzentrum werden jährlich zwei Millionen Brände und Explosionen gemeldet, und bei einem von fünf Fällen steht ›Ursache unbekannt‹ darüber. Wir haben eine auf Brandstiftung spezialisierte Privatdetektei damit beauftragt, die Datenbank durchzugehen und Fälle herauszusuchen, die für uns interessant sein könnten. Sie haben uns zwar einen sehr, sehr langen Bericht geschickt, aber wir konnten nichts davon gebrauchen. Nicht genug Informationen, nicht reproduzierbar, kein Muster, das einer genauen Überprüfung standgehalten hat.«

»Keine Beweise.«

»Genau.«

»Aber es muss doch etwas geben.«

»Wenn wir die richtigen Fragen stellen«, sagte Horton. »Ich bin mir immer noch ziemlich sicher, dass es zu einer Reaktion von Materie und Energie kommt. Aber so langsam frage ich mich, ob das, was aus dem Sender kommt, vielleicht weder Materie noch Energie ist.«

»Haben Sie denn schon eine Vermutung darüber, was es sonst sein könnte?«, fragte Lee überrascht.

Aber Horton schüttelte nur den Kopf.

Und genau über diese Frage machte sich nun Karl Brohier Gedanken. Drei Wochen, nachdem er und Horton aus Washington zurückgekommen waren, hatte der Direktor schon wieder den Koffer gepackt, dieses Mal, um dem Institute for Advanced Study in Princeton einen Besuch abzustatten.

Während seiner Abwesenheit war Horton in den Annex zurückgekehrt und zeigte Anzeichen dafür, dass er wieder zu seiner alten Form zurückfand. Er spielte nicht länger den Einsiedler und entwickelte sogar wieder neue Begeisterung für seine Arbeit, die sich auch in einem fast schon aufdringlich zu nennenden Interesse für Lees Arbeit ausdrückte. Er hatte den größten Teil einer Woche damit verbracht, die Aufzeichnungen ihrer Abteilungen durchzugehen und mit ihren Mitarbeitern über Erfassungs- und Messprobleme zu sprechen.

Und am Ende der Woche hatte er sogar ein paar aufmunternde Worte für Lees Mitarbeiter gehabt. »Wenn Sie es erfassen können, können wir es ablenken. Wenn Sie es messen können, können wir es modulieren«, hatte er zu ihnen gesagt. »Geben Sie nicht auf. Bleiben Sie am Ball. Und wenn Sie können, bleiben Sie bitte auch optimistisch. Manchmal fällt uns das zwar sehr schwer, aber Ihre Arbeit könnte der Schlüssel zu dem sein, was wir hier tun. Wenn Sie etwas finden, das sehr stark auf ein Trigger-Feld reagiert, haben wir am nächsten Tag vielleicht ein Schutzschild und am übernächsten eine Zielvorrichtung.«

Für Lee kam Hortons Interesse an ihrer Arbeit zwar ziemlich spät, aber sie war dennoch überrascht, als sie feststellte, dass er sie mit seiner Begeisterung anstecken konnte. Und sie freute sich, als Horton eine halbe Stunde vor Beginn der zweiten Krabbelei bei ihr in der Testkontrolle auftauchte. Es erinnerte sie an früher, an die Zeit vor Baby – eine Zeit, die sie wie viele Eltern in einem etwas verklärten Licht sah.

»Kann ich irgendwie helfen?«, wollte Horton wissen.

»Ich nehme Organspenden in Form von gut erhaltenen Synapsen entgegen«, erwiderte sie. »Haben Sie gewusst, dass der letzte große Endspurt beim Wachstum des Gehirns unmittelbar nach der Pubertät stattfindet? Danach geht es nur noch abwärts.«

»Das wusste ich.« Er grinste breit. »Ich habe sogar eine Theorie darüber entwickelt, dass unser Lebensweg entscheidend davon beeinflusst wird, ob wir diese neu hinzugekommenen Milliarden Gehirnzellen intellektuell oder für Sex nutzen.«

»Sie müssen sich an der Uni umgesehen und festgestellt haben, dass viele intelligente Studenten völlig beziehungsunfähig sind«, entgegnete sie mit einem bitteren Unterton in der Stimme.

»Das habe ich schon in Mathe an der High School festgestellt. Von unserer Klasse gingen nur zwei zum Abschlussball – und das auch noch zusammen. Diana und Kim. Haben Sie noch einen Kopfhörer für mich?«

Sie deutete auf einen Schrank. »Unterste Schublade.«

Danach waren sie viel zu beschäftigt, um sich zu unterhalten. Lee ging die Checkliste für den Test so schnell durch, dass ihre Mitarbeiter alle Hände voll zu tun hatten. Horton zeichnete sich vor allem dadurch aus, dass es ihm gelang, nicht im Weg zu sein, was ihr lieber war als jede Hilfe, die er ihr hätte anbieten können.

Der Test an sich war nichts Besonderes. Als die Mitarbeiter das Testgelände präpariert hatten, brachte Lee den Mark I für 15 Sekunden auf zehn Prozent seiner Leistung. Alle Teststreifen waren in kleinen Kästchen aus Kunstharz versiegelt, in denen man das Testmaterial ausgelegt hatte. Es gab keine Entlüftungsklappen, also auch kein Rauchwölkchen und keinen Knall. Als das grüne Licht wieder ausging, fuhr einer von Lees Mitarbeiter den außerhalb des Testradius geparkten Elektrowagen zu den Testflächen. Die nummerierten Kästchen wurden eingesammelt und weggebracht, um später untersucht zu werden.

Als der Wagen fort war, fuhr ein zweiter heran, der die nächste Ladung mit Testproben brachte. Während sie ausgelegt wurden, hatten Lee und Horton Zeit, ihre Unterhaltung fortzusetzen.

»Hat Dr. Brohier gesagt, wie lange er in New Jersey bleiben wird?«, fragte Lee.

»Er hat nur gesagt, dass es dort gar nicht so schlecht ist, wie man immer sagt, und dass wir uns nicht wundern sollen, wenn er ein paar Wochen wegbleibt.«

»Glauben Sie, er wird sich irgendwann einmal bei uns melden?«

»Erst, wenn er etwas hat«, entgegnete Horton. »Sie wissen ja, dass er nicht sehr gesprächig ist.«

»Hat er Ihnen denn einen Hinweis darauf gegeben, warum er dort hingegangen ist – ich meine, mit wem genau er sprechen wollte?«

»Er hat viele Freunde an der Fakultät. Buhl und Esterowitsch vor allem. Aber eigentlich hat er zu mir nur gesagt, dass er sich gefragt habe, ob wir die Sache nicht völlig falsch angehen – ob es nicht sein könnte, dass wir keine neue Physik brauchen, sondern eine neue Mathematik. Ich habe das so aufgefasst, als wollte er in Princeton mit Reichart und Wu sprechen.«

Beide Namen waren Lee bekannt. Reichart lehrte an der Mathematischen Fakultät und hatte vor kurzem den Wolfpreis erhalten. Wu war Gastdozent an der Naturwissenschaftlichen Fakultät und ein berühmt-berüchtigter Freidenker, der durch seine harsche Kritik am CERN-Modell, aber auch durch eigene Arbeiten in Astrophysik bekannt geworden war. »Bis wir alles Notwendige herausgefunden haben, wird die Verfasserzeile so lang sein wie die Abhandlung selbst«, sagte sie leichthin.

»Mich beunruhigt mehr die Frage, ob sie nicht vielleicht in *Kreskin's Journal of the Bizarre* enden wird«, bemerkte Horton.

»Es könnte noch schlimmer kommen – man könnte Sie als Gast zu *Wonders of Nature* einladen«, neckte sie. Die täglich gesendete Magazinsendung war der Quotenrenner von ›Phenomenal!‹ – einem Infotainment-Kanal, der sich auf Modereligionen und paranormale Pseudowissenschaften spezialisiert hatte – und wurde von einem kurvenreichen Exmodel moderiert, das eine neominoische Priesterin mimte. Ihre unverhüllten Brüste (die von einem neotraditionellen, offenen Mieder präsentiert wurden) waren wohl nicht der Anlass für den Namen des Magazins gewesen, aber mit Sicherheit der Grund für die hohen Einschaltquoten.

»Das werde ich mir als letzte Hoffnung merken«, sagte Horton, ohne eine Miene zu verziehen.

Sie lachte und rückte das Mikrofon ihres Kopfhörers zurecht. »Hier ist Lee. Alles fertig für Runde zwei. Meldung jeweils nach Station.«

Ein paar Tage später war es um einiges schwieriger geworden, ihrer Situation noch mit Humor zu begegnen. Lee und Horton waren gerade dabei, die Bestandsliste der getesteten Proben aus der dritten Krabbelei zu vervollständigen, und mussten sich der unangenehmen Tatsache stellen, dass die Ergebnisse nicht anders waren als bei den ersten beiden Tests. Da alle Knalldeckel zerstört worden waren, eignete sich kein Material zur Abschirmung eines Trigger-Feldes.

Horton lehnte sich zurück und ließ den Blick über die vielen Tische gleiten, auf denen die offenen Testkästen standen. »Schätze mal, wir müssen nachbestellen«, sagte er zu Lee.

»Jeffrey, darüber wollte ich gerade mit Ihnen sprechen.«

Ihm fiel auf, dass sie ihn nicht länger mit Chef anredete. »Schießen Sie los.«

»Ich habe bereits das gesamte Periodensystem durchgearbeitet. Wenn ich unbegrenzt Zeit und Geld hätte, könnte ich mir auch noch sämtliche chemischen Verbindungen vornehmen, was mir allerdings Zeit- *und* Geldverschwendung zu sein scheint. Das würde nur Sinn machen, wenn wir wenigstens einen *kleinen* Anhaltspunkt aus den bereits durchgeführten Tests hätten, eine Tendenz, aus der sich etwas machen ließe. Aber alle Materialien, die auf das Trigger-Feld reagieren, explodieren oder lösen sich auf. Und selbst von diesem Prozess habe ich keinen blassen Schimmer – ich kann noch nicht einmal beweisen, dass irgendetwas absorbiert wurde. Jeffrey, ich bin in einer Sackgasse. Dieses verdammte Ding ...« Sie schüttelte frustriert den Kopf, unfähig weiterzusprechen.

»Haben Sie ein breites Spektrum abgedeckt?«

»Breiter geht's gar nicht mehr.« Sie blätterte durch den Stapel der Testberichte. »Metalle, Nichtmetalle, Übergangselemente, Edelgase, Aktinoide, Sulfide, Karbonate, Kobaltkomplexverbindungen, Phosphate, Harze, Legierungen – Geri ist eine gute Chemikern. Sie hat verstanden, was ich haben wollte.«

»Und was wollen Sie jetzt machen?«

Lee seufzte und wandte den Blick ab. »Die metallorganischen Verbindungen könnten wohl noch ein paar Tests vertragen. Und Flüssigkeiten habe ich bis jetzt noch gar nicht untersucht, weil sie schlecht zu handhaben sind – viele sind sehr reaktionsstark. Damit könnten wir vermutlich weitermachen.«

»Okay«, sagte Horton aufmunternd.

»Aber eigentlich will ich nur für ein paar Tage hier herauskommen«, klagte sie. »Geht das? Sie hatten wenigstens schon einen freien Tag. Oder bin ich noch in der Probezeit – unter Hausarrest?«

»Wovon reden Sie? Was schwebt Ihnen vor?«

»Wie weit ist es bis nach Las Vegas?«

»Mit dem Hubschrauber nah genug, um einen netten Abend dort zu verbringen. Wenn Sie fahren, brauchen Sie drei Tage.«

»Es macht keinen Spaß, allein nach Las Vegas zu fahren.« Sie sah ihn hoffnungsvoll an. »Nur, wenn man spielsüchtig ist oder Tänzerin werden will. Beides trifft auf mich nicht zu.«

»Sie wissen mehr über Las Vegas als ich – ich bin noch nie dortgewesen.«

»Ich auch nicht.«

»Dann haben wir ja beide einen Grund.« Horton stand auf. »Sie holen sich jetzt Ihre Zahnbürste. Und ich gehe rüber und störe die Piloten beim Pokern.«

Horton und Thayer stürzten sich mit einer Ausgelassenheit in das glitzernde Nachtleben von Las Vegas, als wären sie von zu Hause ausgebüchste Kinder, die sich eine Kreditkarte ausgeborgt hatten. Am McCarran International Airport mieteten sie eine große weiße Limousine und sagten der Fahrerin – einer fröhlichen Blondine aus Louisiana, die einen Smoking trug und Ruby hieß –, was sie vorhatten. Als die Limousine The Strip erreichte, hatte ihnen Ruby über ihren Mobilstadtführer eine Suite im Bellagio und Karten für die zwei besten Casino-Shows besorgt.

Bei der ersten Show im Luxor wurde das im Eintrittspreis inbegriffene Essen von sonnengebräunten ›Tempelsklavinnen‹ serviert, deren falscher Goldschmuck und kurze, bunte Röckchen eher Anleihen an Hollywood als an das alte Ägypten waren. Die Show selbst, in der es um Aufstieg und Fall des ersten ägyptischen Königreichs ging, war auf einer Mischung aus Laszivität und Ufologie aufgebaut und bot als optische Höhepunkte eine Nilüberschwemmung, eine exzessive Orgie und die Zerstörung des Tempels von Karnak durch ein flüchtendes Raumschiff.

Zwischen den Shows hatten Jeffrey und Lee gerade Zeit, um sich einen der größten Zuschauermagneten des Strip anzusehen. Ruby setzte sie vor dem Treasure Island Hotel ab, in dessen künstlichem See die *HMS Britannia* gerade die erste Kanonenkugel abfeuerte, begleitet von einer leuchtend roten Flamme und silberfarbenem Rauch. Durch die knapp fünfhundert Zuschauer ging ein Raunen der Begeisterung, und als die *Hispañola* das Feuer erwiderte, waren laute Hurrarufe zu hören.

»Haben Sie sich eigentlich jemals gefragt, warum wir Waffen und Explosionen als Unterhaltung ansehen?«, fragte Lee, während sie die Seeschlacht verfolgten. »Oder ist das etwas, was das Testosteron instinktiv versteht?«

Eine ohrenbetäubende Kanonade von der *Britannia* ließ Piraten und Schiffsplanken durch die Luft fliegen. Horton wartete mit seiner Antwort, bis die Piraten gesiegt hatten und er und Lee wieder auf dem Rücksitz der Limousine saßen. »Sicher habe ich mich das schon einmal gefragt. Es hat eindeutig etwas mit unseren Instinkten zu tun. Das helle Licht, die bunten Farben, die lauten Geräusche, die Druckwelle im Gesicht …«

»Das erklärt Feuerwerkskörper. Aber nicht Kriegsfilme.«

»Ich glaube, das hat mit etwas Archaischem, Ursprünglichem zu tun. Etwas, das tief in unser Unterbewusstsein eingegraben ist. Denken Sie nur an all diese Geschichten von ›großen‹ Männern – Vätern, Königen, Kriegern.«

»Der Freund mit der Waffe in der Hand ist ein Held. Der Feind mit der Waffe in der Hand ist eine Bestie«, erwiderte Lee nachdenklich.

»Und die Bestie zu besiegen, ohne selbst dabei Schaden zu nehmen, ist für Männer fast so, als könnten sie zaubern. Mit dem Zauber von Frauen kann man das natürlich nicht vergleichen. Aber sie erreichen dadurch Heldenstatus – als Beschützer und Ernährer.« Er schüttelte den Kopf und sprach etwas leiser, damit Ruby ihn nicht hören konnte. »Dieses Drehbuch ist uralt – ich frage mich nur, wie es aussehen wird, nachdem wir es umgeschrieben haben.«

»Was werden wir uns dann anschauen?«, sagte Lee mit einem kleinen Lächeln. »Die Hälfte aller Drehbuchautoren in New York wird arbeitslos werden.«

»Sind sie das denn nicht schon?«

»Okay, dann wird die *andere* Hälfte eben auch arbeitslos.«

Horton zuckte mit den Achseln. »Sie können es ja immer noch mit historischen Themen versuchen.«

Auf Lees Gesicht erschien ein hoffnungsvolles Lächeln. »In tausend Jahren wird ein ›Western‹ vielleicht eine Geschichte sein, die zwischen der Erfindung des Steinschlossgewehrs und der Erfindung des Triggers spielt – in einer Zeit, in der es andere Regeln gab. Eine bewegte, faszinierende Epoche, eine Quelle zahlreicher Legenden und Geschichten, aber im Grunde genommen tragisch und brutal, sodass es für niemanden einen Grund gibt, ihr nachzuweinen.«

Horton beugte sich zu ihr hinüber und drückte ihre Hand. »Ein schöner Gedanke. Halten Sie ihn fest. Wenn es uns jemals gelingen sollte, mit so viel Klarheit einen Blick in die Vergangenheit zu werfen – ja, dann werden wir etwas gelernt haben.«

»Es könnte wirklich so sein«, sagte sie überzeugt. »Wann haben Sie das letzte Mal gehört, dass jemand den Völkermord an den Indianern verteidigt hat oder wünschte, er würde im Tombstone des Jahres 1880 leben?«

»Oh, ich bin sicher, dass wir jemanden finden könnten. Die Menschen sehnen sich nach den merkwürdigsten Zeiten zurück – manche tun am Wochenende so, als würden sie im Mittelalter leben, andere spielen den Bürgerkrieg nach …«

»Aber die meisten denken, dass es in der Gegenwart besser ist.« Sie sah aus dem Fenster auf die Neonlichter von Las Vegas. »Und ich glaube, in fünfzig Jahren werden die Leute das immer noch denken.«

In fünfzig Jahren, da gebe ich Ihnen Recht, dachte Horton. *Aber ich habe meine Zweifel, ob das auch in den nächsten fünf Jahren so sein wird.* Doch er sagte nichts und ließ ihren Optimismus wie ein frisches Parfüm in der Nachtluft schweben.

Es lag Jeffrey Horton ganz und gar nicht, sich eine Show nur um ihrer selbst willen anzusehen. Er genoss eine Vorstellung erst, wenn er den Berufsschwindlern auf die Schliche kam, ihre Illusionen entlarvte, um die Realität dahinter zu entdecken. Lange bevor ein naturwissenschaftlicher Beruf für ihn in Frage gekommen war, hatte er sich brennend für Spezialeffekte und Zauberei interessiert – zwei Domänen, in denen Täuschung eine Kunstform ist und die Realität schwer definierbar wird.

Als Hortons Eltern ihn an seinem neunten Geburtstag in eine Vorstellung von David Copperfield in Minneapolis mitnahmen, hatten sie seine gespannte Aufmerksamkeit für kindliches Staunen gehalten. In Wirklichkeit hatte er die gesamte Vorstellung über versucht, hinter Copperfields spektakuläre, bühnenfüllende Zaubertricks zu kommen. Auf der Fahrt nach Hause hatte Horton sein Bestes getan, um seinen Eltern den Abend zu verderben, indem er ihnen erzählte, was er entdeckt oder gefolgert hatte. Als bei einem von Copperfields Fernsehauftritten viele der an jenem Abend präsentierten Tricks wiederholt wurden, hatte Horton die Sendung auf CD-R aufgenommen und sich so lange damit befasst, bis er seinen Eltern jeden einzelnen Trick erklären konnte.

»In dem Moment war mir klar, dass er einmal Naturwissenschaftler werden würde«, behauptete seine Mutter heute. »Zweihundert Dollar für Eintrittskarten, um den größten lebenden Zauberer zu sehen, und Jeff sagte der ganzen Familie immer wieder: ›Lasst euch nicht hereinlegen – das macht er so und so …‹«

Mit 13 war sein Lieblingsfilm *Der lange Tod des Stuntmans Cameron,* in dem die Realität nicht nur für die Zuschauer manipuliert wurde, sondern auch für den Hauptdarsteller – ein verzweifelter Steve Railsback, der nach der Pfeife eines gottähnlichen Peter O'Toole tanzen muss. Hortons Lieblingsbuch war *ILM: The Art of Special Effects,* ein teures Weihnachtsgeschenk vom Bruder seiner Mutter, in dem die Geheimnisse fast aller bekannten Filme aus Hortons Jugend gelüftet wurden. Er sah sich jeden Dokumentarfilm an, der hinter die Kulissen der Traumfabrik blickte, was so weit ging, dass sein Bruder Tom behauptete, Hortons Lieblingssendung sei *The Making Of.*

Aber mit der Zeit machte ihm sein Hobby immer weniger Spaß. Je mehr Horton wusste, desto schwieriger war es, ihm etwas vorzumachen oder ihn auch nur zu überraschen – das Handwerkszeug von Zauberern und Technikern für Spezialeffekte änderte sich nur langsam, und echte Neuerungen waren selten.

Die Hintergründe von Pixar waren besser als das Blue-Screen-Verfahren, das besser war als Rückprojektionen, die besser waren als zu wissen, dass eine Szene in *Der Zauberer von Oz* nur deshalb enden musste, damit Dorothy kopfüber in eine riesige Hintergrundzeichnung tanzen konnte. Es waren Tricks, mit denen echte Schauspieler in eine unwirkliche Umgebung platziert wurden – und hatte man sie erst einmal durchschaut, glaubte man keinen mehr.

So war es mit jedem Werkzeug im Standardrepertoire von Zauberern und Technikern. Und da es für Horton uninteressant war, mit dem, was er wusste, andere hereinzulegen, war er schließlich an einem Punkt angekommen, wo er eine neue Herausforderung brauchte, an der er sich messen konnte.

Er fand sie im zweiten Jahr an der High School in Mr. Tompkins Physikunterricht, der Horton als erster mit der Vorstellung vertraut machte, dass Naturwissenschaften eine ständige Suche mit unbeantworteten Fragen war – und nicht nur ein Katalog, in dem alle bereits gemachten Entdeckungen aufgelistet waren. Das letztere hatte sein Interesse noch nie fesseln können, das erstere packte ihn mit Haut und Haaren.

Die Realität selbst erwies sich als die größte und faszinierendste Illusion von allen – feste Materie bestand vor allem aus leerem Raum, stationäre Objekte waren ständig in Bewegung, gerade Linien im Grunde genommen gekrümmt, der größte Teil des Universums unsichtbar, Materie erschuf sich selbst aus einem Vakuum, die Zeit war eine veränderliche Größe, und jede Antwort führte zu noch mehr Fragen.

Mit diesen und noch mehr paradoxen Geheimnissen, die ihn beschäftigten, hatte er sich seitdem nie wieder gelangweilt – nicht einen Tag in zwanzig Jahren. Ein Gottesdienst an einem Feiertag, eine lange Schlange vor einer Behörde, eine Spendenaktion im Fernsehen, eine geschwätzige Großtante, eine Fahrt mit dem Auto quer durch die USA, die aktuelle Politik, eine Runde Golf – Mr. Tompkins hatte ihn gegen Langeweile immun gemacht. Seine Gedanken waren frei, selbst wenn Pflicht oder Etikette seinen Körper gefangen hielten. Für seinen Geist gab es immer einen interessanteren Ort, zu dem er wandern konnte.

Und daher hatte Horton es Lee überlassen, die Shows und Sehenswürdigkeiten für den Abend auszuwählen – weil es für sie wichtiger war als für ihn. Aber da Las Vegas im Grunde genommen ein Wunder in der Wüste war, hatte es Zauberei und Illusionen ständig im Angebot, und daher hatte auch alles, was Lee ausgesucht hatte, dazu beigetragen, den Dreizehnjährigen in Horton wieder auferstehen zu lassen.

Die Shows im Luxor und vor Treasure Island hatten ihm bewiesen, dass er heute in der Lage war, eine technisch gut gemachte Darbietung zu schätzen und nicht nur nach der Kreativität beim Konzept zu suchen. Eine Flutwelle aus 400 000 Liter Wasser und einen Großbrand, der das gesamte Set zerstörte, im Abstand einer halben Stunde auf ein- und derselben Bühne zu zeigen, war nicht gerade einfach – es zweimal pro Abend und ein Dutzend Mal pro Woche zu machen war Bühnenkunst in höchster Vollendung. Und das Publikum mitten in eine Seeschlacht zu setzen – Lee hätte schwören können, dass eine Kanonenkugel über ihren Kopf geflogen war, und Horton hatte gesehen, dass sie nicht die einzige war, die sich instinktiv duckte – war ähnlich gewagt wie die komplette Zerstörung der *Britannia*.

Aber erst bei ihrem letzten Halt fügte sich für Horton alles zusammen – Vergangenheit und Gegenwart, Arbeit und Vergnügen kreuzten sich und verschmolzen miteinander. *EFX* war seit zwei Generationen das Paradestück des MGM Grand und seine verschiedenen Versionen die Erfüllung des Versprechens, dass hinter den Türen zum Zuschauerraum etwas wartete, dass man nirgendwo anders sehen konnte – auf keiner Bühne, in keinem Vergnügungspark, auf keinem Bildschirm. *Du musst schon herkommen,* flüsterte es, und sie kamen in Scharen. Die Zuschauer erwarteten nicht nur die beste Show auf dem Strip, sondern die beste Show der Welt.

Vielleicht lag es daran, dass Horton nicht mit dieser Erwartung gekommen war, oder vielleicht auch daran, dass die Meister der Illusion 15 Jahre Zeit gehabt hatten, ihre Kunst zu vervollkommnen. In der ersten Stunde sah sich Horton die Show jedenfalls mit jener atemlosen Begeisterung an, die er als Kind nie hatte aufbringen können. Wie beim großen Finale eines Feuerwerks wurden die Stunts und Tricks so schnell und perfekt hintereinander abgespult, dass kaum Zeit war, sie zu erkennen, geschweige denn, sie zu analysieren.

Es war eine atemberaubende Zurschaustellung technischer Virtuosität, eine ununterbrochene Abfolge von Bildern und Geräuschen, deren Bindeglieder Musik und das Thema – als Handlung konnte man es kaum bezeichnen – waren: Ein Zeitreisender ließ die Höhepunkte von fünf Milliarden Jahren Erdgeschichte an sich vorbeiziehen.

Doch mitten in der Show – kurz nachdem der Yucatán-Asteroid vom Himmel gefallen und mit einem grellen Blitz hinter dem Horizont eingeschlagen war – meldete sich bei Horton wieder die Stimme des Zweifels, die bis jetzt geschwiegen hatte. Es lag nicht an dem schwankenden Boden unter ihm oder an dem heißen Wind, der ihm ins Gesicht geblasen wurde. Es lag auch nicht an dem Urwald, der vor seinen Augen zerstört wurde, oder an dem riesigen, brennenden Baumstamm, der über die ersten zehn Zuschauerreihen rollte.

Nein, es lag an dem einsamen Flugsaurier, der am Himmel über ihren Köpfen traurig seine Runden zog und am Ende seiner Ära auf eine zerstörte Landschaft herabsah. Horton war sofort klar, dass der Flugsaurier keine elektromechanische Puppe an einem Draht, kein ferngesteuertes Modell, keine Filmprojektion und auch kein anderer Bühnentrick war, den er kannte. Das Tier flog oberhalb der Decke und sah täuschend echt aus.

Hologramm, dachte er, als der Flugsaurier davonflog und in einer immer dunkler werdenden Wolke verschwand, die das Ende des Dinosaurierzeitalters symbolisieren sollte. Allerdings hatte er noch nie eine synthetische Holo-Animation von dieser Qualität und Größe gesehen. Und er hatte keinen Laser oder eine sonstige Lichtquelle im Zuschauerraum bemerkt.

Übertragungshologramme, in der Decke installiert und von oben beleuchtet.

Den Rest der Show über wartete Horton gespannt darauf, dass der Trick wiederholt wurde. Seine Geduld wurde am Anfang des Finales belohnt, in dem eine technologisch geprägte Zukunftsvision auf der Bühne dargestellt wurde – unter anderem mit fliegenden Autos und der Architekturstudie einer Megalopolis, die den gesamten Horizont ausfüllte. Beide Effekte waren sogar noch überzeugender als der Flugsaurier, was allerdings nur daran lag, dass der Umriss einfacher und die Größe vertrauter war. Horton bemerkte kaum, wie das Finale allmählich auf seinen Höhepunkt zusteuerte. Er dachte über die Probleme nach, die bei der Gestaltung solcher Bilder auftraten – die unglaubliche Rechenleistung, die dazu erforderlich war, zuerst, um die Bilder entsprechend detailgenau zu modellieren, und dann, um die Interferenzmuster für den digitalen Hologrammschreiber abzuleiten. Ein fotorealistisches Hologramm von einem imaginären Objekt herzustellen stellte selbst die leistungsfähigste Grafikworkstation auf eine harte Probe. Eine fotorealistische Animation herzustellen war noch um einiges schwieriger. Die Komplexität des Beugungsgitters …

»Interferenz«, sagte Horton laut. Als Lee ihn entgeistert anstarrte, legte er die Hand auf den Mund. Er gab ihr keine Erklärung für sein Verhalten und ignorierte ihren fragenden Blick einfach. Aber als die Zuschauer aufstanden, um den Darstellern nach dem Vorhang zu applaudieren, schob er sich langsam bis zum Mittelgang vor. »Ich muss telefonieren. Ich bin gleich wieder da.« Dann ging er auf den Ausgang zu.

Mit dem abhörsicheren KomSet in seiner Tasche hätte Horton den Anruf auch von seinem Platz aus machen können, aber er suchte einen Ort, an dem er ungestört war. Dazu musste er bis nach draußen zur Limousine und Ruby bitten, kurz auszusteigen.

»General Steppak ... ja, hier auch. Der Mond scheint, und es ist dunkel«, sagte er. »General, ich möchte, dass Sie die letzten beiden Mark I, die das Werk verlassen haben, zum Annex bringen lassen. Morgen früh um acht Uhr am Tor, falls das möglich ist. Ja, ich weiß, dass ein paar in der Nähe installiert sind. Aber ich brauche zwei, die annähernd identisch sind.«

Als Horton wieder bei Lee war, wollte sie eine Erklärung haben. Er gab nach. »Ich sage es Ihnen, wenn wir im Hotel sind.«

»Wollen Sie mir etwa den Abend verderben?«

»Ich versuche nur, ihn nicht vorzeitig zu beenden. Es ist schon schlimm genug, dass einer von uns immer noch an die Arbeit denkt.«

»Warum? Wen haben Sie angerufen?«

»Das Management«, erwiderte er. »Vertrauen Sie mir – es hat Zeit, bis Sie genug von Las Vegas haben.«

Sie gab nach, wollte dann aber nur noch einen Halt einlegen – beim New York, New York, dessen Nachbau des Coney Island Vergnügungsparks im nächsten Frühjahr abgerissen werden sollte. Horton und Lee überredeten Ruby, sie zu begleiten. Sie fuhren dreimal hintereinander Achterbahn, wirbelten mit einem Kettenkarussell durch die Luft, lachten sich durch einen Spiegelirrgarten und stiegen dann in das Riesenrad, um den Panoramablick über die Stadt zu erleben. Zum Schluss bestand Ruby, die sie immer noch für ein Paar hielt, darauf, dass sie noch einmal allein mit dem Riesenrad fuhren.

»Der ideale Platz für ein Riesenrad«, sagte Horton. Er lehnte sich aus der schwankenden Kabine heraus und sah auf den Strip hinunter.

»Werden Sie mir jetzt sagen, warum wir so früh wieder zurück müssen?«

Er erzählte es ihr. Und sie stimmte mit ihm überein. Den letzten Blick auf die Stadt hatten sie aus dem Firmenhubschrauber, der einmal über dem McCarren International kreiste und dann zum Annex zurückflog.

Die Trigger kamen ein paar Minuten nach neun Uhr mit einer Kolonne aus fünf Fahrzeugen und einem Zug uniformierter Männer, denen deutlich anzumerken war, dass sie die Einheiten nur ungern der Obhut Hortons anvertrauten.

Am Nachmittag hatte Val Bowden die Einheiten nebeneinander auf einem Prüfstand montiert, der am südlichen Ende des Testgeländes aufgestellt wurde. Als Lee mit der Installation des auf die Schnelle zusammengebauten Steuersynchronisators fertig war, musste das Flutlicht eingeschaltet werden.

»Zwei Einstellmöglichkeiten, Amplitude und Mischung«, erklärte sie Horton. »Ich habe die beiden Einheiten so genau kalibriert, wie das ohne direkte Messung der Feldstärken möglich ist.«

»Falls es sein muss, können wir während des Tests noch etwas herumprobieren und nachkalibrieren. Haben Sie genug Puffdeckel?«

»Wie soll das Gitter aussehen?«

»Fein. Ein Deckel pro Quadratmeter.«

»Drei meiner Mitarbeiter arbeiten schon den ganzen Tag an den Puffdeckeln, um die übliche Menge zu verdreifachen. Ich weiß allerdings nicht, ob sie schon trocken sind.«

»Prüfen Sie das bitte nach, ja?«

»Wollen Sie den Test jetzt machen? Ich dachte, wir würden bis morgen früh damit warten.«

»Ich kann nicht warten«, gestand Horton.

»So sicher sind Sie sich?«

»Nein – so unsicher.«

Es war fast Mitternacht, als das Gitter fertig war. Inzwischen hatte sich herumgesprochen, dass ein Test angesetzt worden war, und es wimmelte nur so vor Zuschauern. Horton hatte den Eindruck, als ob jeder, der nicht mit den Vorbereitungen zum Test beschäftigt war, abwartend in der Gegend herumstand – sämtliche Mitarbeiter des Annex hatten sich am Testgelände versammelt, und in der kühlen Wüstenluft lag eine erwartungsvolle Spannung, die fast mit Händen greifbar war.

Um 0.20 Uhr sagte Thayer zu Horton, dass das Testgitter fertig sei – 1500 Puffdeckel, die fünfzig Meter vom Prüfstand entfernt auf einer Fläche von dreißig mal fünfzig Metern ausgelegt worden waren. Horton sprach den Techniker an, der für das Testgelände verantwortlich war.

»Haben wir genug Licht für die Aufnahmegeräte? Von den meisten Testobjekten werden wir keine anderen Daten mehr bekommen.«

»Wir haben genug Licht«, versprach dieser. »Der kleine Winkel des Flutlichts müsste eine ideale Auslichtung ergeben – besser als Tageslicht.«

»Gut«, erwiderte Horton. »Räumen Sie das Testgelände.« Als die Fünf-Minuten-Alarmsirene über das Gelände schallte, drehte er sich zu Thayer um. »Gibt es irgendeinen Grund dafür, jetzt noch abzubrechen?«

»Nicht, dass ich wüsste.«

Bei einer Minute und einer Sekunde schaltete sich eine noch durchdringendere Sirene ein – das Signal dafür, dass alles, was auf den Trigger reagieren konnte, aus dem Sicherheitsradius von fünfhundert Metern heraus sein sollte. Bei dreißig Sekunden wurden die Audio-, Video- und Infrarotaufnahmegeräte auf dem Testgelände eingeschaltet.

»Langsam hochfahren«, sagte Horton zu Thayer, die am Synchronisator stand.

»Chef, ich weiß, wie das Testprofil aussieht«, versicherte sie ihm.

Horton ließ sie allein und gesellte sich zu Val Bowden, der ein paar Meter entfernt auf der mit Plexiglas abgeschirmten Beobachtungsplattform stand.

»Wetten Sie gerne, Dr. Horton?«, wollte der Ingenieur wissen.

»Nicht einmal in Las Vegas«, antwortete Horton. »Aber mit Wetten hat das hier nichts zu tun – es ist eine reine Vermutung.«

Ein durchdringender elektronischer Ton übernahm den Countdown für die letzten zehn Sekunden. Dann gab Thayer laut die Leistungseinstellung durch, die jeweils um ein Prozent gesteigert wurde.

Da bereits zahlreiche Tests auf dem Gelände durchgeführt worden waren, wussten alle in etwa, was sie erwartete – der vordere Rand des Fünfzig-Meter-Gitters reagierte bei 15 Prozent, der hintere bei vierzig Prozent. Fünfzig Prozent war das Maximum für alle Tests.

Daher ging ein erstauntes Raunen durch die Menge, als aus dem Zentrum der ersten Gitterreihe bereits Rauchwolken aufstiegen, nachdem Thayer ›Sechs Prozent‹ angesagt hatte.

»Kurze Unterbrechung«, rief Lee und nahm die Hand von der Amplitudensteuerung. »Chef?«

»Ich habe fünf Zellen gezählt«, sagte Horton in sein Mikrofon. »Was haben Sie?«

»Gleiche Anzahl«, antwortete Bowden.

»Ich habe es nicht gesehen«, meinte Thayer mit einem Seufzer. »So früh hatte ich noch nicht damit gerechnet.«

»Machen Sie weiter, schrittweise auf sieben Prozent.« Er gab ihr mit der Hand ein Zeichen.

»Es geht weiter, schrittweise«, bestätigte Thayer.

Trotz der vielen Menschen auf dem Testgelände war es jetzt sehr ruhig – so ruhig, dass viele das leise *Pfffft* hörten, als die Deckel in den nächsten drei Reihen des Gitters reagierten. Aber selbst die aufmerksamsten Beobachter unter ihnen brauchten einen Moment, bis ihnen klar war, dass *nur* das Zentrum der nächsten drei Reihen hochgegangen war – der Rest der ersten Reihe hatte immer noch nicht reagiert. Und dann brauchten die am schnellsten denkenden Beobachter noch einen Moment, bis ihnen klar war, was das bedeutete – aber nur einen Moment. Plötzlich waren vereinzelt Bravorufe und Freudenschreie in der Menge zu hören.

Horton, der mit seinem Urteil zögerte, stimmte nicht in den Jubel ein. »Acht Prozent«, ordnete er an.

Dieses Mal war es unmissverständlich – die beiden Mark I schnitten einen Pfad durch das Zentrum des Gitters und hatten keinen Einfluss auf die Zellen links und rechts davon. Aus dem Trigger-Feld war ein Trigger-Strahl geworden. Der Jubel wurde größer, die Freudenschreie lauter, und der bisher vereinzelt auftretende Applaus entwickelte sich zu rauschendem Beifall.

»Sie hätten doch wetten sollen, Dr. Horton«, sagte Bowden und klopfte ihm begeistert auf die Schulter.

»Ziehen Sie keine voreiligen Schlüsse«, entgegnete Horton, der hartnäckig an seinem Fatalismus festhielt. »Neun Prozent, Lee.«

Aber wenige Minuten später blieb selbst Horton nichts anderes übrig, als das zu glauben, was er sah. Bei 15 Prozent räumte der Strahl das Zentrum des Gitters bis zur letzten Reihe frei. Und die übrigen Zellen hatten immer noch nicht reagiert. »Ändern Sie die Mischung – minus eins«, rief er. Dadurch wurde die Ausgabe von Einheit A um ein Prozent verringert, während die Ausgabe von Einheit B entsprechend verstärkt wurde.

Der ›Strahl‹ bewegte sich nach links und ließ fast alle Deckel in der hinteren Hälfte des Gitters reagieren.

»Minus zwei.«

Daraufhin explodierten noch mehr Zellen auf der linken Seite, sodass das Gitter bis zum Rand geräumt war. Die meisten Zuschauer waren inzwischen von der Kälte vertrieben worden.

»Plus zwei.«

Das rechte hintere Viertel des Gitters reagierte, als der Trigger-Strahl aktiviert wurde.

»Chef, ich glaube, mit ein bisschen Übung könnte ich meinen Namen damit schreiben«, sagte Lee. »Aber zuerst werde ich morgen früh damit anfangen, ein besseres Steuergerät zu bauen.«

Horton starrte auf das vom Flutlicht angestrahlte Testgelände. Die anfängliche Euphorie war durch eine vage, aber stetig wachsende Unruhe und die Müdigkeit eines langen Tages und einer noch längeren Jagd ersetzt worden. »Das reicht fürs Erste. Schalten Sie die Trigger ab, Lee. Schicken Sie alle ins Bett und richten Sie ihnen ein Dankeschön von mir aus. Val, sagen Sie bitte weiter, dass sich die Abteilungsleiter morgen um elf Uhr in Konferenzraum C zur Auswertung der Testdaten treffen werden.«

»Werden Sie jetzt Dr. Brohier anrufen?«, wollte Lee wissen.

Horton nickte. »Das erwartet er sicher von mir.« Er holte tief Luft und seufzte gleich darauf. »Wir sehen uns um elf.« Er wollte sich gerade umdrehen, als sie ihn aufhielt.

»Chef ...«

»Ja?«

»Gut gemacht. Herzlichen Glückwunsch.«

Horton winkte ab. »Es war einfach nur Glück. Wenn Sie mich nicht nach Las Vegas geschleppt hätten ...«

»Newton und der Apfel. Archimedes und die Badewanne. Das Glück ist dem hold, der darauf vorbereitet ist.« Sie lächelte. »Aber vielleicht ist es auch dem hold, der entspannt genug ist. Vergessen Sie also nicht, mich zu loben, wenn Sie mit dem Direktor sprechen.«

»Wenigstens wird es jetzt keine Diskussionen wegen der Rechnung geben.« Horton lachte. »Ich habe nämlich alles von Terabyte bezahlen lassen – sogar Rubys Trinkgeld.«

18.

Dualität

Pontiac, Michigan – Der des Mordes angeklagte und für schuldig befundene elfjährige Austin Williams wurde in der Urteilsphase seines Prozesses, die am Montag begonnen hat, nicht nur als ›Soziopath‹, sondern auch als ›ganz normales Kind‹ bezeichnet. Dem 1,37 Meter großen Viertklässler droht eine lebenslange Haftstrafe ohne Aussichten auf Begnadigung, nachdem er im Oktober letzten Jahres seine Mutter, Bernice Fortune, und zwei Jugendliche aus der Nachbarschaft erschossen hat. Seine Tante, Helen Battrick, bat um ein mildes Urteil und sagte, dass Williams ›dachte, es sei ein Spiel‹, als er mit der halbautomatischen Pistole seiner Mutter auf die Schüler schoss, die vor seinem Haus aus dem Schulbus stiegen.

Vollständige Meldung
Neueste Prozessprotokolle
Jugendliche Straftäter
Belastung für Polizei, Geschworene, Eltern

Karl Brohier machte es nichts aus, in aller Herrgottsfrühe geweckt zu werden. Er freute sich, als man ihn über den Durchbruch informierte, und wollte die Daten so schnell wie möglich sehen. Am nächsten Morgen war er rechtzeitig zum Frühstück wieder im Annex, wo ihn bereits weitere Neuigkeiten erwarteten. Thayer und Horton hatten einen ganzen Nachmittag gebraucht, um mit einer ziemlich antiquierten, aber effektiven Methode herauszufinden, wie das Feld des doppelläufigen Triggers aussah. Thayer nannte es ›Dübeln‹, und Horton hielt den Vergleich für sehr treffend. Dazu wurden so viele warme Körper wie möglich am Rand des Testgeländes aufgestellt. Jeder Freiwillige hielt einen Dübel in der Hand, an dessen Ende ein kleiner

Schlitz war, in das man ein Stückchen eines Puffdeckels geklemmt hatte.

Der Dipol-Trigger wurde bei einer bestimmten Mischung und Amplitude aktiviert, und die ›Dübelhalter‹ gingen langsam auf den Prüfstand mit den Triggern zu, wobei sie die Dübel mit ausgestrecktem Arm vor sich hielten. Wenn der Teststreifen anfing zu rauchen, blieben sie stehen. Mit der Zeit bildete sich eine menschliche Karte heraus, an der die Grenzen des Feldes für die gerade getestete Konfiguration abzulesen waren. Dann wurde ein Foto gemacht, der Trigger abgeschaltet, der Dübel ›nachgeladen‹, der Trigger zurückgesetzt und der ganze Prozess wiederholt. Im Laufe des Nachmittags wurde langsam klar, was ›die Zwillinge‹ konnten.

Die aktive Zone lag zwischen fünf und acht Metern, je nachdem, welcher Ablenkwinkel eingestellt wurde. Der Winkel war auf neun Grad in jede Richtung begrenzt – war er größer, schien die Interferenz zwischen Einheiten zusammenzubrechen, und die Zwillinge reagierten wie ein monopoler Mark I.

Außerdem entdeckten sie noch eine zweite aktive Zone, die quasi eine Spiegelung der Zone auf dem Testgelände war. »Jemand hat den dipolen Trigger mit einer Bazooka verglichen, die gleichzeitig in beide Richtungen feuert«, erklärte Horton, als er mit Brohier am Tisch saß und Waffeln mit Erdbeeren aß. »Man muss sehr vorsichtig sein, wohin man zielt – und das wird meiner Meinung nach auch die Einsatzmöglichkeiten beschränken.«

»Nicht unbedingt. Man kann ihn nach oben richten«, widersprach Brohier sofort. »Man kann ihn in einem unterirdischen Schacht installieren, zwanzig Meter tief, dann kann man die aktive Zone hinter sich vernachlässigen. Oder man installiert ihn in einem Flugzeug und richtet ihn nach unten. Sie werden Mittel und Wege finden, Jeffrey, darauf können Sie sich verlassen. Haben Sie schon die Reichweite bestimmt?«

»Nein«, antwortete Horton. »Aber im Vergleich zu einem Mark I wird sie um einiges größer sein.«

»Wir sollten versuchen, bis heute Abend zumindest einen Annäherungswert zu haben.«

»Dann werden wir heute vermutlich keine anderen Daten mehr bekommen.«

»Ich glaube, es gibt gar nichts Wichtigeres als das. Ich brauche die Werte, und die vereinigten Stabschefs wollen jedes bisschen Mehr an Leistung, das wir ihnen geben können.«

»Wie lange werden wir ihnen Ihrer Meinung nach die neuesten Daten vorenthalten können?«

Brohier sah Horton überrascht an. »Eigentlich bin ich davon ausgegangen, dass Sie sie bereits informiert haben. Warum wollen Sie ihnen das hier verschweigen?«

»Um dem Rest der Welt etwas Zeit zum Aufholen zu geben«, sagte Horton, dem Brohiers Reaktion völlig unverständlich war. »Selbst wenn sie die Pläne haben, wird es Monate dauern, bis jemand anderes mit der Produktion von Triggern anfangen kann.«

»Jetzt verstehe ich. Sie sprechen von unserer Rückversicherung.«

»Aber natürlich. Karl, ich dachte, wir wären uns einig. Mit diesem Mark II bekommt das Pentagon alles, was es haben will. Und daher bin ich davon ausgegangen, dass Sie unserem gemeinsamen Freund bereits den Startschuss gegeben haben.«

»Was? Nein, nein. Ich glaube wirklich nicht, dass das notwendig sein wird«, sagte Brohier. »Sehen Sie sich doch nur an, welche Fortschritte sie bei der Minenräumung machen – enorme, innerhalb weniger Wochen, mit lediglich einer Hand voll Einheiten, die aber immer weiter verstärkt werden. Jeffrey, ich glaube nicht, dass wir unsere Rückversicherung brauchen. Ich glaube, wir sind genau an dem Punkt angelangt, von dem wir die ganze Zeit geträumt haben.«

»Dann müssen Sie und ich aber von etwas ganz anderem geträumt haben«, entgegnete Horton. »Ich hatte nicht vor, der Regierung eine Möglichkeit zu geben, mit der sie alle anderen entwaffnen und ihre eigenen Waffen behalten kann.«

»Jeffrey, was haben wir denn davon, wenn wir die Polizei und das Militär entwaffnen – wenn wir dem Präsidenten Handschellen verpassen? Chaos, nichts als Chaos. Wir müssen sehr behutsam vorgehen. Es muss alles koordiniert werden – methodisch …«

»Alles unter einem Dach.«

»Genau. Ich vertraue Mark Breland«, sagte Brohier. »Und Roland Steppak. Sie sind gute Jungs, Jeffrey. Sie wollen das, was wir auch wollen.«

»Und was ist mit Grover Wilman?«

Brohier hob etwas ratlos die Hände. »Er ist ein Extremist – ein Ideologe. Was er will, ist unrealistisch. Eine weltweite Entwaffnung würde zwangsläufig Chaos ergeben – einen Kindergarten ohne Erzieher.«

»Irgendjemand muss für Ordnung sorgen.«

»Ja. Weil die Menschen das so haben wollen. Wir brauchen Grenzen. Wir reagieren auf Autorität. Humane Disziplin …«

»Und wenn ein Kind ein anderes mit seinem Spielzeug verletzt …«

»… nehmen wir ihm eben das Spielzeug weg. Ich sehe, wir verstehen uns.«

»Wir verstehen uns überhaupt nicht«, antwortete Horton. »Das haben Sie nicht gesagt, als Sie mit Aron nach Washington gegangen sind. Und auch nicht, als Sie hierher gekommen sind und mir von Ihrem Notfallplan erzählt haben.«

»Das war ein Fehler meinerseits, der noch korrigiert werden wird.«

»›Korrigiert‹? Wer hat mit Ihnen geredet, Karl? Wessen Worte sind das?«

»Jeffrey, bitte …«

»Sie sagen, dass Sie Breland und Steppak vertrauen – schön. Aber was ist, wenn in zwei Jahren wieder so ein Gespann wie Nixon und Haldeman an der Macht ist? Oder einer dieser tollwütigen Hunde aus dem Kongress? Glauben Sie wirklich, dass es nicht wieder zu einem Krieg kommen könnte? Es war nicht unsere Aufgabe, das Spiel zu unseren Gunsten zu manipulieren – wir sollten nur die Schiedsrichter sein. Wissen Sie noch – gleiche Regeln für alle? Was ist daraus geworden.«

»Inzwischen hat man mich über einige Probleme informiert, die wir in unserer Begeisterung schlicht übersehen haben.«

»Was meinen Sie damit?«

»Informationen über die Feinde, die wir haben. Das Böse, das uns bedroht. Menschen, von denen Sie noch nie etwas gehört haben. Geschichten, die es gar nicht erst bis in die Nachrichtensendungen schaffen.« Er verzog das Gesicht und schüttelte den Kopf. »Dinge, die ich am liebsten nie erfahren hätte.«

»Wer hat Sie informiert?«

»Ich habe in Princeton Besuch bekommen. Von General Steppak und einem Colonel des militärischen Nachrichtendienstes.«

»Und der Grund für diesen Besuch?«

»Ich ... Sie wollten wissen, welche Fortschritte ich gemacht hatte. Und Steppak wollte mir Colonel Weiß vorstellen, weil er ihn gerade erst zum Verbindungsmann für das Projekt ernannt hatte.«

»Das Thema Geheimhaltung wurde nicht angesprochen?«

»Der General wollte wissen, was ich zu meinen Kollegen am Institut gesagt habe.«

»Weil sie sich Gedanken wegen Wilman gemacht haben. Sie haben vermutlich darauf spekuliert, dass sie Sie dazu bringen könnten, ihnen zu erzählen, was Sie von Wilmans Plänen wissen.«

»Ich bin sicher, dass sie bessere Informationsquellen über den Senator und seine Aktivitäten haben als ich«, erwiderte Brohier gereizt.

»Aber Sie *haben* über ihn gesprochen.«

Brohier verlor langsam seinen Gleichmut. Sein Ton wurde defensiv. »Das Ganze hat sich dann zu einer sehr langen Unterhaltung entwickelt. Wir haben zwei Kannen Kaffee gebraucht.«

»Karl, jetzt denken Sie doch einmal darüber nach. Steppak und Weiß haben sich gefragt, was mit dem Forschungsarchiv ist. Sie wollten wissen, wie viele Kopien es tatsächlich gibt und wer eine davon hat. Habe ich Recht?«

»Nein. Der Colonel hat mir eine Nummer gegeben, unter der ich einen Verstoß gegen die Geheimhaltungspflicht melden kann«, sagte Brohier langsam. »Es ist mir eher nachträglich eingefallen – sie wollten gerade gehen ...«

»Und da haben Sie ihnen gesagt, dass Wilman eine Kopie hat, nicht wahr? Das war Ihre ›Korrektur‹.«

»Wenn Sie wüssten, was ich jetzt weiß ...«

»Haben sie nach Gordie gefragt?«

»Nein«, antwortete Brohier. »Jeffrey, es tut mir Leid, aber ich habe es von selbst erzählt.«

Horton schlug mit der flachen Hand auf den Tisch, sodass einige Gäste an anderen Tischen erschreckt zusammenzuckten. Er war so wütend, dass er Brohier eine Weile nicht ansehen konnte.

»Jeffrey – Sie müssen verstehen ...«

»Nein, das muss ich nicht«, erwiderte Horton kurz angebunden. »Wann hat diese ›Unterhaltung‹ stattgefunden?«

»Vor etwa einer Woche – warten Sie, es war ein Dienstag ...«

»Mistkerl.« Horton rieb sich die Augen, dann schob er seinen Stuhl zurück und stand auf.

»Wo gehen Sie hin?«

»Vielleicht haben sie ihn noch nicht geschnappt. Vielleicht warten sie damit, bis sie sicher sind, dass sie alle Kopien des Archivs gleichzeitig erwischen.«

»Sie wollen mit ihm Kontakt aufnehmen?«

»Ich werde es zumindest versuchen. Wenn Sie damit ein Problem haben, sollten Sie Colonel Weiß anrufen und mich auch noch verpfeifen.«

»Nein, nein ... Gehen Sie nur. Jetzt. Jeffrey, es tut mir Leid ...«

Dem alten Mann war seine Verzweiflung so deutlich anzumerken, dass Hortons Zorn auf ihn plötzlich nachließ.

»Wir sind nach Strich und Faden manipuliert worden«, sagte er barsch. »Und wahrscheinlich werde ich gleich herausfinden, wie gut sie ihre Sache wirklich gemacht haben.«

Weder Jeffrey Hortons privater Daten-Carrier noch der Firmen-Carrier des Annex wollten einen Anruf an Gordon Greenes Nummer durchstellen. Der erstere behauptete, dass Greene sein KomSet abgeschaltet habe, und bot an, per Voicemail eine Nachricht an ihn weiterzuleiten, sobald er es wieder einschalte. Der andere behauptete, dass Greenes Nummer kein gültiger Anschluss sei.

Horton glaubte keinem der beiden und versuchte es mit zwei kleineren Carriern, wo er zwei weitere Varianten zu hören bekam. Der eine erklärte dreist, Greenes Anrufbeantworter zu sein, obwohl die Stimme nicht einmal ähnlich klang. Der andere – das von Befürwortern der individuellen Gedanken- und Handelsfreiheit betriebene ComFree – informierte Horton darüber, dass ›eine Polizeibehörde auf Bundes- oder Bundesstaatenebene mittels einer Verfügung nach Artikel 209 die Nummer dieses Abonnenten gesperrt hat und Anrufe zurückverfolgt‹. Horton konnte sich noch vage daran erinnern, dass Artikel 209 den FCC-Regeln hinzugefügt worden war, um digitale Pornographie auszumerzen. »Wir von ComFree sind der Meinung, dass Artikel 209 gegen die Verfassung verstößt. Wir protestieren gegen diesen schikanösen Eingriff in die freie und private Kommunikation und bitten um Ihre Unterstützung für unsere Kampagne zur Meinungsfreiheit. Wenn Sie eine intelligente Mailing-Liste herunterladen möchten, drücken Sie die Taste *Ja* …«

»Karl, ich glaube, Sie brauchen meinen Namen gar nicht erst weiterzugeben«, murmelte Horton, als er die Verbindung trennte.

Es gab nur noch eine andere Möglichkeit, bei der Horton allerdings nicht wissen würde, ob er Gordie erreicht hatte oder nicht. Greene, der damit gerechnet hatte, dass seine Privatnummer abgeschaltet wurde, hatte Brohier eine kurze Liste mit Aliasnamen, einen Codesatz, einen Verifizierungsschlüssel und eine kurze Anleitung für das Versenden anonymer Post gegeben. »Wenn ich verschwinden muss, werde ich diese Konten regelmäßig überprüfen – sie sind alle international und dürften daher sicher sein.«

Es dauerte nicht lange, bis die Nachrichten verschickt werden konnten – Horton hatte noch in der Nacht, in der Brohier ihm die Information gegeben hatte, eine geschützte Datei in seinem privaten Kommunikator angelegt. Aber dann zögerte er plötzlich. Wenn Gordie wirklich schon verhaftet worden war und der militärische Nachrichtendienst seine Dateien und Aufzeichnungen bereits durchsucht hatte, würde sich Horton selbst belasten, wenn er Gordie den Marschbefehl schickte. Der Versuch, Greene anzurufen, war dagegen völlig legal. Ihn aufzufordern, die Kopie der Forschungsdatenbank zu veröffentlichen …

»Zum Teufel damit.« Horton drückte auf eine Taste. »Kommt und holt mich. Es ist schließlich mein Patent – und wenn ich will, verschenke ich es.«

Als Horton seine Post abschickte, war Dr. Gordon Greene schon fast völlig von seinen Net-Ressourcen abgeschnitten. Drei von Greenes fünf Aliaskonten waren bei einem Abgleich der Zahlungsdatensätze gefunden worden, und das vierte hatte die NSA auf einem schlecht geschützten Server in Santiago entdeckt. Alle ausgehenden Nachrichten wurden überwacht, alle eingehenden gefiltert oder in Echtzeit von einem Simulator der NSA manipuliert.

Greene wusste nichts davon. Er wusste auch nicht, dass er von dem Apartment über seinem aus beobachtet wurde und man ihm folgte, wenn er seine Wohnung verließ. Er konnte sich immer noch frei bewegen und verhielt sich so wie jede Woche, was hieß, dass er in der ganzen Stadt unterwegs war. Er ging unter anderem regelmäßig in die Bibliothek der Ohio State University, die über digitale Magazine und an das Net angeschlossene Lesenischen verfügte und außerdem einen nach Stunden abgerechneten Service für virtuelle Telekonferenzen anbot, dessen gut abgeschirmte Kabinen die Art von Kunden anzog, die eine diskrete Zahlungsabwicklung schätzten. Greene war auch häufig in einem Dutzend anderer Etablissements zu Gast, die allerdings nicht ganz so seriös waren. Sie reichten von einem Undernet-Nachtklub mit offenen Links zu nicht zensierten Offshore-Sites mit zweifelhaftem Inhalt bis zu einem CD-Copyshop in Worthington, der es mit dem Urheberrecht der dort gebrannten Daten nicht ganz so genau nahm.

Sämtliche Einrichtungen konnten entweder mit Greenes Lebensstil erklärt werden oder damit, dass er seit seiner ›Kündigung‹ bei Terabyte als freiberuflicher Berater arbeitete. Aber in jeder konnte er auch seine Aliasnamen über das Konto eines Dritten abfragen, was er mindestens einmal am Tag machte.

Gordon rief die Nachricht von Jeffrey Horton in einem Franchise-Cafe namens Hot Bytes ab, wo in jedem Tisch ein großer, drehbarer LCD-Bildschirm eingelassen war – eine veraltete Technologie, die es anderen jedoch recht schwer machte, einem beim Surfen über die Schulter zu sehen. Er wusste nicht, wer ihm die Mail geschickt hatte, und auch nicht, dass es eine von fünf Nachrichten war, die gemeinsam losgeschickt worden waren.

Aber die Namen – Namen, die er selbst ausgewählt hatte – wiesen ihn schon darauf hin, was ihn erwartete. Der Name des Absenders lautete Pandora. Der Empfänger war ein gewisser Michael Armstrong – der Name stammte aus einem alten Spionagethriller, in dem es um einen amerikanischen Physiker ging, der Doppelagent und zum Feind übergelaufen war.

Der Text der Nachricht bestand nur aus drei Wörtern – dem Titel eines Films, der gleichzeitig eine Einschätzung der aktuellen Situation war.

Der zerrissene Vorhang, stand da.

Und das bedeutete: *Archiv sofort veröffentlichen.*

Greene, dem nach außen nicht anzumerken war, dass er sich fühlte, als hätte er einen Schlag in den Magen bekommen, handelte sofort. Er schloss seinen privaten Kommunikator an die offenen Ports des Cafés an und benutzte

Armstrongs Adresse, um seine Sicherungen und Veröffentlichungsagenten zu aktivieren. Als einige der üblichen Bestätigungsmeldungen nicht angezeigt wurden, versuchte er, seine Chancen abzuwägen, und schickte die Aktivierungsbefehle dann noch einmal über einen anderen Aliasnamen. *Doppelt hält besser,* dachte er, obwohl er wusste, dass er dafür vielleicht einen hohen Preis zahlen musste.

Dann fuhr er zu seiner Wohnung, die kaum zehn Minuten entfernt war, um eine bereits gepackte Reisetasche zu holen und aus Columbus zu verschwinden.

Das war ein Fehler, den er allerdings zu spät erkannte. Er hätte ohne die Reisetasche verschwinden oder sie im Auto deponieren sollen. Aber da er das nicht getan hatte, wurde er bereits erwartet. Auf dem Gehweg vor seiner Wohnung stellten sich ihm vier Männer in Zivilkleidung, aber mit einem Ausweis des militärischen Nachrichtendienstes, in den Weg. Einen Augenblick später blieb ein olivgrüner Lieferwagen neben ihnen am Bordstein stehen.

Greene versuchte nicht zu fliehen und leistete keinerlei Widerstand – es hatte sowieso keinen Sinn. Sämtliche privaten Hoffnungen, die sowieso nur mit Mühe gegen seinen Pessimismus angekommen waren, hatten sich in dem Moment in Luft aufgelöst, in dem er Pandoras Nachricht erhalten hatte. Als sie ihn verhafteten, fragte er nur: »Wie war ich?«

»Miserabel«, erwiderte einer der Nachrichtenoffiziere mit einem arroganten Lächeln.

Danach hatte Greene nichts mehr zu sagen. Es hatte keinen Sinn, mit den Handlangern zu diskutieren. Wenn er einen ihrer Auftraggeber zu Gesicht bekam, würde er ihm schon sagen, was er dachte.

Präsident Mark Breland, der auf dem Rücksitz seiner schwarzen Limousine saß und auf dem Weg zu den Vereinten Nationen war, wollte von General Steppak genau das Gleiche wissen. Breland bekam allerdings eine sehr viel ausführlichere – und ehrliche – Antwort.

»Elf Minuten und ein paar Sekunden von dem Moment

an, in dem Greene seinen Aktivierungsbefehl ausgegeben hat, bis zu dem Moment, in dem unsere Gegenmaßnahmen einsetzten. In diesen elf Minuten ist es ihm gelungen, mehr als sechstausend Kopien des Archivs zu verbreiten – angesichts der Größe der Datei gar nicht mal so schlecht. Er hat offensichtlich vorausgedacht und sich rechtzeitig ein paar schnelle Leitungen gesucht. Der Verteiler war bunt gemischt – E-Mail, Vorabdruck-Server, Nachrichten-Server, FTP. Von allem etwas.«

»Wie viele der sechstausend Kopien sind abgefangen worden?«

Steppak sah auf das Display seines Kommunikators. »Nicht alle«, antwortete er. »Alle öffentlichen wurden gelöscht, und die NSA kümmert sich um die Nachwehen – es wird keine Nachrichten mit ›Bitte noch einmal schicken‹ und ›Was ist mit der Mail passiert?‹ geben. Aber sie arbeiten immer noch an einigen Dutzend, die schwer zu verfolgen sind – ich glaube, alle Kopien, die wir jetzt noch nicht haben, sind an Adressen gegangen, die erst noch angewählt werden müssen – die meisten davon in Übersee.« Er sah, wie der Präsident fragend die Stirn runzelte. »Im Gegensatz zu uns ist der Rest der Welt nicht die ganze Zeit online. Ziemlich lästig«, fügte er hinzu.

»Die NSA muss also warten, bis sich diese Leute einwählen und ihre eingegangenen Nachrichten abfragen, bevor sie versuchen kann, die Datei zu löschen?«

»Genau. Und wir sollten jedem der Empfänger einen kleinen Besuch abstatten, um sicherzugehen, dass es keine Kopien von den Kopien gibt. Dazu ist allerdings ein direkter Befehl von Ihnen notwendig.«

»Den Papierkram überlasse ich Ihnen«, sagte Breland. »Ist das der gesamte Schaden, der angerichtet wurde?«

»Nein. Es gab etwa dreißig Abfragen auf dem Vorabdruck-Server von *Physics Today,* bevor wir ihn abschalten konnten ...«

»Dreißig? In elf Minuten? Ist diese Site immer so gut besucht?«

»Nein. Es sieht so aus, als hätte Greene einigen seiner

Freunde gesagt, sie sollten den Server im Auge behalten. Vielleicht hat er das auch bei den öffentlichen Kopien so gemacht.« Er schüttelte den Kopf. »Mr. President, der Sektionsleiter hat zu mir gesagt, selbst wenn sie es schaffen, die Transaktionsprotokolle jedes betroffenen Rechners zu durchsuchen, könnte er mir nicht garantieren, dass nicht schon Tausende von privaten Kopien außerhalb des Net und damit außerhalb unserer Reichweite existieren.«

»Wie ist das möglich?«

Steppak zuckte mit den Achseln. »Die Informationen-wollen-frei-sein-Generation ist noch nicht ganz ausgestorben. Manche anonyme Server löschen die Transaktionsdaten sofort wieder. Greene hat einige solche Server benutzt. Aber der Sektionsleiter hat mir versprochen, dass sie eine weitere Ausbreitung ab jetzt verhindern können – proaktiv ist effektiver als reaktiv.«

Breland griff nach seinem Glas. »Je länger wir das tun, desto offensichtlicher wird sein, dass wir dahinter stecken – die Leute werden doch merken, dass ihre Nachrichten nicht angezeigt werden und ihre Post nicht durchkommt.«

»Ja«, gab Steppak zu. »Und alles, was wir in dieser Hinsicht unternehmen, wird die Lawine nur noch mehr ins Rollen bringen. Außerdem können die Kopien auch von Hand zu Hand weitergegeben werden, und davon werden wir überhaupt nichts mitbekommen.«

»Die Gefahren einer freien Gesellschaft«, sagte Breland. »Wir können nichts anderes tun, als es zu versuchen. Aber wir sollten nicht vergessen, wo die Grenze ist und auf welcher Seite wir stehen. Schicken Sie dem Sektionsleiter ein Exemplar der von der Verfassung garantierten Grundrechte.«

»Mr. President, es handelt sich hier um eine außerordentlich ernste Situation …«

»General, Sie erwarten doch wohl nicht von mir, dass ich jetzt damit anfange, Leute wegzusperren?«

»Nicht einmal Dr. Greene?«

»Was würden wir damit erreichen?«

»Wenn wir an ihm ein Exempel statuieren, brauchen wir

vielleicht nicht mehr so viele andere festzunehmen. Ein Klopfen an der Tür – zwei FBI-Agents, die erklären, dass geheimes Material gestohlen und von einem Mann, der bereits verhaftet ist und mit einer Anklage rechnen muss, in einem Virus ins Net gestellt wurde – die Frage, ob man mit uns zusammenarbeiten will und unserem Techniker erlaubt, den Computer auf diesen Virus hin zu untersuchen …«

»Sie reden von Zehntausenden von Türen. Haben wir denn überhaupt genügend Personal für so etwas? Und ist dieser Aufwand gerechtfertigt?«

»Ist er. Und ich werde Ihnen auch gleich sagen, warum. Das Archiv, das Greene ins Net gestellt hat, stimmt nicht mit dem Original überein, das wir von Brohier bekommen haben.«

»Was meinen Sie damit? Was war daran anders?«

Das markante Gebäude der Vereinten Nationen kam in Sicht. Irgendwo im Inneren bereitete sich der Generalsekretär darauf vor, Breland eine humanitäre Auszeichnung für seine sensationell erfolgreiche Minenräumkampagne zu verleihen.

»Greene hat die Kopie ergänzt. Über dreihundert Seiten mit Ideen dazu, wie das Design des Mark I verändert werden kann – was man tun kann, um es leistungsfähiger, effektiver, kompakter zu machen«, sagte Steppak, dessen Stimme deutlich anzumerken war, wie beunruhigt er war. »Er hat vollständige CADCAM-Zeichnungen für eine Einheit mit mittlerer Leistung, die in den Kofferraum dieses Wagens passen würde, hinzugefügt. Er redet davon, dass es irgendwann einmal möglich sein wird, eine Version in Massenfertigung herzustellen, die nur noch so groß wie ein Koffer ist. Das Ganze könnte zu einer ernsthaften Destabilisierung führen.«

»Das wird es vermutlich auch, General. Und eher früher als später. Der Vorhang hat ein paar Risse bekommen. Wir werden bald an die Öffentlichkeit gehen müssen. Ich glaube, es wird Zeit, dass wir uns überlegen, wie wir das am besten anstellen.«

»Und in der Zwischenzeit …«

»... soll die NSA so viel Unkraut wie möglich jäten.« Breland seufzte. »Gibt es eigentlich eine rechtliche Grundlage dafür, Greene in Gewahrsam zu nehmen?«

»Das Spionagegesetz von 1917 ist immer noch in Kraft und kann auf diesen Fall mit Sicherheit angewendet werden.«

»Wie lange können Sie ihn festhalten, ohne Anklage zu erheben?«

»Ich glaube, dreißig Tage, aber das müsste ich mir erst noch von der Generalstaatsanwältin bestätigen lassen. Warum fragen Sie, Sir? Es gibt mehr als genug Beweise, um ihn verurteilen zu können.«

»Ich werde nicht zulassen, dass jemand mit der Todesstrafe rechnen muss, nur weil er versucht hat, ein Staatsgeheimnis aufzudecken, das ich ein paar Wochen später selbst der Öffentlichkeit mitteilen werde. Das ist ein zu hoher Preis dafür, dass er mir zuvorgekommen ist«, sagte Breland, als die Limousine vor den Westeingang des Gebäudes fuhr.

»Aber, Mr. President ...«

»Außerdem«, fuhr Breland fort, »sieht es doch eher aus, dass wir diesen Mann wieder in unserem Team haben wollen – er soll *für* uns arbeiten. General, wir gehen folgendermaßen vor – das FBI hat dreißig Tage, um Greene als Druckmittel für seine Aktionen einzusetzen – welches Datum haben wir dann, den 19. März? Ich werde für den Vormittag eine Rede vor dem Kongress ansetzen – und am Nachmittag wird Greene freigelassen. Sagen Sie ihm das, und sorgen Sie dafür, dass er in der Zwischenzeit zivilisiert behandelt wird. Nein, fangen Sie jetzt keine Diskussion mit mir an – tun Sie es einfach.«

»Ja, Sir. Was wollen Sie wegen der Mitarbeiter von Terabyte unternehmen?«

»Darum kümmere ich mich, wenn wir hier fertig sind.«

»Sie müssen etwas damit zu tun haben«, sagte Steppak. »Brohier wollte uns partout nicht sagen, wie Greene an die Kopie des Projektarchivs gekommen ist, und Horton hat Greene eine verschlüsselte Warnung geschickt, die offenbar der Startschuss für die ganze Aktion war. Es ist eindeutig eine Verschwörung zum Hochverrat.«

»Sie würden am liebsten alle drei vor Gericht bringen.«

Steppak nickte. »Sir, es spielt keine Rolle, ob das, was ein Verräter dem Feind gibt, etwas ist, das sich der Feind irgendwann selbst einmal hätte beschaffen können. Sie sollten sofort von dem Projekt abgezogen und an einen Ort gebracht werden, wo sie keinen weiteren Schaden mehr anrichten.«

Die Limousine hielt an, und Breland hob die Hand, um den Agents des Secret Service daran zu hindern, die Tür zu öffnen. »Auf gar keinen Fall, General. Damit wir uns richtig verstehen – der Trigger ist kein Geheimnis mehr. Und das ist die Grundlage für alles, was wir jetzt tun. Ich habe nie vorgehabt, ihn für immer unter Verschluss zu halten.«

»Aber zulassen, dass ihn diese Leute einfach so verschenken …«

»Versuchen Sie doch zu verstehen. *Ich* brauche keine technologische Hegemonie, *wir* wollen sie nicht, und *Sie* könnten sie nicht aufrechterhalten. Es ist völlig richtig, dass wir das, was wir wissen, mit anderen teilen. Es ist *notwendig,* wenn der Trigger sein Potenzial erfüllen soll. Und es wäre nicht das erste Mal. Sie wissen vielleicht nicht – ich weiß es auch erst seit kurzem –, dass unsere Regierung wenige Tage nach der Niederlage Japans einen detaillierten Bericht über Atomwaffen veröffentlicht hat.«

»Die beiden Situationen kann man wohl kaum miteinander vergleichen, Mr. President.«

»Da haben Sie Recht«, stimmte Breland zu. »Der Trigger ist eine defensive Waffe, die nur für bewaffnete Angreifer eine Gefahr ist. General, wir dienen den Interessen des amerikanischen Volkes und aller anderen Völker auf dieser Welt am besten, wenn wir zulassen, dass sich der Trigger verbreitet – und nicht, wenn wir ihn als Staatsgeheimnis behandeln. Es ist unmenschlich und unmoralisch, ihn der Öffentlichkeit noch länger vorzuenthalten.«

»Als Ideal, in einer idealen Welt, ja, aber wir müssen praktisch denken …«

»General, wir hatten fast ein Jahr lang Zeit, um sicherzustellen, dass wir von einer Situation wie dieser nicht überrascht werden, dass wir durch so etwas nicht ins Hintertreffen geraten. Wie viele Menschen hätten gerettet werden können, wenn wir nicht so vorsichtig gewesen wären? Nicht nur, dass wir Tschetschenien nicht dabei helfen können, sich gegen Russland zu wehren, oder Indien gegen Kaschmir – wenn wir den Trigger weiter als Staatsgeheimnis behandeln, heißt das auch, dass wir für unser eigenes Volk nicht einmal die Hälfte von dem tun können, was möglich wäre. Wem also nützte es etwas, wenn wir ihn weiter zurückhalten? Offenbar uns selbst. Unseren Jobs, unserem Ruf, unserem krampfhaftem Festhalten daran, überall und jederzeit Stärke zeigen zu können.« Breland schüttelte den Kopf. »General, Tatsache ist, dass ich mich wie ein Betrüger fühle. Ich komme hierher und lasse mich von allen Seiten loben, obwohl ich weiß, dass das, was wir bis jetzt getan haben, nur ein Hundertstel von dem ist, was wir hätten tun können. Haben Sie Gil Elliot gelesen – das *Twentieth Century Book of the Dead?* Durch die Maschinen und die Entbehrungen des Krieges sind einhundertzehn Millionen Menschen umgekommen. Wir können es besser machen. Wir *werden* es besser machen, wenn ich hier noch etwas zu sagen habe.«

»Ich verstehe, Mr. President.«

»Das hoffe ich, General, das hoffe ich wirklich.« Breland gab dem Agent draußen ein Zeichen, der gleich darauf die Tür der Limousine öffnete. Bevor er ausstieg, beugte er sich zu Steppak hinüber und sagte: »Denn wenn Männer wie Sie nicht für das 21. Jahrhundert bereit sind, werden wir das 22. vielleicht gar nicht mehr erleben.«

Das Quartett, das sich in dem engen Wohnwagen zusammengedrängt hatte, sah ganz und gar nicht glücklich aus. Brohier hatte anscheinend Magenschmerzen, und Hortons Gesichtsausdruck ließ darauf schließen, dass er immer noch wütend war. Thayer machte einen geistesabwesenden, deprimierten Eindruck, während Val Bowden noch so erstaunt aussah wie in dem Moment, als man ihn darüber aufgeklärt hatte, um was es bei dem Projekt wirklich ging.

Es war keine lange Diskussion gewesen, aber trotzdem hatten sie sich danach alle wie ausgelaugt gefühlt. Horton hatte zuerst das Wort ergriffen und ihnen klar gemacht, wie seine Position aussah: »Wir können den Mark II nicht der Regierung überlassen – heute nicht, morgen nicht, nie. Wir müssen die Testeinheit auseinander nehmen und jeden Hinweis auf die Tests von gestern vernichten – und zwar schnell. Wenn wir nicht schnell genug handeln, werden wir es bald nicht mehr können. Und jeder, der genug über die Funktionsweise der Zwillinge weiß, um sie wiederherstellen zu können – und ganz besonders wir vier –, muss auf welchen Gott auch immer schwören, dass er diesen Leuten nie etwas darüber sagen wird.«

Zu seiner Überraschung war es Lee, die ihm am heftigsten widersprach. »Es gibt viel zu viele Leute hier, die einzelne Teile des Puzzles kennen – letzte Nacht hatten wir fünfhundert Zeugen. Wir sollten stattdessen Gordie unterstützen. Der Annex hat mit Sicherheit eine Menge unterschiedlicher Verbindungen nach draußen. Wir sollten sie nutzen, solange wir sie noch haben, und nicht warten, bis sie uns völlig abgeschnitten haben. Wir brauchen mehr Öffentlichkeit, nicht noch mehr Geheimnisse – wir brauchen Senator Wilman in den Abendnachrichten und Dr. Brohier in den Morgennachrichten.«

Aber außer ihr glaubte niemand, dass sie eine solche Kampagne noch rechtzeitig starten konnten, um etwas auszurichten. Schließlich setzte sich Horton mit dem nicht zu bestreitenden Argument durch, dass sie für Thayers Plan Hilfe von außen benötigten, für seinen jedoch nicht.

»Das schaffen wir auch allein«, sagte er. »Es ist alles in Reichweite, wir können sofort anfangen.« Als er Thayer versprach, dass ihr Vorschlag an zweiter Stelle der Prioritäten stehen würde, willigte sie ein.

Aber als sie den Wohnwagen verließen, wurden sie fast sofort aufgehalten. »Dr. Brohier! Dr. Horton! Bleiben Sie bitte stehen.« Es war der ›Schneider‹, einer der Armeeoffiziere in Zivil, die im Kommunikationszentrum Dienst taten. Er kam von der Westseite des Annex her auf sie zugerannt. »Kommando zurück, Lieutenant – ich habe sie gefunden«, sprach er in sein Kragenmikrofon, als er sie erreicht hatte.

»Was soll die Aufregung?«, fragte Brohier.

»Wir versuchen seit fast einer Stunde, Sie über Ihren Pager zu erreichen, und als Sie nicht geantwortet haben, wurde eine Suchaktion gestartet, Sir.« Dem Schneider lief inzwischen der Schweiß in Strömen über das Gesicht. »Ein Anruf für Sie, im Kommunikationszentrum.«

»Für wen?«

»Dr. Brohier, Dr. Horton und Dr. Thayer. Tut mir Leid, Dr. Bowman – von Ihnen hat der Präsident nichts gesagt.«

»Der Präsident?«, wunderte sich Horton.

»Ja, Sir. Er wartet. Wenn ich Sie bitten dürfte, sofort mitzukommen …«

Die Blicke, die sich die vier zuwarfen, reichten von skeptisch bis besorgt. »Wir kommen«, sagte Brohier, dem sogar ein höfliches Lächeln gelang. »Alle vier.«

Für vier Leute war in der kleinen Kabine sogar noch weniger Platz als im Wohnwagen. Die hintere Reihe bemühte sich um eine einigermaßen bequeme Sitzposition, als das Signal entschlüsselt wurde und Mark Breland vor ihnen auf dem Bildschirm erschien. Er saß hinter seinem Schreibtisch im Oval Office.

»Guten Tag …«

Bevor Breland weitersprechen konnte, wurde er von Brohier unterbrochen. »Wo ist Dr. Greene? Ist er festgenommen worden?«

Breland sah ihn überrascht an, dann lachte er und schüttelte den Kopf. »Also gut«, sagte er. »Fangen wir gleich mit dem Wichtigsten an.« Er hob den Blick und sah jemanden an, der hinter der Kamera stehen musste. »Doktor?« Er stand auf.

Kurz darauf setzte sich Gordon Greene auf den Stuhl des Präsidenten.

Er grinste so wie immer und sah zu jemandem hin, der rechts von ihm stand. »Wie viel muss man zurzeit zahlen, um sich mal hinter diesen Schreibtisch setzen zu dürfen? Eine Fünftausend-Dollar-Spende an die Partei?« Dann sah er in die Kamera. »Würde bitte jemand ein Standfoto machen? Meine Eltern werden es sicher an die Wand im Esszimmer hängen wollen.« Er blickte wieder nach rechts. »Geht das, dass der Präsident auch mit aufs Bild kommt?«

Breland lachte.

Lee erholte sich als Erste von der Überraschung. »Gordie, geht es dir gut?«

»Jetzt geht es mir wieder gut«, sagte er. »Ich habe dich vermisst.«

»Was machst du im Weißen Haus?«

Greene warf einen fragenden Blick nach rechts, und dann hörten sie Brelands Stimme. »Sie können es ihnen ruhig sagen.«

»Okay«, sagte Greene. »Ich bin so eine Art Berater. Und euch wird man hier auch ganz gut gebrauchen können. Der Trigger wird in einem Monat der Öffentlichkeit vorgestellt, und die Jungs hier geben sich alle Mühe, das auch richtig zu machen.« Er lehnte sich zurück und faltete die Hände im Schoß. »Leute, ich glaube, es wird alles gut gehen. Auch wenn ich nicht ganz glauben kann, dass ich das gerade eben gesagt habe.«

19.

Die Garantie

Bonn, Deutschland – Die Polizei sucht immer noch nach einer Erklärung für den Anschlag eines Selbstmordattentäters, der am Dienstag in einem Hochgeschwindigkeitszug von Berlin nach Bonn eine Bombe hochgehen ließ. Die Aufzeichnung der Überwachungskameras zeigt einen jungen Mann im Anzug, der Hassparolen schreit, bevor er in dem nur halb besetzten Waggon die Bombe zündet. Die Explosion forderte 22 Menschenleben und zerstörte ein dreißig Meter langes Teilstück der Schienen. »Das hätte nicht passieren dürfen«, sagte ein Sprecher der Deutschen Bahn AG.

Vollständige Meldung
Liste der Opfer
Video der Explosion
Züge fahren zwar, Fahrplan wurde jedoch eingeschränkt

Angesichts der Tatsache, dass jeder, der einen ›guten Anschluss‹ sein Eigen nannte, unter mehr als tausend lizensierten Kanälen mit Nachrichten, Handel und Unterhaltung rund um die Uhr wählen konnte und dazu noch die Qual der Wahl unter fast 60 000 unregulierten Undernet-Kanälen hatte, war es für jeden – sogar für den Präsidenten der Vereinigten Staaten – eine Herausforderung, mehr als immer nur ein paar Prozent der Bevölkerung gleichzeitig zu erreichen.

Allerdings waren nicht alle Angehörigen des amerikanischen Volkes mit einem ›guten Anschluss‹ ausgestattet.

Ein paar Prozent war es schlicht egal. Einige Vertreter dieser Gruppe protestierten vehement gegen das, was sie ›Net-Müll‹ nannten. Michael Adamson, der Gründer einer Bewegung mit dem sinnigen Namen ›Pull the Plug‹ – ›Zieht den Stecker‹ –, definierte es als ›jenen Zustand der plumpen Überstimulation, die Unterhaltung über alles und jedes stellt – insbesondere über unseren Ehrgeiz und den Willen, etwas aus sich und seinem Leben zu machen.‹ Aber die meisten der Abtrünnigen begnügten sich damit, in eines jener kleinen Dörfer ohne ›guten Anschluss‹ zu ziehen. Dort waren nur analoge Kommunikationstechnologien erlaubt – und das auch nur, um den Kontakt zwischen den verstreut liegenden Dörfern zu halten und dafür zu sorgen, dass die Erde auch weiterhin Botschaften ins All schickte.

Für eine von sieben Familien war die Grundversorgung an Net-Services, die im Standardtelekommunikationsanschluss eines Haushalts inbegriffen war, alles, was sie sich leisten konnte, oder alles, was sie gerade noch verstehen konnte. News 1, News 2, Talk 1, Talk 2, Arts 1, FedFacts, NetSearch, NetTeach, NetAgent und MultiMail waren die Grundelemente der Interaktivität in den Wohnzimmern von zwei verschieden geprägten Unterklassen, die sich bis jetzt der Ausrottung widersetzt hatten – die eine aus wirtschaftlichen Gründen, die andere aus intellektuellen. Ironischerweise war es gerade der Mangel an Alternativen, die diese Gruppen am leichtesten erreichbar machte. Sie waren die größte Zuschauergruppe des Kabelfernsehens – passive Schwämme für Kanäle, die sich durch Werbung finanzierten.

Für eine Familie aus der Mittelklasse dagegen war ein ›guter Anschluss‹ eine Investition, für die man an anderer Stelle sparte, für eine Familie aus der Oberschicht war er selbstverständlich und für jedes moderne Bildungs- und Erziehungskonzept schlichtweg unentbehrlich. Net-Bildung machte aus ihnen eher aktive Teilnehmer als passive Zuschauer und öffnete die Türen digitaler und virtueller Bibliotheken in der ganzen Welt. Aber sie sorgte auch dafür, dass die Zuschauer in eine Milliarde kleiner Teilchen zerstückelt wurden und nur sehr wenige von ihnen so passiv waren, sich eine ungefilterte Sendung in Echtzeit anzusehen.

Kein Medienereignis im neuen Jahrtausend hatte bis jetzt eine Einschaltquote von mehr als fünfzig Prozent erreichen können. Die letzte Veranstaltung, die von zehn Prozent der Online-Zuschauer gesehen wurde, war das Endspiel des Worldcups zwischen Schottland und den Vereinigten Staaten vor drei Jahren. Acht Jahre vorher hatte das Erdbeben von Santa Rosa, bei dem der nördliche Brückenbogen der Golden Gate Bridge zusammengebrochen war, dreißig Prozent erreicht.

Mark Breland wusste das alles, aber er wollte trotzdem eine höhere Einschaltquote für seine Rede an die Nation haben. Und deshalb war er in eine heftige Diskussion mit seinen Mitarbeitern geraten.

»Hier geht es um etwas, das die Menschen aus erster Hand und ungeschnitten erfahren sollten – Familien sitzen zusammen vor dem Fernseher, die Gäste einer Bar sehen sich die Übertragung gemeinsam an, in der Elektronikabteilung eines Kaufhauses ist jeder Bildschirm auf den gleichen Kanal geschaltet. Wie Roosevelts Kamingespräche und die Landung auf dem Mond«, sagte er. »Ich will die Chance haben, jeden direkt anzusprechen, damit er es als Erstes von mir erfährt, und nicht aus zweiter Hand aus einem vorgekauten und bis zur Unkenntlichkeit entstellten Zusammenschnitt.«

»Aber Sie kommen nicht gegen die Gewohnheiten der Leute an«, widersprach Stabschef Richard Nolby. »Sie werden nicht einfach alles liegen und stehen lassen, nur um zuzusehen, wie jemand eine Rede hält. Auch dann nicht, wenn es dreidimensional, virtuell und eins-zu-eins ist. Sobald sie eine Frage stellen, werden sie merken, dass es eine Vorlesung und keine Unterhaltung ist. Nein, ich glaube, mit einer Quote von vierzehn Prozent können wir ganz zufrieden sein – dass wir die erfolgreichsten vier Unterhaltungslizenznehmer überreden konnten, die Rede zu senden, war ein Durchbruch. Und ich glaube, wir können Financial Newswire und Worldmarket dazu bringen, Ihre Rede im Ticker zu bringen, und damit wären wir bei über sechzehn.«

»Das reicht nicht«, sagte Breland.

»Unsere Sättigungswerbung wird erst in einer Stunde anlaufen, dann allerdings bis an den Vorspann der Rede gesendet werden«, sagte Aimee Rochet, Brelands PR-Leiterin. »Ich glaube immer noch, dass wir zwanzig erreichen können. Und wir werden sofort nach der Rede eine äußerst umfangreiche Aufklärungskampagne starten – ich modelliere sie mit beschleunigten Algorithmen, was heißt, siebzig Prozent der Bevölkerung werden innerhalb von drei Tagen wissen, um was es geht.«

»Ich will siebzig Prozent beim Abspann«, sagte Breland. »Morgen werde ich für Millionen von Menschen, die seit der Wahl kein einziges Mal mehr an mich gedacht haben, entweder ein Held oder ein Verbrecher sein. Ich will die Chance haben, möglichst viele von ihnen auf meine Seite zu ziehen. Ich will, dass sie sich daran erinnern, wo sie gerade waren, als sie davon gehört haben. Ich will, dass es heute Nacht das wichtigste Thema in den Schlafzimmern und Chat-Rooms ist und bis morgen früh auch in sämtlichen Zügen.«

»Sie wollen Einschaltquoten wie bei Massenmedien – aber es gibt keine Massenmedien mehr«, protestierte Rochet. »Es gibt nur noch das Net und Interaktivität. Und wenn die Leute nicht wollen, wollen sie eben nicht.«

»Sind die lizensierten Kanäle denn nicht vertraglich zu bestimmten Leistungen im öffentlichen Bereich verpflichtet? Gibt es denn keine Möglichkeit, sie zur Übertragung der Rede zu *zwingen?*«

»Wir haben ein Notfallsendesystem«, sagte General Steppak. »Es ist allerdings noch nie für die Übertragung von Multimedia in Echtzeit und in dieser Größenordnung verwendet worden – Testmitteilungen bestanden bis jetzt nur aus Text und Ton. Wenn wir die Rede über das Notfallsystem senden, könnte es gut sein, dass alles andere ausfällt.«

»*Das* wäre eine echte Katastrophe«, beeilte sich Rochet zu sagen. »Null Prozent sehen zu, aber einhundert Prozent sind stinksauer.«

»Können Sie heute Nachmittag einen Test in kleinerem Maßstab durchführen?«, fragte Breland und sah dabei Tettlebaum, seinen wissenschaftlichen Berater, an.

Tettlebaum war völlig überrascht, weil ihm jemand eine Frage gestellt hatte. »Wir könnten, Mr. President. Aber ein Test in kleinem Maßstab würde uns überhaupt nichts sagen. Je größer die Reichweite, desto größer auch das Risiko, dass etwas schief läuft.«

Breland war mit dieser Antwort ganz und gar nicht zufrieden und wandte sich wieder an seine anderen Mitarbeiter. »Abgesehen von diesem nicht kalkulierbaren Risiko – welche Nachteile gibt es noch, wenn wir das Notfallsystem aktivieren? Und warum haben wir das nicht schon vorher in Erwägung gezogen?«

»Selbst eine erfolgreiche Übertragung über das Notfallsystem würde Millionen Zuschauer verärgern«, sagte Rochet. »Die Undernet-Community hat etwas dagegen, wenn ihre Server eingefroren werden, egal, aus welchem Grund, egal, zu welcher Zeit. Sie machen schon Schwierigkeiten, wenn es nur um die Dreißig-Sekunden-Tests geht – eine zwanzigminütige Rede wird für sie ein Grund sein, Ihnen ein Amtsenthebungsverfahren anzuhängen oder vielleicht sogar eine Revolution loszutreten.«

»Fünfundvierzig Minuten«, berichtigte Breland. »Vielleicht auch ein bisschen länger.«

Rochet zuckte zusammen. »Meinen Sie das im Ernst, Sir?«

»Warum nicht?«

»Warum ... Mr. President, ich kann Ihnen vierzehn, vielleicht auch sechzehn am Anfang versprechen. Aber wenn Sie fünfundvierzig Minuten lang sprechen, werden Sie von Glück reden können, wenn Sie am Ende noch fünf haben. Und Sie bekommen dann *nicht* die Prozentzahlen, die Sie für den nächsten Tag haben wollen. Wenn Sie mit einem negativen Eindruck anfangen, wird es Ihnen nie gelingen, aus dem Ganzen noch etwas Positives zu machen. Sie erwarten einfach zu viel von den Menschen.«

»Ganz im Gegenteil – ich glaube, Sie erwarten zu wenig von ihnen«, entgegnete Breland. »Und ich glaube auch, dass Ihnen nicht bewusst ist, was hier auf dem Spiel steht – dafür trage allerdings ich die Verantwortung. Werden Sie heute Abend zusehen?«

»Aber natürlich, Mr. President.«

»Gut. Kann mir jemand sagen, ob wir verpflichtet sind, den lizensierten Kanälen Schadenersatz für entgangenen Umsatz zu zahlen, wenn sie die Rede an die Nation übertragen?«

»Nein, sind wir nicht. Und deshalb bringen wir auch keinen Kanal mit einer Unterhaltungslizenz dazu, die Rede zu senden«, antwortete Rochet.

»Bezahlen wir Dreamworks, Sony-Fox und Alliance dafür, dass sie die Rede bringen?«

»Ja, Sir.«

»Dann bezahlen wir sie alle«, sagte Breland. »Informieren Sie die lizensierten Kanäle, dass wir heute Abend ab 21.30 Uhr für eine Stunde das Notfallsystem aktivieren. Sagen Sie ihnen, dass wir ihnen als Honorar für technische Dienstleistungen die üblichen Einnahmen ersetzen sowie einen Bonus von zwanzig Prozent zahlen, wenn sie die Systeme eingeschaltet lassen und die Übertragung nicht unterbrechen. Die Kanäle, die bereits zugestimmt haben, die Rede zu senden, bekommen einen Bonus von fünfzig Prozent.«

»Dann ist die Anzeigenkampagne also gestorben?«, wollte Rochet wissen.

»Aber nein. Das Notfallsystem bringt mich nur auf die Bildschirme. Aber *Sie* müssen die Leute vor die Bildschirme bringen. Was das Undernet angeht – informieren Sie sie darüber, dass wir ihre Bandbreite heute Abend eine Weile brauchen werden. Eine entsprechend formulierte Vorwarnung dürfte zumindest einen Teil der Proteste ersticken. Außerdem müssen wir sicher sein, dass sie neugierig werden – wir könnten zum Beispiel einige Hinweise auf den Trigger und Greenes Net-Aktion fallen lassen, ohne allerdings konkret zu werden.«

Die PR-Leiterin war völlig verblüfft. Breland war schon immer etwas schwierig gewesen, hatte ihre Ratschläge aber nur selten so rigoros zurückgewiesen. »Bei allem Respekt, Sir – sind Sie sicher, dass Ihre Rede die Erwartungen erfüllen kann, die Sie zu schaffen versuchen?«, fragte sie. »Wäre es nicht besser, wenn wir das Ganze etwas langsamer angehen, uns zuerst einmal um die Zielgruppen kümmern, die Ihnen am wohlwollendsten gegenüberstehen, und über diese dann die breite Öffentlichkeit ansprechen?«

Breland hatte seine Rede selbst geschrieben, und Rochet gehörte nicht zu den wenigen, die sie ganz oder teilweise gelesen hatten. Wenn ihre Bemerkung dazu diente, sich einen Blick in das Manuskript zu verschaffen, verfehlte sie ihren Zweck. »Darum brauchen Sie sich nicht zu kümmern«, antwortete der Präsident. »Den Schlag zu machen ist meine Aufgabe. Sie liefern mir die Augen und Ohren der Zuschauer. An mir liegt es, ihr Gefühl und ihren Verstand zu erreichen.« Er lächelte und zuckte mit gespielter Lässigkeit mit den Achseln. »Und wenn ich das nicht kann, gehöre ich vielleicht nicht hierher. Jetzt sollten Sie sich aber an die Arbeit machen – es sind nur noch zwölf Stunden, bis wir es herausfinden.«

Mark Breland hatte tagelang überlegt, was der beste Hintergrund für seine Rede war. Sollte es eine Rede an den Kongress sein, auf der Rednertribüne der Senatskammer, mit all dem Pomp und Protokoll einer gemeinsamen Sitzung? Dann musste er allerdings mit den unvorhersehbaren Reaktionen eines Livepublikums rechnen – 539 Männer und Frauen, die ihm wenig schuldeten, von denen er aber viel verlangen würde.

Sollte er sie im Oval Office halten, das genauso viel Autorität vermittelte, aber den Vorteil hatte, dass zwischen ihm und der Kamera nur der Schreibtisch war? Einige seiner Vorgänger hatten die Illusion einer fast schon intimen Atmosphäre zu ihrem Vorteil genutzt, aber andere hatten dabei an Format verloren und nur noch mittelmäßig gewirkt – oder, schlimmer noch, klein und Mitleid erregend.

Es gab natürlich noch andere Möglichkeiten. Einige davon zog Breland in die engere Wahl, darunter eine Übertragung aus der Notfallaufnahme eines Krankenhauses, von der Eingangstreppe eines Polizeireviers, den Straßen des District of Columbia, einem Schießplatz in Fort Knox, aus einem Studio mit einem kleinen Publikum und einem Klassenzimmer voller Kinder. Auf Nolbys Anfrage hin bot die technische Abteilung des Weißen Hauses an, die Rede mit sämtlichen Spezialeffekten aus ihrer Trickkiste zu unterstützen und Breland in so viele digitale Landschaften zu setzen, wie er brauchte, um seine Argumente zu unterstützen.

Schließlich entschied er sich doch für den Senat – zum Teil deshalb, weil sie von allen Möglichkeiten den größten Prestigewert hatte, aber in erster Linie, weil er wusste, dass er dort vermutlich das kritischste Publikum vor sich sitzen hatte.

Als er jetzt aber hinter dem Rednerpult stand und auf die Gesichter der Menschen vor sich herabsah, nachdem der obligatorische Applaus verklungen war, fragte er sich, ob er die richtige Entscheidung getroffen hatte.

Sprich mit der Kamera, halte nicht einfach eine Rede vor ihr …

»›Folgende Wahrheiten erachten wir als selbstverständlich: Das alle als Gleiche geschaffen werden, dass ihnen von ihrem Schöpfer gewisse unveräußerliche Rechte verliehen sind, und dass zu diesen Rechten das Leben, die Freiheit und das Streben nach Glück gehören.‹

Sie kennen diese Worte alle. Es sind die Ideale des amerikanischen Experiments, die Ideale der Gründerväter dieser Nation, die Versprechen, die Amerika seinen Bürgern und der Welt gegeben hat – Leben, Freiheit und das Streben nach Glück. Aber keines dieser Ideale kann verwirklicht, keines dieser Versprechen kann erfüllt werden, wenn die Grundvoraussetzung der Sicherheit nicht erfüllt ist. Und daher ist der Hunger nach Sicherheit ein gemeinsames Merkmal aller Menschen auf dieser Welt. Dieser Hunger kommt in vielen Aspekten unseres Lebens zum Ausdruck – wir streben nach der Sicherheit unseres Landes, der Sicherheit unserer Wohnungen und Häuser, der Sicherheit unserer Kinder, der Sicherheit bei unserem Arbeitsplatz, der Sicherheit in unseren Beziehungen zu anderen.

Jeder definiert Sicherheit etwas anders. Einige brauchen mehr davon, andere weniger. Aber nur selten trifft man einen Menschen, der sein Leben bewusst so gestaltet hat, dass er Sicherheit nicht haben will. Denn wenn wir diese Sicherheit nicht haben, leben wir in Angst. Wir haben Angst um uns selbst und um jene, die uns etwas bedeuten. Wir haben Angst vor Verlust, Leid und Tod. Aber das, was wir Sicherheit nennen, ist nicht nur das Fehlen von Angst – es ist das Gegenmittel für Angst. Sicherheit ist jene Zuversicht, mit der wir düstere Gedanken zur Seite schieben und uns auf unsere kühnsten Hoffnungen konzentrieren. Sie ist die Aussicht auf eine Zukunft, die es wert ist, dass man sich darauf freut. Sie ist der Schlüssel, der die Tür zu unzähligen Chancen in unserem Leben aufschließt. Sicherheit kann nichts garantieren – aber sie macht alles möglich, was wichtig ist.

Es kann kein ›gutes Leben‹ geben, wenn wir nicht zuerst dieses Grundbedürfnis befriedigen – damit wir wissen, dass wir, zumindest in diesem Moment, sicher sind. Das Beste, wozu wir Menschen fähig sind – Musik, Kunst, Literatur, sportliche Höchstleistungen, Philosophie, Erfindungen, Gemeinnützigkeit, die ganze Zivilisation –, findet in den geschützten Räumen statt, die wir uns schaffen.

Und in einem dieser geschützten Räume sind wir jetzt gerade. Niemand wäre hier im Senat, wenn er sich dadurch bedroht fühlen würde. Niemand von Ihnen würde mir seelenruhig zusehen, wenn ein Fremder an Ihrer Haustür rüttelt oder es irgendwo nach Gas riecht. Aber unser Gefühl für Sicherheit ist eine subjektive Empfindung. Es geht nicht so sehr darum, sicher zu *sein*, sondern eher darum, sich sicher zu *fühlen*. Wir fühlen uns hier sicher, aber trotzdem *könnte* unter einem der Sitze eine Bombe versteckt sein, deren Zeitzünder bereits läuft. Sie fühlen sich sicher, aber trotzdem *könnte* sich draußen jemand herumdrücken, der sich gerade überlegt, wie er Sie am besten umbringen kann.

Das Interessante daran ist: Selbst wenn wir nur darüber sprechen, wird unsere Wahrnehmung für einen Augenblick geändert. Wollten Sie nicht gerade unter Ihren Sitz greifen oder auf das Ticken hören? Haben Sie nicht gerade daran gedacht, beim nächsten Mal besonders darauf zu achten, dass Ihre Haustür verschlossen ist? Haben Sie nicht gerade überprüft, ob es nach Gas riecht?

Ich bin sicher, dass viele von Ihnen so reagiert haben. Wir reagieren auf die bloße Erwähnung einer möglichen Gefahr so, als wäre diese Gefahr bereits real. Wir fragen uns ständig, ob wir sicher sind oder nicht, so, wie wir das auch tun, wenn wir bei starkem Verkehr auf dem Highway unterwegs sind. Wir versuchen, in einem Bereich zu bleiben, in dem wir uns sicher fühlen – nicht zu schnell, nicht zu langsam, nicht zu nah dran am Vordermann. Und in unserem Leben ist das ganz genauso – wir versuchen, in einem Bereich zu leben, in dem wir uns sicher fühlen.

Aber wenn Sie jetzt einfach aufstehen, nach draußen gehen, sich irgendeine Richtung aussuchen und zu laufen beginnen – allein und so angezogen, wie Sie jetzt sind –, wie weit würden Sie dann kommen, bevor Sie dieses Gefühl der Sicherheit verlieren, bevor Sie Angst bekommen und beunruhigt sind? Wissen wir, was da draußen ist? Wissen wir, ob wir in Gefahr sind? Unsicherheit ist der Feind der Sicherheit.

Hier sind zwei tragische Fehleinschätzungen möglich. Entweder man glaubt, in Gefahr zu sein, obwohl man sicher ist. Oder man glaubt, sicher zu sein, obwohl man in Gefahr ist.

Das amerikanische Volk lässt sich von beiden Fehleinschätzungen leiten.

Mehr als jedes andere Land zu jeder anderen Zeit haben wir Amerikaner versucht, Sicherheit mit Waffen zu schaffen. Unsere Waffen sorgen dafür, dass wir uns mächtig fühlen. Sie sorgen dafür, dass wir uns sicher fühlen. Aber stimmt das auch?«

Auf der rechten Seite der Kammer entstand eine leichte Unruhe, als sich eine Tür öffnete und ein Mann eintrat. Kurz darauf steigerte sich die Unruhe zu einem Tumult, da immer mehr Anwesende bemerkten, dass er eine orangefarbene Jagdweste trug und einen Karabiner in der Hand hielt. Lautes Protestgeschrei und der Ruf nach den Sicherheitsbeamten war zu hören, als der Mann die Treppe zur untersten Ebene des Podiums hochstieg und auf Breland zuging.

Kurz vor dem Rednerpult blieb der Mann stehen, hob den Karabiner an die Schulter und zielte auf Brelands Kopf. Ein entsetztes Raunen ging durch die Menge, die gleich darauf schwieg, während die Kameras das bizarre Bild vor sich einfingen.

»Man braucht nur eine Waffe in diesem Raum, um die Wahrnehmung von fünfhundertvierzig Menschen zu ändern«, sagte Breland. »Man braucht nur eine Waffe, um die Illusion der Sicherheit zu zerstören. Was Sie hier vor sich sehen, ist die Gleichung der Angst – ein unbewaffneter, hilfloser Mann vor einem bewaffneten. Und in unserer gesamten Geschichte hat es bis jetzt nur eine einzige Möglichkeit gegeben, um diese Gleichung ins Gleichgewicht zu bringen.«

Breland griff hinter sich, fand die 9-mm-Automatik, die er in einem Holster am Gürtel trug, und zog sie heraus.

»Was, zum Teufel ...«, rief jemand von der oberen Ebene des Podiums – er hörte sich an wie der Sprecher des Repräsentantenhauses, dachte Breland.

Breland hob den rechten Arm und zielte mit der Pistole auf das Gesicht des bewaffneten Mannes neben sich.

»Sie sehen es selbst – wir haben jetzt ein Gleichgewicht.« Er musste um einiges lauter sprechen, um den Tumult zu übertönen. »Die einzige Antwort auf eine Waffe ist eine andere Waffe. Wir können hohe Mauern errichten und unsere Türen verschließen, aber hinter den Mauern können wir uns nur verstecken, und eine verschlossene Tür bedeutet lediglich eine Verzögerung. Die einzige Antwort, die wir bis auf eine Waffe gefunden haben, ist eine andere Waffe. Die Möglichkeit zur gegenseitigen Vernichtung, das gleiche Prinzip, auf dem auch der Kalte Krieg aufgebaut war – nur in einem viel kleineren Maßstab. Zwei Männer, zwei Waffen. Gleichgewicht. Sicherheit.«

Breland hatte die volle Aufmerksamkeit der Anwesenden, die durch diese unkonventionelle Vorstellung aus ihrer Selbstzufriedenheit und ihren eingefahrenen Gedankengängen herausgerissen worden waren. »Aber ist das wirklich Sicherheit?«, wollte er wissen und deutete mit der freien Hand auf die Waffen. »Fühlen Sie sich jetzt genauso sicher wie vorhin, als Sie dachten, es wären *keine* Waffen in diesem Raum? Ich persönlich finde den Zustand jetzt um einiges unsicherer ...«

Im Publikum war vereinzelt verlegenes Gelächter zu

hören, das Breland mit einem Lächeln quittierte. »Mir fällt auf, dass es jetzt einiges mehr gibt, was schief gehen könnte, und das auch noch mit sehr viel ernsteren Folgen. Mir scheint, dass mir meine Waffe nicht das zurückgibt, was mir seine Waffe genommen hat.

Ich sage es noch einmal – meine Waffe gibt mir nicht das zurück, was mir seine Waffe genommen hat. Jetzt, in diesem Moment, bin ich nicht mehr so frei wie vorhin, als keiner von uns bewaffnet war. Ich bin nicht mehr so sicher wie vorhin, als noch keiner von uns in der Lage war, mit einer Bewegung seines Zeigefingers zu töten.

Würde ich mich besser fühlen, wenn ich wüsste, dass zehn oder zwanzig oder hundert Anwesende ebenfalls bewaffnet sind? Würde das dieses hohe Haus wieder zu einer zivilisierten Gesellschaft machen? Oder würde es nur die Anzahl der Gefahren erhöhen, über die ich mir Sorgen machen muss, die Aussichten auf einen Unfall, die Möglichkeit eines Missverständnisses?« Er suchte die erste Reihe nach bekannten Gesichtern ab. »Senator Baines, als Sie sich im letzten Monat mit Senator Kastin über das Gesetz über Beihilfe zum Selbstmord gestritten haben – glauben Sie, es wäre dem Dialog förderlich gewesen, wenn Sie beide Automatikwaffen griffbereit gehabt hätten?«

Die Bemerkung rief Gejohle und boshaftes Gelächter hervor, denn die Debatte über das Loomis-Figer-Gesetz war eine der schärfsten und erbittertsten seit Jahren gewesen. Baines stand auf und rief: »Mr. President, ich glaube, er wäre dadurch erheblich kürzer geworden.«

Der Kommentar wurde nicht von jedem Fernsehmikrofon aufgenommen, aber das darauf folgende Gelächter, das die Atmosphäre in der Kammer lockerte, war in allen Übertragungen zu hören. Als es aufgehört hatte, ließen sowohl der Präsident als auch der Mann in der orangefarbenen Jagdweste ihre Waffen sinken.

»Die Wahrheit ist, wir können unser Recht auf Meinungsfreiheit nur dann richtig nutzen, wenn wir wirklich sicher sind. Wenn wir Angst davor haben, durch eine Waffe zum Schweigen gebracht zu werden, ist dieses Recht gefährdet. Erst wenn wir wirklich sicher sind, können wir unser Recht auf Versammlungsfreiheit richtig nutzen. Wenn wir Angst davor haben, zur Zielscheibe von Terroristen zu werden, ist dieses Recht gefährdet. Erst wenn wir wirklich sicher sind, können wir uns darauf konzentrieren, uns selbst zu bessern und aktiv an der Zukunft mitzuarbeiten.

Vor einigen Monaten hat man mir eine erstaunliche neue Erfindung gebracht – eine Erfindung, mit der wir alle zum ersten Mal eine andere Antwort auf die Waffen haben, die auf uns gerichtet sind. Ich musste entscheiden, ob wir sicherer sein können – als Volk, als Nation –, wenn wir diese Erfindung einsetzen.

Nach langer Beratung mit meinem Kabinett und meinem Gewissen bin ich zu der Ansicht gekommen, dass die Antwort darauf Ja ist.«

Er ging um das Rednerpult herum an den Rand des Podiums und legte seine Pistole dort ab. Der Mann mit dem Karabiner folgte ihm und tat seine Waffe neben die Pistole.

Breland sah einen der Sicherheitsbeamten an. »Nehmen Sie diese Waffen bitte an sich.« Als der Sicherheitsbeamte auf das Podium zuging, drehte sich Breland zu dem Mann in der orangefarbenen Jagdweste um. »Ich danke Ihnen für Ihre Hilfe, Major Imhoff.«

Imhoff salutierte und verließ das Podium. Im Publikum war inzwischen leises Stimmengewirr zu hören. Vielen der Anwesenden war jetzt klar, dass es einen Zusammenhang zwischen den Worten des Präsidenten und den Gerüchten und Dementis des letzten Monats gab. Breland konnte die geflüsterten Bemerkungen beinahe hören: *Der Trigger – er redet über den Trigger. Dann ist die Aktion von Greene also doch kein Schwindel gewesen.*

»Das ist schon besser«, sagte Breland, der sich wieder hinter das Rednerpult stellte, während der Sicherheitsbeamte die Waffen an sich nahm. »Ich fühle mich viel besser ohne eine Waffe in der Hand – und ohne die andere Waffe, die auf mich gerichtet war. Denn so will ich nicht leben. Und den meisten von Ihnen dürfte es genauso gehen.

Mir ist inzwischen klar geworden, dass die Sicherheit, die uns unsere Waffen geben, nicht echt ist. Sie ist nur eine Illusion – ein bloßer Schatten des Echten. Eine bewaffnete Gesellschaft ist keine freundliche Gesellschaft – sie ist eine mörderische, verängstigte Gesellschaft. Bosnien im letzten Jahrhundert – Kaschmir und Ägypten in diesem. Und Amerika in beiden.

Die Waffe ist die erste Wahl der Ängstlichen, wenn sie nach Schutz suchen. Sie ist auch die erste Wahl der Kriminellen, wenn sie uns ihren Willen aufzuzwingen versuchen. Aber welche Wahl haben die übrigen Menschen? Entweder wir besorgen uns auch eine Waffe – oder wir werden zu Flüchtlingen. Wir meiden die Straßen, verstecken uns in unseren Häusern, versuchen, uns von den Brennpunkten der Gewalt fern zu halten.

Doch egal, was wir tun, wir laufen immer noch Gefahr, als Opfer zu enden. Das ist vielen von uns passiert – zu vielen.«

Auf dem riesigen Bildschirm an der Wand hinter Breland war die ganze Zeit über das Präsidentensiegel angezeigt worden. Jetzt erschien eine digitale Landkarte der 52 Bundesstaaten, weiß auf blauem Hintergrund, die Umrisse der Bundesstaaten schwarz nachgezeichnet. Langsam tauchten kleine, rote Punkte auf der Karte auf – anscheinend zufällig, wenn nicht unterhalb von Florida zur gleichen Zeit ein Zähler aufgetaucht wäre, dessen Ziffern sich rasend schnell änderten.

»Für die Opfer dieses grausamen Krieges gibt es kein Denkmal aus schwarzem Marmor, auf dem ihre Namen verzeichnet sind – ihre kleinen Denkmäler stehen überall auf den Friedhöfen amerikanischer Städte zwischen der Ost- und Westküste«, sagte Breland. »Ich wünschte, es gäbe ein solches Denkmal, denn dann könnte ich die Statistiken vergessen, einfach nur darauf deuten, und Sie dann bitten, von einem Ende zum anderen zu laufen. Wenn Sie damit fertig wären, würden Sie verstehen, warum sich etwas ändern muss.

Aber dieses Denkmal wäre nie fertig. Es würde das

Denkmal für die Opfer des Vietnamkrieges sehr schnell sehr klein aussehen lassen. Genau genommen müssten wir jedes Jahr einen Teil hinzufügen, der genauso groß ist wie das Denkmal für die Opfer des Vietnamkrieges. Und so ist es nun schon seit fast hundert Jahren – der hundertjährige Krieg Amerikas.

Selbst in den schlimmsten Jahren des Vietnamkonflikts hat der Krieg im Urwald und auf den Reisfeldern Südostasiens halb so viele Opfer gefordert wie heute der Krieg auf den Straßen und in den Häusern und Wohnungen von Amerika. In fünfzehn Jahren sind in Vietnam achtundfünfzigtausend Soldaten gefallen. Im gleichen Zeitraum mussten wir fast eine halbe Million zivile Opfer unseres Krieges im eigenen Land begraben – neunmal so viele. Selbst wenn wir den ersten Tag des neuen Jahrtausends als Ausgangspunkt für dieses neue Denkmal nehmen würden, bräuchten wir eine Mauer, die so lang ist, dass sie um den Spiegelteich am Obelisken reicht – und sie müsste fünf Meter hoch sein.«

Der Zähler hinter Breland lief immer noch, und immer noch tauchten rote Punkte auf der Landkarte auf. Auf den großen Städten waren sie inzwischen zu hässlichen, blutroten Flecken verschmolzen, aber auch die bevölkerungsärmsten Bundesstaaten waren mit Rot gesprenkelt.

»Jedes Jahr töten unsere Waffen genauso viele Menschen wie Aids auf seinem Höhepunkt. Jedes Jahr kommen mehr Menschen durch Schusswunden als durch Verkehrsunfälle ums Leben, jedes Jahr sterben doppelt so viele Menschen durch Waffengewalt wie an den Folgen von Alkohol, und jedes Jahr gibt es durch Schießereien viermal so viele Tote wie durch Drogen. Im letzten Jahr hatten wir die dritthöchste Opferzahl in unserer Geschichte: 46 341.«

Breland drehte sich um und sah auf den Bildschirm, während die letzten fünftausend Opfer auf der Karte angezeigt wurden. In der Kammer herrschte absolute Stille. Nach der Übertragung wurde Breland gesagt, dass sogar die Kommentatoren der Nachrichtensendungen respektvoll geschwiegen hätten.

»Es würde drei Tage dauern, um ihre Namen hier zu verlesen. Es würde Monate dauern, um Ihnen ihre Lebensgeschichte zu erzählen. Aber ich kann nicht zulassen, dass sie alle nur eine Zahl bleiben, ohne Gesicht, ohne Namen.« Er hob die Hand und richtete einen Lasercontroller auf einen roten Punkt im Süden von Idaho. Ein digitaler Zoom verwandelte den Punkt in das Foto eines eulenhaft aussehenden Weißen mit widerspenstigem, blondem Haar und einem strahlenden Lächeln.

»John Carpani, zweiunddreißig Jahre alt, Englischlehrer und Leiter der Theatergruppe an der Manning Central High School.« Breland drückte auf seinen Controller. Auf dem Bildschirm erschien ein zweites Foto, bei dem einigen Anwesenden der Atem stockte – auf diesem Foto lag Carpani mit dem Gesicht nach unten auf einem Parkplatz. Sein Hemd war blutdurchtränkt, und unter ihm hatte sich eine große Blutlache gebildet. »John wurde mit zwei Schüssen von einem sechzehnjährigen Schüler namens Michael Pace getötet, der die Schrotflinte seines Vaters mit in den Unterricht genommen hatte, um seine Exfreundin zu erschießen.«

Er drückte wieder auf den Controller, und ein Punkt in der Nähe von Houston verwandelte sich in das Foto eines schwarzhaarigen kleinen Mädchens mit einer Zahnlücke. »Juanita Ramirez, fünf Jahre alt.« Noch ein Klick, und sie sahen eine kleine Gestalt reglos im Staub vor einem Apartmentgebäude liegen. »Juanita wurde von einer verirrten Polizeikugel getroffen, als ein paar Häuser weiter ein Autodieb nach einer Verfolgungsjagd gestellt wurde. Sie hatte mit ihren Puppen vor dem Haus ihrer Eltern gespielt, während ihr älterer Bruder von der Veranda aus auf sie aufpasste.«

Der nächste Klick war ein Punkt in der Nähe von Los Angeles und zeigte einen jungen Asiaten mit Brille, der David Chen hieß. »David war Klassenbester in der Vorbereitungsstufe an der Militärakademie von Point Reyes. Eine Woche nach seiner Abschlussfeier, bei der er die Begrüßungsrede gehalten hatte, räumte er sein Zimmer auf, nahm eine Automatik Kaliber 0.357 aus einem abgeschlossenen Schrank im Büro seiner Mutter und beging in einem Wäldchen hinter dem Haus seiner Eltern Selbstmord.« Auf dem grausigen Polizeifoto war zu sehen, dass Cheng sich den halben Kopf weggeschossen hatte. »David hinterließ seinem Vater einen Brief, in dem er dafür um Verzeihung bat, ihn enttäuscht zu haben, und er hinterließ seiner Mutter einen Brief, in dem er sich für die grauslichen Umstände entschuldigte.«

Der letzte Klick zeigte eine Schwarze mittleren Alters, die Julia Meyers hieß. »Julia war auf dem Weg zu einem Supermarkt, um dort Milch und Brot zu kaufen, als sie von einem Mann aufgehalten wurde, der sie ausraubte und ihr dann durch den Hals schoss. Sie ist nach einer halben Stunde auf dem Gehweg verblutet, weil sie nicht um Hilfe rufen konnte. Ihre drei Kinder verstehen immer noch nicht, warum sie jemand wegen zwanzig Dollar getötet hat. Dieses Verbrechen ist nur zehn Blocks vom Capitol entfernt geschehen – vor zwei Wochen.«

Breland ließ Julias Foto verschwinden und drehte sich dann wieder zu seinem Publikum hin. »Denken Sie noch einmal darüber nach – wie viel Sicherheit haben wir wirklich? Eine ehrliche Antwort wäre: nicht genug. Nicht einmal annähernd genug. Hätte die alte Antwort diese Menschen gerettet? Hätten noch mehr Waffen ihre Welt sicherer gemacht? Ich glaube nicht, obwohl einige vielleicht anderer Meinung sind.

Ich bin fest davon überzeugt, dass es Orte gibt, die nicht zu einer bewaffneten Festung ausgebaut werden sollten, um sicher zu sein, Orte, an denen Waffen einfach nichts zu suchen haben«, fuhr er fort. »Unsere Schulen, unsere Kirchen, unsere Straßen, unsere öffentlichen Verkehrsmittel, unsere Gerichte und Regierungsbehörden, unsere Häuser und Wohnungen und auch unsere gesetzgebenden Organe – sie alle sollten waffenfreie Zonen sein.«

Das brachte ihm den ersten spontanen Applaus des Abends ein, der sich – vielleicht, weil sich alle bis jetzt zurückgehalten hatten – zu Standing Ovations steigerte und länger als eine Minute andauerte.

»Ich muss Ihnen jetzt einen kleinen Betrug gestehen«, sagte Breland, als der Applaus sich wieder gelegt hatte. »Ich hatte keine Angst, als Major Imhoff auf mich gezielt hat – weil ich wusste, dass sein Gewehr nicht geladen war. Nicht, weil er es mir gesagt hätte, sondern weil dieses Gebäude inzwischen durch die Erfindung geschützt wird, die ich vorhin erwähnt habe – den LifeShield.

Wenn Major Imhoff – aus Versehen oder mit Absicht – versucht hätte, das Capitol mit einer geladenen Waffe zu betreten, hätte er eine böse Überraschung erlebt. Die Munition in seiner Waffe wäre in dem Moment zerstört worden, in dem sie mit dem Schutzschild des LifeShields in Kontakt gekommen wäre. Seine Waffe wäre dabei ebenfalls zerstört oder zumindest unbrauchbar gemacht worden, und er selbst hätte Glück gehabt, wenn er unverletzt davongekommen wäre.

Der LifeShield verschafft uns die Möglichkeit, eine Gefahr zu beseitigen, ohne selbst zu den Waffen zu greifen. Jener LifeShield, der jetzt das Capitol schützt, ist nur einer von fast fünfhundert, die bereits in Regierungs- und Militäreinrichtungen auf der ganzen Welt verwendet werden. Der LifeShield ist auch die geheime Technologie hinter Amerikas humanitärer Kampagne, deren Ziel es ist, die Welt von den Landminen und der nicht explodierten Munition aus den Kriegen des 20. Jahrhunderts zu befreien.

Aber das ist nur der Anfang von dem, was wir mit diesem Wunder der Technik tun können und tun werden. Doch ich möchte Ihnen zuerst etwas darüber sagen, was wir *nicht* tun werden. Wir werden den zweiten Verfassungszusatz nicht anrühren. Wir werden niemandem seine Waffen wegnehmen, wenn er diese ordnungsgemäß erworben hat. Es wird keine LifeShields in den Wäldern geben – Jäger werden nach wie vor auf die Jagd gehen können. Es wird keine LifeShields in den Schießklubs und auf Schießplätzen geben – Sportschützen werden nach wie vor nach Herzenslust üben können. Wir werden nicht in Ihr Haus kommen und die Waffe in Ihrem Nachttisch beschlagnahmen – auch wenn wir es vielleicht gern anders hätten, im privaten Bereich bleibt es nach wie vor Ihnen überlassen, wie Sie sich verteidigen.

Aber wir werden alles tun, um Ihren Kindern mehr Sicherheit zu geben. Wir werden alles tun, um die Straßen in Ihrem Wohnviertel sicherer zu machen. Wir werden damit anfangen, diesen Schandfleck der amerikanischen Gesellschaft auszuradieren. Vierzigtausend Tote! Wir können es besser machen. Wir *müssen* es besser machen.«

Diese Stelle forderte Applaus geradezu heraus, aber Breland wartete nicht darauf. Die roten Punkte auf der Landkarte hatten in dem Moment angefangen zu verblassen, in dem er zum ersten Mal den neuen Namen des Triggers ausgesprochen hatte. Jetzt verschwanden sie völlig und wurden durch ein großes, ungewöhnliches Symbol ersetzt, das im Zentrum der Landkarte erschien – eine stilisierte weiße Taube, die schützend die Flügel um den blauen Kreis der Vereinten Nationen legte.

»Morgen früh wird dieses Symbol bei den Einrichtungen, die bereits durch den LifeShield geschützt werden, an allen Eingängen zu sehen sein. Die Taube, die Sie hier sehen, ist keine Friedenstaube – wie der echte Vogel verteidigt sie ihr Territorium sehr energisch. Diese Taube ist sowohl eine Warnung an alle Aggressoren als auch Beschützer der Unschuldigen. Und sie wird ein vertrauter und – wie ich hoffe und glaube – willkommener Anblick werden.

Heute Morgen habe ich die Leiter des LifeShield-Projekts angewiesen, die vorhandenen Produktionskapazitäten zu erweitern, sodass sie bis Ende des Jahres insgesamt fünfzehntausend Einheiten liefern können. Ich werde sie einsetzen, um Waffen und Bomben von Orten fern zu halten, an denen sie nichts zu suchen haben. Wir werden sie in den Schulen unserer Städte installieren, damit Kinder und Lehrer vor Bandenkriminalität und randalierenden Jugendlichen geschützt sind. Es wird kein Massaker wie an der Henry Ford High School mehr geben. Wir werden sie in Postämtern, Gerichten und Regierungsgebäuden installieren, damit Sie Ihre Post öffnen und Ihren Geschäften nachgehen können, ohne Angst vor Terrorismus haben zu müssen. Es wird keine Tragödie wie in Oklahoma City oder Austin mehr geben. Wir werden sie in Flughäfen installieren – und später auch in den Flugzeugen selbst –, damit Sie ohne Angst fliegen können. Es wird keinen Flug 209 mehr geben. Wir werden ein Zehntel der Produktion – den Zehnten, wenn Sie so wollen – für Kirchen, Tempel und Synagogen reservieren, damit diese unter dem Schutz ihres Gottes *und* der Technik stehen. Es wird keine Wiederholung des Bombenanschlags auf die Beth El-Synagoge geben.

Übrigens – die Kosten für diese Einheiten sind durch das großzügige Geschenk eines anonymen Spenders bereits gedeckt. Es wird kein einziger Dollar aus Steuermitteln dafür aufgewendet werden.

Darüber hinaus habe ich entschieden, dass Mustereinheiten und die Spezifikationen für den LifeShield an befreundete Staaten in der ganzen Welt gehen werden – angefangen mit Großbritannien, Kanada, Israel, Deutschland und Japan.

Wir werden nach weiteren Möglichkeiten für den Einsatz des LifeShields hier bei uns suchen. Niemand hat das Recht, eine Bombe oder eine Schusswaffe auf öffentliches Gelände zu bringen, egal, ob es die Highways und Brücken des Straßennetzes sind oder unsere Parks, Denkmäler und Museen. Um diese Anstrengungen zu unterstützen, werden wir die Produktion ständig ausweiten, bis wir einen Punkt erreicht haben, an dem uns die Ideen ausgehen und ein Überschuss an Einheiten vorhanden ist. Gleichzeitig werden wir ein ehrgeiziges Forschungsprojekt einrichten, dessen Aufgabe es sein wird, Größe und Preis des LifeShields zu reduzieren, sodass es in der Zukunft neue Einsatzmöglichkeiten geben wird, die zurzeit noch nicht machbar sind.

Das sind einige der Dinge, die wir tun werden. Und nun zu dem, was Sie tun können. Sie können uns zunächst einmal dabei helfen, nach Möglichkeiten zu suchen, um noch mehr Leben zu retten. Wir haben eine gebührenfreie Telefonnummer und eine kostenlose Netsite eingerichtet, auf der Sie Vorschläge für den öffentlichen Einsatz des LifeShields machen können.« Während er sprach, wurden hinter ihm die Nummern und Adressen angezeigt. »Wir wollen wissen, was Sie über ihr Wohnviertel wissen, wir wollen, dass Sie sich für Ihre Familie und Ihre Gemeinde engagieren, wir wollen, dass Sie Ihren Mitbürgern helfen, um uns davon leiten zu lassen.

Und dann können Sie Ihren Gouverneur, Ihren Bürgermeister und Ihre lokalen Behörden bitten, an LifeAssist teilzunehmen. LifeAssist ist ein Programm, das Sublizenzen für die Produktion des LifeShields für Regierungen und Verwaltungseinrichtungen auf bundesstaatlicher und lokaler Ebene vorsieht, damit diese die notwendigen Schritte unternehmen können, um Ihnen an Ihrem Wohnort die gleiche Sicherheit zu geben, die wir auf Bundesebene anstreben.

Und schließlich werden einige von Ihnen in sechs Monaten selbst einen LifeShield von einem lizensierten Hersteller kaufen können, mit dem Sie dann Ihre eigene waffenfreie Zone schaffen. Der Verkauf der Einheiten wird zunächst beschränkt sein – auf die Eigentümer großer Wohngebäude, wie zum Beispiel Apartmenthäuser; auf Finanzinstitute, wie zum Beispiel Banken; auf öffentliche Unterkünfte, wie zum Beispiel Hotels; auf den Einzelhandel, wie zum Beispiel Einkaufszentren, und gewerbliche Immobilien, wie zum Beispiel Bürogebäude. Ich möchte, dass die Eigentümer dieser Gebäude in der Lage sind, eine waffenfreie Umgebung für ihre Mieter, Kunden und Angestellten zu schaffen – und dass sie diesen Umstand in ihrer Werbung und bei der Einstellung neuer Mitarbeiter betonen. Nichts wird mehr zur schnellen Verbreitung des LifeShields beitragen als altmodischer, wettbewerbsorientierter amerikanischer Kapitalismus.

Aber wir werden diese Einschränkungen so schnell wie möglich aufheben und den Preis für einen LifeShield so oft wie möglich senken. Ich freue mich auf den Tag, an dem das Symbol des LifeShields ein so alltäglicher Anblick ist wie der Aufkleber eines Automobilklubs oder das Logo einer Kreditkartengesellschaft, wenn eine waffenfreie Umgebung nicht länger eine umsatzsteigernde Kuriosität ist, sondern eine Selbstverständlichkeit, wie eine Klimaanlage oder behindertengerechte Eingänge.

Ich möchte eines noch einmal ausdrücklich betonen – morgen ist nicht der erste Tag der Utopischen Staaten von Amerika. Der LifeShield macht uns nicht zu einem Volk mit mehr Moral, und er ist auch nicht in der Lage, die Konflikte zu lösen, die nur allzu oft in Gewalt enden. Er ist kein Zauberstab, der über Nacht Mord oder Selbstmord oder Dummheit oder Habgier verschwinden lässt. Er ist keine Garantie – er ist nur ein Werkzeug, mit dem wir eine bessere Gesellschaft aufbauen können. Wir werden hart daran arbeiten müssen. Wir werden einige Kompromisse akzeptieren und einige Korrekturen vornehmen müssen, um diese Gesellschaft zu verwirklichen.

Aber es sind, glaube ich, weniger Kompromisse als die, die wir jetzt schon machen – denken Sie nur an all die Orte, an denen Sie sich an Metalldetektoren, Taschendurchsuchungen und bewaffnete Sicherheitsbeamte gewöhnt haben, denken Sie daran, wie oft Sie schon Angst gehabt haben. Diese Umstellung ist nichts im Vergleich zu dem, was jedes Jahr vierzigtausend Familien durchmachen, die einen Vater, eine Mutter, ein Kind, einen Bruder, eine Schwester, einen Ehepartner verlieren.

Benjamin Franklin hat uns gewarnt: ›Wer die Freiheit aufgibt, um Sicherheit zu gewinnen, der wird am Ende beides verlieren.‹ Franklins Geist kann in Frieden ruhen, denn der LifeShield setzt die alte Gleichung, bei der Freiheit gegen Sicherheit eingetauscht wird, außer Kraft. Wir können und wir werden mehr von beidem haben. Das ist das Versprechen des LifeShields, und das ist auch mein Versprechen an Sie. Ich danke Ihnen.«

Die Beifallsstürme, die daraufhin ausbrachen, waren einmalig in der Geschichte des Kongresses – zumindest konnte sich keiner der älteren Abgeordneten daran erinnern, je so etwas erlebt zu haben. Alle Anwesenden hatten sich von ihren Sitzen erhoben und klatschten mehr als zehn

Minuten lang und sogar noch, als Breland das Podium verließ – woraufhin er sofort von den Spitzen des Senats und Repräsentantenhauses und anderen führenden Politikern umringt wurde, die ihm unbedingt die Hand schütteln wollten. Das steife Protokoll der Kammer war im Trubel der Begeisterung untergegangen.

Dann tauchte wie aus dem Nichts Senator Grover Wilman auf und bahnte dem Präsidenten einen Weg durch die Menge. Mit Wilmans Hilfe gelang es Breland, sich langsam durch den Mittelgang bis zu den Flügeltüren und der tatkräftigen Unterstützung seiner Leibwächter vom Secret Service vorzuarbeiten. In der Kammer, in der sich die Abgeordneten in den Gängen zwischen den Sitzen drängten, gab der Vizepräsident schließlich jeden Versuch auf, wieder Ordnung zu schaffen, und erklärte die Sitzung mit einem kurzen Hammerschlag für beendet.

In Brelands Limousine warteten Aimee Rochet und Aron Goldstein auf ihn. Goldstein war sprachlos, aber er griff mit beiden Händen nach der Hand des Präsidenten und dankte ihm mit Tränen in den Augen.

»Das war ... das war einfach unglaublich, Sir«, sagte Rochet und nahm ihren Augenbildschirm ab. »Den Anteil, der garantiert war, haben wir gekauft, aber die Quoten ... die Zahlen gingen immer weiter nach oben, als ob die Leute ihre Freunde angerufen und gesagt hätten: ›Siehst du das gerade?‹ Ich habe mich geirrt, Mr. President. Ich habe mich geirrt – und Sie hatten Recht.«

Breland ließ sich mit einem erschöpften Lächeln in die Polster fallen. »Ich fürchte, es ist noch viel zu früh, um das mit Sicherheit sagen zu können, Mrs. Rochet. Aber trotzdem – vielen Dank.«

»Ich meine es ernst.« Sie beugte sich zum Kommunikationszentrum des Fahrzeugs. »Möchten Sie sich einen bestimmten Kanal ansehen, Sir? Für Reaktion und Analyse?«

»Lassen Sie es bitte aus. Wenn sie nur über den kleinen Stunt mit dem Major reden, den ich da drin abgezogen habe, möchte ich das lieber erst morgen früh erfahren.«

»Morgen früh wird die Berichterstattung sicher weniger oberflächlich sein«, stimmte sie ihm zu. »Bis zehn Uhr werde ich ein gutes Gefühl dafür haben, wie es gelaufen ist und wie die Trends aussehen. Haben Sie dann Zeit für eine Besprechung?«

»Stellen Sie alles zusammen. Ich werde da sein«, sagte der Präsident. Dann schloss er die Augen.

Die meisten von Aimee Rochets Mitarbeitern kamen in dieser Nacht nicht zum Schlafen. Wenn sie nicht mit der Überwachung und Analyse des öffentlichen Dialogs beschäftigt waren, bemühten sie sich nach Kräften, ihn zu formen.

Unmittelbar nach der Rede hatten die Pressesprecher des Weißen Hauses am meisten zu tun, da sie Interviews in den Nachrichtensendern führten und an Diskussionen in den virtuellen Rathäusern teilnahmen.

Im Laufe der Nacht, als die erste Manöverkritik vorbei war, verlagerte sich alles auf die Mitarbeiter, die schon Stunden vor der Rede die schwarzen Bretter und öffentlichen Chat-Rooms des Undernets bearbeitet hatten. Durch Sprites, Aliasnamen und die besten Verschleierungstaktiken und Spiegel der NSA geschützt, konnten sie ihre wahre Identität verheimlichen und die Themen, die Rochet im Undernet sehen wollte, filtern und in den Vordergrund stellen.

Zu diesem Zweck behielt Rochet Überschriften, Aufhänger und Schlagwörter im Auge, die häufig auftauchten, und nahm diese in eine immer länger werdende Liste auf. ›Unsere Kinder gehören nicht auf Schlachtfelder‹ und verschiedene Varianten davon standen ganz oben auf der Liste, während am Anfang der technisch ungenaue Kommentar ›Das ist keine Waffenkontrolle, sondern Kugelkontrolle‹ und der Schocker ›Tote brauchen keine Rechte und haben keine Freiheit‹ die aussichtsreichsten Kandidaten waren.

Die Analysten kamen in den frühen Morgenstunden zum Zug. Sie beobachteten, klassifizierten und achteten darauf, ob sich bestimmte Punkte herauskristallisierten, wenn sich Diskussionen zu Streitereien entwickelten und

Meinungen in zwei Extreme aufspalteten. In diesen Stunden wurde die Ungewissheit zur Gewissheit – fast so, als wäre sie Teil einer Quantenwellenfunktion –, und die Positionen von Minderheit und Mehrheit konnten definiert werden.

Wie versprochen lieferte Rochet um zehn Uhr am nächsten Morgen den ausführlichen Bericht ab, den sie für Breland und die anderen Teilnehmer der Besprechung – Nolby, Steppak, Generalstaatsanwältin Doran Douglas, FBI-Direktor Edgar Mills und der Berater für Fragen der nationalen Sicherheit, Anson Tripp – erstellt hatte. »Wir haben es heute Morgen mit einer außerordentlich dynamischen Situation zu tun«, sagte sie. »Starke Reaktionen, hohe Investitionen, Rekordabweichungen. Siebzig Millionen Besucher auf der Netsite für die Vorschläge – und einer von zehn hat eine Nachricht hinterlassen.«

»Es wird noch sehr lange dauern, bis wir sieben Millionen Trigger haben«, sagte Nolby.

»Die meisten Nachrichten waren keine Vorschläge – die Menschen wollten ihre Zustimmung ausdrücken. Ich werde jedem von Ihnen eine Zusammenfassung und Auszüge zuschicken, damit Sie sehen, wie die positiven Reaktionen aussehen. Für Frauen allgemein, Familien mit Kindern und Männer über vierzig sehen die Zahlen sehr gut aus.«

»Und die negativen Reaktionen?«, wollte Breland wissen.

»Es hat sich schon sehr früh herauskristallisiert, dass es einen hohen Unsicherheitsfaktor im Bereich der Geopolitik gibt. Sie haben nicht sehr viel über militärische Angelegenheiten, Beziehungen im Ausland und so weiter gesagt – Sie haben Ihnen eine volle Breitseite mit innenpolitischen Themen verpasst. Aber unter den Zuschauern waren natürlich auch Angehörige der Streitkräfte, Veteranen und Menschen aus deren Umfeld – Menschen, die genug über militärische Angelegenheiten wissen, um gezielt Fragen stellen zu können.«

»Das waren wahrscheinlich genau die Fragen, die wir uns seit einem Jahr stellen«, kommentierte Tripp.

»Da ich bei Ihren Besprechungen nicht dabei gewesen bin, werde ich die Analyse dieses Bereichs anderen überlassen«, sagte Rochet. »Aber wir sollten uns möglichst schnell mit diesen Fragen befassen ...«

»Wie schnell?«, wollte Breland wissen.

»Wenn möglich, bis heute Abend. Und ich würde Ihnen empfehlen, jemanden mit guten Verbindungen zum uniformierten Ufer des Potomac für diese Aufgabe auszuwählen – wir wollen doch, dass seine Glaubwürdigkeit für uns arbeitet. Ich würde General Steppak vorschlagen, aber auch jemand von den Stabschefs würde diese Kriterien erfüllen.«

»Ihr Einverständnis vorausgesetzt, Sir, würde ich mich gerne mit General Madison zusammensetzen und etwas ausarbeiten«, sagte Steppak und sah Breland an.

»In Ordnung.«

Rochet nickte zustimmend. »Ich habe noch einige Daten für Sie, die Sie sich ansehen sollten, General – vielleicht, wenn wir hier fertig sind. Und jetzt kommen wir zu den Bereichen, in denen Maßnahmen erforderlich sind – drei konkrete Trends, eine Schwachstelle.

Am ersten Trend sind Sie selbst schuld. Sie haben die Erwartungen der Öffentlichkeit kräftig in die Höhe geschraubt, Mr. President. Außerdem haben Sie sie gezwungen, sich mit etwas zu beschäftigen, das sie eigentlich lieber ignorieren wollen, und ihnen gesagt, dass ihre Welt schlimmer und gefährlicher ist, als sie es sich die ganze Zeit über vorgemacht haben. Von jetzt an werden wir hart arbeiten müssen, um diesen Erwartungen gerecht zu werden.

Alles, was ab jetzt geschieht, wird an den Idealen gemessen werden, mit denen Sie sich identifiziert haben, und nicht mehr an den Fakten, die der Vergangenheit angehören. Darüber hinaus besteht durchaus die Gefahr, dass sich ein Gorbatschow-Szenario entwickelt – anstatt Anerkennung für die gemachten Fortschritte zu bekommen, erntet man nur Vorwürfe, wenn es der Öffentlichkeit nicht schnell genug geht. Es gibt einiges, was wir in diesem Bereich tun können, aber wir werden ein ganzes Team brauchen, um zu verhindern, dass man Ihnen jede gewöhnliche Schießerei mit dem Vorwurf, Sie hätten versagt, um die Ohren schlägt.«

»Standpauke angekommen«, sagte Breland. »Machen Sie weiter.«

»Ja, Sir. Der zweite Trend war abzusehen – die Verfechter des zweiten Verfassungszusatzes kaufen Ihnen Ihre Beteuerungen nicht ab. Sie glauben, dass Sie es auf ihre Waffen abgesehen haben. Die Extremisten unter ihnen glauben, dass Sie sich mit Haut und Haaren an die internationalistische Linke verkauft haben und dies nur die erste Runde in dem Kampf ist, den sie seit fünfzig Jahren erwarten – die Bundesregierung versucht, das amerikanische Volk zu entwaffnen, bevor es seine Souveränität dem Generalsekretär der Vereinten Nationen zu Füßen legt. Es wird viel darüber geredet, bewaffneten Widerstand zu organisieren, aber bis jetzt scheint das nur heiße Luft gewesen zu sein.«

»Gibt es Hinweise auf konkrete Aktionen?«

»Ich würde die Zwischenfälle, auf die wir ein Auge haben, als individuelle Protestaktionen bezeichnen«, erwiderte der Direktor des FBI. »Keine Toten, keine Verletzten.«

»Wie viele solcher Zwischenfälle hat es gegeben?«

»Dreiundsechzig – zwei Drittel davon westlich des Mississippi.«

»Es würde mich nicht überraschen, wenn entweder gemäßigte Elemente oder die Waffenhersteller heute noch eine einstweilige Verfügung gegen den Trigger – ich meine, den LifeShield – beantragen würden«, sagte Generalstaatsanwältin Douglas. »Aber wir sind schon dabei, die entsprechenden Erwiderungen auf die erwarteten Gründe zu verfassen. Ich glaube nicht, dass es jemandem gelingen wird, das Programm mehr als eine Woche lang aufzuhalten, wenn überhaupt.«

»Ich mache mir am meisten Sorgen darüber, ob wir es schaffen werden, diese Verschwörungstheorien einzudämmen, die überall herumgeistern«, sagte Rochet. »Wir müssen sehr vorsichtig sein, um falsche Schritte zu vermeiden, die solchen Anschuldigungen mehr Gewicht geben könnten.«

»Viel Glück«, meldete sich Mills zu Wort. »Diese Leute werden glauben, was sie glauben wollen, egal, ob sie etwas haben, das sie für einen Beweis halten oder nicht. Außerdem – sie könnten ja Recht haben. Wir *könnten* es ja wirklich auf ihre Waffen abgesehen haben, wenn die schweren Waffen, die seit zehn Jahren aus den Waffenlager der Militärs verschwinden, bei ihnen gelandet sind. Ich kann mir nämlich nicht vorstellen, weshalb jemand, der in Iowa oder Idaho lebt, eine Panzerabwehrrakete oder eine SAW brauchen sollte.«

Breland hatte genug zu dem Thema gehört. »Der dritte Trend?«, fragte er Rochet.

»Krimineller Opportunismus. Die Kriminalitätsrate und besonders die Mordquoten könnten sich kurzfristig verschlechtern, anstatt besser zu werden, wenn der LifeShield zu einer glaubwürdigen Gefahr für Ambitionen dieser Art geworden ist.«

»Die Leute reden ganz offen über so etwas?«, wunderte sich Breland. »Dass sie losziehen und jemanden töten werden, solange sie noch können?«

»Es reicht, um die Alarmglocken schrillen zu lassen«, erwiderte sie. »›Warte bloß nicht – bring die Schlampe heute noch um die Ecke.‹ Das habe ich selbst gesehen, in einem frauenfeindlichen Chat-Room.«

»Meinungsfreiheit ist für einige Leute genau das Falsche«, meinte Steppak mit angeekeltem Gesichtsausdruck.

Der FBI-Direktor beugte sich vor und legte die verschränkten Arme auf die Tischkante. »Bleiben wir mal beim Thema. Wenn ich irgendetwas vorhätte – eine Bank ausrauben, eine alte Rechnung begleichen, was auch immer –, könnte es sein, dass ich jetzt zum Handeln gezwungen werde, wenn ich denke, dass ich später keine Gelegenheit mehr dazu habe. Das leuchtet ein.«

»Jetzt oder nie.« Tripp nickte zustimmend. »Auf internationaler Ebene könnte das gleiche Problem auf uns zukommen.«

»Aber wie sollen wir darauf reagieren?«, fragte Nolby. »Hier geht es nicht nur darum, dass einige Leute anderer Meinung sind – wir haben es mit einer echten Gefahr zu tun.«

»Maximale Wachsamkeit, sofortiger Zugriff, hartes Durchgreifen«, sagte Mills. »Wir zeigen es den bösen Jungs so frühzeitig, so oft und so öffentlich wie möglich, bis es sich herumgesprochen hat, dass es keine gute Idee ist, wenn man das System ausgerechnet jetzt herausfordern will.«

»Was möglicherweise genau das ist, was die Anhänger der Verschwörungstheorien brauchen, um ihren Quatsch an Mr. und Mrs. Amerika zu verkaufen«, wandte Rochet ein. »Ich will hier niemanden belehren, wie er seinen Job zu machen hat, aber ich kann Ihnen jetzt schon sagen, dass uns Nachrichtenberichte, in denen Polizisten im schwarzen Kampfanzug Türen eintreten, bei der Öffentlichkeit nicht viel weiterbringen werden.«

»Darauf werden wir noch zurückkommen«, erwiderte Breland. »Sie sagten vorhin noch etwas von einer Schwachstelle?«

»Ja, Mr. President – und zwar eine große, genau in der Mitte. Es bleiben noch eine Menge Zweifel. Sie haben andauernd über den Drachen gesprochen, aber am Ende haben Sie den Zuschauern keinen Drachen gezeigt, nicht einmal eine ordentliche Feuerwalze hinter einem Felsen. Sie müssen nicht verstehen, *wie* der LifeShield funktioniert, aber sie müssen wissen, *dass* er funktioniert.«

»Womit wir bei der Frage des Tages wären«, sagte Breland. »Wenn wir alle Faktoren gegeneinander abwägen – soll die Demonstration in Chicago dann immer noch stattfinden?«

»Für die Polizei von Chicago ist es keine Demonstration«, widersprach die Generalstaatsanwältin. »Die Heckenschützen in Cabrini Green haben bis jetzt sechs Menschen getötet, darunter einen Rettungssanitäter und einen

Polizeibeamten. Sie haben sich der Medien bedient, um die staatliche Autorität herauszufordern. Wenn wir nicht eingreifen, wird es ein Blutbad geben, das live im Fernsehen übertragen wird.«

»Ich verstehe das als eine nicht unverbindliche Empfehlung Ihrerseits, mit der Demonstration zu beginnen«, sagte Breland. »Was meinen die Übrigen?«

Die Abstimmung ergab fünf dafür, eine – Rochet – dagegen.

»Ich freue mich, dass Sie mich so zahlreich unterstützen«, sagte Breland. »Mills, könnten Sie eine Sondereinsatztruppe des FBI bereitstellen?«

»Das Team kann in einer Stunde hier sein«, antwortete Mills. Dann warf er Rochet einen leicht spöttischen Blick zu. »Allerdings sind die Frühlingsuniformen noch nicht eingetroffen, daher werden wir wie üblich in Schwarz gehen müssen.«

Bin ich die Einzige hier, die nicht darauf hinarbeitet, Breland ein Amtsenthebungsverfahren an den Hals zu hängen?, wunderte sich Rochet. »Mr. President, wenn wir das in aller Öffentlichkeit durchziehen wollen, sollten wir zumindest versuchen, eine positive, geheimnisvolle Aura um den LifeShield und seine Teams aufzubauen. Selbst wenn das eine Verzögerung von ein oder zwei Tagen bedeuten sollte …«

»Darum haben wir uns schon gekümmert, Mrs. Rochet«. Breland lächelte. »Ich glaube, Sie werden stolz auf uns sein, wenn Sie es sehen.«

20.

Publicity

Winona, Mississippi – Eine kleine Gruppe bewaffneter Männer, die für das Recht auf Waffen demonstrierte, blockierte am Mittwoch auf der Interstate 55 in der

Nähe der Ausfahrt 185 zwei Stunden lang die in Richtung Norden führenden Fahrbahnen, was zu einem sechzig Kilometer langen Stau führte. Die Demonstranten riefen immer wieder »Amerika, wach auf!« und feuerten mit Gewehren, Schrotflinten und Pistolen in die Luft. »Der LifeShield ist erst der Anfang«, sagte Bürgermeister Tom Mullins aus Winona, der die Demonstration anführte. »Das FBI wird erst aufhören, wenn es alle Waffen konfisziert und jeden Haushalt entwaffnet hat.« Die Staatspolizei reagierte zwar auf die Beschwerden der Autofahrer, nahm aber keine Demonstranten fest.

Vollständige Meldung
Kommentar: Waffen und der Süden
Polizei rechtfertigt sich für ›zurückhaltendes‹ Eingreifen

Tower 11 war das letzte Gespenst von Cabrini Green – ein Betonmonolith mit 13 Stockwerken, der aus einem baumlosen Streifen der urbanen Wüste aufragte, und ein Denkmal für öffentliche Wohlfahrt an der falschen Stelle. Er und seine inzwischen wieder abgerissenen Nachbarn waren als Sozialwohnungen gebaut worden, hatten sich aber schon nach kurzer Zeit in schändliche vertikale Gettos verwandelt. Sie waren eine Fallstudie für das Scheitern des gemeinen Volkes und ein Symbol für alles, was mit den Städten Amerikas nicht stimmte.

Trotz des Elends, das sie über ihre Bewohner brachten, und der Schmach, die sie für ihre Schöpfer bedeuteten, hatten sich die Hochhäuser von Cabrini Green erstaunlich lange an der Skyline des südlichen Chicago gehalten. Und selbst als Cabrini Green geschlossen und ein hoher Zaun um das Gelände gebaut wurde, ließ man die nackten, fensterlosen Gebäude noch fast zehn Jahre stehen, während ein Sanierungskonzept nach dem anderen durchfiel.

Erst als die Stadt schließlich beschloss, die Fläche in kleinere Grundstücke aufzuteilen, und die Bundesregierung sich bereit erklärte, einen Teil der Abbruchkosten zu tragen, wurde mit dem Abriss der Hochhäuser begonnen. Tower 11 sollte in einer Woche gesprengt werden, als er von einer Gruppe besetzt wurde, die sich ›African Heritage Army‹ nannte. Die ›Armee‹ behauptete, ›moralischer Besitzer‹ des Hochhauses zu sein, und sprach von Plänen, aus Tower 11 ein Museum für Bandenkriminalität und ›die Nigger-Reservate des 20. Jahrhunderts‹ zu machen.

Das Minimum an Verständnis, das die Behörden von Chicago für die Forderungen der Hausbesetzer hatten, war an einem Nachmittag vorbei. Da er verärgert darüber war, dass ihm von Presse und ernst zu nehmenden Meinungsumfragen nur wenig Interesse entgegengebracht wurde, ging 23 Jordan Nkruma in das oberste Stockwerk des Hochhauses und fing an, auf Autos zu schießen, die auf dem nahe gelegenen Dan Ryan Expressway fuhren.

Nkruma war ein wütender Amateur mit einem billigen Sturmgewehr aus chinesischer Produktion und hatte wenig Kontrolle darüber, was er aus dieser Entfernung traf. Er schoss einfach weiter und leerte ein halbes Dutzend Magazine, bis der Freeway wie ausgestorben dalag und er der Aufhänger des Tages in den Nachrichten von CNN und sämtlichen Lokalsendern war. Nkruma erfuhr erst aus dem Fernsehen, dass durch seine Kugeln und die Verkehrsunfälle bei hoher Geschwindigkeit fünf Menschen getötet und neun verletzt worden waren.

Und ab diesem Zeitpunkt war Captain Michael Kaminski für Nkruma zuständig.

Kaminski war seit 17 Jahren bei der Polizei – zuerst in Gary, Indiana, dann in Chicago – und seit fünf Jahren bei einer schwer bewaffneten Sondereinsatztruppe mit Spezialausbildung. In den letzten zwei Jahren hatte er als Leiter des Teams solche bekannten Fälle wie die Bombenanschläge auf Fleischgroßhändler (für die eine militante Tierschutzgruppe verantwortlich war) und die Geiselnahme im Field Museum (die mit nur einem Toten unter den religiös motivierten Geiselnehmern beendet werden konnte) bearbeitet.

Kaminski hatte Nkruma bei ihrem ersten Kontakt darüber informiert, dass die meisten seiner Opfer Schwarze gewesen waren – unter anderem ein achtjähriges Kind und eine Frau, die gerade mit ihrem dritten Kind schwanger war.

Nkruma reagierte völlig ungerührt darauf. »Sie sind Märtyrer in unserem Kreuzzug für die Wahrheit. Für ihren Tod sind unsere Unterdrücker verantwortlich«, sagte er. »Wir werden ihre Namen an diese Mauern schreiben.« Als Kaminski wissen wollte, was Nkruma durch den Mord an schwarzen Kindern zu erreichen versuchte, erwiderte der Hausbesetzer: »Der Sklave ist für den König unsichtbar, bis der Sklave dem König die Nase blutig schlägt.« Diesen Satz wiederholte er auch in der nächsten (und letzten) Konferenzschaltung für ein Interview mit den Medien.

Als Kaminski ihn aufforderte, sich zu ergeben und weiteres Blutvergießen zu verhindern, hatte ihm Nkruma eine schroffe Abfuhr erteilt. Er schwor, dass er und seine Armee – von der er behauptete, sie sei einhundert Mann stark – sich erst dann von der Stelle rühren würden, wenn die Bundesregierung versprach, ›den schwarzen Kriegsgefangenen, die im Konzentrationslager Cabrini gestorben sind, Gerechtigkeit zu verschaffen‹.

Und seitdem waren Nkrumas African Heritage Army und Kaminskis Sondereinsatztruppe in einer Sackgasse, aus der sie nicht herauskamen. Nkrumas Gang – die Kaminski auf nicht mehr als zwanzig Mitglieder schätzte – war im Vorteil und hatte tausend offene Fenster, aus denen sie feuern konnte. Außerdem waren die Mitglieder der Gang mit Industriedynamit bewaffnet, aus dem sie improvisierte Granaten gebastelt hatten. Mit den Granaten hatten sie den gepanzerten Mannschaftstransportwagen der Sondereinsatztruppe zurückgedrängt, als diese zum ersten und letzten Mal versucht hatte, in das Hochhaus zu gelangen.

Aber die Polizei hatte die Gang vollständig von der Außenwelt abgeriegelt, was bedeutete, dass die AHA keinen Nachschub an Nahrungsmitteln, Wasser und Munition bekam und auch nicht mit Verstärkung rechnen konnte. Außerdem kontrollierte sie den Funk oder zumindest alles, was aus dem Hochhaus herauskam – Nkruma war vollkommen isoliert. Aber trotzdem war das Problem nicht gelöst. Und das große Interesse der Presse setzte Kaminski zunehmend unter Druck, die Situation möglichst schnell zu lösen.

Kaminski hatte dem Druck bis jetzt widerstanden, weil er hoffte, dass Hunger und ein plötzlicher Kälteeinbruch Nkruma zum Aufgeben bewegen würden, und weil er wusste, dass er das Hochhaus nicht angreifen konnte, ohne ein Waco zu riskieren. Aber als Nkruma wieder wahllos in der Gegend herumballerte (Kaminski hielt es für Nkrumas Art zu nörgeln) und zwei weitere Tote zu beklagen waren, zwang dies Kaminski und seine Leute dazu, ihre Strategie zu überdenken und einen Plan für einen zweiten Angriff auszuarbeiten.

Doch dann rief der Leiter des FBI-Büros in Chicago an und machte einen ziemlich verrückten Vorschlag, und ein paar Stunden später gab der Präsident etwas ganz Außergewöhnliches bekannt, was Kaminski in die Lage versetzte, seinen Angriffsplan zu ändern. Jetzt war er auf dem Weg zur Umzäunung, um die Ankunft der Kavallerie abzuwarten.

Am Tor drängten sich mehr als zwei Dutzend Nachrichtenjournalisten – das FBI hatte für seine Hilfe verschiedene Zugeständnisse von Kaminski haben wollen, unter anderem, dass die Presse vor der Aktion informiert wurde und drei Kamerateams von überregionalen Sendern auf das Gelände durften. Die Journalisten reagierten auf seine Ankunft wie Metallspäne, die auf einen Magneten zuflogen, und Kaminski gab ihnen genau die Schlagzeile, auf die sie gehofft hatten.

»Ich hoffe, Mr. 23 Jordan Nkruma hat sich gestern Abend die Nachrichten angesehen, denn dann brauchen wir ihm nicht viel zu erklären und können alle hier noch so rechtzeitig nach Hause schicken, dass Sie ihren Kindern heute Abend einen Gutenachtkuss geben können«, sagte Kaminski. »In Kürze werden wir Nkruma seine Waffen wegnehmen, und dann wird er hinter Gittern landen, wo er sich für die Morde, die er begangen hat, verantworten wird.«

»Was ist mit den Rechten der Hausbesetzer?«, rief einer der Journalisten aus dem Hintergrund. »Gehen Sie davon aus, dass Nkruma und seinen Leuten im Gefängnis Gerechtigkeit widerfahren wird?«

»Der politische Aspekt interessiert mich nicht. Meiner Meinung nach haben Kindesmörder keinen besonderen Anspruch auf ihre Rechte«, rief Kaminski zurück. »Und ja, ich gehe davon aus, dass ihnen Gerechtigkeit widerfährt – erheblich mehr Gerechtigkeit, als sie Donnie Stavens oder Vernon Thagard oder Jonita Walkey zugestanden haben.«

In diesem Moment kündigten Sirenen die Ankunft des LifeShield-Einsatzteams an. Die Fahrzeuge gaben nicht das durchdringende, Unheil verkündende Heulen der amerikanischen Polizei- und Rettungswagen von sich, sondern den neutraleren Zwei-Ton-Triller, den Kaminski aus alten englischen Krimis kannte. Trotzdem zog das Geräusch die Aufmerksamkeit aller Anwesenden (und aller Kameras) auf sich, sodass Kaminski nicht mehr im Mittelpunkt stand.

Wenige Augenblicke später hielten zwei weiße Fahrzeuge – ein geländegängiges Aufklärungsfahrzeug und ein Lieferwagen mit Allradantrieb – vor dem Tor. Das Aufklärungsfahrzeug hatte vier wetterfeste Lautsprecher auf dem Dach, der Lieferwagen vier schwarze Antennen, die etwa einen halben Meter hoch waren. Beide Fahrzeuge waren lediglich durch große, blaue LifeShield-Embleme auf Motorhaube, Dach und Türen gekennzeichnet.

Die Kleidung des fünfköpfigen Teams, das jetzt aus den Fahrzeugen ausstieg, wies das gleiche Farbschema auf – weiße Overalls mit LiefeShield-Emblemen über der linken Brust und auf der rechten Schulter. Bei einem der fünf waren die Embleme von einem goldenen Kreis umgeben. Er bahnte sich einen Weg durch die Journalisten und stellte sich Kaminski vor.

»John Grodin, Teamleiter«, sagte er. »Hat sich die Situation seit heute Nachmittag verändert?«

»Nein, die Situation ist unverändert.«

»Haben Sie eine Sicherheitszone eingerichtet?«

»Bei zweihundert Metern. Wir können uns sofort zurückziehen, wenn Sie das Signal dazu geben.«

»Dann tun Sie es«, sagte Grodin. »Fahren Sie mit uns?«

»Wenn das möglich ist – gerne.«

»Im ersten Wagen ist noch ein Platz frei.«

Kaminski aktivierte sein Kragenmikro. »Einsatzleiter an alle Einheiten – blaue Zone räumen. Ich wiederhole, blaue Zone räumen und Positionen für Einschalten des Backofens einnehmen.«

Während sich die anderen zurückzogen, rollte die kleine Karawane über das Gelände, bis sie am Rand einer Fläche zum Stehen kam, die früher einmal der Spielplatz des Hochhauses gewesen war.

»Wollen Sie?«, fragte Grodin und gab Kaminski ein KomSet.

»Nein danke. Ich habe schon mehr Publicity gehabt, als mir lieb ist.«

Grodin nahm das KomSet wieder an sich. »Sie antworten nicht«, sagte er nach einer Weile. »Keine Angst, wir werden ihre Aufmerksamkeit schon noch kriegen.« Er gab auf der Fernbedienung für das KomSet einen Code ein. »Achtung, ich rufe die Hausbesetzer von Cabrini Green Tower 11«, sagte er. Seine Worte wurden von den Lautsprechern auf dem Dach des Wagens übertragen und dröhnten durch die Nacht. »Hier spricht John Grodin vom LifeShield-Einsatzteam 31. Hören Sie mir jetzt bitte genau zu – das ist die erste und letzte Warnung. Zurzeit sind Ihre Waffen für Sie selbst sehr viel gefährlicher als für uns. Ich kann Ihren Sprengstoff und Ihre Munition in einer Sekunde zerstören. Dazu brauche ich nur auf einen Knopf zu drücken. Das ist Tatsache Nummer eins. Wenn Sie auf meine Fahrzeuge schießen, *werde* ich auf diesen Knopf drücken. Das ist Tatsache Nummer zwei. Wenn Sie zu nah bei Ihren Waffen stehen, wenn ich das tue, werden Sie dabei verletzt werden. Das ist Tatsache Nummer drei.

Ich erwarte nicht, dass Sie mir das glauben, daher gebe

ich Ihnen gern eine kleine Demonstration. Sie haben zwei Minuten Zeit, um irgendetwas aus Ihrem Waffenarsenal – eine geladene Waffe, Sprengstoff, was auch immer – am Ende des Korridors auf einem beliebigen Stockwerk im Südflügel des Gebäudes abzulegen. Sie wählen das Stockwerk aus, Sie wählen die Waffe aus, und dann werden Sie sich zurückziehen. Wenn die zwei Minuten um sind, werde ich den LifeShield aktivieren und die Waffe von hier aus zerstören.

Danach werde ich drei Minuten warten und dann schrittweise die Leistung erhöhen. Sie können diese drei Minuten nutzen, um Ihre Waffen niederzulegen und herauszukommen, oder Sie können bleiben, wo Sie sind. Egal, für welche Möglichkeit Sie sich entscheiden, in fünf Minuten von jetzt an wird jeder Sprengstoff und jede Munition in diesem Gebäude hochgehen.

Noch eine Minute bis zur Demonstration.

Es gibt nichts, was Sie dagegen tun können. Sie müssen sich entscheiden – Sie können Ihre Waffen niederlegen und leben, oder Sie können Ihre Waffen behalten und sterben. Wenn Sie auf mein Team feuern, haben Sie keine Chance mehr. Die Mauern werden Sie nicht schützen. Sie können sich oder Ihre Waffen nicht verstecken. Sie können nicht davonlaufen. Der LifeShield wird überall sein, im Innern des Gebäudes und draußen.

Dreißig Sekunden.

Wenn Sie unbewaffnet herauskommen, wird Ihnen nichts passieren. Wenn Sie Ihre Waffen nicht aufgeben, werden Sie im Krankenhaus oder im Leichenschauhaus landen. Es ist Ihre Entscheidung.

Zehn Sekunden.« Er zählte bis null, dann schaltete er den Kanal um. »Tech eins, hier spricht der Teamleiter. Haben Sie das Erdgeschoss im Südflügel im Zielbereich?«

»Zielbereich ist eins-sieben-zwei.«

»Ändern Sie auf eins-neun-null und halten Sie sich bereit zum Aktivieren.«

»Eins-neun-null, verstanden.«

»Aktivieren.«

An einem Fenster im dritten Stock war ein greller Blitz zu sehen, und einen Augenblick später folgte ein dröhnendes Donnern, das das Fahrzeug vibrieren ließ. Ein Schauer aus Betonteilen regnete auf den kargen Boden herab. Als die leichte Brise die Staubwolke weggeblasen hatte, sahen sie im Licht der Scheinwerfer ein riesiges Loch, das in der Außenwand des Hochhauses klaffte.

»Achtung, Hausbesetzer von Cabrini Tower 11«, sagte Grodin. »Sie wissen jetzt, dass ich die Wahrheit gesagt habe. Ihre Waffen nützen Ihnen nichts mehr. Ihre Waffen sind jetzt eine große Gefahr für Sie. Sie haben drei Minuten Zeit, um sie wegzuwerfen und sich zu ergeben. Verlassen Sie das Gebäude durch den Westeingang und gehen Sie direkt auf die LifeShield-Fahrzeuge zu. Versuchen Sie nicht, eine Waffe aus dem Gebäude herauszubringen ...«

»Da«, sagte Kaminski. Er deutete auf den Westflügel, in dessen verwüsteter Eingangshalle eine Gestalt zu sehen war, die gleich darauf wieder verschwand. Kurz darauf kamen zwei Frauen heraus, die sich einen Weg durch die zerhackten Sperrholzplatten suchten, mit denen der Eingang vernagelt gewesen war. Sie hoben schützend die Hand vor die Augen, um sich vor dem grellen Licht der auf sie gerichteten Scheinwerfer zu schützen, und gingen unsicher in Grodins Richtung.

»So ist es gut – gehen Sie einfach weiter«, sagte er. »Zwei Minuten.«

Den beiden folgten andere. Als der Countdown bei null angelangt war, waren 24 Personen aus dem Hochhaus gekommen und von Polizisten mit kugelsicheren Westen, die zu Kaminskis Einsatztruppe gehörten, verhaftet worden. Aber es war schnell klar, dass Nkruma nicht unter ihnen war. Er hatte seinen Anhängern befohlen, sich zu ergeben, war selbst aber zurückgeblieben – offenbar, um einen Märtyrer aus sich zu machen.

Kaminski versuchte noch einmal, Nkruma über dessen KomSet zu erreichen, aber der Hausbesetzer antwortete nicht.

»Haben wir genug, um unseren Sieg verkünden zu können?«, fragte Grodin. »Bis jetzt hat es weder Verletzte noch Tote gegeben, was die Leute freuen würde, für die *ich* arbeite. Oder machen wir unsere Drohung war und geben Nkruma, was er will? Er könnte genug Sprengstoff und Munition dort oben haben, um schwere Schäden an dem Gebäude anzurichten.«

»Ich glaube nicht, dass er zu den Leuten gehört, die ihr Leben für eine Sache opfern«, gab Kaminski zu bedenken. »Abgesehen davon ist er zu intelligent, um sich nicht nach allen Seiten hin abzusichern.«

»Glauben Sie, er ist der Meinung, dass wir bluffen?«

»Ich glaube nicht, dass er sich auf sein Waffenlager gesetzt hat und wartet, bis er es herausfindet. Ich gehe eher davon aus, dass er irgendwo im Erdgeschoss ist, und zwar unbewaffnet.« Er aktivierte sein Kragenmikro. »Kaminski an Technik. Wir suchen noch einen von ihnen. Haben Sie etwas auf Infrarot oder Audio?«

»Ich habe vor etwa zwei Minuten ein paar akustische Signale in eins-vierzehn aufgezeichnet.«

»Könnte es das Klingeln eines KomSets gewesen sein?«

»Durchaus möglich«, stimmte der Techniker zu.

Kaminski schaltete sein Funkgerät aus. »Wir haben ihn«, sagte er zu Grodin, dann gab er den Befehl zum Stürmen.

Team Rot Fünf fand Nkruma in einem Apartment im Erdgeschoss, wo er sich versteckt hatte, um die Explosion abzuwarten und dann aus dem Fenster zu flüchten. Team Rot Zwei fand sein Waffenlager an einer Außenwand im fünften Stock, wo es eine gewaltige Explosion gegeben hätte, die ausgereicht hätte, um von Nkrumas Fluchtversuch abzulenken.

»Wie ich gesagt habe – ganz schön clever der Junge«, bemerkte Kaminski, als er und Grodins Team zusahen, wie Nkruma Handschellen angelegt wurden. »Intelligent genug, um das hier lebend zu überstehen.«

»Ich bin froh, dass wir beim ersten echten Einsatz jemanden mit Grips erwischt haben«, sagte Grodin. »Können Sie damit leben, dass er Ihnen nicht die Chance gegeben hat, ihn zu töten?«

Die Frage überraschte Kaminski. »Ja«, antwortete er, nachdem er kurz nachgedacht hatte. »Ja, kann ich. Ich könnte mich sogar daran gewöhnen. Aber ich nehme nicht an, dass Sie mir das Ding da draußen hier lassen werden.« Er wies mit dem Daumen in die Richtung, in der der Lieferwagen mit dem LifeShield stand.

»Tut mir Leid«, sagte Grodin. »Aber irgendwann werden Sie eines für Ihre Truppe bekommen. Das hier ist erst der Anfang.«

Die wichtigsten Mitarbeiter aus dem Annex – Karl Brohier, Leigh Thayer, Jeffrey Horton und Gordon Greene – waren nach Washington geflogen, um bei der Vorstellung des Triggers dabei zu sein. Bis auf Brohier hatten alle in der Galerie gesessen, als der Präsident seine Rede gehalten hatte. Und hätte Brohier nicht im Namen aller protestiert, dann hätte Breland die Gelegenheit genutzt und sie dem Kongress und der ganzen Welt als die Erfinder des Triggers vorgestellt.

»Es ist besser, wenn ihr mit dem Berühmtwerden noch etwas wartet«, hatte Brohier am Tag vor der Rede bei einem Mittagessen im Weißen Haus gesagt.

»Schmeckt Ihnen das Essen nicht, Karl?«, rief Gordie vom anderen Ende des Tisches. »Ich bin ziemlich sicher, dass ich der Erste aus meiner Straße bin, der im Weißen Haus gegessen hat.«

»Dr. Greene, ich weiß genau, wie Sie sich jetzt fühlen. Ich weiß, wie aufregend es für Sie ist, hier zu sein, in einem Raum, den Sie bisher nur aus dem Fernsehen kannten. Das macht *Spaß,* finden Sie nicht auch? Sie sind beim Präsidenten zum Mittagessen eingeladen. Kaum sitzen Sie mit ihm im selben Raum, schon fühlen Sie sich mit einem Mal sehr wichtig. Allerdings sind Sie erst dann *wirklich* wichtig, wenn Sie auf eine solche Einladung gelangweilt reagieren können.«

Sogar der Präsident hatte über Brohiers Bemerkung gelacht.

»Vor uns liegt immer noch eine Menge Arbeit, und

wenn wir im Rampenlicht stehen, wird es nicht leichter. Die theoretischen Grundlagen sind immer noch nicht gefunden. Wir haben uns das Rampenlicht noch nicht *verdient.* Wir haben noch keine guten Antworten auf wichtige Fragen. Jeder von Ihnen kennt einen Kollegen, der vergessen hat, sich noch einmal zu vergewissern, dass er Recht hat, bevor er vor die Presse gegangen ist. Ich verspreche Ihnen, das Land – die Welt – wird noch früh genug herausfinden, wer wir sind. Jeffreys Archiv ist bereits bekannt geworden. Das Geheimpatent ist erteilt worden. Und wir *werden* veröffentlichen. Niemand anderes wird die Lorbeeren – oder die faulen Eier – für unsere Entdeckung bekommen.

Ich möchte natürlich keinem von Ihnen die Chance nehmen, hier zu sein. Aber ich möchte Sie doch bitten, meinem Rat zu folgen und in dieser Woche ein wenig in den Hintergrund zu treten. Der Präsident ist so liebenswürdig und lässt uns die Wahl – ich glaube, weil er weiß, dass es manchmal eine Last ist, im Rampenlicht zu stehen.« Bei dieser Bemerkung erhob Breland sein Glas und prostete Brohier zu. »In einer Weile werden wir wissen, ob wir Helden oder Idioten sind.«

Sie befolgten Brohiers Rat und traten ein wenig in den Hintergrund. Allerdings empfanden sie es kaum als Opfer. Sie wurden bei privaten Empfängen im Weißen Haus und in Aron Goldsteins Anwesen gefeiert, von Grover Wilman und Mind Over Madness begrüßt und im Pentagon von einem Vier-Sterne-General über den aktuellen Stand der Dinge unterrichtet. Das Weiße Haus stellte Ihnen Regierungslimousinen samt Fahrer und Suites in einem Fünf-Sterne-Hotel zur Verfügung, und es gab keine Eintrittskarte oder Reservierung, die die Sekretärin des Präsidenten ihnen nicht beschaffen konnte.

Brohier blieb nicht lange in Washington. Er gab am Abend von Brelands Rede eine private Party in seiner Hotelsuite, bei der nur seine Mitarbeiter anwesend waren. Schon etwas angetrunken von dem vielen Champagner, lobte er sie über alle Maßen und prostete ihnen wiederholt zu, wobei sich unvermutet herausstellte, dass er über einen unerschöpflichen Vorrat an derben Trinksprüchen verfügte. Am nächsten Tag kehrte er nach Princeton zurück.

Die anderen waren noch geblieben, weil Breland angeboten hatte, Sonderbesuche für die Sehenswürdigkeiten zu arrangieren, die sie sehen wollten. Für Gordie bedeutete das einen Blick in die Befehlszentrale des Kalten Krieges und einen Besuch im menschenleeren Smithsonian Museum für Luft- und Raumfahrttechnik außerhalb der regulären Öffnungszeiten, für Horton eine Führung durch die Münze und die Gelegenheiten, einen Sonnenuntergang durch das Buntglasfenster im Westflügel der National Cathedral zu sehen. Und Lee verbrachte einen ganzen Tag damit, zusammen mit den Paläontologiekuratoren in Schubladen und Schränken zu stöbern.

»Ein Weg, den ich nicht gegangen bin«, erklärte sie, und die anderen schienen zu verstehen.

Egal, was sie während des Tages alles unternommen hatten, am Abend sahen sie sich immer zusammen die Nachrichten an – meistens in Hortons Hotelzimmer –, um herauszufinden, was sie da in die Welt gesetzt hatten. In der Woche nach der Aktion in Cabrini Green gab es noch ein halbes Dutzend weitere Razzien und Einsätze mit dem LifeShield. Alle waren sorgfältig nach bestimmten Kriterien ausgewählt worden – die unsympathischsten Kriminellen, die besten Chancen für eine öffentliche Demonstration der Polizeigewalt, die größte Gefahr für Unschuldige, die größte Erfolgswahrscheinlichkeit und die besten Aussichten auf eine positive Berichterstattung in den Medien.

In Roswell, nördlich von Atlanta, räumte die Polizei eine Fabrik für Designerdrogen und fand dabei mehr als ein Dutzend Automatikwaffen. In der Nähe von Goshen, Indiana, ergab sich eine Gruppe weißer Anarchisten in ihrem Lager, nachdem der LifeShield die Wachposten an der Umzäunung entwaffnet und einen Gürtel aus Minen und Sprengfallen zum Explodieren gebracht hatte. In Brooklyn ging das Hauptquartier einer Chicano-Gang in Flammen auf, sodass die entwaffneten Bandenmitglieder auf die

Straße rannten, wo sie von der wartenden Polizei in Empfang genommen wurden.

In Amarillo, Texas, wurden nach einem verpatzten Banküberfall neun Geiseln unverletzt befreit, als die Waffen in den Händen der Bankräuber Feuer fingen. Und bei einer gemeinsamen Aktion von FBI und RCMP wurden die Pläne einer kanadischen Separatistengruppe in Quebec durchkreuzt, die mehrere Bomben gebaut hatte, um Züge in die Luft zu sprengen.

Die Berichte führten jedoch wider Erwarten dazu, dass die drei von Tag zu Tag unzufriedener mit ihrer Erfindung wurden – insbesondere der letzte, in dem über den Einsatz in Kanada berichtet wurde, bei dem elf Separatisten starben. Nachdem Horton den Bildschirm ausgeschaltet hatte, sah er zu Lee und Gordie hinüber und sprach aus, was die beiden gedacht hatten.

»Der Trigger ist immer noch ziemlich primitiv«, stellte er nüchtern fest. »Er wäre um einiges besser, wenn wir eine Möglichkeit finden könnten, um hochexplosive Stoffe einfach verpuffen zu lassen, wie bei den Treibladungen. Ich möchte wirklich nicht, dass unser Baby noch mehr Menschen tötet.«

»Urlaub zu Ende, Chef?«, fragte Gordie.

Horton nickte. »Urlaub zu Ende.«

Um die Mittagszeit des nächsten Tages waren sie wieder im Annex.

21.

Piraterie

Taipeh, Taiwan – Nach Hinweisen von einem Mann, dessen Raubüberfall auf eine Apotheke gescheitert war, hat das Betrugsdezernat der Nationalpolizei vier Männer und zwei Frauen wegen des Verkaufs von gefälschten LifeShield-Geräten festgenommen. Bei der Razzia wurden auch mehr als fünftausend der ein Kilogramm schweren LifeGuard-Halsbänder beschlagnahmt, die mit einem taschenrechnerähnlichen Systemcontroller und einer Reihe blinkender Leuchtsignale ausgestattet sind und ein tiefes Brummen von sich geben. Der aus einer Schusswunde am rechten Bein blutende Räuber beschwerte sich nach seiner Festnahme bei den Polizeibeamten darüber, dass das Gerät versagt hatte, als er den Angestellten der Apotheke entwaffnen wollte.

Verbraucherbetrug: Die neueste Wachstumsindustrie
Legale LifeShield-Produktion ›explodiert‹

Allen, die bei Operation Brass Hat mitarbeiteten, war klar, dass ein Unfall, bei dem ein unschuldiger Zivilist durch den Trigger getötet wurde, so gut wie unvermeidlich war.

Und jeder von ihnen hielt es auch für unvermeidlich, dass ein solcher Fall ein gefundenes Fressen für die Medien sein würde, die jedem einigermaßen glaubwürdigen Kritiker so viel Sendezeit einräumen würden, wie dieser wollte, um Breland und seine Politik des LifeShields in der Luft zu zerreißen …

Aber niemandem war klar, welch katastrophale Folgen ein solcher Vorfall haben würde, denn niemand hatte mit einer Tragödie gerechnet, die so vermeidbar und erschütternd war wie das Versenken der *Mutual Fun.*

Seit fast drei Jahren versuchte die US-Küstenwache mit sehr geringem Erfolg, Fälle von Piraterie an der mittleren Atlantikküste mit ihren Buchten und Wasserstraßen, die bis ins Landesinnere reichten, aufzuklären. Es hatte mehr als vierzig Überfälle von Absecon bis nach Hilton Head gegeben, die meisten auf private Motorjachten. Anscheinend gab es mindestens drei kriminelle Vereinigungen, die in überlappenden Gebieten operierten. Sie räumten Kabinenkreuzer an ihren Liegeplätzen aus oder lockten sie mit falschen Notflaggen an. Waren sie erst einmal an Bord, zerstörten sie die Funkgeräte und machten die Motoren unbrauchbar, dann nahmen sie sämtliche Wertsachen mit. Bis jetzt war noch keiner der Piraten erwischt worden, weil sie immer einige Stunden oder sogar Tage Vorsprung hatten, bevor die Verbrechen entdeckt wurden.

Aber die erhöhte Wachsamkeit der Patrouillenboote hatte unerwartete Folgen. In letzter Zeit waren einige Boote verschwunden – gekidnappt oder versenkt –, und die Passagiere, die die einzigen Zeugen waren, hatte man ertrinken lassen. Da die Piraten die Grenze zwischen Eigentumsdelikt und Mord damit überschritten hatten, war nichts mehr undenkbar. Der einzige Überlebende eines solchen Überfalls, der nach 18 Stunden im Wasser in der Nähe der Mündung der Chesapeake Bay aufgefischt worden war, berichtete, seine Frau und deren Freundin seien von den Piraten gekidnappt worden, die anzügliche Bemerkungen darüber machten, dass ihre Gefangenen ein stundenlanges sexuelles Martyrium erwarte.

Die Horrorgeschichte hatte in den Medien mehr Beachtung gefunden als alle vorherigen Überfälle zusammen, sodass die gemeinsamen Anstrengungen von Jachtherstellern und Ferienorten an der Küste, die versucht hatten, die Gefahr für ihre Umsatzzahlen abzuwenden, zunichte gemacht wurden. Und daher hatte Commander Robb von der Küstenwachstation in Cape Charles vorgeschlagen, einen LifeShield auf einem Zwölf-Meter-Trawler zu installieren, der sowohl Tarnung als auch schwimmender Kontrollpunkt sein sollte.

»Wir haben die Piraten bis jetzt nicht finden können, weil sie sich vor unseren Augen verstecken. Es sind ganz normal aussehende Leute mit ganz normal aussehenden Booten – und es gibt einfach zu viele Boote auf zu viel Wasser mit zu viel Uferlinie, als dass wir effektive Patrouillen durchführen könnten«, erklärte er dem Kommandanten der Küstenwache. »Für die Piraten ist es sehr viel einfacher, uns im Auge zu behalten, als umgekehrt. Aber wir wissen, dass sie schwer bewaffnet sind. Und jeder Bootsbesitzer weiß, dass Waffen auf dem Wasser verboten sind. Wenn wir das Spiel der Piraten mitspielen und einfach in den gefährdeten Gebieten herumschippern, werden wir sie mit Sicherheit erwischen – entweder vor oder nach einem Überfall.«

»Versuchen Sie aber zuerst, sie zu einem Überfall auf Sie zu verleiten«, befahl der Kommandant, bevor er die Aktion genehmigte.

Robb willigte zwar ein, war aber fest entschlossen, die Instruktionen seines Vorgesetzten nicht allzu wörtlich zu nehmen. Bei elf ungelösten Fällen von Piraterie allein in der Chesapeake Bay wollte er nicht einfach Wochen oder Monate darauf warten, bis die Piraten das einzige mit einem Trigger ausgerüstete Köderboot überfielen. Es war sehr viel besser, einen aggressiveren Kurs einzuschlagen und pro Tag Hunderte von Booten unauffällig zu kontrollieren.

Nachdem der Trawler *Sea Me* eine ereignislose Nacht lang in der Nähe von Tangier Island im Pocomoke Sound (Schauplatz eines Überfalls) und eine zweite in der Mobjack Bay (wo die Jacht *Daddy's Toy* verschwunden war) vor Anker gelegen hatte, fuhr er daher auf den Intracoastal Waterway. Dann ging er in der Nähe des nach Süden führenden Kanals in Sichtweite von Fair Port vor Anker. An dieser Stelle kam der gesamte Schiffsverkehr vorbei, der vom Potomac oder von der oberen Bucht aus auf das offene Meer wollte, was sie zu einem idealen Kontrollpunkt machte.

Das dritte Boot, das sich der *Sea Me* wenige Minuten nach Aktivierung des Mark I näherte, war eine Zehn-Meter-Sportjacht von Cross & Davidson, die den Börsenmaklern John und Jinx Morgenstern aus Fredericksburg, Virginia, gehörte. Neben den schwimmenden Palästen, die von den Piraten bevorzugt ins Visier genommen wurden, war das bescheidene Boot der Morgensterns ein eher unwahrscheinliches Ziel. Außerdem hatten sie nicht vor, die Nacht auf dem Wasser zu verbringen – der seit langem geplante Ausflug mit guten Freunden sollte noch vor Einbruch der Dunkelheit in Virginia Beach enden. Die Chance, dass sie den Piraten von Chesapeake Bay begegnen würden, war daher sehr gering.

Aber da John Morgenstern ein vorsichtiger Mann war, hatte er zusätzlich zu den Leuchtsignalen, die in der Hand gehalten wurden, auch noch eine Leuchtpistole mit an Bord der *Mutual Fun* genommen. Und weil Morgenstern ein sparsamer Mann war, hatte er die zwanzig Jahre alte, aber immer noch einwandfrei funktionierende 37-mm-Leuchtpistole von Heckler & Koch aus dem Bootshaus seines verstorbenen Vaters geholt, anstatt eine der teuren neuen ›Sicherheitspistolen‹ zu kaufen.

Im Laufe der geheimen Ermittlungen, die die Küstenwache nach dem Tod der Morgensterns und ihres Freundes Thomas Welch durchführten, gab Commander Robb später zu, dass er das technische Handbuch des LifeShields nicht gelesen hatte, als er den Startschuss zur Piratenjagd gab. Er hatte zwar einen Test mit einem ›sauberen‹ Boot durchgeführt, das normgerechte Leuchtsignale und -raketen der Küstenwache an Bord hatte, räumte aber ein, es versäumt zu haben, die Möglichkeit in Betracht zu ziehen, dass Boote in der Bucht unterwegs sein könnten, die verbotene oder veraltete Pyrotechnik mit sich führten.

In dem Moment, in dem die *Mutual Fun* die Grenze des Trigger-Feldes erreichte, das von der *Sea Me* ausging, war sich auf beiden Booten niemand bewusst, welche Gefahr von dem schwarzen Etui ausging, das Morgenstern in dem Kasten mit den Rettungswesten hinter sich verstaut hatte.

Die einzige Gefahr, an die Morgenstern dachte, war ein leichter Verstoß gegen die Etikette, falls er den sandfarbenen Trawler durch das Kielwasser seiner 25 Knoten zum Schaukeln brachte. Er wollte gerade mit der rechten Hand die beiden Motoren seines Bootes drosseln, als der Deckel des Kastens mit einem heftigen Knall aufsprang und ein grelles Magnesiumfeuer freilegte.

Loretta Welch saß in diesem Moment am dichtesten an dem Kasten mit den Schwimmwesten. Der Überraschungseffekt und die instinktive Reaktion, vor der enormen Hitze fliehen zu wollen, ließen sie von ihrem Stuhl aufspringen und mit Jinx zusammenstoßen, der auf den Feuerlöscher zurannte. Der Zusammenstoß warf Jinx zu Boden und schleuderte Loretta über die Reling des Bootes. Ihr Schrei wurde von dem Wasser erstickt, in dem sie versank.

Die Ermittler fanden nie heraus, was danach im Einzelnen geschah. Als der Trawler Cape Charles erreichte, stellte sich heraus, dass die geräuschaktivierten Videorekorder an Bord merkwürdigerweise nicht funktioniert hatten, sodass keine Aufnahmen des Unfalls verfügbar waren.

Aber Zeugen auf Booten in der Nähe berichteten von einer Explosion, die einer als ›reinstes Hollywood‹ beschrieb – eine rot-gelbe Wolke mit öligschwarzen Rauchschwaden, die dreißig Meter hoch in den wolkenlosen blauen Himmel stieg und die Überbleibsel der Jacht als kleine Stückchen aus Holz und Fiberglas auf das Wasser herabregnen ließ. Die *Sea Me* war nicht einmal 150 Meter entfernt, aber niemand an Bord konnte mehr tun, als zu der Stelle der Explosion zu fahren, die halb bewusstlose Loretta Welch aus dem Wasser zu ziehen und dann auf den Rettungshubschrauber der Küstenwache zu warten.

Als die Nachricht von dem Unfall – der offiziell noch nicht mit dem Trigger-Programm in Verbindung gebracht wurde – das Oval Office erreichte, beschwor Nolby den Präsidenten, das Ganze weiterhin als bedauerlichen Unfall darzustellen.

»Wir können es problemlos dementieren«, beteuerte Nolby beharrlich. »Es gibt keinen Grund dafür, irgendjemandem zu sagen, dass die Explosion durch den Trigger ausgelöst wurde – und allen Grund, es nicht zu tun. Schadenersatzklagen, Verschwörungstheorien – anstatt ein Gefühl der Sicherheit zu schaffen, wird das Symbol des LifeShields Angst bei den Leuten hervorrufen, wenn sie es sehen. Mr. President, ich bitte Sie, wenn Ihnen dieses Programm irgendetwas bedeutet, sollten Sie alles so lassen, wie es ist – in ein oder zwei Tagen redet sowieso niemand mehr von dem Unfall.«

»Mr. Nolby, es gibt einen Grund, den Sie offenbar übersehen haben – wir waren schuld an dem Unfall. Commander Robb hat sich seinen Trigger über die Stabschefs besorgt, anstatt ihn wie vorgeschrieben über das FBI anzufordern – die Risikobeurteilung für den geplanten Einsatz wurde nicht ordnungsgemäß durchgeführt. Der Trawler war nicht markiert, der Kontrollpunkt nicht als solcher erkennbar – diese Leute hatten keine Ahnung, dass sie in eine Trigger-kontrollierte Zone fuhren. Genau genommen handelt es sich bei dem Vorfall um einen grundlosen tätlichen Angriff von Vertretern des amerikanischen Militärs auf unschuldige Bürger. Erwarten Sie im Ernst von mir, dass ich so etwas einfach ignoriere?«

»Sie können die Verantwortlichen doch auch bestrafen, ohne selbst den Kopf in die Schlinge zu stecken. Es kann alles ohne Aufsehen erledigt werden.«

Breland warf seinem Stabschef einen eisigen Blick zu. »Richard, hatten Sie etwa den Eindruck, dass ich dachte, das amerikanische Volk – meinen Arbeitgeber – vor der Wahrheit zu schützen, gehöre zu meinen Aufgaben?«

»Wenn Sie damit einer größeren Sache dienen – ja, manchmal schon.«

»Und welcher größeren Sache soll es dienen, wenn ich einen Fehler durch eine Lüge zu verschleiern versuche?«

»Ich bitte Sie doch nicht zu lügen, Sir – ich bitte Sie nur, sich einmal auf die Zunge zu beißen ...«

»Machen Sie da etwa einen Unterschied, Mr. Nolby? Funktioniert so Ihr moralischer Indikator? Warum sollte ich annehmen, dass dieses Geheimnis auch geheim bleiben wird?«

»Zurzeit haben wir alles unter Kontrolle, Mr. President.«

»Nur, wenn Sie davon ausgehen, dass jeder, der etwas davon weiß oder etwas davon erfahren wird, ein Anhänger meiner Regierung und des LifeShields ist. Können Sie mir garantieren, dass das so ist?«

Nolby seufzte. »Nein, Sir.«

»Dann wird eine Lüge lediglich den Schaden vergrößern, der entsteht, wenn das Ganze herauskommt – und die Motivation, der Sache auf den Grund zu gehen, um einiges steigern. ›Was haben Sie gewusst, Mr. President, und wann haben Sie es gewusst?‹ Wenn Sie mich in diese Löwengrube werfen, kann ich gleich zurücktreten. Sagen Sie Aimee, dass sie für fünf Uhr eine Pressekonferenz ansetzen soll. Und wenn Ihr Gewissen so viel Ehrlichkeit nicht aushalten kann, würde ich bis dahin gern Ihre Rücktrittserklärung auf meinem Schreibtisch haben.«

»Ich glaube, ich habe mich nicht verständlich genug ausgedrückt, Mr. President – es tut mir Leid«, sagte Nolby steif. »Ich werde Aimee suchen.«

Am nächsten Morgen, als Loretta Welchs Name auf Millionen von Lippen lag und ihr Gesicht auf Dutzenden von Nachrichtenkanälen zu sehen war, beantragten ganze Heerscharen von Rechtsanwälten, die die National Association of Riflemen repräsentierten, beim Bundesgericht des District of Columbia, die unter dem Namen LifeShield bekannte Technologie für verfassungswidrig erklären zu lassen.

»›… in den Händen der Regierung stellt diese Technologie dem Anschein nach eine Verletzung der im zweiten Verfassungszusatz gewährten Rechte dar; in den Händen der Öffentlichkeit eine schwer wiegende Gefahr für Leib und Leben, Freiheit und öffentliche Ordnung‹«, las Generalstaatsanwältin Doran Douglas vom Bildschirm ihres Kom-Sets ab. »›Die Kläger beantragen, dass das Gericht umgehend eine einstweilige Verfügung gegen jeden weiteren Einsatz dieser Technologie erlässt, ferner, dass alle existierenden Beispiele dieser Technologie zerstört und auseinander genommen werden, und schließlich, dass Herstellung und Besitz sowie Verkauf oder sonstige Weitergabe von Plänen, Spezifikationen, Einzelteilen oder betriebsbereiten Beispielen auf Dauer verboten werden.‹«

Sie legte das Gerät aus der Hand und sah den Präsidenten an. »Es überrascht mich ein wenig, dass sie nicht beantragen, Sie und Ihre Mitarbeiter einer Gehirnwäsche zu unterziehen.«

»Wer sagt denn, dass das alles ist?«, gab Breland zu bedenken. »Hat die NAR vor Einreichen der Klage versucht, auf inoffiziellem Weg an uns heranzutreten? Gab es Anzeichen dafür, dass sie einen Dialog oder Verhandlungen mit uns beginnen wollten?«

»Nein«, sagte Douglas. »Aber schließlich haben wir vor Ihrer Rede an den Kongress auch nicht versucht, auf inoffiziellem Weg an die NAR heranzutreten.«

»Dann habe ich wohl die Spielregeln festgelegt.« Breland lächelte gequält. »Was wollen sie Ihrer Meinung nach wirklich?«

»Ich glaube, sie wollen alles.« Douglas griff nach ihrem Kaffee. »Sie haben Loretta Welch einen Rechtsanwalt bezahlt, der in ihrem Namen Anklage wegen Totschlags erheben soll. Außerdem haben sie sich mit dem Patentamt in Verbindung gesetzt – ich glaube, wir können davon ausgehen, dass sie auch eine Klage gegen das Trigger-Patent anstrengen werden, das sowieso an einem seidenen Faden hängt.«

»Sie wollen eine Zeitmaschine«, sagte Breland. »Sie wollen, dass alles wieder verschwindet.«

»Im Idealfall ja, Sir. Obwohl ich mir nicht vorstellen kann, dass sie letztendlich alles bekommen, was sie wollen. Dazu müsste das Gericht den ersten Verfassungszusatz auseinander nehmen.«

»Vielleicht lässt sich das Gericht darauf ein«, wandte Breland ein. »Wie sehen die nächsten Schritte aus?«

»Am nächsten Dienstag wird eine Anhörung zu dem Antrag auf einstweilige Verfügung stattfinden. Die zuständige Richterin ist Virginia Howarth – sie wurde noch von Engler ernannt, ist aber weitaus vernünftiger, als man denken könnte.«

»Wie wird sie entscheiden?«

»Ich gehe davon aus, dass sie den Antrag auf einstweilige Verfügung ablehnen wird, aber der Fall selbst wird ein Albtraum werden.«

»Wie lange könnte es dauern?«

»Wenn es schnell geht, drei Monate, aber es können auch drei Jahre werden. Bei dem derzeitigen Rückstand des Gerichts ist es sehr unwahrscheinlich, dass es weniger als drei Jahre werden. Wenn Howarth allerdings in unserem Sinne entscheidet, haben wir keinen Grund, auf eine schnelle Entscheidung zu drängen.«

»Das können Sie beeinflussen?«

»Wir können beim obersten Gerichtshof Antrag auf Aktenanforderung stellen, was in etwa bedeutet, dass er sich selbst mit der Klage befassen wird. Die Gegenseite hat diese Möglichkeit natürlich auch. Ich gehe davon aus, dass sie einen solchen Antrag stellen werden, wenn sie bei Howarth nicht durchkommen. Und wenn man bedenkt, was hier auf dem Spiel steht, dürfte ihm wohl entsprochen werden, egal, von welcher Seite er kommt.«

»Gut. Ich will eine schnelle Entscheidung. Können wir die Verhandlung beim Bezirksgericht auch umgehen?«

Douglas sah ihn fragend an. »Mr. President, ich würde diesen Weg nicht in Erwägung ziehen, es sei denn, ich wäre mir absolut sicher, wie die Sache ausgeht.«

»Und das sind Sie nicht.«

»Nur *ziemlich* sicher.«

Breland nickte. »In Ordnung. Ich möchte mit den Klägern reden. Die Führungsspitze der NAR – Präsident, Vorstand, wer auch immer die Entscheidungen trifft.«

»Ich verstehe.« Douglas runzelte die Stirn. »Sir, was versprechen Sie sich von einem solchen Treffen? Ich kann mir nicht vorstellen, was Sie jetzt noch zu Ihnen sagen könnten, um sie dazu zu bringen, die Klage fallen zu lassen – ganz im Gegenteil, die NAR wird dann wohl davon ausgehen, dass wir wegen des Falls oder dessen politischer Brisanz oder wegen beidem beunruhigt sind.«

»Ich habe nicht vor, die NAR dazu zu überreden, dass sie die Klage zurückzieht«, entgegnete Breland. »Können Sie einen Termin vereinbaren?«

Douglas trank einen Schluck von ihrem Kaffee, bevor sie antwortete. »John Samuel Trent«, sagte sie dann. »Er hat das Sagen. Ich werde etwas arrangieren. Wenn seine Anwälte nichts dagegen haben.«

Bei den meisten Besuchern, die zum ersten Mal im Oval Office waren, löste der Vorgang, in das sagenumwobene

Allerheiligste geführt zu werden, Gefühle aus, die mit der Demut eines reuigen Sünders, der den Vatikan betritt, der Ehrfurcht eines Fans, der Elvis' Graceland sieht, oder dem Stolz eines heranwachsenden Kindes, das zum ersten Mal am Tisch der Erwachsenen sitzen darf, vergleichbar waren. John Samuel Trent dagegen empfand vor allem eines – Zuversicht.

Die Vizepräsidentin der NAR, ein legendärer Action-Star aus dem Fernsehzeitalter, hatte mehrmals versucht, Trent davon abzubringen, der Einladung des Präsidenten zu folgen. »Das bringt uns überhaupt nichts«, hatte sie an diesem Morgen gesagt. »Es hat absolut keinen Prestigewert, wie ein ergebener Diener ins Weiße Haus gerufen zu werden. Wenn er mit uns reden will, soll er doch nach Fairfax kommen und an der Tür der Hauptverwaltung klingeln.«

»Nein, nein – Sie verstehen das nicht. Ihnen gefällt der Gedanke, dass Breland mit dem Hut in der Hand vor unserer Tür steht, aber es ist doch viel besser, wenn er in seinem eigenen Haus gedemütigt wird«, antwortete Trent, als er seinen Mantel überzog. »Auf diese Gelegenheit habe ich achtzehn Jahre lang gewartet – achtzehn Jahre, in denen uns Präsidenten, die unsere Freunde waren, für selbstverständlich gehalten haben, und Präsidenten, die uns ablehnten, unsere Rechte immer weiter eingeschränkt haben. Und jetzt ruft ein angeschlagener Präsident nach uns, er bittet um Gnade, er will unsere Hilfe. Die Chance, in die Hölle zu gehen und dem Teufel unsere Antwort zu geben, werde ich mir um nichts in der Welt entgehen lassen.«

Das Publikum für Trents Moment der Schadenfreude sollte allerdings weitaus kleiner sein, als er auf der kurzen Fahrt nach Washington gehofft hatte. Er hatte sich vorgestellt, dass Breland mit einem Gefolge aus Kabinettsmitgliedern Hof hielt und einige hochrangige Mitarbeiter um sich herum versammelt hatte, die ihm mehr Gewicht verleihen sollten. Aber außer dem Präsidenten war dann nur noch eine andere Person im Oval Office anwesend, ein jüngerer Mann von solch niedrigem Status – vielleicht einer dieser neuen Ninjas vom Secret Service –, dass der Präsident sich nicht einmal die Mühe machte, ihn vorzustellen.

»Ich dachte immer, der Raum wäre viel größer«, sagte Trent, als er sich nach dem obligatorischen Händeschütteln hinsetzte. »Das hat wohl etwas mit dem Kamerawinkel zu tun – ich bin nämlich ein großer Fan von politischen Filmen. Diese reizenden Filme aus der Zeit nach Watergate, in denen der Präsident der Bösewicht ist, sehe ich mir besonders gern an. Haben Sie schon einmal *Absolute Power* gesehen?«

»Ich glaube, wir sehen uns alle gern Filme an, die unsere Vorurteile über die Welt bestätigen«, erwiderte Breland. »Mein Geschmack bei Klassikern geht nicht so sehr in die Richtung von Filmen, in denen jemand gezwungen wird, zur Waffe zu greifen. Ich bevorzuge Geschichten, in denen jemand gezwungen wird, eine schwere Entscheidung zu treffen – *Wer die Nachtigall stört* oder *Casablanca* zum Beispiel.«

»Oder *Mr. Smith geht nach Washington?*«

»Touché. Der Hinweis war deutlich.«

Trent lächelte. »Dann sollten wir auch gleich zur Sache kommen. Warum haben Sie mich hergebeten? Ich nehme an, weil Sie versuchen wollen, dieses lästige Gerichtsverfahren aus der Welt zu schaffen.«

»Nein, nein, ganz im Gegenteil ...«

Trent hörte das Dementi zwar, reagierte aber nicht darauf, weil er damit rechnete, dass der Präsident seine Bitte auf Umwegen stellen würde, um sein Gesicht zu wahren.

»... ich begrüße Ihre Herausforderung. Ich habe die Generalstaatsanwältin gebeten, im Rahmen des Möglichen alles zu tun, um die Bearbeitung des Falls durch die untergeordneten Gerichte zu beschleunigen. Ich möchte alle Unklarheiten so schnell wie möglich beseitigen.«

»Sie hat Ihnen doch wohl nicht gesagt, dass Sie gewinnen werden? Falls ja, sollten Sie sie feuern – sie ist ganz offensichtlich unfähig.« Trent machte eine wegwerfende Handbewegung.

Merkwürdigerweise lächelte Breland plötzlich. »Ich

werde es ihr ausrichten. Tatsache ist jedenfalls, dass ich sehr genau darüber Bescheid weiß, welche Argumente sie am Dienstag in Baltimore vorbringen wird, und keine Möglichkeit sehe, wie Ihre Seite den Fall gewinnen sollte.«

Trent verschränkte die Arme vor der Brust. »Sie scherzen.«

»Aber nein. Offensichtlich sind Sie davon ausgegangen, dass bei diesem Treffen hier zwei verschiedene Meinungen aufeinander prallen werden. Aber was den zweiten Verfassungszusatz angeht, stehen wir auf der gleichen Seite.«

Trent, dem eine hektische Zornesröte ins Gesicht stieg, sprang auf und ballte die Fäuste. »Mr. President, Sie sind ein miserabler Lügner – und mich halten Sie offensichtlich für einen Idioten.«

»Ganz im Gegenteil. Ich halte Sie für einen engagierten Verfechter der persönlichen Freiheit und für einen wachsamen Verteidiger des zweiten Verfassungszusatzes ...«

»Jetzt kommen Sie mir bloß nicht mit leeren Schmeicheleien«, entgegnete Trent wütend.

»... aber ich fürchte, Ihr Weltbild ist etwas veraltet.« Breland ließ sich nicht unterbrechen. »Im zweiten Verfassungszusatz steht kein Wort, aus dem man ableiten könnte, dass die Waffentechnologie stillstehen wird oder muss. Im 18. Jahrhundert gab es keine selektiv wirkenden Automatikwaffen, keine Laserzieleinrichtungen und keine Hochgeschwindigkeitsmunition. Die NAR verteidigt nicht das Recht zum Tragen von Steinschlossgewehren und Schwarzpulver – Sie wollen den Amerikanern die Vorteile von zweihundertfünfzig Jahren Weiterentwicklung in der Waffentechnologie sichern. Habe ich Recht?«

»Ja – aber Sie wollen uns diese Vorteile vorenthalten. Sie wollen uns entwaffnen und ...«

»Sie verstehen nicht, worum es geht, Mr. Trent. Jemanden zu entwaffnen, ist ein Akt der Gewalt ...«

»Genau. Und das hier ist Gewalt gegen sechzig Millionen Waffenbesitzer und zweieinhalb Jahrhunderte Demokratie.«

Breland deutete auf die Couch hinter dem Präsidenten der NAR. »Mr. Trent, bitte – lassen Sie mich doch erst einmal ausreden.«

Trent, dem es gefiel, dass ihn der Präsident um etwas bat, setzte sich wieder hin. »Aber nur, weil ich wissen will, warum Sie sich weismachen, dass Sie gewinnen können.«

»Weil der LifeShield – oder der Trigger, wie er auch genannt wird – eine Waffe ist«, erwiderte Breland leise. »Und der zweite Verfassungszusatz schützt den privaten Besitz eines LifeShields genauso, wie es den Besitz von Gewehren und Handfeuerwaffen schützt. Wir werden gewinnen, weil Sie den zweiten Verfassungszusatz nicht so auslegen können, dass er nur für eine Kategorie von Waffen gilt. Sie haben ein Recht auf Ihre Schusswaffen. Ihr Nachbar hat ein Recht auf einen LifeShield. Und es geht die Gerichte überhaupt nichts an, wenn die Waffe Ihres Nachbarn stärker ist als Ihre.«

Brelands Taktik war so gewagt und arrogant, dass Trent für einen Augenblick sprachlos war. »Sie ändern Ihren Standpunkt. Es gibt keine LifeShields in privater Hand«, stieß er schließlich hervor. »Sie sind alle in der Hand des Federal Bureau of Intimidation, der Central Interference Agency und der faschistischen Polizei, die Sie aus unseren Militärs machen. Hier geht es nicht um die Rechte des Einzelnen – hier geht es um die Regierung, die auf den Rechten des Einzelnen herumtrampelt. Es geht um den Mord an Loretta Welchs Mann.«

»Das ist unter Ihrer Würde, Mr. Trent«, sagte Breland ohne jeden Groll. »Es war ein Unfall, eine Verkettung tragischer Umstände. Sie wissen genauso gut wie ich, dass bis jetzt noch kein Gericht die Verfassung dazu benutzt hat, um vorzuschreiben, mit welchen Waffen die Bundesregierung ihre Streitkräfte ausrüstet – oder mit welchen Waffen eine Regierung auf bundesstaatlicher Ebene ihre Polizei ausrüstet. Streitkräfte und Polizei sind dazu da, um Gewalt anzuwenden. Manchmal wird diese Macht missbraucht. Und das ist, glaube ich, auch der Grund, warum Sie den Besitz einer Waffe als ›Grundfreiheit‹ bezeichnen.«

»Genau deshalb«, bestätigte Trent herausfordernd. »Ein Mann, der sich nicht verteidigen kann, der sein Heim und seine Familie nicht beschützen kann, hat nichts – keine Rechte, keine Freiheit, kein Eigentum.«

»Dann helfen Sie uns dabei, den Menschen die Möglichkeit dazu zu geben«, warf Breland ein. »Wir stehen an der Schwelle vom Gestern zum Morgen. Das können wir nicht ändern – weder Sie noch ich. Und daher habe ich Sie auch hergebeten – um Ihnen deutlich zu machen, dass es nicht mehr in unserer Hand liegt. Kein Mann – nicht einmal ein Präsident – kann sich dem Lauf der Geschichte in den Weg stellen.«

»So sehe ich das aber nicht«, erwiderte Trent ungerührt. »Sie haben innerhalb von drei Tagen zwanzig Punkte verloren – und ich habe eine halbe Million neuer Mitglieder gewonnen. Sie verteidigen den Mord an Unschuldigen, ich verteidige die Verfassung. Sie glauben, dass die Menschen Angst vor Waffen haben – ich weiß, dass Sie vor Ihrer Regierung mehr Angst haben. Außerdem haben wir die Statistiken über Todesfälle infolge Schusswaffengebrauchs analysiert – Ihr Plan wird nicht einmal zehn Prozent dieser Todesfälle verhindern können. Sie haben zu viel versprochen, und wir werden dafür sorgen, dass alle Amerikaner es wissen.«

Er lachte in sich hinein, ein Zeichen dafür, dass er wieder so zuversichtlich war wie vor Beginn des Gesprächs. »Wie viele Fabriken bauen diese Dinger – eine, zwei? Was ist so unwiderstehlich an der Geschichte, dass man diese Fabriken nicht einfach wieder schließen könnte? Gibt es so viele davon, dass wir nicht genug Fackeln haben, um sie in Brand zu stecken, oder genug Schmelzhütten, um sie einzuschmelzen? Nein, Mr. President – der Sache ein Ende zu machen ist einfacher, als Sie denken.«

»Dafür ist es zu spät.«

Trent wandte den Kopf in die Richtung, aus der die Stimme gekommen war. »Was haben Sie gesagt?«

»Ich sagte, dafür ist es zu spät.« Der junge Mann kam einige Schritte auf Trent zu. »In diesem Moment sind mindesten elf Fertigungsstraßen in der ganzen Welt in Betrieb. Vor Ende des Monats werden weitere fünf die Produktion aufnehmen – drei davon stehen in Kanada und gehören meinem Arbeitgeber. Und mindestens dreißig weitere Labors arbeiten an Verbesserungen – die Japaner testen bereits ein Design, dass ein Drittel kleiner ist und ein Fünftel weniger Teile erfordert. Amerika ist nicht die Welt, Mr. Trent. Vielleicht lässt sich der Oberste Gerichtshof von Sonnenflecken beeinflussen, sodass wir nicht die Ersten, sondern die Letzten sein werden, die vom Trigger profitieren – aber wir können es nicht mehr aufhalten.«

»Wer ist das?«, wollte Trent vom Präsidenten wissen.

Der Präsident stand auf und winkte den Mann zu sich. »Mr. Trent, ich möchte Ihnen Dr. Jeffrey Horton vorstellen. Er ist stellvertretender Direktor der Terabyte Labs und der Erfinder des Triggers.«

»Und ehemaliges Mitglied der National Association of Riflemen.« Horton legte seinen Mitgliedsausweis auf den Tisch vor Trent. »Ziehen Sie von Ihrer halben Million neuer Mitglieder ein altes Mitglied ab – ich habe kein Interesse daran, einem Anachronismus anzugehören. Und das ist alles, was Sie sein werden, so unwichtig wie ein Schützenverein mit Vorderladern oder die Leute, die die Schlacht bei Shiloh nachspielen, wenn Sie Ihre Augen vor dem verschließen, was geschieht – was bereits geschehen ist.«

»Ich verstehe.« Trent erhob sich. Seine Hände zitterten vor kaum unterdrückter Wut. »Ich hoffe, Sie haben Ihr kleines Täuschungsmanöver genossen, Mr. President. Und ich hoffe, dass Sie Ihr Blutgeld genießen werden, Dr. Horton. Ich nehme an, dass Sie reichlich davon profitieren, Ihr Land zu betrügen.«

Horton schüttelte den Kopf. »Sie haben es noch nie verstanden, nicht wahr?«

»Was verstanden?«

»Dass die Gründe, aus denen Sie Ihre Waffen lieben, genau die Gründe sind, aus denen andere sie hassen und fürchten«, sagte Horton.

»Wovon reden Sie?«

»Es geht um *Macht* – die furchtbare, konzentrierte Macht in Ihren Händen, die Ihnen zu Willen ist. Die Macht, in einem Moment der Wut, der Ungeduld oder der Habgier zu töten, quer durch einen Raum hindurch, quer über die Straße. In der Waffe sitzt ein Geist, der Ihnen gehorcht – und weil er das tut, müssen es andere auch.«

»Ein Philosoph«, bemerkte Trent kurz angebunden. »Ich hasse Philosophen. Sie schaffen es, selbst die einfachsten Dinge kompliziert zu haben.«

»Nein«, erwiderte Horton. »Ein Physiker. Aber die Definition passt trotzdem.«

»Das spielt keine Rolle«, sagte Trent. »Sie wollen einfach nicht sehen, dass Sie und Ihresgleichen schuld daran sind, dass die Rechte des Einzelnen untergraben werden. Das ist Ihnen offensichtlich egal. Und das war's dann wohl.«

»Nicht ganz«, entgegnete Horton schroff. Er machte einen Schritt auf Trent zu, um ihn am Gehen zu hindern. »Ich möchte nur noch den falschen Eindruck korrigieren, den Sie von mir haben – ich verdiene keinen Penny an dem Trigger-Patent. Ich habe es vor fast zwei Monaten der Öffentlichkeit geschenkt – sozusagen eine kostenlose Lizenz. Das ist einer der Gründe dafür, warum jetzt alles so schnell geht. Es stimmt, dass ich sehr gut bezahlt worden bin, als ich daran gearbeitet habe, und irgendjemand wird durch den Verkauf der Trigger bestimmt Geld verdienen, aber wenn Sie glauben, dass es um Geld oder Politik geht, liegen Sie falsch.«

Trent starrte Horton so ungläubig an, als wäre er gerade dem leibhaftigen Teufel begegnet. »Sie werden erst zufrieden sein, wenn Sie uns die letzte Waffe weggenommen haben, habe ich Recht?«

Horton steckte die Hände in die Hosentaschen und lächelte müde. »Sie verstehen es immer noch nicht – es geht nicht um die Waffen. Aber Sie haben Recht – ich bin noch nicht zufrieden. Ich werde erst zufrieden sein, wenn die Trigger so groß sind wie ein Aktenkoffer und jeder Ladenbesitzer sich einen leisten kann. Ich werde erst zufrieden sein, wenn sie so groß sind wie ein KomSet und jeder Hausbesitzer sich einen leisten kann. Verdammt noch mal, ich werde erst zufrieden sein, wenn sie billiger sind als eine gute Handfeuerwaffe, und man sie genauso leicht verstecken kann. Sie werden dann vielleicht sagen, dass Sie sich in einer solchen Welt nicht sicher fühlen, wenn Sie Ihre Glock auf der Straße mit sich herumtragen. Aber es ist nur fair, wenn es einmal andersherum ist. Wir haben uns nicht sicher gefühlt, als Sie in dieser Welt mit Ihrer Waffe herumgerannt sind.«

Trent holte tief Luft, sammelte die ganze Verachtung, die er in diesem Moment aufbringen konnte, und goss sie über jedes Wort seiner Antwort aus. »Sie müssen die zwei dümmsten Männer sein, die dieses Büro je gesehen hat«, sagte er, während er auf die Tür zuging. »Ihr kleines Spielzeug wird Sie nicht vor einem Räuber mit einem Messer beschützen oder Ihre Töchter vor einer Bande von Vergewaltigern. Es wird keine Jugendgang in die Flucht schlagen, und eine chinesische Division wird es auch nicht aufhalten. Sie leben in einer Fantasiewelt, in der die Menschen miteinander auskommen wollen – ich lebe in der realen Welt, in der sie einem das wegnehmen wollen, was man besitzt.«

Trent war inzwischen an der Tür und hatte die rechte Hand um den Türknauf gelegt. »Und Sie sind entweder verrückt oder hoffnungslos naiv, wenn Sie wirklich glauben, dass hundert Millionen Amerikaner untätig zusehen werden, wie Sie ihnen ihre Waffen und ihre von Gott gegebenen Rechte wegnehmen.«

Es war ein perfekter Augenblick – der beste Abgang, den er je fertig gebracht hatte, den er sich besser nicht hätte wünschen können.

Nur dumm, dachte Trent, als er wegfuhr, dass er niemandem davon erzählen konnte, denn dann hätte er sich auch wieder an den Albtraum erinnern müssen, der ihn am finstersten Vormittag seines Lebens heimgesucht hatte.

22.

Ruhm

NSA PROTOKOLL
Suchschlüssel 0062883
Treffer: A3H07HB
Bewertung: 99%
Kategorie: volkstümliches Gedicht, abwertend
Absender: Anonym
Verbreitung: Ganzes Net

Der Trigger ist was Feines,
Ich nenn' ihn gerne Meines.
Insgesamt ist er sehr kompliziert,
Wer ihn sieht, ist fasziniert.
Bomben machen *Bummm!*, Munition macht *Wumm!*
Ja, das ist nicht dumm.
Doch das Beste, fragt man mich:
den EINZIGEN, ja den hab' ich!

Die Klage, die darauf abzielte, den Trigger verschwinden zu lassen, hatte Jeffrey Horton sowohl auf persönlicher als auch auf philosophischer Ebene beleidigt. Die Behauptung, die Trigger-Technologie verstoße gegen die Verfassung, fiel für ihn in die gleiche Kategorie wie Galileos vom Papst angeordnetes Redeverbot oder Tennessees Anordnung, dass die Lehrer im Unterricht nicht über Evolution sprechen durften. Es war eine engstirnige, kurzsichtige, egoistische Absurdität, und er hatte sich vorgenommen, alles zu tun, um sie als solche zu entlarven.

»Sämtliche Argumente, die sie vorbringen, sind doch nur eine Beschönigung für Anti-Intellektualismus«, hatte er sich bei Greene beschwert, nachdem er die Anklageschrift der NAR online gelesen hatte. »Wenn es nach denen ginge, hätten wir immer noch Musketen und Steinschlossgewehre. Wir sind im 21. Jahrhundert, nicht im 18.«

»Sagen Sie das nicht mir, sondern denen«, hatte Gordie erwidert. »Ich habe schließlich nicht gesagt, dass Sie ein hässliches Baby haben.«

Horton war dem Ratschlag gefolgt und hatte dem Weißen Haus seine Unterstützung bei dem Gerichtsverfahren angeboten. Das hatte zu einem langen Gespräch mit dem Präsidenten und dem noch längeren Flug nach Washington geführt, wo er dann mit John Trent aneinander geriet.

Es lief nicht ganz so, wie er es erwartet hatte. Horton hatte selbst sehen wollen, wie und was Trent dachte. Und der Präsident hatte Horton als technischen Experten dabeihaben wollen, den er bei Bedarf um Rat fragen konnte. Keiner von beiden hatte damit gerechnet, dass Horton bei dem, was kommen sollte, eine so große Rolle spielen würde.

Als er sich in das Gespräch von Breland und Trent einmischte, hatte Horton schon eine ganze Weile seinen gerechten Zorn unterdrückt. Dass er diesem Zorn dann freien Lauf ließ, war für ihn zwar eine momentane Genugtuung, aber er überschritt damit auch eine Grenze, vor der Brohier ihn gewarnt hatte. Er trat aus dem Schatten heraus und stellte sich ins Rampenlicht – und zwar genau neben den Präsidenten.

Am Tag nach der Auseinandersetzung mit John Trent outete eine von Waffenanhängern betriebene Netsite Dr. Jeffrey Horton als den Erfinder des Triggers. Der größte Teil des Artikels war polemisch und persönlich beleidigend und ließ sich mit einem Achselzucken abtun. Aber die biografischen Angaben sorgten dafür, dass Horton ein Schauer über den Rücken lief. Den Fehlern und Auslassungen nach zu urteilen, stammte das meiste direkt aus dem Verzeichnis der American Academy of Arts and Science und veröffentlichtem Material von Terabyte. Aber es gab auch drei Fotos von ihm – eines davon ein Videostandbild, das ihn bei der Rede des Präsidenten auf der Besuchergalerie sitzend zeigte –, über die man Zielscheiben und Fadenkreuze gelegt hatte. Unmittelbar unter den Fotos wurde seine frühere Adresse in Columbus genannt, und darunter war eine Karte abgebildet, die den Weg von dort zum Campus von Terabyte in Columbus zeigte.

»Wir können die Seite verschwinden lassen«, sagte FBI-Direktor Mills bei einer eilig angesetzten Besprechung, an der auch der Präsident und der Direktor des Secret Service teilnahmen. »Aber ihr Ziel haben sie schon erreicht – wir können nicht verhindern, dass sich die Informationen über Sie weiter ausbreiten. Die Nachrichtensender auf dem Hauptband werden die Geschichte vermutlich bis heute Abend haben – wenn sie nicht schon längst Bescheid wissen.«

»Und was soll ich tun?« Horton sah zu Breland hinüber.

»Das ist Ihre Entscheidung«, erwiderte der. »Sie können weiter in der Öffentlichkeit bleiben oder in der Versenkung verschwinden. Ich nehme an, dass es nicht viel daran ändern wird, wie viel über Sie gesprochen wird, aber es könnte einen Einfluss darauf haben, *was* man sagt.«

»Er hat immer noch die Möglichkeit, nach Nevada zurückzugehen«, sagte der Direktor des Secret Service. »Bis jetzt weiß niemand etwas vom Annex. Vielleicht ist das ja die beste Lösung.«

Die PR-Leiterin schüttelte energisch den Kopf und beugte sich vor. »Ich habe in dieser Woche schon drei direkte Anfragen über die Identität bestimmter Personen abgeblockt, und es gibt noch eine ganze Menge anderer Leute, die herumschnüffeln. Ich würde sagen, wir treten die Flucht nach vorn an, beantworten ein paar Fragen, lassen sie einen kurzen Blick auf Dr. Horton werfen, setzen vielleicht sogar eine Pressekonferenz an – und *dann* kann er wieder nach Nevada verschwinden.«

»Sie werden ihn in der Luft zerreißen«, sagte Mills mit schonungsloser Offenheit. »Nehmen Sie es nicht persönlich, Dr. Horton, aber Sie haben keinerlei Erfahrung mit dem, was hier unter der Bezeichnung Journalismus läuft. Ich sehe keinen triftigen Grund dafür, Sie noch mehr zu gefährden, und ich bin sicher, dass Agent Burke mir da zustimmen wird.« Der Mann vom Secret Service nickte.

Rochet widersprach energisch. »Ich war immer der Meinung, dass es auf jeden Fall besser ist, den Eingeborenen bei den Vorbereitungen zu helfen, anstatt ihnen alles zu überlassen – egal, ob sie einem ein Abendessen vorsetzen wollen oder man selbst das Abendessen ist. Ich glaube, wenn Dr. Horton einverstanden ist, werden wir das Ganze schon irgendwie hinbiegen können. Er ist ein gut aussehender junger Mann, intelligent, wortgewandt, ohne jeden politischen Ballast, ohne extreme Ansichten – warum lassen wir zu, dass sie ihn zu einem Dämon machen, wenn wir doch die Wahrheit auf unserer Seite haben? Die Sache mit den Morgensterns wird niemanden dazu bringen, seine Meinung zu ändern – sie ist ein Aufhänger für die Opposition. Wir können unseren Leuten auch einen Aufhänger geben – einen bescheidenen Helden. Was halten Sie davon, Dr. Horton?«

Horton suchte in den Gesichtern der Anwesenden nach einer Antwort. »Ich möchte nicht, dass der Rest des Teams denkt, ich würde versuchen, die Lorbeeren allein einzusammeln«, erwiderte er dann langsam.

»Sie müssten natürlich vorher mit ihnen reden und ihnen die Situation erklären.«

Horton nickte. »Aber ich möchte auch nicht, dass das, was der *Ammo Locker* behauptet hat, einfach so stehen bleibt.«

»Völlig richtig«, stimmte ihm Rochet zu. »Diese Leute sollten nicht das letzte Wort haben. Hier geht es einzig und allein um die Wahrnehmung.«

»Ich dachte, es geht um die Wahrheit«, sagte Horton.

»Darum geht es nicht oft«, sagte Rochet. »Aber wir versuchen immer, die Wahrheit als Ausgangspunkt zu nehmen.«

»Dann haben Sie sich also entschieden?«, wollte Breland wissen.

»Ich glaube, ja«, sagte Horton.

»Gut.« Rochet stand auf. »Kommen Sie doch gleich mit in mein Büro, dann können wir sofort anfangen.«

Aimee Rochet war eine Künstlerin, die im Flüchtigen und Unwirklichen arbeitete, und manchmal einem Picasso ähnelte, wenn sie ihre Bilder in die Luft malte – Eindrücke, Wahrnehmungen und, falls notwendig, Illusionen.

Über Nacht plante sie ein Ereignis, dass nicht nur der erste öffentliche Auftritt eines politischen Debütanten war, sondern der Krönung eines Helden gleichkam. Als das Handelsministerium sich weigerte, den Dienstweg für die Verleihung des Wissenschaftsordens an die Entwickler des Triggers abzukürzen, stöberte Rochet in den Archiven des Weißen Hauses und fand Unterlagen, die eine frühere Version – den Fortschrittsorden des Präsidenten – autorisierten. Sie stellte ein begeistertes Publikum zusammen, das groß genug war, um eine Weitwinkelaufnahme zu füllen, indem sie Mitarbeiter aus der mittleren Führungsebene des Außenministeriums zusammentrommelte. Außerdem wurden die zwei noch lebenden amerikanischen Träger des Friedensnobelpreises nach Washington geschafft, wo man sie in die erste Reihe setzte, damit sie Horton die Hand schüttelten.

Die seichten Reden für den Präsidenten und den Geehrten wurden von den Mitarbeitern zusammengeschrieben, die für solche Reden zuständig waren, aber Rochet setzte sich persönlich mit Jeffrey Horton zusammen, um seine Rede mit ihm einzuüben. Dann schrieb sie noch einige Sätze um, damit sie einfacher waren und besser zu seiner Sprachmelodie passten. Sie suchte die Vertreter der Medien aus, die an dem illustren Ereignis teilnehmen durften, und gab einem besonders freundlichen Korrespondenten von *Bertelsmann Worldwide* ein Exklusivinterview. Bei einem Arbeitsfrühstück spielte sie mit Horton eine Pressekonferenz durch. Und als es ernst wurde, moderierte sie die Pressekonferenz höchstpersönlich.

Als Rochet die vielen erhobenen Hände vor sich sah, dachte sie mit Bedauern daran, dass sie trotz all ihrer Bemühungen eines nicht tun konnte – sie konnte die Fragen nicht für Horton beantworten. Das musste er selbst übernehmen. Er hatte die gleichen Fehler wie Breland – er war viel zu spontan, um eine brillante Antwort auswendig zu lernen, und viel zu ehrlich, um nicht in die politischen Fettnäpfchen zu treten. Aber im Gegensatz zu Breland war

Horton ein Amateur. Sie konnte nur hoffen, dass er sich mit der Pressekonferenz nicht zu sehr schadete.

Sie deutete auf einen der Journalisten, während sie dachte: Fangen wir mit dem großen Bären an. »Richard, Sie haben die erste Frage.«

»Dr. Horton, Senator Wilman hat gesagt, dass der LifeShield die Antwort auf die Gebete eines Pazifisten ist. Haben Sie mit Senator Wilman oder Gott darüber gesprochen, und glauben Sie, dass eine weltweite Abrüstung ein realistisches Ziel ist?«

Na los – einfach ganz normal drauflosreden – Sie brauchen gar nicht alles zu beantworten.

»Ich kenne Senator Wilman nicht persönlich«, antwortete Horton. »Aber ich bin ziemlich sicher, dass Gott auf der Seite des Friedens steht. Ob eine weltweite Abrüstung realistisch ist oder nicht, kann ich nicht sagen. Aber ich kann Ihnen sagen, dass das LifeShield-Team sehr glücklich sein wird, wenn unsere Entdeckung dazu beiträgt, die Welt in diese Richtung zu lenken.«

Nicht schlecht, dachte sie. *Und jetzt der Vikar ...*

»Dr. Horton, Alfred Nobel hat sein Vermögen dadurch gemacht, dass er in den Kriegen des 19. Jahrhunderts beiden Seiten TNT verkauft hat. Würden Sie einen Nobelpreis für die Entdeckung des Gegenmittels für Dynamit akzeptieren, oder würden Sie das für Blutgeld halten?«

»Nobel hat zu seiner Freundin Bertha von Suttner einmal gesagt, dass er davon träume, eine Maschine oder ein Material herzustellen, die Krieg unmöglich machten. Er scheint an Abschreckung gedacht zu haben – die Möglichkeit, sich gegenseitig zu vernichten. Aber ich glaube nicht, dass jemand, der durch seine Stiftung ausgezeichnet wird, Anlass zu Bedenken hat.«

Sehr schön. Jetzt der Haarspalter.

»Dr. Horton, was wäre Ihnen lieber – der Friedensnobelpreis oder der Nobelpreis für Physik?«

»Darüber habe ich noch nicht nachgedacht«, erwiderte Horton. »Ich kümmere mich um Naturwissenschaft, nicht um Auszeichnungen.«

Ohhh, der Haarspalter wird heute Abend nichts Nettes über Sie sagen. Sie haben ihm seinen Auftritt verdorben. Nehmen wir mal einen von der College-Presse …

»Welche Vorbilder haben Sie, Dr. Horton?«

»Ich glaube, wenn jemand in meinem Fachgebiet arbeitet, kann er es sich nicht erlauben, Vorbilder zu haben. Aber ich bin jedem meiner Lehrer zu Dank verpflichtet, der mir etwas beigebracht hat, und jedem Pionier, der einen Teil des Puzzles herausgefunden und dieses Wissen an uns weitergegeben hat.«

Oh, ich könnte Sie küssen. Mal sehen – die Grinsrübe dürfte harmlos sein.

»Würden Sie sich selbst als Genie bezeichnen?«

»Nein. Ich arbeite nur sehr viel.«

Nur noch ein paar, und wir haben es geschafft. Monsieur, Sie sind an der Reihe …

»Dr. Horton, was wissen Sie über ein Net-Dokument, in dem es um etwas mit der Bezeichnung ›Trigger Mark I‹ geht? Es handelt sich dabei angeblich um eine komplette Bauanleitung für ein Gerät, das dem LifeShield sehr ähnlich ist. Können Sie uns sagen, ob das Ganze ein Scherz oder echt ist?«

Horton war sprachlos, aber Rochet kam ihm sofort zu Hilfe. »Ich möchte Sie daran erinnern, dass Dr. Horton erst dann nähere Einzelheiten zu seiner Forschungsarbeit kommentieren kann, wenn die Einschränkungen hinsichtlich der nationalen Sicherheit aufgehoben sind. Das gilt auch für ein Dementi oder eine Bestätigung von Gerüchten aus dem Net.« *Schnell, wer – oh, der Blumenhut* – »Eleanor.«

»Dr. Horton, gibt es etwas, was Sie Loretta Welch oder den Kindern der Morgensterns sagen möchten?«

Verdammt – dieses Miststück bekommt nie wieder eine Einladung … »Dr. Horton schließt sich der Erklärung des Präsidenten an und möchte seine aufrichtige Anteilnahme am Tod …«, fing sie an.

»Nein, das ist schon in Ordnung, Aimee – ich möchte die Frage selbst beantworten«, fiel ihr Horton ins Wort. »Es tut mir Leid, dass so etwas passiert ist. Ich wünschte, es wäre nicht geschehen. Alle Mitarbeiter im Labor waren sehr traurig, als wir davon gehört haben. Aber ich hoffe, dass die Menschen, die mit dem LifeShield arbeiten, etwas daraus lernen werden. Als ich vor langer Zeit einmal einen Freund bei einem Flugzeugabsturz verloren habe, habe ich den Gebrüdern Wright nicht die Schuld daran gegeben. Und als die Astronauten in der Challenger starben, hat sicher niemand daran gedacht, dass Robert Goddard dafür verantwortlich war. Jede neue Technologie hat sowohl Risiken als auch Vorteile. Ich glaube nicht, dass wir eine Garantie verlangen können.«

Hören Sie auf zu reden, hören Sie auf zu reden. Ich brauche einen eleganten Abgang … »Die letzte Frage geht an Tania.«

»Dr. Horton, haben Sie mit Ihrer Schwester gesprochen? Ich habe erfahren, dass Sie bei der Olympiade eine Medaille im Sportschießen gewonnen hat.«

»Ja, das ist richtig. Ich bin sehr stolz auf sie. Zu Ihrer Frage – nein, ich habe noch keine Gelegenheit gehabt, mit Pamela zu sprechen.«

»Hält Sie Ihre Arbeit für positiv oder für negativ?«

Horton sah etwas überrascht aus. »Wir haben uns immer gegenseitig unterstützt. Das ist in unserer Familie schon immer so gewesen. Und ich sehe keinen Grund dafür, warum sich das jetzt ändern sollte.«

Das reicht …

Rochet brachte ihn in einen anderen Raum des Weißen Hauses, sagte ihm, dass er großartig gewesen sei, und reichte ihn an einen ihrer Mitarbeiter weiter. Dann eilte sie zurück in den Presseflügel, um die Wogen ein wenig zu glätten.

Als sie wiederkam, wusste sie genug, um Horton zu einigen der besten Nachrichtenbeiträge zu dirigieren, deren Tenor gemischt, aber meistens wohl wollend war. Sie setzten sich in ein Medienzentrum des Weißen Hauses und surften zusammen durch einige Kanäle, bis Horton aufstand und protestierte: »Mehr geht nicht. Ich hasse meine Stimme.«

Rochet lächelte. »Morgen werden Sie keine Stimme

mehr haben – dann sind Sie nur noch ein Videoclip mit der Stimme eines Kommentators.«

Horton musste lachen.

»Sie haben das wirklich sehr gut gemacht«, sagte Rochet und umarmte ihn. Sie hatte schon oft gesehen, wie nach einer Pressekonferenz die ganze Anspannung von jemandem abfiel – und das nicht nur bei Anfängern. »Wenn Sie noch ein paar Tage Zeit für uns hätten, könnten Sie eine Menge für unsere Sache tun. Lassen Sie es mich wissen, Dr. Horton.«

Er stimmte sofort zu – und hielt sich recht gut in der nächsten Woche, in der er einen sorgfältig geplanten Auftritt nach dem anderen absolvierte. Rochet war daher so überrascht wie alle anderen, als sich Dr. Jeffrey Horton neun Tage nach seiner Rückkehr nach Nevada selbst die Genehmigung für einen unbezahlten Urlaub von unbestimmter Länge schrieb, in einem Firmenfahrzeug von Terabyte den Annex verließ und spurlos verschwand.

Als der Sicherheitsdienst meldete, dass Senator Grover Wilman das Fabrikgelände betreten hatte, ging Jules Merchant in die Empfangshalle des Verwaltungsgebäudes von Allied General, um seinen alten Freund persönlich zu begrüßen.

Sie hatten sich vor drei Jahrzehnten in einem Krieg kennen gelernt und waren durch gemeinsame Erinnerungen an dunkle Nächte, in denen sie in einem sechzig Tonnen schweren Abrams-Panzer durch die Wüste gedonnert waren, miteinander verbunden. Aber nach dem Krieg hatten sich ihre Wege getrennt, und die Politik hielt sie nun schon seit zehn Jahren auf Abstand voneinander. Der Chef des weltweit größten Waffenunternehmens, das gleichzeitig der größte Auftragnehmer des amerikanischen Militärs war, konnte sich eine Freundschaft mit einem Mann, der als das schwarze Schaf des Senats galt und der weltweit bekannteste Abrüstungsbefürworter war, einfach nicht erlauben.

Aber Freundschaften, die im Krieg geschlossen wurden,

halten ewig, und daher war Merchants Begrüßung herzlich und echt. »Grover.« Er breitete die Arme aus, um seinen Freund zu umarmen und ihm auf den Rücken zu klopfen. »Tu mir einen Gefallen und sag nicht, wie lange es schon her ist.«

»Es ist schön, dich zu sehen, Jules«, entgegnete Wilman. »Ich glaube, du bist seit zwanzig Minuten der erste, der mich nicht böse ansieht.«

Merchant lachte. »Ah, du meinst den Was-zum-Teufel-macht-*der*-denn-hier?-Blick. Ich habe auch so meinen Teil abbekommen, seit ich meinen Mitarbeitern gesagt habe, dass du kommst. Aber wenn man lange genug wartet, ändert sich alles. Draußen steht ein Wagen für uns. Ich möchte dich zum Testgelände bringen und dir etwas zeigen.«

Merchants Wagen war ein niedrig gebautes Fahrzeug mit fünf Sitzen, dem die militärische Bestimmung trotz der Lackierung in einem neutralen Braun schon von weitem anzusehen war – zusätzliche Benzinkanister in einer verstärkten Vertiefung in der Mitte, ein GPS-Display am Armaturenbrett, Schwachstellen an beiden hinteren Ecken der Karosserie durch Panzerplatten geschützt und ein Überrollbügel, in den ein Zwei-Achsen-Befestigungsring für ein leichtes Maschinengewehr integriert war.

»Ist das der Nachfolger für den Hummer?«, wollte Wilman wissen, als er ein Bein über das hochgezogene Schutzblech schwang, das als ›Tür‹ diente, und sich auf den zweiten Sitz zog.

»Ja. Diese Version haben wir ›Fiver‹ genannt – für Forward Infantry Vehicle, Recon/Patrol. Der Name ist auch ein Hinweis auf das dafür vorgesehene Fünfmannteam – Fahrer, stehender MG-Schütze, Beobachter-Lader und zwei bewaffnete Männer, die nach hinten absichern. Wir haben im Mai letzten Jahres mit der Lieferung begonnen – der aktuelle Vertrag läuft über eintausenddreihundert Einheiten in verschieden Versionen. Der Fiver erreicht auf ebenem Gelände eine Geschwindigkeit von einhundertsechzig Kilometer pro Stunde, schafft eine Steigung von fünfzig Grad und fährt durch sämtliche Gewässer, die flacher sind als der Lufteinlass der Turbine. Aber das weißt du vermutlich schon alles – du warst ja schließlich die treibende Kraft hinter der Kampagne, das Auftragsvolumen von eintausendfünfhundert auf eintausenddreihundert zu senken.«

»Es war nichts Persönliches, Jules«, wandte Wilman ein. »Und ich habe nie gesagt, dass man bei Allied General nichts Anständiges für sein Geld bekommt.«

»Ich weiß.« Merchant brachte den Turbomotor auf Touren und lenkte das Fahrzeug auf einen Weg, der westlich vom Parkplatz in einen Wald führte.

»Es ist das erste Mal, dass ich einen mit eigenen Augen sehe, das ist alles.«

»Der Fiver ist nicht das, was ich dir zeigen wollte«, sagte Merchant. »Hast du in den Akten für das schwarze Budget schon einmal von einem Projekt namens Basilisk gelesen?«

»Nein. Ich habe mich um andere Dinge gekümmert.«

Merchant nickte. »Ich dachte mir, du als ehemaliger Panzerkommandant würdest gern mal einen Blick auf den Prototyp werfen. Jetzt, nachdem du Mitglied des Ausschusses für das schwarze Budget bist, kann ich ihn dir ja zeigen.« Er fuhr langsamer, da sie an einem Kontrollpunkt angekommen waren. Sie passierten eine Schranke und fuhren dann auf das Hochsicherheitstestgelände. »Hast du schon einmal eines dieser verrückten Rennen gesehen, bei dem die Teilnehmer herauszufinden versuchen, wer von ihnen am weitesten mit einem Schneemobil auf einen See fahren kann?«

»Sicher. Allerdings muss man sich fragen, wer der Erste war, der das ausprobiert hat, und warum er dachte, es wäre eine gute Idee.«

»Wahrscheinlich war es ein Sechzehnjähriger – entweder war er betrunken, oder ihm war langweilig. Oder beides. Egal, so ähnlich ist der Basilisk – das Fahrzeug wurde nach der Eidechse benannt, die über das Wasser laufen kann. Im Grunde genommen ist es ein Bradley-Schützenpanzer, den man auf Diätpillen *und* Steroide gesetzt hat – von vorne bis hinten synthetisch, Kunststoffpanzer, eine versiegelte Karosserie, die sowohl Ähnlichkeit mit einer

Badewanne als auch mit Auftriebskörpern hat, und die neue Hochleistungsturbine von GE, die sozusagen der große Bruder der Turbine unter dem Kühler des Fiver ist.«

»Redest du etwa von einem Panzer, der schwimmen kann?«

»Als ›schwimmen‹ würde ich es nicht gerade bezeichnen. Aber da sind wir schon – Halle 7. Sieh ihn dir selbst an.«

Nachdem Merchant einen Testfahrer seines Unternehmens ans Steuer gelassen hatte, folgten sie dem Basilisk mit hoher Geschwindigkeit zu einem abgelegenen Teil des Geländes, in dem es Hügel, Unterholz, einen natürlichen Fluss und einen künstlichen See gab. Und dort legte die Crew des Basilisk eine Demonstration hin, die Wilman mit leuchtenden Augen und dem Gesichtsausdruck eines kleinen Jungen verfolgte, der sich riesig freut, wenn es kracht und knallt und sich etwas bewegt.

Der Basilisk kletterte an Felsen hoch, walzte einen kleinen Baum nieder, schoss über eine unbefestigte Straße und stürzte sich dann mit unveränderter Geschwindigkeit in den Fluss, wo er einen Düsenstrahl aus Wasser hinter sich stieß. Als Abschluss der Demonstration überquerte er den kleinen See an seiner breitesten Stelle, dann drehte er um und fuhr noch einmal auf den See. Nach der Hälfte des Weges wurde er langsamer und hielt dann an, wobei er etwas tiefer sank, sich aber immer noch sicher über Wasser hielt. Dann bewegten sich die Raupenketten gegeneinander, sodass er eine volle Drehung im Uhrzeigersinn und dann noch einmal entgegen dem Uhrzeigersinn vollführte. Der Gefechtsturm schwang herum, und das 25-mm-Geschütz feuerte auf ein Ziel im Westen. Der Rückstoß brachte den Basilisk nicht einmal zum Schaukeln. Nach dem Schuss setzte er sich wieder in Bewegung und machte einen Satz nach vorn, wobei er sich mit zunehmender Geschwindigkeit immer weiter aus dem Wasser hob.

»Versuch das mal mit einem anderen Fahrzeug«, sagte Merchant stolz.

»Wird er mit Uferböschungen fertig?«

»Aber natürlich. Wenn er mit der richtigen Seite auf dem Wasser aufkommt, kann er nicht untergehen.«

»Ich bin beeindruckt. Ein erstaunliches Fahrzeug«, erwiderte Wilman. »Im Irak hätten wir ihn zwar nicht gebraucht, aber sonst fast überall – man hat die Mobilität eines Luftkissenfahrzeugs ohne den Hockey-Puck-Effekt.«

»Danke«, sagte Merchant. »Ich war der Meinung, du solltest ihn sehen, bevor er den gleichen Weg geht wie der B-49 – auf den Schrottplatz oder in ein Museum für historische Kuriositäten.«

»Was meinst du damit?«

Merchant deutete nach rechts, und die beiden Männer gingen langsam am Betonstrand des künstlichen Sees entlang. »Der Basilisk sollte beide Versionen des Bradley ersetzen. Aber ich habe am Montag gehört, dass die Bestellung für die nächsten sechs Prototypen erst einmal auf Eis gelegt wurde und dass die gesamte Produktionsreihe fraglich geworden ist – das Pentagon beurteilt Entwicklung und Beschaffung auf sämtlichen Waffenplattformen noch einmal völlig neu. Jeder Vertrag, in den eine Bremse eingebaut wurde, wird zum Stehen gebracht.«

»Wundert dich das, angesichts der Umstände?«, fragte Wilman.

»Nein. Aber es sieht so aus, als würden viele dieser Verträge nicht mehr erfüllt werden – einschließlich des Vertrags für den Basilisk. Und wenn wir keine Produktionsreihe mit einer bestimmten Größe im Inland bekommen, werden wir auch keine Exportlizenz bekommen, nicht einmal für den Verkauf an befreundete Staaten – und das bedeutet das Ende eines Projekts mit dem Investitionsumfang von vierhundert Millionen Dollar, mit dem wir die Jobs von sechzigtausend Facharbeitern sichern wollten. Wenn der Vertrag nicht zustande kommt, haben wir keine Arbeit mehr für sie. Niemand in dieser Industrie hat noch Arbeit für sie.«

»Sagst du mir das, damit ich mich schuldig fühle, oder möchtest du mich um etwas bitten? Und falls es um letzteres geht – bist du sicher, dass ich es dir geben kann?«

»Ich bitte einen Freund von mir um eine Auskunft darüber, wo die Entwicklung hingeht – mehr nicht«, antwortete Merchant. »Grover, ich bin fast die ganze letzte Woche in Vail gewesen und habe mich mit einigen Bekannten unterhalten, die ähnliche Probleme haben. Wir konnten uns nicht darauf einigen, wie wir reagieren sollen. Schließlich sind wir alle wieder abgereist – sagen wir einmal, untereinander uneinig und äußerst beunruhigt.«

»Wenn deine Bekannten Burton, Lightner und Sullivan heißen, wundert mich das nicht.« Wilman nannte die Namen der CEOs, die den drei anderen amerikanischen Rüstungskonzernen vorstanden. »Ihr habt sehr viel Verantwortung – und sehr viel Einfluss auf das Leben von Menschen.«

Merchant stellte sich Wilman in den Weg und sah ihn an. »Grover, du weißt, dass ich mich nicht um Politik kümmere – ich würde auch U-Boote für Kreuzfahrten in der Karibik oder Wohnwagen für den Mars bauen, wenn die Regierungen sie haben wollten. Allied General baut technisch führende Fahrzeuge für jede Umgebung – Land, Wasser, Luft, Weltraum. Aber unsere Kunden bestehen darauf, dass wir diese Fahrzeuge mit Waffen voll stopfen.«

»›Wenn Wünsche Raumschiffe wären …‹ Ich weiß, dass du das glaubst. Und um unserer Freundschaft willen werde ich nicht mit dir darüber diskutieren, zumindest jetzt nicht.«

»Danke. Aber ich habe 135 000 Mitarbeiter, die auf das Konzept der militärischen Abschreckung angewiesen sind, um ihre Rechnungen bezahlen und ihre Kinder aufs College schicken zu können. Ich muss dich also fragen – ist es schon zu spät dazu, den fahrenden Zug noch aufzuhalten?«

Die beiden Männer waren inzwischen ganz allein und rund zweihundert Meter vom See entfernt, wo sich die Fahrzeuge und ihre Crews befanden. Wilman warf eine Blick in Richtung See und sagte dann: »Viel zu spät, Jules.«

Merchant hatte diese Antwort erwartet, durch die er seinen bei den Gesprächen in Vail vertretenen Standpunkt bestätigt sah. »Kannst du uns sagen, was wir jetzt machen sollen? Wir reden hier über Regierungsverträge mit einem Volumen von siebzig Milliarden Dollar pro Jahr, die ausbleiben werden – und fünfundzwanzig Milliarden Dollar Einnahmen pro Jahr aus Waffenexporten.«

»Jules, wenn du nach Verständnis suchst, muss ich dich enttäuschen«, sagte Wilman. »Ihr seid die vier apokalyptischen Reiter – Allied General, Boeing, Lockmar, United Textron. Ihr habt mit dem Leid anderer eine Menge Geld verdient. Und wenn ihr jetzt zur Abwechslung einmal diejenigen seid, die leiden – mir fällt es, ehrlich gesagt, ziemlich schwer, mich darüber sonderlich aufzuregen.«

»Wir werden nicht diejenigen sein, die darunter leiden, Grover. Wir können die Belegschaft zusammenstreichen, Fabriken schließen, fallen gelassene Projekte abschreiben, bis wir auf die Größe geschrumpft sind, mit der wir von dem leben können, was in unserer Branche noch übrig ist. Für mich wird das etwas schwieriger sein als für die anderen drei – Allied General macht mehr als die Hälfte seines Umsatzes mit Rüstungsgütern und Waffen. Aber selbst wir werden irgendwie überleben.«

»Um was geht es dann, Jules – um den Wert deiner Aktienoptionen? Warum seid ihr ›äußerst beunruhigt‹?«

Merchant schüttelte den Kopf. »Ich bin überrascht, dass du das fragen musst. Die ›vier Reiter‹ haben an dreiundsechzig Standorten in zweiunddreißig Bundesstaaten größere Produktionsstätten. Wirtschaftlich gesehen dürfte das dieselben Folgen haben wie ein Erdbeben in Los Angeles, eine Überschwemmung im unteren Mississippi-Gebiet und ein Wirbelsturm an der Küste Floridas in ein und derselben Woche. Schon bei der ersten Welle von Entlassungen verlieren wir 100 000 Arbeitsplätze – fast alles hoch qualifizierte und gut bezahlte Jobs, die Familien aus der Mittelschicht ernähren.«

»Solche Zyklen hat es früher auch gegeben – Konjunkturabschwung, Marktzerrüttung, technologischer Wandel«, wandte Wilman ein. »Das ist alles nur vorübergehend. Nach einem oder zwei Jahren kommen die Leute anderswo in der Wirtschaft unter.«

»Und verlieren ihre Qualifikationen, die Synergie, die technischen und intellektuellen Vorteile, die man immer dann bekommt, wenn man qualifizierte Arbeitskräfte an einem Ort konzentriert. Grover, ich möchte möglichst viele dieser Leute weiterbeschäftigen. Ich würde gerne die Teams zusammenlassen und ihnen neue Aufgaben geben.«

Wilman runzelte die Stirn. »Du meinst Arbeitsbeschaffungsprogramme, unternehmerische Wohlfahrt. ›Wir kaufen noch ein paar Bomber pro Jahr, damit sie die Fabrik in Palmdale nicht schließen müssen. Wir lassen noch einen Flugzeugträger bauen, den wir nicht brauchen, damit Newport News überlebt.‹ So etwas macht man nur, wenn man der Meinung ist, hoch qualifizierte Arbeitskräfte später noch einmal gebrauchen zu können. Aber ich glaube nicht, dass es dieses Mal noch ein ›Später‹ geben wird.«

»Genau darüber möchte ich mit dir reden«, sagte Merchant. »Darüber, in welchen Bereichen wir unsere hoch qualifizierten Arbeitskräfte noch einsetzen könnten. Ob wir sicher sein können, dass wir nie wieder wissen müssen, wie man ein schnelles U-Boot oder einen Stealth-Bomber baut, und was wir mit uns anfangen sollen, während wir darauf warten, es herauszufinden. Es geht nicht um Arbeitsbeschaffung, Grover – es geht nicht darum, dass wir Produkte herstellen, die niemand braucht, oder doppelt so lange für die Herstellung von Produkten brauchen, die wir brauchen. Ich möchte mich einfach mit dem Präsidenten zusammensetzen und darüber sprechen, welche Möglichkeiten es gibt.« Merchant zögerte etwas, dann beschloss er, seine Trumpfkarte auszuspielen. »Ich möchte mit ihm über eine bemannte Mission zum Jupitermond Europa sprechen – darüber, ob wir ein Raumschiff in eine Umlaufbahn bringen können, ein Raupenfahrzeug auf das Eis und ein U-Boot in den Ozean. Glaubst du, er würde mir zuhören?«

Wilmans überraschter Gesichtsausdruck ließ darauf schließen, dass er doch noch etwas Unerwartetes – und Interessantes – gehört hatte. Ob es die Idee an sich war oder eher die Aussicht, einen der ›vier Reiter‹ dazu zu bringen, etwas zu schaffen, anstatt immer nur zu zerstören, war Merchant nicht ganz klar. Aber Wilmans Antwort ließ ihn neue Hoffnung schöpfen.

»Ich weiß nicht, ob der Präsident dir zuhören würde«, sagte der Senator langsam. »Aber *ich* würde es auf jeden Fall tun. Gibt es in deinem Büro zwei Stühle und einen Haken für meinen Mantel?«

Merchant lachte. »Ja, Grover. Außerdem jede Menge Kaffee und eine Toilette.«

»Für das erste braucht man auch das zweite – besonders in unserem Alter.« Wilman legte Merchant eine Hand auf die Schulter und drehte ihn in die Richtung, aus der sie gekommen waren. »Also dann, Kanonier – lass uns darüber reden, was wir nach dem Krieg machen.«

Es liegt nicht mehr in unserer Hand.

Als Mark Breland diese Worte an jenem Vormittag vor vier Monaten zu John Trent gesagt hatte, war ihm ihre Gültigkeit lediglich intellektuell bewusst gewesen. Aber inzwischen hatte er genug Beweise dafür, um zu wissen, dass er Recht gehabt hatte. Es gab keine ›normalen‹ Tage mehr – ständig schien etwas völlig Unerwartetes, aber gleichzeitig völlig Logisches zu geschehen.

»An guten Tagen«, sagte er zu Steppak, »war Präsident sein so ähnlich, als würde man versuchen, einen klapprigen Kleinbus mit hoher Geschwindigkeit auf einer unbekannten Bergstrasse ins Tal zu fahren, während einem drei Tanten und eine Schwiegermutter gleichzeitig gute Ratschläge fürs Fahren geben.«

»Und jetzt?«

»Könnte man es vielleicht mit Surfen lernen vergleichen«, antwortete Breland. »Und Surfen ist in Pennsylvania nicht gerade ein Volksport.« Für Breland war der Vergleich mehr als die Pointe eines guten Witzes. Sein Einfluss war genauso schwankend und die Kräfte, mit denen er es zu tun hatte, genauso mitreißend und ungestüm, und ständig schien er herunterzufallen, wieder zurückzuklettern oder zu versuchen, das Gleichgewicht zu halten.

Manchmal setzten sich Ereignisse an die Spitze der Nachrichtenschlange, die bei Breland lediglich Gefühle wie Erstaunen, Entsetzen, Freude oder Bedauern auslösten. Andere wiederum verlangten einen Platz in seinem Terminkalender, und gelegentlich blieben sie auch dort und verlangten fortgesetzte Aufmerksamkeit. Für Breland gehörten die beiden Mordversuche auf ihn – einer durch einen Amerikaner, der zweite durch einen Ausländer – zur ersten Kategorie. Und das Amtsenthebungsverfahren – das nach allgemeiner Auffassung sehr viel gefährlicher gewesen war – in die Zweite.

Breland hatte zwar alle drei Attacken überstanden, aber andere Wunden davongetragen, die nicht heilen wollten. Die steigenden Erwartungen hatten dafür gesorgt, dass seine Politik keinen so starken Rückhalt mehr in der amerikanischen Bevölkerung fand. Außerdem wurde er durch eine ungleiche Koalition aus Befürwortern der individuellen Meinungs- und Gedankenfreiheit, Industriellen und Patrioten von beiden Ende des politischen Spektrums angegriffen und durch eine ausgeklügelte E-Mail- und eine professionell koordinierte Protestkampagne stark unter Druck gesetzt.

Obwohl die nächsten Wahlen erst in zwei Jahren waren, schien eine zweite Amtszeit eine aussichtslose Sache zu sein, sodass sie auf Nolbys Anordnung hin in Gegenwart des Präsidenten einfach nicht erwähnt wurde. Die Mitarbeiter sollten sich stattdessen – wie Vizepräsidentin Toni Franklin formulierte – auf das ›Aushärten des Fundaments‹ konzentrieren.

Wir haben keinen Einfluss mehr auf das, was geschieht, wenn wir nicht mehr hier sind, oder darauf, wann dieser Tag kommen wird, schrieb sie in einem Memo, das später als ›Die Lobrede‹ bekannt werden sollte. *Wir können nicht sicher sein, dass wir das, was wir angefangen haben, auch beenden können. Wir können nicht sicher sein, dass unsere Nachfolger unsere Absichten oder unsere Arbeit achten werden. Das Beste aus unserer Arbeit zu machen ist alles, was wir in der uns verbliebenen Zeit tun können. Wenn es nur Pläne sind, die wir hinterlassen, wer-*

den diese leicht zu ignorieren sein. Wenn es nur ein Loch im Boden ist, das wir hinterlassen, wird es leicht zu füllen sein. Wenn wir lediglich Mitarbeiter und finanzielle Mittel horten, werden diese leicht für andere Zwecke eingesetzt werden können.

Aber wenn wir uns mit all unserer Kraft für dieses und kein anderes Ziel einsetzen und überall dort um Hilfe bitten, wo wir sie bekommen können, bin ich der Meinung, dass wir genug Zeit haben, ein solides Fundament für eine friedliche Abrüstung zu legen, dessen Pfeiler bis in das Grundgestein unserer Gesellschaft reichen werden. Und wenn wir so lange über unser Fundament wachen, bis der Beton ausgehärtet ist und das Gewicht tragen kann, für das er gegossen wurde, dann werden jene, die uns nachfolgen, bei dem Versuch, dieses Fundament wieder auseinander zu nehmen, genauso viel Mühe haben wie bei dem Versuch, es einfach zu ignorieren. Es wird zum festen Inventar der politischen Landschaft werden, zum Mahnmal für neue Möglichkeiten. Was unsere Nachfolger dort bauen werden wird von dem beeinflusst werden, was wir getan haben, um den Boden dafür vorzubereiten, und ihre Entscheidung werden alle sehen und beurteilen können.

Vielleicht sind wir jetzt noch nicht so weit, dass diese Vision Wirklichkeit werden kann. Aber wir können den Tenor der Diskussion für immer ändern und jenen, die diese Vision mit uns teilen, ein Symbol und ein Beispiel geben, an dem sie sich orientieren können. Vielleicht wird es uns nicht gelingen, die Zukunft zu beschleunigen – dieses Land ist noch jung und kann manchmal sehr kurzsichtig sein. Aber trotzdem können wir die Stimme einer sich selbst bewahrheitenden Voraussage und die Hebamme, wenn nicht gar die Mutter eines neuen Zeitalters sein. Unser Engagement und unser Beispiel wird dafür sorgen, dass die Zukunft mehr als nur eine flüchtige Ähnlichkeit mit unseren Idealen von einer sichereren, zivilisierteren Gesellschaft aufweist.

Das ist das Gebot der Stunde. Und das erwartet auch der Präsident von uns. Sorgen Sie dafür, dass jeder Tag zählt.

Das Memo, das die Vizepräsidentin nicht elektronisch verschickte, sondern auf feinem Briefpapier ausdrucken ließ und dann persönlich auf fast dreihundert Schreibtische legte, hatte sehr viel mehr Einfluss auf die Mitarbeiter, als Breland je vermutet hätte. Es gab eine Hand voll Kündigungen und Rücktritte, aber die Mitarbeiter, die blieben, schlossen die Reihen um den Präsidenten und versuchten, ihn vor dem Sturm zu schützen, der um das Weiße Haus tobte.

Ironischerweise war einer der schützenden Häfen, die sie für ihn fanden, Westeuropa. Breland war in Köln beliebter als in Knoxville und wurde in Berlin mehr respektiert als in Boston. Sämtliche Mitgliedsstaaten der Europäischen Union hatten schon vor langer Zeit ihre Probleme in Zusammenhang mit dem Privatbesitz von Waffen gelöst und sich für die öffentliche Sicherheit entschieden. Für die Bürger Englands, Deutschlands oder Frankreichs war es daher ziemlich schwierig zu verstehen, warum ein amerikanischer Präsident Schwierigkeiten bekam, wenn er eine seit langem fällige Lösung für das anbot, was die meisten von ihnen für einen Schandfleck auf Amerikas Charakter hielten.

Aber hinter Brelands Popularität in Europa steckte noch mehr als Sympathie für jemanden, den man für zu Unrecht verleumdet hielt. Die meisten EU-Staaten hatten seit Jahrzehnten mit Terrorismus in ihren Städten zu kämpfen, aber nachdem Breland die Trigger-Technologie freigegeben hatte, konnte die Polizei mit einer leistungsfähigen neuen Waffe gegen Auto- und Paketbomben vorgehen. Und im Gegensatz zu Amerika gab es in Europa keine Einwände gegen einen kreativen und aggressiven Einsatz des Triggers.

In Paris und drei anderen französischen Städten wurden die Nachkommen des Mark I unter Dutzenden von Kreuzungen vergraben, sodass eine Art Kontrollnetz entstand, mit dem es unmöglich war, eine Bombe durch die Stadt zu transportieren. In den Schweizer Alpen wurden an den Zugängen zu Zug- und Straßentunneln Kontrollpunkte mit großen Sprengdeflektoren installiert. In London, Belfast, Genf, Amsterdam, Rom, Warschau und Berlin wurde riesige Gebiete – einige bis zu vierzig Häuserblocks groß – evakuiert, auf nicht explodierte Munition hin untersucht und dann unter den Schutz eines rund um die Uhr aktivierten Mark-I-Netzes gestellt.

Die Errichtung der ›Sicherheitszonen‹ war ein kalkuliertes Risiko, und obwohl vorher Untersuchungen mit Metalldetektoren und Geräten zum Aufspüren magnetischer Anomalien durchgeführt worden waren, gab es einige Zwischenfälle – die aus dem 13. Jahrhundert stammende Kirche San Francesco in Bologna und ein zehn Jahre altes Regierungsgebäude in Berlin stürzten teilweise ein, als sich bei der Sprengung von tief in der Erde vergrabenen Fliegerbomben ein Krater unter ihnen bildete, und in London wurde ein Wohngebäude in der Nähe des Parlaments durch einen Brand schwer beschädigt, der bei der Explosion eines V-1-Gefechtskopfes unter dem Keller ausbrach. Aber die Sicherheitszonen, die mit Brelands blauweißem Taubensymbol gekennzeichnet wurden, waren bei Touristen und Anwohnern so beliebt, dass das Programm durch Probleme dieser Art nicht ins Stocken geriet.

Gleichzeitig wurden überall in Europa Felder und Wälder quadratkilometerweise von Bomben und Sprenggeschossen geräumt, den Überbleibseln von fast zwei Jahrhunderten mit zahlreichen Kriegen. Bei der Räumung stellte sich heraus, dass immer noch eine erstaunliche Menge rostiger Munition im Boden vergraben war, und die Arbeiten entwickelten sich zu einem Zuschauerereignis, das den Nachrichtensendungen im Net spektakuläre Bilder lieferte.

In Ländern außerhalb der EU wurden mit der Zeit ähnliche ›Anti-Terror-Protokolle‹ und ›Verbotszonen‹ eingerichtet, so zum Beispiel entlang des Nils, wo die neue demokratische Regierung Ägyptens versuchte, westliche Touristen wieder zu den Pyramiden und Tempeln zu locken; in Sarajevo, das fest entschlossen war, die schöne, kosmopolitische Stadt wiederauferstehen zu lassen, die es vor dem ersten Bürgerkrieg einmal gewesen war; und in Singapur, das sich mit einer Art Wassergraben aus Triggern umgab und sich selbst zum ›Inselstaat des Friedens‹ erklärte.

Die Regierungen von mehr als einem Dutzend anderer asiatischer Inselstaaten – von den Solomon-Inseln bis zu den Philippinen – appellierten an die Vereinigten Staaten und Japan, zurückzukehren und nicht nur die Schlachtfelder, sondern auch die Territorialgewässer, in denen sie gekämpft hatten, von alter Munition zu räumen, sodass die US-Marine vor Guadalcanal erste Tests mit einem Schleppverband aus Triggern durchführte. Der Premierminister des wieder vereinigten Vietnam richtete die gleiche Bitte an die Regierungen von Frankreich und den Vereinigten Staaten.

Von Eureka County in Nevada, Princeton oder dem Anwesen Goldsteins in Maryland aus gesehen schienen diese Aktivitäten eine grundlegende Rechtfertigung zu sein, eine Garantie dafür, dass es kein Zurück mehr gab.

Aber für Senator Wilman, Mind Over Madness, General Madison und die anderen Stabschefs, Anson Tripp und den Nationalen Sicherheitsrat, Richard Carraro und die geopolitischen Analysten im Außenministerium sah die Situation etwas anders aus. Sie beschäftigten sich nicht damit, den Schrott des letzten Krieges wegzuräumen, sondern wollten den nächsten verhindern – oder, falls er wirklich notwendig sein sollte, gewinnen. Und bis jetzt war noch nicht klar, ob der Trigger dabei eine Hilfe war oder nicht.

Niemand in diesen Kreisen glaubte, dass friedliche Demonstrationen der Technologie allein den Trigger zu einem wirkungsvollen Abschreckungsmittel machen würden. Es wurde allgemein angenommen, dass dazu irgendwo irgendjemand seine Truppen in Bewegung und aufs Spiel setzen musste. »Wir brauchen ein Hiroschima«, war der zynische Satz, der immer öfter fiel.

Und daher warteten sie ab und bereiteten sich auf den Fall vor, den sie für den wahren Test des Triggers hielten. Sie wussten, dass das Ganze wiederholt werden musste, wenn sie zu langsam oder zu schwach reagierten. Sie warteten auf das Grollen einer Aggression an einem Ort, den sie rechtzeitig und mit ihrer vollen Schlagkraft erreichen konnten, ein Grollen, das so laut war, dass niemand es übersehen konnte, wenn es zum Schweigen gebracht wurde – und wie.

Sie warteten, zur Untätigkeit verdammt in einer Pattsituation mit einem Gegner, den sie nicht kannten. Und während sie warteten, ging das Training weiter – unbewaffnete Piloten, Seeleute und Soldaten wurden darauf vorbereitet, sich einer vorrückenden Armee oder Flotte in den Weg zu stellen. Wenn der Trigger nicht funktionierte, würde es unter den taktischen Eingreiftruppen große Verluste geben.

Das Warten hatte am 6. Juni ein Ende, denn an diesem Tag verlangte der Präsident auf Lebenszeit Hosan Hussein, dass Syrien, Saudi-Arabien und Kuwait die Arbeiten am Bau der schlanken, fünfzig Meter hohen Türme einstellten, die an ihren Grenzen zum Irak in die Höhe wuchsen.

»Wir wissen, welchem Zweck diese Bauten wirklich dienen sollen«, erklärte Hussein in einer aufwieglerischen Rede an sein Volk. »Wir wissen, dass es eine Lüge ist, wenn behauptet wird, es handle sich dabei um ein Abwehrschild. Diese Türme werden gebaut, damit unsere Feinde unser Land ausspionieren können, damit die Blicke der Ungläubigen bis in unsere Dörfer, Städte, Straßen, Häuser und Moscheen reichen. Diese Türme werden gebaut, damit unsere Feinde zerstörerische Energiestrahlen in unsere schlafenden Körper lenken können, Energiestrahlen, die Krebs verursachen und unseren ungeborenen Kindern das Leben nehmen werden.

Wir werden nicht zulassen, dass dieser Angriff auf unseren Leib und unser Leben stattfindet. Wir werden nicht zulassen, dass unser Land und unsere heiligen Stätten auf derart heimtückische Art und Weise überfallen werden. Die Türme müssen abgerissen werden. Wenn jene, die gegen uns intrigieren, nicht von ihrem schändlichen Tun ablassen und diese Teufelswaffen zerstören, werde ich unsere tapferen Piloten und Soldaten aussenden, um sie zu besiegen und die Leichen unserer Feinde im Wüstensand verrotten zu lassen.«

Um seinem Ultimatum Nachdruck zu verleihen, stationierte Hosan Hussein zwei durch Artillerie und Flugabwehr-Batterien verstärkte Panzerdivisionen vier Fahrtstunden südlich der Kreuzung von Al-Rafah an der saudischen Grenze, wo bereits mehr als acht Kilometer des Turmverbandes fertig gestellt worden waren. Aber bevor die Panzerkolonnen ihren Standort erreicht hatten, war eine Staffel aus F-22 Raptors und F-117B Nighthawks um die halbe Welt geflogen und in Al-Hayyaniyah gelandet, nur vierzig Minuten von der Grenze entfernt.

Die schon etwas altersschwachen Nighthawks führten in ihren Bombenschächten die Militärversion des Mark I mit sich, während die Raptors mit dem für Langstrecken geeigneten Mark II ausgerüstet waren, der in einer überdimensionalen Kapsel unter dem Rumpf transportiert wurde. Aber selbst die Crew der Flugzeuge fragte sich insgeheim, was acht Flugzeuge, die keine Waffen unter ihren Flügeln trugen und statt einem Geschütz eine Kamera in der Nase hatten, gegen mehr als hundert Panzer ausrichten konnten. Die Piloten hörten sich Brelands öffentliche Warnung an Hussein an, glaubten aber nicht daran, dass der irakische Präsident einlenken würde.

Am nächsten Morgen rückten die irakischen Truppen vor, sodass zwischen ihnen und der Grenze nur noch eine Fahrtstunde lag, und Hosan Hussein stellte ein zweites Ultimatum, in dem er nun auch die Vereinigten Staaten zu den Feinden des Landes zählte. »Wir werden nicht warten, bis wir zum Opfer geworden sind, und wir werden unsere tapferen Kämpfer keiner unnötigen Gefahr aussetzen. Die Türme müssen sofort zerstört werden.«

Bis zum Abend hatte der letzte der Bautrupps, die an der saudischen Grenze arbeiteten, seine Sachen gepackt und war abgereist.

Um 14.00 Uhr Washingtoner Zeit unterbrachen Steppak und Tripp eine Besprechung des Präsidenten und informierten ihn darüber, dass sich die Situation im Irak zuspitzen könnte. »Uns liegen neue Satellitendaten vor«, sagte Steppak, als sie durch die Korridore in Richtung Befehlszentrale eilten. »Die irakischen Einheiten in der Nähe von Al-Rah bewegen sich mit hoher Geschwindigkeit auf Al-Rafah zu, und über die Straße nach Al-Basrah rücken sechs weitere Divisionen auf den kuwaitischen Grenzübergang bei Safwan vor.«

»Dann ist Kuwait das Ziel«, sagte Breland, während er sich die Karte ansah. »Al-Rafah war ein Ablenkungsmanöver.«

»So sieht es jedenfalls aus«, sagte Tripp.

»Wie lange?«

»Wir gehen davon aus, dass die irakischen Truppen im Westen vermutlich entlang des Wadi al-Batin die Grenze zu Kuwait überschreiten werden, wo der Verbund noch im Bau ist. Wenn sie ihre Geschwindigkeit beibehalten, werden sie dort kurz vor Tagesanbruch Ortszeit ankommen. Die Truppen im Osten können Safwan eine Stunde früher erreichen. Aber dort ist das Netz schon aktiv.«

»Raketen und Artillerie?« Breland stellte die Frage, als sie die Tür der Kontrollzentrale erreicht hatten.

Der Verteidigungsminister ging direkt zu der elektronischen Wandkarte hinüber. »In Reichweite von Al-Kuwayt – hier, hier und hier. Und wenn sich die Situation verschärft, Mr. President, werden die Irakis sie mit Sicherheit einsetzen.« Steppak zögerte, dann wandte er sich an Breland. »Ich weiß, dass Sie warten wollten, bis die Panzer die Grenze überquert haben, damit es keinen Zweifel darüber gibt, dass der Irak der Aggressor war. Aber wenn die GA-30 mit chemischen Gefechtsköpfen ausgerüstet sind, könnte es in Kuwait-Stadt Zehntausende von Toten geben. Wenn sie biologische Waffen haben, müssen wir mit mindestens dreißigtausend Opfern rechnen. Warten wir, bis der Irak der Artillerie den Befehl zum Angreifen gibt, oder führen wir einen Präventivschlag durch?«

»Wie schnell können wir reagieren, wenn sie angefangen haben? Kommen wir nah genug heran, um das erste Mündungsfeuer abwarten zu können?«

General Hawley trat vor, um die Frage des Präsidenten zu beantworten. »Die Nighthawks können nicht sehr lange in der Luft bleiben. Die Raptors haben mehr Treibstoff, aber ehrlich gesagt haben wir nicht genug Flugzeuge unten, um alle Stützpunkte im Auge zu behalten – oder potenzielle Verluste auszugleichen, wenn wir unsere Maschinen diesem Risiko aussetzen.«

»Haben wir noch andere Flugzeuge, die wir einsetzen könnten?«

»Auf der *USS Truman* im Mittelmeer sind sechs mit Triggern ausgerüstete Kampfflugzeuge stationiert«, erwiderte Admiral Jacobs. »Sie sind aber zu weit weg. Sechs weitere sind auf der *USS Reagan*, die gerade im Indischen Ozean liegt – wenn wir sie in der Luft auftanken, könnten wir sie kurz vor Tagesanbruch an die Grenze von Irak und Kuwait bringen, aber das Timing ist kritisch – die Entscheidung muss innerhalb der nächsten halben Stunde fallen, und außerdem können sie nicht lange unten bleiben.«

Breland setzte sich an den runden Konferenztisch. »Ich möchte Ihre Meinung hören«, sagte er. »Erwarten Sie nicht, dass ich das allein entscheide.«

»In Ordnung, Mr. President«, antwortete Steppak. »Wir sind der Meinung, dass es am besten ist, wenn wir eine Grenzverletzung begehen und einen Präventivschlag durchführen. General Madison schlägt vor, ein Geschwader mit F-22 und ein Geschwader mit F-117 auf die Artillerie im Irak anzusetzen, wobei der Angriff dreißig Minuten vor Ankunft der Panzertruppen in Kuwait erfolgen sollte. Die anderen vier Flugzeuge in Al-Hayyaniyah würden dann die Panzerkolonne bei Ash-Shabakah verfolgen und an der Grenze abfangen. Vier Flugzeuge von der *Reagan* würden die östliche Panzerkolonne bei Safwan abfangen.«

»Geschätzte Verluste?«

»Zwanzig Prozent. Drei Flugzeuge.«

»Können sie es schaffen?«

»Mir wäre es lieber, wenn ich doppelt so viele Flugzeuge unten hätte und noch eine gute Deckung für sie«, antwortete Madison. »Aber wir werden unser Möglichstes tun, um es mit dem zu schaffen, was wir haben.«

»Können wir sicher sein, dass es nicht wieder ein Ablenkungsmanöver ist?«

»Nicht, wenn wir zuerst schießen.«

»Ich möchte noch eine Warnung aussprechen.«

»Dann verdoppeln sich die geschätzten Verluste, und ich kann nicht für das Ergebnis garantieren. Von einem solchen Vorgehen würde ich abraten. Sie haben ihnen bereits gesagt, dass wir unten sind, und Sie haben ihnen auch gesagt, warum. Wenn wir ihnen sagen, dass wir ihr Ablenkungsmanöver durchschaut haben, verlieren wir einen Vorteil, den wir vermutlich brauchen werden.«

Tripp stellte sich neben Breland. »Sir, Sie sollten außerdem noch etwas bedenken«, sagte er leise. »Was, wenn Sie sie noch einmal warnen, und sie tatsächlich anhalten? Haben wir dann noch die Gelegenheit, die wir brauchen?«

Breland war Tripps Bemerkung genauso zuwider wie die Aussicht, Feindseligkeiten auf irakischem Gebiet zu beginnen. Er schob seinen Stuhl zurück, ging zu der elektronischen Landkarte hinüber und musterte sie mit vor der Brust verschränkten Armen. Aber die Landkarte bestand nur aus farbigen Pixel, ein bizarres Schachbrett mit exotischen Spielfiguren. Er musste sich zwingen, die Menschen dahinter zu sehen – die amerikanischen Piloten, die irakischen Panzerbesatzungen, die kuwaitischen Soldaten und Zivilisten, die Artilleristen, die davon ausgingen, fünfzig Kilometer vom Kampfeinsatz entfernt zu sein.

Aber wir brauchen ein Hiroschima. Warum haben sie uns nicht geglaubt? bedauerte Breland. *Warum wollen sie mit der Keule in der Hand gegen uns antreten – sodass ich sie ihnen entreißen muss? Denn das bedeutet, dass wir uns nicht mit Halbheiten begnügen dürfen – wir müssen so hart durchgreifen, dass sie die Keule nie wieder aufheben. Verdammt …*

»Ich genehmige den vom Außenminister vorgeschlagenen Plan«, sagte er, ohne das Gesicht von der Karte abzuwenden. »Schicken Sie die Flugzeuge in den Irak.«

Die Flugzeuge kamen in der Dunkelheit einer mondlosen Nacht vor Anbruch der Dämmerung und schossen zu viert nebeneinander in zweihundert Meter Höhe über die Wüste. Sie wurden weder vom Radar erfasst noch von Wachposten gesehen – kantige, schwarze Schatten, die über den Himmel huschten und schneller waren als das Geräusch ihrer Triebwerke –, erst als es zu spät war, und hoch aufragende Feuersäulen den Standort der Munitionslastwagen markierten, die sich bereitgestellt hatten, um die großen Stahlzylinder der Langstreckenartillerie zu füllen.

Für die Piloten im Cockpit schien jede donnernde Explosion mit glühenden Fingern nach ihnen zu greifen und die empfindliche Oberfläche ihrer Maschine zerstören zu wollen. Granatsplitter wurden auf die wirbelnden Turbinenschaufeln, die weichen Körper der Crew geschleudert, und die größte Erschütterung wirbelte ihre Flugzeuge am Himmel herum wie ein Gewitter. Aber sie ließen die Gefahr blitzschnell hinter sich, als ob sie auf den Flügeln des Chaos reiten würden.

Die Flugzeuge teilten sich paarweise auf und flogen noch viermal über die Waffenstellungen und das angrenzende Lager, die durch die grellen Feuersäulen inzwischen hell erleuchtet wurden. Beim Letzten dieser Durchgänge war alles still, denn es gab nichts mehr am Boden, das die Flugzeuge – oder etwas anderes – hätte bedrohen können.

Auf der Straße nach Az-Zubayr hatten es vier weitere Geisterjäger auf eine andere Beute abgesehen – ein langer Versorgungskonvoi, der einer fast zwei Kilometer langen Kolonne mit Panzern aus russischer und indischer Produktion folgte. Zwei Nighthawks flogen genau über der Straße und etwas rechts davon, die anderen beiden genau darüber und etwas links davon, sodass ein einziger Anflug genügte, um den Konvoi vollständig zu zerstören. Die Raptors, die als Aufklärer folgten, fanden nichts mehr, auf das sie ihre Mark II hätten richten können, und keinen Grund für einen zweiten Anflug.

Als sie die Panzerkolonne erreichten, stellten sie fest, dass diese sich bereits auflöste. Einige Panzer hatten die Straße verlassen und fuhren auf dem Wüstenboden weiter. Es spielte keine Rolle. In nicht einmal zwei Minuten war aus jedem Panzer ein brennender Sarg geworden. Das spärliche Maschinengewehrfeuer, mit dem die Flugzeuge in den ersten Sekunden noch empfangen wurden, richtete keinen Schaden an, und obwohl der zerstörte Konvoi per Funk eine Warnung durchgegeben hatte, gelang es keiner der mobilen Flugabwehrwaffen, ein einziges Geschoss auf die in geringer Höhe fliegenden Angreifer abzufeuern.

Das dritte Element der Eingreiftruppe, die Flugzeuge der Marine von der *Reagan*, kam zu spät nach Safwan, da der ohnehin schon knappe Zeitplan durch ein halbes Dutzend kleinerer Fehler und ein Problem beim Auftanken in der Luft durcheinander geraten war. Die Dämmerung hatte bereits eingesetzt, als sie ihre Ziele erreichten.

Zur Überraschung der Piloten fuhr die irakische Kolonne – die aus mehr als einhundertzwanzig Panzern und anderen Fahrzeugen bestand – weder nach Kuwait hinein noch auf dem Weg, den sie gekommen war, in ihr eigenes Land zurück. Stattdessen hatte sie etwa einen Kilometer von Safwan entfernt mitten auf der Straße angehalten, eine ausgefranste, doppelte Linie aus Fahrzeugen, die vom kuwaitischen Grenzposten aus deutlich zu sehen waren. Auf beiden Seiten der Straße waren in sicherem Abstand zu den Panzern Hunderte, ja vielleicht Tausende von irakischen Soldaten im Wüstensand unterwegs.

Die kreisenden Piloten brauchten einige Minuten, bis sie das Rätsel per Funk gelöst hatten. Schließlich bestätigten die kuwaitischen Streitkräfte an der Grenze, dass der ungewöhnliche Anblick tatsächlich Realität war – bei den Soldaten zu Fuß handelte sich um die Panzercrews, die ihre Fahrzeuge verlassen hatten, um nicht darin zu verbrennen.

»Jungs, die Irakis haben offensichtlich Wind davon bekommen, was sie erwartet. Wir sollten sie nicht enttäuschen«, sagte der Führer des Schwarms und ging in die Angriffsposition über.

Es war der Abschluss einer erfolgreich verlaufenen Mission. In knapp einer Stunde hatte ein Dutzend unbewaffnete Flugzeuge eine moderne, mit Panzern ausgestattete Invasionstruppe zurückgeschlagen, ihre Fahrzeuge und

Waffen systematisch zerstört und – was weitaus wichtiger war – ihren Willen gebrochen. Aber es war die Geschichte einer Schlacht, die es nicht gegeben hatte. Die Ereignisse bei Safwan, die unglaublichen, von Videografen am Boden festgehaltenen Bilder bewiesen sowohl Anhängern als auch Skeptikern des Triggers, dass ein neues Zeitalter angebrochen war und es kein Zurück mehr gab.

II. Der Jammer

23.

Wahnsinn

»Wenn wir eine Nation aus Männern haben, die moralisch derart zivilisiert sind, dass sie weder anderen den Krieg erklären noch Waffen tragen, weil ihr Verstand das für Wahnsinn hält, haben wir eine Nation aus Liebenden, aus Wohltätern, aus großen, fähigen Menschen.«

RALPH WALDO EMERSON

Die Klage der National Association of Riflemen gegen den Trigger hatte vom ersten Tag an eine Sonderbehandlung erfahren.

Richterin Virginia Howarth vom Bezirksgericht des District of Columbia hatte kaum zwei Wochen für die Vernehmung der Zeugen und vier Tage Überlegung gebraucht, um eine Entscheidung zu treffen, die den Standpunkt der NAR bestätigte: Die Bürger hatten ein Recht auf Waffen, aber kein Recht auf Trigger. Sie erließ eine einstweilige Verfügung, nach der es verboten war, Bundesmittel für Entwicklung, Herstellung oder Einsatz des Triggers zu verwenden. Aber mit ihrer nächsten Entscheidung, die einstweilige Verfügung bis zur Entscheidung der nächsthöheren Instanz aufzuheben, hatte sie bei John Trent einen Wutanfall ausgelöst.

»Warum?«, hatte er von seinem Anwalt Philby Lancaster wissen wollen. »Mit der einen Hand gibt sie es, mit der anderen nimmt sie es wieder. Ist sie denn nicht eine von uns? Außer uns schuldet sie doch niemandem etwas, oder?«

»Sie ist erst vor drei Jahren ernannt worden«, hatte Lancaster geantwortet. »Die Sache ist zu groß für sie, und es sieht so aus, als würde sie den schwarzen Peter den Berufungsgerichten zuschieben. Machen Sie sich deshalb keine Sorgen. An und für sich ist die Entscheidung ganz in unserem Sinne. Außerdem geht es jetzt erst richtig los.«

Innerhalb weniger Tage wurden beim Obersten Gerichtshof nicht weniger als neun Anträge auf Aktenanforderung gestellt. Einer der Anträge kam – wie erwartet – von Doran Douglas, die im Namen des Justizministeriums handelte. Der Oberste Gerichtshof reagierte sofort und holte sich den Fall, bevor das Berufungsgericht des District of Columbia den ersten Termin festsetzen konnte.

Kaum war der Oberste Gerichtshof für *NAR gegen Vereinigte Staaten von Amerika* zuständig, wurde der Fall an die erste Stelle des Verhandlungskalenders geschoben, wozu mehr als zwei Dutzend andere Fälle übersprungen wurden, deren Termin bereits angesetzt war. Die mündliche Beweisführung wurde kaum zehn Wochen nach dem ersten Antrag für den Fall gehört. Das Gericht war von der üblichen Verfahrensweise abgewichen – was nur äußerst selten vorkam – und hatte beiden Seiten Anträge nach Regel 28 gestattet sowie die vorgesehene Redezeit von der üblichen halben Stunde pro Partei auf 45 Minuten verlängert.

In einem noch größeren Bruch mit der Tradition hatte der Oberste Gerichtshof sogar Vertretern von vier der zahllosen Gruppen, die Schriftsätze für den sachverständigen Beistand vor Gericht eingereicht hatten, erlaubt, ihre Argumente persönlich vor den Richtern vorzutragen. Als Unterstützung für die NAR waren Gun Owners of America und die Second Amendment Alliance vorgesehen, während Mind Over Madness und HCI für die Anhänger des Triggers sprechen wollten. Trent hatte sich zufrieden über den scharfen Kontrast geäußert.

»Beurteilen Sie sie nach der Gesellschaft, in der sie sich bewegen«, hatte er in einem Interview mit Vertretern der Medien am Abend vor der mündlichen Beweisführung gesagt. »Unsere Position wird von Patrioten und Freunden der Verfassung unterstützt. Die Gegenseite kann lediglich sozialistische Internationalisten und Propagandisten aufbieten. Die Entwaffnung Amerikas steht seit fünfzig Jahren auf dem Programm der extremen Linken. Ich bin fest davon überzeugt, dass der Oberste Gerichtshof sich nicht zum Gehilfen für Hochverrat machen lässt.«

Seit *Roe gegen Wade* hatte kein Fall so viel Interesse in der Öffentlichkeit erregt. Eine öffentliche Stiftung machte aus den Abschriften der Schriftsätze buchstäblich über Nacht ein dreistündiges Dokudrama. Als es veröffentlicht wurde, versuchten so viele darauf zuzugreifen, dass die Server des Oyez-Projekts zusammenbrachen und die Produzenten auf eine gesponserte Übertragung zu festen Zeiten ausweichen mussten. Trotzdem erzielte der Bericht eine Woche lang die höchsten Zuschauerquoten.

Der schnelle Beginn sorgte dafür, dass allgemein ein schnelles Urteil erwartet wurde, das aber nicht kam. Monat um Monat verging, bis Prozessbeobachter einmütig zu dem Schluss gelangten, dass die Richter hoffnungslos zerstritten, wenn nicht gar an einem toten Punkt angelangt waren.

Als das Ende der Sitzungsperiode näher rückte, erzählte Lancaster Trent von einem Gerücht, nach dem die Richter noch nicht einmal entschieden hatten, wer das Gutachten verfassen sollte – was, falls es stimmte, darauf schließen ließ, dass das Gericht den Fall am 1. Juni ohne eine Entscheidung vertagen und im Herbst weiterverhandeln würde.

»Wieso ist das denn so schwierig für sie?«, wollte Trent von Lancaster wissen. »Worüber könnten sie sich uneins sein? Der Wortlaut des zweiten Verfassungszusatzes gibt ihnen alles, was sie brauchen. Die Worte der Gründungsväter – George Washington: ›Schusswaffen sind nach der Verfassung selbst das Wichtigste überhaupt‹. James Madison …«

»John, bitte – verschonen Sie mich mit den Zitaten. Der Schriftsatz stammt schließlich von mir.«

»Das weiß ich.« Trent seufzte. »Aber Richterin Howarth hat in einem Zehntel der Zeit, die die anderen jetzt schon haben verstreichen lassen, die richtige Entscheidung getroffen – bis auf die Aussetzung des Urteils natürlich.«

Zum ersten Mal war es Lancaster nicht möglich, Zuversicht auszustrahlen. »Es könnte sein, dass die Argumentation der Regierung für die Formaljuristen am Gericht ein Problem ist«, sagte er. »Hier geht es um etwas, das die

Gründerväter sich nie hätten träumen lassen. Es gibt sogar Gerüchte, dass die Richter nicht in zwei, sondern in drei Lager gespalten sind. Und Kompromisse geht man dort nicht gern ein. Es könnte zu merkwürdigen Allianzen kommen und mit einer halbherzigen Entscheidung enden, die niemandem gefällt. Ich glaube, wir müssen mit allem rechnen.«

»Und in der Zwischenzeit lacht sich das FBI ins Fäustchen – und jeden Tag rollen immer mehr Trigger von den Fließbändern, jeden Tag werden immer mehr Trigger installiert und aktiviert«, beklagte sich Trent. »Können wir denn gar nichts tun, um die Aussetzung aufzuheben? Gibt es denn keine Möglichkeit, das Gericht zu beeinflussen? Sollten wir nicht jeden Morgen mit sechs- oder zehntausend oder noch mehr Anhängern auf den Stufen vor dem Gerichtsgebäude stehen?«

»Brillante Idee. Und sagen Sie allen, dass sie möglichst viele Waffen mitbringen sollen, mit denen sie dann in der Luft herumfuchteln können – wie bei dieser dummen Demonstration, die jedes Jahr stattfindet. Den Richtern Angst einzujagen ist immer gut«, erwiderte Lancaster mit beißender Ironie. »John, darüber haben wir uns doch schon vor Monaten unterhalten – im Keller des Obersten Gerichtshofs ist einer dieser verdammten Trigger installiert. Wenn unsere Leute irgendetwas tun, das die Richter denken lässt, sie *bräuchten* ihn, um sie vor Leuten wie uns zu beschützen, können wir einpacken. Und zwar gleich.«

»Vielleicht sollten sich die Richter selbst von der Verhandlung ausschließen. Interessenkonflikt.« Trent hörte sich wie ein schmollendes Kind an.

»Es wäre besser, wenn Sie das verstehen würden, John. Ein einziger Fehler, und der Vorteil, den wir nach acht Jahren Wirbel um NFRRA haben, ist weg. Die Richter sind keine Einsiedler. Sie wissen, wie sehr sich die Anhänger der NAR für ihre Sache einsetzen, und das Gericht *muss* einfach aufpassen, dass es nicht wieder eine derart langwierige Kontroverse in Gang setzt. Sie können die Richter dadurch beeinflussen, dass sie geduldig, vernünftig und höflich sind. Die ganze Zeit über. Versuchen Sie, sich zu beherrschen, bis wir das Urteil haben.«

»Und wenn sie gegen uns entscheiden?«

»Dann analysieren wir die Begründung der Richter und versuchen es noch einmal aus einer anderen Richtung.«

»Also das Ganze noch einmal?«

Lancaster schnaubte verächtlich. »John, Sie können mich jetzt wegen Ketzerei verbrennen lassen, aber wenn man einen guten Anwalt hat, braucht man keine Waffen.«

Der 1. Juni kam und ging, und der Oberste Gerichtshof erließ weder ein Urteil in Sachen *NAR gegen Vereinigte Staaten von Amerika,* noch zog es sich für die Sommerpause zurück. Es wurden keine Pressemitteilungen ausgegeben und keine Erklärungen gemacht, als das Gericht zum ersten Mal seit mehr als zwei Jahrzehnten seine Sitzungsperiode verlängerte. In einem Bericht von CNNLaw wurde zum ersten Mal von ›hoffnungslos zerstrittenen Richtern‹ gesprochen, und bald darauf war der Kommentar überall zu hören.

John Trent reagierte auf den Medienrummel in der Woche vor und nach dem 1. Juni äußerlich gelassen. Jeder wollte wissen, was er dachte, aber Philby Lancaster hatte ihn eindringlich davor gewarnt, es zu sagen.

»Diese Verzögerung sollte niemanden beunruhigen. Sie ist lediglich ein Zeichen dafür, dass die Richter sich sehr wohl bewusst sind, welche Problematik hinter unserer Klage steckt, und ihr die Aufmerksamkeit widmen, die sie verdient«, erklärte Trent in Brandywine, Pennsylvania, während er vor einem gerade eingeweihten Denkmal für die Milizsoldaten des Unabhängigkeitskrieges stand.

»Ich bin fest davon überzeugt, dass das Gericht die richtige Entscheidung treffen wird – richtig für der Verfassung, richtig für das Land und richtig für unsere Bürger, deren Rechte in einem freien, demokratischen Staat an erster Stelle stehen«, sagte er eine Woche später neben einem überdimensionalen Faksimile der Bill of Rights, das in der Eingangshalle der NAR-Hauptverwaltung hing.

»So, wie ich das sehe, Jay, gibt es niemanden in Washington, dem ein schnelles Ende der Verhandlung lieber wäre als den Richtern selbst – es ist Sommer in Washington, und unter den Amtsroben muss es ganz schön warm sein«, meinte er eine Woche später bei einem Auftritt in *Altered Egos.* Es war eine gute Pointe, obwohl sie nicht spontan war und das Gelächter des Publikums dadurch gesteigert wurde, dass die Produzenten einen nur spärlich bekleideten biblischen David auf das virtuelle Set projizierten.

»Da wir gerade von Kleidung sprechen«, warf Jay ein, »wenn eine der Praktikantinnen am Obersten Gerichtshof zufällig Monica heißt, soll sie bitte hier anrufen – wir würden gern wissen, weshalb die Richter *wirklich* zerstritten sind ...«

Aber wenn er nicht gerade vor einer Kamera stand, war Trent nervös. Er beklagte sich bei anderen Führungskräften der NAR darüber, dass es dem Gericht an Mut und Gewissen mangele und es bei den Anwälten sowieso nicht weit her sei mit der Ehre. Er verhöhnte Philby Lancaster und den Rest der juristischen Berater der NAR als ›professionelle Blutsauger‹, die einen Fall mit Freuden verlören, damit der verzweifelte Klient die Brieftasche nicht wieder zuklappte. Er konnte es kaum ertragen, wenn er die Namen von Mark Breland, Grover Wilman oder Jeffrey Horton aussprechen musste, und wenn es sich gar nicht mehr vermeiden ließ, würzte er seine Kommentare mit Schimpfwörtern wie ›Verräter‹, ›verlogene Mistkerle‹, ›Mörder‹ oder auch ›feige Huren‹.

Ironischerweise verbrachte Trent einen großen Teil des Tages damit, sich noch üblere Beschimpfungen anzuhören und sich zu zwingen, die Urheber derselben zur Mäßigung zu mahnen. Da die NAR als erste vor Gericht gezogen war, war sie zu einer Art Zentrum für den Kampf gegen den Trigger geworden. Es sah so aus, als würden die Funktionäre jeder Waffenrechtsorganisation mit mehr als drei Mitgliedern ganz selbstverständlich davon ausgehen, dass Trent ihnen zuhörte – egal, ob sie ihm unaufgefordert Ratschläge erteilen oder ihn loben und ermutigen wollten, egal, ob sie ihn bedauern oder wegen Feigheit vor dem Feind geißeln wollten.

Trent unterdrückte seine Zweifel und sagte allen, was Philby Lancaster ihm erklärte hatte: dass sie ihren Interessen am besten dienen könnten, wenn sie, solange noch alles in der Schwebe war, eine Art Feuerpause einlegten – keine Drohungen, keine Gewalt, lediglich friedliche Demonstrationen und sanfte Überredungsversuche. Dafür musste er einiges an Spott einstecken, aber er wappnete sich gegen die Kritik und beharrte auf seiner Strategie.

»Wir wollen nicht, dass die Richter sich die Nachrichten ansehen und den Eindruck bekommen, Amerika bräuchte den Trigger«, sagte er zum Kommandanten der Bürgerwehr von West Montana.

»Wir wollen nicht, dass die Richter denken, wir wären eine Ansammlung von Verbrechern, Idioten, Hitzköpfen, Säufern und Schlägertypen, die ihre Anwälte vorgeschickt haben«, sagte er zum Vorsitzenden von .45 Caliber Freedom.

»Wir wollen den Richtern zeigen, dass Amerika ein zivilisiertes Land mit verantwortungsbewussten Waffenbesitzern ist. Wir wollen ihnen zeigen, dass unsere Waffen Leben retten, die Grundrechte schützen und ein Sport für die ganze Familie sind«, sagte er zum Präsidenten des Arizona Committee of Correspondence.

Mit Geduld, Beharrlichkeit und manchmal auch unter der Vorspiegelung falscher Brüderlichkeit überredete Trent die meisten, den ›Leitfaden für eine zivilisierte Feuerpause‹ zu unterschreiben. Er tat es, obwohl er wusste, dass ihn jetzt trotzdem einige für schwach, verweichlicht und ängstlich hielten. Die Bereitschaft, für die Sache zu töten, war in ihren Augen der einzige echte Beweis dafür, dass man ein Mann war. Und jene, die allen Glauben in ›korrupte Gerichte‹ und ›Scheinprozesse‹ verloren hatten, sagten klar und deutlich, dass sie zu Gewaltakten bereit seien.

Trent hatte Verständnis für ihre Enttäuschung, aber

enorme Schwierigkeiten, über den nächsten Schritt auch nur zu sprechen. Am schwierigsten waren für ihn jedoch die Gespräche mit den extremistischen Bürgerwehren, von denen zum Glück nicht allzu viele bei ihm anriefen. Einige hatten separatistische Kommunen gegründet und vermieden jeglichen Kontakt zum Rest von ›Amerika‹. Und viele andere hatten für die NAR nur die Verachtung übrig, die alle ›Kollaborateure‹ verdienten.

Doch seit der Fall vor dem Obersten Gerichtshof verhandelt wurde, hatte sich Trent einige Male am selben Tisch mit Männern gefunden, deren Vorstellungen und Gedankengänge so abstrus und widerwärtig waren, dass sie ihn davor zurückschrecken ließen, sich diese Männer als Verbündete vorzustellen. Sie machten ihm Vorschläge, die er gar nicht hören wollte – ein Attentat auf die Manager von Aron Goldsteins Fabriken, die Entführung der sechs Jahre alten Urenkelin des vorsitzenden Bundesrichters, ein Giftanschlag auf die Wasserversorgung des Weißen Hauses, die Entführung einer Passagiermaschine, die man dann über einem beliebigen, von Trent bestimmten Ziel abstürzen lassen wollte.

Er wusste nicht, ob sie ihre Drohungen wirklich wahr machen konnten oder ob es nur leeres Geschwätz war, aber für ihn spielte das keine Rolle. Die Grenze, die Trent nicht überschreiten würde, die Grenze, die seine Besucher für ihn definiert hatten, war die zwischen Patriotismus und Revolution. Er würde nicht zulassen, dass man das Land zerstörte, um es zu retten – dieses Paradoxon, das Trent an die Inquisition denken ließ, schien für ihn eine Art Wahnsinn zu sein.

Ironischerweise waren es genau diese Gespräche, nach denen er am schlechtesten gelaunt war und anfing, wüste Schimpftiraden gegen Washington loszulassen. »Sie müssen anfangen, Wahnsinn wie ein Kontaktgift zu behandeln«, zog ihn sein persönlicher Referent auf. »Gehen Sie nie ohne Handschuhe und Mundschutz da rein.«

»Darum geht es nicht.« Trent konnte nicht darüber lachen. »Wissen Sie, warum mir das so zusetzt? Weil ich dem

Präsidenten nicht verzeihen kann, dass er Leuten wie denen einen Grund für ihre Paranoia gegeben hat. Tyrannei ist nicht die einzige Gefahr für das, was ich liebe. Anarchie ist genauso gefährlich.«

Er hörte die Stimme hinter sich, als er durch die Eingangshalle ging – angenehm, selbstsicher und fremd.

»Mr. Trent, ich würde mich gern mit Ihnen unterhalten.«

Trent dreht sich um und sah einen elegant gekleideten, älteren Mann, der einen Schritt hinter ihm stand. Sein Blick ging zuerst zu den Stellen, an denen ein Mann in einem gut geschnittenen Sommeranzug eine Waffe verstecken konnte, dann erst sah er sich den Mann selbst an. Der Fremde war um einige Zentimeter kleiner als Trent, mit dichtem, silbernem Haar, Princeton-Ring und leichtem Bauchansatz, den der Anzug nicht ganz kaschieren konnte. Trent schätzte, dass er um die sechzig war.

»Kennen wir uns?«

»Schon möglich.« Der Mann kam noch näher. »Ich habe Informationen für Sie, die Sie interessieren dürften.«

Trent runzelte die Stirn. Es war nichts Neues für ihn, in der Öffentlichkeit erkannt und angesprochen zu werden, aber seit kurzem war seine Geduld erschöpft. »Ich bin mit Freunden hier, um das Konzert zu besuchen. Wenn es etwas Geschäftliches ist, wäre es mir lieber, wenn Sie mich morgen früh in meinem Büro anrufen.«

Die Antwort des Fremden bestand darin, Trent energisch am Ellbogen zu packen und ihn in Richtung des Korridors zu steuern, der zum Bürotrakt der Konzerthalle führte. »Bitte«, sagte er. »Ich fürchte, Mahler stehe ich nicht durch. Ich bevorzuge die italienischen Romantiker – eigentlich bin ich wegen Rossini hergekommen. Und weil ich mit Ihnen sprechen wollte.«

»Würden Sie mir dann bitte sagen, wie Sie heißen?« Trent ließ sich widerstandslos führen.

»Wie unhöflich von mir«, sagte der Mann. »Ich bin Angelo DiBartolo. Kommen Sie – hier herein.« DiBartolo hatte das Büro des Verkaufsleiters aufgesperrt und trat zur Seite, damit Trent als Erster eintreten konnte. Als Trent zögerte und sich in der Halle nach Jerry, seinem Fahrer und Leibwächter, umsah, fügte DiBartolo schnell hinzu: »Nein, nein, wir sind doch Freunde, Mr. Trent, Sie haben nichts zu befürchten. Ihr Fahrer und mein Fahrer sind draußen und rauchen eine Zigarette, damit wir uns in Ruhe unterhalten können.«

»Sie sind *der* Angelo DiBartolo«, sagte Trent. »Aus Baltimore.«

Der andere zuckte resigniert mit den Achseln. »Ich habe Leute, die versuchen, mein Gesicht und meinen Namen aus den Nachrichten herauszuhalten. Leider gelingt ihnen das nicht immer. Bitte, kommen Sie, vielleicht sind Sie dann rechtzeitig zum Pausenende wieder auf ihrem Platz.«

Trent schaltete das Licht ein, als er in das Zimmer ging. DiBartolo schaltete es wieder aus, als er die Tür zumachte und sie absperrte. Eine Straßenlampe vor dem Fenster schickte genug Licht herein, um aus dem Raum eine grauweiße Welt zu machen.

»Sie sagten, Sie hätten Informationen für mich ...«

»Ja. Sehen Sie, ich habe ein sehr persönliches Interesse an Ihrer Klage«, fing DiBartolo an.

»Und warum? Sie können ganz offen sprechen.«

DiBartolo lächelte. »Man könnte sagen, dass angewandte Gewalt für meine Branche das ist, was Werbung für General Motors ist. Daher sind mögliche Änderungen der Geschäftsbedingungen von großem Interesse für mich. Und da ich meine Neugierde in dieser Hinsicht befriedigen wollte und einige Nachforschungen angestellt habe, ist mir etwas zu Ohren gekommen, dass Sie mit Sicherheit auch interessiert. Der Oberste Gerichtshof wird am Dienstagvormittag seine Gutachten vorlegen ...«

Das war in drei Tagen. »Woher wissen Sie das?«, fragte Trent.

»Ich habe einen Freund, der sehr gute Verbindungen zum Gericht hat.«

»Wie kann ich ...«

»Interessiert es Sie gar nicht, wie das Urteil aussehen wird?«

Trent war plötzlich flau im Magen. Er schluckte schwer und schwieg.

»Das Gericht wird mit fünf zu vier festlegen«, sagte DiBartolo, »dass das Urteil von Howarth kassiert wird, und den weiteren Einsatz des Triggers genehmigen. Sie werden insgesamt vier Gutachten vorlegen, darunter drei von der Mehrheit. Liggett wird das Hauptgutachten schreiben.«

»Das heißt, wir haben verloren.«

»Bedauerlicherweise ja. Ich hoffe, dass Ihnen diese Informationen etwas Zeit verschaffen, um entsprechend darauf zu reagieren.«

Es gab keinen Grund, DiBartolo zu glauben – bis auf einen vielleicht: Richter Joseph Anthony Perri vom Obersten Gerichtshof, früher Richter am Bezirksgericht des Staates Maryland und des 4. Berufungsgerichts, zurzeit Juniormitglied der Oktober-Bruderschaft. »Sind diese Informationen – zuverlässig?«

»Absolut zuverlässig«, versicherte DiBartolo.

Trent wandte sich ab und umklammerte den Rücken eines Stuhls so krampfhaft, dass ihm das Blut aus den Fingern wich. »Welchen Preis verlangen Sie für diese Information, Mr. DiBartolo? Sie haben sie mir mitgeteilt, bevor ich Ihnen sagen konnte, ob sie für mich einen Wert besitzt oder nicht.«

»Darüber brauchen Sie sich keine Gedanken zu machen, Mr. Trent. Sie gehen mir gegenüber keinerlei Verpflichtung ein. Ich wollte Sie sogar fragen, ob wir sonst noch etwas für Sie tun können …«

»Sonst noch etwas? Ein Anschlag auf den Präsidenten vielleicht?«, entgegnete Trent sarkastisch.

»Sie haben mich missverstanden, Mr. Trent«, sagte DiBartolo ohne sichtbare Empörung. »Ich würde eine derart rücksichtslose Tat nie gutheißen. Es gibt schließlich *Regeln*. Man bestraft einen Mann nicht einfach deshalb, weil er sich gegen einen stellt. Es muss Sinn für das Geschäft machen, man muss einen Vorteil dadurch erreichen können. Entweder das, oder es muss eine Sache der Ehre sein.«

»Was meinen Sie dann?«, wollte Trent wissen. Er wirbelte zu DiBartolo herum. »Was bieten Sie mir an? Sie kommen hierher und sagen mir, dass wir verloren haben. Was, glauben Sie, können Sie noch für uns tun? Ich fürchte, ich bin nicht sehr gut darin, zwischen den Zeilen zu lesen.«

DiBartolo zuckte mit den Achseln. »Ein unbewaffneter Mann auf der Straße weiß immer, dass er in Gefahr ist. Aber ein bewaffneter Mann hinter einer Schlossmauer ist nicht immer so wachsam. Im Laufe der Zeit werden alle Schlösser erobert – durch die Artillerie, eine Belagerung, Korruption und Verrat. Es gibt immer einen Weg, Mr. Trent, und immer jemanden, der ihn findet.« Er gestikulierte mit der rechten Hand in der Luft herum. »Aber bis dahin hat man viele Unkosten. Ich würde gerne einen kleinen Beitrag dazu leisten. Das wäre zum Beispiel etwas, was wir für Sie tun können ...«

Das Angebot verletzte Trents Stolz, und dementsprechend scharf war seine Antwort: »Wir können unsere Anwälte selbst bezahlen. Und auch alle anderen Dienstleistungen, die wir brauchen sollten.«

»Wie Sie wollen.« DiBartolo hob die Hände, als würde er sich ergeben. »Aber wenn Sie einmal andere Ressourcen brauchen sollten – jemanden, der die Geheimnisse der Artillerie oder die Funktionsweise von Belagerungsmaschinen kennt –, können Sie mich gerne anrufen. Meine Leute sind zu Recht stolz auf ihre Fachkenntnisse in diesem Gebiet.«

Das Licht der Flurlampen, das durch das strukturierte Glas der Bürotür in den Raum fiel, wurde gedimmt – einmal, zweimal, dreimal. »Ah, die Pause ist zu Ende. Sie haben also noch nichts verpasst. Bitte, gehen Sie zurück zu Ihren Freunden. Ich werde jetzt nach Hause fahren und den Abend mit meiner Familie verbringen. Mr. Trent, ich danke Ihnen für das Gespräch. Alles Gute.«

John Trent verschwieg das Gespräch mit DiBartolo zwei Tage lang. Als Mahlers 2. Sinfonie zu Ende war, hatte er sich wieder so weit beruhigt, dass er darüber schweigen konnte, und beschlossen, bis Dienstag zu warten, anstatt sich nur auf DiBartolos Wort hin in eine prekäre Lage zu bringen.

Aber am Montagmorgen kam der Schatzmeister der NAR mit einem besorgten Gesichtsausdruck und einer Hand voll Computerausdrucke in Trents Büro. »Sehen Sie sich das an«, sagte er. »In der letzten Stunde sind fast eine Million Dollar auf dem Hauptkonto eingegangen – alles Überweisungen, alle zwischen vierzig und hunderttausend Dollar, alle von Spendern, von denen wir noch nie etwas gehört haben. International Liberty Fund, Sophia Aiello Foundation, Friends of Freedom, eine Firma namens Maritime Enterprises Holding, ein halbes Dutzend Privatpersonen aus der EuroUnion sowie zwei Konten in der Karibik, hinter denen jeder stecken könnte – hatten Sie ein erfolgreiches Wochenende und vergessen, mir etwas davon zu sagen? Keiner der Spender hat uns vorher nach der Kontonummer gefragt. Was soll ich mit dem Geld machen?«

»Danke der Nachfrage, mein Wochenende war furchtbar, und ich gehe davon aus, dass die Woche noch schlimmer wird«, sagte Trent kurz angebunden, während er aufstand. »Schaufeln Sie die Summe auf Weiterbildung und Information. In den nächsten vierundzwanzig Stunden werden wir eine Menge davon ausgeben. Kenneth!« Das letzte war ein lauter Schrei in Richtung des nächsten Büros.

Sein persönlicher Referent kam angelaufen. »Ja, Sir?«

»Rufen Sie den Ausschuss zusammen. Es gibt Arbeit.«

Die Netmail-Aktion funktionierte perfekt. Bei Tagesanbruch am Dienstag strömte die Vorhut der Demonstranten mit einer kleinen Flotte aus Reisebussen und Charterflugzeugen nach Washington.

Die Busse hielten kurz am westlichen Ende der Mall, spuckten ihre menschliche Fracht in der Nähe des Lincoln Memorial aus und fuhren dann weiter, um noch mehr Menschen heranzukarren. Ordner teilten die Neuankömmlinge in Gruppen zu je zwei- oder dreihundert auf und führten sie in östlicher Richtung über die Constitution Avenue auf das Capitol zu. Die Route verlief an den Fenstern des Weißen Hauses vorbei, und viele der Demonstranten riefen höhnische Bemerkungen hinüber. Aber ansonsten verhielten sie sich ruhig und gesittet, sodass die Parkpolizisten, die den Aufmarsch zu Pferd verfolgten und ständig in ihre Funkgeräte zu sprechen schienen, einen gebührenden Abstand einhielten und keinen Versuch zum Eingreifen machten.

Um acht Uhr standen mehr als 10 000 Demonstranten vor dem Capitol, die sich auf dem Grünstreifen am östlichen Ende der Mall verteilt hatten, in Sichtweite des nur einen halben Block entfernten Obersten Gerichtshofes. Aus den Menschenmassen auf der Constitution Avenue war inzwischen ein dünner, aber stetig fließender Strom geworden, und die höhnischen Bemerkungen waren durch die wortlose, doch genauso herausfordernd wirkende Zurschaustellung geballter Fäuste und Siegesgesten ersetzt worden. Und endlich waren auch die Schilder und Spruchbänder, auf denen *Gerechtigkeit!* und *Freiheit!* stand, angekommen und bald überall auf der Mall zu sehen.

In jeder Seitenstraße schien mindestens ein Streifenwagen der Polizei zu parken, dessen Besatzung die Demonstration aufmerksam verfolgte, aber zu Konfrontationen war es bis jetzt noch nicht gekommen. Der Marsch hatte die Polizei vollkommen überrascht, und obwohl sie die ständig wachsende Menge zweifelsohne mit einem unguten Gefühl beobachtete, hatte sie keine Strategie parat, um die Demonstration aufzulösen.

Kameras waren von Anfang an dabei – einige lieferten das Material für NAR-freundliche Sites, andere gehörten zu Presseorganisationen, die ihrer Sache positiv gegenüberstanden –, aber der Marsch wurde erst dann offiziell zu einem Medienereignis, als zwei der ›großen fünf‹ Netsender die Meldung in die Schlagzeilen ihrer Zugangsseiten setzten. Von dort verbreitete sie sich in Windeseile bis zu kleineren Anbietern. Und in Washington ging die Neuigkeit wie ein Lauffeuer durch die Stadt: »Auf der Mall ist etwas los!«

Kurz nach neun Uhr brachten das übliche Verkehrsaufkommen und der Zustrom neugierig gewordener Einheimischer den Verkehr in der Nähe des Lincoln Memorial fast zum Erliegen, woraufhin die Polizei versuchte, die Arlington Memorial Bridge zu sperren. Kurze Zeit später waren die sechs Polizeibeamten, deren Streifenwagen als Barrikade dienten, von Menschenmassen eingeklemmt – auf der einen Seite mehr als tausend Demonstranten, die aus Bussen an dem in Virginia gelegenen Ufer des Potomac ausgestiegen waren, und auf der anderen mehr als dreimal so viele, die von der Mall herüberschwappten. Zu dem befürchteten Zusammenprall kam es jedoch nicht. Nach Rücksprache mit dem Polizeipräsidium wurden die Fahrzeuge eilig wieder zur Seite geschafft, und gleich darauf fingen die Polizisten damit an, den Verkehr umzuleiten, damit die Busse durchkamen.

Entscheidungen des Obersten Gerichtshofes wurden in der Regel um zehn Uhr bekannt gegeben, und John Trent hatte gehofft, die aus Grünflächen und Straßen bestehenden zwei Blocks zwischen den Stufen zum Capitol und dem Eingang zum Gerichtsgebäude bis dahin mit Demonstranten gefüllt haben, was sich allerdings als zu optimistisch herausgestellt hatte. Überall war es zu Engpässen und Verzögerungen gekommen, sodass viele Demonstranten noch gar nicht eingetroffen waren, was aber letztendlich keine Rolle spielte. Vor einer Menschenmenge, in der die Gefahr von Ausschreitungen bestand, würde das Gericht seine Entscheidung mit Sicherheit nicht bekannt geben. Nur wenige der Organisatoren wussten, dass etwas Unvorhergesehenes passiert war, aber als CNN1 berichtete, dass die Richter in aller Stille vom Secret Service aus der Stadt gebracht worden waren, gingen laute Beifallsrufe durch die Menge.

»Sie machen Urlaub, weil sie uns nicht in die Augen sehen können!«, rief ein Mann, der ein Barett der Luftlandetruppen trug. »Wir haben ihnen Angst gemacht!«

Den ganzen Vormittag über rollten die Busse an, und die gesamte Mall westlich der 14th Street verwandelte sich in eine Art Bahnhof, in dem die Menschenmassen abgeladen und weitergeleitet wurden. Die Demonstration östlich vom Capitol entwickelte sich zu einem unberechenbaren Gedränge, das bis in die Constitution und die Independence Avenue reichte, die beiden Hauptverkehrsstraßen zu beiden Seiten der Mall. Da größere Zwischenfälle befürchtet wurden, sperrte die Stadtpolizei beide Straßen westlich der 2nd Street. Daraufhin wurden sie innerhalb weniger Minuten von den Demonstranten in Besitz genommen.

Als sich das Gerücht verbreitete, dass Breland von der Terrasse des Weißen Hauses aus zuschaue, begannen die Demonstranten »Verräter! Verräter! Verräter!« zu rufen. Ein Reporter berichtete, die Sprechchöre seien ›laut genug, um das Weiße Haus in seinen Grundmauern zu erschüttern‹.

Vor dem Capitol hatten die Ordner alle Hände voll zu tun, um die zum größten Teil friedliche Menge aus inzwischen über hunderttausend Demonstranten unter Kontrolle zu behalten. Der für die Grünflächen zuständige National Park Service handelte im eigenen Interesse und ließ der Menge eine willkommene Unterstützung in Form eines Wassertankwagens und zweier Sattelschlepper mit tragbaren Toiletten zukommen. Kurz vor Mittag wurde dann auf den Stufen des Capitols eine Tribüne errichtet, für deren Mikrofonanlagen man auf der gesamten Demonstrationsstrecke bis zum Obersten Gerichtshof kabellose Verstärker installierte.

»Was wollt ihr?«

Unterstützt von den Ordnern schrie der Teil der Menge, der vor dem Capitol stand: »Freiheit!« und reckte die Schilder und Spruchbänder in die Höhe. Einen Augenblick später antworteten die Demonstranten, die dem Obersten Gerichtshof am nächsten waren, mit »Gerechtigkeit!«.

»Was sucht ihr?«

»Freiheit!« Die Stimmen hallten von den hohen Marmorwänden wider.

»Gerechtigkeit!« Die Stimmen ließen die Straße erzittern.

Während die Sprechchöre weitergingen, stieg John Trent aus dem dunkelblauen Cadillac aus, der unmittelbar vor den Absperrungen geparkt worden war, und ging auf die Tribüne zu. Mit Hilfe von etwa einem Dutzend gezielt in der Menge platzierten Leuten, die man über seine Ankunft informiert hatte, wurde er bemerkt und auch erkannt, sodass die Menge applaudierte, während sie ihm den Weg frei machte. Als Trent die Stufen erreichte, waren alle Kameras und fast alle Blicke auf ihn gerichtet, und als er die Stufen zur Tribüne hochging, schlugen die Sprechchöre in Jubel um. Er hob die Hände und bat um Ruhe, dann beugte er sich nach vorn zum Mikrofon.

»Amerika ist das größte Land, das die Welt je gesehen hat.« Ein Aufschrei ging durch die Menge, als sie ihm begeistert zustimmte. »Amerika ist das größte Land, das die menschliche Zivilisation je hervorgebracht hat«, sagte er, nachdem sich der Beifall gelegt hatte. Der zweite Aufschrei war noch lauter als der erste. »Ich liebe dieses Land«, sagte er mit stockender Stimme. Die Menge fing an zu rasen und jubelte ihm eine volle Minute lang zu.

»Amerika wird nicht durch diese Stadt groß gemacht. Amerika wird nicht durch diese imposanten Gebäude groß gemacht. *Ihr* – das amerikanische Volk – macht uns groß.«

Die Menschen applaudierten sich begeistert, während am Rand der Menge immer noch Neuankömmlinge eintrafen.

»Und auch der Vertrag, den wir miteinander haben, macht uns groß. Der Vertrag, der es uns erlaubt, uns heute unbehelligt hier zu versammeln. Der Vertrag, der uns erlaubt, unzensiert unsere Meinung zu sagen. Der Vertrag, der uns uneingeschränkte Freiheit verspricht. Der Vertrag, der uns unbedingte Gerechtigkeit zusichert. Dieser Vertrag, unsere *Verfassung*, gibt uns das Recht, uns selbst, unsere Familien und unser Land gegen jene zu verteidigen, die uns berauben wollen.«

Er machte eine Pause und ließ den Blick über die Menge gleiten. »Was wollt ihr?«

»Freiheit!«, schrie die Menge wie aus einem Mund.

»Seid ihr sicher, dass sie euch da drinnen hören können?«

»Gerechtigkeit!«

»Was sucht ihr?«

»Freiheit!«

»Sie müssen euch zuhören!«

»Gerechtigkeit!«

Trent deutete in Richtung des Gerichtshofes. »In diesem Gebäude da drüben sitzen neun Richter, die anscheinend Schwierigkeiten haben, unseren gegenseitigen Vertrag zu verstehen.« Es waren einige Buhrufe zu hören, aber Trent sprach weiter. »Sie scheinen vergessen zu haben, dass dieses Land von seinen Bürgern mit der Waffe in der Hand geschaffen wurde und dass es nun schon seit fast zweihundertfünfzig Jahren von seinen Bürgern mit der Waffe in der Hand beschützt und verteidigt wird. Sie scheinen den unmissverständlichen Wortlaut des zweiten Verfassungszusatzes nicht zu verstehen – den ihr vermutlich alle auswendig könnt.«

Es war stümperhaft, aber trotzdem eindrucksvoll. Die Kameras schwenkten durch die Menge und fanden immer wieder Menschen mit verzücktem Gesichtsausdruck, die die Worte des zweiten Verfassungszusatzes vor sich hersagten.

»Aber ich habe auch eine gute Neuigkeit – viele Menschen in *diesem* Gebäude verstehen sie«, sagte Trent. »Und jetzt möchte ich euch einige unserer Freunde vorstellen.« Er drehte sich um und sah zu der Gruppe aus neun Kongressmitgliedern hoch, die die Treppe herunterkamen. Dann fing er an zu applaudieren.

Die Reaktion der Menge war eher lauwarm, aber das spielte keine Rolle – dieser Moment war einzig und allein für die Medien inszeniert worden. Vier Senatoren und fünf Abgeordnete. Sieben Männer und zwei Frauen. Drei Demokraten, vier Republikaner und zwei von der Fortschrittspartei. Sechs Weiße, zwei Schwarze und ein Asiate. Amerika in einem Mikrokosmos. *Die am besten investierten vierhunderttausend Dollar, die ich je ausgegeben habe,* dachte Trent …

Er gab jedem Einzelnen die Hand, dann führte er Senator Gil Massey auf die Tribüne.

»John Trent hat Recht – Amerika ist ein großes Land. Und John Trent ist ein großer Amerikaner!«, sagte Massey, der mit dem darauf folgenden Applaus gerechnet hatte. »Ich bin heute hierher gekommen, um Ihnen zu sagen, dass ich in meiner Funktion als Minderheitsmitglied des Judikativausschusses im Senat in Kürze einen Gesetzesvorwurf vorlegen werde, der den Trigger ein für alle Mal verbieten wird …«

Seine Worte gingen in einem ohrenbetäubenden Lärm aus Freudenschreien unter, der alle bisherigen Beifallsstürme in den Schatten stellte.

Massey wiederholte sich bei der ersten Gelegenheit, um die Menge noch besser unter Kontrolle zu bringen. »Um den Trigger *ein für alle Mal* zu verbieten! Egal, wie der Oberste Gerichtshof entscheidet. Dieses Gerät ist so unamerikanisch wie ein Angriff aus dem Hinterhalt! Es sagt, Nachbar, *ich traue dir nicht*. Es sagt, Räuber, Mörder, Vergewaltiger, *nehmt mich,* ich möchte euer nächstes Opfer sein. Und ich sage, das ist Wahnsinn. Ich sage, dass diese Geräte auf den Grund des Bostoner Hafens gehören, zusammen mit dem Tee des Königs! Wir brauchen sie nicht!«

Trent lächelte und applaudierte weiteren acht solchen patriotischen Vergleichen, von denen einige mehr als nur weit hergeholt waren, dann ging er wieder auf die Tribüne, wo sich die Kongressmitglieder in einem Halbkreis hinter ihm aufstellten.

»Werdet ihr uns helfen?«, fragte er die Menge. »Wenn ihr heute Abend nach Hause geht, werdet ihr die Erinnerung an diesen Tag wach halten? Werdet ihr Washington im Auge behalten, während ihr eurer Arbeit nachgeht? Denn Senator Massey wird eure Hilfe brauchen. Die Abgeordnete Baines-Brown wird eure Hilfe brauchen. Ich werde eure Hilfe brauchen. Es wird ein harter Kampf werden. Solange Breland im Weißen Haus sitzt, wird dieses Gesetz eine Mehrheit brauchen, die ein Veto unmöglich macht. Werdet ihr uns helfen, diese Mehrheit zu erreichen?«

Die Antwort war donnernder Applaus, und als er abgeklungen war, fing jemand in der Menge laut zu singen an: *»God bless America, land that I love …«*

Die Sängerin war bezahlt und an einer strategisch günstigen Stelle zwischen die Demonstranten gestellt worden, aber bei der letzten Strophe bekam Trent trotzdem eine Gänsehaut und einen Kloß im Hals.

Als sich die Demonstration danach langsam auflöste und die Menschen allmählich wieder in den Bussen und der umliegenden Stadt verschwanden, musste Trent Interviews geben – eine scheinbar endlose Serie, angefangen mit der grauen Eminenz der Nachrichtenmedien, Bill Moyers von ABCDisney. Erst dann hatte er endlich die Chance, den Blicken der Öffentlichkeit zu entkommen, die Maske fallen zu lassen und ganz in Ruhe zu feiern. Für seine private Siegesfeier hatte er sich eine Suite im Mondrian Inn in Alexandria als Rahmen und Maria Nestor, die Lobbyistin der NAR, als Gesellschaft ausgesucht.

»Gut gemacht.« Sie begrüßte ihn mit einem Kuss auf die Wange. »Die Party war gut besucht.«

Ihr Parfüm hing in der Luft, als sie um den gedeckten Tisch herumging und sich setzte. »Du hast das alles möglich gemacht«, sagte Trent und goss ihr ein Glas Rotwein ein. »Es hätte nicht besser laufen können. Senator Massey! Was für ein Coup. Auch die Marionetten um ihn herum waren nicht schlecht.«

»Damit kenne ich mich eben aus. Es ist schwer, den Obersten Gerichtshof einzuschüchtern – und noch schwerer, ihn zu kaufen. Aber der Kongress ist eine Hure.« Sie lachte. »Das sollte ich ja am besten wissen.«

Als sie mit ihrem Fünf-Gänge-Menü und einem ausgiebigen Schäferstündchen auf dem großen Bett fertig waren, war die Mall leer. Eine Stadt von der Größe Madisons, Wisconsin – vielleicht sogar des kalifornischen Riverside – war über Nacht mitten in Washington aufgetaucht, hatte den Tag auf der Mall verbracht und war dann ruhig und gesittet wieder abgereist – ohne eine einzige Festnahme, ohne größere Schäden bis auf zertrampeltes Gras, das von ihrer Gegenwart zeugte.

Ich hoffe, dass sie es verstanden haben, dachte Trent, als er wieder in seinen Cadillac stieg und dem Fahrer ein Zeichen zum Losfahren gab. *Dieses Mal haben wir uns damit zufrieden gegeben, gehört zu werden. Dieses Mal. Dieses Mal haben wir unsere Waffen zu Hause gelassen. Dieses Mal. Passt gut auf – zählt zwei und zwei zusammen – ich kann zweihunderttausend Leute mobilisieren, wann immer es notwendig sein sollte. Und ich glaube nicht, dass ihr es dazu kommen lassen wollt.*

Da Trent davon ausging, dass die Entscheidung des Obersten Gerichtshofes am nächsten Morgen bekannt gegeben wurde, wollte er in Washington übernachten, damit er schnell wieder vor den Kameras war. Aber offensichtlich war nicht nur ihm aufgefallen, dass die Mall jetzt leer war. Als sie in der Nähe des Hotels Americana waren, rief Lancaster an.

»Es geht los. Sie geben ihre Entscheidung um 20.00 Uhr bekannt«, sagte er. »Ich bin schon auf dem Weg zum Gerichtsgebäude – sie haben uns nur zwanzig Minuten Vorwarnung gegeben.«

»Haben sie einen Grund dafür genannt, warum die Entscheidung jetzt bekannt gegeben wird?«

»Sie sagen, dass es heute Morgen nicht ging, weil es ein Problem mit dem Drucker gegeben habe.« Lancaster schnaubte verächtlich.

Trent und sein Fahrer blieben in der Auffahrt zum Americana im Wagen sitzen, winkten den Portier und den Parkboy weg und hörten sich im Iridium-Radio die Nachrichten an. Es gab vier verschiedene Gutachten, von denen zwei nur von jeweils einem Richter unterzeichnet worden waren. Die Entscheidung des Bezirksgerichts im District of Columbia war mit fünf gegen vier Stimmen für ungültig erklärt worden.

Richter Joseph Anthony Perri gehörte – wie Trent feststellte – der Minderheit an.

»Mistkerle«, sagte Jerry wütend. Er schlug mit der flachen Hand auf das Lenkrad. »Das müssen sie uns natürlich unter die Nase reiben. Sie konnten uns nicht einmal ein paar Stunden Zeit lassen, um unseren Erfolg von heute zu feiern.«

»Das Böse schläft nie«, bemerkte Trent, der seinem Fahrer nicht erzählt hatte, dass er über das Ergebnis bereits informiert worden war. »Jetzt gibt es eigentlich keinen Grund mehr, in Washington zu bleiben. Fahren wir nach Hause, Jerry. Aber nicht nach Fairfax. Nach Fredericksburg. Ich glaube, ich werde morgen im Rappahannock angeln gehen.«

Der rote Ranchero Pick-up war ihnen vom Americana bis zur Auffahrt zur Interstate 395 gefolgt und machte auch den Abstecher über den Nationalfriedhof von Arlington mit, den Jerry einlegte, weil er wissen wollte, wie groß das Interesse des Fahrers an ihnen war. Als er feststellte, dass der Pick-up nicht am Friedhof, sondern ausschließlich an ihnen interessiert war, informierte er Trent.

»Wahrscheinlich irgendwelche Medienleute.« Trent sah nach hinten. Es war fast dunkel, und außer den Scheinwerfern – zwei oben, darunter zwei Nebellampen – und den schemenhaften Umrissen eines hochgebauten Fahrzeugs konnte er kaum etwas erkennen. »Ich bin ja schon verschwunden, bevor die Entscheidung bekannt gegeben wurde.«

»Das ist eigentlich kein Auto, das nach Medienleuten aussieht, Mr. Trent. Eher eines, das nach Ärger aussieht. Vielleicht ist es besser, beim Sicherheitsdienst eine Eskorte anzufordern und dann nach Fairfax zu fahren, um sie dort zu treffen.«

»Jerry, Sie fahren doch gern schnell, nicht wahr?« Trent lehnte sich zurück. »Dann geben Sie mal Gas.«

Der Fahrer brachte den Cadillac auf 120 Stundenkilometer. »Er ist zwar etwas zurückgefallen, aber immer noch da.«

»Vielleicht will er mir ja nur die Hand schütteln.« Trent lachte in sich hinein. »Oder vielleicht hat er an der Demonstration teilgenommen und seinen Reisekostenzuschuss noch nicht bekommen.«

»Sir, mir wäre es wirklich lieber, wenn wir eine Eskorte rufen würden.«

»Warten wir, bis wir von der I-95 herunter müssen. Wenn er dann immer noch da ist, werde ich anfangen, mir Sorgen zu machen.«

Aber kurz hinter Quantico hatte sie der rote Ranchero fast eingeholt. Jerry gab noch einmal Gas, sodass sich der Abstand wieder vergrößerte – und landete ein paar Minuten später auf dem wenig befahrenen Stück zwischen Stafford und Falmouth in einer gut getarnten Falle. Der Cadillac war plötzlich von zwei Autos eingekeilt, während der Ranchero hinter ihnen wieder beschleunigte und dann dicht an der Stoßstange des Cadillac klebte – ein Kleinbus vorne, ein schwarzes Coupé auf der linken, Leitplanke und Straßengraben auf der rechten Seite, der Pick-up hinten.

»Mistkerle«, murmelte Jerry. »Ich hätte es wissen müssen ...« Trent hörte das Geräusch eines Klettverschlusses, als Jerry das Polster des Beifahrersitzes nach oben riss und eine Beretta .45 ACP aus ihrem Versteck holte. »Halten Sie sich fest, Mr. Trent. Die Kerle hängen uns wahrscheinlich gleich an der Stoßstange und am Kotflügel.«

»Warten Sie«, sagte Trent. »Vielleicht sind es ja nur ein paar kleine Ganoven, die keine Ahnung haben, wer wir sind.«

»Umso besser. Mr. Trent, Sie sollten sich jetzt besser auf den Boden legen.«

»Jerry, auf dem Boden ist kein Airbag.«

»Ich werde schon dafür sorgen, dass ich keinen Unfall baue.«

»Jerry, hier geht es nicht um *Ihren* Fahrstil, sondern um den der *anderen*.«

Genau in diesem Moment fing Trents KomSet an zu klingeln. Während es läutete, wurde das Fenster auf der Beifahrerseite des neben ihnen fahrenden Autos heruntergelassen, sodass sie einen lachenden jungen Mann sahen, der ein KomSet ans Ohr hob und wild gestikulierte. Der kahlrasierte Kopf und die enormen Koteletten des Jugendlichen waren unverkennbar, genau wie das gackernde Lachen, das Trent hörte, als er den Anruf beantwortete.

»He, haben Sie zufällig Senf dabei?«

»Bowman ...« Trent war so wütend auf den Kommandanten der Patriot Fist, dass der Name eher wie ein Knurren klang.

»Nein? Dann sollten Sie mal in Ihre Unterhosen schauen, vielleicht haben Sie da welchen! Wie gefällt Ihnen das, Mr. Trent?«

»Ich freue mich, dass ich etwas zu Ihrer Freizeitgestaltung beitragen konnte. Kann ich sonst noch etwas für Sie tun?«

»Ja, wir müssen miteinander reden. Ihr Fahrer soll die nächste Abfahrt nehmen, und wir suchen dann ein ruhiges Plätzchen für uns.« Die Verbindung brach ab, als das Fenster des Coupés nach oben ging und das Auto davonfuhr.

»Chef, haben wir jetzt ein Problem oder nicht?«, wollte Jerry wissen.

»Abgesehen von der Tatsache, dass Bob Bowman die meiste Zeit unter Drogen steht und die ganze Zeit über paranoid ist?«, entgegnete Trent. »Vermutlich nicht.«

»Was soll ich tun?«

»Folgen Sie ihnen, wenn sie die nächste Abfahrt nehmen. Aber seien Sie nicht *zu* vertrauensselig, in Ordnung?«

Nachdem sie einige Minuten über die schmalen, kurvigen Straßen am Rande von Fredericksburg gefahren waren, bog der erste Wagen der kleinen Kolonne auf einen einsamen Parkplatz an der Straße ab, von dem aus eine Bootsanlegestelle zum Rapidan führte.

»Ich dachte schon, sie wollten zum Reservoir«, sagte Jerry, als er den Motor abstellte. »Brauchen Sie die Pistole?«

Trent schüttelte den Kopf. »Nein. Sie bleiben im Wagen und tun möglichst unbeteiligt. Mit dem Kerl da draußen habe ich sowieso schon ein Problem, da möchte ich ihn nicht noch mehr beunruhigen.«

Als Trent aus dem Wagen stieg, war er überrascht, noch

einige Gesichter zu sehen, die er ebenfalls gut kannte. Der Fahrer des Ranchero war Mel Yost, der etwa fünfzig Jahre alte Herausgeber von *Washington War Crimes,* ›ein Rundbrief des amerikanischen Widerstands‹. Der Kleinbus hatte Zachary Taylor Grant zu der Besprechung gebracht. Der hoch gewachsene, bärtige Gründer der Hedgehogs-Bürgerwehr war nie ohne Tarnanzug, schusssichere Weste und ein großes Silberkreuz um den Hals anzutreffen.

»Na, da hat Ihnen wohl ganz schön das Herz geklopft?«, sagte Grant lachend. »Ich hatte Sie genau im Visier – peng, peng. Aber es war nur eine kleine Übung. Sie haben noch einmal Glück gehabt.«

»Sie sollten meinen Fahrer nicht so reizen«, entgegnete Trent. »Er freut sich, wenn er einmal Gelegenheit bekommt, etwas Blech zu verbiegen. Um was geht es?«

»Na ja, Sie waren so nett und haben uns zu sich ins Büro eingeladen, um uns zu sagen, was wir Ihrer Meinung nach tun sollten«, sagte Grant. »Da dachten wir, wir sollten Sie auch mal zu uns einladen.«

»Nettes Plätzchen, das Sie hier haben«, antwortete Trent.

»Jetzt redet nicht so um den heißen Brei herum«, sagte Bowman, der sich nervös umsah. »In elf Minuten fliegt der nächste SRA-Satellit über diese Stelle. Und außerdem sollten wir besser zwischen die Bäume da drüben gehen – am Wasser sind Stimmen viel weiter zu hören.«

Ohne auf ihr Einverständnis zu warten, ging Bowman vor. Yost folgte mit einer kleinen Taschenlampe, während Grant sich zu Trent gesellte. »Mr. Trent, ich wollte Sie unter anderem fragen, wie ernst es Ihnen mit dem ist, was Sie heute gesagt haben.«

»Sehr ernst.«

»Wirklich? Es geht nicht nur darum, dass Sie in der Öffentlichkeit eine gute Figur machen wollen? Sie wollen sich wirklich auf dieselben Schlappschwänze verlassen, die Brady I, Brady II, das Verbot von Automatikwaffen, die nationale Registrierungspflicht für Schusswaffen und die Stoke-Williams-Haftungspflicht durchgebracht haben? Ich habe vorhin das Gegenteil behauptet.«

Sie hatten inzwischen Bowman erreicht, der gerade gegen einen Baum urinierte.

»Bob, wo hast du denn deinen Kopf? Jetzt werden Sie wissen, dass du hier gewesen bist«, sagte Grant.

»Was? In Pisse ist doch keine DNS – oder doch? Oh, Mann ...«

Grant lachte aus vollem Hals, als Bowman verzweifelt versuchte, den Urinfluss zu stoppen. »Du hast alles verdorben, Bob. Jetzt können wir Mr. Trent nicht mehr umbringen.«

»Das war doch nicht nötig, Zack«, sagte Yost. »Bob, hör nicht auf ihn – im Urin ist keine DNS, es sei denn, du hast dir in den letzten einundzwanzig Tagen einen heruntergeholt.«

»Oh, nein ...«, stöhnte Bowman. Grant musste noch heftiger lachen.

»Bob, das bedeutet dann wohl, dass ich Ihnen einen Gefallen schulde«, sagte Trent trocken. »Zack, ich habe gleich noch einen Termin. Können wir zur Sache kommen, bevor dieser Satellit hier ist und unsere Autos zusammen fotografiert? Um was geht es?«

Yost trat vor, um Trent zu antworten. »Wir wollten Ihnen die Chance geben, bei uns mitzumachen, nachdem Ihre Klage ja nun den Bach runter ist. Wir werden uns eine andere Strategie ausdenken, eine, die ein bisschen direkter ist.«

»Sehr viel direkter«, warf Bowman ein. Er machte aus seiner rechten Hand eine imaginäre Waffe und ›feuerte‹ einen Schuss in die Dunkelheit. »Ich habe das Warten satt. Mitten in die Fresse, allen diesen verdammten Verrätern.«

»Warum ich?«, wollte Trent wissen.

»Aus zwei Gründen, Mr. Trent«, sagte Grant. »Weil Sie uns nützlich sein können – Sie sind im ganzen Land bekannt, wir nur regional, Sie werden respektiert, wir wollen nicht respektiert werden, Sie haben gute Verbindungen, wir würden keiner Organisation beitreten, die uns haben wollte. Und zweitens, weil Sie gerade von der Verschwörerbande reingelegt worden sind und daher genau wissen, dass sie es einfach nicht zulassen werden.«

»Sie können sie nicht besiegen, wenn Sie nach ihren Regeln spielen, weil die Karten gezinkt sind. Wie in Las Vegas, nur schlimmer«, sagte Yost. »Und daher werden wir jetzt nach unseren Regeln spielen.«

Trend runzelte die Stirn. »Wird es Einfluss auf meine persönliche Lage hier haben, wenn ich Sie frage, welche Art von Zielen Ihnen vorschwebt?«

»Ich habe eine kleine Liste – alle kommen in die Kiste ...«, murmelte Bowman in einer Art Singsang vor sich her.

»Nein, Mr. Trent. Sie haben von uns nichts zu befürchten«, erwiderte Grant. »Aber bevor ich es Ihnen sage, müssen Sie mir eine Frage beantworten. Gibt es einige Ziele, für die Sie mit uns zusammenarbeiten würden, und einige, für die Sie das nicht tun würden? Sie würden genau zur richtigen Zeit bei uns einsteigen. Zurzeit laufen viele Ziele in der Gegend herum, und wir müssen eine Menge Entscheidungen treffen.«

Zum ersten Mal, seit der Ranchero im Rückspiegel aufgetaucht war, hatte Trent Angst. Er war sich nicht ganz so sicher, ob er nach der falschen Antwort nicht doch mit dem Gesicht nach unten im Rapidan landen würde, und daher versuchte er, überhaupt nicht zu antworten. »Jungs, darüber werde ich ein Weilchen nachdenken müssen.«

Grant runzelte die Stirn und schüttelte den Kopf. »Ich glaube nicht, dass wir uns darauf einlassen werden. Wie Bob schon gesagt hat – wir haben das Warten satt.«

»Ich verstehe einfach nicht, warum Sie nicht *wütender* sind.« Bowman trat gegen einen Stein. »Mann, das ist doch eine einmalige Chance, die wir Ihnen hier bieten. Warum haben Sie denn nicht schon früher daran gedacht? *Ich* schon. Wir werden etwas *tun,* wir werden nicht nur Bandbreite füllen, so wie Sie das heute gemacht haben. Vielleicht wollen Sie gar nicht gewinnen. Oder vielleicht sind Sie ja auch nur ein verdammter Feigling.«

»He, Bob, wie lange dauert es noch, bis der Satellit über uns ist?«, wollte Grant wissen.

»Was?« Bowman sah auf seine Uhr. »Verdammt ...« Er drängte sich an Yost vorbei und rannte auf den Parkplatz zu.

Grant und Yost fingen an zu lachen. »Sagen Sie es nicht, Mr. Trent, wir wissen es ja – er hat nicht alle Tassen im Schrank. Aber dafür kann er uns viele schöne Spielzeuge besorgen«, erklärte Grant. »Wie lautet Ihre Antwort, Mr. Trent? Machen Sie mit oder nicht? Wir werden viel von uns reden machen, das verspreche ich Ihnen.«

»Dann dürfte es wohl besser sein, wenn ich mit dem weitermache, was ich gerade tue«, sagte Trent aus einem Impuls heraus. »Hoher Bekanntheitsgrad, viel Erfolg, Stimme der Vernunft, guter Bürger, der mit dem System arbeitet. Es ist die beste Deckung, die Sie haben können. Ich will es ganz offen sagen – wenn etwas schief geht und Bob Bowman vom FBI geschnappt wird, ist er ersetzbar und die Öffentlichkeit wird denken, oh, wieder einer dieser Spinner. Wenn etwas schief geht und John Trent vom FBI geschnappt wird – das werde ich nur riskieren, wenn sehr viel mehr auf dem Spiel steht. Und ich glaube nicht, dass wir diesen Punkt schon erreicht haben. Was nicht bedeutet, dass ich Ihnen nicht viel Glück wünsche.«

Und dann hielt er den Atem an.

Grant und Yost sahen sich kurz an. »In Ordnung, Mr. Trent«, sagte Yost, dann hielt er Trent die Hand hin. »Sie versuchen es von oben, wir von unten. Viel Glück auch für Sie. Sie werden nicht wieder von uns hören.«

Als Trent zum Parkplatz zurückging, hatte er eine Gänsehaut. Und als er wieder sicher in seinem Wagen saß, brach ihm der kalte Schweiß aus. »Machen wir, dass wir hier wegkommen, Jerry.«

»Was ist passiert?«

»Das werden Sie sich doch denken können, Jerry.« Trent lehnte sich zurück und fragte sich, ob seine Hände zitterten, weil er Angst hatte oder weil ein Teil von ihm trotz der Angst, Abscheu und Verachtung versucht gewesen war, den Vorschlag anzunehmen.

24.

Tödliche Waffen

»Ich bin stolz auf die Tatsache, dass ich nie eine Waffe erfunden habe.«

THOMAS ALVA EDISON

In den zehn Monaten seit Dr. Jeffrey Hortons Gesicht zum ersten Mal in den Berichten der Nachrichtensender aufgetaucht war, hatten sich sowohl sein Leben als auch sein Aussehen dramatisch verändert.

In den Tagen nach seiner Vorstellung als Erfinder des LifeShields war sein Gesicht überall gewesen. Er hatte Interviews gegeben, an Diskussionen teilgenommen, vor dem Kongress ausgesagt und war mit Präsident Breland zusammen bei den Vereinten Nationen erschienen, wo sie von der Vollversammlung mit stehenden Ovationen empfangen worden waren.

Aber unmittelbar danach war er verschwunden – nicht nur aus der Öffentlichkeit, sondern auch aus dem, was bisher sein Leben gewesen war. Er hatte Urlaub von unbestimmter Dauer genommen und sein Einsiedlerleben im Annex gegen das Leben eines Nomaden getauscht. Und seitdem hatte er kein Zuhause mehr, bis auf ein Hotelzimmer in Vancouver für eine Woche, ein Wohnmobil in den Great Smoky Mountains für 14 Tage, eine Blockhütte an einem See im Norden von Minnesota für einen Monat und so weiter – er bewegte sich kreuz und quer durch den nordamerikanischen Kontinent, ohne ein erkennbares Ziel, lediglich weitergetrieben von dem Wunsch, dorthin zu gehen, wo er noch nicht gewesen war, und etwas zu sehen, was er noch nicht gesehen hatte.

Horton hatte nur so viel dabei, wie in einen Rucksack passte – etwas Kleidung, ein paar Toilettensachen, ein zweites Paar bequeme Schuhe, sein KomSet und ein Lesegerät. Er hatte weder Rasierapparat noch eine Schere mitgenommen, da er sich gleich vom ersten Tag an einen Bart hatte stehen lassen und sein gewelltes Haar nicht mehr geschnitten hatte.

»Ich sehe aus wie das Fleisch gewordene Klischee eines müslimümmelnden Ökoterroristen«, hatte er Lee geschrieben, die zu den wenigen bei Terabyte gehörte, mit denen er noch Kontakt hielt. »Das ist sehr praktisch, denn seriöse Menschen, die mich erkennen könnten, halten einen gehörigen Sicherheitsabstand ein, und den exzentrischen und anrüchigen Typen, die sich trauen, mich anzusprechen, ist es egal, wer ich bin, solange ich mir ihre Ratschläge, ihre Beschwerden, ihre Lebensphilosophie oder ihre Träume anhöre. Und ich höre ihnen zu, weil diese Menschen am Rand der Gesellschaft ungeheuer interessant sind, weil sie eine erfrischend ungewöhnliche und widersprüchliche Einstellung zu dieser Welt haben. Ich hatte vergessen, wie *unterschiedlich* die Menschen denken können, und dass nur wenige von ihnen so denken wie ich und meine Kollegen.«

In einem Brief an Brohier fügte er hinzu: »Ich komme mir vor, als würde ich wieder Kontakt zur realen Welt haben – oder vielleicht zum ersten Mal mit ihr in Berührung kommen. Als wir uns darüber unterhalten haben, was unsere Arbeit für die Gesellschaft bedeuten würde, wusste ich es noch nicht, aber mein theoretisches Modell für Menschen hatte genauso viele Fehler wie unser Physikmodell. Ich glaube, das kommt davon, weil wir alle unsere Proben in unserem eigenen Hinterhof sammeln. Ich habe den Einfluss der Vernunft überschätzt und den Einfluss von Gefühlen unterschätzt. Und die Tatsache, dass Intelligenz auf beiden Seiten zu finden ist, habe ich völlig übersehen.«

Horton war gerade auf der mexikanischen Halbinsel und ruhte sich nach dem langen, schweißtreibenden Aufstieg über die steilen Stufen einer 1600 Jahre alten Steinpyramide aus, als er Brohiers aufgeregt klingende Einladung bekam, nach Princeton zu kommen und einen theoretischen Durchbruch mit ihm zu diskutieren. Aber Horton war noch nicht so weit, um über Physik sprechen zu können – er hatte sein KomSet nur aktiviert, um mehr über das

Bauwerk zu erfahren, auf dessen Spitze er gerade saß, und über das Volk, von dem es gebaut worden war. Und deshalb antwortete er nicht auf die Einladung. Aber er konnte nicht verhindern, dass sich Princeton immer wieder in seine Gedanken schlich und drohte, seiner ziellosen Reise ein Ziel zu geben. Es machte sich in seinen Gedanken breit wie ein Elefant im Wohnzimmer und war genauso wenig zu ignorieren. Entweder war der Besuch bei Brohier vorherbestimmt und bedeutete das Ende seiner Reise und die Wiederaufnahme seiner Arbeit, oder er gehörte zu den Dingen, denen er aus dem Weg ging. Für Horton war keine der beiden Möglichkeiten akzeptabel. Der einzige Ausweg aus dieser psychologischen Sackgasse bestand darin, Princeton zu einer der vielen Zwischenstationen auf seiner Reise zu machen, zu einem Abstecher auf einer Straße, die woandershin führte.

Und daher beschloss Horton nach einer Woche in Cape May, dass er genug davon hatte, den Winterstürmen dabei zuzusehen, wie sie das Wasser gegen die Piers und steinernen Molen peitschten. Er warf einen letzten Blick auf sein im zweiten Stock gelegenes Apartment, wie jemand, der fest vorhat, wieder zurückzukommen, und nahm sich dann ein Jet-Taxi von Wildwood nach Philadelphia. Dort setzte er sich in einen fast leeren Amtrak-Zug nach Princeton Junction, von wo aus er mit dem klapprigen, altersschwachen ›Dinky‹ Shuttle das letzte Stück bis auf den Campus fuhr. An der Station gab es zwar einige Taxis, aber Horton wollte das letzte Stück seiner Pilgerfahrt trotz des nasskalten, windigen Wetters zu Fuß gehen.

Aber als er der College Road zwischen dem verlassenen Golfplatz und dem Theologischen Seminar folgte, wurde ihm klar, dass er eine Art zenosches Paradoxon für sich geschaffen hatte – je näher er seinem Ziel kam, desto langsamer ging er darauf zu.

Macht es mir immer noch so viel aus?, fragte er sich. *Ist das meine Entscheidung oder nur ein Zufall?* Da er seine Frage nicht beantworten konnte, ging er schneller.

Als Horton in die Nähe des Instituts kam, wunderte er

sich über die Straßennamen: Hegel Avenue, Newton Road, Einstein Drive. Von den drei Männern war nur Einstein je in Princeton gewesen, aber allein schon der Klang der Namen sorgte dafür, dass er sich vorkam, als würde er eine andere Welt betreten – eine Enklave, in der die Namen großer Denker mehr Gewicht besaßen als jene von Soldaten und Politikern. Doch das war es schließlich, was die Gründer und Wohltäter Princetons zu schaffen versucht hatten – einen sicheren Hafen für eine rein intellektuelle Forschung, unbelastet von akademischen Querelen und unbeeinflusst von ihrem kommerziellen Nutzen. Das Institut hatte keine Labors, keinen Lehrplan, keine Vorlesungen, keine akademischen Grade – aber ausgezeichnete Bibliotheken, lange, baumbestandene Spazierwege und eine bemerkenswerte Erfolgsgeschichte.

Horton fand es schon demütigend genug, wenn er an die geballte Intelligenz der derzeitigen Fakultätsmitglieder dachte. Aber selbst diese stellare Gruppe verblasste neben der Liste der früheren Fakultätsmitglieder, die sich wie eine Geschichte des letzten Jahrhunderts der Naturwissenschaften las – nicht nur Einstein, der hier seine wissenschaftliche Laufbahn und sein Leben beschloss, sondern auch C. N. Yang, John von Neumann, Kurt Gödel, Freeman Dyson …

Herr, ich bin nicht würdig, dein Haus zu betreten – dachte er selbstironisch, als er vor dem Hinweisschild an der Einfahrt stand.

Am Empfang in der Fuld Hall musste er seinen Namen nennen, um Zugang zu den Gebäuden des Instituts zu erhalten und zu erfahren, wo Brohiers Büro war. Das war etwas, was er in der Zeit, in der er unterwegs gewesen war, möglichst vermieden hatte. Aber niemand schien ihn zu erkennen, niemand zog die Augenbrauen hoch – er traf nur auf die verbindliche Höflichkeit und die Tüchtigkeit gut ausgebildeter Mitarbeiter.

»Dies ist Ihr Besucherausweis, Dr. Horton. Sie brauchen ihn nicht anzustecken – es reicht, wenn sie ihn immer dabeihaben. Sie kommen damit auch in die Kantine, falls Sie während Ihres Aufenthalts hier etwas essen möchten.«

»Ein Sender?«, fragte Horton, als er die dünne Silberscheibe in der Hand hielt.

»Ja, er ist mit unseren Sicherheitssystemen verbunden. Aber er dient lediglich dazu, uns zu sagen, dass Sie ordnungsgemäß als Besucher registriert wurden – wir prüfen nicht nach, wo auf dem Gelände Sie sich gerade aufhalten. Der Ausweis gilt bis 23 Uhr, dann wird das Institut für Besucher geschlossen.«

Horton nickte und ließ die Scheibe in seine Brusttasche gleiten. »Ziemlich früh für Aschenputtel. Sie sagten 1-17, richtig?«

»Ja, Dr. Horton. Ich habe Dr. Brohier bereits Bescheid gesagt, dass Sie hier sind.«

»Oh, dann gibt es jetzt wohl kein Zurück mehr.« Er lächelte etwas gequält. »Danke für Ihre Hilfe.«

Der Korridor war mit einem dicken Teppich ausgelegt, der das Geräusch seiner Schritte schluckte. Die Türen und Vertäfelungen auf beiden Seiten waren aus dunklem Hartholz mit einem leichten Schimmer – kein Kunststoff, sondern echtes Holz, dem anzusehen war, dass es gut gepflegt wurde.

Vor einem Jahr hätte Horton vermutlich gar nicht darauf geachtet, wie viel Leben in dem Holz steckte. Aber jetzt konnte er darin nicht nur ein Auge für Details, sondern auch das Festhalten an einem Prinzip erkennen – die unerschütterliche Regel, nur das Beste vom Besten zu verwenden und einen Ort zu schaffen, an dem immer Zeit war, um etwas ordentlich zu machen.

Plötzlich war er neidisch auf jene, die das Privileg hatten, dieses Mekka ihr Zuhause zu nennen. Außerdem war er neugierig darauf zu hören, was Brohier hier entdeckt hatte. Gleich darauf sah er ihn. Brohier kam aus einem Eckbüro am Ende des Korridors, hob grüßend die Hand und kam mit einem leichten Hinken auf ihn zu.

»Karl.« Horton ging schneller.

»Sie sind gekommen.« Brohier strahlte. »Ich bin ja so

froh – ich muss Ihnen so viel zeigen. Warum haben Sie denn so lange gebraucht?«

»Ich habe einen kleinen Umweg gemacht.« Horton deutete auf Brohiers Bein, dann schüttelte er ihm die Hand. »Was haben Sie denn angestellt?«

»Ich bin hingefallen, bei einem Spaziergang im Wald. Es war meine Schuld. Ich bin nach dem ersten Schneefall spazieren gegangen und hatte die falschen Schuhe an. Aber jetzt ist alles wieder in Ordnung – das Hinken ist zur einer schlechten Angewohnheit geworden, die ich mir noch abgewöhnen muss.« Aber als Brohier ihn am Ellbogen fasste, als wollte er ihn in Richtung seines Büros führen, wurde Horton schnell klar, dass er dem älteren Mann als Stütze dienen sollte. »Wie lange können Sie bleiben? Hat man Ihnen schon ein Zimmer besorgt? Ich könnte Sie auch in meinem Häuschen unterbringen – mit Columbus nicht zu vergleichen, aber für uns beide reicht es.«

»Darüber reden wir später«, sagte Horton. Als sie an einem der Büros vorbeikamen, fiel ihm die Nummer an der Tür auf. Er drehte sich halb um und wies mit dem Daumen auf das Büro. »War das nicht ...?«

Brohier sah in die Richtung, in die Horton zeigte. »Einsteins Büro? Ja, sein letztes. Eins-fünfzehn Fuld Hall. Mein Büro ist gleich daneben.«

»Wie ist das?« Horton griff zum Türknauf.

»Was meinen Sie?«

»Auf mich würde das einschüchternd wirken. Als ob man Tür an Tür mit Gott arbeiten würde.«

»Ich finde es sehr anregend«, sagte Brohier, als er Hortons Arm losließ und auf seinen Schreibtisch zuging. »Man erzählt hier immer noch Anekdoten über ihn – für mich ist er jetzt keine Ikone mehr, sondern ein echter Mensch.« Er lachte und ließ sich dann mühsam auf einen Stuhl fallen. »Außerdem ist Harry Beuge derjenige, der den Vergleich mit ihm aushalten muss. Ich muss nur jeden Morgen an Einsteins Büro vorbei – er muss darin arbeiten. Das erklärt vielleicht, warum er mich sechsmal am Tag besuchen kommt.«

Sie schmunzelten. »Aber dieser Ort hat etwas, finden Sie nicht auch?«, fragte Horton, als er einen Stuhl heranzog.

»Dieses Gebäude hat etwas Großartiges, etwas Geniales an sich – es ist in den Ziegelsteinen, dem Putz, der Luft. Wenn ich morgens hierher komme, hole ich erst einmal tief Luft, weil ich hoffe, dass ich mir etwas davon ausleihen kann.« Er beugte sich verschwörerisch vor. »Wenn ich jemanden veralbern will, sage ich ihm, dass über dem Campus ein morphologisches Feld liegt – hier wurde schon so viel und so erfolgreich gedacht, dass es inzwischen viel einfacher ist, hier zu denken als anderswo. Letzte Woche habe ich das in Gegenwart des Direktors gesagt.«

»Sie haben vor dem Direktor des Instituts Sheldrake zitiert? Das war mutig.«

»Ach, ich habe noch schlimmere Sünden begangen, seit ich hier bin.«

»Zum Beispiel?«

»Ich habe alle hingehalten, weil ich warten wollte, bis Sie hier sind.«

»Das hätten Sie nicht tun sollen. Das waren Sie mir nicht schuldig.«

»Oh, es gibt noch eine Menge zu tun. Ich musste wieder in die Schule gehen, weil ich Nachhilfe in Chemie brauchte.«

»Chemie? Sie? Der Mann, der mir über einer Flasche Bordeaux allen Ernstes erklärt hat, dass Chemie nur etwas für Leute sei, die nicht genug Fantasie haben, um Physiker zu werden?«, fragte Horton überrascht.

»Genau der«, erwiderte Brohier. »So oft, wie ich das in Gegenwart von Zeugen gesagt habe, werde ich wohl einen öffentlichen Widerruf bei der Jahresversammlung des Chemikerverbandes machen müssen. Werfen Sie einmal einen Blick hinter sich – auf dem obersten Regal steht das Buch, mit dem ich angefangen habe. Paulings *Nature of the Chemical Bond.* Eine Erstausgabe, in Papier – mit handschriftlichen Korrekturen von Pauling selbst.«

Horton warf einen Blick über die Schulter. »Gibt es denn noch keine Multimedia-Ausgabe davon?«, fragte er unbeeindruckt.

Brohier verzog das Gesicht. »Natürlich – sie ist ganz furchtbar. Voll gestopft mit dreidimensionalen Animationen und anderem überflüssigen Zeugs. Ich habe sie nach einer Woche wieder zurückgeschickt. Diese Ausgabe hier habe ich seit August von der Bibliothek ausgeliehen.«

»Lernen Sie so langsam?«

Brohier lachte. »Oh, dem Himmel sei Dank! Es gab nur noch eines, über das ich mir mehr Sorgen gemacht habe als über die Möglichkeit, dass Sie nicht wieder zurückkommen ...«

»Dass ich zwar zurückkomme, aber ohne meinen Sinn für Humor?«

»Genau. Sie waren in letzter Zeit so furchtbar ernst.«

»Es war schließlich das erste Mal, dass ich den Lauf der Geschichte geändert habe.« Horton lächelte wehmütig.

»Wir sind noch nicht damit fertig, Jeffrey.« Brohier lehnte sich zurück. Seine Augen strahlten wie die eines Vaters, der seinem Kind gleich den geschmückten Weihnachtsbaum zeigen wird. »Wollen Sie denn gar nicht wissen, warum ich Pauling gelesen habe?«

Horton runzelte die Stirn und äußerte dann eine Vermutung. »Sie haben etwas über den Trigger und Bindungsenergien herausgefunden ...«

»Weil Sie und ich Pauling neu schreiben müssen. Weil das gesamte Grundlagenmodell, die Kernmetapher, geändert werden muss. Ich weiß jetzt, warum der Trigger funktioniert, Jeffrey. Ich weiß, was Sie richtig gemacht haben – und warum Sie bei der Theorie immer in Sackgassen gelandet sind.«

»Dann sagen Sie es mir doch!«

Brohier blickte an Horton vorbei, um sich zu vergewissern, dass die Tür des Büros geschlossen war. »Wir sind verbohrte alte Idioten gewesen, Jeffrey – wir haben versucht, unser neues Wunder in eine Schublade zu zwängen, die von Anfang an viel zu klein war. Wir haben nicht annähernd radikal genug gedacht. In gewisser Hinsicht ist das natürlich verständlich und hat mit uns persönlich weniger zu tun. Ich glaube, wir haben uns alle zu der Auffassung verleiten lassen, dass die Revolution bereits stattgefunden hat, dass das CERN-System der Paradigmenwechsel war, auf den wir gewartet hatten. Aber CERN war gar nicht der Wechsel, es war nur das Beben davor.«

»Sie lassen sich ganz schön Zeit, um zur Sache zu kommen«, beschwerte sich Horton kopfschüttelnd.

Brohier riss die Augen auf und sah ihn empört an – ob die Empörung echt oder gespielt war, konnte Horton nicht feststellen. »Sie lassen *mich* monatelang warten, und jetzt gönnen Sie mir nicht mal ein paar Minuten? Arroganter junger Schnösel! Sie bleiben jetzt da sitzen und hören sich an, was ich zu sagen habe. Ich habe ein Recht darauf, diesen Moment zu genießen.«

»Tut mir Leid«, sagte Horton mit einem schiefen Lächeln.

»Vielleicht vergebe ich Ihnen. Vielleicht zögere ich es aber auch noch mal zwanzig Minuten hinaus, nur um Sie zu ärgern. Also – wo war ich?«

»Paradigmenwechsel. Die Grundlagen des Modells. Pauling neu schreiben.«

»Paradigmenwechsel«, wiederholte Brohier. »Jeffrey, warum gibt es beim CERN-Modell so etwas wie Materie?«

»Wie bitte?«

Brohier wiederholte seine Frage.

»Ich glaube nicht, dass das CERN-System etwas darüber aussagt, *warum* Materie existiert«, antwortete Horton kopfschüttelnd. »Es sagt lediglich etwas darüber aus, *wie* sie existiert – die Materieidentität von Energie als zusammengebrochene Wellenfunktion, die Stabilität des zusammengebrochenen Feldzustands, die Asymmetrie der Faktoren, von denen Übergänge ausgelöst werden. Aber das ist nicht die Antwort, die Sie haben wollten, stimmt's?«

»Stimmt. Sehen Sie sich das Bild an, das wir Physiker gemalt haben. Energie ist Energie. Materie ist Energie. Aber was gibt es noch? Kräfte – die von Vektorbosonen übertragen werden, die wiederum Teilchen sind, und Teilchen sind Materie, und Materie ist Energie? Warum ist dann das Universum so komplex? Warum besteht es nicht nur aus dem weißen Licht Gottes, rein und undifferenziert? Warum gibt es Luft oder Steine oder Bäume, Schreibtisch oder Wand, Sie oder mich?«

»Die Kastenmach-Gleichungen …«

»… beschreiben das Wie – aber das Warum erklären sie nicht.«

Horton beugte sich vor. »Karl, vielleicht verstehe ich ja nicht, worauf Sie hinauswollen, aber bewegen wir uns hier nicht schon außerhalb der Naturwissenschaften? Ich dachte, Teleologie hätten wir der geisteswissenschaftlichen Fakultät aufs Auge gedrückt.«

»Den Bereich Materie-Energie-Physik haben wir verlassen«, gab Brohier zu, »den der Naturwissenschaften aber nicht.«

»Was ist da noch?«

Brohiers Augen blitzten vor Begeisterung. »Jetzt stellen wir die richtigen Fragen! Was noch – das ist es! Wie sieht der Faktor aus, der das ursprüngliche Energiefeld in so viele diskrete Feldzustände auseinander brechen lässt – vier Kräfte, ein Dutzend Elementarteilchen, hundert Elemente, hunderttausend Verbindungen? Wie sieht der Kern der Differenzierung aus, die eine Schublade mit Buntstiften, einen Himmel mit Schneeflocken, einen Strand mit Sandkörnern existieren lässt – wobei jedes Element des Systems seinen individuellen Charakter und seine eigene Existenz behält, ohne die zugrunde liegende Identität der Form zu verlieren?«

»Wir reden hier doch über die Auswirkungen der Quantenunbestimmtheit, oder? Stochastische Variation. Es hängt alles davon ab, wie vollständig man Objekte beschreibt. Der Sand bildet in bestimmten Auflösungen eine Einheit, in anderen wiederum tritt eine Variation auf.«

»Viel zu subjektiv. Entweder gibt es Milliarden Sandkörner, oder es gibt sie nicht. Entweder sie existieren unabhängig von Wahrnehmung oder wegen ihr. Entscheiden Sie sich.«

»Ich bekenne mich zum Materialismus.« Auf Hortons Gesicht erschien ein nachdenklicher Ausdruck, dann ließ er seiner Antwort eine Frage folgen. »Wollen Sie damit etwa sagen, dass das, was ihnen ihre Identität, ihre Existenz gibt, die Spezifikation ihrer Eigenschaften ist?«

Auf Brohiers Gesicht machte sich ein zufriedenes Lächeln breit. »Ja, genau, Jeffrey. Das ›was noch‹ sind Informationen. Informationen organisieren und differenzieren Energie. Informationen regulieren und stabilisieren Materie. Informationen verbreiten sich durch Materie-Energie und steuern die Interaktionen von Materie-Energie. Sie sind der Kopf der Schöpfung, das Gegenmittel für Chaos.«

Horton starrte auf den Boden, während er versuchte, Brohiers Erklärung zu verarbeiten. »Wenn das Universum aus Energie und Informationen besteht«, sagte er langsam, »dann muss der Trigger die Informationsstruktur bestimmter Stoffe irgendwie verändern ...«

»Verändern, verwürfeln, überschreiben, destabilisieren«, warf Brohier ein. »Und das auch noch ziemlich grob. Die Einheiten, die wir jetzt bauen, sind unglaublich unwirtschaftlich – in etwa so, als würde man einen Computer mit einem Zehntausend-Volt-Blitz treffen, um einige Byte der Programmierung zu verändern. Es war reiner Zufall, mehr Glück als Verstand, dass sich irgendwo in diesem diffusen Informationsrauschen, das Ihren Prototyp beschrieb, ein paar zusammenhängende Wörter in der Sprache der Resonanzmechanik fanden – unserer neuen Materiewissenschaft. Sie sind über die charakteristische chemische Signatur einiger Nitratverbindungen gestolpert, die Ihr Signal aus der Luft aufgenommen haben wie ein Funkamateur, der in atmosphärischen Störungen eine Stimme findet.«

»Aber wenn wir lernen könnten, diese Sprache zu lesen und zu schreiben ...«

»Verstehen Sie jetzt, warum ich sagte, wir müssten zu Pauling zurück und noch einmal ganz von vorn anfangen?«

Die Vorstellung war einfach zu gewaltig, als dass Horton sie widerspruchslos akzeptieren konnte. »Sind das alles nur Wortspielereien, oder haben Sie tatsächlich ein gegenständliches System ausgearbeitet?« Er drückte mit seiner Frage mehr Zweifel aus, als er eigentlich beabsichtigt hatte.

»Jeffrey – Sie beleidigen mich. Sie wissen doch, dass es erst Naturwissenschaft ist, wenn man es in Zahlen ausdrücken kann.«

Dieses Mal sah Horton den Schalk in Brohiers Augen aufblitzen und wusste, dass die Empörung nur gespielt war. Er schob die Ärmel seines Pullovers hoch und stand auf. »In Ordnung«, sagte er. »Auf zur Wandtafel. Zeigen Sie mir die Mathematik.«

Sie verbrachten fast zwei Stunden vor der riesigen Wandtafel, die auf Sitzhöhe an der Wand zum Büro 115 Fuld angebracht worden war. Den größten Teil der ersten Stunde saß Brohier auf einem Drehstuhl und rollte mit einem dicken, schwarzen Filzstift in der Hand vor und zurück. In der zweiten saß er meistens mitten in seinem Büro, von wo aus er die ganze Tafel überblicken konnte, und diskutierte mit Horton, während dieser die Gleichungen mit einem leuchtend roten Filzstift änderte und ergänzte.

Schließlich trat auch Horton von der Tafel zurück. Er ging zu Brohier und drückte ihm den roten Filzstift in die Hand.

»Also?«, wollte Brohier wissen. »Zu welchem Schluss sind Sie gekommen?«

»Ich bin zu dem Schluss gekommen, dass Sie mich zum Abendessen einladen sollten«, antwortete Horton. »Und zwar zu einem sehr teuren. Sie können es mit dem Preisgeld für Ihren zweiten Nobelpreis begleichen.«

»Solche Bemerkungen sind wohl noch etwas zu früh«, wandte Brohier mit einer abwehrenden Handbewegung ein. Aber Horton konnte sehen, dass sich Brohier trotzdem darüber freute. »Sagen Sie mir nur, ob Sie es schlüssig finden.«

»Es ist schlüssig.« Horton legte Brohier die Hand auf die Schulter. »Ich kann keinen Fehler darin entdecken. Es ist zwar nicht mein Spezialgebiet, aber wenn es so gut aufhört, wie es anfängt – Karl, es ist einfach großartig.«

Brohier strahlte und tätschelte Hortons Hand. »Danke, Jeffrey. Würden Sie jetzt bitte die Tafel wischen? Und dann kümmern wir uns um das Abendessen.«

Die Kantine des Instituts war zwar nicht gerade der Ort, den Horton für ihre kleine Siegesfeier im Sinn gehabt hatte, aber er musste Brohier zustimmen, als dieser sagte, dass ihre bestimmt nicht die erste sei, die hier veranstaltet werde.

»Außerdem ist das Essen erstklassig. Das Institut kümmert sich auch ganz hervorragend um unser leibliches Wohl. Sehen Sie sich die Speisekarte an – und dann sagen Sie mir, wann Sie das letzte Mal so eine Auswahl auf einem Campus hatten.«

Horton stellte sehr schnell fest, dass Brohier nicht übertrieben hatte. Die Hauptgänge – die offensichtlich täglich wechselten, da die Speisekarte das aktuelle Datum trug – stammten aus fünf Kontinenten und mehr als einem Dutzend regionaler Küchen.

Wie bei dem letzten Abendessen, das sie zusammen eingenommen hatten, wurde Brohier auch dieses Mal von mehreren Bekannten angesprochen, während er und Horton auf das Essen warteten. Horton wurde Barbara Glennie-Golden, einer mütterlich wirkenden Gastprofessorin für Wirtschaftswissenschaften, und Roger Petranoff, dem Dekan der Mathematischen Fakultät, vorgestellt. Beide waren sehr nett und sehr höflich, aber trotzdem war Horton froh, als sie wieder gingen. Er war sich seiner eigenen Berühmtheit noch zu sehr bewusst, um entspannt zu sein, und die Bemerkung, mit der sich Glennie-Golden von ihm verabschiedete, verstärkte dieses Gefühl noch.

»Junger Mann, Sie haben meinen Fachbereich sehr viel interessanter gemacht«, sagte sie, während sie neben ihm stand. »Die Löwen von der Fakultät für Wirtschaftswissenschaften und historische Analyse haben friedlich geschlafen und gedacht, sie wären ganz oben in der Nahrungskette – und jetzt haben Sie die Hornissen aus der Technik losgeschickt, die den Löwen das Leben ganz schön schwer machen.«

»Und was sind Sie, Barbara – Löwin oder Hornisse?«, wollte Brohier wissen.

Sie lachte. »Ich bin die sterile Kreuzung der beiden.«

Danach kam Samuel Bennington-Hastings an ihren Tisch, ein lebhafter Physiker aus Cambridge, der gerade mit seiner Doktorarbeit fertig war und so jung aussah, dass sich Horton alt vorkam. »Sie sind also der legendäre Trigger-Mann«, sagte Bennington-Hastings und setzte sich zu ihnen. »Bedeutet das etwa, dass unser geheimnistuerischer Dr. Brohier uns endlich mit den neuen Spielzeugen spielen lässt?«

Brohier schnaubte gutmütig. »Dr. Sam glaubt, ich hätte ihm etwas verheimlicht.«

»O nein, Sir – Sie haben der gesamten Fakultät etwas verheimlicht«, widersprach Bennington-Hastings. »Dr. Brohier stellt für jede Frage, die er beantwortet, tausend neue Fragen. Und wenn ich ihn frage, was denn nun in dieser geheimnisvollen Schachtel drin ist, lächelt er nur still vor sich hin, wie ein Buddha.« Er beugte sich vor und tätschelte Brohiers Bauch. »Und so langsam sieht er auch wie einer aus.«

Brohier klopfte dem jungen Wissenschaftler mit einem Löffel auf den Handrücken, dann sah er etwas verlegen zu Horton hinüber. »Nur, weil ich mir die Hüfte verletzt habe – schließlich haben wir ja noch Winter. Und das Essen ist *wirklich* gut …«

»Ich hoffe nur, dass Sie alles schön ordentlich aufschreiben, damit Dr. Horton nicht den Rest seiner Karriere damit verbringen muss, Brohiers letzten Lehrsatz zu entziffern. Aber es wäre noch besser, wenn Sie bei Sonnenaufgang mit mir ins Fitnesscenter gehen würden, für Hatha-Joga und fünfundzwanzig Runden. Dann werden Sie ewig leben – und eines Tages vielleicht sogar berühmt werden.«

»Wenn ich bei Sonnenaufgang aufstehen und fünfundzwanzig Runden laufen muss, Dr. Sam, was für einen Sinn hat es dann, ewig zu leben? Oh, ich glaube, da kommt unser Essen.«

Horton zwinkerte Bennington-Hastings zu und beugte

sich zu ihm. »Sam, Sie müssen wissen, dass Karl keine Ahnung hat, was in der Schachtel ist. Ich bin nämlich seit zwanzig Jahren sein Führungsoffizier, und er ist nur hier, um für mich zu spionieren.«

»Großartig! Ich bin auf allen Seiten von Lügnern umgeben. Für die weitere Entwicklung der Naturwissenschaften wird dies mit Sicherheit von Bedeutung sein.« Bennington-Hastings stand auf, als der Kellner kam. »Essen Sie, essen Sie, mögen Ihre Arterien zu Stein verhärten und Ihre Männlichkeit herunterbaumeln wie eine leere Schlangenhaut.«

Brohier lachte aus vollem Hals. Horton starrte Bennington-Hastings mit einem unsicheren Grinsen und einem fragenden Blick nach. »Was war das? Wer war das?«

»Dr. Sam würde jetzt zu Ihnen sagen, dass er zahlreiche englische Exzentriker zu seinen Vorfahren zählt und John Cleese sein geistiges Vorbild ist.« Brohier lächelte und schüttelte den Kopf. »Sagen Sie es ihm bloß nicht, Jeffrey, aber ich finde ihn herrlich. Er ist ein begnadeter Schauspieler und völlig respektlos. In seinem Kopf leben ein Dutzend verschiedene Persönlichkeiten, und er wechselt ohne Vorwarnung von einer zur anderen – Sie haben am Ende unserer Unterhaltung eine kleine Kostprobe von einem dieser Wesen bekomme, das ich Dr. Bombay nenne. Aber unterschätzen Sie ihn nicht. Dr. Sam hat mir Nachhilfe in Kombinametrik gegeben, als ich hier angekommen bin. Er ist ein sehr intelligenter junger Mann. Und ich wette, dass er mitten in der ersten Reihe sitzen wird, wenn wir unsere Forschungsergebnisse zu Resonanzmechanik vorstellen.«

Horton sagte nichts dazu. Während des Essens sprachen beide nicht mehr über ihre Arbeit. Stattdessen fragte Brohier nach Hortons Reisen, und Horton stellte überrascht fest, dass er einige unterhaltsame Anekdoten über sich selbst erzählen konnte.

»Sind Sie eigentlich mit Lee und Gordie in Kontakt geblieben?«, wollte Brohier beim Dessert wissen.

»Ungefähr so wie mit Ihnen«, musste Horton gestehen. »Wie geht es ihnen?«

»Soweit ich das beurteilen kann, hat sich die Situation im Annex inzwischen eingespielt. Es sieht so aus, als würden sie ihre mangelnden Führungsqualitäten gegenseitig ausgleichen.«

»Danach habe ich nicht gefragt.«

»Oh«, meinte Brohier. »*Das*. Nach dem letzten Bericht bewegten sie sich millimeterweise aufeinander zu, in einem Tempo, das Gletscher vor Neid erblassen lassen würde.«

»Wirklich? So große Fortschritte? Wessen Bericht war das?«

»Lees.«

»Ah, die pessimistische Version. Wenn wir Gordies Version hätten, könnten wir den Mittelwert bilden, und dann wüssten wir, was los ist.«

»Ich nehme an, mit den Leuten aus Washington haben Sie auch keinen Kontakt gehalten?«

»Nein. Ich bin einfach davongelaufen, und sie haben nicht sehr eifrig nach mir gesucht. Ich habe nicht einmal eine Weihnachtskarte vom Präsidenten bekommen.«

»Ich glaube nicht, dass Breland welche verschickt«, sagte Brohier amüsiert.

»Dann habe ich Pech gehabt. Ich hätte ein Souvenir mitnehmen sollen, als ich im Weißen Haus war.«

»Sie würden Sie mit offenen Armen empfangen. Sie stecken nicht den Kopf in den Sand. Jeffrey, Sie haben Freunde dort.«

»Dort und wo sonst noch?«

Brohier schnaubte verächtlich. »Sie haben in letzter Zeit wohl keine Nachrichten mehr gesehen.«

»Das würde ich nicht sagen. Breland wird die Wahlen im Herbst mit Pauken und Trompeten verlieren.«

»Vermutlich«, musste Brohier eingestehen. Er ließ seine Serviette auf den leeren Teller fallen. »Aber das ist nur Politik, Jeffrey. Sie werden nicht nach diesem Standard beurteilt. Und Sie sollten sich nicht für etwas verantwortlich machen, an dem Sie keine Schuld haben.«

»Die Menschen tun sich immer noch Furchtbares an, Karl.«

»Ich weiß.«

»Und einiges davon ist nur möglich geworden durch das, was wir ihnen gegeben haben. Dieser Mann in Denver zum Beispiel – er hat den Trigger im Gerichtsgebäude als Auslöser für seine Selbstmordbombe verwendet.«

»Es war seine Entscheidung, Jeffrey.«

»Und die beiden Frauen, die dabei getötet wurden?« Horton schüttelte den Kopf. »Früher habe ich mir die Nachrichten angesehen und gedacht: ›Ein Trigger hätte diese Menschen retten können.‹ Und wenn ich sie mir jetzt manchmal ansehe, stelle ich plötzlich fest, dass ich denke: ›Eine Waffe hätte diese Menschen retten können.‹«

»Ah. St. Paul?« Der Name weckte die Erinnerung an eine Schlagzeile des Schreckens, die vor einem Monat sämtliche Nachrichtenmedien beherrscht hatte – in einem Trigger-geschützten Einkaufszentrum hatte eine Jugendbande mit Ketten und Baseballschlägern aus Metall randaliert, wobei ein 17-Jähriger getötet und ein Dutzend Menschen schwer verletzt wurden. Die Ironie lag darin, dass der LifeShield als Reaktion auf einen eskalierenden Bandenkrieg um die Vorherrschaft im Einkaufszentrum installiert worden war, in dessen Verlauf es in den Geschäften oder in der Nähe davon bereits zu einem halben Dutzend Schießereien gekommen war.

»Und Birmingham Heights und Louisville und South Boston.« Jeder Name stand für ein tragisches, brutales Verbrechen.

»Das ist lediglich eine Übergangszeit, Jeffrey. Fehler lassen sich eben nicht vermeiden. Überall dort, wo früher mit der Waffe geantwortet wurde, müssen sich die Menschen erst umgewöhnen. Sie müssen sich mit ihren eigentlichen Problemen beschäftigen. Waffen sind eine Art Heftpflaster gewesen, aber bei einigen Wunden reicht das eben nicht. Sie könnten genauso gut sagen, ein Ninja hätte diese Leute retten können – das wäre genauso richtig gewesen.«

»Ich weiß nicht. Für mich sieht es so aus, als würde das Ganze immer schwieriger werden. Die Menschen bekommen Zweifel daran, ob sie den Trigger wirklich haben wollen.«

Brohier schüttelte energisch den Kopf. »Nein, nein – *Sie* bekommen Zweifel. Die Produktion hat sich in weniger als einem Jahr verzehnfacht, und trotzdem gibt es noch eine Warteliste von sechs Monaten. Wissen Sie, was das größte Problem ist, mit dem sich der Ausschuss zurzeit beschäftigt? Gefälschte LifeShield-Symbole. Sie tauchen überall auf – so erpicht sind die Menschen auf die Vorteile des Triggers.«

»Aber wenn sie ihn genauso rücksichtslos einsetzen wie früher ihre Waffen …«

»Einige werden das mit Sicherheit tun. Das müssen Sie akzeptieren. Meine Festkörperspeicher-Mikrokarten wurden dazu benutzt, Dokumentarfilme nach China hineinzuschmuggeln und eine Bibliothek mit einer Millionen Büchern auf den Mars zu schicken. Sie wurden aber auch dazu benutzt, Kinderpornographie weiterzugeben, Firmengeheimnisse aus IBM herauszuschmuggeln und kriminelle Buchhaltung vor dem FBI zu verstecken – und das sind nur ein paar der Missbräuche, die mir bekannt sind.«

»Dann ist es also der Anwender, nicht das Werkzeug selbst.«

»Genau.«

»Und warum fanden wir dieses Argument nicht sehr überzeugend, als es noch um Schusswaffen und Sprengstoffe ging?«

»Weil einige dieser Werkzeuge zu gefährlich sind, um sie Kriminellen oder Kindern zu geben«, erwiderte Brohier. »Weil ein Werkzeug, das tötet, wenn es richtig verwendet wird, für jeden eine potenzielle Gefahr ist, und das nicht dadurch geändert werden kann, dass man einfach mehr davon herstellt – die Vorstellung, dass sich in jedem Haushalt eine Waffe befindet, jagt einem fast genauso viel Angst ein wie die Möglichkeit, dass jedes Land über CBN-Raketenstellungen verfügt. Zumindest sollte jeder mit einem gesunden Menschenverstand so denken.« Er runzelte die Stirn. »Diese Melancholie ist ein Nebenprodukt von Untätigkeit, Jeffrey. Und ich kenne das Gegenmittel dafür – zurück an die Arbeit. Reden wir darüber, wo Sie heute Nacht schlafen werden.«

»Cape May.«

»Sie gehen zurück, um Ihre Sachen zu holen?«

»Ich gehe zurück, sonst nichts. Karl, das ist Ihre Arbeit, nicht meine.«

»Es ist mehr als genug zu tun für uns beide. Für zehn von uns«, entgegnete Brohier. »Und es muss nicht unbedingt hier gemacht werden – Sie könnten in Columbus arbeiten oder im Annex – vielleicht muss ich selbst bald dorthin, um den Beginn der Tests zu überwachen.«

Horton schüttelte den Kopf und stand auf. »Bieten Sie den Job jemand anderem an. Ich habe mein Recht darauf auf dem Rückweg von Washington aufgegeben, wissen Sie noch?«

»Und ich habe ihn in Alkohol eingelegt und in einem Schraubglas auf meinem Schreibtisch aufbewahrt, weil ich darauf gewartet habe, dass Sie aus Ihrem Tief herauskommen und ihn wieder haben wollen. Was, zum Teufel, ist mit Ihnen los, Jeffrey?«, fragte Brohier wütend, während er aufstand und mit seinem Mantel kämpfte.

»Darüber möchte ich nicht sprechen, Karl«, antwortete Horton. »Außerdem muss ich jetzt gehen.«

Er drehte sich um und ging mit langen Schritten auf den Ausgang zu. Brohier hinkte ihm hinterher, so schnell es ging.

»Jeffrey ... *Jeffrey* ... Halt!« Brohier packte Horton am Arm, als sie die Flügeltür erreicht hatten, die in den Korridor zur Fuld Hall führte. »Den letzten Zug haben Sie sowieso verpasst, also macht es nichts, wenn Sie mir jetzt noch ein bisschen zuhören. Und um ehrlich zu sein, ich bin der Meinung, dass Sie mir etwas mehr Aufmerksamkeit schulden, als ich von Ihnen bekomme.«

Horton sah an Brohier vorbei und bemerkte, dass Bennington-Hastings vom anderen Ende des kurzen Korridors neugierig zu ihnen herübersah. »In Ordnung. Aber nicht hier. Draußen.« Er wies mit dem Kopf in Richtung Ausgang.

Sie setzten sich auf die Stufen vor dem Eingang und nutzten die Türen und die Kälte, um ungestört miteinander reden zu können.

»Ich versuche doch nur, es zu verstehen, Jeffrey«, sagte Brohier. »Den meisten unserer Kollegen wird in ihrer ganzen Karriere keine so große Chance geboten, wie wir sie haben. Und eine Menge von ihnen sind auch noch viel intelligenter als Sie oder ich – sie haben nur einfach nicht so viel Glück. Wir stehen vor einer wissenschaftlichen Revolution, nicht nur vor einer gesellschaftlichen. Ich begreife einfach nicht, wie Sie das alles wegwerfen können.«

Horton schüttelte den Kopf. »Ich bin noch nicht so weit, um wieder zurückzukommen.«

»Verstehe«, erwiderte Brohier. »Und sonst steckt nichts dahinter?

»Nein.«

»Verstehe. Nun, das beruhigt mich. Ich hatte schon Angst, Sie würden sich einbilden, dass Sie es nicht wert sind, Teil der ganzen Sache hier zu sein. Ich habe mir gedacht, dass Sie vielleicht der Meinung sind, entweder den Beifall oder die Vorwürfe nicht verdient zu haben, dass Sie vielleicht glauben, lediglich für sich in Anspruch nehmen zu können, als Erster am Ort eines wissenschaftlichen Zufalls gewesen zu sein. Denn wenn sich auch nur eine dieser Befürchtungen als wahr herausgestellt hätte, hätte ich jetzt zu Ihnen sagen müssen, dass Sie ein Idiot sind – dass jeder, der plötzlich im Rampenlicht steht, von Zeit zu Zeit unter einem Anflug des Hochstaplersyndroms leidet. Die Einzigen, denen das nicht passiert, sind geltungssüchtige Stümper wie Tettlebaum, deren Selbstbild von einem Titel, einer Position oder Newscams abhängt – oder davon, dass sie online zitiert werden.«

Horton stieß mit dem Fuß gegen ein Stück Eis auf der zweiten Stufe. »Wenn ich so gedacht hätte, wäre es vielleicht gar nicht schlecht gewesen, wenn Sie mir den Kopf zurechtgerückt hätten.«

»Das wäre aber nicht alles gewesen, was ich zu Ihnen gesagt hätte«, fuhr Brohier fort. »Ich hätte wahrscheinlich noch gesagt, dass Leute wie wir es uns nicht ausgesucht haben, berühmt zu werden – wir sind es nur deshalb geworden, weil wir Dingen auf den Grund gehen wollten, die uns niemand erklären konnte. Das Hochstaplersyndrom bekämpft man nicht dadurch, dass man einfach seine Arbeit aufgibt – im Gegenteil, man muss sich so darauf konzentrieren, dass es einem schließlich egal ist oder man gar nicht weiß, was die anderen über einen sagen.«

Hortons seufzte und blies dabei eine eisige Wolke in die Luft. »Manchmal ist es einem eben nicht egal.«

»Was bedeuten Ihnen die anderen denn, Jeffrey?«, fragte Brohier mit einem Achselzucken. »Was wissen sie über Sie?«

»Manche von ihnen wissen eine Menge über mich«, sagte Horton fröstelnd. »Mir ist kalt – lassen Sie uns ein paar Schritte gehen.«

Sie gingen schweigend nebeneinander her, wussten aber beide, dass Horton noch nicht alles gesagt hatte.

»Am Morgen nach der Pressekonferenz, die der Präsident und ich im Rosengarten des Weißen Hauses gegeben hatten, rief mich mein Vater an«, sagte Horton schließlich. »Ich muss vielleicht dazu sagen, dass mein Vater mich oder meine Geschwister nie anruft, und wenn er zufällig einmal dran ist, wenn ich anrufe, sagt er meistens nur: ›Hallo, Jeffrey – ich hole deine Mutter.‹ Er mag es nicht, viel zu reden, uns zu kritisieren oder sich irgendwo einzumischen. Es ist nicht so, dass wir ihm egal sind, es ist einfach nur …«

»Er will nichts haben, was er nicht auch selbst geben will«, schlug Brohier vor.

»So könnte man es vielleicht ausdrücken«, erwiderte Horton. »Ich hätte vielleicht gesagt, dass er an Grenzen glaubt.« Sie hatten den Seiteneingang zur Fuld Hall erreicht. Horton blieb stehen. »Er rief mich also an dem Morgen an und kam ohne Umschweife zur Sache. ›Jeffrey, ich würde gern etwas wissen – an den vielen Samstagen, die du mit der Familie auf dem Schießplatz verbracht hast, wo

Hunderte von Leuten mit der Waffe in der Hand herumgelaufen sind, hast du da jemals jemanden getroffen, vor dem du Angst hattest oder den du für gefährlich gehalten hast? Hat es dich nervös gemacht, auf dem Schießplatz zu sein?‹ Und ich musste Nein sagen. Es sind schöne Erinnerungen – sogar einige meiner schönsten.«

Brohier legte fragend den Kopf zur Seite. »Er hat gedacht, dass Sie sich die Arbeit am Trigger selbst ausgesucht haben, nicht wahr? Dass es ein persönlicher Kreuzzug war und er vielleicht einer der Gründe dafür gewesen ist?«

Horton nickte. »Dann sagte er noch: ›Ich wünschte, das wäre dir gestern eingefallen und du hättest etwas darüber zum Präsidenten gesagt. Aber trotzdem danke, mein Sohn. Ich soll dich von deiner Mutter grüßen.‹ Und das war alles. Aber ich habe ständig das gehört, was er nicht gesagt hatte, den ganzen Tag lang – und noch viele Tage danach.«

»Dass er gegen Ihre Arbeit ist?«

»Nein, viel schlimmer«, erwiderte Horton. »Dass er verletzt, verwirrt und enttäuscht war, als ob ich durch meine Arbeit die Familie angegriffen und über unsere Freunde gerichtet hätte. Er konnte mir natürlich nichts von alledem sagen, weil er mich liebt.«

»Und weil es Grenzen gibt.«

Horton nickte langsam. »Karl, ich bin sicher, dass ich irgendwann wieder arbeiten werde. Aber ich glaube, es wird eine ganz andere Arbeit sein.« Er versuchte zu lächeln, was ihm nicht so recht gelingen wollte. »Wahrscheinlich ist es egal, wie alt man ist – ein Sohn will eben sicher sein, dass seine Eltern stolz auf ihn sind.«

»Ich verstehe«, sagte Brohier. »Und seine Eltern kann man manchmal eben nur schwer zufrieden stellen. Ich hatte zufällig auch einen Vater.« Er zögerte, dann fügte er hinzu: »Ich werde Sie nicht noch einmal fragen – aber wenn Sie Ihre Meinung ändern, seien Sie bitte nicht zu stolz, es mir zu sagen.«

»Ich glaube, das kann ich Ihnen versprechen, Dr. B.«

»Gut.« Brohier ging einen Schritt auf die einladende, warme Helligkeit der Eingangshalle zu, dann blieb er abrupt stehen und drehte sich wieder um. »Jeffrey – wenn Sie erlauben, würde ich jetzt gerne etwas als Mentor und nicht als Freund zu Ihnen sagen.«

»Aber natürlich.«

»Sorgen Sie dafür, dass *Sie* auf sich stolz sein können. Geben Sie das nicht auf, nur um die Anerkennung von jemand anderem zu bekommen. Wie wichtig das ist, habe ich von *meinem* Vater gelernt.« Brohier schüttelte den Kopf und lachte freudlos. »Schade war nur, dass er es eigentlich nie selbst gelernt hat. – Wollen Sie trotzdem bei mir übernachten?«

»Ich werde versuchen, noch einen Platz in einem späten Flug zu bekommen. Vielleicht miete ich mir auch ein Auto und fahre nach Cape May. Das wäre vielleicht gar nicht so schlecht.«

Brohier nickte. »Es war schön, Sie zu sehen, Jeffrey. Kommen Sie gut nach Hause – wo immer das auch sein mag.«

Aber dann verbrachte Jeffrey die Nacht in einem Motel in der Nähe des Campus und nahm den ersten Zug am nächsten Morgen. Als er schließlich wieder in seinem Apartment in Cape May war, wurde ihm allerdings schlagartig klar, dass er es – ganz gleich, was es ihm bedeuten mochte – auf gar keinen Fall als sein Zuhause bezeichnen konnte.

Er verabschiedete sich am nächsten Tag davon und zog weiter.

25.

Weiterentwicklung des Verstandes

»Krieg ist so töricht und niederträchtig, dass ich meine Hoffnung auf die Weiterentwicklung unseres Verstandes setze, und wenn noch Hoffnung besteht, sollte man alles versuchen.«

JAMES MADISON

Der Wechsel kam schnell, plötzlich und war endgültig. Am Tag nachdem Toni Franklin über das Trigger-Projekt informiert worden war, hatte der Nationale Sicherheitsrat die Verwaltung des Projekts offiziell von dem Ad-hoc-Ausschuss für Operation Brass Hat übernommen.

Formalitäten waren dazu nicht erforderlich, da Brass Hat keinerlei offiziellen Status besaß. Und da in jedem Gremium drei von vier Sitzen mit denselben Personen besetzt waren – Präsident Breland, Außenminister Carraro und Verteidigungsminister Steppak –, war auf den ersten Blick nicht zu erkennen, welche Bedeutung der Wechsel hatte. Oberflächlich gesehen schien er keine größeren Folgen zu zeitigen.

Die Besprechungen fanden lediglich in einem anderen Konferenzraum in einem anderen Flügel des Weißen Hauses statt. Und da man nun nicht mehr erklären musste, wo der Präsident seine Zeit verbrachte, konnten sie häufiger abgehalten werden – zweimal pro Woche, anstatt wie früher nur einmal. Außerdem konnten sie jetzt länger dauern, sodass häufig ein ganzer Vormittag oder Nachmittag dafür angesetzt wurde.

Aber die Themen waren gleich geblieben – und die Probleme auch. Der Sicherheitsrat musste sich immer noch mit dem passiven Widerstand des Pentagons und dem aktiven Widerstand des Kongresses auseinander setzen. Er hatte immer noch mit einer kontinuierlich schwankenden Sicherheitslage sowohl innerhalb als auch außerhalb der amerikanischen Grenzen zu kämpfen. Und er musste – wie bereits sein Vorgänger – feststellen, dass keine noch so große Sorgfalt vor Überraschungen schützte.

Dennoch hatte der Wechsel einige Vorteile, die allerdings nur für Insider zu erkennen waren.

Am auffälligsten war vielleicht, dass Richard Nolby von Toni Franklin abgelöst worden war. Was den Trigger anging, war der Stabschef dadurch außer Gefecht gesetzt worden, womit eines der drängendsten Probleme Brelands eine elegante Lösung gefunden hatte. Der Präsident hatte sich immer mehr Sorgen wegen Nolbys ambivalenter Einstellung zum Trigger gemacht. Der ehemalige Referent des Sprechers des Repräsentantenhauses war der einzige echte Washington-Insider in Brelands Mannschaft, und Breland fand die Besessenheit, mit der sein Stabschef die politische Wirkung jedes einzelnen Szenarios berechnete, abstoßend – für den Präsidenten war ein solches Verhalten unvereinbar mit Sinn und Zweck von Operation Brass Hat.

Nolby war also an den Rand gedrängt worden, und dies auf eine Art und Weise, die ihm keine Möglichkeit ließ, sich bei Breland über seine ›Degradierung‹ zu beschweren – die Vizepräsidentin war per Gesetz Mitglied des Sicherheitsrats, und die Themen, um die es beim Trigger ging, gehörten eindeutig in dessen Zuständigkeitsbereich. Franklins Talent, im Kongress als ausgleichende Kraft zu wirken und bei Besprechungen immer diejenige zu sein, die einen toten Punkt zu überwinden half, machte den Wechsel für Breland nur noch angenehmer.

Aber nicht nur Nolby wurde ins Abseits gedrängt, auch Grover Wilman gehörte von nun an nicht mehr zum Kreis der Entscheidungsträger. Die für den NSC geltenden Sicherheitsmaßnahmen machten es Breland unmöglich, Wilman an den Besprechungen teilnehmen zu lassen oder ihn danach detailliert zu informieren. Diese Entwicklung kam General Madison und den Stabschefs sehr gelegen, die Wilman im günstigsten Fall für einen Bilderstürmer und im ungünstigsten für einen Verräter des Militärs hielten.

Mit Abstand am wichtigsten war jedoch die Tatsache, dass Breland durch den Wechsel der Zuständigkeit Zugriff auf die beträchtlichen Ressourcen des NSC und seine Mitarbeiter hatte. Er musste sich nicht mehr auf den guten Willen der Stabschefs verlassen, wenn er Meinungen und Fachkenntnisse aus dem Militärbereich brauchte, und auch nicht mehr darauf, dass er die richtigen Fragen stellte. Die Analysten des NSC waren geübt darin, sich Fragen dieser Art selbst auszudenken, wozu auch solche Fragen gehörten, mit denen man einigen Leuten vielleicht auf die Zehen trat. Außerdem hatte der NSC das Wissen, die Verbindungen und auch die Befugnis, um – falls dies erforderlich sein sollte – innerhalb des Pentagons nach Antworten suchen zu können.

Breland hätte zum Beispiel nie zu fragen gewagt, wessen Karrierepläne vom Trigger bedroht waren und wie sich dies auf den Widerstand unter den Generälen und Admirälen auswirkte. Der vom Analysten John Miller verfasste Bericht wies darauf hin, dass die ›Einsatzkommandos‹, die von der neuen Technologie am stärksten beeinflusst wurden, traditionell auch der Bereich des Militärs waren, in dem jemand am schnellsten in der Befehlskette aufsteigen konnte. Die respektlosen Fallstudien brachten zwei Generäle in eine peinliche Lage, weil diese Revierdenken und Status vor Kampfbereitschaft und Sicherheit gestellt hatten.

Mehr und bessere Informationen bedeuteten aber nicht notwendigerweise auch gute Nachrichten. Zu dieser Kategorie gehörte auch das vom Chefanalysten Wendell Schrock erarbeitete Weißbuch mit dem Titel *Der nächste Krieg*.

Auf Veranlassung von Harris Drake, dem für Fragen der nationalen Sicherheit zuständigen Assistenten des Präsidenten, hatte Schrock mit drei Mitarbeitern die Reaktion aller vier Waffengattungen für den hypothetischen Fall einer Konfrontation untersucht, bei der der Gegner mit einem Trigger ausgerüstet war. Am Tag, bevor Schrock das Weißbuch bei einer Besprechung des NSC vorstellte, gab er Breland im Oval Office einen kurzen Überblick über die Ergebnisse, nach dem der Präsident sich vorkam, als wäre er gerade zum ersten Mal umfassend informiert worden.

»Wir haben Konfliktsituationen auf drei verschiedenen Ebenen untersucht: Konflikte zwischen Supermächten auf globaler Ebene, Konflikte auf taktischer Ebene und Konflikte auf Gefechtsebene. Jede dieser Kategorien haben wir uns dann unter Berücksichtigung von zwei unterschiedlichen Szenarien angesehen – bei dem einen Szenario behalten die Vereinigten Staaten ihr derzeitiges Monopol auf den für Langstrecken geeigneten und punktgerichteten Trigger vom Typ Mark II, bei dem anderen nicht. Innerhalb dieser Modelle haben wir untersucht, inwieweit die vier Waffengattungen – Land, Luft, Wasser und Weltraum – in der Lage wären, auf einen Feind mit einem Trigger zu reagieren.

Dabei sind wir zu dem Schluss gekommen, Mr. President, dass wir bis auf eines dieser Modelle bei allen Konfliktmodellen in der Lage wären, innerhalb von sechs Monaten eine militärische Überlegenheit zu entwickeln, die mit jener vor dem Aufkommen des Triggers vergleichbar wäre. Wir könnten innerhalb von sechs Monaten Maßnahmen entwickeln, um Abwehrstellungen auf der Basis des Triggers zu überwinden und unsere konventionellen Waffen so einzusetzen, dass sich der zur Durchsetzung unserer Ziele erforderliche Letalfaktor erreichen ließe.«

»Und die Ausnahme?«

»Die Ausnahme wäre ein Konflikt mit einer Supermacht auf globaler Ebene, also mit einem China, das über die Mark-II-Technologie verfügt. Bei diesem Modell bräuchten wir zwölf bis sechzehn Monate, um einen entscheidenden Vorteil wieder herzustellen.«

»Ich möchte sicher sein, dass ich Sie richtig verstanden habe – wollen Sie damit etwa sagen, dass wir höchstens noch sechs Monate brauchen, um den Trigger als Abschreckungsfaktor zu neutralisieren?«

»Ja, Sir.«

Breland verstand das als *Mein Nachfolger wird ungestraft einen Krieg beginnen können.* »Wie ist uns das so schnell gelungen?«

»Wenn Sie sich bitte Abschnitt zwei ansehen würden …« Schrock wartete, während Breland auf seinem Lesegerät die entsprechende Stelle suchte. »Was den Trigger angeht, haben wir es im Grunde genommen nur mit zwei taktischen Problemen zu tun. Zum einen ist da die vorzeitige Detonation von Explosivgeschossen – in der Regel Torpedos, Marschflugkörper, Luft/Luft-Flugkörper und Artilleriegeschosse. Um diesem Problem zu begegnen, bauen wir gerade Raketen mit leistungsfähigeren Gefechtsköpfen und anderen Splittermustern. Das Ziel besteht darin sicherzustellen, dass wir im wirksamen Bereich des Mark I einen Treffer landen können. Das hat sich bereits als durchführbar herausgestellt.«

»Ein größerer Knall – das ist alles?« Breland runzelte die Stirn.

»Das gehört zu der Art von Problemen, auf die Waffenkonstrukteure ganz versessen sind, Sir – mehr in weniger hineinzupacken. Wir haben einige ganz ausgezeichnete Leute im NAWC und dem Marine Warfighting Laboratory sitzen. Bei einigen Anwendungen ersetzen wir konventionelle Sprengstoffe durch Exoten, die kein Nitrat enthalten – in diesem Bereich dürften in Kürze die ersten Ergebnisse vorliegen. In anderen Fällen entfernen wir die Gefechtsköpfe von den Raketen und ersetzen diese durch träge Masse. Schließlich hat es in etwa die gleiche Wirkung, wenn man statt einer Bombe einen Stein auf das Strahlrohr einer Su-27 wirft.«

»Ich nehme an, wenn ein Vogel im Triebwerk ein Flugzeug zum Abstürzen bringen kann …«

»Das gleiche Prinzip, Sir. Das andere Problem stellen die Treffsicherheit und der Letalfaktor von Waffen mit kinetischer Energie. Es ist keine Frage der Reichweite, denn bis auf die Seitenwaffen der Streitkräfte verfügen sämtliche Schusswaffen bereits über genügend Reichweite, um außerhalb des wirksamen Bereichs des Mark I abgefeuert werden zu können. Das Problem besteht schlicht und ergreifend darin, das Ziel zu treffen – der wirksame Bereich von einigen unserer Waffen ist kleiner als die Reichweite des Triggers, und Erfahrungen aus Kampfeinsätzen zeigen, dass die meisten Treffer aus noch kürzerer Entfernung gemacht werden.«

»Und wie werden Sie mit diesem Problem fertig?«

»Es gibt verschiedene Lösungsansätze. Man kann beispielsweise den Waffenmix in einer Infanterieeinheit so ändern, dass mehr schwere Waffen wie die SAW und mehr Heckenschützengewehre eingesetzt werden. Gleichzeitig ändert man natürlich auch die Taktik. Oder man entfernt die Explosivladung aus den Patronengurten für automatische Waffen und Flakfeuerwaffen. Bis zu einem gewissen Grad lassen sich konventionelle Schusswaffen auch durch Pfeil- und Elektroschockwaffen ersetzen. Eine andere Möglichkeit besteht darin, die Füllstoffe der Munition so zu verändern, dass die Kugeln auch ohne Detonation die entsprechende Dynamik und Splitterwirkung aufweisen.«

»Das ist alles? Diese Änderungen scheinen fast schon trivial zu sein.«

»Das sind lediglich kleine Korrekturen«, erwiderte Schrock. »Mit den größten Veränderungen werden wir auf der taktischen Ebene zu rechnen haben. Abgesehen von ihrer beschränkten Reichweite besteht die eigentliche Verwundbarkeit der Trigger in ihrer Anfälligkeit für EMP.« Als Breland nicht reagierte, erklärte Schrock: »Elektromagnetischer Puls. Eine Nebenwirkung von Nuklearexplosionen.«

Breland riss überrascht die Augen auf. »Wie bitte?«

»Sämtliche Streitkräfte bereiten sich darauf vor, taktische Nuklearsprengköpfe der neuen Generationen in ihre Waffenarsenale aufzunehmen. Die Air Force entwickelt gerade zwei Versionen – eine für den Luftkampf, die andere für die Unterstützung am Boden, auf der Plattform eines Marschflugkörpers. Die Marine ist an beiden Versionen interessiert – eine soll gegen U-Boote eingesetzt werden, die andere gegen Schiffe. Vielleicht brauchen sie auch noch etwas für Einsätze in der Luft. Die Armee arbeitet an Geschossen mit Atomsprengköpfen für die 120- und 150-mm-Plattformen – beide raketengestützt, damit die Höhe und Abstandsdistanz erreicht werden kann, die man selbst bei einer kleinen Atombombe braucht.«

Schrock bemerkte Brelands missbilligenden Gesichtsausdruck etwas zu spät. »Was Tests und Implementierung angeht, werden diese Projekte natürlich noch eine Genehmigung von Ihnen brauchen – Sie werden Richtlinie 99-15 annullieren müssen«, beeilte er sich zu sagen.

»Sind wir denn nicht an Verträge gebunden?«, fragte der Präsident verärgert.

»Eigentlich nicht, Sir. Der Kongress hat SALT IV nie ratifiziert – wir haben den Vertrag freiwillig eingehalten. Wir können jederzeit taktische Nuklearsprengköpfe einsetzen. Das heißt, wenn der Präsident sich dafür entscheiden sollte«, fügte er hastig hinzu.

»Und was passiert, wenn wir herausfinden, dass unsere Truppen zu nah an den gegnerischen Truppen dran sind, um ein nukleares Artilleriegeschoss über ihren Köpfen abfeuern zu können?«

»Sir, es gar nicht erst zu einer solchen Situation kommen zu lassen ist eine der Änderungen, die bei der Einsatzdoktrin erforderlich sind. Die neue Doktrin müsste vorschreiben, konventionelle Einheiten so lange von der Front fern zu halten, bis das Gebiet entfriedet ist.«

Die Welt für den Krieg sicher machen, dachte Breland, dem ein Schauer über den Rücken lief, als er das hässliche neue Wort hörte. »Und wenn sich der Feind nicht an unsere neue Doktrin hält und sich weigert, den Sicherheitsabstand zu wahren?«

»Die neue Doktrin sieht ein entschlossenes Vorgehen vor ...«

»Entschlossen? Das soll dann wohl präventiv bedeuten, nicht wahr? Und das mit Nuklearwaffen. *Der nächste Krieg* – das wird ein schöner, kleiner Krieg sein.« Er warf sein Lesegerät auf den Tisch. Es rutschte über die Platte bis ans andere Ende.

»Sir, darf ich Sie daran erinnern, dass wir in diesem Bericht den Status quo untersucht haben und keinerlei Empfehlungen aussprechen ...«

Breland hob abwehrend die Hand. »Ja, ja – und ich bin froh, dass es diesen Bericht gibt. Das war gute Arbeit von Ihnen. Mir gefällt nur nicht, was er bedeutet – was er sagt.« Er sah auf die Landkarte an der Wand und seufzte, dann fuhr er sich mit den Fingern durchs Haar. »Mr. Schrock, wenn Sie demnächst etwas Zeit haben, würde ich gerne von Ihnen wissen, warum wir mehr dafür tun, um den Trigger wieder verschwinden zu lassen, als dafür, ihn einzusetzen. Sagen Sie mir, warum wir die Macht zu töten nicht aufgeben wollen.«

»Sir ...«

»Ja?«

»Soll ich das als rhetorische Frage verstehen?«

Breland lehnte sich zurück. »Nein – bitte.«

»Ich habe ziemlich lange für das Militär gearbeitet – darunter auch zehn Jahre in Uniform, bevor ich wieder in den zivilen Bereich gegangen bin. Es stimmt, dass einige dieser Männer – und ein paar der Frauen auch – richtiggehend in diese Macht verliebt sind. Große Maschinen, schnelle Maschinen, Blitz und Donner, die Macht, etwas zu zerstören. Es macht *Spaß*. Man kann einen Kult aus der Kriegsmaschinerie machen und braucht keinen einzigen Tropfen Blut zu sehen. Man braucht nicht einmal eine Uniform dazu. Flugschauen, Feuerwerke, Actionfilme …«

»Aber?«

Schrock schob das Lesegerät des Präsidenten in die Mitte des Tisches zurück. »Aber ich glaube, dass solche Typen die Ausnahme sind – und dass sie von den anderen sehr gut in Schach gehalten werden.«

»Die anderen sind …?«

»Die anderen sind jene, denen klar geworden ist, dass niemand kämpfen will, aber jemand wissen muss, wie es funktioniert. Und darum geht es hier, Mr. President – Berufssoldaten denken sich aus, wie es funktioniert. Sie tun es, weil es ihr Job ist. Und sie machen es gut, weil sie es sind, die das Kämpfen und Sterben übernehmen müssen, wenn Männer wie Sie entscheiden, wann und warum. Nehmen Sie es mir bitte nicht übel, aber so wird das zumindest bei uns gehandhabt.«

»Schon gut. Wollten Sie auf etwas Bestimmtes hinaus?«

»Ich glaube schon.« Schrock zögerte. »Vielleicht sind unsere modernen, technikorientierten Kriege einfach ein bisschen zu sauber und zu ordentlich – man hat nicht mehr das Blut des Mannes im Gesicht, den man gerade getötet hat. Vielleicht ist unser letzter hässlicher Krieg schon viel zu lange her, als dass die Erinnerung daran uns zur Einsicht bringen könnte. Aber ich glaube trotzdem, sie würden bereitwillig auf diese Macht verzichten, wenn man sie davon überzeugen könnte, dass wir sie nicht mehr brauchen – wenn sie durch den Verzicht darauf das, was sie lieben, nicht mehr in Gefahr bringen.«

»Ich glaube, um diese Frage geht es hier, nicht wahr? Was sie am meisten lieben.«

»Entschuldigen Sie, wenn ich jetzt wie ein Rekrutenanwerber rede, aber ich glaube, die meisten von ihnen lieben das Gleiche wie wir. Ich glaube, sie lieben ihr Leben, ihre Familien, ihre Freiheit sehr viel mehr als Waffen, Bomben und das Töten. Wenn Sie ihnen eine Alternative geben können, Mr. President, wenn Sie ihnen eine Möglichkeit aufzeigen, das eine ohne das andere zu schützen, werden sie zustimmen. Das weiß ich.«

»Und der Trigger ist keine Alternative?«

Schrock schüttelte den Kopf. »Nein. Ich habe sehr viel Sympathie für Ihre Vision. Aber ich muss leider sagen, dass der Trigger meiner Meinung nach nicht ausreicht, um sie Wirklichkeit werden zu lassen.«

Breland stand auf und bedeutete Schrock damit, dass sich ihr Gespräch dem Ende zuneigte. »Wenn Sie Recht haben, Mr. Schrock, heißt das, dass wir noch härter arbeiten müssen. Ich danke Ihnen für den Bericht – und für Ihre Offenheit. Sie haben mich auf einige Probleme hingewiesen, die ich bis jetzt vernachlässigt hatte. Tun Sie das bitte auch in Zukunft.«

»Ich werde es versuchen, Mr. President«, erwiderte Schrock mit einem Nicken. Als er aufstand, berührte er mit der Hand eine silberne Anstecknadel, die er am Revers trug. Sie hatte die Form eines Q, mit einem Pfeil, der nach rechts wies. »Kennen Sie dieses Symbol?«

»Ich fürchte nicht. Das Abzeichen Ihrer Einheit?«

»Das Abzeichen meiner Bruderschaft. Es wurde von Theodore Sturgeon entworfen – ein vernachlässigter Schriftsteller des letzten Jahrhunderts. Es bedeutet ›Die nächste Frage, bitte‹. Ich trage sie, um mich daran zu erinnern, was meine Aufgabe ist.«

»Und was für eine Bruderschaft ist das, wenn ich fragen darf?«

»Sie dürfen natürlich. Ich gehöre der Allianz für eine

humanistische Zukunft an – den Futurianern.« Als er feststellte, dass Breland der Name nichts sagte, fügte Schrock hinzu: »Es ist keine verbotene Organisation. Unser Programm orientiert sich an sozialen und technologischen Zielen, nicht an politischen.«

»Und die wären?«

Schrock lächelte. »Letztes Jahr haben Sie sich unser Motto für Ihre Rede ausgeborgt: ›Wir können es besser machen.‹ Ich habe das Bild gezoomt, um zu sehen, ob sie auch so eine Anstecknadel tragen.«

»Sie sehen ja selbst …«

»Das ist nicht weiter wichtig. Mitglied oder nicht, wir sehen Sie als Teil unserer Allianz an. Und wenn Sie eine von diesen Nadeln sehen – wahrscheinlich wird es Sie überraschen, wo überall –, wissen Sie, dass ein Freund vor Ihnen steht«, sagte Schrock.

Es war ein sonderbares Ende eines beunruhigenden Gesprächs. Breland wusste nicht genau, was er von Schrock und seinen Andeutungen halten sollte, daher wollte er noch einmal darüber nachdenken, wenn er mehr über die Futurianer in Erfahrung gebracht hatte.

Aber er wusste, dass die Informationen, die Schrock ihm gebracht hatte, Schwierigkeiten bedeuteten. Es war schlimm genug zu erfahren, dass der Weg, für den er sich entschieden hatte, nicht zum Gipfel führen würde – die ersten Zweifel darüber waren ihm inzwischen selbst gekommen. Aber es war um einiges schlimmer, feststellen zu müssen, dass der Trigger keine weltweite Abrüstung auslösen würde, sondern vielleicht sogar dafür sorgte, dass neue Nuklearwaffen entwickelt und möglicherweise auch eingesetzt wurden.

Ein solcher Rückschritt war unerträglich und inakzeptabel. Die Frage, auf die Breland keine Antwort hatte, war jedoch, was er dagegen tun konnte – und ob er überhaupt etwas dagegen tun konnte.

Der Präsident war nicht der Einzige im District of Columbia, der eine dunkle Ahnung davon bekam, in welche Richtung sich die Ereignisse entwickelten. In den Büros von Mind Over Madness in Georgetown brütete Senator Grover Wilman über Berichten, die aus einer ganz anderen Ecke stammten.

Schon vor Monaten hatte Wilman seine Pflichten als Senator fast völlig aufgegeben und seine Mitarbeiter auf Automatik umgeschaltet, eine Vorgehensweise, die andere Senatoren vor ihm bereits bis zur Perfektion betrieben hatten. Auf Drängen seines Büroleiters kam Wilman allerdings zweimal in der Woche in sein Büro im Kongressgebäude anstatt in das dreistöckige Backsteingebäude, das zwei Blocks von der Universität entfernt lag. Aber er tat es nur, um den Schein zu wahren – hinter der geschlossenen Bürotür führte er Telekonferenzen mit Mitarbeitern von MOM in Kuala Lumpur, Prag oder Nairobi durch.

Seine Wahlbeteiligung war unter dreißig Prozent gefallen, und wenn nicht gerade neue Fernwahlregeln eingeführt worden wären, wäre sie sicher noch weiter gesunken. Wilman war nicht dazu zu bewegen, sich die Zeit zu nehmen, die Constitution Avenue zu überqueren und im Senat zu erscheinen. In die Außenstelle der Wahlregistratur zu gehen und dort seine Stimme abzugeben war das größte Zugeständnis, dass er um des Scheins willen machen wollte. Für ihn zählte nur noch die Trigger-Kampagne – alles andere war unwichtig geworden.

Daher überließ er es seinen Mitarbeitern im Kongress, die Post zu beantworten, sich um die Probleme der Wähler zu kümmern und die Anrufer und Besucher abzuwimmeln, die sich für wichtig genug hielten, um Anspruch auf die Zeit des Senators zu erheben. Für Wilman zählte nur noch die Arbeit seiner Organisation, um die er sich von morgens bis abends Gedanken machte.

Auf seine Veranlassung hin versuchte Mind Over Madness, die Übergangsphase vom alten zum neuen Paradigma zu erleichtern. Innerhalb von nur vier Monaten hatte die Organisation ihr Budget verdreifacht und alle ihr zur Verfügung stehenden Gelder dafür aufgewandt, überall dort für eine starke Präsenz zu sorgen, wo der intelligente

Einsatz von Geld etwas bewirken konnte. Die Aktionen gingen weit über Werbung und Meinungsbildung hinaus. MOM versuchte, so viele Antworten wie möglich auf ein Problem zu geben, das der Trigger geschaffen hatte – wie sich gesetzestreue und gewaltlose Bürger gegen die Schläger zur Wehr setzen konnten, die ihnen das Leben schwer machten.

MOM finanzierte in den 16 amerikanischen Ballungszentren, in denen sich sechzig Prozent aller Todesfälle infolge Schusswaffengebrauchs und bewaffneter Überfalle ereigneten, Studios und Trainer für asiatische Kampfsportarten. Dafür war ein spezielles, ebenfalls von MOM finanziertes Unterrichtskonzept entwickelt worden, das aus sechs Techniken, mit denen Einzelangreifer kampfunfähig gemacht wurden, und zwei Techniken, mit denen man mehrere Angreifer in die Flucht schlagen konnte, bestand. Die Absolventen der Kurse, von denen der jüngste neun und die älteste 73 war, hatten die erworbenen Kenntnisse bereits mehrfach in die Tat umsetzen können, und die Presse hatte den Begriff ›Bürger-Ninjas‹ für das Phänomen geprägt.

Die gemeinnützige Verkaufsorganisation der Stiftung hatte ihre Aktivitäten erheblich ausgeweitet und war nun nicht mehr ausschließlich als Net-Publisher und Ladenfront (The Peace Library) tätig. MOM kaufte inzwischen die gesamte Produktion an Schockwaffen und Chem-Sprays aus fünf verschiedenen Fabriken auf, die bis auf eine Aron Goldstein gehörten. Die nicht tödlich wirkenden Waffen wurden zum Einkaufspreis weitergegeben – nicht nur im Net, sondern auch über StreetSmart-Verkaufsstellen, die in Hunderten von Einkaufszentren eingerichtet worden waren. Die niedrigen Preise und die Tatsache, dass MOM fast ein Monopol auf diese Art von Waffen hatte, sorgten dafür, dass sich lange Schlangen bildeten. Allerdings wurde einer von vier Kaufinteressenten, die die Grundvoraussetzung ›keine Vorstrafen‹ erfüllten, nach der Befragung durch einen Berater ohne Waffe wieder nach Hause geschickt.

Außerdem hatte MOM die Pax-Auszeichnungen gestiftet, die jedes Jahr in der Unterhaltungsbranche vergeben werden sollten – mit 100 000 Dollar honorierte Preise in acht verschiedenen Medienkategorien für Autoren, deren Arbeit am besten veranschaulichte, dass Unterhaltung nicht unbedingt mit explodierenden Menschen gleichzusetzen war, und für dramatische Spannung nicht unbedingt eine gezogene Waffe erforderlich war. MOM wollte sich in diesem Bereich sogar noch stärker engagieren und hatte dazu eine kleine Multimedia-Produktionsfirma gekauft, diese in PaxWorks umbenannt und hoffte nun, einen erfolgreichen Produzenten für interaktive und darstellende Medien daraus machen zu können.

Aber trotz der vielen ehrgeizigen Projekte tauchten ganz allmählich die ersten Risse im Fundament auf – einer nach dem anderen. Und es wurden immer mehr.

Der erste fiel Wilman selbst auf, als er einen Bericht über Verbrechensmuster las. Er rief den Analysten zu sich – einen ehrenamtlichen Mitarbeiter von MOM in Georgetown, der 14 Jahre lang beim FBI gewesen war –, um ihm einige Fragen dazu zu stellen.

»So wie ich Ihren Bericht verstehe, haben wir in den anvisierten Verbrechenskategorien nach einem anfänglichen Rückgang keine großen Veränderungen zu verzeichnen. Die Zahlen bleiben gleich oder gehen etwas in die Höhe, während sich die Opfergruppen geändert haben.«

»Das ist richtig.«

»Was passiert da draußen? Sagen Sie mir etwas mehr als nur Zahlen.«

Der Analyst zuckte mit den Achseln. »Im Gegensatz zur landläufigen Meinung sind die meisten Kriminellen nicht dumm. Wenn es fünfzig Bankfilialen in der Stadt gibt, von denen die zwanzig größten durch Trigger geschützt werden, bekommt der Rest eben etwas mehr Aufmerksamkeit. Und weil die Beute im Durchschnitt geringer geworden ist …«

»… arbeiten die Bankräuber eben drei Tage pro Woche, anstatt wie früher nur zwei.« Wilman runzelte die Stirn.

»Genau das ist der Grund dafür, dass der Handel mit den gefälschten LifeShield-Symbolen so gut läuft. Menschen, die noch nicht geschützt sind, wollen sich das Schild an die Tür hängen und damit sagen: ›Raubt jemand anderen aus.‹«

Der Analyst nickte. »Die gleiche Entwicklung tritt ein, wenn der Einzelhändlerverband die West Avenue Mall zu einer LifeShield-Zone macht. Dann ziehen die Jugendbanden eben zur Northland Mall weiter und hängen dort herum. Und wenn eine Bande herausfindet, dass es in Northland bereits eine Bande mit älteren Rechten gibt, bricht ein Machtkampf aus, den es vorher wahrscheinlich nicht gegeben hätte.«

»Egal, inwieweit die Leute bereit sind, sich eher einen anderen Ort zu suchen als ihre Waffen abzugeben, der Trigger verschlimmert die Situation, indem er das Angebot an Revieren künstlich verringert und die Nachfrage erhöht.«

Der Analyst nickte erneut. »Als Folge davon konzentrieren sich die verbliebenen Waffen in einem noch kleineren Gebiet, und für die Leute, die in diesem Gebiet wohnen, wird alles nur noch schlimmer statt besser.«

»Gettos für Gewalt.«

»So könnte man es nennen.«

»Haben wir es hier mit einem reinen Übergangsproblem zu tun? Welche Situation erwarten Sie zum Beispiel in drei Jahren, wenn Northland und die meisten der kleineren Banken auch LifeShield-Zonen sind?«

»Die Wölfe halten immer nach den Kranken und Schwachen Ausschau. Keine der Projektionen, die ich bis jetzt gesehen habe, geht davon aus, dass wir es schaffen werden, ganze Städte zu schützen. Ich erwarte den Status quo, nur noch etwas ausgeprägter – zwei Gesellschaften, zwei Kulturen, die Vermögenden und die Habenichtse.«

Ein weiterer Riss zeigte sich in einer Vertikalstudie über den Einfluss des Triggers auf die Wirtschaft, die auch einen umfangreichen Katalog mit Trigger-bezogenen Produkten enthielt. Als Wilman eines Tages eine Aktualisierung der Studie las, fiel ihm ein als neu gekennzeichneter Artikel auf, der ihn derart beunruhigte, dass er sich persönlich weitere Informationen darüber besorgte.

In einem digitalen Kaufhaus auf einem Server auf den Cayman Islands fand er eine Datenbank mit der Bezeichnung ›Safe Passage‹. Die Datenbank, die von einer Organisation namens The Resistance zum Verkauf angeboten wurde, war ein Katalog sämtlicher LifeShield-Installationen in Nordamerika, der als nicht lizensiertes Zusatzprogramm für GPS-Navigatoren und andere Reiseplaner angeboten wurde. Wenn die Datenbank korrekt war, konnte jeder, der ein Exemplar davon hatte, Sprengstoffe oder Munition problemlos zwischen zwei Punkten auf der Karte hindurchschmuggeln.

Wilman veranlasste, dass ein Strohmann ein Exemplar von Safe Passage kaufte, dann reichte er die Datenbank an die NSA weiter, die sie analysieren sollte. Es stellte sich heraus, dass sie ein Klon der angeblich geheimen Datenbank war, die von LifeShield Transport für die Lieferungen verwendet wurde. Sie war zwar 24 Tage alt, aber ansonsten zu einhundert Prozent richtig und vollständig. Die undichte Stelle wurde zehn Tage später gestopft, als man einen LST-Fahrer und Depotleiter in Idaho verhaftete, aber Wilman beruhigte das nicht. Sie konnten weder gegen das digitale Kaufhaus noch gegen The Resistance vorgehen, und Informationen dieser Art waren so viel Geld wert, dass sich mit Sicherheit jemand anderes kaufen ließ.

»Dann sollten wir sie unterbieten und das Gewinnmotiv wegfallen lassen«, sagte Wilmans leitender Strategieplaner. »Wenn wir ganz offiziell eine zu fünfundneunzig Prozent vollständige Liste für zehn Dollar verkaufen, wie viele Leute werden dann noch eintausend Dollar ausgeben, um die letzten fünf Prozent zu bekommen?«

»Um die Informationen geht es doch gar nicht«, sagte Wilman. »Es gibt nicht einmal hundert unmarkierte Trigger-Installationen. Die Haftungsfrage macht geheime Installationen an öffentlichen Standorten schlichtweg unmöglich, zumindest hier bei uns – wir würden, wenn wir könnten, aber wir können nicht. Nein, es geht um die Verkaufstechnik an sich, um den Grund, weshalb diese Daten zusammengestellt worden sind. Die Menschen fangen an, nach Möglichkeiten zu suchen, um die LifeShields auszutricksen. Und dagegen können wir nicht viel tun.«

Der nächste Riss tauchte in Form einer dringenden Telekonferenz auf, die vom Koordinator der Atlantikstaaten nach verheerenden Bombenanschlägen in Baltimore und Manhattan angesetzt worden war.

»Einigen Leuten ist inzwischen klar geworden, dass man den Trigger auch als Zünder einsetzen kann«, sagte der Koordinator zu Wilman. »Und außerdem macht er den Bau und die Platzierung einer Bombe erheblich einfacher.«

»Man braucht sich keine Gedanken um Zeitschaltuhren, Zünder oder Fernsteuerungen zu machen.«

»Man braucht überhaupt keine Technologie. Der Bau einer Bombe hängt nur noch davon ab, ob man sich den Sprengstoff besorgen kann. Dann braucht man ihn nur im Kofferraum eines Wagens, im Frachtraum eines Busses oder Zuges oder in einem Päckchen zu verstecken – irgendetwas, das jemand anderes mitnimmt. Dieser Ansatz hat außerdem noch einen verheerenden psychologischen Aspekt – die Leute reagieren paranoid, wenn sie eine LifeShield-Zone betreten, weil sie sich fragen, ob sie nicht eines dieser Pakete dabeihaben, eine dieser so genannten ›Anhalterbomben‹.«

Aber am meisten Sorgen machte sich Wilman wegen eines anderen Risses, den er durch seine eigenen Ressourcen entdeckte – weil dieser auf eine Entwicklung hindeutete, die nicht in den kriminellen Randgruppen, sondern in der breiten Masse stattfand.

Seit fast zwei Jahrzehnten hatte der Algonquin Saloon, der in einer Seitenstraße drei Blocks vom Campus der Georgetown University entfernt lag, mehr schlecht als recht überlebt. Das Algonquin war eine Mischung aus einer Net-Newsgroup, einer altmodischen Talkshow und einem noch altmodischeren britischen Pub und konnte zwei vom Aussterben betroffene Laster befriedigen – Koffein und persönliche Gespräche.

Es war die Schöpfung des ehemaligen Journalisten Martin Groesbeck, einem energiegeladenen, redegewandten Mann, der lieber in Pension gegangen war, als ›zum Feind überzulaufen‹, nachdem die *Washington Post* von DisneyNet gekauft worden war. Groesbeck hatte ein Ohr für interessante Themen, ein vertrauenswürdiges Gesicht und ein Händchen dafür, schüchterne oder eingeschüchterte Gäste an einem der sieben runden Tische des Algonquin zu platzieren. Durch die Kombination einer für ihn typischen Vision und reiner Halsstarrigkeit war es ihm gelungen, eine einzigartige Gemeinschaft zu schaffen und zu bewahren, die er stolz als ›einen aus sieben Manegen bestehenden intellektuellen Zirkus‹ bezeichnete.

An den runden Tischen mit ihren jeweils neun Stühlen setzte er wildfremde Menschen zusammen und kam selbst dazu, um einen leeren Platz zu füllen oder für neuen Gesprächsstoff zu sorgen, wenn die Unterhaltung an einem der Tische einzuschlafen drohte. Außerdem schrieb und veröffentlichte Groesbeck täglich ein Flugblatt namens *The Real Slow News*, in dem er gesellschaftliche und politische Themen unter die Lupe nahm und das auch schon weitab von Georgetown gesichtet worden war. Am frühen Abend wanderte er von Tisch zu Tisch und verteilte feuerrote *Advocatus-Diaboli*-Kärtchen – auf jedes hatte er in seiner markanten Handschrift ein kontroverses Thema geschrieben –, die das Gespräch an den Tischen in Gang bringen sollten.

Groesbeck pflegte eine an Zuckerbrot und Peitsche erinnernde Hausregel, die Stammgäste freute und Uneingeweihte beleidigte: Gäste, die dazu beitrugen, dass eine Unterhaltung interessant und angeregt verlief, brauchten ihre Rechnung nicht zu bezahlen, während Gäste, die nur zuschauen wollten oder langweilige Bemerkungen machten, feststellen mussten, dass der Betrag auf ihrer Rechnung verdoppelt worden war.

Die Samstagabende waren für ›Moderatoren‹ reserviert, ein Ereignis, dem Groesbeck den sinnigen Namen ›Ein

Abend am runden Tisch‹ gegeben hatte. Unter Berücksichtigung der für ihn charakteristischen Maßstäbe bot er allen möglichen ›interessanten Leuten‹ aus allen möglichen Schichten und Stellungen (Politiker kamen von vornherein nicht in Frage) an, ihre Meinung vor einem Publikum aus redegewandten, kritischen Denkern zu äußern, dem Namen oder Titel egal waren. Obwohl er lediglich ein symbolisches Honorar zahlte, sagte eine überraschend große Zahl der Eingeladenen zu, was manchmal zu den denkwürdigsten Momenten des Algonquin führte.

Aber was das Geschäftliche anging, war das Algonquin ein absoluter Misserfolg, obwohl es an fast allen Wochentagen und jeden Samstag voll war. Die Verweildauer der Gäste war zu hoch und der durchschnittliche Betrag pro Rechnung zu niedrig, um mehr verdienen zu können als nur die Unkosten.

Wilman hielt das Algonquin für viel zu wertvoll, um zu riskieren, dass es durch eine Töpferei oder einen Piercing-Shop ersetzt wurde. Von sämtlichen Einrichtungen, die er in und um Washington besuchte, war dies die Einzige, von der er sicher sein konnte, dass das, was er zu hören bekam, nicht von seinem bekannten Namen oder seiner Position oder den Zielen seines Gesprächspartners beeinflusst war. Nicht einmal in den Büros von Mind Over Madness konnte er sich dessen so sicher sein wie hier. Das Algonquin war sein Prüfstein, das Fähnchen der öffentlichen Meinung.

Und deshalb hatte Wilman Mittel und Wege gefunden – indirekt und anonym –, um Geld in Groesbecks Tasche zu lenken und die Tür des Algonquin geöffnet zu lassen – Zuschüsse, private Spenden, ein Buchvertrag, ein Vertrag als Berater. Falls es erforderlich sein sollte, war Wilman bereit, noch mehr zu tun: Er wollte eine Stiftung gründen, die Grundstück und Gebäude kaufen und Groesbeck als Manager einstellen sollte.

Aber fürs Erste konnte er noch als Stammgast und nicht als Retter durch die Tür des Algonquin kommen, eine klassische Pepsi genießen und den Gästen zuhören. Wenn er wenig Zeit hatte, konnte er auch vormittags kommen, sich an die Theke setzen und das, was er an Informationen brauchte, aus Martin Groesbeck herausquetschen.

»Was gibt es Neues, Marty?«

Der schwergewichtige Mann, der gerade die Zapfhähne aus Chrom polierte, drehte sich um. »Bestellen Sie etwas, dann können wir reden. Da Sie Ihr Koffein kalt zu sich nehmen, könnte ich Ihnen ein Royal Crown Draft anbieten. Kubanischer Zucker, amerikanisches Quellwasser, Konzentrat aus Kanada.«

»In der Flasche?«

»Metalldeckel und alles, was dazugehört.«

»Geben Sie mir eins.«

»Oh, ich liebe Kunden, die nicht gleich fragen: ›Wie viel kostet das?‹« Groesbeck strahlte und griff in den Kühlbehälter. »Und was wäre das Stichwort für heute, Grover? Breland?«

»Damit können wir anfangen. Wie verkauft sich die Theorie von der ›internationalistischen Verschwörung‹?«

»Nicht sehr gut – aber schließlich sind wir hier nicht in South Dakota. Die Leute, die hierher kommen, sind tatsächlich schon einmal in einem anderen Land gewesen – und damit meine ich nicht Niagara Falls oder Tijuana.«

Wilman schmunzelte. »Und Ihre weit gereisten, aufgeklärten Gäste sagen …«

»… es ist eine interessant Entwicklung. Breland schneidet inzwischen sogar etwas besser ab. Vor zwei Monaten hatte ich hier niemanden, der ihn verteidigt hat – er hatte zwar viele Anhänger, aber keine Verteidiger. Sie haben alle noch nach einer vertretbaren Position gesucht.«

»Und – haben sie inzwischen eine gefunden? Ich dachte, das Feld würde eindeutig von den Anhängern der Lager ›Überbringer des Chaos‹ und ›Feind der Freiheit‹ beherrscht werden.«

»Sie haben aber vergessen, einen Zaun um ihr Lager zu ziehen«, erwiderte Groesbeck. »Die vertretbare Position könnte man als versöhnlichen Idealismus bezeichnen. Jedes Mal, wenn Breland auf sein Wir-können-es-besser-machen-Motto zu sprechen kommt, scheint einigen Leuten aus dem Überbringer-des-Chaos-Lager klar zu werden, dass er es ernst meint und von Anfang an ernst gemeint hat.«

Wilman zog eine Augenbraue hoch. »Und was bringt ihm das ein? Widerwilligen Respekt?«

»Integritätspunkte. Das Geheimprogramm, das sämtliche Zyniker ihm, seinen Auftraggebern oder der Dreierverschwörung unterschieben wollten, ist einfach nicht aufgetaucht – Brelands Programm ist öffentlich, und das ist es von Anfang an gewesen. Mehr Menschlichkeit, weniger Morde.«

»Und auf den zweiten Blick halten sie das inzwischen für eine gar nicht mal so schlechte Idee?«

»In gewisser Hinsicht, ja.« Groesbeck beugte sich vor und stützte sich mit den Unterarmen auf der Theke ab. »Es liegt so etwas wie eine zögerliche Bewunderung in der Luft, die wir uns für jemanden aufheben, der einen Standard setzt, von dem wir allerdings noch nicht so genau wissen, ob wir auch danach streben sollen.«

Wilman nickte langsam. »Wir dürfen unsere Zustimmung nicht zu deutlich äußern, damit wir eine Rückversicherung haben und der Offenbarung nicht gleich hinterherlaufen müssen.«

Groesbeck schlug mit der flachen Hand auf die Theke. »Genau. Breland wird vorgeworfen, dass er zu gut über uns denkt. Er ist dadurch benachteiligt, dass er es in seinem ganzen Leben nur mit netten Leuten zu tun hatte. Frühkindliche Erfahrung von Kriminalität erweitert den Horizont – sagt man jedenfalls.«

»Klingt wie die gesammelten Lebensweisheiten von jemand, der in Newsworld oder Movieworld lebt«, entgegnete Wilman. »Die reale Welt ist nicht annähernd so gewalttätig, wie sie dort dargestellt wird. Die meisten Leute gehen abends ins Bett, ohne tagsüber eine Waffe gesehen oder in die Hand genommen zu haben. Und dazu gehören auch die meisten Waffenbesitzer – zumindest, wenn sie ehrlich sind.«

»Das will ich auch gar nicht bestreiten«, wandte Groesbeck ein. »Mein Vater hatte eine Schrotflinte, meine Mutter einen Revolver. Aber in den zwanzig Jahren, in denen ich im Haus meiner Eltern gewohnt habe, habe ich keine der beiden Waffen auch nur ein einziges Mal zu Gesicht bekommen – obwohl ich ein sehr neugieriges Kind war. Aber wenn Sie ein Argument haben wollen, könnte ich schon noch eins für Sie finden.«

»Ohne dazu nach South Dakota fahren zu müssen?«

»Sicher.« Groesbeck überlegte kurz. »Vor zwei Tagen saß an Tisch fünf ein Mann, der ziemlich lange darüber redete, warum das LifeShield-Programm eine ›Katastrophe‹ sei. Er war nicht gerade der redegewandteste Gast an diesem Abend, aber er hat sich fürchterlich aufgeregt, wegen der Vergewaltigungen in diesem Apartmenthaus in Milwaukee …«

»Eine Woche nachdem der LifeShield in dem Gebäude in Betrieb genommen wurde«, erinnerte sich Wilman. »Drei Männer, die dort wohnten, wurden verhaftet.«

»Das ist der Fall. Ich kann mich noch daran erinnern, dass der Gast gesagt hat: ›Nicht jeder, der eine Waffe hat, gehört zu den Bösen. Und nicht jeder, der keine Waffe hat, gehört zu den Guten. Wenn einer von den Bösen keine Waffe mehr hat, kann er immer noch eine Menge Schaden anrichten. Aber wenn einer von den Guten keine Waffe mehr hat, kann er nichts mehr dagegen tun.‹«

»Hat er die anderen am Tisch damit überzeugt?«

»Für mich sah es jedenfalls so aus.« Groesbeck überlegte. »In der Zeit nach Brelands Rede habe ich mehrere Monate lang immer wieder gehört: ›Schade, dass sie keinen Trigger hatten‹ – so oder so ähnlich –, wenn in den Nachrichten über einen Mord berichtet wurde, wenn es um eine Tragödie ging, die vermeidbar gewesen wäre. Aber an dem Abend saß an Tisch fünf auch eine Frau, die etwas sagte, was ich noch nie vorher gehört hatte …«

»›Schade, dass sie keine Waffe hatten.‹«

Groesbeck sah ihn überrascht an. »Waren Sie hier, und ich habe Sie nur nicht gesehen? Ja, genau das hat sie gesagt – mit genau der gleichen Mischung aus Wut und Bedauern, die ich ein paar Monate vorher noch von den anderen gehört habe.«

»Ich war nicht hier«, sagte Wilman und trank seine Cola aus. »Ich brauchte mir nur vorzustellen, was ich auf gar keinen Fall hören wollte – Sehnsucht nach der guten alten Zeit, als echte Amerikaner noch Pistolen in der Nachttischschublade hatten.«

»Aber Sie müssen eins zugeben – wenn eines der Opfer eine Waffe gehabt *hätte* …«

»… wäre jetzt vermutlich jemand tot«, beendete Wilman den Satz. »Vielleicht einer der Vergewaltiger. Vielleicht eines der Opfer.«

»Und vielleicht wären diese drei Männer dann in ihrer Wohnung geblieben und hätten ihr Selbstmitleid einfach nur in Bier ertränkt«, wandte Groesbeck ein. »Man muss einfach sehen, dass Waffen manchen Leuten viel geholfen haben, und der Trigger sorgt dafür, dass diese Waffen auch verschwinden. Ich weiß, dass Sie zu Kompromissen bereit sind – aber schließlich war keine der Frauen Ihre Tochter.«

»Nein«, sagte Wilman. »Und keiner dieser Männer war mein Sohn. Ich will nicht, dass meine Töchter vergewaltigt werden, Marty – aber ich will auch nicht, dass meine Söhne erschossen werden. Warum muss ich mich für das eine oder das andere entscheiden?« Er stand auf und deutete auf die leere Flasche vor sich. »Wie viel?«

Groesbeck stöhnte. »Geben Sie mir einfach Ihre Kreditkarte. Ich brauche das Geld zwar ziemlich dringend, aber in Zukunft sollten Sie vielleicht besser nach dem Preis fragen, *bevor* Sie sich für etwas entscheiden.«

»Wenn es mir auf den Preis ankommt, tue ich das auch.« Wilman gab ihm seine Kreditkarte. »Aber man kann nicht alle Entscheidungen mit einem Taschenrechner in der Hand treffen. Und ich glaube, bei den wichtigen Entscheidungen ist das sowieso nicht möglich.«

Theoretisch gab es für Karl Brohier acht verschiedene Möglichkeiten, um Jeffrey Horton zu erreichen.

Das StandardKomSet, das Terabyte Laboratories an seine Mitarbeiter ausgab, war ein Celestial 3000 Personal Office. Es war mit einem Festkörperspeicher von Terabyte ausgestattet und wurde in einer von Aron Goldsteins Fabriken produziert, was ganz und gar kein Zufall war. Das C-3 leitete Sprache, Flat-Video, Paging-Signale und dringende Paging-Signale in Echtzeit weiter und speicherte V-Mail, 3-D-Video, Fax und Hypermedien zur Wiedergabe auf einer Basisstation. Und von der weltweit funktionierenden Drei-Band-Punktübertragung behauptete Celestial, seine Kunden hätten damit ›globale Konnektivität, von Pol zu Pol, von den Bergen bis zum Meer‹.

Aber bei einem Kunden, der den Signalton und den Pager abgestellt und zugelassen hatte, dass seine Mailbox mit Sexwerbung und Wie-werde-ich-Millionär-Programmen voll gestopft wurde, war auch Celestial machtlos. Technisch gesehen gab es keine Möglichkeit, einen Mann zu erreichen, der nicht erreicht werden wollte.

Seit mehr als einer Woche hatte Brohier zahllose Nachrichten an Horton geschickt, in denen er diesen bat, sofort nach Princeton zurückzukommen. Je länger sie nicht beantwortet wurden, desto unruhiger und ungeduldiger wurde der Direktor der Terabyte Laboratories. Ende der Woche war er so weit, dass er gegen seine eigenen Sicherheitsmaßnahmen für nicht veröffentlichte Forschungsergebnisse verstieß. Brohier vertraute auf Celestials Kilobyte-Verschlüsselung und schickte Horton die Schlüsselgleichungen, über die er mit ihm reden wollte, weil er hoffte, seinen Protegé dadurch wenigstens zu einer Zusammenarbeit per KomSet bewegen zu können.

»Ich bin so weit gekommen, wie mir das allein möglich ist, Jeffrey«, schrieb Brohier in der Begleitnachricht. »Die Ruyens-Umformungen müssen überprüft werden, und außerdem brauche ich Hilfe bei der Beta-Kombinametrik. Und dann wird es Zeit zum Metallverbiegen, um es einmal mit den Ingenieuren zu sagen. Wir dachten, wir hätten bereits die ganze Oper gesehen. Wenn Sie einen Blick auf diese Dateien werfen, werden Sie feststellen, wie naiv wir gewesen sind. Alles, was bis jetzt geschehen ist, war lediglich die Ouvertüre. Ich hoffe, Sie werden mir dabei helfen, das Finale zu schreiben – aber wenn Sie das nicht wollen, müssen Sie Verständnis dafür haben, dass ich anderswo Hilfe suche. Der Gedanke daran, diese Arbeit unvollendet zu lassen, ist mir unerträglich. Ich kann es mir kaum verkneifen, jeden Physiker, den ich sehe, am Kragen zu packen und in mein Büro zu schleppen.«

Aber zu seiner großen Enttäuschung bekam Brohier selbst auf diese Nachricht keine Antwort – nicht einmal eine Absage und gute Wünsche für die Zukunft. Er ließ weitere 48 Stunden verstreichen, dann änderte er seine Meinung und verlängerte die Frist noch einmal um einen Tag, aber es war alles vergebens.

Selbst dann war es für Brohier noch schwierig, Horton den Rücken zuzukehren, und er ging lange in den Wäldern um das Institut herum spazieren, um alles noch einmal zu überdenken.

Es war für ihn unmöglich, wütend zu sein. Mehr als bei jedem anderen der intelligenten, jungen Talente, die er bei der Gründung von Terabyte eingestellt hatte, waren seine Gefühle Horton gegenüber inzwischen mit jenen zu vergleichen, die ein erfolgreicher Vater seinem viel versprechenden Sohn gegenüber hegte. Ob es Horton nun bewusst war oder nicht, er war der rechtmäßige Erbe, der Sohn, dem Brohier irgendwann einmal das ›Familienunternehmen‹ vermachen wollte.

Und wie für einen Vater war es auch für Brohier schwer zu wissen, dass Horton mit sich kämpfte, und noch schwerer, erkennen zu müssen, dass er ihm dabei nicht helfen konnte. In gewisser Hinsicht dachte Brohier sogar, dass er bei Horton versagt hatte – dass er ihn nicht ausreichend auf das Gewicht vorbereitet hatte, das jetzt tonnenschwer auf seinem Gewissen lastete.

Aber wer hätte ahnen können, wohin das Ganze führen würde? Wie oft hatte ein theoretischer Physiker überhaupt ein Gewissen gebraucht?

Schließlich waren es nicht die Naturwissenschaften gewesen, die die Welt verändert hatten, sondern die enge

Verbindung von Technik und Kapitalismus. Die Unwissenden gaben der Wissenschaft die Schuld an allen Übeln und Missständen der Moderne, aber im Grunde genommen wurde hier der Wissenschaftler mit dem Täter verwechselt – kein Wissenschaftler hatte jemals den Grundwasserspiegel mit PCB verseucht, eine Abtreibung im letzten Schwangerschaftsdrittel vorgenommen, jemandem Versicherungsleistungen auf der Grundlage eines Gentests verweigert oder das Net zu einem Medium gemacht, mit dem man das Privatleben eines Menschen ausspionieren konnte.

Echte Wissenschaftler waren außerhalb ihres Fachbereichs so gut wie unsichtbar. Selbst Nobelpreisträger wurden von der Öffentlichkeit kaum beachtet, wie Brohier selbst erfahren hatte. Eine Heisman-Trophäe oder ein Oscar zählten viel mehr – es gab keinen Markt für Sammelkärtchen, auf denen die Helden der Naturwissenschaften abgebildet waren. Ihr Status wurde immer noch in höchst obskuren Einheiten gemessen: Verfasserzeilen, Zitate, Stipendien.

Bis auf einige Unternehmertypen wie Sagan oder Pauling brauchte es immer erst die harte Hand der Politik, um einen Wissenschaftler zu einem Begriff zu machen und der von ihm betriebenen Forschung eine moralische Polarisierung zu verleihen. Einstein gab Roosevelt die Bauanleitung für eine Atombombe. Eisenhower ließ Salks Impfstoffe in die Arme von zwanzig Millionen Schulkindern injizieren. Von Braun und seine deutschen Kollegen bauten Kennedy eine Mondrakete.

Und Jeffrey Horton gab Breland den Trigger.

Obwohl er selbst daran beteiligt gewesen war, verspürte Brohier keinerlei Gewissensbisse deswegen. Er hatte sein ganzes Leben lang nur Verachtung für jene übrig gehabt, die Gewalt anwendeten, um ihre Probleme zu lösen, und ganz besonders für jene, die Gewalt anwendeten, um rational oder demokratisch getroffene Entscheidungen umzustoßen. Wie viele seiner Kollegen glaubte er an die Leistungsgesellschaft, an den Triumph von Ideen, die besser waren als der Durchschnitt, an die Führungsrolle von Männern und Frauen, die besser waren als der Durchschnitt.

Die Feinde der Zivilisation waren Terroristen, Gangster, Mörder, Schläger, Anarchisten – weil diese unbedeutenden Menschen durch den Einsatz ihrer Waffen das Gute und die Guten zugrunde richten konnten. Es war eine Verdrehung der natürlichen sozialen Ordnung, eine Art fanatischer Egalitarismus, der den Erfolg des anderen nicht tolerierte.

In Brohiers Augen war Gewalt nicht nur das letzte Zufluchtsmittel für Nichtskönner. Sie war die hämische Rache des enttäuschten Verlierers.

Die Grundlage der Zivilisation war das Konzept der Fairness, und die Grundsätze dieses Konzepts waren ganz einfach zu verstehen – Haltung beim Siegen, Haltung beim Verlieren. Fairness konnte man sehen, wenn Präsidenten ihr Amt an ihren Nachfolger übergaben, wenn bei der Oscar-Verleihung die Verlierer den Gewinnern applaudierten, wenn Siegreiche den Besiegten Gnade gewährten. Man konnte sie sogar bei einem Duell mit tödlichem Ausgang sehen, denn für ein Duell gab es Regeln, die für beide Seiten bindend waren.

Aber die Gewalt von Terroristen – ein Schuss aus der Dunkelheit, eine Bombe in der Post, ein Erpressungsversuch – war das genaue Gegenteil von Zivilisation. Und Gewalt einzelner Klassen war nach Brohiers Maßstäben mit Terrorismus gleichzusetzen. Das war auch der Grund gewesen, warum Brohier nach dem Vorfall in Cleveland so nachsichtig mit Gordie und Lee gewesen war. Er hatte nichts übrig für Kriminelle, die mit ihren Waffen in der Gegend herumfuchtelten und rechtschaffene Menschen terrorisierten, die die Spielregeln einhielten.

Aber Brohier machte sich keine Illusionen. Zivilisation war schwierig, Terrorismus einfach. Und die Spannung zwischen Ordnung und Chaos war allgegenwärtig. Er wusste, dass Logik und Vernunft im menschlichen Dialog nur allzu oft durch die hartnäckigen Stimmen von Gefühlen und Eigennutz übertönt wurden.

Trotzdem glaubte er unbeirrt an die Bootstrap-Theorie des Fortschritts – dass selbst eine Minderheit, die sich der Vernunft und den Grundsätzen der Zivilisation verschrieben hatte, etwas ausrichten konnte. Die Gesellschaft wurde nicht von der Mitte aus geführt, sondern von oben – von den Vorstellungen der Denker, den Entdeckungen der Forscher, den Neuerungen der Erfinder, den Worten der Philosophen, den Opfern der Pioniere.

In der Regel sind die Ruder sehr viel kleiner als die Schiffe, die von ihnen gesteuert werden, sagte Brohier gern. Es geht um die Hebelwirkung.

Um die Hebelwirkung und darum, wessen Hände am Steuer liegen.

Und genau das bedeutete der Trigger für Brohier – er war ein Hebel. Mit ihm ließ sich die Gesellschaft in die richtige Richtung lenken, mit ihm ließ sich ein besseres, menschlicheres Dasein verwirklichen. Und wenn der Trigger als Hebel nicht ausreichte oder mehr Hände gebraucht wurden, um das Schiff sicher durch die unruhige See zu steuern, dann war es seine Pflicht, alles zu tun, was er konnte, um zu helfen.

Am Ende gab das für ihn den Ausschlag – eine Verpflichtung, die stärker war als seine Gefühle Horton gegenüber. Brohier saß auf einer Bank in der Sonne, als ihm klar wurde, dass er so lange auf Horton gewartet hatte, wie dies sein Gewissen zulassen würde. Aber jetzt musste er ohne Horton weitermachen.

Als er wieder in seinem Büro war, schrieb er eine kurze Nachricht an Samuel Bennington-Hastings:

Wenn Sie ein paar Minuten Zeit für mich haben, würde ich gerne mit Ihnen über etwas sprechen, an dem ich gerade arbeite.

Brohier hatte kaum die Finger von der Tastatur genommen, als der junge Mathematiker die Tür öffnete und den Kopf hereinsteckte.

»Testen Sie gerade Ashbys interdimensionalen Transport, Dr. Sam?«, fragte Brohier erstaunt.

Bennington-Hastings lächelte ihn an. »Ich hatte nur Angst, dass Sie vielleicht gleich das essen, was Sie sonst auch immer essen, und« – er griff sich an die Brust und gab ein röchelndes Geräusch von sich – »ich Sie mit dem Gesicht nach unten im Kartoffelbrei finde.«

Brohier musste lachen. »Kommen Sie herein, Dr. Sam. Kommen Sie herein, und sehen Sie sich das mal an.«

Wenn Samuel Bennington-Hastings über Mathematik sprach, machte er keine Scherze mehr.

»Das da – das ist falsch.« Er wischte mit einem Tuch auf der Tafel herum. »Die Beziehung ist asymmetrisch – das hier ist die richtige Entwicklung, und dieser Wert hier auf der rechten Seite fällt weg.«

Brohier runzelte die Stirn. »Aber dann ist die kovalente Funktion ja unbestimmt.«

»Natürlich. Diese Wiederholung hier ist gar nicht notwendig. Wo haben Sie die her?«

»Der Teil gibt die morphologische Trägheit an, mit der die ursprüngliche Resonanzmatrix wieder hergestellt wird.«

Bennington-Hastings lachte spöttisch. »Sheldrake. Ich werde es wegwischen.«

»Warten Sie, warten Sie. Wenn ich diese Funktion nicht mehr habe, gibt es nichts, was den Eigenzustand zum Zeitpunkt null wieder herstellen könnte. Das Material würde nicht wieder in seinen Ausgangszustand zurückkehren.«

»Nichts von dem, was Sie mir gezeigt haben, deutet darauf hin, dass es wieder in seinen Ausgangszustand zurück muss.«

»Aber wäre der neue Eigenzustand denn stabil?«

»Wenn die Erfüllungsmenge für die Resonanzmatrix vollständig und sinnvoll ist – und wenn Stabilität ein Merkmal der Erfüllungsmenge ist.«

Brohier presste die rechte Hand auf die Wange und ging zu seinem Schreibtisch. Während er einen Schluck Kaffee trank, dachte er über die Risiken und Möglichkeiten von Bennington-Hastings Behauptung nach. »Ich hatte erwartet – damit gerechnet –, dass es ein morphologisches Sicherheitsnetz gibt«, sagte er schließlich. »Eine Art Gruppenzwang, wenn Sie so wollen.«

Bennington-Hastings warf wieder einen Blick auf die Wandtafel. »Descartes hat über Gott gesagt: ›Ich brauche diese Hypothese nicht.‹«

»Wir können die Informationsstruktur dauerhaft ändern.«

»Ich sehe hier nichts, das so etwas ausschließen würde.«

»Aber dann könnten wir die Informationsstruktur auch zerstören.«

»Auch dafür sehe ich hier nichts, das so etwas ausschließen würde.«

Brohiers Hand zitterte, als er seine Kaffeetasse absetzte. Er ging zurück zur Wandtafel, nahm Bennington-Hastings den Filzstift aus der Hand und deutete auf der Wandtafel nach rechts unten. »Korrigieren Sie mich, wenn ich mich irre, aber das hier entspricht den Parametern einer Materie-Antimaterie-Reaktion.« Er wischte die morphologische Entwicklung mit dem Hemdärmel weg und kritzelte dann einige mathematische Symbole an die leere Stelle. »Sehen Sie? Die Werte für Teilchen und Antiteilchen heben sich gegenseitig auf, und ihre gebundene Energie wird freigesetzt, wenn sie sich gegenseitig vernichten. Nimmt man jetzt die Resonanzmatrix weg …«

»… haben wir den direkten experimentellen Beweis dafür, welche Bedingungen bei der Geburt unseres Universums geherrscht haben«, sagte Bennington-Hastings. »Allerdings könnte man dann bei unserer Beerdigung den Sarg nicht mehr öffnen.«

»Brohiers letzter Lehrsatz.«

»Sie sagen es.«

Ihr scherzhafter Ton täuschte darüber hinweg, dass ihnen gerade etwas Furchtbares klar geworden war – eine elementare Energieentladung von Materie, die ihrer Matrix beraubt worden war, würde nicht nur die größte je von Menschenhand geschaffene Explosion in den Schatten stellen, sondern auch jede erdgeschichtliche Katastrophe seit dem Asteroiden von Yucatán.

»Vielleicht sehe ich mir gleich noch mal die Sheldrake-Hypothese an«, meinte Bennington-Hastings. »Wir wollen doch keine unvorhergesehenen Folgen haben, wenn Sie das hier von der Tafel ins Labor bringen.«

»Ich werde jeden einzelnen Teil noch einmal durchgehen, vom Anfang bis zum Ende«, erwiderte Brohier mit grimmiger Miene. »Mit meiner Toleranz für Unsicherheiten ist es nicht mehr so weit her.«

Von seinen übrigen Gedanken, die ihn noch Tage danach verfolgten, erzählte er Bennington-Hastings nichts. *Dieses Experiment läuft bereits. Wir haben die Informationsstruktur der menschlichen Kultur manipuliert und das Verhalten ihrer Bestandteile geändert. Hat es unvorhergesehene Ergebnisse gegeben? Haben wir viele kleine Katastrophen verhindert – oder das Fundament für die eine große Katastrophe gelegt, die alles vernichten wird?*

Nach dem erfolgreichen Test der Zwillinge und der Abreise von Jeffrey Horton hatte der Annex einen kritischen Punkt erreicht. Als Leigh Thayer und Gordon Greene die Projektleitung übernommen hatten, stellten sie sich zuerst die Frage, ob das Labor noch eine Aufgabe hatte – und falls ja, ob es dazu die Anlagen in Nevada brauchte.

»Das Problem liegt darin, dass dieser Ort zu groß und gleichzeitig zu klein ist«, hatte Greene in einer Telekonferenz mit Goldstein und Brohier erklärt. »Zu viele Leute verbringen zu viel Zeit miteinander, und das zu weit von jeglicher Zivilisation entfernt – vom anfänglichen Pioniergeist ist nicht mehr viel übrig, besonders dann, wenn es keinen Ort gibt, an dem man den anderen für eine Weile entkommen könnte. Wir sind an einem Punkt angelangt, an dem die Leute hier denken, dass sie die verdammte Brücke für den Colonel fertig gebaut haben. Entweder sie packen jetzt ein und gehen nach Hause, oder wir machen aus dem Camp eine richtige Siedlung.«

Thayer sah das Ganze zwar aus einer anderen Perspektive, war aber zu dem gleichen Schluss gekommen. »Die Entwicklungs- und Testbedingungen sind unmöglich – meine Labors und das Testgelände hätten von Anfang an besser isoliert werden müssen. Die Reichweite der verbesserten Mark-I- und Mark-II-Einheiten geht über das gesamte Gelände, einschließlich der Wohnungen. Ich weiß nicht, ob es teurer ist, die Testlabors oder die Wohngebäude mitsamt der Versorgungseinrichtungen zu verlegen, aber wir müssen sie irgendwie voneinander trennen. Wenn wir das nicht tun, glaube ich nicht, dass es sich lohnt, den Annex noch weiter zu betreiben.«

Es war Goldstein gewesen, der Greenes und Thayers Erklärungen auf den Punkt gebracht hatte. »Entweder wir stecken mehr Geld in den Annex, oder wir schreiben alles ab, was wir bis jetzt dafür ausgegeben haben. Wir müssen entscheiden, ob der Annex zu einer festen Einrichtung von Terabyte werden soll.«

»Genau«, hatten Greene und Thayer wie aus einem Mund gesagt.

»Gut. Karl und ich werden darüber reden. Wir geben Ihnen Bescheid, wenn wir uns entschieden haben.«

Zwei Tage später hatte Brohier ihnen die Antwort mitgeteilt, die etwas überraschend war, da sie vom wirtschaftlichen Standpunkt her gesehen überhaupt keinen Sinn machte. Goldstein war gerade dabei, weitere 23 Quadratkilometer des an den Annex angrenzenden Gebiets zu kaufen, und bereit, eine erhebliche Summe für die gründliche Umgestaltung der Anlage aufzuwenden.

»Es gibt zwei Bedingungen«, sagte Brohier zu ihnen. »Erstens, Sie beide bleiben noch mindestens so lange, bis Ihre Nachfolger eingearbeitet sind, und zweitens, Sie müssen sicherstellen, dass auch während der Umbauphase mindestens eine funktionsfähige Testeinheit zur Verfügung steht.«

Und dann besprachen sie das Ganze untereinander.

»Was hältst du davon?«, fragte Greene.

»Wir reden hier von einer Verlängerung von mindestens einem Jahr, oder was meinst du?«

»Ich würde eher sagen, zwei, bis alles wieder seinen gewohnten Gang hat. Kannst du den Gedanken daran ertragen, noch zwei Jahre hier draußen zu bleiben?«

Sie zuckte mit den Achseln. »Ich bin unentschlossen. Ich

mag die Luft. Ich hasse die Hitze. Ich liebe den Nachthimmel – all die vielen Sterne. Ich vermisse die Farbe Grün.«

»Und was ist mit der Arbeit – und der Firma?«

»Ich sehe ein gewisses Potenzial in beiden«, erwiderte sie und zeigte dabei den Anflug eines hoffnungsvollen Lächelns. »Und was ist mit dir? Du bist doch eher der rastlose Typ. Vermisst du denn Columbus nicht, mit seinen vielen Studentenkneipen, in denen es von Schönheiten nur so wimmelt?«

Greene lachte. »Mir gefällt die Landschaft hier – und die Herausforderung. Ich werde bleiben.«

»Dann werde ich wahrscheinlich auch hier bleiben.« Sie lächelte ihn an und fügte hinzu: »Schließlich würdest du es ja gar nicht schaffen, wenn du das alles ohne mich machen müsstest.«

Seitdem waren fast sieben Monate vergangen und die erste Phase der Metamorphose bereits abgeschlossen. Sicherheitschef Donovan King trug nun die Verantwortung für ein Gelände, dessen nicht eingezäunte Grenzen 25 Kilometer lang waren und von viertausend Sensoren, fünf Patrouillenwagen mit Vierradantrieb und einem kaum hörbaren, kirschroten Hubschrauber mit leistungsstarken Scheinwerfern, Leuchtraketen und Farbbomben überwacht wurden. King war sichtlich stolz auf seine neuen Spielzeuge. Es hatte mehrere unbestätigte Berichte gegeben, dass Sicherheitsbeamte des Annex in ihrer Freizeit schwarze T-Shirts mit dem Aufdruck AREA 5.1 SECURITY trugen.

In der Südwestecke des vergrößerten Annex war auf einem Hügel über einem ausgetrockneten Flussbett ein neues Dorf entstanden. Es hatte drei asphaltierte Straßen, zwanzig neue Häuser, zweitausend Quadratmeter bewässerte Grünfläche als Park und Spielplatz, einen Supermarkt, ein Fitness- und Freizeitzentrum mit einem kleinen Kino und ein Familienzentrum – in einem Flügel war ein kleines Krankenhaus untergebracht, im anderen eine Kindertagesstätte.

Nur Einwohner hatte das Dorf noch nicht, obwohl die Mitarbeiter des Annex ihre Sachen bereits gepackt hatten und für den Umzug bereit waren. Aber sie waren auf Gedeih und Verderb dem Prüfer der für Eureka County zuständigen Baubehörde ausgeliefert – ein Teilzeitposten, den zurzeit der Besitzer des größten Baustoffhandels in Mittelnevada ausübte. Der Prüfer hatte bereits zwei Termine abgesagt und war zum dritten gar nicht erst erschienen.

Greene vermutete, dass sie für einen Bruch der Etikette bestraft wurden – genauer gesagt, sie hatten es versäumt, den Prüfer ausreichend zu schmieren. Da Aron Goldsteins Einkäufer sehr knapp kalkulierten und jede Bestellung von ihnen unterschrieben werden musste, war nur wenig Material für den Bau des Annex oder des Dorfes in der näheren Umgebung eingekauft worden – und Tillman Construction hatte überhaupt kein Stück vom Kuchen abbekommen.

Der Verdacht wurde zur Gewissheit, als Greene eines Morgens einen Anruf vom Pförtnerhaus bekam. »Dr. Greene, wir haben hier einen Robert Tillman – er sagt, er sei wegen der Abschlussprüfung für eine Reihe von Genehmigungen hier, und dass Sie ihn erwarten.«

Greene warf einen verschlafenen Blick auf die Uhr. »Lassen Sie ihn ins Dorf bringen, und behalten Sie ihn im Auge, bis Mr. Colquit oder ich drüben sind. Geben Sie ihm einen Kaffee, aber lassen Sie ihn nicht ohne uns in die Gebäude hinein. Nein, warten Sie, geben Sie ihm eine Menge Kaffee – vielleicht hilft das ja, um ihm einen guten Eindruck von der Sanitärinstallation zu verschaffen.«

Unter dem Gelächter des Sicherheitsbeamten brach Greene die Verbindung ab. Dann drehte er sich auf die rechte Seite und stieß Lee Thayer an, die noch schlief.

Sie wachte auf und drehte sich zu ihm hin. »Nein«, murmelte sie. »Frag später noch mal.«

»Tillman spielt wieder mit uns. Ich muss sofort ins Dorf hinüber. Ruf mich an, wenn du aufstehst – wenn er dann immer noch da ist, kannst du ja auch rüberkommen.« Greene erhob sich. »Außerdem warst du, glaube ich, nicht mehr drüben, seit das Familienzentrum aufgestellt wurde und die Gärtner den Rasen für den Spielplatz ausgerollt haben.«

Lee gähnte und setzte sich auf. Als das Laken herunterglitt, grinste ihn ein tasmanischer Teufel von ihrem Nachthemd an. »Als ob ich sonst nichts zu tun gehabt hätte.«

»Ich weiß«, erwiderte Greene, während er seine Hose anzog. »Ich dachte nur, wenn wir es schaffen, alles auf einmal zu genehmigen, könnten wir vielleicht den Leuten grünes Licht geben, die auf ihren Umzug warten.«

»Du glaubst doch wohl nicht, dass Tillman uns einziehen lässt? Ich gehe davon aus, dass er uns mit Strafen und Auflagen zuschütten wird. Aber ich komme trotzdem rüber, um dir moralische Unterstützung zu geben. Kämm dir die Haare, Liebling, du siehst aus, als hättest du die ganze Nacht mit einem Flittchen durchgemacht.«

Als sich Thayer zwei Stunden später zu ihnen gesellte, hatte sich ihre Prophezeiung bereits erfüllt. Tillman hatte eine bereits fertige Wand aufgerissen und den Boden unter einem mit Teppich ausgelegten Zimmer auseinander genommen, bevor er die in Kalifornien produzierten Fertighäuser so großzügig mit roten Verbotszetteln gepflastert hatte, dass es aussah, als würden sie zur Innendekoration gehören. Er war äußerst zielstrebig vorgegangen, sodass er bereits wieder auf dem Weg zurück zum Tor war, als Lee einen sehr niedergeschlagen aussehenden Gordon Greene auf der Treppe eines der beiden größeren, L-förmigen Fertighäuser sitzend fand.

»Schlimm?«

Greene hielt ein dickes Bündel mit gelben Mängelanzeigen hoch. »Er hat die Abnahmeprotokolle des Herstellers nicht anerkannt, weil es keine Originale waren – trotz Unterschrift vom Prüfer, trotz Prägesiegel und obwohl wir für jedes Haus ein Exemplar hatten.«

»Dieser arrogante Schnösel.«

»Je kleiner die Krone, desto kleinlicher der König. Aber das wird uns nicht mehr als ein paar Tage aufhalten. Ich habe schon mit dem Hersteller gesprochen. Sie stellen neue Protokolle zusammen und schicken sie uns so schnell wie möglich per Kurier.«

»Ich wusste gar nicht, dass du so philosophisch sein kannst«, sagte sie mit einem kleinen Lächeln.

»Einige Menschen sind es einfach nicht wert, dass man wegen ihnen ein Magengeschwür bekommt«, erwiderte Greene. Er wies mit dem Daumen auf die Tür hinter sich. »Hast du ein paar Minuten Zeit? Ich würde dir das hier trotzdem gerne zeigen.«

Sie runzelte die Stirn. »Warum? Ist das nicht das Lager für Büromaterial?« Dann zog sie die Augenbrauen hoch. »Oder hast du etwas Bestimmtes vor?«

Greene lachte und stand auf. »Nein auf beide Fragen. Komm – ich führe dich herum.«

Es war auf den ersten Blick zu erkennen, dass die Räume im Innern des Gebäudes nicht als Lager, sondern als Wohnung entworfen worden waren. Aber das Gebäude war um die Hälfte größer als das Standardhaus des Dorfes.

»Ich verstehe das nicht. Ich war ganz sicher, dass an dieser Stelle laut Lageplan ein Verwaltungsgebäude vorgesehen war.«

»Stimmt ja auch.« Greene strahlte sie an. »Das Haus des Direktors ist doch wohl ein Verwaltungsgebäude, oder?«

»Das Haus des Direktors«, wiederholte sie, als sie einen Blick in eines der Zimmer warf. »Schau dir dieses riesige Badezimmer an. Du hast mich überredet – ich nehme es. Und wo wirst *du* wohnen?«

»Na ja – ich fürchte, das ist das einzige Direktorenhaus, und wir haben zufällig zwei Direktoren.«

»Schlechte Planung.«

»Da muss ich dir zustimmen. Aber jetzt ist es zu spät, um noch etwas daran ändern zu können. Und deshalb« – er zuckte mit den Achseln – »werden wir es uns wohl teilen müssen.«

Sie verschränkte die Arme vor der Brust und lehnte sich mit einem amüsierten Ausdruck im Gesicht an einen Türrahmen. »Gordie, das ist die netteste und gleichzeitig die dümmste Art und Weise, jemanden zu fragen, ob er mit einem zusammenziehen will, die ich bis jetzt gehört habe.«

Greene protestierte und hob abwehrend die Hände. »Ich versuche nur, die Betriebsführung so wirtschaftlich wie möglich zu gestalten. Wir wohnen in zwei riesigen Wohnwägen, verbrauchen doppelt so viel Strom und doppelt so viele Toilettenpapierrollen ...«

Lee runzelte die Stirn. »Ich nehme an, wenn wir zusammenziehen, hätten wir endlich genug Kissen fürs Bett.«

»Und wir könnten die Hälfte des Bestecks, das wir aus der Cafeteria haben mitgehen lassen, zurückbringen – dann hätte Terabyte schon wieder etwas gespart. Was meinst du, Lee?«

Sie lächelte ihn an, zärtlich und spöttisch zugleich. »Wie könnte ich einem derart pflichtbewussten Mitarbeiter unserer Firma widerstehen?«

Greene lächelte zurück. Aber bevor er etwas sagen konnte, gaben beide KomSets das dringende Paging-Signal von sich.

»Ich wollte gerade zu dir rüberkommen und dich küssen«, sagte er, »aber ich glaube, ein pflichtbewusster Mitarbeiter unserer Firma würde jetzt rangehen.«

Thayer griff bereits in ihre Tasche. »Es ist Karl«, sagte sie nach einem Blick auf den Bildschirm.

Sie drückten gleichzeitig auf die Rückruftaste und waren innerhalb weniger Sekunden mit Brohier verbunden.

»Gordie? Lee? Hier ist Dr. Brohier.« Die Stimme ihres Chefs klang aufgeregt. »Egal, was Sie jetzt gerade tun, hören Sie damit auf. Egal, was Sie für die nächste Zeit geplant haben, vergessen Sie es. Sie müssen etwas für mich bauen.«

26.

Für immer das Schicksal des Menschen

»Wir dürfen uns nicht mit der Doktrin abfinden, dass Krieg für immer zum Schicksal des Menschen gehören wird.«

FRANKLIN DELANO ROOSEVELT

Aron Goldstein war einer der letzten seines Schlages, und das wusste er auch. Er hatte zugesehen, wie der Typ von Firmenchef, der ständig in der ganzen Welt unterwegs war, allmählich von dem Firmenchef, dessen täglich Brot Telekonferenzen und Telearbeit waren, abgelöst worden war. Er hatte die Artikel in *Fortune* und *Forbes* und *Business Week* gelesen, in denen die Multimedia-Kommunikation als grundlegendes Managementwerkzeug in den Himmel gelobt wurde, und miterlebt, wie immer weniger Firmenjets in den Himmel stiegen, weil immer mehr Aktionäre und Vorstände die Notwendigkeit anzweifelten, Protoplasma auf Firmenkosten von Punkt A nach Punkt B zu befördern. Als McNamaras *The Frugal Executive* die Bestsellerlisten stürmte, fielen die Aktien der Fluggesellschaften innerhalb von drei Tagen um 14 Prozent, und am Ende des Jahres wurden zwanzig Prozent weniger Geschäftsreisen unternommen.

Aber Goldstein blieb ein Vielreisender und war durchschnittlich 35 Wochen im Jahr unterwegs. In dieser Zeit unternahm er mehrere Wochen dauernde Besuche bei seinen Firmen, reiste zu internationalen Messen in Nordamerika, Europa, Asien und Australien und machte zwei Wochen Urlaub auf seinem Katamaran *First Love*, der in St. Thomas auf den Jungferninseln vor Anker lag.

Das war nur möglich, weil er als Alleineigentümer von Aurum Industries – der Holdinggesellschaft, die als Aufsichtsorgan für sein Vermögen diente – niemandem außer sich selbst Rechenschaft schuldig war. Und außerdem war Goldstein der Meinung, dass es notwendig war – er hätte nicht einmal die kleinste seiner Firmen einem Geschäftsführer anvertraut, den er nicht persönlich kannte. Dazu kam, dass er einen Betrieb nicht allein anhand der ihm vorgelegten Zahlen beurteilen wollte, und sich weigerte, eigens für ihn arrangierte Betriebsbesichtigungen über sich ergehen zu lassen, die Missstände verschleierten und alles in ein rosa Licht tauchten. Seine unangemeldeten Besuche waren daher im Laufe der Zeit zu einer festen Einrichtung geworden, die er als ›sanfte Motivation‹ bezeichnete – was nicht zuletzt daran lag, dass ihnen häufig überraschende Beförderungen und schnelle Entlassungen folgten.

Aber das war typisch für Aron Goldstein – anspruchsvoll und entscheidungsfreudig. Er hatte sich sein Vermögen und seinen Ruf mit zwei einfachen Grundsätzen und einer persönlichen Begabung erworben. Der erste Grundsatz lautete: »Reagiere schnell, egal, ob du hinter einer Chance her bist oder vom Unglück verfolgt wirst.« Der zweite war: »Niemand hat je einen Kunden verloren, weil er ihm zu viel für sein Geld gegeben hat.«

Goldsteins Begabung war die geradezu unheimliche Fähigkeit, zwischen Ereignissen, die scheinbar nichts miteinander zu tun hatten, eine Verbindung herstellen zu können, sodass er kommende Probleme schon in ihrem Anfangsstadium erkannte – er konnte das Signal in den atmosphärischen Störungen hören, und ihm fielen die falschen Töne in einem Orchester auf. Man erzählte sich scherzhaft über ihn, dass man keine Rauchmelder brauche, wenn Goldstein in der Nähe sei, da er mit dem Feuerlöscher in der Hand über dem zukünftigen Brandherd stehe und darauf warte, dass das Feuer ausbreche.

Der Mythos machte die Begabung größer, als sie eigentlich war. Aber Goldstein hatte gelernt, sich auf dieses Gefühl zu verlassen. Allerdings brauchte er keine besondere Begabung, um zu wissen, dass das Trigger-Projekt in Schwierigkeiten steckte, als eine Vorhut des Secret Service auf seinem Besitz in Maryland auftauchte, um alles für einen unangemeldeten und inoffiziellen Besuch des Präsidenten vorzubereiten.

Brelands Besuch wurde als spontane Zwischenlandung auf einem Routineflug nach Camp David getarnt. Die gewaltigen Triebwerke der Osprey ließen das Flugzeug wenige Minuten vor Freitagmittag sanft auf dem von Regen durchweichten Rasen aufsetzen. Der Präsident stieg ohne Begleitung aus der hinteren Ausstiegsluke des Kipprotorflugzeuges und ging auf Goldstein und die Agents des Secret Service zu. Breland sah müde und angespannt aus und fuhr die beiden Agents an, als sie ihm ins Haus folgen wollten: »Das ist ein privates Gespräch.« Er blieb stehen und blockierte den Eingang.

»Mr. President, wir müssen in Ihrer Nähe sein, damit wir im Ernstfall schnell genug reagieren können«, protestierte einer der Agents.

»Wenn die International Army of God im Weinkeller auf mich wartet, haben wir etwas über meine Menschenkenntnis gelernt. Aber bis dahin bleiben Sie draußen«, erwiderte Breland und machte dem Agent die Tür vor der Nase zu. Als er sich zu dem überraschten Goldstein umdrehte, murmelte er: »Diese verdammten Spinnen. Seit Starr sie dazu gebracht hat, Clinton auszuspionieren ...«

»Auf ihre Verschwiegenheit kann man sich nicht ohne weiteres verlassen – ich weiß. Wollen wir?« Goldstein deutete auf eine der Türen der großen Eingangshalle.

»Haben Sie hier zufällig einen Raum ohne Fenster nach draußen, in dem wir uns unterhalten könnten?«

Goldstein nickte. »Wenn es nicht zu viel Ironie für Sie ist – im Keller gibt es einen Raum, den der ursprüngliche Besitzer als Schießstand hat anlegen lassen. Meine älteste Tochter hat darin Bogenschießen geübt, und ich habe jetzt meine Züge dort aufgestellt. Er ist allerdings recht spartanisch ausgestattet ...«

»Klingt ideal. Gehen wir.«

Goldsteins Zuglandschaft bildete eine Welt en miniature – eine große, U-förmige Landschaft, die um eine erhöhte Plattform mit drei Drehstühlen herum angelegt worden war. Als Goldstein und Breland den Raum betraten, erweckte ein computergestützter Controller das Diorama zum Leben. In den Gebäuden wurde das Licht eingeschaltet, mehr als ein Dutzend Güter- und Passagierzüge rollten über mehrere hundert Meter Schienen, Straßenbahnen fuhren durch die Straßen, und durch die Kanäle floss echtes Wasser. Eine Hintergrundzeichnung, die bis auf halbe Höhe der angrenzenden Wand ging, erweiterte die Landschaft bis zu einem fernen Horizont mit Hügeln.

»Das sieht ja aus wie das Stadtzentrum von Philadelphia – um 1950 herum.« Überrascht trat Breland näher an die Anlage heran und sah sie sich genauer an. »Ja, das ist der Bahnhof in der 30th Street, und das da der Zoo. Dann wäre das hier der Schuylkill. Habe ich recht?«

»Richtige Stadt, falsche Zeit. Ich habe mich für 1935 entschieden, vor dem Krieg, damit ich noch ein paar Dampflokomotiven unterbringen kann.« Goldstein deutete auf die linke Seite des Dioramas. »Ich bin acht Blocks von Reading Station und der Chinese Wall entfernt aufgewachsen. Jedes Mal, wenn ich einen Zug pfeifen höre, komme ich mir vor, als wäre ich wieder in meinem Kinderzimmer.«

Breland, der plötzlich sehr nachdenklich aussah, setzte sich auf einen der Stühle. »Ich beneide Sie, weil Sie Zeit für das hier haben – für so etwas Wundervolles und sehr Persönliches.«

Goldstein lachte. »Lassen Sie sich nicht täuschen. Ich habe hier mehr Geld als Zeit hineingesteckt – und die Zeit können Sie auf drei Jahrzehnte verteilen, einen Abend pro Monat, ein Wochenende pro Jahr.«

»Trotzdem – ich glaube, ich habe früher auch Hobbys gehabt. Eines auf jeden Fall. Mindestens.« Breland lächelte wehmütig. »Aber schließlich wird es nicht mehr lange dauern, bis ich viel Zeit habe, um darüber nachzudenken, was es war.«

»Mr. President, Sie sollten ...«

»Bitte – nennen Sie mich Mark. Ich höre meinen Vornamen inzwischen viel zu selten.«

»Mark«, wiederholte Goldstein. »Wie ich gerade sagen wollte – es ist noch viel zu früh, um aufzugeben.«

»Meine Politik wird nur noch von vierzig Prozent der amerikanischen Bevölkerung gebilligt.«

»Aber diese vierzig Prozent stehen voll und ganz hinter Ihnen – das ist die Art von Unterstützung, mit der Wahlen entschieden werden können, wenn die Hälfte der Bevölkerung zu Hause bleibt.«

Breland lachte bitter. »Ich glaube nicht, dass auch nur ein Amerikaner bei den nächsten Wahlen zu Hause bleiben wird. Ich weiß nicht, wie der Rekord für die Wahlbeteiligung zurzeit aussieht, aber er wird mit Sicherheit gebrochen werden.«

»Und wenn das passiert, ist alles offen – die Meinungsforscher haben keine Ahnung, wie sie das Verhalten einer Gruppe vorhersagen sollen, die noch nie gewählt hat.«

Breland hob abwehrend die Hand und schüttelte den Kopf. »Bitte – es reicht. Das einzige, was schlimmer ist als ein junger Zyniker, ist ein alter Idealist.«

»Bei allem Respekt, Sir, aber ich hätte es genau andersherum gesagt. Aber wir haben nur wenig Zeit, und ich glaube nicht, dass Sie hergekommen sind, um Aphorismen mit mir auszutauschen.«

»Sie haben Recht«, erwiderte Breland. Er ließ die Schultern hängen und lehnte sich zurück. »Ich bin hergekommen, weil ich Ihre Hilfe brauche.«

»Was kann ich für Sie tun?«

»Ich weiß nicht, ob es überhaupt etwas gibt, was Sie tun können. Aber ich bin verzweifelt, Aron. Es gerät alles außer Kontrolle. Ich habe keine Autorität mehr im Pentagon und keine Glaubwürdigkeit mehr im Kongress – beide Institutionen sind zu dem Schluss gekommen, dass ich sowieso nicht wieder gewählt werde und man mich daher problemlos ignorieren kann. Die Stabschefs versuchen gerade, eine Wiederbewaffnung mit taktischen Nuklearwaffen und Azidsprengstoffen durchzusetzen. Das Repräsentantenhaus sucht nach einer Möglichkeit, LifeShields in Privatbesitz als Gefahr für die Öffentlichkeit verbieten zu lassen. Die NAR hat uns verklagt und will die auf bundesstaatlicher Ebene installierten LifeShields wegen Verstoßes gegen den vierten Verfassungszusatz verbieten lassen – unzumutbare Durchsuchung und Beschlagnahmung. Und ich habe auf keinen von ihnen Einfluss.«

»Das ist noch nicht alles – in diesem Krieg gibt es noch eine Front«, bemerkte Goldstein. »Gegen Aurum Industries, Terabyte Laboratories, Jeffrey Horton und jeden, der auch nur ansatzweise am Bau der bereits installierten Trigger beteiligt war, laufen über sechzig Schadenersatzklagen.«

»Sechzig!«

»Ich fürchte, das ist erst der Anfang. Ich glaube, es gibt einen koordinierten Versuch, den Trigger loszuwerden, indem man die Herstellung oder die Installation unerschwinglich macht. Und es wirkt als eine Art Erpressung, noch bevor der erste Fall überhaupt verhandelt worden ist – wir wissen, dass bereits mehr als hundert private Installationen freiwillig abgeschaltet oder ausgebaut worden sind.«

»Weil die Besitzer mehr Angst vor einer Klage haben als davor, dass jemand getötet wird.«

»Darauf läuft es hinaus.«

Breland seufzte. »Wissen Sie, Aron, ich habe nie so richtig an Freud geglaubt, aber inzwischen bin ich fast schon so weit, ihm zuzustimmen – der Kult, den Männer um ihre Waffen treiben, und die völlig unsinnige Reaktion einiger Männer, wenn sie fürchten, sie aufgeben zu müssen …«

»Ich weiß, worauf Sie hinauswollen. Als ob man sie kastrieren wollte. Als würden sie dadurch impotent werden.«

»Es klingt so absurd, und doch …« Breland schüttelte den Kopf.

»Jetzt ist es wohl zu spät, um eine regelmäßige Untersuchung des Geisteszustandes als Standardleistung der Krankenkassen vorzuschreiben.«

Breland musste lachen. »Die andere Erklärung, die ich gehört habe, ist sogar noch deprimierender – dass wir mit dem Trigger gegen einen biologisch vorgegebenen Egoismus ankämpfen, gegen den angeborenen Trieb, sich Macht verschaffen und die Familie verteidigen zu wollen. Ein britischer Anthropologe hat mir einen langen Aufsatz mit seiner Analyse geschickt: Der Widerstand kommt von Männern, die mich als Bedrohung und nicht als höherrangigen Mann ihres Stammes sehen. Sie wollen sich nicht unter meinen Schutz stellen und klammern sich an das, was sie ihrer Meinung brauchen, um sich zu schützen.«

»Das klingt wie die Anfänge einer Revolution.«

»Finden Sie? Dass ich so schwach aussehe, so schwach *bin*, ist vielleicht das Einzige, was uns bis jetzt davor bewahrt hat. Sie sind der Meinung, dass ich schon tödlich verwundet bin. Sie glauben, dass sie bereits gewonnen haben. Und zurzeit würde es mir auch schwer fallen, das zu bestreiten. Deshalb bin ich hier – ich brauche ein Druckmittel. Ich suche nach einer Möglichkeit, um ihnen das Gegenteil zu beweisen.«

»Ich verstehe nicht ganz, was Sie meinen.«

»Wie Sie wissen, habe ich die kompletten theoretischen und technischen Unterlagen für den Trigger an fünf staatliche Forschungslabors weitergegeben – vier gehören dem Militär, eines ist dem Justizministerium unterstellt. Inzwischen weiß ich, dass ich von keinem der Labors Hilfe erwarten kann. Ihre Arbeit wird von den Leuten kontrolliert, die sich vom Trigger bedroht fühlen, und sie nehmen ihn auseinander, um zu lernen, wie man dagegen ankommt – und nicht, um ihn zu verbessern. Ich kann nichts dagegen tun – es ist so, als würde man eine Herde Wölfe für die Schafschur anheuern.«

»Jetzt verstehe ich. Sie wollen wissen, was *wir* für Sie tun können.«

»Ich würde es mit etwas mehr Verzweiflung formulieren – ich flehe Sie an, einen Weg zu finden, um mir zu helfen. Ich brauche einen besseren Trigger, Aron. Einen Trigger, der besser und sicherer ist. Ich brauche einen, der auch bei den exotischen Sprengstoffen wirkt, die jetzt zunehmend ins Gespräch kommen. Ich brauche einen, der Sprengstoffe so behandelt wie die aktuelle Version Schwarzpulver. Ich brauche einen, der uns so sicher macht, dass die Generäle auch ohne ein Waffenarsenal in der Hinterhand leben können. Ich brauche ein Druckmittel. Ich brauche eine Antwort – wenn ich keine finde, wird die Abrüstung in den Geschichtsbüchern landen und zusammen mit der Prohibition als noble Idee genannt werden, die wir nicht verwirklichen konnten.«

Goldstein runzelte die Stirn, sodass sein Gesicht mit tiefen Sorgenfalten überzogen war. »Haben Sie mit Senator Wilman darüber gesprochen?«

»Grover ist Anfang der Woche zu mir gekommen. Er

hatte eigene Sorgen und ebenfalls keine Antworten. Es war kein sehr optimistisches Gespräch.«

»Aber die Labors im Ausland …«

»… haben bis jetzt nicht mehr tun können, als das ursprüngliche Design zu verbessern. Grover sprach von einer theoretischen Hürde, einem fehlenden Stück.«

»Mr. President, ich versichere Ihnen, dass wir nichts zurückgehalten haben.«

»Das weiß ich. Aber der Original-Trigger ist Ihre Schöpfung gewesen – niemand weiß mehr darüber als Ihre Leute.«

»Das mag ja stimmen. Aber Dr. Horton hat Urlaub …«

»Dann wird es Zeit, dass er sich wieder an die Arbeit macht«, sagte Breland scharf.

Goldstein runzelte die Stirn. »Die Sache ist die – Dr. Horton hat keinen sehr engen Kontakt zu uns gehalten.«

»Sie wissen nicht, wo er ist?«

»So habe ich das verstanden.«

Breland schüttelte den Kopf. »Vielleicht ist es nicht fair, Ihnen das vor die Tür zu legen, aber ich muss es leider sagen – was Sie bis jetzt getan haben, reicht nicht. Sie müssen weiterkommen. Sie müssen mir mehr geben, und das so schnell wie möglich. Wenn Sie das nicht können, werden wir mit Sicherheit scheitern – und ich weiß, dass Sie das nicht wollen.«

»Natürlich nicht. Natürlich nicht.«

Breland stand auf und ging auf die Tür zu. »Ich kann mich noch genau an etwas erinnern, das Sie damals im Oval Office gesagt haben – Sie haben gesagt, selbst wenn unsere Spezies dazu verdammt ist, Mörder und Kriegsherren zu produzieren, sollten wir übrigen es ihnen so schwer wie nur irgend möglich machen. Aber so weit sind wir noch nicht. Helfen Sie mir. Treiben Sie Ihre Leute an. Bestechen Sie sie, machen Sie ihnen Angst, motivieren Sie sie – egal was, aber tun Sie etwas, um das Beste aus ihnen herauszuholen. Denn langsam wird es dringend, Aron – und wir werden keine zweite Chance in diesem Leben bekommen.«

»Nein«, erwiderte Goldstein langsam. »Sie haben Recht. Wir haben nur diese eine Chance. Entweder wir schaffen es, oder wir bestätigen durch unser Scheitern den Pessimismus, der uns als Entschuldigung dafür dient, nicht mehr von uns zu verlangen. Entweder eine menschliche Gesellschaft oder eine zynische.« Er stand auf und hielt Breland die Hand hin. »Mr. President, ich weiß wirklich nicht, was wir tun könnten, was wir nicht bereits versucht hätten – aber ich werde es herausfinden und dafür sorgen, dass wir es schaffen.«

Goldstein begleitete den Präsidenten nach draußen und wartete, bis die Osprey abgehoben hatte. Dann griff er nach seinem KomSet. »Captain Hill? Machen Sie das Flugzeug startklar – wir fliegen nach Princeton.«

In der Osprey griff Mark Breland ebenfalls nach seinem KomSet, das über eine sichere FedNet-Verbindung mit einem Stimmerkennungs-Manager verfügte. »Hier spricht der Präsident«, sagte er.

Da im Hintergrund das Geräusch der Triebwerke zu hören war, dauerte es einige Sekunden, bevor er das vertraute ›Bestätigt‹ hörte.

»Direktor des militärischen Nachrichtendienstes.«

»Paging erfolgt. Verbindung wird hergestellt.«

Breland hörte eine andere Stimme. »Ja, Mr. President?«

»Mr. Hilger, würden Sie bitte den Mitarbeiter zuschalten, der für das Trigger-Projekt zuständig ist?«

»Einen Moment, Sir.« In der kurzen Pause, die nun folgte, konnte Breland beim Zuschalten der dritten Verbindung eine leichte akustische Veränderung feststellen. »Monica Frances ist jetzt zugeschaltet.«

»Gut«, sagte Breland. »Ich habe eine Frage an Sie beide. Aron Goldstein hat mir gesagt, dass er nicht weiß, wo Dr. Jeffrey Horton ist. Wissen *wir*, wo er ist?«

»Es liegt weder ein Auftrag für Personenschutz noch eine Sicherheitsüberwachung für ihn vor«, erwiderte Hilger.

»Warum nicht?«

»Ich habe die Überwachung einen Monat, nachdem Dr. Horton in Urlaub gegangen ist, eingestellt. Wir mussten sehr viel Personal dafür aufwenden, außerdem gab es keinerlei Risikoindikatoren. Monica, können Sie dem Präsidenten mehr sagen?«

»Wir führen natürlich Protokoll über den Verbleib von Dr. Horton. Aber es liegen kaum Einträge vor. Er wurde zuletzt vor 23 Tagen gesehen.«

»Dann wissen wir also auch nicht, wo er ist.«

»Nein, Sir.«

»Finden Sie ihn. Und während Sie ihn suchen, sollten Sie sich auch gleich überlegen, wie Sie an ihm dranbleiben, wenn Sie ihn gefunden haben.«

»Sir, kann ich davon ausgehen, dass Dr. Horton uns bei beidem nicht helfen wird?«

»Das ist richtig. Die Suche nach Dr. Horton hat absoluten Vorrang – setzen Sie sämtliche Ressourcen ein, die Sie brauchen, menschliche und technische.«

Hilger räusperte sich. »Ja, Mr. President. Wir kümmern uns darum.«

Da kein anderes Flugzeug am kleinen Terminal des Flughafens von Princeton war, gab es auch keine Taxis mehr. Goldstein wollte nicht warten, bis ein Wagen gerufen wurde, sondern ging schnurstracks zu der einzigen Autovermietung in der Halle und hämmerte so lange mit den Fäusten auf die Theke, bis ein verwirrter Angestellter – den Goldstein offenbar aufgeweckt hatte – aus einem Hinterzimmer kam. Er gab sich ohne Einwände mit einer cremefarbenen Limousine zufrieden und behielt für sich, dass sein Führerschein ein Nachtfahrverbot enthielt und er seit mehr als fünf Jahren nicht mehr selbst Auto gefahren war.

Der einzige freie Besucherparkplatz vor der Fuld Hall des Instituts war ein Behindertenparkplatz. Anstatt das automatische Abschleppen zu riskieren, ließ Goldstein den Wagen mit laufendem Motor am Bordstein stehen.

»Entschuldigen Sie«, sagte er zu der Frau, die hinter

dem Empfang saß. »Können Sie mir sagen, wo ich Dr. Brohier finde?«

»Es tut mir Leid – Dr. Brohier ist für Besucher nicht zu sprechen. Aber Sie können gern eine Nachricht für ihn hinterlassen.«

Goldstein warf einen Blick auf die Kommunikationszentrale. »Was soll das heißen? Warum ist er nicht zu sprechen? Hat er sein ›Bitte nicht stören‹-Schild herausgehängt? Schläft er? Ist er nicht auf dem Campus – was ist mit ihm?«

»Es tut mir Leid – mir liegen keine weiteren Informationen vor. Ich schlage vor, Sie hinterlassen eine Nachricht für Dr. Brohier und vereinbaren ...«

»Miss, wenn ich eine Nachricht für ihn hinterlassen wollte, hätte ich das schon längst getan. Dr. Brohier arbeitet für mich.«

»In diesem Fall haben Sie vermutlich mehr Möglichkeiten als ich, ihn zu erreichen«, erwiderte sie mit unerschütterlicher Freundlichkeit. »Es tut mir Leid, dass ich Ihnen nicht weiterhelfen konnte. Sie verstehen sicher, dass das Institut sehr darum bemüht ist, ein ideales Umfeld für ...«

»Ja, ja, ja«, sagte Goldstein ungeduldig. »Aber *Sie* müssen verstehen ...«

»Entschuldigen Sie, Sir«, sagte eine Stimme im Hintergrund. »Ist das Ihr Elite, der draußen auf der Straße parkt?«

Goldstein drehte sich um und sah in das Gesicht eines großen Mannes, der eine sandfarbene Uniform trug. »Ja.«

»Sie müssen ihn wegfahren, Sir. Er behindert den Verkehr.«

Goldstein runzelte die Stirn, unterdrückte dann aber den ersten Gedanken, der ihm durch den Kopf geschossen war. »In Ordnung«, erwiderte er scheinbar gelassen. »Ich fahre ihn sofort weg.«

Als er das Auto erreichte, stieg er ein, schlug die Tür hinter sich zu und saß einen Moment lang völlig reglos da, während er mit seinem Blick ein Loch in das Armaturenbrett bohrte. Er hatte seinen Besuch im Institut diskret und unauffällig machen wollen und geplant, so unsichtbar wie möglich in die Stadt zu kommen und wieder daraus zu verschwinden, weil er nichts dem Äther anvertrauen wollte, wo von denen, die ein besonderes Interesse an den Erfindern des Triggers hatten, alles abgefangen, aufgenommen und entschlüsselt werden konnte.

Aber Karl war hinter einer Mauer versteckt, die nicht nur aus Etikette und Protokoll, sondern auch aus Terabytes eigenen Sicherheitsmaßnahmen bestand. Brohiers Adresse tauchte in den Unterlagen von Terabyte nirgends auf. Es gab keine Notwendigkeit dafür. Geld wurde anonym auf Konten überwiesen, Informationen gelangten auf verschlungenen Wegen zu Bildschirmen und Druckern, und Materiallieferungen wurden über zahlreiche tote Briefkästen abgewickelt.

Goldstein hatte nur zwei Möglichkeiten – entweder er versuchte, ein Loch in die Mauer zu brechen, oder er wartete, bis Brohier von selbst dahinter hervorkam.

Doch genau genommen gab es nur eine Möglichkeit.

Mit aufheulenden Motoren und kreischenden Reifen, die einem 17-Jährigen alle Ehre gemacht hätten, setzte er den Wagen in Bewegung und lenkte dann scharf nach rechts. Die Vorderräder machten einen Satz über den Bordstein und gruben sich in den Rasen. Goldstein blieb sitzen und wartete.

Er brauchte nicht lange zu warten. Nach wenigen Sekunden kam der große Sicherheitsbeamte aus dem Haupteingang des Gebäudes gelaufen, gefolgt von einer sehr viel kleineren Sicherheitsbeamtin. Beide rannten schnurstracks auf Goldstein zu, zogen aber nicht die Waffe. Als sie neben der Fahrertür stehen blieben, ließ Goldstein das Fenster ein kleines Stück herunter.

»Das ist ja unerhört«, sagte er sofort und gab ihnen damit keine Möglichkeit, selbst etwas zu sagen. »Ist das Ihre Vorstellung von Sicherheit, Officer Walsh? Was hätten Sie gemacht, wenn ich ein Terrorist mit einer Autobombe gewesen wäre? Ich hätte die Stufen hinauffahren und das ganze Gebäude in die Luft jagen können.«

»Sir, fahren Sie sofort den Wagen weg«, forderte ihn die Sicherheitsbeamtin auf. »Wenn Sie es nicht tun, müssen Sie mit einer Verhaftung wegen unbefugten Betretens und Sachbeschädigung rechnen …«

»Mit Drohungen werden Sie die Missstände hier auch nicht verschleiern können. Du meine Güte, eine mittelgroße Autobombe hätte gereicht, um den durchschnittlichen Intelligenzquotienten dieses Planeten innerhalb einer Sekunde um zwanzig Punkte sinken zu lassen. Ich weiß, dass Sie hier kein LifeShield installiert haben, weil die Direktoren so unklug gewesen sind, unser Angebot abzulehnen. Aber hat denn hier noch niemand etwas von kontrolliertem Zugang oder Betonhindernissen gehört? Diese Straße sollte an beiden Enden geschlossen sein, und außerdem brauchen Sie jemanden, der Fremde im Auge behält und etwas mehr zu bieten hat als nur ein Stirnrunzeln und einen unverschämten Ton, wenn mal einer ungemütlich wird.«

Officer Walsh wollte die Tür des Wagens öffnen, musste aber feststellen, dass sie abgesperrt war. »Für den unverschämten Ton sorgen Sie selbst, Sir. Würden Sie uns jetzt bitte sagen, wie Sie heißen und was Sie hier wollen?«

»Mein Name ist Aron Goldstein.« Er sah die Zweifel in ihren Gesichtern und seufzte. »Genau, *der* Goldstein – lassen Sie sich von dem Auto nicht täuschen. Es ist ein Mietwagen. Ich bin gerade mit dem Flugzeug angekommen und muss dringend mit Dr. Brohier sprechen. Ich bin mir durchaus bewusst, dass Sie versuchen, die Mitglieder oder Gäste oder was auch immer vor Störungen zu schützen, aber es ist sehr wichtig – es ist sogar so wichtig, dass ich nach Möglichkeiten suchen werde, meine Wut abzureagieren, wenn ich nicht endlich etwas Unterstützung bekomme. Ich tue das, indem ich Geld ausgebe, um den Menschen Schwierigkeiten zu machen, die mir Schwierigkeiten machen. Was meinen Sie – wie viele Schwierigkeiten kann ich mit dem Gewinn eines Tages kaufen?«

Die Sicherheitsbeamten sahen sich fragend an. »Können Sie sich ausweisen?«, fragte die Frau dann.

Goldstein gab ihr wortlos seine SmartID. Er sah zu, wie sich ihr Gesichtsausdruck veränderte, als sie die Karte durch ihren Scanner zog und einen Blick auf den Bildschirm warf.

»Und Sie wollten Dr. Brohier sprechen?«, fragte der Sicherheitsbeamte.

»Willis, nicht …«

»Wie oft soll ich es denn noch sagen?«, wollte Goldstein wissen.

»Ich glaube, Sie kommen zu spät.«

»Was meinen Sie damit?«

»Dr. Brohier hat uns heute Morgen mitgeteilt, dass er abreisen will«, sagte der Sicherheitsbeamte. »Ich glaube, er und Dr. Sam wollten zusammen irgendwohin.«

»Wohin? Und wer ist Dr. Sam?«

»Einen Moment, bitte.« Der Sicherheitsbeamte senkte den Kopf und aktivierte den Kinnschalter für sein Funkgerät. »Steven, hier ist Willis – hat sich Dr. Sam schon ausgetragen?« Er hörte einen Moment zu, dann sagte er: »Vor zwanzig Minuten? Danke.« Willis beugte sich nach unten, um durch das Fenster des Wagens sehen zu können. »Vielleicht ist es doch noch nicht zu spät. Versuchen Sie es bei den Mitarbeiterwohnungen, in der Straße, die von der Old Lane abzweigt.« Er deutete Richtung Osten. »Dr. Brohier war in 51.«

Goldstein nickte und legte den Rückwärtsgang ein. »Tut mir Leid wegen des Rasens – mir ist der Joystick aus der Hand gerutscht. Schicken Sie die Rechnung für den Gärtner an Aurum Industries.«

Goldstein entdeckte sie nur, weil er wusste, dass er nach zwei Männern suchen musste. Sonst hätte er das Stoppschild an der Old Lane beachtet. Sonst hätte er dem Taxi, das gerade über die Kreuzung fahren wollte, die Vorfahrt gelassen, anstatt Gas zu geben und ihm den Weg zu versperren. Beide Fahrzeuge gerieten ins Schleudern, Bremsen quietschten. Als das Taxi zum Stehen kam, war sein rechtes Vorderrad auf dem Bordstein, und die rechte Stoßstange klebte in der Beifahrertür des Elite. Beide Fahrer stiegen aus – der eine fluchte, der andere holte seelenruhig einen Hundert-Dollar-Schein aus der Jackentasche.

»Tut mir Leid«, sagte Goldstein, als er auf das Taxi zulief. Er winkte mit dem Schein, drückte dem plötzlich sprachlosen Taxifahrer das Geld in die Hand und ging an ihm vorbei. Er steckte den Kopf durch die offene Tür und sah auf den Rücksitz. Brohier war ziemlich blass um die Nase, und der Mann, der neben ihm saß, zitterte wie Espenlaub.

»Für einen Killer sind Sie ziemlich alt«, sagte der Fremde mit dem Mut der Verzweiflung.

»Und auch ziemlich unbewaffnet«, erwiderte Goldstein. »Karl, ich muss mit Ihnen reden.«

»Aron, was, zum Teufel, machen Sie denn hier? Sind Sie verrückt geworden? Sie hätten uns umbringen können!«

»Unsinn, Taxifahrer haben ausgezeichnete Reflexe. Steigen Sie aus, mein Wagen steht dort drüben.«

An diesem Punkt mischte sich der Taxifahrer ein. »Wenn das ein Eifersuchtsdrama unter Schwulen werden sollte, will ich nichts damit zu tun haben.«

»Darum geht es mit Sicherheit nicht. Holen Sie ihr Gepäck aus dem Kofferraum – die beiden fahren mit mir weiter.«

»He, das Taxameter läuft. Ich lasse mir doch nicht meine Fahrgäste stehlen, nicht einmal für …«

Goldstein sagte nichts, steckte ihm aber noch einen Schein zu.

»Das ist etwas anderes«, erwiderte der Taxifahrer.

»Sie wissen doch gar nicht, wo wir hinwollen«, protestierte Brohier. »Außerdem sind wir sowieso schon spät dran – wir werden unser Flugzeug verpassen.«

»Ich weiß nicht, wo Sie hinwollten. Aber ich weiß, dass Sie Ihr Flugzeug nicht verpassen werden.« Goldstein warf einen Blick auf Dr. Sam. »Bei Ihnen bin ich mir da noch nicht so sicher. Karl, in meinen Wagen – bitte.«

Brohier runzelte die Stirn, dann machte er die Tür auf. »Ich habe Sie noch nie so gesehen, Aron – also ist es wahrscheinlich besser, wenn ich erst einmal herausfinde, was in Sie gefahren ist.«

»Das gefällt mir schon besser.«

»Seien Sie nicht zu optimistisch. Geben Sie mir die Autoschlüssel, Aron.«

Brohier fuhr den Mietwagen an den Bordstein und machte so die Kreuzung frei. Der Taxifahrer folgte ihnen, ließ Dr. Sam aussteigen, stellte das Gepäck auf den Gehweg und fuhr davon.

»Also – was ist los?«, wollte Brohier wissen.

Goldstein setzte sich auf den Beifahrersitz. »Die Lage ist ernst, Karl – sehr ernst. Der Autor hat uns um unsere Hilfe gebeten. Das Stück braucht einen zweiten Akt, und wir haben nicht viel Zeit. Wir haben so viel Zeit in diese Produktion investiert, und ich will nicht, dass es vorzeitig vom Spielplan genommen wird ...«

Brohier, der völlig verwirrt war, unterbrach ihn. »Was für ein *Stück?* Wovon, zum Teufel, reden Sie?«

Goldstein beugte sich zu ihm hin und flüsterte: »Ich rede vom Präsidenten. Ich rede von dem, was wir für ihn tun.«

»Und warum reden Sie dann in Rätseln? Es sind doch nur wir zwei hier.«

»Und Ihr Freund da draußen. Wer ist er? Wie gut kennen Sie ihn?«

»Ich wollte ihn gerade in den Annex bringen – beantwortet das Ihre Frage?«

»In den Annex ...« Goldstein runzelte die Stirn. »Genau dorthin sollen Sie auch. Ich bin hier, um Sie wegzubringen, damit Sie sich wieder an die Arbeit machen.«

»Ich habe nie aufgehört zu arbeiten.«

»Am zweiten Akt?«

»Ich glaube, Sam und ich haben bereits einen ersten Entwurf dafür«, erwiderte Brohier.

»Was?«

»Wir waren auf dem Weg zur Kostümprobe. Wollen Sie uns ins Theater begleiten?«

Goldstein nickte. In seinen Augen stand neue Hoffnung. »Wir können mein Flugzeug nehmen.«

»Gut – unseres ist nämlich vor zehn Minuten gestartet.«

Brohier bedeutete dem jungen Wissenschaftler, sich auf den Rücksitz des Wagens zu setzen. »Aron, ich würde Ihnen gern Dr. Samuel Bennington-Hastings vorstellen. Dr. Sam, das ist Mr. Goldstein – er zahlt die Rechnungen. Er kommt mit uns. Oder sollte ich besser sagen, wir kommen mit ihm?«

Dr. Sam saß eingeklemmt zwischen zwei Koffern und warf Goldstein einen argwöhnischen Blick zu. »Aber nur, wenn Sie versprechen, dass er nicht fährt.«

Brohier schmunzelte, als er nach dem Joystick griff und losfuhr. »Kein Problem«, erwiderte er. »Aron und ich haben eine kleine Vereinbarung miteinander – ich fahre, er fliegt. Sie brauchen sich also keine Sorgen zu machen.«

Dr. Sam seufzte. »Ich glaube, ich habe gerade einen großen Fehler gemacht.«

»Das ist das Privileg der Jugend.« Goldstein lächelte Brohier verschwörerisch zu. »Wenn Sie in unser Alter kommen, haben Sie diese Freiheit nicht mehr.«

»Zur Zeit mache ich mir keine Gedanken darüber, welche Freiheiten ich noch haben werde, wenn ich alt bin – ich frage mich nur, ob ich überhaupt alt werde. Ich werde jetzt einfach die Augen zumachen – und Sie sagen mir, wenn es vorbei ist, ja?«

Goldstein und Brohier lachten. »Sicher, Dr. Sam«, erwiderte Brohier. »Sobald *uns* das jemand sagt.«

Dr. Gordon Greene beugte sich vor und sah sich durch das elektronische Fernglas den Prüfstand an, der tausend Meter weit weg war. Beim Bau des neuen Testgeländes war ein natürliches Becken im Boden mit Bulldozern und Sprengstoff so vergrößert worden, dass jetzt auch 360-Grad-Tests möglich waren. Das bedeutete allerdings, dass die Entfernung zu den Beobachtungsstationen und Steuerkonsolen sehr viel größer war, die auf einem Sonne und Wind gnadenlos ausgesetzten Berggrat einen Kilometer weiter südwestlich eingerichtet worden waren.

»Eine Menge Feuerkraft da draußen«, sagte Greene, der das Fernglas auf einige der mit Messgeräten bestückten

Sockel für die Testproben gerichtet hatte. Die Sockel, die jeweils von einer gewölbten Sprengwand aus Stahlbeton umgeben waren, standen nicht nur um den Prüfstand herum, sondern zogen sich auch an den Rändern der Schüssel bis zu einer Höhe von dreißig Grad entlang. Vier schräge Tunnel auf der Nordseite erweiterten die Teststruktur auf minus zwanzig Grad.

Greene hatte mit niemandem im Besonderen geredet, aber Val Bowden stand so nah, dass er ihn hörte. »Ja, Pete McGhan hat hervorragende Arbeit geleistet, als er das Material für den Test besorgt hat.«

»Es hilft, wenn man gute Beziehungen zum Quartiermeister der Armee hat«, erwiderte Greene. »Neunzig Millimeter, dreißig Millimeter, Gewehrgranaten, C-4 – wenn auch nur eine einzige Testprobe hochgeht, brauchen wir einen Monat, bis wir die Teile wieder eingesammelt haben.«

»Sagen Sie das bloß nicht, wenn Lee in der Nähe ist – nicht, nachdem Sie rund um die Uhr gearbeitet hat, um das Gelände fertig zu machen.«

Greene nickte. Bowden ging ein paar Schritte zur Seite, wo er auf Dr. Brohier traf, der gerade zuhörte, wie zwei Techniker noch einmal die Messgeräte überprüften.

»Eine Menge Feuerkraft da draußen«, sagte Bowden, nur um etwas zu sagen.

»Aber nicht mehr lange«, erwiderte Brohier gut gelaunt.

Am anderen Ende der Plattform standen Samuel Bennington-Hastings und Leigh Thayer. »Was mich verwirrt ist die Tatsache, dass wir dieses Gerät testen, obwohl wir immer noch keine richtige Möglichkeit haben, die Ausgangsleistung zu messen.«

»Wahrscheinlich liegt das daran, dass es keine Ausgangsleistung im herkömmlichen Sinn hat – es ist eher eine bestimmte Wirkung«, antwortete sie. »Aber anhand der Munition, die wir dort draußen haben, werden wir diese Wirkung sehr gut messen können.«

»So lange Sie daran denken, dass wir es hier nicht mit Naturwissenschaft zu tun haben – wir spielen lediglich mit den Legobausteinen Gottes herum.«

»Oh, Sam – Sie sind so süß, wenn Sie eifersüchtig sind«, sagte Thayer scherzend. »Jeder weiß doch, dass die Ingenieure den Teil machen dürfen, der Spaß macht. Die theoretischen Grundlagen sind nur ein winziges Teilchen der Information und ergeben erst dann einen Sinn, wenn gerade ein Ingenieur in der Nähe ist, der sich ihrer annimmt, sie mit etwas praktischer Wissenschaft kombiniert und dann so lange aufpäppelt, bis aus ihnen eine neugeborene Babytechnologie geworden ist.«

Als sie fertig war, hatte Bennington-Hastings einen knallroten Kopf. »Ich hoffe nur, dass Sie Safe-Annex praktizieren«, war das einzige, was er herausbrachte.

»Sie sind ein merkwürdiger Mensch, Dr. Sam.«

Bennington-Hastings strahlte. »Ich danke Ihnen für das Kompliment.«

Aron Goldstein und Grover Wilman, der als Letzter gekommen war, hatten sich ein Plätzchen im hinteren Teil der Plattform gesucht, wo sie niemandem bei den Vorbereitungen zum Test im Weg waren.

»Ich bin ziemlich nervös«, gestand Goldstein. »Ich frage mich, ob sie das Ganze nicht überstürzen, nur weil wir hier sind.«

»Haben Sie Angst, dass wir ihnen Unglück bringen, Aron, nur weil wir hier stehen und es uns so sehr wünschen? Die ersten Tests sind sehr vielversprechend gewesen.«

»Mein Mutter glaubte, dass Gott sich große Sorgen um unsere Bescheidenheit macht und daher Enttäuschungen verteilt, wenn wir mehr erwarten als das, was uns vom Schicksal zugedacht worden ist«, entgegnete Goldstein. »In der Regel erwarte ich lieber weniger und lasse mich dann positiv überraschen, als zu viel zu erwarten und enttäuscht zu werden – aber wenn ich Schwierigkeiten habe, meine Erwartungen in Zaum zu halten, denke ich an die Warnung meiner Mutter.«

Wilman seufzte. »Aron, wenn Sie glauben, dass ein gutes Ergebnis dort unten mehr ist als das, was uns vom Schicksal zugedacht wurde, muss ich Ihnen leider einen kleinen Vortrag über die Geschichte der Neuzeit halten. Auf der einen Seite der Bilanz haben wir zwei Weltkriege, zwanzig regional begrenzte Kriege, hundert Bürgerkriege und zahllose Völkermorde aus rassistischen, religiösen und politischen Gründen …«

»Aber haben wir dieses Unglück nicht zum größten Teil selbst verschuldet?«

»Oh, daran waren die Männer mit den Waffen schuld. Sie sind es gewesen, die bis jetzt gesagt haben, wo es langgeht. Aber für sie sind wir jetzt nicht hier – wir sind hier für den Rest der Welt, für die Menschen, die geblutet und gelitten haben, für die Menschen, die gestorben sind.« Er legte Goldstein die Hand auf die Schulter. »Nein, ich verspreche Ihnen, dass die Bilanz dadurch nicht ausgeglichen wird. Wir wollen nicht zu viel – das hier ist ein Krümel, eine symbolische Zahlung gegen Kredit, ein einziger Kuss nach zehntausend Schlägen. Sie brauchen keine Angst davor zu haben, es sich mit aller Kraft zu wünschen.«

Goldstein deutete in die Richtung der Stelle, wo Brohier und Thayer standen. »Der Countdown hat angefangen.« Er griff nach seinem Fernglas. »Bald werden wir wissen, ob Sie Recht haben.«

An diesem Tag machte etwas Geschichte, das nicht passierte.

Um genau 14:10:00, als die Sonne in einem idealen Winkel für die Videorekorder stand, wurde der auf einen Trigger vom Typ Mark I montierte J1-Prototyp für eine Zwanzigstelsekunde bei Höchstleistung aktiviert. Die Spannung war lediglich im Vorfeld zu spüren – der Moment selbst war so schnell vorbei, dass selbst ein nervöses Augenzwinkern länger dauerte. Aber in dieser kurzen Zeit wurden die auf den Testsockeln montierten Munitionsproben und Knaller einem Phänomen ausgesetzt, das Brohier scherzhaft als ›bolometrisches, intermodulierendes Strukturintegrationsfeld‹ bezeichnet hatte.

Von den Beobachtern auf der Plattform war nur Brohier in der Lage, sich vorzustellen, was mit der Struktur des

Materials während der kurzzeitigen Bestrahlung geschah. Bennington-Hastings dachte in mathematischen Formeln, nicht in Metaphern. Er sah die Ausgeglichenheit einer Gleichung in etwa so, wie ein tauber Komponist Musik ohne Instrumente hörte – als das Wesentliche, das keiner Übersetzung in etwas Konkretes bedurfte. Die anderen waren Gefangene des Atommodells, das ihre Vorstellungskraft am meisten beeinflusste, denn weder die Welt der Orbitalelektronen noch die Welt der Quantenunbestimmtheit hatte Platz für die spontane Umwandlung von Elementarmaterie.

Aber in Brohiers Gedankenwelt gab es keine Elementarmaterie mehr. Sie war als beruhigende Erklärung entlarvt worden, die das bestätigte, was unsere Sinne uns sagten. Materie war lediglich eine Ableitung, ein untergeordnetes Phänomen. Die grundlegenden Bestandteile waren Energie und Informationen. Informationen brachten Energie in eine bestimmte Form, so wie der Wille des Menschen einen Entschluss in die Tat umsetzte. Änderte man die Informationen, wurde auch die Form geändert, während die Substanz an sich gleich blieb.

Brohier kam es vor, als wären Informationen der Wille des Universums, mit dem es seiner Substanz eine bestimmte Ordnung aufzwang – eine Ordnung, die die spontane, explosive Umwandlung mit sich gebracht hatte, die fälschlicherweise als der Moment der Schöpfung angesehen wurde. Energie war älter als Informationen, aber ohne Informationen formlos und zeitlos, und älter als Materie, aber ohne Materie hilflos und nutzlos. Folgte man dieser neuen, provokativen Auffassung, war der Urknall nicht die Geburt des Universums, sondern die Geburt seines Bewusstseins.

Und mit der für Menschen typischen Anmaßung versuchten er und sein Team, sich in den Mechanismus einzuschalten, durch den sich das Universum selbst geschaffen hatte und durch den es sich am Leben erhielt. Sie versuchten, dem Geist des Universums etwas ins Ohr zu flüstern, schlugen ihm vor, einen Gedanken durch einen anderen zu ersetzen, ein Muster durch ein anderes. Sie hofften, dass die Eigenschaften von Materie im Hier und Jetzt noch genauso willkürlich waren wie im Moment der kosmischen Inflation, um beweisen zu können, dass Quantenunbestimmtheit lediglich ein Hinweis für die kosmische Formbarkeit war.

Brohier wusste bereits, dass sie die Informationsstruktur gebundener Energie durcheinander bringen konnten – das war, wie er inzwischen begriffen hatte, das Funktionsprinzip des Triggers. Jetzt musste die Frage beantwortet werden, ob sie diese Informationsstruktur kontrolliert *verändern* konnten. Aber diese Frage konnten sie nur stellen, wenn sie von einer unveränderbaren grundlegenden Ordnung ausgingen. Sie vermuteten, dass eine lokale Änderung auch lokal bleiben würde und dass die Energie so gebunden blieb, wie dies Dr. Sams Gleichungen versprachen.

Falls nicht, würden das Testgelände, der Annex, einige Verwaltungsbezirke von Mittelnevada und vielleicht noch sehr viel mehr in der blauweißen Hitze verschwinden, die in der entfesselten Wut des Chaos über sie hereinbrechen würde. *Heute*, dachte Brohier, *heute werden wir entweder den Göttern ähnlich, oder wir werden sie kennen lernen.*

Für Brohier war das die Dramatik des Augenblicks – nicht die Militärmunition auf dem Testgelände oder die gleichermaßen explosive Machtpolitik, die hinter ihrem Projekt steckte. Und deshalb war die Ruhe nach der ersten Phase des Testprotokolls für Brohier das Schönste, was er seit langem gehört hatte. Sie würden erst später erfahren, was in dieser Zwanzigstelsekunde passiert war, aber das, was nicht passiert war, ließ Brohier erleichtert aufatmen.

Es dauerte fast dreißig Minuten, bis Pete McGhans Team, das Ganzkörper-Bombenschutzanzüge trug, den neuen, ferngesteuerten APC-117 in das Testgelände gebracht und ein Drittel der ausgelegten Testproben auf seiner Ladefläche verstaut hatte. Die Proben wurden vor Beginn der zweiten Testphase vom Gelände genommen – ein Teil sollte analysiert werden, der Rest wurde zum neuen Schießplatz gefahren, wo er für die letzte Phase des heutigen Testprotokolls gebraucht wurde. Auf der Beobachtungsplattform wurde in dieser Zeit nur wenig geredet, da eine fast schon abergläubische Vorsicht herrschte.

Als McGhans Team die Testzone geräumt hatte, begann ein zweiter Countdown, nach dessen Ablauf das Testgerät und der Mark I gleichzeitig für fünf Sekunden aktiviert werden sollten.

Sämtliche für den Test verwendeten Munitionstypen wurden vom Trigger beeinflusst, und mehr als einer der Zuschauer machte sich darauf gefasst, gleich von einem Sperrfeuer aus Explosionen aufgeschreckt zu werden. Aber wieder kam und ging der Moment, ohne dass etwas geschah. Es gab keine Explosionen, keine Flammen, nicht einmal die kleinen Rauchfähnchen, von denen die Zerlegung bestimmter Verbindungen begleitet wurde.

In der zweiten Pause war es schon schwieriger, die Aufregung unter Kontrolle zu halten. Die in normaler Lautstärke geführten Gespräche blieben sachlich. Aber als McGhans Team ausrückte, um das zweite Drittel der Munition einzusammeln, hörte Brohier von allen Seiten aufgeregtes Flüstern und Gemurmel. Dann stand plötzlich Gordon Greene neben ihm und stieß ihn mit dem Ellbogen an.

»Langsam wird es interessant«, sagte Greene leise. »Aber ich kann Ihnen beim besten Willen nicht sagen, ob der letzte Techniker, der draußen auf dem Testgelände gewesen ist, nicht aus Versehen über das Verlängerungskabel gestolpert ist und den Stecker herausgezogen hat.« Er lächelte spitzbübisch, dann ging er wieder und ließ Brohier mit seinen Gedanken allein.

Jeder der drei Tests, die an diesem Tag durchgeführt wurden, hatte einen anderen Zweck. Beim ersten ging es um die Sicherheit des Systems. Sie fanden dabei heraus, dass der J1 scharfe Sprengstoffe und Treibmittel nicht in der Art und Weise destabilisierte, wie dies der Trigger tat. Beim zweiten ging es um die Wirksamkeit des Systems. Er erbrachte, dass der Trigger die Proben nicht destabilisieren konnte, wenn der J1 aktiviert war.

Jetzt musste noch die Frage geklärt werden, ob es einen

Gedächtniseffekt gab. Nach einem Blick auf die mathematischen Gleichungen hatte Dr. Sam steif und fest behauptet, dass dem so sei. Nach einem Blick auf die Rückstandsanalysen von mehreren hundert Trigger-Tests hatte Dr. Brohier starke Zweifel daran geäußert. Um die Frage zu beantworten, hatten sie eine Testreihe geplant, bei der die Testproben lediglich mit dem Mark-I-Trigger bestrahlt wurden, von einer Hundertstelsekunde bei zehn Prozent Leistung bis zu drei vollen Sekunden bei hundert Prozent Leistung. Das Profil sah neunzig Einzeltests vor, aber da das Testprotokoll vom Computer gesteuert wurde, würde es kaum fünf Minuten dauern, bis diese Phase des Tests beendet war.

»Ablaufsteuerung bereit«, meldete Leigh Thayer. »Testgelände geräumt. Dr. Brohier?«

»Wegen mir brauchen Sie nicht zu warten.«

»Dann also los.«

In dem Moment, in dem sie die Ablaufsteuerung aktivierte, brachen sämtliche Gespräche auf dem Bergkamm ab. Selbst der Wind schien den Atem anzuhalten, als aus Sekunden die erste Minute wurde, dann die zweite, dann die dritte. Jedes verfügbare Fernglas war auf den Prüfstand gerichtet. Diejenigen, die kein Fernglas hatten, drängten sich um die Datenstation und sahen gebannt auf die Bildschirme.

Unter ihnen war auch Bennington-Hastings, der wie ein ungeduldiges Kind von einem Fuß auf den anderen trat. Als er bemerkte, dass Brohier in seine Richtung sah, strahlte der junge Mathematiker seinen älteren Kollegen an und hielt den Daumen in die Höhe. Brohier antwortete mit einem warnenden Blick und zeigte ihm seine Hände, deren Daumen gedrückt waren.

»Wir sind bei voller Leistung.« Leigh Thayers Stimme zitterte vor Aufregung. Um sie herum fingen einige an, zaghaft zu lächeln.

Für Brohier war die letzte Minute eine Qual – er fühlte sich, als hätte ihm jemand einen Draht um die Brust gelegt, der sich mit jedem Atemzug enger zusammenzog. Selbst wenn der Prüftstand in der nächsten Sekunde in die Luft flog, konnte man den Test noch als Erfolg bezeichnen. Aber plötzlich wollte er alles, wollte, dass Dr. Sam Recht hatte und die vom J1 bestrahlte Munition stabil war, nur damit die wundervolle Symmetrie der Gleichungen erhalten blieb, nur damit der Moment so perfekt endete, wie er begonnen hatte. Und schließlich konnte er überhaupt nicht mehr atmen. Seine Lungen brannten, und sein Kopf dröhnte, als seine Hoffnung immer größer wurde und sich nicht mehr von der Angst vor den Folgen seiner Hochmut eindämmen ließ.

Dann war es endlich vorbei. »Das ist alles«, sagte Lee leise. »Wir sind fertig.«

Um ihn herum brach Jubel aus, und die Anspannung verwandelte sich in lauten, begeisterten Beifall. Inmitten des Tumults lehnte sich Brohier mühsam gegen ein Geländer und schaffte es irgendwie, Luft in seine Lungen zu zwängen und zu atmen. Die Stimmen der anderen drangen wie aus weiter Ferne zu ihm.

»Ich muss meinen Makler anrufen und ihm sagen, dass er die Remington-Aktien verkaufen soll …«

»Dafür ist es jetzt sowieso zu spät – behalt sie und bete, dass irgendwann einmal Sammlerstücke daraus werden.«

»Haben wir es geschafft? Haben wir es wirklich geschafft?« Ich glaube, wir haben es geschafft …«

»Ja, und da ich meine Wette gewonnen habe, möchte ich jetzt sofort den Gewinn haben.«

»He, Gordie, sind Sie sicher, dass Sie die Batterien richtig herum reingesteckt haben?«

»Wir können ja zum Schießplatz gehen und es herausfinden.«

»Leute, wir sind noch nicht ganz fertig. Alle, die an den Steuerkonsolen gearbeitet haben, schalten jetzt ab und fangen mit den Testberichten an. Alle anderen – der Bus wartet unten am Fuß des Hügels.«

Brohier stützte sich auf Val Bowdens Arm, als er die steile Treppe aus Stahl hinunterstieg und auf einen der Sitze im Minibus kletterte.

Leigh Thayer drehte sich um und warf ihm einen fragenden Blick zu. »Geht es Ihnen gut, Karl? Möchten Sie vielleicht zurückfahren?«

»Es liegt an der Hitze – sie setzt mir ziemlich zu. Außerdem habe ich Kopfschmerzen wegen der Sonne. Aber ich bin in Ordnung – die Klimaanlage hilft schon. Wir können ruhig weitermachen.«

Lee sah zwar nicht sehr überzeugt aus, drehte sich aber wieder zum Fahrer hin. »Wir können fahren.«

McGhans Team hatte schon alles vorbereitet, als der Minibus am Schießplatz ankam. Für jedes Kaliber von Munition und jede Zusammensetzung von Treibmitteln lag die entsprechende Waffe bereit, und vor jeder Waffe stand ein Mann in einem Schutzanzug. Die Sprengstoffproben lagen in kleinen, etwa 150 Meter entfernten Gruben. Sie waren mit frischen Initiatoren ausgerüstet und mit einem elektrischen Zünder verkabelt worden.

»Ich würde Ihnen wärmstens empfehlen, in das hässliche Ding da zu steigen und von dort aus zuzusehen«, sagte McGhan und deutete auf den gepanzerten Mannschaftstransportwagen. »Wir haben zwei Periskopmonitore im Innern installiert, damit Sie nichts verpassen – aber alles dürfte Sie verpassen.«

Brohier wehrte ab. »Mir gefällt die Aussicht von hier. Wenn Sie fertig sind, können Sie jederzeit anfangen, Mr. McGhan.«

Danach wollte keiner mehr in den Mannschaftstransportwagen. Sie stellten sich alle neben Brohier und den Minibus, während McGhan zum Ende des Schießplatzes lief, kurz über Funk mit dem für die Sicherheit zuständigen Mann sprach und dann die rote Flagge hisste.

Wegen der Möglichkeit von Fehlzündungen hatte McGhan den Schießplatz mit einer ganzen Batterie von Revolvern, Karabinern mit Hebelabzug und halbautomatischen Gewehren ausgerüstet. Während der nächsten Minuten zeigte sich, dass das eine kluge Entscheidung gewesen war. Ein Mann nach dem anderen klickte sich durch eine volle Ladung Munition, dann setzte er seine Waffe ab, ohne auch nur einen Schuss abgegeben zu haben, manchmal mitten in einem kleinen Häufchen ausgeworfener Blindgänger.

Die Sprengstoffe reagierten genauso. Drei Raketengranaten bohrten sich in einen Hügel, wo nichts weiter geschah, als dass kleine Wölkchen aus rötlichem Staub in die Luft stiegen. In einer Testgrube nach der anderen floss der Strom wirkungslos durch Schaltkreise. Unbehandelte Zündhütchen ließen Sprengstoffproben zersplittern, konnten sie aber nicht zur Explosion bringen. Stahlbolzen versagten kläglich, als sie auf die Spitzen von Gefechtsköpfen fielen, und gasbetriebene Rammklötze zerquetschten Plastiksprengstoff ohne einen Laut zu Blöcken, die nicht mehr zündeten.

Mit jedem Blindgänger nahm das Gewicht auf Brohiers Schultern ab, bis er sich schließlich merkwürdig leicht und ruhig fühlte – wie ein Ballon, der an einer Zimmerdecke hing. Als McGhan die rote Flagge herunterholen ließ und überall auf dem Schießplatz lautes Jubelgeschrei ausbrach, stimmte Brohier nicht mit ein. Er konnte nur noch glücklich lächeln, weil er Angst hatte, dass er bei noch mehr Überschwänglichkeit einfach davonschweben würde.

Niemandem, nicht einmal Brohier selbst, fiel auf, dass sein Zustand äußerst bedenklich war. Plötzlich stand Gordon Greene vor ihm, griff nach seiner Hand und schüttelte sie energisch. Auch Grover Wilman war da und sagte etwas zu Brohier, dass dieser nicht richtig hören konnte. Dann stürzte Dr. Sam aus dem Nichts auf Brohier zu und umarmte ihn so stürmisch, dass er ihn fast zu Boden riss. Leigh Taylor rettete ihn, indem sie Dr. Sam am Kragen packte und davonschleppte – aber einen Moment später kam sie zurück und fiel Brohier selbst um den Hals. Der Kreis aus Menschen wurde immer enger und enger, bis Aron Goldstein schließlich der Anflug von Panik in Brohiers Augen auffiel.

»Macht Platz – macht Platz«, rief Goldstein, dann nahm er Brohiers Arm und führte ihn zum Minibus.

Sie setzten sich zusammen in die offene Schiebetür des Fahrzeugs, wo sich Brohier gegen den Metallrahmen lehnte.

»Geht es Ihnen gut, Karl?«

»Es ist nur alles – ein bisschen überwältigend gewesen«, erwiderte Brohier, der mit kurzen, angestrengten Atemzügen Luft holte. Er versuchte ein Lächeln. »Wer hätte gedacht, dass man sich wegen nichts so aufregen kann.«

»Nichts? So würde ich das nicht gerade nennen, alter Freund.«

Ein Schatten fiel über sie. Als Brohier den Blick hob, sah er, dass Wilman vor ihm stand. »Sie haben den Hubschrauber und einen Notarzt gerufen. Karl, kann ich etwas für Sie tun?«

»Mir geht es gut«, beharrte Brohier. »Schlimmstenfalls ein kleiner Hitzschlag, mehr nicht.« Aber als man ihm etwas zu trinken anbot, lehnte er ab. »Jemand von uns sollte den Präsidenten anrufen – ihm sagen, dass wir einen funktionsfähigen Jammer haben.«

»Ich dachte, ich fliege heute Abend zurück und sage es ihm persönlich«, erwiderte Goldstein. »Wegen der Sicherheit und so.«

»Das wird am besten sein«, meinte Wilman.

»Sicherheit«, wiederholte Brohier. »Ja – ich bin froh, dass Sie mich daran erinnert haben.« Er sah auf und blinzelte in die Nachmittagssonne. »Grover – mit diesem hier verfahren wir genauso wie mit dem letzten. Wo ist Gordon? Arbeiten Sie mit Gordon zusammen – er weiß, was zu tun ist. Verstehen Sie? Die Patente sind mir egal. Ich will keinen Penny mit dem Jammer verdienen. Jeder, der ihn haben will, kann ihn haben. Verschenken Sie ihn. Geben Sie ihnen eine Chance. Geben Sie ihnen die Chance, es besser zu machen.«

»Sie wissen doch, dass wir genau das tun werden, Karl.« Goldstein nahm Brohiers Hand und drückte sie. »Sie wissen, dass wir genau das tun werden.«

27.

Einladung in den Kreis der Großen

»Die größte Ehre, die uns die Geschichte erweisen kann, ist der Titel eines Friedensstifters. Und diese Ehre gebührt jetzt Amerika ... Wir werden in den Kreis der Großen geladen.«

RICHARD NIXON

Der Annex brauchte fünf Wochen, um ein Jammer-Modul zu entwickeln, das an den Mark I angekoppelt werden konnte, und acht weitere Wochen, bis LifeShield Arsenal die Werke 4, 5 und 9 auf die Jammer-Produktion umgestellt hatte.

Dann begann die eigentliche Arbeit – und davon gab es mehr als genug.

»Gehn wir«, sagte Tamara Dugan. Sie zerrte an dem steifen Kragen ihrer neuen, blassblauen Uniform, während sie die Klingelschilder überflog. »Hausverwaltung, D. Wright, 3-A.«

Ihr Partner nahm den Werkzeugkasten in die andere Hand. »Wenn es ein Mann ist, redest du – eine Frau übernehme ich.«

»Okay«, erwiderte sie und hob den Koffer mit der Ausrüstung. »Wir werden sowieso nach jedem Strohhalm greifen müssen, wenn wir die ausgeschalteten Installationen wieder in Betrieb nehmen wollen.«

D. Wright war ein mürrisch dreinblickender Mann mit hängenden Schultern, der doppelt so alt wie Dugan und halb so groß wie ihr Partner war.

»Mr. Wright – guten Morgen!« Sie strahlte ihn an. »Mein Name ist Tamara, und das hier ist Tony ...«

»Vertreterbesuche sind hier nicht erlaubt.«

»Ach, ich wünschte, in meinem Apartmenthaus wäre das genauso«, erwiderte Dugan schlagfertig. »Wir sind vom technischen Dienst des LifeShields und wollen Ihre

Installation aufrüsten. Man hat Ihnen doch sicher gesagt, dass wir kommen?«

»Ich habe dem Mädchen doch schon gesagt, dass wir den Trigger nicht mehr benutzen.«

»Wirklich? Und warum?«

Wright schnaubte verächtlich. »Als ob Sie das nicht schon wüssten. Er ist viel zu gefährlich. Bei uns ist ein fünf Meter langer Möbelwagen in Flammen aufgegangen, alles, was der junge Mann besessen hat, ist verbrannt, nur weil er nichts von der Installation gewusst hat. Den Schaden hat unsere Versicherungsgesellschaft bezahlen müssen, und deshalb hat sie unsere Prämien um zwanzig Prozent erhöht. Ich musste den Trigger noch am gleichen Nachmittag abschalten.«

»Warum haben Sie sich denn nicht mit uns in Verbindung gesetzt, als das passiert ist?«, wollte Dugan wissen. »Wir hätten Ihnen eine Versicherungsgesellschaft empfehlen können, die mehr Verständnis hat – das können wir immer noch, wenn Sie möchten. Aber die Aufrüstung sorgt dafür, dass so etwas nicht mehr passieren kann …«

»Ich will keine Aufrüstung. Das habe ich auch schon zu dem Mädchen gesagt, das bei mir angerufen hat.«

»Mr. Wright, wenn Sie den Vertrag lesen, den Bellwood Trace bei der Installation des Triggers unterschrieben hat, werden Sie feststellen, dass wir berechtigt sind, das System jederzeit zu warten. Dass wir Sie vorher benachrichtigt haben, war reine Höflichkeit.«

»Aber ich möchte nicht, dass Sie ihn wieder einschalten. Eigentlich können Sie ihn gleich mitnehmen, dann brauchen Sie diese Aufrüstung nicht zu machen, und ich habe wieder einen Lagerraum – den Platz können wir gut gebrauchen.«

»Mr. Wright, haben Sie sich schon die DVD angesehen, die Sie bekommen haben? Darin wird das neue Jammer-System erklärt, das wir heute installieren.«

»Glauben Sie etwa, ich hätte sonst nichts zu tun, Miss? Glauben Sie, ich sitze den ganzen Tag vor dem Bildschirm, wie diese Netsüchtigen mit ihren glasigen Augen?«

»Ich bin sicher, dass Sie hart arbeiten, Mr. Wright – wir haben auf den ersten Blick gesehen, wie gepflegt das Gebäude ist. Und wenn Sie erst einmal verstanden haben, dass die Haftungssituation jetzt völlig anders aussieht, werden Sie sicher sehr froh sein über unseren Besuch.«

Wright blickte sie misstrauisch an. »Was meinen Sie damit, die Haftungssituation sieht jetzt völlig anders aus?«

»Ganz einfach – der LifeShield macht Schusswaffen inzwischen unbrauchbar, ohne sie explodieren zu lassen, und deshalb wird es das nächste Mal, wenn es hier zu einer Schießerei kommt, und die Familie des Opfers herausfindet, dass Sie den Stecker gezogen haben, eine gewaltige Schadenersatzforderung geben. Und die wird damit enden, dass die Familie dieses Gebäude bekommt – und Sie auch.«

»Mich?«

Dugans Partner trat einen Schritt vor. »Richtig. Wenn wir die Einheit mitnehmen sollen, müssen Sie eine Verzichtserklärung unterschreiben, in der Sie bestätigen, dass das System betriebsbereit war und Sie es nicht aktiviert haben. Das steht alles im Vertrag.«

»Ich … ich muss zuerst mit meinem Büro sprechen«, sagte Wright nervös.

»Bitte, tun Sie das«, erwiderte Dugan. »Aber in der Zwischenzeit machen wir uns an die Arbeit.«

»Moment, warten Sie – das Büro ist in Bakersfield, daher kann ich erst in ein paar Stunden jemanden erreichen«, protestierte Wright.

Dugan zog eine selbstwählende Identicard aus der Schulterkarte und gab sie Wright. »Diese Nummer können Sie anrufen, während Sie warten, dann bekommen Sie Antworten auf alle Fragen, die Sie noch haben. Unser Informationsbüro ist rund um die Uhr besetzt.«

»Miss, jetzt hören Sie doch …«

»Mr. Wright, selbst wenn Sie das Risiko eingehen wollen und die Verzichtserklärung unterschreiben, müssen wir diese Einheit aufrüsten, bevor wir sie bei jemand anderem installieren. Und das werden wir jetzt machen, damit

Sie die Chance haben, das Richtige für die Bewohner hier zu tun.«

»In Ordnung«, sagte er, während er die Stirn runzelte und sich am Kopf kratzte. »Ich hole den Schlüssel.«

»Das brauchen Sie nicht – wir haben selbst einen. Wir kommen noch einmal, wenn wir fertig sind. Das System steht im Keller von Gebäude F, nicht wahr?«

»Stimmt. Biegen Sie links ab in die Foxtree Lane, und fahren Sie bis nach hinten durch.«

Sie konnten sich gerade noch beherrschen, bis sie wieder in dem rot, weiß und blau markierten LifeShield-Minibus saßen.

»O Mann«, seufzte Tony. »Ich hoffe, sie sind nicht alle so – eine halbe Stunde reden, um eine Arbeit von zehn Minuten machen zu können. Heute haben wir zwölf solcher Einsätze.«

»Für mich sah er so aus wie einer dieser Typen, die eine 45er im Nachttisch haben und nie damit üben«, sagte Dugan.

»Jetzt kann er das Ding nur noch als Briefbeschwerer benutzen.« Tony warf einen Blick über die Schulter. Die Statusanzeige des Jammers hinter ihm leuchtete grün. »Sagen wir es ihm, wenn er das System nicht wieder einschalten will?«

»Wir sagen ihm nur, dass wir das System für ein paar Sekunden aktivieren mussten, um es zu testen.«

Kurz darauf stellten Sie fest, dass sie gar keinen Schlüssel brauchten. Das Schloss war mit einem Bolzenschneider aufgebrochen worden. Als sie im Keller waren, sahen sie, dass mit dem gleichen Bolzenschneider ein halber Meter von der ummantelten Stromzuleitung des Triggers weggeschnitten worden war. Außerdem waren im Systemgehäuse vier runde Dellen mit ausgefransten Rändern zu sehen – Löcher, die von Kugeln stammten.

»Okay, ich habe ihn überschätzt – Kaliber .22«, sagte Dugan, als sie die Löcher untersuchte. »Ich glaube, in nächster Zeit werden viele Überstunden auf uns zukommen.«

»Machen wir das Ding auf«, erwiderte Tony mit einem

Seufzer. »Ich fange schon mal an, die Liste für die Ersatzteile zu schreiben.«

Das Büro des Vorsitzenden der vereinigten Stabschefs war von einem starren Protokoll umgeben und mit den üblichen Ikonen der Macht dekoriert. Als Büro eines Mannes, der an der Spitze der militärischen Pyramide stand, wirkte es auf die meisten Besucher einschüchternd. Aber Roland Steppak hatte gegen Protokoll, Tradition und Macht verstoßen und sich selbst eingeladen, um die Auseinandersetzung mit dem Mann zu suchen, der in diesem Büro arbeitete – General Donald Madison.

»Ich habe mir gestern Abend die neuesten Berichte zur Bereitschaft der Truppen angesehen, General Madison – und ich muss sagen, dass ich nach dem, was ich da gelesen habe, nicht sehr gut geschlafen habe«, erklärte der Verteidigungsminister, als er sich in einem der Sessel niederließ. Er sah abwartend zu Madison hinüber, der sich ebenfalls setzte.

»Meiner Meinung nach sind die Zahlen sehr gut«, erwiderte Madison. »Achtundachtzig Prozent unserer Flugzeuge sind einsatzbereit …«

»*Ich* habe diese Besprechung angesetzt, General – also versuchen Sie bitte nicht, das Thema zu wechseln. Und versuchen Sie nicht, noch mehr zu verschleiern. Das haben Sie im Bereitschaftsbericht bereits zur Genüge getan.«

»Ich verstehe nicht, warum Sie …«

»Nein? Sie sind also nicht der Meinung, dass es irreführend ist, wenn Sie sämtliche Sondereinsatztruppen als kampfbereit für eine Trigger-neutralisierte Umgebung bezeichnen?«

»Nein, Sir, ich glaube, dass das vollkommen legitim ist. Jeder dieser Männer absolviert ein intensives Training mit alternativen Waffen, insbesondere Messer- und Nahkampf.«

»Und jeder von ihnen bekommt immer noch eine Schusswaffe als primäre Waffe in die Hand gedrückt. Jeder Heckenschütze hat noch eine Waffe. Für jede Einheit sind Übungen auf dem Schießstand immer noch oberste Priorität. Aber keine dieser Einheiten, nicht einmal die Rangers, ist darauf vorbereitet, im Verband gegen feindliche Truppen vorzugehen.«

»Wenn es die Situation erfordert, spricht absolut nichts dagegen, die Truppen auf diese Art und Weise einzusetzen.«

»Kommen Sie schon, Donald, Sie reden nicht mit einem naiven Anwalt aus Iowa, der zum ersten Mal in Washington ist«, entgegnete Steppak barsch. »Sie und ich wissen, dass die Sondereinsatztruppen in Einheiten operieren, die eher einem Zug als einem Bataillon entsprechen. Und Sie und ich wissen auch, dass sie nicht mehr für Spezialeinsätze verwendet werden können, wenn wir sie als primäre Kampftruppen einsetzen.«

»Warum sollte das noch etwas ausmachen?«, fragte Madison mit unverhohlener Verbitterung. »Der Präsident lässt die Hälfte der Sondereinsatztruppen seit fast zwei Jahren als Wachposten und Babysitter arbeiten – das ist der beste Beweis dafür, dass ihrer eigentlichen Aufgabe keinerlei Wert beigemessen wird.«

Steppak schüttelte den Kopf. »General Madison, das ist Ihrer und dieses Amtes unwürdig. Aber vielleicht lässt sich dadurch auch der Rest des Bereitschaftsberichts erklären. Die Armee hat genau eine Kompanie, die an Langbögen ausgebildet wird, eine Kompanie, die an Kampfstöcken ausgebildet wird, eine Kompanie, die an Elektrowaffen ausgebildet wird, eine Kompanie, die an Druckluft-Pfeilgewehren ausgebildet wird – als ob wir einen Krieg mit einer Armee gewinnen könnten, die lediglich über kleine Einheiten verfügt.«

»Diese Projekte sind noch in der Entwicklung. Wir sind dabei, die Effektivität der Waffen und der Ausbildungsmodelle zu testen.«

»Das habe ich mir fast gedacht«, erwiderte Steppak. »Aber da wir gerade von Modellen sprechen – die Marine hat zwar jede Spezialeinheit auf ihren Flugzeugträgern mit Trigger-bewehrten U-Jagd-Waffen und Fernlenkflugzeugen ausgerüstet, aber bis jetzt noch nichts unternommen, um ein alternatives Projektionsmodell zu entwickeln – etwas, das einen Angriff mit einem Trigger überstehen könnte, was bis jetzt noch keiner unserer Spezialeinheiten gelingen würde.«

»Es ist unmöglich. Wir können fünf-, sechs- oder siebenhundert Schiffe aufs Wasser bringen, aber wenn wir sie nicht bewaffnen, sind sie so viel wert wie eine Jacht bei einer Regatta. Wir können nicht wieder zurück zu Katapulten, brennendem Pech, Rammböcken oder Enterkommandos.«

»Warum nicht? Im Land der Blinden ist der Einäugige König. Angesichts der neuen Situation könnte die primäre Rolle der Marine darin bestehen, Truppen und Versorgungsgüter zu liefern, und die primäre Gefahr für sie könnten kleine, ferngesteuerte Schiffe sein, die Löcher in den Schiffsrumpf bohren oder Schleppkabel kappen.«

»Welche ›neue Situation‹?«, fragte Madison verächtlich. »Schusswaffen, Raketen, Bomben, Torpedos, Artilleriegeschosse – das ist der Status quo, und so wird es auch noch sein, wenn Sie und ich schon längst tot sind.«

»Haben Sie in letzter Zeit eine Kavallerietruppe zu Pferd gesehen, General? Die Zeiten ändern sich. Aber Sie wollen das einfach nicht wahrhaben.«

Steppak griff neben sich und zog seine übergroße schwarze Aktentasche auf den Schoß. Er machte die Schnappverschlüsse auf, hob den Deckel und drehte die Aktentasche zu Madison hin, damit sich dieser den Inhalt ansehen konnte. Der Vorsitzende der vereinigten Stabschefs starrte verständnislos in den Koffer.

»Das hier ist Terabytes Prototyp für einen Jammer im Aktentaschenformat«, erläuterte Steppak leise. »Ein *funktionstüchtiger* Prototyp. Ich habe ihn vor dem Kontrollpunkt des Sicherheitsdienstes am Haupteingang eingeschaltet und jede Waffe in diesem Teil des Gebäudes unbrauchbar gemacht.«

»Sie haben *was?*«

»Und vor ein paar Sekunden habe ich ihn wieder eingeschaltet. Im Umkreis von hundert Metern – nach oben, nach unten, nach rechts oder nach links – gibt es keine funktionierende Waffe mehr. Wenn ich das System an das Stromnetz anschließen würde, könnte ich die Reichweite auf dreihundert Meter ausdehnen und auf unbestimmte Zeit so lassen. Wenn Sie möchten, können Sie die Pistole überprüfen, die Sie in Ihrem Schreibtisch haben. Oder den Sicherheitsbeamten hereinrufen. Sie sind beide entwaffnet.«

»Was, zum Teufel, gibt Ihnen das Recht ...«

»Es ist meine verdammte *Pflicht,* Donald – und Ihre auch. Aber Sie haben auf das falsche Pferd gesetzt. Ihnen hat nicht gefallen, in welche Richtung sich die Dinge entwickeln, und Sie haben darauf spekuliert, dass sie sich nicht weiterentwickeln würden. Jetzt wissen Sie, dass Sie sich geirrt haben.« Steppak schloss den Aktenkoffer. »Sie haben sich weiterentwickelt, und wir sind nicht bereit.«

»Dieser Meinung bin ich nicht.«

»Wo ist Ihre nächste Einheit, die mit alternativen Waffen ausgerüstet ist, General? Was passiert, wenn die Sicherheitsbeamten des Pentagons nach ihren Waffen greifen und feststellen, dass sie von einem Jammer unbrauchbar gemacht wurden? Sie haben uns in einer konventionellen Verteidigungsposition gehalten – und dafür gesorgt, dass wir verwundbar sind. Sie haben darauf vertraut, dass Sie mit Ihren neuen Sprengstoffen und Treibmitteln den Status quo erhalten können, und sich nicht auf die Möglichkeit vorbereitet, dass Sie sich eventuell irren könnten. Das ist unentschuldbar, General.«

Madisons Gesicht rötete sich, dann ballte er die rechte Hand zur Faust, aber er schwieg.

Steppak stand auf und sagte so leise, dass er sicher sein konnte, dass man es vor der Tür des Büros nicht hören konnte: »Jetzt müssen wir die verlorene Zeit wieder aufholen und unsere Verteidigungsposition praktisch über Nacht ändern. Der Präsident und ich müssen sicher sein, dass die Person, die dieses Amt bekleidet, die persönlichen und visionären Fähigkeiten besitzt, um uns durch diesen Prozess zu führen.«

Er machte eine Pause, um Madison Gelegenheit zum Einlenken zu geben, aber der Vorsitzende war bis zuletzt halsstarrig, sodass Steppak nichts anderes übrig blieb. »Donald, der Präsident hat mich beauftragt, Ihnen für Ihre geleisteten Dienste zu danken, und Sie um Ihren Rücktritt zu bitten.«

Madison blinzelte dreimal und schloss kurz die Augen, bevor er sich erhob. »Sie können dem Präsidenten sagen, dass mein Rücktrittsgesuch bis heute Abend auf seinem Schreibtisch liegen wird.«

»Ich bin sicher, dass der Präsident Ihre Kooperation sehr zu schätzen weiß, General.«

Steppak wollte zur Tür gehen, aber Madison machte einen Schritt zur Seite und stellte sich ihm in den Weg. »Roland – ich habe nur getan, was meiner Meinung nach für das Land richtig war.«

»Es spielt zwar keine Rolle mehr, aber ich würde trotzdem gern wissen, wie Sie auf die Idee kommen, es sei ein Zeichen von Loyalität und nicht von Gehorsamsverweigerung, eine Direktive des Oberbefehlshabers der amerikanischen Truppen derart schleppend umzusetzen.«

»Ich habe getan, was ich aufgrund meiner Erfahrung tun musste«, entgegnete Madison wütend. »Ich wollte nur unsere Sicherheit garantieren.«

»Das weiß ich, Donald. Aber in dieser Situation waren Ihre Erfahrungen nicht mehr anwendbar. Alles, was wir wissen, ist falsch.« Steppak machte einen Schritt auf die Tür zu.

Madison packte den Verteidigungsminister am Arm. »Roland – Sie müssen das doch verstehen. Sie haben selbst Uniform getragen. Ich konnte doch nicht derjenige sein, der alles auseinander reißt. Ich glaube nicht daran. Wir bringen unseren Soldaten bei, ihre Waffen aus einem ganz bestimmten Grund zu lieben – einem guten Grund.«

»Das verstehe ich, Donald. Das verstehe ich sehr gut.«

»Ich habe immer gedacht, wenn wir heute alle Schwerter zu Pflugscharen schmieden, werden wir uns morgen mit den Pflugscharen bekämpfen. Und dann kann man genauso gut die Schwerter behalten, besonders, wenn man bereits weiß, wie man damit umgeht.«

»Wenn Schwerter unser größtes Problem wären, würden wir diese Unterhaltung jetzt nicht führen.« Steppak schüttelte den Kopf. »Es wird eine neue Welt sein, und ich weiß nicht, ob Fossile wie Sie und ich uns jemals darin wohl fühlen werden. Aber wir können nicht verhindern, dass sie kommt. Und wenn wir es nicht über uns bringen können, dabei zu helfen, bleibt uns nur noch Platz für andere zu machen.«

Madison seufzte und ließ die Schultern hängen. »Ja. Ja, ich glaube, das wird notwendig sein. Vielleicht sehen jüngere, flexiblere Köpfe Chancen, wo ich nur Gefahren sehe.«

»Ich bin sicher, dass sie uns angenehm überraschen werden«, erwiderte Steppak. »Es sind schließlich unsere Kinder.«

Madison lächelte und trat zur Seite. »Wenn ich vielleicht eine Empfehlung für meinen Nachfolger aussprechen könnte …«

»Ich werde dem Präsidenten gern Ihre Meinung dazu sagen.«

»Danke. Würden Sie ihm bitte sagen, dass es eine kluge Entscheidung wäre, wenn er den stellvertretenden Vorsitzenden – General Heincer – mit dieser Aufgabe betrauen würde.«

»Gibt es für Ihre Empfehlung einen bestimmten Grund?«

»Ich weiß, dass Bill in Gegenwart des Präsidenten aus Respekt nichts gesagt hat. Aber in den Sitzungen der Stabschefs ist er bei weitem der engagierteste Verteidiger von Brelands Politik gewesen – wir anderen nennen ihn inzwischen den ›einsamen Wolf‹. Ihn zu befördern würde ein eindeutiges Signal setzen. Ich gehe davon aus, dass man dadurch den Standpunkt der Stabschefs über Nacht ändern könnte, ohne noch mehr personelle Veränderungen durchsetzen zu müssen.«

Als Steppak ihn fragend ansah, fügte er hinzu: »Ich nehme niemanden in Schutz. Aber den Eindruck einer Revolte unter den Generälen zu erwecken und dann zusehen zu müssen, wie sich die Folgen davon bis zum einfachen Soldaten verbreiten, wäre das Letzte, was wir jetzt brauchen können. Es wäre der Disziplin nicht sehr förderlich, und die wird man in der Übergangsphase, die, wie wir beide wissen, nicht einfach sein wird, mit Sicherheit brauchen.«

Steppak nickte. »Ich bin sicher, dass der Präsident Ihrer Argumentation folgen wird.«

Evan Stolta steckte den Kopf in Grover Wilmans Büro und klopfte an den Türrahmen, um Wilman auf sich aufmerksam zu machen. »Bei den Zahlen hat sich etwas getan«, sagte er fröhlich. »Das sollten Sie sich ansehen.«

Bevor Wilman etwas sagen konnte, war der Strategieberater von Mind Over Madness auch schon wieder verschwunden.

Wilman seufzte. So ging es bei MOM in Georgetown in letzter Zeit ständig zu – alle waren ununterbrochen in Bewegung. In weniger als drei Monaten hatte MOM sich verdoppelt, die Zahl seiner Mitarbeiter verdreifacht und StreetSmart und The Peace Library in selbstständige Organisationen umgewandelt. Das starke Wachstum hatte allerdings die Atmosphäre leidenschaftlichen Engagements zerstört, die vorher hier geherrscht hatte. Jetzt war MOM eher eine Wahlkampfzentrale als eine Stiftung, eher Nervenzentrum als Denkfabrik.

Und neben der Möglichkeit, ungestört nachdenken zu können, war noch etwas anderes verschwunden – Wilman war es nicht mehr möglich, über sämtliche Aspekte der Organisation so genau und ausführlich informiert zu sein wie vorher. Es ging zu viel an zu vielen Schreibtischen vor, es gab zu viele Schultern, über die er hätte sehen müssen, zu viele Termine, die ihn an das KomSet auf seinem Schreibtisch fesselten, das inzwischen zum einzigen Fenster geworden war, durch das er seine Arbeit und seine Welt sah.

»Meinungsumfragen, aktuell, Trends, auf den Bildschirm«, sagte Wilman. Er lehnte sich zurück, um sich die

Grafiken anzusehen. Die Stiftung kaufte Meinungsumfragen von zwei verschiedenen Anbietern, die kontinuierlich Umfragen zu sechs Schlüsselfaktoren durchführten, um auf beiden Seiten des großen Grabens, der die öffentliche Meinung in zwei Lager trennte, nach Schwächen zu suchen.

Auf der einen Seite des Grabens standen jene, die Waffen als die größere Gefahr sahen, gerne in einer durch einen LifeShield geschützten Gegend wohnen würden und die Vorstellung beruhigend fanden, dass die Polizei über diese Technologie verfügte und öffentliche Plätze dadurch geschützt wurden. Nach Spitzenwerten von sechzig Prozent und mehr waren diese Zahlen kontinuierlich gesunken und steckten nun schon seit Monaten in den unteren Vierzigern fest. Die Demographie dieser Kerngruppe tendierte zu Frauen, College-Absolventen, Eltern, älteren Erwachsenen und Bewohnern von Vororten. Der entscheidende Schlüsselwert war, dass der Gruppe die Gemeinschaft an sich sehr wichtig war.

Auf der anderen Seite standen jene, die die mysteriösen, ungewohnten Kräfte des Triggers mehr fürchteten als die gewohnte Gegenwart von Schusswaffen, eher eine Waffe mit sich herumtragen wollten, als sich auf den Schutz durch Dritte zu verlassen, und sich mehr Sorgen über einen Polizeistaat als über die Verbrechensstatistik machten. Der harte Kern jener, die sich für das uneingeschränkte Recht auf Waffenbesitz stark machten, machte nicht mehr als zwanzig Prozent aller Erwachsenen aus, und die meisten davon waren weiße Männer, von denen viele eine geheime Agenda aus Rassismus, Klassenkampf oder politischem Dissens hatten.

Aber dieser kompromisslose Kern hatte die Angst der anderen genutzt und eine Mehrheit aufgebaut, die sich sowohl gegen die Regierung als auch gegen den privaten Einsatz des Triggers aussprach. Die Anhänger dieser Koalition bestanden in der Regel aus Familien in ländlichen Gebieten, allein stehenden Männern in Städten, konservativen Christen, Arbeitnehmern mit geringem Einkommen, Politikverdrossenen und jungen Liberalen, die irrtümlicherweise der Meinung waren, dass sie die Freiheit des Einzelnen verteidigen würden. Wie anhand der Meinungsumfragen festgestellt werden konnte, war der entscheidende Schlüsselwert der Glaube an eine Gemeinschaft, die nicht alle Mitglieder der Gesellschaft umfasste und von ›einem‹ bestimmt wurde – einem Mann, einer Familie, einer Hautfarbe, einem Glaubensbekenntnis.

Um Anhänger dieser Gruppe zurückzugewinnen, musste man ihre Ängste ansprechen und an ihr Gewissen appellieren. Keine der beiden Strategien war einfach. Nur allzu oft ist Angst taub für Argumente und das Gewissen gleichgültig für den Appell von Außenstehenden.

Aber Stolta hatte Recht – bei den Zahlen für heute hatte sich tatsächlich etwas getan.

Als er sich die entsprechenden Gruppen ansah, glaubte Wilman zu wissen, warum das so war. Mind Over Madness hatte aus der ganzen Welt systematisch Erfolgsgeschichten für den LifeShield zusammengetragen und mit großem Aufwand in den Medien lanciert. In den letzten Wochen waren dem dafür zuständigen Ausschuss mehrere wirkungsvolle Platzierungen gelungen, die zum größten Teil Ereignisse außerhalb der Vereinigten Staaten betrafen.

Auf der Halbinsel Yucatán waren die Maya-Städte Uxmal, Labná und Chichén-Itza nach fast einem Jahrzehnt wieder für Touristen und Wissenschaftler geöffnet worden. Der Trigger hatte dem Bürgerkrieg in der Region ein Ende gemacht, aber erst mit einem Jammer war es gelungen, das Gelände ohne Beschädigung der Tempel zu räumen.

Jerusalem, in dem 14 gekennzeichnete und sechs nicht gekennzeichnete Minibusse mit Jammern von morgens bis abends durch die Straßen patrouillierten, feierte gerade das erste Jahr in seiner Geschichte, in dem es keinen einzigen Toten durch eine Schießerei oder ein Bombenattentat gegeben hatte. Die bekannte Videokolumnistin Regian Wickman hatte den besten Bericht über das Ereignis abgeliefert, in dem sie mit dramatischen Vorher-Nachher-Bildern eindrucksvoll belegte, dass die Soldaten mit ihren MPs vollständig aus dem Straßenbild Jerusalems verschwunden waren.

»Ich lebe nun schon seit fast sechzehn Jahren die meiste Zeit des Jahres über aus dem Rucksack«, sagte Wickman vor der Klagemauer. »Ich bin in zweihundert Städten in mehr als vierzig Ländern gewesen. Aber als amerikanische Reisende im Ausland habe ich mich nie an den Anblick von Sturmgewehren gewöhnen können, die von Polizisten über der Schulter getragen oder wie selbstverständlich auf den Markt mitgenommen werden.

Für einige repräsentieren diese offen zur Schau gestellten Waffen Sicherheit – aber ich habe mich immer alles andere als sicher gefühlt, wenn ich sie gesehen habe. Egal, wie sehr mir Städte wie Kinshasa, Seoul oder Buenos Aires gefallen, ich kann nicht behaupten, dass ich mich an diesen Orten je wohl gefühlt habe. Waffen verunstalten das Gesicht einer Gesellschaft – jeder Gesellschaft –, und ich habe noch nie ein Stadtbild gesehen, das durch ihr Verschwinden nicht erheblich verbessert werden könnte.

Und genau das ist in Jerusalem passiert. In der Stadt, die seit Jahrtausenden umkämpft ist, herrscht jetzt ein ungewohnter Friede. Die alten Antipathien sind noch nicht beigelegt worden, und die alten Gegner sind ihres Kampfes noch nicht müde geworden. Aber in Jerusalem, das jeden Tag systematisch von Schusswaffen gesäubert wird, können wir sehen, was mit dieser neuen Technologie alles möglich ist – das Töten ist hier so viel schwieriger geworden, dass es jetzt vielleicht sogar einfacher ist, miteinander leben zu lernen.«

Aber selbst für die besten Journalisten war es schwierig, Nachrichten aus Ereignissen zu machen, die nicht passierten. Es war einfacher, die Misserfolge an den Pranger zu stellen, als die Erfolge zu würdigen. Und aufgrund der scheinbar unverwüstlichen Regel, wonach sich ein Mensch am ehesten mit seinesgleichen identifizieren konnte, zählten tausend in Äthiopien gerettete Leben weniger als ein

Leben, das jemand in Erie ausgelöscht hatte – so lange das Gesicht des Opfers die gleiche Hautfarbe hatte wie das Gesicht der Person, die über das tragische Ereignis berichtete.

Wilman war zwar froh über die guten Nachrichten aus anderen Ländern, aber er betete um eine Erfolgsgeschichte, die auf amerikanischem Boden stattfand – vorzugsweise in aller Öffentlichkeit, mit ausführlicher Berichterstattung, vielen Kameras und einer fotogenen Ansammlung dankbarer Beinahe-Opfer aller Schichten und Hautfarben. Vielleicht ein Zwischenfall bei einem großen Sportereignis oder eine Drohung gegen Mardi Gras oder die Oscar-Verleihung.

Doch während er auf Nachricht von Gott wartete, gab es für Wilman mehr als genug zu tun.

»Senator Wilman?«

Der Abteilungsleiter hatte einen merkwürdigen Unterton in der Stimme und einen eigenartigen Ausdruck im Gesicht. Beides schien nicht zu der Übertragung zu passen, die über das Paging-Signal hereingekommen war und alles andere unterbrochen hatte.

»Was gibt es, Donald?«

»Sir, könnten Sie bitte nach unten in das Beratungszentrum kommen? Sofort, wenn das möglich wäre …«

»Das würde eventuell gehen. Gibt es denn einen bestimmten Grund dafür?«

Der Abteilungsleiter runzelte die Stirn und sah kurz zur Seite. »Senator – es ist wirklich ein merkwürdiger Zufall. Erinnern Sie sich noch an das Gespräch, das wir letzten Montag nach der Telekonferenz geführt haben?«

»Ich glaube ja. Wir haben uns über die Behandlung wichtiger Kunden unterhalten …«

Genau genommen war es bei der Diskussion um die Behandlung möglicher Sicherheitsprobleme gegangen, unter anderem auch darum, wie bei einem Besetzungsversuch des Gebäudes reagiert werden sollte. Wilman holte das Verzeichnis für das Video-Intranet des Gebäudes auf seinen Bildschirm und fing an, die Überwachungskameras in der Nähe der Konsole durchzugehen, die der Abteilungsleiter benutzte.

»Genau. Es ist jemand hier, der gern mit Ihnen sprechen möchte.«

Inzwischen hatte Wilman die Kamera gefunden, die er brauchte – er konnte den jungen Mann mit dem kurz geschorenen schwarzen Haar und einer Art Werkzeuggürtel unter einem rot-schwarz karierten Flanellhemd erkennen. »Ich nehme an, jemand mit einem ernsten Problem?«

»Er ist eindeutig der Meinung, dass es ernst ist, Senator. Und er hat ausdrücklich nach Ihnen verlangt.«

»Sagen Sie ihm, dass ich gleich unten bin. Ich muss nur noch ein paar Anrufe machen.«

Es war nicht schwer, die Anrufe zu den richtigen Leuten durchzubekommen. Wilman konnte aus dem Fenster seines Büros im ersten Stock sehen, wie die Übertragungswagen von NV25 und ActionCam17 mit quietschenden Reifen am Bordstein unten hielten. Kurze Zeit später kam ein SkyEye angeflogen – eine ferngesteuerte Hovercam, die aus einem Überwachungsgerät für militärische Kampfhandlungen entwickelt worden war – und fing an, mit seiner lichtempfindlichen Kamera und dem Audioteleskop in die Fenster zu spähen.

Aber Wilman wartete noch so lange in seinem Büro, bis sich CNN2 wie besprochen in das interne Videoüberwachungssystem des Gebäudes eingeklinkt hatte und live auf Sendung war. Er blieb kurz vor dem an der Wand montierten Flachbildschirm stehen und hörte gerade noch, wie der Moderator mit ernster Stimme die Überleitung zur Liveschaltung sprach: »Sehen Sie nun einen Livebericht von CNN mit dem Titel ›Pazifisten unter Belagerung‹. Die Menschen in Washingtons friedlichem Universitätsviertel Georgetown halten den Atem an, nachdem ein mit einer Bombe bewaffneter Terrorist heute Morgen in das Gebäude der Stiftung Mind Over Madness eingedrungen ist und mehr als siebzig Menschen als Geiseln genommen hat …«

Wilman nickte zufrieden und ging zur Treppe.

Bis zu dem Moment, in dem er dem groß gewachsenen Mann hinter der Empfangstheke gesagt hatte, was er wollte, war alles so gelaufen, wie David Thomas Mallock es geplant hatte.

Der alte Tracker – bei der Versteigerung eines Großhändlers in Dallas gekauft – hatte die zweitausend Kilometer von Palestine, Texas, bis nach Georgetown mit nur zwei kleineren Pannen geschafft. Er hatte sämtliche Geschwindigkeitsbegrenzungen eingehalten und war so unauffällig wie möglich gefahren – allerdings hatte es in der Nähe von Knoxville, Tennessee, einen kritischen Moment gegeben, als sich ein Streifenwagen der Staatspolizei hinter ihn gesetzt hatte und fast drei Kilometer weit hinter ihm hergefahren war, bevor er schließlich den Freeway verlassen hatte. Mallock übernachtete in kleinen Motels, aß in Raststätten am Freeway und zahlte nie mit Kreditkarte, sondern immer bar, mit dem Geld, das er von Freunden und seiner Familie für seinen Pick-up, seine Stereoanlage und seinen Computer bekommen hatte.

Das Treffen im Rock Creek Park verlief planmäßig und ohne jeden Zwischenfall. Während der tosende Verkehr auf dem Highway die wenigen Worte übertönte, die für die Transaktion notwendig waren, tauschte Mallock sein letztes Geld gegen fünfhundert Gramm Plastiksprengstoff.

»Und das ist reiner Stoff?«, fragte er.

»Ganz bestimmt – selbst gemacht, genau nach Rezept, außerdem kenne ich den Mann persönlich.«

Trotz der Beteuerung des Lieferanten war Mallock vorsichtig. Die Beteiligung des FBI an dem weit reichenden Trigger-Schwindel beschränkte sich nicht allein darauf, mikroskopisch kleine Sprengzünder in kommerzielle Sprengstoffe einzusetzen und heimlich Schießpulver zu bestrahlen. Dem Rundbrief der Truth Hunters zufolge hatte das FBI auch Dutzende von Agents im Untergrund, die vorgaben, kleine ›Patriotenlabors‹ zu betreiben, aber die gleichen präparierten Mischungen verkauften.

Daher hatte Mallock den Tracker im Park stehen lassen und sich zu Fuß zu seinem Ziel aufgemacht, wobei er einer vorher genau festgelegten Route folgte, die über Waldwege und ruhige Straßen führte, ohne auch nur ein einziges Mal in die Nähe einer Botschaft, einer Touristenattraktion, eines öffentlichen Gebäudes oder einer markierten Kreuzung zu kommen. Wenn er verraten worden war und der Sprengstoff, den er bei sich trug, manipuliert war, wollte er das erst herausfinden, wenn er vor der Zitadelle des Feindes stand.

Aber er war nicht verraten worden; die Leute, auf die er sich verlassen hatte, hatten Wort gehalten. Und er selbst hatte keinen Fehler begangen. Er betrat die Zitadelle, sah sich die ahnungslosen Gesichter der Insekten darin an und rief ihren König, um mit ihm abzurechnen. Es hätte ein Moment des Triumphs werden sollen – aber es endete als Enttäuschung.

Mallock hatte in der kurzen Schlange vor dem Empfang gewartet und die Vorfreude genossen. »Ich möchte mit dem Abteilungsleiter sprechen«, verlangte er, als er an der Reihe war. Nachdem der Abteilungsleiter gekommen war und sich vorgestellt hatte, führte Mallock ihn zu einer der Beratungskabinen an der westlichen Wand. Dort zeigte er ihm die Bombe und den Zündmechanismus, den er mit Klebeband an seiner rechten Hand befestigt hatte.

»Ich weiß die Wahrheit über den Trigger. Ich möchte mit Wilman sprechen. Bringen Sie ihn ohne Aufsehen herunter, sonst sind alle hier tot. Wenn Sie ihn herbringen, lasse ich die Leute frei.«

»Ich weiß nicht genau, wo der Senator zurzeit ist«, sagte der Abteilungsleiter. »Aber ich kann versuchen, ihn zu erreichen.«

»Sie sollten besser etwas mehr tun, als es nur zu versuchen. Ich habe genug Sprengstoff am Körper, um dieses Gebäude über uns einstürzen zu lassen.«

»Kann ich das dem Senator sagen?«

»Nein. Bringen Sie ihn einfach nur hierher. Ich werde ihm dann schon sagen, wie es weitergeht.«

Er hörte dem Gespräch zwischen Donald und Wilman zu und war mit dem Ergebnis zufrieden. Auf Mallocks

Drängen kehrten die beiden zum Empfang zurück, wo sie auf Wilman warteten. Von dort konnte Mallock beide Eingänge zur Halle im Auge behalten – den Haupteingang und das Treppenhaus auf der linken Seite. Außerdem hatte er eine massive Theke aus Eiche und Stahl und sechs Mitarbeiter als Schutzschilde, falls jemand das Gebäude zu stürmen versuchte.

Im Wartebereich und an den Tischen saßen immer noch Kunden. Mallock hatte den Abteilungsleiter angewiesen, dafür zu sorgen, dass die Mitarbeiter ihre Aufgaben wie gewöhnlich erledigten. Aber als eine Minute nach der anderen verging und Wilman immer noch nicht da war, überlegte Mallock, ob er seine Strategie nicht besser ändern sollte.

Er hatte eigentlich vorgehabt, nur mit einem der leitenden Mitarbeiter zu sprechen, weil er keine Horde kreischender Menschen in Schach halten wollte – sie waren genauso gute Geiseln, wenn sie nichts davon wussten, außerdem war dann die Gefahr geringer, dass jemand etwas Dummes unternahm. Er hatte darauf bestehen wollen, dass Wilman zu ihm kam, anstatt zu verlangen, dass man ihn in dessen Büro brachte, weil er einen Hinterhalt befürchtete – er kannte das Gebäude nicht, und er konnte keine Überraschungen gebrauchen, die seine Mission gefährdeten.

Aber je länger er wartete, desto klarer wurde ihm, dass er nicht genug darüber nachgedacht hatte, was er tun sollte, wenn sich herausstellte, dass Wilman ein Feigling war und man ihn dazu zwingen musste, sich wie ein Ehrenmann zu verhalten. Je länger er den Menschen um sich herum bei der Arbeit zusah, desto gefährlicher schienen sie ihm – eher Termiten als Schafe, durch und durch zerstörerisch, von Natur aus unverbesserlich. Und je mehr durch den Haupteingang kamen, desto mehr Sorgen machte er sich darüber, ob die zuletzt Angekommenen nicht vielleicht Polizeibeamten in Zivil oder Angehörige einer Spezialeinheit waren.

»Warum braucht er so lange?«, wollte Mallock wissen. »Wo ist er?«

»Ich weiß es nicht«, antwortete Donald. »Aber ich kann den Senator gern noch einmal anrufen ...«

»Nein. Sie werden jetzt das Gebäude absperren. Werfen Sie alle Klienten oder Kunden oder wie auch immer Sie sie nennen hinaus, und sperren Sie die Tür hinter ihnen zu.«

»Und was soll ich ihnen sagen?«

»Es ist mir egal, was Sie ihnen sagen, solange Sie sie hier rauskriegen, und zwar sofort. Eine undichte Stelle in der Gasleitung, zusammengebrochenes Netzwerk, Feueralarm – ihr seid doch so gut im Lügen. Improvisieren Sie.«

Aber auch als alle Kunden das Gebäude verlassen hatten, fühlte sich Mallock nicht viel sicherer. Er wurde von mehr als zwei Dutzend Augenpaaren beobachtet, von denen einige erwartungsvoll, einige neugierig, eines sogar belustigt, aber keines ängstlich schauten.

»Ihr wisst es ja nicht«, rief er. »Ihr armen Dummköpfe – ihr wisst nicht, dass alles Schwindel ist.«

»Was?«, wollte Donald wissen.

»Der Trigger. Das Ganze ist ein Trick. Er existiert gar nicht – alles, was ihr in den Nachrichten gesehen habt, ist vom FBI inszeniert worden.«

»Oh, bitte«, sagte eine Frau, in deren Stimme Verachtung mitschwang.

»Es stimmt«, sagte Mallock wütend. »Seit sie das Bureau of Alcohol, Tobacco and Firearms übernommen haben, suchen sie nach einer Möglichkeit, uns die Waffen wegzunehmen. Einen legalen Weg konnten sie nicht finden, also versuchen sie jetzt, uns Angst zu machen, damit wir sie freiwillig hergeben.«

Hinter Mallock räusperte sich jemand. »Junger Mann, haben Sie heute schon Ihre Tabletten genommen?«

Mallock wirbelte herum und suchte nach dem Übeltäter. »Die Abteilung Null des FBI hat vor fast zwei Jahren mit der Manipulation von Sprengstoffen angefangen. Und seit vier Jahren stellen sie Tricktechniker aus Hollywood ein. Alles, was passiert ist, wurde schon Monate vorher von den Vereinten Nationen geplant.«

»Und Sie wissen natürlich wie?« Es war dieselbe Stimme. Sie gehörte zu einem Mann mit einem runden Gesicht, der eine Glatze und einen kurz geschnittenen weißen Bart hatte.

»Glaubt ihr eigentlich, ihr seid so klug, dass niemand herausfinden könnte, was ihr vorhabt?« Das sorgte für noch mehr Gelächter. In Mallock stieg eine kalte Wut hoch. »Ihr werdet es herausfinden, und zwar schon bald. Ihr werdet die Wahrheit herausfinden, und dann werdet ihr mit mir zusammen dem Rest der Welt die Wahrheit sagen.«

»Das versuchen wir hier jeden Tag«, sagte eine der Frauen hinter dem Empfang. »Vielleicht sollten Sie sich mit einem unserer Psychologen zusammensetzen und über diese paranoiden Verschwörungsfantasien mit ihm sprechen.«

Jetzt musste er lachen – ein bitteres, zynisches Lachen. »Ich soll mich mit einem eurer Hypnotiseure zusammensetzen? Damit mich einer eurer neurolinguistischen Programmierer bearbeiten kann? Auf keinen Fall.« Er schüttelte energisch den Kopf. »Eigentlich ist es ja nicht eure Schuld, dass man euch angelogen hat. Ihr tut mir Leid, ehrlich. Aber ihr werdet es schon noch glauben, wenn ihr es von eurem Anführer hört.« Er drehte sich zu Donald um. »Warum ist er nicht hier? Ich will eine Erklärung dafür haben. Ich will Wilman, *jetzt*.«

»Ich weiß nicht, warum er noch nicht hier ist. Aber er hat gesagt, dass er kommt. Ich bin sicher, dass er gleich hier sein wird«, sagte Donald in beschwichtigendem Ton. »Und die anderen – Senator Wilman hat darum gebeten, dass wir mit unserem Gast hier kooperieren. Und das sollten wir auch tun, ohne eine Diskussion zu beginnen oder provozierende Bemerkungen zu machen.«

»Schön«, erwiderte eine große, schlanke Schwarze. »Ich werde von meinem Schreibtisch aus kooperieren. Ich habe noch eine Menge Arbeit.«

Sie wollte gehen, aber Mallock versperrte ihr den Weg. »Sie bleiben hier.« Er packte sie am Arm. »Wilman spielt mit mir. Ihr werdet euch jetzt alle auf die Theke hier setzen, mit dem Gesicht nach außen. Ihr werdet mein Schild sein. Los – bewegt euch!«

Einige der anderen wollten gehorchen, aber die Frau blieb einfach stehen und riss ihren Arm los. »Schätzchen, du brauchst schon ein besseres Argument, wenn du mir unter den Rock sehen willst.«

»Nettie«, sagte der Abteilungsleiter vorwurfsvoll.

»Chef, bitte – kann ich ihm nicht einfach eine scheuern? Er hat mich schließlich angefasst …«

»Versteht ihr denn nicht?«, schrie ihr Mallock ins Gesicht. »Ich habe eine Bombe! Ich kann uns alle töten, wenn ich will – und wenn ihr verdammten Verräter jetzt nicht endlich mit mir zusammenarbeitet, werde ich es, verdammt noch mal, auch tun. Und es gibt keine Zauberstrahlen, die mich davon abhalten werden …«

Genau in diesem Moment hörte Mallock ein lautes, metallisches Klicken. Er wirbelte herum und sah einen gut gekleideten älteren Herrn, der eine der Türen aufhielt, während ein SkyEye hereinflog, gefolgt von einem Mann und einer Frau, die Kopfbinden mit dem Aufdruck ›Reporter‹ und Sender auf den Oberarmen trugen.

»Was machen Sie da?«, schrie Mallock. »Diese Tür muss zubleiben!«

Der gut gekleidete Mann drehte sich zu ihm hin, und jetzt erkannte Mallock den Senator. »Ich lasse die Medien herein. Sie wollten doch Zuschauer haben, nicht wahr? Sie wollten doch eine Erklärung abgeben, stimmt's? CNN2 hört Ihnen zu, und Reuters, StarNews und Associated Media auch. Sie können anfangen.«

Die übrigen Anwesenden waren für Mallock plötzlich so unsichtbar wie Möbelstücke. Er ging auf Wilman zu, zog sein Flanellhemd aus und hob die rechte Hand, um ihm den in seine Handfläche geklebten Zündmechanismus zu zeigen. »*Sie* werden eine Erklärung abgeben. Sie werden diesen ganzen Schwindel beenden. Sie werden zugeben, dass Sie auch zu dieser Verschwörung gehören. Sie werden der Welt die Wahrheit über den Trigger sagen. Wenn Sie es nicht tun, werde ich diese Bombe hier hochgehen lassen, und dann kann die Welt die Wahrheit in unseren zerfetzten Körpern lesen. Sie haben die Wahl, Senator. Sie entscheiden, ob es diese zwanzig Leben hier wert sind, die Lüge noch fünf Minuten länger aufrechtzuerhalten.«

Wilman verschränkte die Arme vor der Brust und schüttelte langsam den Kopf. »Mr. Mallock, jemand hat *Sie* angelogen. Die Wahrheit ist, dass der Trigger funktioniert. Der Jammer funktioniert noch besser. Und das da ist keine Bombe – selbst wenn es einmal eine gewesen ist, jetzt ist es keine Bombe mehr.«

»Sie sind ein verdammter Lügner.« Mallock ging noch einen Schritt auf den Senator zu. »Sagen Sie es ihnen! Sagen Sie ihnen, dass das Ganze eine Verschwörung ist, um das amerikanische Volk zu entwaffnen. Präsident Breland hat bereits einen Vertrag abgeschlossen, in dem er die Souveränität unseres Landes an die Vereinten Nationen abtritt. Aber bevor die Blauhelme kommen, muss er uns erst die Waffen abnehmen – und das vor dem letzten Tag seiner Amtszeit. Daher haben Sie sich diesen Schwindel mit dem Trigger ausgedacht, um uns mit einem Trick dazu zu bringen, unsere Waffen herzugeben. *Das* ist die Wahrheit, Senator Wilman.«

»Wer hat Ihnen denn das erzählt, Mr. Mallock?«

»Auf der Netsite der Patriot Crier ist alles, was ich gesagt habe, ganz genau dokumentiert. Die Site hat es natürlich nicht lange gegeben – sie wurde von Milben und Maden angegriffen, und dann hat man sie verschwinden lassen. Aber das wissen Sie vermutlich schon alles, schließlich sind es ja Ihre Spione gewesen, die die Site aus dem Net genommen haben.«

»Sie sollten vielleicht Ihre Kriterien für Beweise etwas höher ansetzen, Mr. Mallock. Ich fürchte, man hat Ihre Leichtgläubigkeit ausgenutzt.«

»Sie können mich beleidigen, so viel Sie wollen – das ändert nichts an der Wahrheit. Und wenn ich uns alle töten muss, um den Menschen da draußen die Wahrheit zu sagen, dann ist es meine Pflicht als Patriot, genau das zu tun.«

»Machen Sie sich doch nichts vor, Mr. Mallock – Sie sind kein Patriot. Sie sind nur einer dieser Männer, die nicht damit fertig werden, dass es nicht nach ihrem Willen geht«, sagte Wilman. Dann sah er an Mallock vorbei. »Machen Sie sich bitte alle wieder an die Arbeit. Dieser Mann ist keine Gefahr für uns.«

»Halt!«, schrie Mallock, dann hob er die rechte Hand über den Kopf. »Bei Gott, ich werde es tun!«

»Dann tun Sie, was Sie nicht lassen können.« Wilman drehte sich um und machte Anstalten zu gehen.

Herr, sei meiner Seele gnädig, betete Mallock leise. Dann kniff er die Augen zu und drückte auf den Knopf.

Er brauchte eine volle Sekunde, bis ihm klar wurde, dass sein Leben bereits eine volle Sekunde länger dauerte als eigentlich vorgesehen war. Er öffnete die Augen und starrte ungläubig auf den Zündmechanismus in seiner Hand. Rasch stellte er ihn neu ein und versuchte es noch einmal.

»Brauchen Sie Hilfe, Mr. Mallock?«

Mallock sank auf die Knie, das Gesicht eine Maske aus Ungläubigkeit und Verzweiflung. »Er hat mich betrogen. Blade hat mich betrogen – er hat mir keinen Sprengstoff gegeben ...« Er griff nach dem Gürtel und riss eine der Taschen auf, als er den Verschluss nicht aufbekam. »Was ist das? Knete? Teig? Es sollte Ammoniumpikrat und C-1 sein.«

»Das ist es auch.« Wilman ging auf Mallock zu. »Aber es wurde von unserem Jammer geändert.«

Mallock schüttelte entsetzt den Kopf. »Nein – nein, das kann nicht sein ...«

»Und warum nicht? Weil dadurch all Ihre Pläne über den Haufen geworfen werden?«

»Nein, ich muss etwas falsch gemacht haben – vielleicht stimmt die Verkabelung nicht, vielleicht habe ich die falsche Verbindung ...«

»Die falsche Verbindung ist diejenige, die Sie zwischen Waffen und Sicherheit gemacht haben. Aber glauben Sie wirklich, dass die Menschen, die Schusswaffen abschaffen wollen, die Freiheit weniger lieben als Sie, dass sie sich um die Sicherheit ihrer Familien weniger Gedanken machen als Sie?«

»Ihre Freiheit – und was ist mit unserer? Ihre Familien – und was ist mit unseren? Sie werfen uns den Wölfen vor, damit Sie sicher sind!«

»Mr. Mallock, wir füttern die Wölfe nicht. Wir versuchen, ihnen einen Maulkorb zu verpassen.« Wilman streckte Mallock die Hand hin, um ihm aufzuhelfen. Nach langem Zögern griff Mallock danach. »Wenn Sie wirklich verstehen wollen, habe ich eine bessere Antwort für Sie.«

Mallock warf ihm einen finsteren Blick zu, aber er sagte leise: »Ich höre Ihnen zu.«

»Das einzige, was unsere Gesellschaft davon abhält, vierundzwanzig Stunden am Tag ein Blutbad anzurichten, ist die Tatsache, dass die meisten Menschen die meiste Zeit über nicht bereit sind, alles für einen Kampf zu riskieren, bei dem sie vielleicht verkrüppelt oder getötet werden. Und wenn wir kämpfen, kämpfen wir meistens nur so lange, bis die Angelegenheit geklärt ist – einer von beiden gibt nach, bevor es mehr als Prellungen und blaue Augen gibt.

Wir haben Millionen von Jahren daran gearbeitet, vernünftige und überlebensfähige Regeln zur Konfliktbewältigung auszuarbeiten – und dann haben wir sie fünftausend Jahre lang gebrochen, indem wir immer tödlichere Waffen erfunden haben, die immer mehr Menschen immer besser aus immer weiterer Entfernung töten können.

Wir sind jetzt an einem Punkt angekommen, an dem wir von diesen Regeln nicht mehr viel wissen, höchstens noch: ›Der König hat immer Recht‹ – eine verhängnisvolle Abkürzung. Zu viele Väter haben vergessen, was sie ihren Söhnen beibringen müssen oder haben sich dieser Verantwortung ganz entzogen – Respekt für die Älteren, Dienst für die Gemeinschaft, Pflicht für die Familie. Und zu viele Männer in dieser Welt sind fälschlicherweise der Meinung, dass sie es verdient haben, ein Fürst zu sein, nur weil sie in der Lage sind, einen Fürsten vom Thron zu reißen.

Sie sind mit einer Bombe hierher gekommen, weil sie mich zerstören und von meinem bekannten Namen profitieren wollten. Wenn ich nach Ihren Regeln spielen würde, müsste ich jetzt *Sie* töten, weil Sie es versucht haben und gescheitert sind. Aber ich würde Ihnen gern eine Chance geben, damit sie erkennen, dass es noch einen anderen Weg gibt, eine höhere Moral, nach der man streben sollte. Und daher steht es Ihnen jetzt frei zu gehen – die Polizei von Washington draußen würde für eine Anklage meine Hilfe brauchen, und die wird sie nicht bekommen.«

Mallock sah durch die Eingangstür nach draußen auf die Straße. »Und Sie glauben wirklich, dass es damit vorbei ist?«

»Nein. Aber ich glaube, dass Sie es beenden können – Sie und alle anderen, die so denken, wie Sie gedacht haben, als Sie hier hereingekommen sind.«

»Glauben Sie, dass wir jetzt Freunde sind, nur weil Sie mir in der Öffentlichkeit verzeihen? Glauben Sie, dass wir die Dinge einfach so akzeptieren werden, wie sie sind?«

»Sie halten sich doch für religiös, Mr. Mallock – kennen Sie das Gebet, das so anfängt?: ›Herr, gib mir die Kraft ...‹«

»Ich kenne es«, erwiderte Mallock schroff.

»Dann werden Sie auch verstehen, dass ich jeden Abend um Weisheit bete«, sagte Wilman. »Und ich hoffe, dass Sie das auch tun werden.«

Als Wilman in sein Büro kam, wartete dort schon Evan Stolta auf ihn.

»Und – wie hat es ausgesehen?«

»Meiner Meinung nach sehr gut – obwohl es sich am Ende schon sehr wie eine Moralpredigt angehört hat«, entgegnete Stolta.

Wilman lächelte. »Das kommt davon, dass ich viel zu viel Zeit hatte, darüber nachzudenken, was ich sagen werde. Ich dachte schon, dass niemand den Köder schlucken und uns nichts anderes übrig bleiben würde, als unseren eigenen Terroristen anzuheuern.«

»Falls jemals herauskommen sollte, dass wir das Material auf der Site der Patriot Crier platziert haben ...«

»Es wird nicht herauskommen.«

»Die Medien werden sich wie die Haie auf die Geschichte stürzen. Mir brach der Schweiß aus, als Sie kurz davor waren, ihn mit der Wahrheit zu verhöhnen – ›jemand hat Sie angelogen‹ und solche Sachen.«

»Vielleicht habe ich das Ganze ja etwas zu sehr genossen«, gab Wilman zu. »Aber es wird schon gut gehen. Unsere Fingerabdrücke werden sie am Tatort jedenfalls nicht finden.«

Stolta schüttelte unzufrieden den Kopf. »Wenn er es geschafft hätte, sich einen exotischen Sprengstoff zu besorgen oder eine Staubbombe …«

»Warum zermartern Sie sich jetzt noch den Kopf darüber? Es ist vorbei. Es ist nichts passiert.«

»Ich nehme an, weil ich immer noch nicht verstehe, warum Sie dieses Risiko eingegangen sind.«

»Weil wir so verschieden sind. Können Sie sich vorstellen, dass Sie hunderttausend Dollar gegen eine Million setzen?«

»Ich glaube nicht. Hunderttausend Dollar wären sehr viel von dem, was ich besitze.«

»Sehen Sie? Sie haben nicht einmal nach den Chancen gefragt.«

»Die Chancen spielen keine Rolle. Mein Vater hat mir zwei Regeln für Glücksspiele beigebracht – erstens, wette nur, wenn du dir ganz sicher bist. Zweitens, du kannst dir nie ganz sicher sein.« Stolta lächelte wehmütig. »Okay, ich geb's ja zu, ich bin von Natur aus vorsichtig. Aber ich glaube nicht, dass Sie damit meine Frage beantwortet haben.«

»Haben Sie mir eine Frage gestellt?«

»Ich glaube schon – warum Sie etwas riskiert haben, das Sie im schlimmsten Fall zwanzig Jahre Ihrer Arbeit gekostet hätte.«

»Ah – diese Frage.« Wilman setzte sich. »Ich war nie ein großer Spieler. Ich kann einfach nicht stillsitzen und warten, bis man mir die Karten gibt.«

»Und warum setzen Sie dann plötzlich alles auf eine Karte?«

Wilman schüttelte den Kopf. »Diese Sache ist eher ein Kampfeinsatz als ein Glücksspiel, Evan – taktisch, nicht statistisch. Und über die Chancen nachzudenken ist fast immer das Schlimmste, was man während eines Kampfes tun kann – besonders, wenn sie nicht gut für einen stehen. Wenn man das tut, kommt man nie über den nächsten Schützengraben, erobert den Hügel nie. Und es wird einem auch nicht gelingen, seine Chancen zu verbessern. Was man von einer Minute zur nächsten tut, kann alles ändern.«

»Das erklärt immer noch nicht, warum Sie beschlossen haben, *diesen* Hügel anzugreifen, zu *diesem* Zeitpunkt.«

»Sie lassen einfach nicht locker, nicht wahr?« Wilman sah Stolta kurz ins Gesicht, dann seufzte er. »Die Wahrheit ist, ich habe es satt zu warten. Ich weiß nicht, wie viel Zeit mir noch bleibt, und ich will das hier zu Ende bringen. Also bin ich bereit, gewisse Risiken einzugehen.« Er brach ab, als müsste er überlegen, ob er noch mehr sagen wollte. »Es ist nicht gerade Stoff für eine Heldenlegende, aber viele Schlachten werden von jemandem entschieden, der einfach nicht mehr länger warten wollte.«

»Ich beuge mich Ihrer Erfahrung«, erwiderte Stolta, der nie eine Uniform getragen hatte. »Grover – glauben Sie eigentlich, dass Sie diesen Mallock bekehrt haben?«

Wilman lächelte und schüttelte den Kopf. »Ich würde mich schon freuen, wenn ich ihn nur entmutigt hätte. Mir geht es um die Zuschauer. Und da wir gerade von Zuschauern reden – wir sollten jetzt endlich herausfinden, wie viele es gewesen sind.«

28.

Nicht für Niederlagen gemacht

»Der Mensch ist nicht für Niederlagen gemacht … Man kann ihn zerstören, aber nicht besiegen.«

Ernest Hemingway

Der Holzblock mit dem Bronzeemblem der Staatspolizei von Missouri lag seit mehr als sechs Jahren auf John Trents Schreibtisch. Trent hatte den Preis für einen Kurs der NAR bekommen, der Schulkindern den Umgang mit Waffen erklärte und nach dem Massaker in der Truman Middle School eingeführt worden war. Er war allerdings eher ein nützliches Schreibtischaccessoire als ein in Ehren gehaltenes Erinnerungsstück. Und zwar nicht als Briefbeschwerer, wie ursprünglich vom Designer beabsichtigt, sondern als Waffe in dem Krieg, der in den Büros der NAR gegen rote Ameisen geführt wurde.

Als die faustgroße Auszeichnung den an der Wand montierten Flachbildschirm etwas links unterhalb des Zentrums traf, bewegte sie sich mit einer Geschwindigkeit, die äquivalent war zur Wurfkraft eines ehemaligen High-School-Quarterbacks, der einen Football immer noch vierzig Meter weit werfen konnte. Der Bildschirm zersplitterte wie ein gigantischer Spiegel. Der dumpfe Schlag und das splitternde Glas waren noch vier Büros weiter zu hören.

Was dann geschah, war allerdings weniger befriedigend. Das, was von dem Bildschirm noch übrig war, wurde einfach dunkel, ohne ein einziges Zischen oder Rauchfähnchen.

Trents Sekretärin und sein persönlicher Referent erreichten die Tür seines Büros gleichzeitig. »Sind Sie in Ordnung?«, fragte Jolene. Kenneth sah sich die Splitter auf dem Boden an.

»Haben Sie es gesehen?«, schrie Trent wütend. »Hat es jemand von Ihnen gesehen?«

»Ich habe es gesehen«, erwiderte Kenneth. Er hob den Preis vom Boden auf und wischte vorsichtig die Glas- und Plastiksplitter ab. »Er hat es so hingedreht, als ob nur Verrückte sich selbst schützen wollten.«

»Machen Sie sich an die Arbeit, und finden Sie heraus, wer dieser Mallock ist, und was, zum Teufel, er dort gemacht hat.«

»Glauben Sie, es war inszeniert?«

»Was denn sonst?«, fragte Trent verächtlich. »Wilman

hat vier große Nachrichtensender so schnell in das Gebäude gebracht, dass sie fast nichts verpasst haben. Vier Nachrichtensender, die nur aus einem Grund live über ein Ereignis berichten – weil sie hoffen, dass sie uns den Bombenanschlag eines Terroristen oder einen Massenmord zeigen können, in Echtzeit. Und was tut Wilman?« Trent warf die Hände in die Höhe. »Er nimmt sich die Zeit, uns eine Vorlesung über Gewalt und menschliche Evolution zu halten, weil er weiß, dass jedes seiner Worte übertragen wird, denn schließlich warten die Zuschauer ja alle auf das Blutbad. Das hätte er nicht getan, wenn er nicht genau gewusst hätte, dass es kein Blutbad geben wird. Es war mit Sicherheit inszeniert. Und er wird damit durchkommen. Es ist eine großartige Geschichte – mutiger Kämpfer, fanatischer Attentäter, dramatische Begegnung mit dem Tod. Dieser Mistkerl.«

»Ich werde sehen, was wir über Mallock haben.« Kenneth stellte den Holzblock wieder auf Trents Schreibtisch. »Und einen neuen Triniton für Sie bestellen.«

Jolene blieb unsicher im Türrahmen stehen. »Kann ich noch etwas für Sie tun, Mr. Trent?«

»Ich weiß ja nicht einmal, was *ich* tun kann«, fuhr Trent sie an. »Dieser Mistkerl – er hat uns ausgelacht, Jolene, das habe ich in seinen Augen gesehen. Sie töten Menschen, nehmen uns unsere Waffen weg und schicken uns dann los in den Kampf mit den Wölfen … sie ermorden die Verfassung … und er hält uns eine *Vorlesung* über Moral?«

Trent griff nach dem Holzblock und warf ihn noch einmal gegen den Bildschirm. Dieses Mal wurde er mit einem Lichtbogen und einer beißenden Rauchwolke belohnt, aber es reichte nicht, um ihn zu beruhigen.

»Lassen Sie mich allein, Jolene«, sagte er düster.

Die Sekretärin zögerte erst, aber dann machte sie die Tür hinter sich zu und ging. Als sie weg war, stützte sich Trent auf seinen Schreibtisch. Seine Brust hob und senkte sich, und vor Wut dröhnt ihm das Blut in den Adern. »So wahr mir Gott helfe«, flüsterte er, »er hat es nicht verdient, nachts ruhig schlafen zu können. Lass mich derjenige sein, der ihm das nimmt. Gib mir Kraft, Geduld und Weisheit und irgendwann, irgendwo die Gelegenheit für einen sauberen Schuss.«

Dann setzte sich Trent hin und schrieb mit zitternder Hand eine Erklärung, in der er von seinem Posten als Präsident der NAR zurücktrat.

In den nächsten Wochen sagte John Trent zu den Freunden, die ihn anriefen, das gleiche, was er auch zu den Blutsaugern von den Medien sagte – dass er doppelt solange Präsident der NAR gewesen sei wie sein Vorgänger und eine neue Perspektive brauche, dass er reisen und einige persönliche Angelegenheiten regeln wolle, dass er die Verfassung und die Grundrechte der amerikanischen Bürger nach wie vor mit aller Kraft verteidigen werde und nach Möglichkeiten suche, um sich stärker in der Politik zu engagieren und Wege zu gehen, die die NAR nicht gehen könne.

Es entsprach alles der Wahrheit, aber Trent sorgte dafür, dass seine Freunde es anders verstanden als die politisch interessierten Medien, die mehrere Berichte über die Geschichte und die Aussichten von Ein-Mann-Parteien brachten und sich dann anderen Themen zuwandten.

Zu diesem Zeitpunkt hatte Trent bereits Kontakt zu den Leuten aufgenommen, die ihm bei seinem Plan helfen sollten. Er beschränkte sich auf Einzelpersonen – keine Ausschüsse, Privatarmeen, Verbände oder Milizen. Ihre Aktionen in den letzten Monaten waren einfallslos gewesen und hatten einen eklatanten Mangel an Professionalität gezeigt.

Bob Bowman hatte sich in seiner Zelle im Staatsgefängnis von Virginia erhängt, wo er auf seinen Prozess wartete, nachdem er in der Nähe von Raleigh einen Jammer-Minibus vom Highway abgedrängt hatte. Zachary Taylor Grants Komplott gegen Richterin Hannah Loeb vom Obersten Gerichtshof war durch einen Maulwurf verraten worden, der von FoxMedia eine halbe Million für ein Exklusivvideo bekommen hatte. Und Mel Yost veröffentlichte die *Washington War Crimes* inzwischen von Barbados aus.

Die Medien waren voll mit ähnlichen Schlagzeilen. Die Hochburg der Boston Riders in der Nähe von Lake Champlain war von einer Spezialeinheit des FBI entwaffnet worden. Bei drei schief gegangenen Anschlägen war genug Material übrig geblieben, um die Riders mit den Bombenanschlägen auf Abtreibungskliniken in New England in Verbindung zu bringen. Kelly Martin und Freedom Sword waren immer noch im nördlichen Teil des Mittleren Westens aktiv und behaupteten, in der letzten Zeit mehr als zwanzig Bombenanschläge verübt zu haben. Aber die Ziele, die sie sich aussuchten – vor allem Restaurants und Geschäfte in kleineren Städten, die noch sehr wenige oder gar keine Jammer-Installationen hatten –, waren ein PR-Fiasko.

In amerikanischen Bundesgefängnissen saßen zurzeit 16 Personen ein, die in Zusammenhang mit fünf verschiedenen Attentatsversuchen auf den Präsidenten festgenommen worden waren. Außerdem hatte es drei bekannte Attentatsversuche auf Wilman, acht auf den jüdischen Industriellen und fünf gegen verschiedene Mitglieder des Kabinetts gegeben. Die meisten dieser Versuche waren von den allgemeinen Medien kaum beachtet worden, da diese offensichtlich der Meinung waren, dass Männer, die ihr Leben und ihre Freiheit für ihre Grundsätze zu opfern bereit waren, keine Nachricht wert seien. In den Medien der Freiheitskämpfer dagegen waren die Toten und Eingesperrten Helden, aber ohne Modediäten, Sex und bekannte Namen, mit denen die Quoten aufgebessert werden konnten, versanken auch sie schnell wieder in der Versenkung.

Geduldig analysierte Trent jede Einzelne dieser Operationen und alle Elemente, die zum Scheitern geführt hatten. Nicht alle Analysen waren aufschlussreich – aus Dummheit ließ sich nur selten etwas lernen. Trotzdem gelang es ihm, mit der Zeit zwei Muster zu erkennen – die Anschläge waren einerseits zu kompliziert, anderseits nicht mutig genug. Er kam zu dem Schluss, dass das meiste, was die Leute als Pech bezeichneten, mit Zufall nichts zu tun hatte.

Das, was er herausgefunden hatte, nahm Trent mit nach Atlantic City – in das New Flanders Casino Hotel, das von Angelo DiBartolo als Treffpunkt vorgeschlagen worden war –, zu dem einzigen Treffen, das es je für die Verschwörung geben würde. Allerdings würde es ein sonderbares Treffen sein. Alle vier Verschwörer kamen von außerhalb, um sich in dieser Stadt zu treffen, aber Trent hatte entschieden, dass sie niemals zusammen in einem Raum oder an einem Tisch sein durften.

Trents erster Rekrut war der 38-jährige Terry Stewart, der früher als freier Mitarbeiter für die CIA tätig war und einen lukrativen Auftrag als ›Berater‹ für paramilitärische Einheiten verloren hatte, als Grover Wilman den von Präsident Engler angezettelten Geheimkrieg in Kolumbien aufgedeckt hatte. Stewart (oder ›Gooch‹, wie er sich selbst nannte) hatte eine militärische Spezialausbildung und ausgezeichnete Verbindungen und war so schwer zu finden, dass zur ersten Kontaktaufnahme drei Mittelsmänner erforderlich gewesen waren.

Für die zweitwichtigste Aufgabe seiner Verschwörung brauchte Trent einen Mann, der sich mit dem bürokratischen System auskannte und mit ihm arbeiten konnte, um die Vorbereitungen für die Konfrontation zu treffen. Er würde genau wissen müssen, was geplant war, sodass Trent ihn nicht blind aussuchen konnte. Aber da der Mann nach außen hin beteiligt war, musste er auch in der Lage sein, später zu beteuern, dass er nichts von Trents Absichten gewusst hatte und lediglich für einen Klienten tätig gewesen war.

Die Kombination aus Geldgier, bewährter Skrupellosigkeit und gekonnten Lügen war nur bei einem Rechtsanwalt aus Hollywood zu finden. Trent fand seinen Mann in Roy Carney, dessen kleine, aber angesehene Kanzlei eine Reihe konservativer Klienten vertreten hatte. Carneys zweitältester Sohn war Mitglied der California Border Guards, einer Art Anti-Einwanderungs-Miliz, deren Mitglieder Dutzende von Mexikanern ins Krankenhaus und mindestens drei ins Grab gebracht hatten.

Das letzte Stück des Puzzles war der Sicherheitsexperte Ben Brannigan aus Atlanta, der sich hinter dem Netnamen ›The Equalizer‹ verbarg. Wenige Tage nach der offiziellen Vorstellung des Triggers hatte der Equalizer eine theoretische und durch nichts bewiesene Analyse ins Net gestellt und behauptet, der Trigger könne überlistet werden. Danach hatte er noch mehr Material im Net verbreitet, vor allem immer ausgefeiltere und kritischere Abhandlungen zur Technologie des Triggers und den Sicherheitsstrategien, auf denen dieser basierte. Brannigan bezeichnete sich selbst als ›kostenlose Bibliothek‹ und hatte es sich zum Ziel gesetzt, der unbestrittene zivile Experte für die Geräte von Horton zu werden. Es gab keinen Beweis dafür, dass er je mehr getan hatte, als anonym Ratschläge zu erteilen, aber Trent wusste, wie man einen Mann köderte, der stolz auf seine Arbeit war.

Sie führten ihre Gespräche ausschließlich über das faseroptische Telekonferenz-Netzwerk des Hotels, das, wie DiBartolo Trent versichert hatte, nicht abgehört werden konnte – nicht einmal von den Angestellten des Hotels. Da die Signale nur intern weitergeleitet wurden, ging ein Gespräch von einem Hotelzimmer zum anderen weder über ein Leitungs- noch über ein Funknetz, und die PGP-Scrambler in jeder Suite sorgten dafür, dass Lauscher vor Ort keine Chance hatten.

»Meine Familie ist gern im Flanders«, hatte DiBartolo lächelnd gesagt. »Wir halten dort seit drei Jahren zweimal im Jahr unsere Familientreffen ab und haben noch nie Probleme gehabt. Sie können sehr diskret dort sein. Sie wissen, dass das notwendig ist, wenn die Geschäfte gut laufen sollen.«

Trent hatte das für bare Münze genommen und nahm daher an, dass DiBartolo dafür verantwortlich war, als sein Suchgerät zwei Mikrosenderwanzen in der Suite fand. Er hatte DiBartolo zwar um eine Empfehlung für einen sicheren Treffpunkt gebeten, den Mafioso aber weder über den Zweck des Treffens informiert, noch ihn dazu eingeladen. DiBartolos Neugier war daher verständlich. Trotzdem warf Trent die Wanzen in die Toilette und spülte sie hinunter. Danach untersuchte er die Suite jedes Mal, wenn er geschlafen hatte, fort gewesen war oder wenn das Zimmermädchen sauber gemacht hatte, fand aber keine weiteren Abhörgeräte.

Wenn DiBartolo trotzdem zuhörte, erfuhr er in den ersten zehn Minuten alles, was er wissen musste – bis auf die Namen der anderen Verschwörer, die nie erwähnt wurden.

»Ich habe vor, Senator Grover Wilman live im Fernsehen umzubringen«, sagte Trent mit ruhiger Stimme. Er machte sich nicht die Mühe, eine Erklärung für seine Entscheidung zu geben – entweder hatte er den Charakter der anderen drei richtig eingeschätzt oder nicht. »Und Sie sollen mir dabei helfen, Wilman, eine Waffe und mindestens eine laufende Newscam gleichzeitig in einen Raum zu bekommen.«

»Wilman geht nirgendwohin ohne einen Jammer-Minibus. Er lebt im Horton-Raum«, wandte der Equalizer ein. »Werden wir versuchen, ihn aus seinem Kokon herauszulocken, oder gehen wir direkt gegen den Jammer vor?«

»Ich kann ihn in jede Situation bringen, die wir geplant haben«, sagte Trent. »Das müssen wir gemeinsam entscheiden. Aber mir wäre es am liebsten, wenn wir die Sache mit Mallock so exakt wie möglich wiederholen könnten – von Angesicht zu Angesicht, an einem Ort, an dem Wilman glaubt, alles unter Kontrolle zu haben.«

»Psychologische Kriegführung«, sagte Gooch. »Von mir aus ist das in Ordnung.«

»Ich habe eine Frage zu unserem Szenario«, meldete sich der Rechtsanwalt zu Wort. »Warum müssen Sie dabei sein? Oder die Kameras? Lediglich die Bombe und Wilman in einen Raum zu bringen würde den gleichen Zweck erfüllen – und bereits das dürfte schon ziemlich schwierig sein.«

»Ist es nicht«, wandte Gooch ein. »Die Bombe muss nur groß genug sein.«

»Und ein Opfer fordern«, erwiderte der Rechtsanwalt. »Aber warum der direkte Kontakt? Es gibt noch andere

Möglichkeiten, um ihn zu erwischen. Er empfängt Besucher aus seinem Wahlkreis. Er fährt von seinem Haus ins Büro. Er geht in die Kirche.«

»Er geht nicht in die Kirche«, warf Trent ein. »Er ist Humanist. Ein Atheist.«

»Dann brauchen wir uns ja keine Sorgen darüber zu machen, dass Gott ihn vielleicht retten wird«, sagte Gooch ohne zu lächeln. »Ein Heckenschützengewehr vom Militär hat eine Reichweite von fast eintausend Metern. Ist das Ziel näher als sechshundert Meter, kann sogar ich den Schuss machen. Er kann gar nicht so gut abgedeckt sein, dass er niemals den Kopf herausstreckt oder sich am Rand des Jammer-Feldes bewegt.«

»Er verlässt Washington so gut wie nicht mehr, und D.C. *ist* vollständig abgedeckt«, wandte der Equalizer ein. »Wie wollen Sie ihn so weit herauslocken, dass Sie ihm aus fünfhundert Metern einen Kopfschuss verpassen können?«

»Nein.« Trent schüttelte den Kopf. »Hören Sie mir zu. Es reicht nicht, ihn zu töten. Es gibt hundert Möglichkeiten, um das zu tun, aber dadurch würden wir nichts erreichen. Sein Tod muss sagen, dass sein Kreuzzug aussichtslos ist – wenn Grover Wilman nicht sicher ist, wie kann dann ein gewöhnlicher Bürger auf Sicherheit hoffen? Besser auf die eigene Waffe als auf irgendwelche Zauberstrahlen vertrauen. Und es muss in der Öffentlichkeit passieren, vor laufenden Kameras. Er liebt Kameras. Bevor er stirbt, werde ich allen zeigen, dass hinter dem Großmaul ein Lügner und ein Feigling steckt. Ein hilfloser Feigling.«

Der Rechtsanwalt runzelte die Stirn. »Haben Sie denn keine Angst davor, dass Sie vielleicht einen Märtyrer aus ihm machen?«

»Nein. Nein, überhaupt nicht«, betonte Trent. »Die wahren Märtyrer sind die Menschen, die sterben müssen, weil Grover Wilman sie entwaffnet hat. Und für diese Menschen werde ich es auch tun. Jemand muss die Leute retten, die in Gefahr sind. Jemand muss das Gleichgewicht wiederherstellen. Wir werden es schaffen, Gentlemen. Ich bin fest davon überzeugt, dass wir es schaffen werden.«

»Sie können sicher sein, dass wir es schaffen werden«, sagte Gooch.

»In Ordnung«, erwiderte der Equalizer. »Wir müssen ihn aus Washington herausbekommen. Die Frage ist – wohin? Und dann überlegen wir uns wie.«

»Wir sollten uns einen Ort aussuchen, an dem er denkt, dass er uns unter Kontrolle hat«, sagte Gooch. »Und dann zeigen wir ihm, dass er sich geirrt hat.«

Evan Stolta hatte Grover Wilman noch nie angeschrien, aber jetzt musste er sich sehr beherrschen, um es nicht doch zu tun. »Warum denken Sie überhaupt darüber nach? Er ist ein Verlierer, Senator, und Sie werden ihm lediglich neue Glaubwürdigkeit verschaffen. Er hat seinen großen Fall verloren, er hat seinen Einfluss im Kongress verloren, und jetzt hat er auch noch seinen Job verloren – Sie wissen, dass die NAR ihn gefeuert hat. Warum wollen Sie ihn retten? Warum wollen Sie ihn auf Ihre Ebene ziehen?«

Wilman lächelte wie ein nachsichtiger Vater, was Stolta nur noch wütender machte. »Warum sollte ich das, was er sagt, unbeantwortet lassen? Warum sollte ich Angst vor einer kleinen Diskussion haben, wenn wir an das glauben, wofür wir uns einsetzen?«

»Und warum muss es Senator Grover Wilman höchstpersönlich sein? Das können Martinson oder Rocannon oder Schultz übernehmen«, beharrte Stolta. »Sie haben schon genug Termine. Gil Massey droht, den Gesetzentwurf 50 erneut vorzulegen, und Sie spielen ihm vielleicht in die Hände, bevor es Ihnen bewusst ist. Und was ist, wenn John Trent immer noch mit Massey zusammenarbeitet? Was ist, wenn diese öffentliche Herausforderung nur ein Spiel ist, das sich die beiden für Sie ausgedacht hat?«

»Sie meinen, er will mich aus der Stadt haben und die Vorlage durch den Kongress bringen, während ich nicht hinschaue?« Wilman lachte. »Sie übertreiben, Ev. Der Senat ist gar nicht schnell genug, um so etwas durchziehen zu können. Ich nehme schließlich nicht die Postkutsche.«

Stolta setzte sich auf die Lehne des Besucherstuhls. »Die

Reise macht mir Sorgen, Senator …« Stolta schüttelte den Kopf und suchte nach Worten. »Es kann alles Mögliche passieren. Warum müssen Sie persönlich hin? In VR könnten Sie genauso viele Zuschauer haben.«

»Wir können persönlich diskutieren und trotzdem viele Zuschauer in VR haben«, erwiderte Wilman. »Was könnte passieren?«

»Grover …«

»Ich möchte nur wissen, ob Sie es auch aussprechen können.«

»Okay«, sagte Stolta wütend. »Es gibt da draußen eine Menge Leute, die Ihnen an den Kragen wollen. Ich glaube nicht, dass Sie ihnen mehr Gelegenheit dazu geben sollten als unbedingt notwendig.«

»Glauben Sie, das ist neu für mich, Ev?« Wilmans Ton war nachsichtig, fast gleichgültig. »Ich lese jeden Morgen die Hassbriefe, die hier eingehen, und das habe ich schon getan, bevor ich Sie eingestellt habe. Ich weiß, dass die meisten es gar nicht so meinen, und ich weiß, dass es einigen bitterernst mit ihren Drohungen ist. Ich bin der Blitzableiter für jeden fanatischen Wichtigtuer, der glaubt, dass seine Welt zusammenbrechen wird, wenn er das Recht verliert, seine Frau, sein Kind, seinen Nachbar, seinen Chef oder einen betrunkenen Touristen, der an die falsche Tür klopft, zu erschießen.«

»Sie nehmen mir das Wort aus dem Mund, Grover. Eben war das doch noch *mein* Argument.«

»Wie kann ich bei diesen Regeln gewinnen? Soll ich an etwas anderes glauben, nur damit sie mich nicht mehr hassen? Soll ich mich verstecken, damit sie mich nicht erwischen?« Wilman hob abwehrend die Hand. »Ich weiß, dass Sie die Antwort schon parat haben. Ich bin nun mal so, wie ich bin, Ev. Es liegt mir nicht, ständig in Angst zu leben. Wenn es so wäre, würde ich jetzt derjenige sein, der in der Wildnis von Idaho auf einem Waffenarsenal und mehreren Kilo Hartkeksen sitzt.«

Auf Stoltas Gesicht erschien ein zögerndes Lächeln.

»Außerdem haben Sie sich bei John Trent geirrt«, fügte

Wilman noch hinzu. »Er ist nicht gefeuert worden. Er ist aus eigenem Entschluss zurückgetreten.«

»Warum hat er das getan?«

»Damit er die Samthandschuhe ausziehen und mich in den Ring holen kann«, sagte Wilman. »Das wird bestimmt Spaß machen. Setzen Sie sich mit diesem Roy Carney zusammen, und besprechen Sie alles Weitere mit ihm.« Er lachte. »Fünfzehn Runden mit bloßen Fäusten dürften genau richtig sein.«

Im Cohen Auditorium der Tufts University, in dem die Diskussion zwischen Grover Wilman und John Trent stattfinden sollte, waren acht SkyEyes, fast dreihundert Zuschauer und dreihundert leere Plätze.

Die Verteilung der Eintrittskarten war von der Fletcher School of International Affairs übernommen worden, die bestimmte Kriterien anlegte, um für ein möglichst vielschichtiges Publikum zu sorgen, denn schließlich ging es um eine Veranstaltung, die der Dekan als ›Bestätigung der demokratischen Traditionen von Rede- und Meinungsfreiheit‹ bezeichnet hatte. Bevor er die beiden Teilnehmer vorstellte, entschuldigte er sich hinter der Bühne bei ihnen.

»Es tut mir furchtbar Leid ... es gab wirklich eine *große* Nachfrage nach den Eintrittskarten ... unsere Studenten sind *nicht* apathisch, sie sind sozial und politisch *sehr* aktiv ...«

»Vielleicht hatten ja die Gerüchte über Ausschreitungen etwas damit zu tun«, sagte Wilman und sah John Trent dabei an.

»Ausschreitungen? Du meine Güte? Was für Gerüchte sind das denn?«, wollte der Dekan wissen.

»Meine Mitarbeiter haben mir gesagt, dass in den letzten Stunden anonymisierte Netmail in Ihr System gekommen ist, die vor allem an Leute adressiert war, die bereits eine Eintrittskarte hatten«, erklärte Wilman. »In einer Version wurde behauptet, dass Sie, Mr. Trent, nicht erscheinen würden. Eine andere behauptete, dass es klüger sei, der Diskussion fernzubleiben, und dass es zu Ausschreitungen im Auditorium kommen werde …«

»Ausschreitungen? Bei uns? Das ist doch absurd«, entgegnete der Dekan. »Das hier ist schließlich keine staatliche Universität. Das hier ist *Tufts.*«

»Die Mail, die man mir gezeigt hat, enthielt auch eine Bombendrohung. Als Ziel hat man mich genannt.«

»Schockierend«, sagte Trent, obwohl seiner Miene nichts von einem Schock anzumerken war. »Hat die Universität auch direkte Drohungen bekommen?«

»Oh, nein, nein«, beeilte sich der Dekan zu sagen. »Ich habe erst vor ein paar Minuten mit dem Chef des Sicherheitsdienstes gesprochen. Es ist alles ruhig. Wir haben alle, die keine Eintrittskarten haben, gebeten, das Gelände nicht zu betreten. Aber wenn das, was Sie gehört haben, Senator, stimmen sollte, erklärt das vielleicht, warum viele zu Hause geblieben sind und sich die Veranstaltung online ansehen.« Er schüttelte traurig den Kopf. »Das ist alles sehr, sehr schade, aber ich fürchte, jetzt ist es zu spät, um noch etwas zu unternehmen. Wenigstens können Sie sicher sein, dass Sie in den Studenten, die trotzdem gekommen sind, sehr aufmerksame Zuhörer haben werden.«

»Das ist schön«, erwiderte Trent. »Ich sehe es gern, wenn die Zuschauer gut informiert sind. Ich hoffe, dass sie noch besser informiert sein werden, wenn die Diskussion zu Ende ist.«

Auf der Liste der Verschwörer mit den in die Endauswahl gekommenen Kandidaten für den Ort der Diskussion hatten Princeton, die Universitäten von Pittsburgh, Columbia und Harvard und sogar die Carleton University in Ottawa gestanden – alle mit Fachbereichen für internationale Angelegenheiten, die sich die Chance nicht entgehen lassen würden, Grover Wilman auf ihren Campus zu holen. Brannigan hatte Harvard und Columbia wegen ihrer Logistik ausgeschlossen, und Carney hatte argumentiert, dass Princeton in der Öffentlichkeit ein zu positives Image hatte. Trent hatte Carleton von der Liste gestrichen, weil ihre

Botschaft verwässert wurde, wenn sie über die Grenze gingen, obwohl Brannigan ihm versichert hatte, dass ein Anschlag an der kanadischen Universität ein Kinderspiel sein würde.

Bei der Entscheidung zwischen Pittsburgh und Tufts waren letztendlich zwei Gründe ausschlaggebend gewesen – dass die Fletcher School fast eine halbe Million Dollar an Forschungsstipendien von Mind Over Madness angenommen und sich dadurch zum Komplizen von Wilmans Verrat gemacht hatte, und die Tatsache, dass der Campus über keine eigene Jammer-Installation verfügte, obwohl er an den Großraum Boston angrenzte. Die mobile Einheit von MOM stand auf dem fast vollen Parkplatz neben dem Cohen-Auditorium neben den Übertragungswagen der SkyEyes und war problemlos erreichbar, da die hinteren Türen und die halbe rechte Seite völlig ungeschützt waren. Es gab zwar einige Sicherheitsbeamten, die auf dieser Seite des Gebäudes zu Fuß unterwegs waren, aber sie achteten nicht besonders auf den Jammer. Das aus zwei Mann bestehende Jammer-Team saß gelangweilt auf den Vordersitzen des Minibusses.

Brannigans Minibus, der mit dem Logo der New Yorker Niederlassung eines deutschen Senders getarnt worden war, stand nur drei Parkplätze von dem Jammer entfernt – nahe genug, um seine Aufgabe ungestört ausführen zu können. Brannigan tat so, als würde er sich die ersten Bilder von der Diskussion auf dem Vollbildschirm des Kom-Sets vor sich ansehen, und ging in Gedanken noch einmal alle seine Bewegungen durch. Er wartete auf das Zeichen von Terry Stewart und fragte sich, wie groß seine Chance war, nach dem Anschlag zu entkommen. Besser als Stewarts Chance, die allerdings besser war als die Trents. Es hatte gewisse Vorteile, wenn man derjenige war, der den ersten Teil eines Plans ausführte.

Es war schon nach kurzer Zeit klar, dass das Publikum im Cohen-Auditorium auf seiner Seite stand; trotzdem war Grover Wilman mehr als zufrieden mit der Reaktion auf seinen Auftritt. Nach einer herzlichen Begrüßung war er innerhalb von fünf Minuten viermal durch heftigen Applaus unterbrochen worden. Schließlich hatte es sogar einige Beifallsrufe gegeben, die vom Moderator allerdings mit dem Hinweis auf die Grundregeln unterdrückt worden waren. Es war alles hervorragend gelaufen, und Trent würde es schwer fallen, ihn zu übertrumpfen.

Erstaunlicherweise schien Trent gar keine Notiz vom Publikum zu nehmen, denn er richtete seine Worte ausschließlich an Wilman.

»Es war klug von Ihnen, Senator, das Ganze als Vernunft gegen Wahnsinn zu formulieren«, sagte Trent, der nicht einmal einen Seitenblick ins Publikum warf. »Wenn wir Sie damit davonkommen lassen, wird jeder, der gegen Sie ist, beweisen müssen, dass er nicht verrückt ist. Sie und Ihre Kumpane haben in der Tat sehr hart daran gearbeitet, um den Eindruck zu erwecken, dass jeder, der für den Privatbesitz von Waffen und den gezielten Einsatz von Gewalt eintritt, unvernünftig ist.

Ich bin hier, um diesen Eindruck zu widerlegen. Ich bin hier, um die feste Anschauung von Millionen vernünftiger Amerikaner zu vertreten, die der Meinung sind, dass es unvernünftig ist, wenn man uns unserer Waffen beraubt. Ich bin hier, um ohne Scham und ohne zu zögern zu sagen, dass es ein absolut logischer Akt, ein Ergebnis moralischer Argumentation sein kann, zu einer Waffe zu greifen und jemanden zu töten. Und Sie werden mir dabei helfen, das zu beweisen.«

»Das glaube ich nicht«, sagte Wilman mit einem Lächeln ins Publikum. In den ersten Reihen wurde gekichert, und der Moderator tadelte Wilman für die Unterbrechung. »Entschuldigung, Mr. Trent«, sagte der Senator. »Bitte, fahren Sie fort.«

Trent nahm es überraschend gelassen. »Senator Wilman, in der ganzen Zeit, in der Sie über dieses Thema gesprochen haben, in der ganzen Propaganda, mit der Sie und Ihre Organisation uns überschwemmt haben, wurde eine Frage nie gestellt und auch nie beantwortet. Wenn Sie damit fertig sind, die Menschen zu entwaffnen, die eine Schusswaffe haben, was machen Sie dann mit den Menschen, die ein Messer haben? Sie weichen der Frage aus und sagen uns, dass die Polizei natürlich nach wie vor bewaffnet sei, dass wir es natürlich nicht zulassen würden, dass ein Feind einen Vorteil gewinnen kann, dass wir immer noch in Gruppen reisen und Straßenwachen in unserem Wohnviertel bilden und Kampfsportarten lernen könnten. Aber das heißt, dass Ihre Art der Entwaffnung ein Schwindel ist. Sie wollen nicht alle Waffen abschaffen, Senator – Sie wollen nur *unsere* Waffen abschaffen ...«

Obwohl dieser Satz wie ein Stichwort klang, hatte Brannigan, der langsam ungeduldig wurde, nicht auf ein Signal von Trent, sondern von Stewart gewartet. Er griff nach dem piepsenden KomSet und stellte die Verbindung her.

»Ich bin in Position«, sagte Stewart.

»Verstanden.« Brannigan löschte den Speicher des KomSets und ließ es auf dem Beifahrersitz liegen. Set und Minibus waren gestohlen, und er hatte keine weitere Verwendung dafür.

Er nahm nur die lange schwarze Taschenlampe mit, auf die er so viel Zeit und Mühe verwendet hatte. Stewart hatte sich darüber lustig gemacht und sie als ›abgesägte Schrotflinte im Tarnanzug‹ bezeichnet, war aber dann doch von dem raffinierten Mechanismus beeindruckt gewesen, den sie darin versteckt hatten.

In einem Umkreis von dreißig Metern war niemand zu sehen, als Brannigan aus dem Minibus stieg. Er ging an der Rückseite der geparkten Fahrzeuge vorbei, wobei er die Taschenlampe hin- und herschwang und so tat, als wäre er in Richtung der Toiletten unterwegs, die von den Medienleuten benutzt wurden. Kurz vor dem Jammer-Fahrzeug änderte er plötzlich die Richtung. Mit zwei langen Schritten stand er genau vor dem Minibus.

Brannigan hielt den Schaft der Taschenlampe mit beiden Händen fest, drückte den breiten Kranz der Linse flach gegen die linke Tür und schob den Schalter nach vorn. Das

Gerät ruckte kurz in seinen Händen, dann gab es ein Geräusch, dass sich wie das Zuschlagen einer Autotür anhörte. Es kam von dem Bolzen aus gehärtetem Stahl, der mit Hilfe einer Ladung Druckluft ein Loch durch das Blech stanzte.

Das Zischen, das dann folgte, hätte man auch für einen Reifen halten können, aus dem gerade die Luft entwich. Das Geräusch kam von dem leitenden Aerosol, das durch die hohle Spitze des Bolzens in den Innenraum strömte. Nach nicht einmal zwei Sekunden war alles vorbei.

Plötzlich wurde die Beifahrertür des Minivans so heftig aufgestoßen, dass sie mit einem lauten Knall das nebenstehende Fahrzeug rammte. Gleich darauf fiel sie wieder zu.

Brannigan ließ die Taschenlampe fallen und ging ein paar Schritte zurück. Als er einen Blick in den Außenspiegel des Minivans warf, sah er in die Augen des Fahrers.

Unmittelbar danach war ein gedämpftes *Bummm* zu hören, als das Aerosol Dutzende von Lichtbögen für die Hochspannung entstehen ließ, die durch den Jammer und seinen Generator floss. Brannigan konnte es in dem Spiegel auf der Fahrerseite sehen – Blitze, die in einer Flasche aus Metall hin- und herzuckten. Das Dröhnen des Generators ging in ein Heulen über, dann war alles still. Auch von den Männern im Minibus war kein Laut mehr zu hören.

Brannigan drehte sich um und ging eilig davon. Einer der Sicherheitsbeamten, der sich über die Geräusche gewundert hatte, kam fünf Meter entfernt an ihm vorbei, hielt ihn aber nicht auf. Sobald er konnte, verdrückte sich Brannigan in eine dunkle Ecke.

»Gooch, alles klar«, sagte er in sein persönliches Kom-Set.

Das war seine letzte Aufgabe. Von jetzt an konnte er sich um sich selbst kümmern. Er hatte seinen Teil getan. Das Schutzschild um Grover Wilman hatte eine Lücke, eine Lücke, die bis hinauf in den Nachthimmel reichte. Und als Brannigan flüchtete, kam ein schwarzer Geist auf schwarzen Schwingen lautlos vom Nachthimmel herabgeflogen und brachte ein rundes, schwarzes Paket des Todes, das an das Cohen-Auditorium adressiert war.

Die Stimme des Moderators überschlug sich fast, nachdem er Trent schon mehrfach ins Wort gefallen war. »Ihre Redezeit ist um, Mr. Trent.«

John Trent griff in die Tasche und schaltete den Vibrationsalarm des KomSets aus. »Ich bin noch nicht fertig«, sagte er. »Senator Wilman, Sie sind ein Lügner.« Der Moderator schaltete Trents Mikrofon aus, aber die akustischen Verhältnisse waren so gut, dass er keines brauchte. »Sie versprechen den Menschen, solange wir uns alle in einer Herde versammeln, braucht niemand Angst vor den Wölfen zu haben. Aber die Menschen, die am Rand der Herde leben, *sind* in Gefahr. Einige von ihnen werden sterben, um den Hunger der Raubtiere zu stillen. Ich werde das nicht sein, und Sie auch nicht, weil wir beide wissen, wie man in der Mitte der Herde bleibt – für uns gibt es Alternativen.«

»Es gibt für alle Alternativen«, erwiderte Wilman. »Wir können uns dafür entscheiden, zivilisiert zu leben.«

»Noch mehr Lügen.« Trent trat hinter dem Rednerpult hervor. »Sie wollen nicht, dass die Tiere am Rand der Herde erfahren, was wirklich mit ihnen geschieht. Sie wollen nicht, dass sie bewaffnet und in der Lage sind, sich selbst zu verteidigen, weil sie dann *vielleicht* auf die Idee kommen könnten zu fragen, warum ausgerechnet *sie* den Wölfen vorgeworfen werden. Ihre Argumentation ist eine Lüge. Sie basiert auf der Voraussetzung, dass *Sie* immer noch sicher sein werden, wenn wir unsere Waffen aufgeben.«

»Ich habe gar nicht gewusst, dass Sie heute Abend für uns beide sprechen wollen.« Wilmans Bemerkung löste lautes Gelächter aus.

»Das haben Sie doch selbst gesagt – gegenseitige Abhängigkeit. Gruppenzwang. Straßenwachen in den Wohnvierteln. Multikulti in den Schulen. Globale Wirtschaftsplanung. Internationale Friedenstruppen. Gemeinschaft,

Gemeinschaft, Gemeinschaft. Es geht nur darum, die Herde zusammenzuhalten. Aber intakte Familien bestehen aus Menschen, die zusammenhalten. In keiner Familie, die diese Bezeichnung verdient, bedrohen sich Vater und Mutter mit einer Waffe, und die Kinder werden auch nicht mit vorgehaltener Waffe zum Gehorsam gezwungen.«

An diesem Punkt warf der Moderator entnervt das Handtuch und setzte sich auf einen Platz in der sechsten Reihe.

»Und wir sind eine große Familie, nicht wahr, Senator? Großmutter ist keine Verrückte ... die große Schwester ist keine Diebin ... Daddy ist kein Vergewaltiger ... der kleine Bruder ist kein Mörder. Wir können alle ruhig in unseren Betten schlafen. Das ist *vernünftig*. Das sagt uns die Logik. Wir können alle glücklich sein in unserer Herde. Es ist Wahnsinn zu glauben, dass es dort draußen Wölfe gibt.«

»Es ist Wahnsinn zu glauben, man könnte allein mit ihnen fertig werden«, entgegnete Wilman. »Und genau dahin führt diese von Ihnen propagierte Kultur des Egoismus. Warum wohl haben wir Familien, Stämme oder Staaten erfunden? Was nützt uns Gruppenidentifikation, wenn im Grunde genommen ein verdrehter Individualismus die Oberhand behält?«

»Sie haben die eigentliche Frage aus den Augen verloren«, sagte Trent. »Es ging darum, ob ein vernünftiger Mann genug Gründe finden kann, um sich zu bewaffnen. Es ging darum, ob ein vernünftiger Mann genug Gründe finden kann, um jemanden zu töten. Ihre gesamte Argumentation für eine Entwaffnung hängt von der Antwort auf diese Frage ab. Wenn die Vernunft auf diese Frage mit Ja antwortet, dann ist es kein Wahnsinn, Waffen zu tragen – der Wahnsinn besteht darin, sie abzulegen.«

Während Trent sprach, war der Dekan auf die Bühne gekommen, hatte Wilman vom Mikrofon weggezogen und ein geflüstertes Gespräch mit ihm begonnen. Jetzt wandte sich Trent zum ersten Mal an diesem Abend direkt an das Publikum.

»Und hier haben wir eine ganze Menge vernünftiger

Leute – kluge, gut erzogene, wohlhabende junge Männer und Frauen, die es gewohnt sind, ihre Auseinandersetzungen mit anderen klugen, gut erzogenen Leuten durch einen Krieg der Worte zu lösen. Sie sind heute Abend hierher gekommen, um dabei zu sein, wie Ihr Held in den Kampf zieht, gewappnet mit Logik und Rhetorik, Humanismus und Philosophie. Aber niemand von Ihnen hat ernsthaft darüber nachgedacht, dass sein Kontrahent vielleicht gar nicht vorhat, sich an die Spielregeln zu halten. Nein, das haben Sie nicht, denn sonst hätten Sie auf die Warnung gehört, die ich Ihnen heute Nachmittag geschickt habe.«

Der Dekan, der gerade auf Trent hatte zugehen wollen, blieb mitten auf der Bühne stehen, als er Trents Geständnis hörte. »Sie auch, Dekan Franklin? Und so weltklug – aber ich vergaß, Sie sind ja auch Absolvent dieser Universität. Noch ein kluger, gut erzogener Mann, der in einer Welt der guten Manieren lebt. Warum sagen Sie ihnen nicht, was Sie gerade eben zu Senator Wilman gesagt haben?«, schlug Trent vor. Er stellte fest, dass er diesen Moment genoss.

»Mr. Trent, ich fürchte, wir müssen die Diskussion beenden.«

»Wie Sie wollen«, erwiderte Trent. »Dann werde ich es ihnen sagen. Meine Damen und Herren, Dekan Franklin würde Ihnen gerne mitteilen, dass Senator Wilmans Jammer bedauerlicherweise eine Funktionsstörung hat und daher zurzeit nicht in der Lage ist, sie alle zu schützen.« Er sah die Zuschauer an, enttäuscht von ihrer Reaktion. »Vielleicht kann uns der Dekan sagen, was die vernünftige Reaktion auf diese Nachricht wäre. Oder der Senator? Nein?«

Er drehte sich wieder zu seinem Rednerpult hin, packte die schräge Platte mit beiden Händen und drehte daran. Sie löste sich vom Gestell, und Trent ließ sie mit einem lauten Knall zu Boden fallen. Er griff in das Pult hinein, holte die darin versteckte Pistole heraus und hob sie über seinen Kopf, damit alle sie sehen konnten.

»Und was jetzt?«, fragte er, als die Zuschauer entsetzt den Atem anhielten. »Und was jetzt?« Er zielte mit der

Waffe auf das Publikum und schwenkte sie langsam von einer Seite zur anderen. Es gab keine Schreie und keine Panik, nur ein verärgertes Murmeln. »Das hat unser Präsident im Kongress auch getan, und er hat es für eine erzieherische Maßnahme gehalten. Dann sollten wir das hier auch als Lektion bezeichnen. Sie – Sie da im Gang. Setzen Sie sich wieder hin. Ich bin noch nicht fertig.«

Trent drehte sich um und zielte mit der Pistole auf Grover Wilmans Brust. »Sie sind ein besonnener Mann, Senator Wilman. Das hat mir bis jetzt noch jeder gesagt, der Sie kennt. Analysieren Sie die Situation und sagen Sie mir – wären Sie jetzt nicht gern derjenige, der die Waffe in der Hand hält?«

»Die Pistole war bereits hier, bevor sich der Jammer abgeschaltet hat«, wandte Wilman ein. »Sind Sie sicher, dass sie noch funktioniert?«

Während die SkyEyes näher kamen und sich um den besten Winkel drängelten, hob Trent die Hand und feuerte einen Schuss über Wilmans Kopf hinweg, der die Verkleidung der Akustikschale traf. Der laute Knall ließ ein Dutzend Zuschauer aufspringen und auf die Türen zurennen. Der Senator zuckte lediglich zusammen, während Dekan Franklin in die Hocke ging und in Deckung blieb.

»Azide«, erklärte Trent. »Dekan, warum setzen Sie sich nicht zu Ihren Studenten?«

»Was soll das, John?«, fragte Wilman.

»Versuchen Sie nicht, mich zu manipulieren, *Grover*. Beantworten Sie einfach meine Frage«, erwiderte Trent. »Ich will die Wahrheit wissen – wären Sie jetzt nicht gern derjenige, der die Waffe in der Hand hält?«

»Nein.«

»Lügner.« Trent sah wieder ins Publikum. »Diese klugen Menschen hier verstehen das Herdenkonzept einfach nicht, das Sie ihnen aufzwingen wollen. Wenn sie alle auf einmal die Bühne stürmen würden, könnten sie mich mit Sicherheit entwaffnen. Wenn sie alle auf die Ausgänge zustürzen würden, könnten es die meisten von ihnen schaffen. Ist das nicht sonderbar? Sie wollen nicht zu denen gehören, die sterben. Würden Sie das jetzt als vernünftiges Verhalten bezeichnen?«

»Was wollen Sie, Mr. Trent? Mich? Dann lassen Sie die Zuschauer gehen.«

»Tut mir Leid. Ich brauche ihre Hilfe, um etwas zu beweisen. Und Ihre auch. Da sitzen sie, genau so, wie Sie sie haben wollten, unbewaffnet und hilflos angesichts einer drohenden Gefahr. Glauben Sie nicht, dass einige von ihnen jetzt doch ganz gern eine Waffe hätten? Glauben Sie nicht, dass sie jetzt endlich etwas darüber lernen, wie die Welt wirklich ist? Dieses Mal sollten Sie die Wahrheit sagen, Senator – wie gefällt es Ihnen, hilflos zu sein?«

»Ich musste gerade daran denken«, erwiderte Wilman, der immer noch aufreizend ruhig war, »dass ich fünf Minuten, bevor ich auf die Bühne kam, noch nicht wusste, welches Rednerpult ich benutzen werde.«

Trent lachte. »Gut – sehr gut! Dann sollten Sie jetzt vielleicht in *Ihrem* Pult nachschauen.«

Widerstrebend drehte Wilman an der Platte vor sich. Als sie sich bewegte, hob er sie vorsichtig hoch und legte sie zur Seite. Die SkyEyes schwebten auf die linke Seite der Bühne, um ihm über die Schulter zu sehen, während er missbilligend auf den Inhalt des Fachs starrte.

»Für alle, die es jetzt nicht sehen können – Senator Wilman hat gerade entdeckt, dass er auch eine Waffe hat«, verkündete Trent. »Senator, welche ›vernünftigen‹ Alternativen haben Sie jetzt? Fallen Ihnen ein paar neue ein? Was werden wohl Ihre Anhänger da unten von Ihnen erwarten? Wie wäre es mit einer Art Jimmy Stewart in *Der Mann, der Liberty Valance erschoss?* Wie wäre es mit John Wayne?«

»Ich hatte schon immer vermutet, dass Sie alles, was Sie über Waffen wissen, aus Western gelernt haben. Spielen wir jetzt *Mein großer Freund Shane?* ›Nimm die Waffe, Junge …‹«

»Und warum tun Sie das dann nicht? Nehmen Sie die Waffe, dann können Sie die Szene vielleicht noch umschreiben.«

Wilman ließ die Hände sinken und trat einen Schritt vom Pult zurück. »Darum geht es also. Sie brauchen eine öffentliche Rechtfertigung, um mich töten zu können.«

»Sie können mich nicht unter den Tisch reden, Senator, also versuchen Sie es erst gar nicht. Ich bin ein vernünftiger Mann, der eine vernünftige Entscheidung getroffen hat. Und jetzt möchte ich sehen, wie die Logik Ihrer Moral funktioniert.«

»Nein«, erwiderte Wilman. »Ich werde nicht mitspielen.«

»Wenn Ihr eigenes Leben nicht Grund genug ist, kann ich Ihnen gern mehr Motivation anbieten.« Trent nahm sein KomSet aus der Hosentasche und zog die Antenne heraus. »Ich glaube, bei dem Bombenschlag in der Mall of America ist zum ersten Mal ein Mobiltelefon als Fernzünder benutzt worden. Aber der arme Kerl hatte vergessen, die Anrufe von der Kreditkartengesellschaft seiner Frau auszusieben, daher ist das Ganze bedauerlicherweise nicht so gelaufen, wie er es geplant hatte.«

»John Trent, Sie sind verrückt«, fuhr Wilman ihn an. »Wo ist die Bombe?«

Schon allein das Wort genügte, um bei dem plötzlich sehr aufgeregten Publikum entsetzte Schreie hervorzurufen. Trent genoss das Gefühl, endlich die gewünschte Reaktion erreicht zu haben, bevor er antwortete. »Sie könnte überall sein, nicht wahr? Vor einer Bar. Unter einer Brücke. In einem Kino, in dem sich Teenager Filme ansehen, die älter sind als sie selbst. Aber wo bliebe da die Gerechtigkeit? Was haben *sie* getan, um das zu verdienen? Haben sie sich verschworen, um Amerika zu schwächen und das amerikanische Volk abhängig zu machen? Haben sie einer gutgläubigen Nation ein falsches Versprechen gegeben? Haben sie versucht, vorsätzlich ein von der Verfassung garantiertes Grundrecht zu zerstören, um damit ihre eigene Macht zu sichern? Nein. Das waren Sie. Sie und Ihre Freunde von der Fletcher School, der Elliot School, der Woodrow Wilson School und der Kennedy School.« Trent deutete mit der freien Hand auf das Publikum.

»Sie haben das Feld nicht wegen der Waffen ausgeschaltet«, sagte Wilman langsam. »Das war gar nicht notwendig.«

»Das ist richtig, Senator. Analysieren Sie die Situation.«

»Sie ist hier. Verdammt noch mal, sie ist hier, hier bei den Kameras.« Wilman hob den Arm und schwenkte ihn hin und her. »Raus hier!«, schrie er. »Raus, sofort!«

Einige der Zuschauer standen auf, aber die meisten waren starr vor Schreck.

»Ich glaube nicht, dass sie das tun sollten, Senator.« Trent ging einen Schritt auf den Rand der Bühne zu. »Das könnte mich nervös machen, und dann drücke ich vielleicht den falschen Knopf. Warum nehmen Sie nicht stattdessen die Waffe? Sehen Sie nur, wie viele Leben Sie retten könnten, wenn Sie eine Waffe hätten.«

»Sie könnten genauso viele retten, wenn Sie Ihre Waffe aus der Hand legen würden«, gab Wilman zurück.

»Nur zu wahr – aber das würde bedeuten, dass ich mich in etwas füge, das ich für schlecht halte. Und das ist keine vernünftige Entscheidung. Würde Ihnen ein Countdown beim Nachdenken helfen, Senator? Ich will nicht warten, bis die Kavallerie anrückt. Zehn – neun – acht …«

Grover Wilman warf Trent einen hasserfüllten Blick zu, sprang zum Pult und riss die Pistole aus der Halterung. Trent ließ seine Pistole sinken, dann drückte er ab und hielt den Zeigefinger am Abzug. Es gab keinen Knall, da keine Patronen mehr im Lauf waren – die Pistole enthielt kein Magazin, sondern einen Sender, den Trent gerade scharf gemacht hatte. Wenn er den Abzug losließ, wurde das Signal zur Zündung der Bombe gegeben.

Keine fünf Meter von ihm entfernt richtete Wilman die Pistole auf Trents Kopf. »Da haben Sie das Bild, dass Sie haben wollten. Es wird um die ganze Welt gehen. Sie haben gewonnen. Und jetzt legen Sie das KomSet weg. Legen Sie es einfach auf den Boden. Sagen Sie den Leuten, dass sie gehen können.«

»Das kann ich nicht, Senator. Denn wenn ich das tue, werden wir nie erfahren, ob das hier inszeniert war oder nicht.« Trent hob das KomSet, um einen Blick auf den Bildschirm zu werfen.

Mit verzerrtem Gesicht ließ Wilman die Waffe ein Stück nach unten und nach rechts sinken, entsicherte und drückte ab.

Die Kugel traf Trent in die linke Schulter, wo sie Muskeln und Gefäße durchschlug und im Knochen stecken blieb. Der Schock ließ Trent in die Knie gehen und nach hinten taumeln. Er prallte gegen das Pult und ließ das KomSet fallen. Im Auditorium brach Panik aus, und die Zuschauer rannten auf die Ausgänge zu.

»Danke«, keuchte Trent, der seine Pistole immer noch in der Hand hielt. »Jetzt weiß ich, dass Sie es verstanden haben. Hier ist Ihr Trigger, Senator.« Mit zitternder Hand hob er die Pistole über seinen Kopf und richtete sie auf das Gewirr von Scheinwerferbrücken und Kabeln über sich. Und dann nahm er den Zeigefinger vom Abzug.

Eine Frau fing an zu schreien, wütende Schreie und verzweifeltes Flehen erfüllten das Auditorium. Niemand konnte gehört haben, wie ein Hebel bewegt, eine Sperre gelöst, ein Kontakt geschlossen wurde. Aber in Trents Ohren hörte es sich wie ein Donnern an. Die Explosion selbst nahm er schon nicht mehr wahr – acht Kilogramm Sprengstoff, die sich durch die Deckendekoration nach unten auf die Bühne entluden. Er hörte nur noch Schreie, den Chor lauter Stimmen, die er für den Beifall hielt, den er sich am Tag seines Triumphs verdient hatte.

29.

Mehr für den Frieden tun

»Ich würde gern glauben, dass die Menschen langfristig gesehen mehr für den Frieden tun als unsere Regierungen. Ich glaube sogar, dass die Menschen den Frieden so sehr herbeisehnen, dass die Regierungen irgendwann einmal zur Seite treten und den Menschen ihren Willen lassen sollten.«

DWIGHT D. EISENHOWER

Im Laufe der Jahre hatte man die Bäume auf der Nordseite des Weißen Hauses ungehindert wachsen lassen, bis sie so hoch waren, dass es nur noch drei Fenster gab, von denen man den Lafayette Park sehen konnte. Aber selbst vor der Erfindung des Triggers hatte die Landschaftsarchitektur weniger mit der Sicherheit der Präsidenten als mit deren Unsicherheiten zu tun gehabt.

Lafayette Park war von jeher der Lieblingsplatz von Amerikas politischen Demonstranten und Sozialreformern gewesen, wo sie das zum Ausdruck brachten, was ihnen missfiel. Sie waren jeden Tag dort, egal, welches Wetter gerade herrschte. Die Demonstranten ließen handgeschriebene Schilder an Ballons in die Luft steigen, programmierten elektronische Plakate und deklamierten über Verstärker ihre Hetzreden. Es war, wie ein Experte sagte, »Washingtons Karneval, der das ganze Jahr über tobte – eine bunte Mischung aus politischen und philosophischen Merkwürdigkeiten, die nur wegen ihrer naiven Unschuld eine gewisse Würde besaßen«. Von Präsident Engler, dessen Politik fast jedem amerikanischen Bürger Anlass zur Klage gegeben hatte, war der Lafayette Park ›Dornengarten‹ getauft worden.

Aber nach der offiziellen Einführung des Triggers waren mehr und neue Demonstranten in den Park gekommen – Angehörige der Mittelklasse, die nicht wie Fanatiker, sondern eher wie Familien aussahen. Mit der Zeit waren es so viele geworden, dass der Park am Tag voll war und an den Abenden und Wochenenden zu bersten drohte. Aber die Menge verhielt sich ruhig und gesittet, sodass sogar der Park Service dem Secret Service nicht dabei helfen konnte, einen Vorwand für die Schließung des Parks oder zumindest eine Reduzierung der Menge zu finden.

Die Besetzer, die sich selbst Liberty Militia nannten,

brachten ihre eigenen Toiletten mit, sammelten ihren Müll auf, stellten sich jeden Tag geduldig in die Schlange an Tor 5, um ein Formular für einen Besuchstermin beim Präsidenten auszufüllen, und sangen auf ihren nächtlichen Kundgebungen sogar einigermaßen richtig. Aus mehreren tausend Kehlen konnte man die Kampflieder und patriotischen Hymnen auf dem Nordrasen und mehrere Blocks weit in alle Richtungen hören – und auch im Weißen Haus, wenn gerade ein Fenster offen war.

Der einzige Misston war die Tatsache, dass fast jeder Mann, jede Frau und jedes Kind eine Schusswaffe bei sich trug – ein buntes Sammelsurium aus Gewehren und Schrotflinten, Pistolen und Revolvern sämtlicher Baujahre und Kaliber. Keine der Waffen war eine Gefahr, denn der Park lag innerhalb der Reichweite des Jammers, der im Weißen Haus installiert war. Aber da die entsprechenden Gesetze immer noch gültig waren, stellte jede einzelne Waffe der Liberty Militia einen Verstoß gegen Bundesgesetze (Besitz einer Waffe auf einem Gelände des National Park Service) und gegen Gesetze des District of Columbia (weil sie durch die Straßen Washingtons in den Park gebracht worden waren) dar.

Die Besetzung des Lafayette Parks hätte leicht zu einem PR-Fiasko für die Hauptstadt eskalieren können, dessen Ausmaß sich wohl nur noch mit den Ausschreitungen in den Sechzigerjahren des letzten Jahrtausends vergleichen ließe – überfüllte Gefängnisse, Einfriedungen im Freien und immer mehr Demonstranten, die den Platz jener einnahmen, die man festgenommen hatte. Aber die Behörden hatten die Falle des zivilen Ungehorsams erkannt, die man für sie ausgelegt hatte, und waren übereingekommen, die ›Besenbrigade‹ unbehelligt zu lassen. Die Tatsache, dass eine Bürgerarmee vor der Tür des Weißen Hauses kampierte, war trotzdem ein starkes Symbol. Und für Mark Breland war es auch ein beunruhigendes Symbol.

Mindestens einmal in der Woche stand der Präsident an einem der drei Fenster. Er sah und hörte zu, wie die Miliz betete, sang und über die Pennsylvania Avenue marschierte. Er verstand nicht, warum die Menschen da waren, nicht einmal, nachdem er die Berichte der Agents gelesen hatte, die vom Secret Service in den Park geschickt worden waren. Er wusste nur, dass es ihm nicht gelungen war, sie mit seiner Botschaft zu erreichen, dass es ihm nicht gelungen war, sie von der Notwendigkeit zu überzeugen, jetzt endlich einen anderen Weg zu suchen.

Brelands Obsession für die Liberty Militia hatte sich nach der Ermordung von Wilman noch verstärkt, aber niemand wusste, was man dagegen tun konnte. Schließlich sprach Charles Paugh, Brelands neuer Stabschef, das Thema an, als er den Präsidenten eines Abends im Lincoln-Schlafzimmer fand. Breland stand in der Dämmerung an einem offenen Fenster und hörte zu, wie die Klänge einer patriotischen Hymne vom Lafayette Park herübergetragen wurden.

»Mr. President, bitte. Das nützt doch niemandem etwas. Und wenn die sehen, dass Sie am Fenster stehen, ermutigt sie das doch nur.«

»Was wollen sie, Charlie?«

»Wahrscheinlich Kugeln«, erwiderte Paugh mit der ihm eigenen Direktheit. »Warum tun Sie sich das an? Sie werden sie nie bekehren. Die Waffenlobby ist unbelehrbar. Das hat Trent uns doch gerade gezeigt. Für sie gibt es keinen Mittelweg.«

»Ich kann einfach nicht glauben, dass sich die Menschen dort unten sicherer fühlen würden, wenn wir die Jammer abschalten und morgen alle konventionellen Waffen wieder mit scharfer Munition geladen wären. Ich kann einfach nicht glauben, dass sie wirklich sicherer sein würden.«

»Das ist rein akademisch, Sir. Für sie zählt nur das, was sie glauben.«

»Ich weiß, ich weiß.« Breland drehte sich endlich vom Fenster weg. »Egal, ob die Waffen geladen sind oder nicht, Charlie, ich komme mir vor, als wären sie alle auf mich gerichtet.«

»Das sind sie auch. Auf sie und auf die nächste Person, die auf Ihrem Stuhl sitzt.«

»Aber das da draußen sind keine Kriminellen. Es sind keine Extremisten. Ich verstehe nicht, warum das, was ich getan habe, so furchtbar gewesen ist, dass gottesfürchtige, steuerzahlende Familien jetzt das Weiße Haus belagern.«

»Sie haben gesagt, sie sollen den Menschen vertrauen, anstatt sie zu erschießen. Mr. President, bitte kommen Sie – Ihr Termin wartet bereits.«

»Ich will mit ihnen reden.«

»Bitte?«

»Ich will mit den Leuten von der Liberty Militia reden.«

»O … O nein. Das wollen Sie nicht.«

»Charlie, Sie sind mein Stabschef, nicht die Gedankenpolizei. Setzen Sie sich mit John Burke in Verbindung und sagen Sie ihm, dass ich in den Park gehe.« Burke war der Agent, der für die Bewachung des Präsidenten durch den Secret Service zuständig war.

»In den Park? Großer Gott, Mr. President, haben Sie Todessehnsucht? Wenn Sie ihnen schon den Kopf hinhalten, sollten Sie das wenigstens hier tun, wo wir alles mehr oder weniger unter Kontrolle haben.«

»Das geht nicht.«

»Sicher geht das. Schließlich bekommen wir pro Tag mehrere tausend Formulare mit der Bitte um einen Besuchstermin von ihnen – okay, dann schockieren wir sie morgen und ziehen drei glückliche Lotteriegewinner. Wir bringen die drei in einen Konferenzraum und lassen sie eine halbe Stunde lang auf Sie und die Ihren fluchen. Vielleicht schlagen Sie sich es ja dann aus dem Kopf, dass Vernunft die gemeinsame Sprache der Gesellschaft ist. Und dann können wir endlich mit unserer Arbeit weitermachen.«

»Charlie …«

»Sir, darf ich Sie daran erinnern, dass wir es da draußen mit Leuten zu tun haben, die zusammen mit ihren Weihnachtskarten Bilder von ihren Kindern im Tarnanzug und mit einer Halbautomatik verschicken? Sie werden Ihnen nicht zuhören.«

»Dann werde ich eben ihnen zuhören«, erwiderte Breland. »Suchen Sie Burke. Ich will sofort gehen.«

»Mr. President, wir sollten das nicht überstürzen. Die Miliz ist morgen auch noch da, und übermorgen, und überüber…«

»Charlie …« In Brelands Stimme lag ein warnender Unterton.

Paugh hob resigniert die Hände. »In Ordnung. Ich lasse Burke mit Ihnen diskutieren.«

»Tun Sie das. Und die Presse bleibt draußen. Ich habe nicht vor, ein Medienereignis daraus zu machen.«

Paugh musste grinsen bei dem Gedanken. »Glauben Sie mir, ich werde alles tun, um es nicht zu einem Medienereignis werden zu lassen.«

John Burke konnte nicht behaupten, dass er mit den Sicherheitsmaßnahmen für den überraschenden Vorschlag des Präsidenten einverstanden war. Aber da der Präsident hartnäckig auf dem Besuch im Lafayette Park bestand und notfalls auch ohne Begleitung gehen wollte, versuchte er, das Beste aus der Situation zu machen.

Er alarmierte die Bogenschützen auf dem Dach und verdoppelte die Patrouille am Nordzaun. Er schickte ein Dutzend auf Krisenmanagement spezialisierte Psychologen in den Park, die die Stimmung der Besetzer ausloten und sie beobachten sollten. Und schließlich suchte er persönlich die sechs besten Nahkampfexperten auf dem Dienstplan aus und teilte sie zur Bewachung des Präsidenten ein. Die Agents waren mit Kampfstäben ausgerüstet, die etwa einen Kopf größer waren als sie selbst, sodass Brelands Entourage starke Ähnlichkeit mit einer Leibgarde aus dem Mittelalter hatte, als sie den Park betraten.

Die Kundgebung war inzwischen schon vorbei, und die meisten Teilnehmer hatten sich in den Straßen verteilt. Geblieben waren nur ein paar hundert Menschen, die im Park übernachten wollten. Sie bauten ihre Zelte auf, rollten Bettzeug aus und sammelten den Unrat auf. Aber Breland und seine Eskorte wurden sofort von einem Posten entdeckt, der am Rand des Parks Wache stand.

»Südlicher Wachposten eins, Meldung an Oberkommando«, rief der junge Wächter. »Es ist Breland – der Oberfeigling.« Er wiederholte es in ein Mikrofon an seiner Schulter.

Breland änderte die Richtung und ging direkt auf den Wachposten zu, der den Alarm gegeben hatte. Als er näher kam, wurde er mit einem höhnischen »Was wollen *Sie* denn hier?« empfangen.

»Wer hat hier das Kommando?«

»Die wachhabende Offizierin ist Colonel Harris.«

Breland kannte den Namen und das Gesicht aus den Berichten, die der Secret Service über die Liberty Militia angelegt hatte. »Und wo finde ich sie?«

»Das brauchen Sie nicht. Ich habe bereits das Oberkommando verständigt. Wenn Colonel Harris mit Ihnen sprechen will, wird sie hierher kommen. Aber wenn es nach mir ginge, bräuchte sie sich nicht die Mühe zu machen.«

»Wenn es nach Ihnen ginge, wären *Sie* der wachhabende Offizier.«

Inzwischen hatte sich eine kleine Gruppe um die beiden Männer gebildet. Brelands Eskorte ließ nicht zu, dass sie zu nah herankamen, aber die höhnischen Bemerkungen wurden immer lauter. Breland ignorierte sie und suchte hinter dem Wachposten nach Colonel Harris. Schließlich sah er sie. Sie kam in Begleitung einiger breitschultriger junger Männer auf ihn zu. Der Präsident ließ den Wachposten stehen und ging auf sie zu.

»Colonel Harris.«

Sie nickte ihm zu, salutierte aber nicht und hielt ihm auch nicht die Hand hin. »Mr. President. Sie überraschen mich.«

»Das ist schon einmal ein Anfang.«

»Es könnte auch gleich das Ende sein – ich würde gern sagen können, dass alle hier das Amt respektieren, selbst wenn wir den Mann nicht respektieren. Aber dieser feine Unterschied verschwindet, wenn die Unzufriedenheit eine bestimmte Schwelle überschreitet. Was wollen Sie?«

»Ich möchte gern verstehen, warum Sie und Ihre Leute ihr Alltagsleben aufgegeben haben, um hier zu sein. Und

Ihnen erklären, warum ich meines aufgegeben habe, um hier zu sein.« Er wies mit dem Daumen auf den Zaun und das Weiße Haus, das dahinter aufragte.

»Was muss man verstehen, wenn man angegriffen wird?«, fragte ein Mann, der rechts von Breland stand.

Breland drehte sich um und fand ihn – ein hagerer Mann mit dünnem schwarzem Haar, das er sich aus der breiten Stirn gekämmt hatte. »Wenn man angegriffen wird?«

»Genau. Sie nehmen mir die Möglichkeit, meine Familie zu schützen, und meiner Frau das Recht, sich selbst zu schützen, wenn sie abends arbeiten muss und allein zu ihrem Wagen geht. Sie nehmen meinem Jungen die Chance, sich vor homosexuellen Kidnappern und drogensüchtigen Straßenräubern zu schützen. Sie machen uns zu wehrlosen Opfern in unserem eigenen Haus, und das ist ein Angriff. Es ist ein Angriff auf die Familie, es ist ein Angriff auf die Verfassung, und daher ist es, verdammt noch mal, auch ein Angriff auf mich.«

Die Rede brachte ihm kräftigen Applaus ein. Einige der Umstehenden klopften ihm auf die Schulter, und jemand rief: »Gib's ihm!«

Breland sah den Mann an. »Wie heißen Sie?«

»Larry Dillard. Und Sie können Ihren Schnüfflern vom Finanzamt sagen, dass sie mich in Cross Plains, Wisconsin, finden.«

»Ich halte nichts davon, Leute dafür zu bestrafen, dass sie ihre Meinung sagen, Mr. Dillard. Aber könnte ich Ihnen ein paar Fragen stellen?«

Dillard zuckte mit den Achseln, obwohl ihm deutlich anzumerken war, dass ihm die ganze Sache nicht geheuer war. »Sicher.«

»Was ist mit Ihrer Familie? Ich hoffe, es geht ihr gut.«

»Soweit ich weiß. Ein Kind ist hier bei mir – meine Söhne sind zu Hause bei meiner Frau geblieben.«

»Gut. Ich freue mich, dass es ihnen gut geht«, entgegnete Breland mit einer Aufrichtigkeit, die von den Zuschauern widerstrebend gewürdigt wurde. »Können Sie mir mehr über diese Verbrechen sagen und wie das, was ich getan habe, damit zusammenhängt?«

»Pass auf Larry – das ist eine Falle ...«

Dillard ignorierte die Warnung. »Verbrechen – nein, Sie haben mir nicht richtig zugehört, und wie sollen Sie es dann verstehen? Ich habe nicht gesagt, dass wir Opfer von Verbrechen geworden sind. Aber Sie bringen uns dazu, Opfer zu *werden.* Meine Frau wiegt achtundfünfzig Kilo. Wie soll sie sich gegen einen Vergewaltiger wehren, der so groß ist wie Sie? Wie soll mein Sohn es schaffen, nach Hause zu kommen, wenn ihn die Moslem-Gang an seiner Schule hinter der nächsten Ecke abfängt?«

»Ihre Frau hatte immer eine Waffe dabei?«

»Ja. Und einmal im Monat ist sie auf den Schießplatz zum Üben gegangen.«

»Und Ihr Sohn hat seine Waffe mit in die Schule genommen?«

Dillard zögerte, aber dann siegte sein Trotz über seinen Willen zum Schweigen. »Ja – bis eines von Ihren Gestapo-Kommandos aufgetaucht ist und den Campus zu einer verfassungsfreien Zone gemacht hat.«

»Aber war es denn nicht schon vorher ungesetzlich, eine Waffe mit in die Schule zu nehmen?«

»Das ist Körperverletzung auch, aber das hat diese verdammten Moslems nicht davon abgehalten, einen von Kens Freunden für drei Wochen ins Krankenhaus zu bringen.«

»Sie waren also bereit, Ihrem Sohn beizubringen, wie man das Gesetz bricht?«

»Wenn das Gesetz falsch ist. Wenn das Gesetz gegen die Verfassung verstößt. Dann ist das die Pflicht eines Bürgers.«

»Ich verstehe.« Breland nickte unverbindlich. »Hat es Ihnen besser gefallen, als die Wahrscheinlichkeit noch sehr groß war, dass der Vergewaltiger und die Gangmitglieder vermutlich auch eine Waffe hatten, so wie Ihre Frau und Ihr Sohn?«, wollte er wissen. »Haben Sie gedacht, dass diese Art des Wettrüstens ihre Chancen, gesund nach Hause zu kommen, verbessert hat?«

»Wir hatten doch gar keine andere Wahl«, warf eine Frau ein. »Hätten wir ständig zu Hause bleiben sollen? Hätten wir erwarten sollen, dass uns die Polizei beschützt, obwohl sie uns doch gesagt hat, dass das nicht ihre Aufgabe ist? Hätten wir selbst Banden bilden sollen? Oder glauben Sie etwa, dass eine Frau einfach nur die Beine breit machen soll für einen Vergewaltiger? Vielleicht ist das ja Ihre Vorstellung von einer bürgerlichen Gesellschaft.«

»Welchen Grund habe ich Ihnen gegeben, dass Sie so denken?«, fragte Breland. »Warum glauben Sie, dass für mich nur Morde ein Problem sind und nicht auch andere Arten von Verbrechen?«

»Wie sollen wir denn etwas anderes glauben?«, wollte Dillard wissen. »Sie kümmern sich ja nicht um die Verbrechen, die unsere Waffen *verhindern* – denn wenn Sie das täten, würden Sie sie uns nicht wegnehmen.«

»Mr. Dillard, ich weiß, dass es Studien gibt, nach denen man zwei Millionen Verbrechen pro Jahr verhindern könnte, wenn man rechtschaffene Leute bewaffnet. Als ich gestern mit dem FBI-Direktor gesprochen habe, sagte er mir, dass es wohl eher fünf- bis sechshunderttausend sind …«

»Das macht es dann ja einfacher für Sie, die Opfer zu ignorieren«, rief jemand, der etwas weiter weg stand.

»Das ist nicht fair«, rief eine andere Stimme. »Vielleicht gefällt ihm ja die Idee von noch mehr Verbrechen. Entwaffnen wir die Öffentlichkeit, denn dann werden sie die Regierung um Hilfe und Schutz bitten müssen. Diese Stadt hat es gern, wenn ihre Einwohner abhängig sind.«

Breland wirbelte herum und suchte nach dem Sprecher. »Warum entscheiden Sie für mich, welche Meinung ich habe, anstatt einfach zuzuhören, was ich Ihnen zu sagen habe? Wenn Sie bereits entschieden haben, mir nicht zu glauben, warum sind Sie dann überhaupt hier?« Er fing den Blick von Colonel Harris ein. »Ich wollte gerade sagen, dass man, wenn man die Verbrechen zählt, die durch eine Waffe verhindert werden, auch die Verbrechen zählen muss, die dadurch möglich werden.«

»Das ist dummes Geschwätz«, spottete eine kleine Frau,

die neben Harris stand. »Waffen sind nicht schuld daran, dass Menschen kriminell werden. Mein Mann und ich haben unseren Kinder den Umgang mit Waffen schon früh gelehrt. Und keines hat je etwas angestellt. Erklären Sie mir das.«

»Gute Erziehung. Gesunder Menschenverstand, was Alkohol und Drogen angeht. Viel Liebe für die Kinder und ein gutes Wort für alle. Genug Kontrolle über Ihr eigenes Leben, sodass Sie zufrieden damit sind. Und viel Glück«, erwiderte Breland. »Aber wir sollten in dieser Beziehung nicht zu naiv sein. Es ist kein Zufall, dass Menschen zu einer Waffe greifen, wenn sie mehr Mitspracherecht bei etwas haben wollen. Und hier gibt es keinen Unterschied zwischen Gesetzesbrechern und Gesetzestreuen.«

Als sie Brelands Worte hörte, verhärtete sich die Miene von Colonel Harris und einigen anderen Umstehenden.

»Das erklärt eine Menge«, rief Dillard, »dass Sie keinen Unterschied zwischen Mördern und Leuten wie uns sehen können. Ich glaube, jetzt verstehen wir Sie alle viel besser.«

Der Präsident warf ihm einen finsteren Blick zu. »Das habe ich nicht gesagt. Sie brauchen die Leute hier nicht zu beeindrucken – sie stehen sowieso alle auf Ihrer Seite.« Breland deutete auf die Umstehenden. »Können wir nicht ehrlich zueinander sein? Es spielt doch keine Rolle, ob der Böse dem Guten eine Waffe vors Gesicht hält oder umgekehrt, in dem Moment wollt ihr doch alle nur das eine: Macht, Einfluss – *Kontrolle.*«

»Ich bin einer von den Guten«, sagte ein dicker Mann mit einer riesigen Schrotflinte in der Hand. »Und ich will einfach nur in Ruhe gelassen werden.«

»Und dazu müsste die Welt so sein, wie Sie sie haben wollen – und das heißt Kontrolle. Das ist doch kein Geheimnis, das man nicht aussprechen darf, oder?«, wollte Breland wissen. »Waffen sind wie Armeen – es gibt nur zwei Gründe, aus denen man sie auf jemanden richtet …«

»Zwang und Abschreckung«, sagte Colonel Harris.

»Genau. Man greift nach einem Hammer, um einen Nagel in die Wand zu schlagen. Man greift nach einer Waffe, um jemanden zu zwingen, das zu tun, was man will.«

»Moment mal«, rief eine junge Frau mit blonden Haaren. »Sie stellen das alles so ernst und grausam dar. Aber was ist mit Sportschießen? Skeetschießen? Wurftaubenschießen? Was ist mit der Geschichte, dem Wissen über Waffen, den Leuten, die Schlachten nachspielen? Was ist mit der Jagd? Waffen können auch *Spaß* machen. Ihr habt euch doch alle gefreut, als ihr das erste Mal mit einer Waffe schießen durftet, oder nicht?«

»Ich habe mich mehr gefreut, als ich das erste Mal etwas getroffen habe«, sagte ein Witzbold trocken. Das Gelächter lockerte die Spannung, die sich aufgebaut hatte.

»Endlich etwas Ehrlichkeit. Ich danke Ihnen«, sagte Breland. »Vielleicht können Sie mir helfen, etwas zu verstehen. Warum wollen Sie alles wieder so haben, wie es war, bevor der Trigger erfunden wurde? Denn das FBI sagte mir, dass die Zahl der Verbrechen *nicht* gestiegen ist …«

»Das habe *ich* nicht gehört«, entgegnete Dillard. »Ich habe gehört, dass sich überall zwei, drei, vier oder noch mehr Kriminelle zusammentun, in Häuser einbrechen, Leute am Bankautomaten ausrauben, Frauen in ihre Autos zerren …«

»Sie haben Recht«, entgegnete Breland zum offensichtlichen Erstaunen seines Gegenübers. »Teamkriminalität – so nennt es das FBI inzwischen. Es gibt tatsächlich mehr Teamkriminalität, und ich mache mir große Sorgen deshalb. Ich weiß nicht, was man dagegen tun kann …«

»Wie wäre es mit dem Team aus Mr. Smith und Mr. Wesson?«

Zu Brelands Überraschung warf Colonel Harris Dillard, der die rhetorische Kugel abgefeuert hatte, einen bösen Blick zu. »Die Wahrheit ist, der Präsident hat Recht«, sagte sie. »Man kann auch dann der Verlierer sein, wenn man eine Waffe trägt. Und einer Mehrheit mit Waffen gegenüberzustehen ist auch nicht besser, als es mit einer Mehrheit ohne Waffen aufnehmen zu müssen – vor allem, weil die anderen dann einen Grund zum Schießen haben.«

Dillard wurde wütend. »Verdammt noch mal, Colonel, jetzt helfen Sie diesem Faschisten nicht auch noch.«

»Das tue ich nicht. Die Wahrheit ist die Wahrheit. Und da wir gerade davon sprechen …« Sie sah Breland an. »Als das FBI die Verbrechensstatistik für das letzte Jahr nicht zur üblichen Zeit veröffentlicht hat, haben viele von uns gedacht, sie wüssten, warum – die Statistik war schlecht, und Sie haben nach einer Möglichkeit gesucht, um sie zu frisieren.«

Breland schüttelte langsam den Kopf. »Nein, die Zahlen sind sogar sehr gut. Obwohl einige Kriminelle ihre Taktik geändert haben, dürften die endgültigen Zahlen zeigen, dass es vierzehn Prozent weniger Morde, mindestens zehn Prozent weniger Vergewaltigungen und fast zwanzig Prozent weniger schwere Körperverletzungen gegeben hat und dass die bewaffneten Raubüberfälle fast um ein Drittel gesunken sind, vor allem im Einzelhandel …«

»Reine Propaganda«, sagte Dillard verächtlich.

»Nein, das sind gute Neuigkeiten«, schoss Breland zurück. »Es bedeutet, dass wir immer noch darauf hoffen können, dass Amerikaner so zivilisiert sind wie die Menschen in Europa, im industrialisierten Asien oder in Kanada. Es bedeutet, dass wir einen Weg gefunden haben, die Regeln zu ändern, und es Kriminellen so schwer wie möglich machen können und dass einige von ihnen tatsächlich die Nerven oder die Lust verloren haben. Es bedeutet, dass der Trigger und der Jammer etwa einhunderttausend unserer Landsleute davor bewahrt hat, Opfer zu werden.«

»Und warum halten Sie die Zahlen dann zurück?«, wollte Harris wissen. »Warum wurde noch nicht in den Medien darüber berichtet?«

»Weil ich das FBI angewiesen habe, die Statistik erst dann zu veröffentlichen, wenn die Zahlen hieb- und stichfest sind. Weil ich wusste, dass viele skeptisch sein würden, und weil ich nicht will, dass sich jemand einredet, die Zahlen wären frisiert.«

»Ich glaube sie jedenfalls nicht, nicht einen Augenblick

lang«, rief ein junger Mann wütend dazwischen. »Das ist Ihre große Lüge, Ihre Strategie für die Wiederwahl – Sie pissen auf uns und sagen uns, dass es regnet …«

»Das reicht, Soldat Terrell«, fuhr Harris ihn an.

»Was?«

»Sie sprechen mit dem Präsidenten der Vereinigten Staaten. Etwas mehr Respekt, bitte.«

»Respekt? Oh, das ist doch verrückt – das glaube ich einfach nicht. Ich soll einen Feigling respektieren – einen Verräter? Dieser Mann reißt dem zweiten Verfassungszusatz das Herz heraus, und die wachhabende Offizierin hat nichts Besseres zu tun, als sich bei ihm einzuschleimen. Ich muss mich gleich übergeben.«

»Waffenmeister, bringen Sie den Soldaten Terrell in das Küchenzelt.«

»Nein, lassen Sie«, sagte Breland und kam näher. »Ich möchte mit ihm reden. Wie heißen Sie?«

»Steve Terrell.« In den Augen des jungen Mannes stand Trotz.

Breland nickte. »Steve Terrell, Sie haben die Fakten ein wenig durcheinander gebracht. Diese Technologie ist aus der Privatwirtschaft gekommen, ohne einen Penny an Steuergeldern und ohne eine Warnung nach Washington, dass es sie geben würde. Die Privatwirtschaft hat dafür gesorgt, dass sie auf den Markt kommt. Und der Grund dafür ist etwas, das Sie sich nicht eingestehen wollen – dass die meisten Menschen keine Revolverhelden sein wollen, um zu überleben. So wollen sie nicht leben.«

»Ich würde wetten, dass sogar die meisten Waffenbesitzer nicht so leben wollen«, sagte jemand.

Breland sprach weiter. »Jetzt haben diese Leute eine eigene Waffe – eine Waffe, die sogar aus der Winchester, die Sie da in der Hand halten, ein Museumsstück macht oder bestenfalls einen teuren Knüppel. Die Zeiten ändern sich. Die Bill of Rights hat Ihnen keine ewige technologische Überlegenheit von rauchlosem Pulver und Gewehren versprochen.«

»Sie hat mir aber versprochen, dass ich meine Waffe behalten kann, um jedem faschistischen Verräter das Gehirn wegzublasen, der versucht, sie mir wegzunehmen.«

»Sind Sie deshalb hier, Mr. Terrell? Hoffen Sie auf eine zweite Chance?«

»Ich bin hier, um die Verfassung vor ihren Feinden zu schützen, egal, ob aus dem Ausland oder dem Inland. Darum hätten *Sie* sich eigentlich kümmern sollen.«

»Das habe ich auch. Wenn wir die Faschisten wären, für die Sie uns halten, hätten wir diese Technologie genommen, ein Geschwader aus Stealth-Helikoptern und schwarzen Minibussen zusammengestellt und ganze Städte über Nacht entwaffnet ...«

»Wenn Sie die Patrioten wären, die Sie sein sollten, hätten Sie diese Technologie genommen und im Lake Superior versenkt.«

»Sie erwarten also von uns, dass wir unseren Nachbarn entwaffnen, aber nicht uns selbst?«, fragte Breland. »Sie messen hier mit zweierlei Maß. Aber Sie haben Pech – der Oberste Gerichtshof ist nicht Ihrer Meinung.«

Terrell sah den Präsidenten finster an. »Diese Entscheidung ist von den Reichen und Mächtigen gekauft worden – die Elite hat nie gewollt, dass der gemeine Mann bewaffnet ist.«

»Steve Terrell, Sie leiden unter Verfolgungswahn«, sagte Breland, dann wandte er sich wieder an den Colonel. »Ich habe Sie nicht entwaffnet. Auf Privatgelände können Sie nach wie vor Waffen tragen. Wenn Sie und Ihre Familie das so wollen. Sie können Ihre Waffen immer noch mit in die Wälder nehmen, um zu jagen. Sie können immer noch auf die Schießplätze gehen. Wenn Sie in einem abgelegenen Teil der Vereinigten Staaten leben und arbeiten, können Sie immer noch das Leben eines Pioniers führen. Das hat Ihnen niemand genommen. Aber wenn Sie Ihren Privatbesitz verlassen und von den Hügeln herunterkommen, wenn Sie in Dörfer und Städte kommen, wo die meisten Amerikaner leben, werden Sie mehr und mehr Orte finden, an denen Ihre Waffen weder gebraucht werden noch willkommen sind. Und dann werden Sie sich entscheiden müssen.

Werden Sie sich umdrehen und draußen bleiben? Werden Sie hereinkommen und unsere Regeln akzeptieren? Oder werden Sie versuchen, sich mit Gewalt Zutritt zu verschaffen und sich selbst und Ihre Waffen zur neuen Regel zu machen? Genau das frage ich mich, wenn ich aus diesen Fenster dort drüben sehe – wie Sie sich entscheiden werden.« Er sah die Menschen um sich herum an und versuchte, in der Dunkelheit ihren Gesichtsausdruck zu erkennen. »Wenn Sie sich entschieden haben, werden Sie nicht mehr sehr lange hier sein.«

»Und Sie werden nicht mehr sehr lange dort drüben sein«, kam es hämisch aus der Dunkelheit.

»Vermutlich nicht«, gab Breland zu. »Und ich weiß auch, dass Sie mich nicht vermissen werden. Aber welchen Weg wir auch gehen, wir werden alle in der Welt leben, die wir durch unsere Entscheidungen schaffen. Sie können eine Welt schaffen, in der Individualismus an erster Stelle steht und in der jeder nur für sich selbst verantwortlich ist. Sie können aber auch ein gewisses Risiko eingehen, sich dem Rest anschließen und versuchen, eine echte Gemeinschaft zu entwickeln.«

»Kollektivistisches Gefasel.«

»Nein – so etwas nennt man Teamarbeit«, schoss Breland zurück. »Ich weiß, was man damit alles erreichen kann. Es tut mir Leid, dass Sie es nicht wissen. Ich glaube nicht, dass die Menschen dazu geschaffen wurden, allein und in Angst voreinander zu leben. Ich glaube, dass wir unsere schönsten Momente dann erleben, wenn wir diese Angst vergessen und zusammen sind – auch wenn es Raubtiere da draußen gibt und einige von uns das Spiel verlieren werden.«

»Melden Sie sich freiwillig?«

»Wenn es darauf ankommt«, erwiderte Breland. »Wenn wir immer nur an uns selbst denken, was haben wir dann noch? Denken Sie in größeren Maßstäben. Kant nannte es den kategorischen Imperativ: Handle immer so, dass dein Handeln als Norm für alle dienen kann. Wollen Sie in einer Welt leben, in der zehn Milliarden Menschen Ihrem Beispiel folgen? Das ist der Test, dem Sie sich stellen müssen. Das ist die Entscheidung, die wir treffen müssen.

Und das ist alles, was ich Ihnen sagen wollte – obwohl ich es noch gar nicht wusste, als ich hierher gekommen bin. Überlegen Sie gut, bevor Sie Ihre Entscheidung treffen.« Sein Blick suchte Colonel Harris' Augen. »Danke, dass Sie mir zugehört haben.«

Sie nickte. Breland drehte sich um und ging.

Aber es gab natürlich einige in der Menge, die nicht zulassen wollten, dass Breland das letzte Wort hatte. Der Präsident wurde bis über die Grenzen des Parks hinaus von einer kleinen Gruppe verfolgt, die ihm über die Köpfe der Secret-Service-Agents hinweg Schmähungen und Beleidigungen zurief.

Ein junger Mann im Tarnanzug gab sich nicht damit zufrieden, nur mit Worten zu kämpfen. Als der Präsident schon kurz vor dem Tor zum Weißen Haus war, kam er von hinten aus der Dunkelheit gerannt, in jeder Hand einen faustgroßen Stein.

»Sie glauben wohl, dass Sie sicher sind? Sie sind nicht sicher!«, schrie er aus zehn Meter Entfernung. Dann hob er den Arm und warf einen der Steine.

Inzwischen war einer der Agents in Abwehrstellung gegangen, sodass er das Geschoss mit seinem Stab ablenken konnte. Der Stein prallte am Zaun ab und fiel zu Boden. Gleichzeitig griff ein weiblicher Agent den Steinewerfer mit ihrem Stab an, den sie wie eine Lanze gesenkt hatte. Sie ließ den jungen Mann mit einem gezielten Stoß in den Magen zu Boden gehen, dann zog sie sich zurück, um den Kreis um Breland wieder zu schließen.

Das war alles, was Breland sehen konnte – gleich darauf wurde er durch das Tor gedrängt und über den Rasen gebracht. Am Eingang des Weißen Hauses wartete Charles Paugh auf ihn, und sein vorwurfsvoller Ton unterschied sich nur wenig von dem der Milizangehörigen, die Breland auf der anderen Seite des Zauns Vorwürfe gemacht hatten.

»Vorhersehbar. Vollkommen vorhersehbar. Wenn man Hornissen in ihrem Nest stört, greifen sie einen an. Ich hoffe, Sie haben Ihre Neugierde befriedigt, denn John Burke würde Ihnen am liebsten einen Sack über den Kopf stülpen und Sie einen Monat lang in den Keller sperren.«

»Ich bin immer noch der Meinung, dass es das wert war«, erwiderte Breland. »Es hat nur böse geendet.« Aber er konnte nicht so tun, als hätte ihm der Angriff nichts ausgemacht. »Ich gehe nach oben. Sagen Sie John, wenn er mir den Hintern versohlen will, kann er das morgen früh tun.«

»Ich werde es ihm sagen. – Noch etwas, Mr. President. Bleiben Sie bitte den Rest der Nacht von den Fenstern weg, okay?«

Aber John Burke nahm die Gelegenheit nicht wahr. Eine halbe Stunde rief er den Präsidenten an und bat um zehn Minuten. »Ich möchte Ihnen etwas zeigen, was Sie vielleicht besser schlafen lässt.«

»Haben Sie den Mann?«

»Ja, der Angreifer ist festgenommen worden.«

»Das reicht mir schon.«

»Ich habe aber noch mehr für Sie, Mr. President. Sie werden es nicht bereuen.«

Breland gab nach, und kurz darauf kam Burke mit einem Speicherblock in der Hand aus dem Fahrstuhl. »Ihr Arbeitszimmer?«

»In Ordnung.«

Burke ging voraus und setzte sich mit der Fernbedienung in der Hand auf den Stuhl, der dem Wandbildschirm des Medienzentrums am nächsten war. Breland blieb neben seinem Lieblingsstuhl stehen, einem Drehstuhl mit einem bereits etwas abgenutzten Lederbezug.

»Das ist der Angriff, von Kamera 16 aus gesehen«, kommentierte Burke, als ein blasses, von einem lichtempfindlichen Objektiv aufgenommenes Bild an der Wand erschien. »Achten Sie auf die linke obere Ecke – da. Jetzt bleibt der Angreifer stehen und schreit Ihnen etwas zu. Das ist Agent Frank Baines, der dazwischengeht und den Stein ablenkt ...«

»Guter Schlag«, sagte Breland mit Anerkennung in der Stimme.

»Ich werde ihm erzählen, dass Sie das gesagt haben – es wird ihm gefallen, er ist ein Dodgers-Fan. Jetzt zu dem Teil, den Sie nicht gesehen haben. Agent Toni Waters hat den Angreifer k.o. geschlagen. Dass sie ihn nicht festgenommen hat, liegt an mir – ich hatte den Agents gesagt, dass es oberste Priorität hat, Sie in Sicherheit zu bringen. Daher hatte der Angreifer die Möglichkeit, wieder auf die Beine zu kommen und zu flüchten – sehen Sie, hier, einige seiner Freunde helfen ihm dabei. Ich bin sicher, dass wir ihn gefunden hätten – die Farbmarkierung des Stabes geht durch die Kleidung und dringt tief in die Haut ein …«

»Moment mal – ›gefunden hätten‹? Sagten Sie nicht vorhin, dass Sie ihn bereits festgenommen *haben?*«

»Richtig. Ich zeige Ihnen jetzt eine Aufnahme von Kamera 18, etwa zehn Minuten später. Das hier unten sind unsere Leute, die den Park durchkämmen – und hier, in der Mitte oben, ist das, was ich Ihnen zeigen wollte.«

Breland kniff die Augen zusammen. Aus dem Park kamen sechs Personen, und es war klar, dass eine von ihnen gegen ihren Willen mitgeschleppt wurde. »Ist das unser Mann?«

»Das ist er – David Joseph Markham.«

»Dann haben ihn Ihre Leute also im Park geschnappt?«

»Sie hatten gar keine Gelegenheit dazu«, erwiderte Burke. »Das hat die Miliz für uns übernommen – Festnahme durch einen Bürger. Die wachhabende Offizierin und der Waffenmeister haben ihn herausgebracht und an die Agenten übergeben.«

»Ich glaube es nicht …«

»Als ich die Aufnahmen zum ersten Mal gesehen habe, dachte ich, sie hätten vielleicht bemerkt, dass wir alles durchsuchen wollten, und gedacht, dass sie ihn sowieso nicht lange verstecken können, sodass es besser war, ihn gleich auszuliefern. Aber dann habe ich von unseren Agents im Park gehört, dass Markham schnurstracks auf die Liberty Avenue zugerannt ist und seinen Freunden zugerufen hat, sie sollten ihm helfen. Schätze, er hatte weniger Freunde bei der Miliz, als er dachte. Nördlich vom Brunnen haben sie ihn dann geschnappt.«

»Das hätte ich nicht erwartet«, sagte Breland kopfschüttelnd. »Ich hätte nicht erwartet, dass sie uns helfen.«

Burke schaltete das Video aus, das beim letzten Bild stehen geblieben war. »Vielleicht hat Colonel Harris es deshalb gesagt. Ich wusste nicht genau, was es bedeuten sollte.«

»Was meinen Sie?«

»Als sie Markham ausgeliefert hat, hat sie dem Agent eine Nachricht für Sie mitgegeben.« Er zog eine weiße Karte aus der Tasche und starrte auf den Text, der mit der Hand darauf geschrieben worden war. »Sie sagte: ›Ich werde es mit Ihnen, Kant und der Gemeinschaft riskieren – und hoffe, dass ich mehr finde als nur schöne Worte.‹ Ich glaube, das hier ist ihre Unterschrift.« Er legte die Karte neben die Fernbedienung und sah auf. »Wer ist Kant?«

Aber der Präsident hörte ihm schon nicht mehr zu. Er hatte sich umgedreht und sah aus dem Fenster zum Park hinüber, obwohl ihm die Zweige eines Ahornbaums den Blick versperrten.

»Ich auch, Colonel«, sagte Breland leise. »Ich auch.«

Breland saß fast eine Stunde lang allein da. Er dachte an Grover Wilman und an den Anschlag der Liberty Militia. Nachdem seine Frustration von einer müden Resignation abgelöst worden war, kam ihm die Idee, in den Park zu gehen, nachträglich verdammt riskant vor.

Erst als er aufstand, um den Raum zu verlassen, fiel ihm die Karte ein, die Burke mitgebracht hatte. Er nahm sie vom Tisch, um sie einzustecken, und warf einen kurzen Blick darauf. Da sah er ein eingeprägtes, silbernes Q mit einem nach rechts deutenden Pfeil. Daneben stand der Name *Carol Westin Harris,* darunter eine Netadresse. Auf der Rückseite war rechts unten der Abdruck des Q zu sehen, den Burke für ihre Unterschrift gehalten hatte.

»Was, zum Teufel – Burke!«, rief Breland und rannte auf die Tür zu. »Charlie!«

Niemand antwortete. Breland rannte zurück zum Medienzentrum und ließ sich in den Sessel vor dem Wandbildschirm fallen. »Vox. Einloggen. Sicherheit, Posten 1.« Im rechten oberen Viertel des Bildschirms erschien das unscharfe Bild eines jungen Marines, der an einem Schreibtisch saß. »Corporal Mackie, sind Sie das?«, fragte er den Wachposten. »Wer ist noch im Haus?«

»Sir, Sie können von jedem Steuerknoten aus auf Kanal 30 das Logbuch vom Tor einsehen. Ich schicke Ihnen ein Update.«

Die Liste der Mitarbeiter, die zu dieser Zeit noch im Weißen Haus waren, füllte die gesamte rechte Seite des Bildschirms aus. »Verdammt, ich brauche jemanden aus meinem Stab. Wo ist Charlie Paugh?«

»Er ist bereits nach Hause gegangen, Sir.«

»Was ist mit Burke?«

»Der wachhabende Offizier heute Nacht ist Captain Milton, Sir.«

»Und Mrs. Tallman? Oh, ich habe sie ja selbst nach Hause geschickt, weil sie Gäste zum Essen hat. Ist noch jemand aus der Verwaltung da? Oder in der Bibliothek? Wie spät ist es eigentlich?«

»In der Verwaltung ist noch ein Bildtechniker, in der Bibliothek ist niemand mehr. Und es ist 2.10 Uhr, Mr. President.«

Breland winkte ungeduldig ab. »Vox. Schließen und löschen.« Er überlegte kurz. »Vox. Netsuche. Anführungszeichen – Futurianer – Anführungszeichen Ende.«

Nach zwanzig Minuten hatte er die ersten Ergebnisse: Eine Comedy-Truppe, ein Keyboard-Trio, zwei Gruppen von Science-Fiction-Anhängern und eine Gruppe von toten Schriftstellern (ohne den von Wendell Schrock erwähnten Sturgeon), zwei Romane, einen 2-D-Film, ein VR-Abenteuerspiel und eine Comicserie mit einem Superhelden. Aber keiner der Treffer schien etwas mit dem Q-Symbol zu tun zu haben.

Das Symbol fand er schließlich auf einigen der Sites, die sich mit Sturgeon beschäftigten, zusammen mit einigen

Aphorismen zu Liebe, Vernunft und Weltfrieden. Aber es gab keinerlei Verbindung zu Schrock oder Harris, und auch die Allianz für eine humanistische Zukunft wurde mit keinem Wort erwähnt – die Organisation war überhaupt nicht im Net vertreten, was Breland vor ein Rätsel stellte. Und selbst die leistungsfähigen Netagenten, die das National Information Office speziell für den Präsidenten entwickelt hatte, konnten keine Verbindung zwischen Wendell Schrock und Carol Westin Harris herstellen.

Zum Teufel mit der Etikette, dachte Breland und stellte eine Verbindung mit Schrock her. Er brauchte noch ein Spielzeug vom NIO, um das Voicemailsystem des Analysten zu umgehen und dessen Kommunikationsstation läuten zu lassen.

»Was ist los? Wer ist da?«, wollte ein schlaftrunkener Schrock wissen.

»Ich muss mit Ihnen reden, Wendell«, sagte Breland. »Vox. Videoübertragung.«

»Mr. President.« Schrocks Stimme war deutlich anzumerken, wie überrascht er war.

Breland nahm die Karte und hielt sie vor das Objektiv. »Mir hat heute Abend jemand ganz überraschend einen Gefallen getan.«

»Ja, das habe ich schon gehört«, sagte Schrock.

»Wie bitte? Sie wissen es schon? Woher?«

»Es waren mindestens drei Minicams im Park, Mr. President. In den Undernet-Nachrichten ist der Bericht *die* Sensation.«

»Verdammt …«

In diesem Moment brachte die eingehende Videoübertragung Schrocks verschlafenes Gesicht auf den Bildschirm. »Sie kommen dabei eigentlich ganz gut weg, Mr. President. Außerdem habe ich es von Carol im Meetspace gehört.«

»Sie ist also tatsächlich eine von Ihnen. Haben Sie das gemeint, als wir miteinander gesprochen haben? Ist das die Hilfe, die Sie erwähnt hatten?«

»Nein, Sir. Sie hatten einfach nur verdammt viel Glück.«

Breland wandte den Blick ab, schüttelte leicht den Kopf, und sah dann wieder in die Linse. »Wendell, ich wäre Ihnen wirklich dankbar, wenn Sie mir einiges erklären könnten. Wer sind Sie? Es ist nämlich schlichtweg unmöglich, Ihr Symbol in eine Netsuche einzugeben.«

Schrock lachte. »Man muss nur wissen wie. In Ordnung, ich werde es Ihnen erklären. Es gibt weder ein Glaubensbekenntnis noch eine Satzung, aus denen ich zitieren könnte, daher müssen Sie sich mit dem Evangelium nach Wendell zufrieden geben. Ich werde Ihnen erzählen, wie es gewesen ist, und dann werde ich Ihnen erzählen, was sich in den letzten zwei Tagen geändert hat.

Die Futurianer sind im Net geboren worden, und ohne das Net könnten wir nicht existieren. Im Net haben sich die Gründer kennen gelernt, und im Net bleiben die Mitglieder in Verbindung miteinander und erledigen den größten Teil ihrer Arbeit. Und zwar deshalb, weil das Net in Ignoranz, falschen Informationen, Feindseligkeit, Scharlatanerie, Propaganda, Pseudowissenschaft, Rationalisierung und schludrigem Denken versinkt. Futurianer sind Menschen, die diese Entwicklung sehr beunruhigt, weil wir denken, dass wir mehr erreichen und von uns und anderen mehr verlangen können.«

»Das haben Sie bereits in unserem Gespräch erwähnt.«

Schrock nickte. »Wir glauben, dass in jedem Menschen ein Funken Vernunft steckt – und im Licht dieses Funkens kann man einen kurzen Blick auf das werfen, was die Menschheit miteinander verbindet, und den Weg in die Zukunft erkennen.«

»Diesen Satz würde ich Ihnen gern stehlen.«

»Tun Sie sich keinen Zwang an. Um Futurianer zu sein, müssen Sie nicht sagen, dass Sie an A glauben oder nicht glauben – nur, dass es einen rationalen Weg gibt, um sich für eine der beiden Möglichkeiten zu entscheiden. Futurianer zu sein heißt, immer die nächste Frage stellen zu wollen, offen für Neues zu sein, gängige Vorstellungen zu hinterfragen – insbesondere die bequemen und einfachen, die sich an unseren logischen Abwehrmechanismen häufig vorbeimogeln. Wir bekennen uns zu einem unvernünftigem Glauben an die Vernunft. Emotionen bringen uns vielleicht weiter, aber Vernunft bringt uns näher an unser Ziel. Und daher versuchen wir, als Anwalt der Vernunft aufzutreten, wo immer wir können.«

»Wie viele von Ihnen gibt es?«

»Nicht viele. Einige Millionen, die wissen, dass sie Mitglied sind. Optimistisch geschätzt einige Milliarden, die es nicht wissen – so wie Sie.«

»International …«

»Selbstverständlich. Das ist die noch nicht realisierte Möglichkeit des Net – eine staatenlose Gemeinschaft gebildeter Menschen, die auf aufgeklärte Ziele hinarbeitet, zu denen auch das Streben nach Wahrheit gehört. Eine zivilisierte neue Weltordnung, in der niemand mehr getötet wird, weil er an etwas anderes glaubt als man selbst – man informiert andere, wenn man kann, man lernt von ihnen, was man kann, und man tritt für gegenseitige Toleranz ein.«

»Ich höre da eine Menge Idealismus heraus.«

»Idealismus ist das Pferd«, gab Schrock zu. »Aber Vernunft ist der Reiter. Und das bringt mich zu den Ereignissen von heute Abend.«

»Sie sagten, es wäre etwas passiert …«

Schrock nickte. »Einige von uns – ich glaube sogar, viele von uns – arbeiten schon seit langem am Thema Abrüstung. Aber die Ereignisse der letzten beiden Tage haben diesen Mitgliedern einen Auftrieb gegeben, wie ich ihn noch nie gesehen habe. Seit der Ermordung von Senator Wilman treffen wir uns ständig im Net, manchmal sind bis zu dreißigtausend Mitglieder gleichzeitig angemeldet. Und daraus hat sich etwas ergeben, was ich nie erwartet hätte – wir haben einen Ausschuss gebildet. Wir wollen Sie und Mind Over Madness unterstützen – es gibt bereits Tausende von Freiwilligen.«

»Und was wollen Sie tun?«

»Wir wollen gegen jene angehen, die Sie scheitern lassen wollen, die die Abrüstung scheitern lassen wollen, die denken, dass der Verlust eines Privilegs ein zu hoher Preis für Frieden ist. Sie arbeiten schon seit Monaten daran. Wir wissen, dass sie organisiert sind – alle sagen das Gleiche, alle stellen die gleichen unsinnigen Forderungen. Sie diskutieren nicht, sie betreiben nur Propaganda. Und sie sind sehr gut darin, sich Gehör zu verschaffen. Wir setzen darauf, dass Vernunft über Propaganda siegen wird. Es gibt zahllose Plätze in der realen Welt und im Net, an denen Menschen zusammenkommen, um miteinander zu reden – Chat-Rooms, öffentliche Kundgebungen, Leserforen, TalkNet, Kneipen, Parkbänke. Wir werden da sein. Wir werden dafür sorgen, dass immer eine geduldige, besonnene Stimme da ist, die für die Vernunft eintritt. Und wir werden dafür sorgen, dass auch *wir* gehört werden.«

»Ich beneide Sie um Ihren Optimismus, Wendell. Und ich muss leider gestehen, dass ich in letzter Zeit schwer zu kämpfen hatte, um meinen nicht zu verlieren.«

»Geben Sie nicht auf, Sir«, erwiderte Schrock ernst. »Ich war unglaublich stolz auf Sie, als ich gesehen habe, wie Sie sich nur achtundvierzig Stunden nach der Ermordung Ihres Freundes mitten in diese Menge getraut haben. Sie haben heute einen Menschen umgestimmt. Wir werden morgen zehn weitere umstimmen, und am Tag danach hundert. Appellieren Sie einfach weiter an diesen Funken der Vernunft, und mit der Zeit werden wir ihm schon Leben einhauchen können.«

Der Jammer im Aktentaschenformat wurde erstmals auf der Consumer Electronics Show in Las Vegas vorgestellt. Toshiba präsentierte ein raffiniertes, aus drei Komponenten bestehendes System mit einer an das Stromnetz angeschlossenen Docking-Station für zu Hause, einer zweiten für das Auto und einem acht Kilo schweren Aktenkoffer, der bei einer kurzen Reichweite eine Betriebsdauer von einer Stunde hatte, wahlweise aber auch für drei kurze Impulse mit großer Reichweite eingesetzt werden konnte. Die Zielgruppe für das System waren Führungskräfte von Unternehmen, die dafür einen fünfstelligen Betrag zahlen sollten, was dem großen Interesse allerdings keinen Abbruch tat. Safeco zeigte Safe Passage, eine zivile Version des ›Suppressor‹ genannten Rucksacks, mit dem inzwischen Polizeitruppen in 28 Ländern ausgerüstet waren, und den Sentry, ein Zusatzmodul für das Sicherheitssystem des Unternehmens für den privaten Bereich.

Aber der Renner der Messe war der Celestial Silver Shield, ein abgespeckter Jammer, der für den Privatbereich gedacht war. Der Silver Shield, der aus billigeren Komponenten als die anderen Angebote gebaut wurde, war etwa so groß wie ein Beistelltisch und so schwer wie ein kleiner Kühlschrank und fraß so viel Strom wie ein auf Dauerbetrieb eingestellter Heizlüfter. Aber er wurde zum Preis eines guten Fernsehers angeboten, und Design und Positionierung – irgendwo zwischen Gerät und Möbelstück – waren innovativ. Bereits auf der Messe gingen Vorbestellungen in Rekordhöhe ein, und innerhalb von sechs Wochen hatte Celestial die gesamte für das erste Jahr geplante Produktion verkauft, sodass Goldstein nach Asien fliegen musste, um sich zusätzliche Produktionskapazitäten zu sichern.

Das plötzliche Aufkommen von ›Horton-Geräten‹ als Handelsware ließ den Kongress ungewohnt schnell reagieren. Er versuchte, den noch jungen Markt mit Vorschriften und Richtlinien abzuwürgen. Senator Hap Neelys Gesetzesvorlage war ein plumper Versuch, Jammer in Privatbesitz zu verbieten, indem er für sie eine maximale Reichweite von dreißig Metern oder bis zur nächsten Grundstücksgrenze vorschrieb, je nachdem, welche Distanz geringer war. Die Vorlage ging mit einer sicheren Mehrheit durch, sodass kein Veto möglich war, aber die Anwälte von LifeShield Arsenal begruben sie in Papier, bevor das Gesetz in Kraft treten konnte.

»Wenn die Verfasser dieser Gesetzesvorlage öffentlich demonstrieren können, dass die zurzeit gängigen Schusswaffen und Munitionstypen eine Reichweite von lediglich dreißig Metern haben und Grundstücksgrenzen respektieren«, sagte ein Anwalt von LifeShield Arsenal von den Stufen des Gerichtsgebäudes herab, »werden die Kläger ihren Antrag gerne zurückziehen. Sollte dies nicht der Fall sein, vertrauen wir darauf, dass das Gericht dieses Gesetz als das entlarvt, was es ist – eine Farce.«

Das Bezirksgericht entschied zugunsten von LifeShield Arsenal, aber der Kongress machte sich sofort wieder an die Arbeit. Dieses Mal feuerte er gleich aus drei Kanonen und versuchte, bürokratische Fußangeln auszulegen.

Ein Ausschuss des Unterhauses beauftragte die Federal Trade Commission, ›Gesundheit- und Sicherheitsprobleme‹ in Zusammenhang mit der anhaltenden Bestrahlung von Kleinkindern und Schwangeren durch Jammer-Felder zu untersuchen. Eine Kommission des Senats wies die Federal Aviation Administration und die Federal Communications Commission an, gemeinsam die Möglichkeit zu untersuchen, dass der Absturz einer VentureStar in Dallas durch Störsignale der im Weltraumflughafen installierten Jammer verursacht worden war. Und die Food and Drug Administration wurde gebeten, Berichte zu untersuchen, nach denen Horton-Geräte zu Todesfällen geführt hatten, weil durch sie Mikroprozessoren in medizinischen Implantaten beschädigt worden waren.

Alle Vorwürfe waren fadenscheinig und grenzten an Vorspiegelung falscher Tatsachen. Aber sie ließen darauf schließen, dass in den nächsten Monaten nicht nur gezielt an einer negativen Publicity des Jammers gearbeitet werden würde, sondern auch mit dem gesamten Spektrum ordnungspolitischer Maßnahmen von Rückrufen bis hin zu einem vollständigen Verbot zu rechnen war.

Es gehörte alles zu einem Imagekrieg, der an allen Fronten geführt wurde, an denen sich die öffentliche Meinung bildete. Aber je weiter das Jahr vorrückte, desto mehr ähnelte dieser Kampf einem verzweifelten Endspiel, dessen Ergebnis bereits vorherbestimmt war. An der Basis würde es keinen Aufstand gegen die Regierung geben. Und die Mittelklasse rüstete sich nicht für einen Krieg.

Stattdessen gab es Anzeichen dafür, dass sich der Tenor in der Öffentlichkeit änderte und die Mehrheit nicht nur

Waffen, sondern auch Gewalt ablehnte – das Auftauchen von Wut und Abscheu, der Rückzug aus dem Zynismus, der es dem Land erlaubt hatte, das Morden als unvermeidlich abzutun.

»Jetzt wissen wir endlich, dass wir krank sind, aber wie sollen wir wissen, wann es uns wieder besser geht?«, fragte der Held des ständig ausverkauften Bühnenstücks *Asylum*.

Ganz allmählich bildete sich eine Antwort heraus.

30.

Schwieriger als Krieg

»Frieden zu schließen ist schwieriger als Krieg zu führen.«

ADLAI STEVENSON

Zum ersten Mal in der amerikanischen Geschichte gab es weniger lizensierte Waffenhändler als Krisenberater beim staatlichen Gesundheitsdienst. Waffenhändler mit Ladengeschäften waren bereits eine vom Aussterben bedrohte Spezies. Innerhalb eines Jahres hatte eines von drei Geschäften schließen müssen, und viele andere, die immer weiter in den roten Zahlen versanken, blieben nur noch aus Trotz geöffnet. Waffenschauen wurden so gut wie gar nicht mehr veranstaltet, da mehr Händler als Käufer anwesend waren und die Preise immer weiter in den Keller fielen.

Den Waffen- und Munitionsherstellern ging es kaum besser – eine Welle von Zusammenschlüssen, Übernahmen und Konkursen hatte ihre Reihen stark gelichtet, und noch immer konnte niemand sagen, wie viele Frösche der austrocknende Teich ernähren konnte. Remington-Colt hatte bereits vier Entlassungswellen hinter sich. Die Muttergesellschaft von Remington stieß die unrentabel gewordene Tochter an einen deutschen Konzern ab, der sich mehr für die Fabriken als für die Produkte interessierte.

Da der Einsatz von Schusswaffen bei Verbrechen rapide zurückgegangen war, hob der Bundesstaat Massachusetts sämtliche Einschränkungen für das Tragen solcher Waffen hinsichtlich ›Zeit, Ort und Art‹ auf – und führte ein Gesetz ein, das die Zerstörung oder Stilllegung eines Horton-Geräts zu einem Verbrechen machte. Innerhalb eines Monats schlugen 35 andere Staaten eine ähnliche Richtung in ihrer Gesetzgebung ein.

Auch der Durchschnittsbürger wurde seltener mit Verbrechen konfrontiert. Millennium Media, der größte englischsprachige Programmanbieter und -Server, ließ den Kanal Crime Witness aufgrund eines ›Einbruchs der Einschaltquoten‹ aus der Grundversorgung der Haushalte herausfallen. Crime Witness hatte rund um die Uhr Livevideoaufnahmen von Verbrechen und Verfolgungsjagden der Polizei aus sechs Kontinenten gesendet. Der Kanal wurde durch Wonderful Planet ersetzt, ein neues Format mit virtuellem Tourismus, das von National Geografic produziert wurde.

Mit Crime Witness ging es weiter bergab. Der Kanal musste seine Lizenzgebühren um ein Drittel senken und den Programmplan ändern, sodass zwölf Stunden am Tag Wiederholungen gezeigt wurden. Zwei Monate später, als ein großer Werbekunde seinen Etat abzog, versuchte CW, mit Abonnements zu überleben. Nach weiteren sechs Wochen war der Sender bankrott.

Der große Werbekunde war der Immobilienkonzern Halstead Homes, der die Sicherheit seiner exklusiven Mietwohnungen bisher mit dem Slogan ›Hier können Sie ruhig schlafen – Halstead Homes‹ beworben hatte. Da der Umsatz immer weiter zurückging, gab die Geschäftsführerin von Halstead Homes bekannt, dass das Unternehmen eine Umstrukturierung plane und sich als ›luxuriöse Alternative für die Mittelklasse‹ am Markt positionieren wolle.

»Man kann den Leuten nicht etwas verkaufen, was sie

bereits haben«, sagte die Geschäftsführerin des Unternehmens dem *Wall Street Journal*. »Wir müssen mehr anbieten können als eine sichere Umgebung, um Mieter für eine teure Wohnung zu interessieren.«

Ob diese Trends tatsächlich so viel miteinander zu tun hatten, wie es auf den ersten Blick schien, stand zur Debatte. Aber die Debatte konnte nicht verhindern, dass ein Zusammenhang gesehen wurde oder Hoffnung aufkeimte.

Es gab immer noch Orte, die nicht sicher waren, und Menschen, denen man nicht vertrauen konnte. Aber es gab auch Anzeichen dafür, dass Anstrengungen unternommen wurden, um dieser Realität ohne Waffe in der Hand zu begegnen.

Detective Sergeant Jan Flynn, die ›blaue Ninja‹ der New Yorker Polizei, drückte es so aus: »Bewaffnet zu sein ist nicht das Gleiche, wie sicher zu sein – und unbewaffnet zu sein ist nicht das Gleiche, wie hilflos zu sein.« Die kleine, zarte Polizistin machte sich zu einer Gallionsfigur der neuen Einstellung und demonstrierte in Auditorien und Fitnessstudios im Nordosten von New York sehr anschaulich die Richtigkeit beider Aussagen. Für Hunderte von Selbsthilfeprogrammen wurde daraufhin das *Handbuch zur Selbstverteidigung* der New Yorker Polizei zur ›Bibel‹ der Erwachsenenkurse.

Pennsylvania ging noch einen Schritt weiter und machte nicht nur Selbstverteidigung, sondern auch Kurse in Konfliktbewältigung zum festen Bestandteil des neuen Lehrplans für Kinder von fünf bis 15 Jahren. Die Kurse arbeiteten unter anderem mit Schreitherapie und Schaumstoffschlägerduellen und kopierten erfolgreiche Pilotprogramme aus Youngstown, Ohio, und Baltimore, Maryland, wo die Jugendkriminalität um mehr als zehn Prozent gesunken war.

In Los Angeles erklärte der charismatische Anführer der Islamischen Bruderschaft, dass Allah Ehemänner und Väter mit ›dem Gegenmittel für Leere, der Essenz für Zusammengehörigkeit und dem Schlüssel für Rechtschaffenheit‹

gesegnet habe. Benjamin Muhammad warnte davor, dass die ›müßigen Hände‹ eines Mannes, der mit zwanzig noch nicht verheiratet sei, eine Gefahr für ihn selbst und die Gemeinschaft darstellten, und gab bekannt, dass die Bruderschaft eine ›Heiratsvermittlung‹ für ledige Männer ab 15 und ledige Frauen ab 14 einrichten werde.

»Erst wenn wir wissen, wo wir hingehören, werden wir unseren Weg finden«, verkündete Muhammad bei der Massentrauung der ersten 21 Paare, die von den Heiratsvermittlern zusammengebracht worden waren. »Die Liebe zivilisiert uns, die Ehe erfüllt uns, und der Glaube erbaut uns.«

In Atlanta stellten mehrere Baptistengemeinden ein Team aus Geistlichen zusammen, die als Mediatoren für eine direktere Form der Rechtssprechung sorgen sollten. Nur mit einem Klappstuhl und der moralischen Autorität des Priesterkragens bewaffnet, gingen die Mediatoren auf die Straße, wo sie Konflikte an Ort und Stelle lösten. Die ›Priesterprozesse‹ wurden an Straßenecken, auf Spielplätzen und in Wohnzimmern durchgeführt. Wenn es den Mediatoren gelang, einen Kompromiss zu schließen, wurde dieser mit einem Handschlag und einem Schwur auf die Bibel besiegelt, und die Zeugen sorgten dafür, dass er auch eingehalten wurde.

In der Gemeinschaft bildete sich allmählich ein Gewissen heraus.

Aber trotz der vielen positiven Zeichen hing der Fortschritt am Ende von mutigen, engagierten Aktionen Einzelner ab. Diese spielten sich meist im privaten Bereich ab, unbemerkt von anderen und der Öffentlichkeit. Doch einige fanden den Weg in das Scheinwerferlicht, und für die Öffentlichkeit waren sie weit mehr als nur ein Beispiel.

Die 58-jährige Witwe und Großmutter Marge Winkins, die als Filialleiterin einer Bank in Rochester, New York, arbeitete, war mitten in der Nacht aufgewacht, weil sie gehört hatte, wie in der vermieteten Hälfte Ihres Doppelhauses, in der eine 66-jährige pensionierte Lehrerin mit

Osteoarthritis wohnte, eine Glasscheibe eingeschlagen wurde. Da sich Marge um ihre Mieterin Sorgen machte, griff sie nach einer Dose Wespenspray und einem Baseballschläger und ging nachsehen.

Sie überraschte zwei Eindringlinge im Teenageralter, beide mit einem Messer bewaffnet. Einer der Einbrecher musste mit gequetschten Hoden ins Krankenhaus eingeliefert werden, der andere war wegen des Wespengifts in seinen Augen vorübergehend blind und blutete aus einer Platzwunde über dem Ohr, wo ihn Marge mit dem Baseballschläger erwischt hatte.

»Das war bestimmt eine Riesenüberraschung für die beiden. Aber warum haben Sie nicht zuerst die Polizei angerufen?«, fragte jeder Moderator, als Marge nach dem Vorfall von einer Talkshow an die andere weitergereicht wurde.

»Weil ich doch da war«, erwiderte Marge jedes Mal. »Das hätten Sie für einen Freund doch auch getan, oder?«

Der Popstar Kip Knight, Leadgitarrist der fünfköpfigen Band Mach 5, zerstörte mit einer Videobeichte auf der Eingangsseite der Website von Mach 5 eigenhändig das Image des skrupellosen Playboys, das er bis dahin gepflegt hatte. »Ich bin Alkoholiker. Und wenn ich trinke, kommt der ganze Müll aus mir raus. Ich habe bis jetzt noch jede Frau, die mir etwas bedeutet hat, geschlagen und verletzt. Und eine Menge Frauen, die mir nichts bedeutet haben – die, zu denen unser Manager gesagt hat, sie könnten hinter die Bühne und dann mit ins Hotel kommen –, habe ich genauso behandelt.

Ich werde nicht darüber reden, warum das so ist, woher diese ganze Wut kommt. Aber ich möchte mich bei diesen Frauen entschuldigen – bei Dove, Paula, Noria, Sam und Mackie und allen anderen –, weil ich keine andere Möglichkeit gefunden habe, mit meinem Müll fertig zu werden, und dafür, dass ich euch ausgenutzt habe, weil ich Kip Knight war und ihr gewusst habt, dass Frauen Schlange stehen, um dort zu sein, wo ihr gewesen seid. Ich hätte es nicht tun sollen. Ich wünschte, ich hätte es nicht getan.

Und dann möchte ich den Männern etwas sagen. Es dauert nicht lange, weil es überhaupt nicht kompliziert ist. Aber hört gut zu, weil es nämlich sehr wichtig ist: Von dem ganzen dummen Zeug, das wir anstellen, ist es mit Abstand das Dümmste, wenn wir die Hand gegen jemanden erheben, den wir lieben. Egal, was ihr für Probleme habt, egal, wie eure Dämonen aussehen, welches Gift ihr euch reinzieht, tut bloß nicht das, was ich getan habe – verschwendet nichts, was euch gegeben worden ist. Sucht einen anderen Weg. Und das werde ich jetzt auch tun – einen anderen Weg suchen.«

Die Reaktion war so gewaltig, dass Knight mit drei anderen Stars zusammen eine Selbsthilfegruppe für gewalttätige Männer gründete.

Niemand jedoch überraschte mehr Menschen, niemand sorgte für umstrittenere Reaktionen und Meinungen, niemand symbolisierte den neuen Trend besser als der Medienkommentator Herbert Rogers, dessen Sendung *Funhouse* Rekordeinschaltquoten erzielte und auf die Unterhaltungsindustrie fast so viel Einfluss hatte wie auf die Verbraucher, die zweimal in der Woche einschalteten, um seine Meinung zu hören.

»Die Zuschauer unter Ihnen, die sich noch an das 20. Jahrhundert erinnern können, wissen, dass ich leichte Unterhaltung seit den Tagen kommentiere, in denen man unter ›Kino‹ einen Projektor und einen Flachbildschirm und unter ›Homevideo‹ ein VHS-Band und einen großen Fernseher im Breitformat verstanden hat«, sagte ein ungewöhnlich ernster Rogers zu Beginn der Sondersendung, in der die *People's Choice Awards* verliehen wurden.

»Die ganze Zeit über habe ich zugelassen, dass Bilder mit den Morden an Zehntausenden von Menschen meine Augen und meine Gedanken beherrschten. Ich habe nachgerechnet, und ich glaube, dass ich mehr Tatorte gesehen haben als jeder Polizeibeamte, mehr Kampfszenen als jeder Soldat und mehr Leichen als jeder Pathologe.

Ich schäme mich, wenn ich daran denke, wie oft ich hier gesessen und Ihnen geraten habe, jemandem Geld dafür zu geben, damit diese brutalen Bilder *Ihre* Gedanken erreichen können. Aber was mich noch mehr beunruhigt, ist die Tatsache, dass ich im Laufe der Jahre dieser Gewalt gegenüber so gefühllos geworden bin, dass ich mehr als einmal im Vorführraum saß und *gelangweilt* war, während ich zusah, wie Blut floss und Menschen starben.

Ich habe Klagen darüber, dass die Filmindustrie aus Mord und Totschlag einen Sport für die Zuschauer gemacht hat, stets zurückgewiesen. Wir leben in einer gewalttätigen Welt, habe ich zu mir gesagt, und diese Filme spiegeln nur die Realität wider.

Ich habe Bedenken darüber, dass diese Actionfilme Stoff für paranoide Machtfantasien und Anlass für Gewalt seien, stets heruntergespielt. Diese Filme sind Karikaturen, habe ich zu mir gesagt, die niemand ernst nimmt.

Ich habe den Kopf geschüttelt, wenn jemand gesagt hat, dass die Darstellung von Gewalt in Unterhaltungsfilmen das Produkt eines brutalen Sexismus ist. Ich habe zu mir gesagt, dass echter Sexismus darin besteht, Filme zu zeigen, in denen die nackten Brüste junger Schauspielerinnen zu sehen sind.

Aber ich habe mich geirrt. Ich habe mich auf der ganzen Linie geirrt.

Unsere Formen der Unterhaltung basieren darauf, dass wir unsere Zweifel für eine Weile ausschalten. Wir machen uns vor, dass der Film, den wir sehen und hören, real ist. Aber das hat viel zu gut funktioniert. Es hat so gut funktioniert, dass wir diese Bilder nie wieder ganz aus dem Kopf bekommen. Wenn ich mich frage, ob ich die Hintertür abgeschlossen habe, lässt mich nicht die Realität meines Lebens aus dem Bett aufspringen und nachsehen – schuld daran ist die Erinnerung an Tausende von Horrorfilmen und Krimis, die ich immer noch im Hinterkopf habe.

Wir alle wollen Geschichten hören, die unsere Sicht der Welt wiedergeben – aber da wir alles auf den Kopf gestellt haben, erwarten wir jetzt, dass die Realität genauso ist wie die Welt in den Filmen, die wir uns ansehen. Tatsache ist, dass sogar vor der Einführung des Triggers die meisten

Polizeibeamten während ihrer gesamten Dienstzeit kein einziges Mal die Waffe ziehen und auf einen Verdächtigen schießen mussten, geschweige denn jemanden töten mussten. Aber es gibt keinen einzigen Film, der *diese* Realität vermittelt.

Viele von uns sind fest davon überzeugt, dass wir an einem gefährlichen Ort und in einer gefährlichen Zeit leben. Aber die Wahrheit ist, dass dies nur auf wenige von uns zutrifft. Wie viele Menschen sind dieses Jahr in Ihrer Nachbarschaft erschlagen, erstochen, verbrannt, in die Luft gejagt oder erschossen worden? Wie oft haben Sie es in Filmen gesehen? Und jetzt überlegen Sie einmal, wie viele Leichen Sie in der Zeit Ihres Lebens gesehen haben, in der Sie sich ›unterhalten‹ haben.

Warum haben wir zugelassen, dass mit dieser Lüge die Wahrheit verschleiert wird? Warum vergehen wir uns derart an unseren Sinnen, und warum vergiften wir unser Gefühl auf diese Art und Weise? Ich weiß keine Antwort darauf – und das sagt mir, dass es an der Zeit ist, damit aufzuhören. Es ist lediglich die Sucht nach Adrenalin.

Aber ich habe genug. Ich gehe auf Entzug. Ich gebe meine Droge auf. Ich habe genug von Krieg, Mord und Tod, die nur deshalb sein müssen, weil sie Seite 2 des Drehbuchs mit Seite 4 verbinden, ich habe genug von Gangs und Gangstern, skrupellosen Terroristen und verrückten Serienmördern.

Ich möchte von Drehbuchautoren und Regisseuren hören, die etwas vom Rest des Lebens wissen, von den Momenten, die Mensch sein so wunderbar, verwirrend, tragisch und paradox machen. Das ist meine Wahl. Von heute an möchte ich nicht nur den Tod, sondern auch das Leben sehen.

Schalten Sie nächste Woche wieder ein, wenn Sie das auch wollen.«

Nicht jeder Zuschauer folgte der Aufforderung. Die Einschaltquoten von *Funhouse* gingen zunächst in die Knie, und Rogers Post war voll mit Nachrichten, in denen von ›Zensur‹, ›Bevormundung‹ und sogar ›schleichendem kulturellem Faschismus‹ die Rede war. Aber nachdem die erste Welle von Abtrünnigen weg war, begannen die Quoten von *Funhouse* zu steigen, bis sie ihr altes Niveau wieder erreicht hatten. Nach einiger Zeit erzielte Rogers neue Einschaltrekorde, und in den Nachrichten der Zuschauer wurde seine ›kompromisslose Haltung‹ gelobt und dem ›Ausbruch der Vernunft‹ applaudiert.

Aber tausend philosophische Kilometer von Jan Flynn und Herbert Rogers entfernt gab es immer noch jene, die jede Annäherung an die neue Ordnung für Verrat hielten und auf keinen Fall zulassen wollten, dass sie zum Status quo wurde. Diese Gruppe war die ganze Zeit über sehr schweigsam gewesen, aber es sollte nicht lange dauern, bis man wieder von ihr hörte.

»Sie zahlen bar?«

Jeffrey Horton nickte nur, dann legte er sechs Zwanzig-Dollar-Scheine auf das Kassenband. Die Überraschung der jungen Kassiererin war für Horton nichts Neues. Selbst in den kleinen Städten irgendwo im Hinterland wurde man bestenfalls für einen Exzentriker gehalten, wenn man eine größere Summe in bar bezahlte. Seit Kreditkarten mit Daumenabdruck zum Hauptzahlungsmittel geworden waren, gehörte der Barzahler zur schrumpfenden Gemeinde der Steuerflüchtlinge, Bilderstürmer, die gegen das Establishment waren, Schuldner auf der Flucht und sonstigen Spinner und Kleinkriminellen.

Horton hatte nichts dagegen, zu dieser Kategorie gerechnet zu werden. Sein Bart, der inzwischen so lang war, dass er seine Gesichtszüge stark veränderte, und sein langes Haar verstärkten diesen Eindruck sogar noch. Seine fragwürdige Erscheinung sorgte dafür, dass Horton für sich blieb – die Leute starrten in zwar misstrauisch an, aber es hielt sie auch davon ab, ihn anzusprechen und in ein Gespräch zu verwickeln.

Außerdem hatte er gar keine andere Wahl – Bargeld war die einzige Möglichkeit, um seinen bekannten Namen zu verheimlichen. Horton war in den digitalen Transaktionsdatensätzen, mit denen das Leben eines Menschen erstaunlich genau dokumentiert werden konnte, nicht auffindbar, sodass er unsichtbar wie ein Gespenst durch die Nordstaaten Amerikas ziehen konnte und dabei fast keine Spuren hinterließ. Er benutzte keine öffentlichen Transportmittel und übernachtete nicht in Hotels – sein *Nomad*-Wohnmobil machte es nicht notwendig und bot zudem Diskretion. Es konnten Wochen vergehen, ohne dass er seine Identität preisgeben musste, und Monate, in denen er seinen Namen kein einziges Mal hörte.

Allerdings verrieten die regelmäßigen Barabhebungen an den Bankautomaten Hortons Aufenthaltungsort jedem, der Zugang zu seinen Kontodaten hatten. Aber diese Barabhebungen waren immer das Letzte, was er tat, bevor er mit wiederaufgefüllten Vorräten weiterzog, an einen anderen abgelegenen Ort, der fünfhundert Klicks oder noch weiter in jeder Richtung liegen konnte. Dort blieb er dann, bis ihn jemand erkannte oder sein Bargeldvorrat erschöpft war. Erst dann suchte er sich die nächste kleine Stadt aus und begann den Prozess von neuem.

Einmal war er beraubt worden, von einem Mann, der seine prall gefüllte Brieftasche gesehen hatte und ihm in die Wildnis gefolgt war. Dreimal war er von Bären angegriffen worden, und bei dem letzten Überfall, als sich ein 350 Kilogramm schwerer Schwarzbär gegen das Wohnmobil geworfen und Teile der Verkleidung und den Reservereifen aus der hinteren Tür gerissen hatte, hatte er sich ein Gewehr gewünscht. Er war öfter von Rangern und Jagdaufsehern gestört worden, als er zählen konnte, was allerdings nicht mehr so oft vorkam, seit er sich ein 200-mm-Weitwinkelteleskop mit Autokorrelation gekauft hatte.

Aber keine dieser Gefahren war für ihn so bedrohlich wie die Aussicht, sein altes Leben wieder aufnehmen zu müssen. Selbst an schlechten Tagen war es für ihn keine Alternative, und er dachte nur wenig darüber nach. Das Wohnmobil war für ihn ein Zuhause geworden, vor allem, seit er wieder arbeitete.

Denn das Teleskop war mehr als nur eine plausible Erklärung dafür, dass er sich an abgelegenen Orten aufhielt. Es war eine für ihn akzeptable Möglichkeit gewesen, sich wieder mit Naturwissenschaften zu beschäftigen. Das Teleskop forderte seinen Verstand heraus und gab seinen Händen etwas zu tun. Er war immer noch dabei, die Grundlagen des Sternenhimmels und das Teleskops zu lernen, hatte aber bereits damit begonnen, in den klaren, stillen Nächten Kometen zu jagen und Meteore zu zählen.

Außerdem hatte er noch seine Bücher – ein riesiges Archiv mit Belletristik und Sachbüchern, für die er nie Zeit gehabt hatte – und seine Akustikgitarre, die er früher nie richtig beherrscht hatte, weil ihm die Zeit zum Üben gefehlt hatte. Wenn er sich nach dem Klang einer menschlichen Stimme sehnte, konnte er die Kanäle von Netcom 9 oder dem kanadischen Satelliten von CBC-West einspielen oder seinen Anonymisierer benutzen und sich einen Online-Chat suchen. Und wenn er sich nach der Berührung einer menschlichen Hand sehnte, fand sich in der Nähe immer ein Fernfahrerbordell.

Horton war zwar nicht glücklich, konnte aber zumindest behaupten, seinem Leben wieder so viel Sinn gegeben zu haben, dass er morgens aufstehen, und so viel Beschäftigung, dass er nachts schlafen konnte.

Und dann kam der Anruf, der alles durcheinander brachte.

Sein KomSet war immer noch darauf programmiert, sämtliche Anrufe auf V-Mail umzuleiten und automatisch alle Nachrichten zu löschen, die nicht als dringend markiert waren. Es gab nur sehr wenige Menschen, die Hortons aktuellen Schlüssel für dringende Nachrichten hatten – Lee, seine Familie, Karl Brohier, Terabyte, sein Rechtsanwalt, sein Buchhalter, sein persönlicher Data-Search-Bibliothekar. Außerdem hatte er den Alarm ausgestellt. Alle paar Tage, in der Regel mitten in der Nacht, sah er sich die Schlange der wartenden Nachrichten an, antwortete auf einige, archivierte ein paar und löschte den Rest.

Die Nachricht mit der Betreffzeile USREG – VERTEIDI-

GUNGSMINISTERIUM-DRINGEND-AN: JHORTON wartete bereits seit zwei Tagen, als Horton sie sah. Der Umschlag war doppelt verschlüsselt und als persönlich und vertraulich markiert. Beide Verschlüsselungen lösten sich ohne Alarm auf und ließen eine kurze, aber beunruhigende V-Mail auf dem Bildschirm sichtbar werden.

»Dr. Horton, hier ist Agent Keith Havens von der Personenschutzabteilung des Secret Service. Bitte setzen Sie sich sofort mit mir in Verbindung, wenn Sie diese Nachricht erhalten. Dr. Karl Brohier ist schwer erkrankt und möchte Sie unbedingt sehen. Ich bin beauftragt worden, Sie in das Krankenhaus zu bringen, in dem Dr. Brohier liegt.«

Horton versuchte stattdessen, Brohier zu erreichen. Unter der Nummer wartete eine Nachricht auf ihn.

»Jeffrey – es musste natürlich so sein, dass ich nicht erreichbar bin, wenn Sie endlich anrufen. Sehen Sie es als Revanche dafür, dass Sie in den letzten Monaten wie ein Einsiedler gelebt haben. Und gießen Sie sich ein Glas Wein ein – ich werde zurückrufen, bevor Sie es ausgetrunken haben.«

Die Nachricht hörte sich an, als wäre sie schon vor einiger Zeit aufgenommen worden, und Horton wollte sich nicht auf Brohiers Versprechen verlassen. Er öffnete noch einmal die Nachricht von Havens und klickte auf das Symbol für den Rückruf.

»Dr. Horton.« Havens trug ein olivgrünes T-Shirt, und sein kurz geschnittenes Haar war verfilzt. Man konnte sehen, dass er gerade noch geschlafen hatte. »Gott sei Dank. Wo sind Sie?«

»Wisconsin.«

»Wie heißt die nächste Stadt?«

»Äh … Grandview.«

Havens blickte zur Seite und kniff die Augen zusammen, als würde er in einen zweiten Bildschirm sehen. »Ist das in Chequamegon?«

»Genau.«

»Haben Sie ein Fahrzeug?«

»Ja. Ein Wohnmobil.«

»Sehr gut.« Havens sah wieder zu Horton hin. »In Hayward gibt es einen Zivilflughafen. In zwei Stunden ist jemand von uns dort. Sie werden sich Ihnen gegenüber mit dem Codewort ›Spielzeugland‹ identifizieren.«

»Ich werde da sein.«

Havens nickte. »Dr. Horton, es steht eine Menge auf dem Spiel – von der persönlichen Seite einmal abgesehen, ist es von äußerster Wichtigkeit für die Sicherheit der Nation, dass wir Sie und Dr. Brohier in einem Raum zusammenbringen. Ich empfehle Ihnen dringend, dass Sie sich möglichst unauffällig verhalten, während Sie auf unsere Leute warten. Machen Sie keine Anrufe – bleiben Sie in Ihrem Fahrzeug, bis Sie kontaktiert werden. In ein paar Stunden werden wir Ihnen sämtliche Fragen beantworten.«

Die Falle war perfekt. Horton machte sich solche Sorgen um Brohier, dass er gar nicht auf die Idee kam, die Echtheit des Anrufs zu bezweifeln. Obwohl Brohier nie davon gesprochen hatte, wusste Horton aus Lees Briefen, dass der Chef von Terabyte wegen eines vergrößerten Herzens in ärztlicher Behandlung und nach den erfolgreich verlaufenen Jammer-Tests von Washington ›geschluckt‹ worden war.

Daher ließen weder die Nachricht selbst noch ihre Herkunft Alarmglocken bei ihm schrillen, vor allem deshalb, weil sich sämtliche Sicherheitsschlüssel auf der Nachricht wie erwartet verhalten hatte. Als wenige Minuten nach Sonnenaufgang ein dunkelblauer Geländewagen auf den grasbewachsenen Parkplatz des Flugplatzes fuhr, sah ihm Horton aufmerksam entgegen. Und als zwei Männer mit Militärhaarschnitt ausstiegen, sich nach allen Seiten umblickten und auf ihn zukamen, war Horton sogar ausgesprochen erleichtert.

»Guten Morgen, Dr. Horton«, sagte der ältere der beiden, dann beugte er sich herunter und sah durch das halb offene Fahrerfenster. »Wir sind Ihre Eskorte ins Spielzeugland. Sie können George zu mir sagen.«

An diesem Punkt wurde Horton zum ersten und einzigen Mal unsicher. »Ich hatte eigentlich einen Hubschrauber oder etwas Ähnliches erwartet.«

»Er ist schon unterwegs – in Grissom gab es nichts Geeignetes für den Flugplatz hier, daher mussten wir bis nach Scott, um eine C-12 zu besorgen. Sie haben sich ausgerechnet den Staat herausgesucht, in dem wir nicht viele Ressourcen haben.«

»Tut mir Leid.«

»Schon in Ordnung. Können wir gehen?«

Horton deutete auf die Sporttasche auf dem Sitz neben sich. »Das ist alles, was ich brauche.«

»Gut.« George wies mit dem Daumen auf seinen Begleiter. »Das hier ist Agent Loomis – er und ein zweiter Agent werden Ihr Fahrzeug nachbringen, damit es Ihnen zur Verfügung steht, wenn Sie das Spielzeugland wieder verlassen. Wenn Sie jetzt mit mir zum Geländewagen gehen, können wir sie losfahren lassen – sie haben einen weiten Weg vor sich.«

»Aber natürlich«, erwiderte Horton. Er stieg aus, nahm die Tasche vom Sitz und gab Loomis den Schlüssel. »Die Fahrzeugpapiere sind im Handschuhfach. Oh, und passen Sie auf – die Handbremse klemmt.«

»Wir werden darauf achten.« Loomis nickte – eher in Richtung des anderen Agent als in Richtung Horton – und stieg dann ein.

Horton würde das, was dann geschah, später immer wieder in Gedanken durchspielen. Während er zur Beifahrerseite des Geländewagens ging, fuhr Loomis das Wohnmobil rückwärts aus dem Parkplatz heraus, als wollte er wegfahren. Aber im letzten Moment trat er auf die Bremse und hielt hinter dem zweiten Fahrzeug an, sodass es von der Straße aus nicht mehr zu sehen war.

»Schnell, Dr. Horton – wir bekommen Gesellschaft«, sagte George, dann packte er Horton und stieß ihn nach vorn. Horton wehrte sich nicht, weil er dachte, dass die Agents ihn beschützten. Die Tür vor ihm wurde aufgestoßen, dann packte ihn jemand und zog ihn in den Wagen. Als Horton mit dem Rücken auf der Ladefläche lag, sah er nach oben in das Gesicht des Mannes, der sich Keith Havens genannt hatte.

»Der Plan wurde soeben geändert, Doktor«, sagte der Mann, dann sprühte er ihm ein bitter schmeckendes Aerosol ins Gesicht.

Horton wurde schwarz vor Augen.

Jeffrey Hortons Sinne kehrten einer nach dem anderen zurück. Was sie ihm sagten, verwirrte ihn. Selbst als die Eindrücke so stabil waren, dass er sie als real akzeptieren musste, hatte sein verwirrter Verstand Mühe, sie zu interpretieren.

Er schien keine Gliedmaßen zu haben. Um sich herum hörte er gleichmäßiges Dröhnen, das ab und zu von einem Quietschen und dumpfen Schlägen unterbrochen wurde. Er wurde auf engem Raum hin- und hergeworfen und lag auf einer harten, unregelmäßigen Oberfläche. In der Nase hatte er den Geruch nach verbranntem Öl und Schimmel. Sein Gesicht war zu einer Maske erstarrt, die keinen Mund hatte. Es war dunkel, aber in einiger Entfernung sah er Licht. Er hörte Stimmen, doch keines der Worte ergab einen Sinn.

Dann hörte er ein vertrautes Geräusch – Autotüren, die geöffnet und zugeschlagen wurden.

Und etwas, das nicht ganz Ruhe war, aber nach dem lauten Dröhnen als Ruhe durchgehen konnte.

Noch mehr Türen, die aufgerissen wurden, dieses Mal viel näher.

Plötzlich Licht und gleißende Helligkeit, als jemand die Decke über ihm wegriss.

Frische Luft.

Und dann wurde ihm klar, dass er auf der Ladefläche des Geländewagens lag und an Händen und Füßen mit Klebeband gefesselt war.

»Ich hoffe, Sie liegen nicht allzu unbequem, Dr. Horton.«

Die Stimmte kannte er bereits. Horton sah nach draußen und erkannte das Gesicht, das zu der Stimme gehörte.

Selbst wenn er in der Lage gewesen wäre, etwas zu sagen, hätte das Klebeband über seinem Mund eine Antwort verhindert.

»Schafft ihn runter.«

Zwei Männer packten Horton an den Armen, zogen ihn aus dem Auto und stellten ihn auf die Füße. Hortons Beine wollten nachgeben, aber die Männer hielten ihn aufrecht.

»Ich glaube, es wird langsam Zeit, dass ich mich vorstelle«, sagte der Mann, der eben auch gesprochen hatte – der Mann, mit dessen V-Mail alles begonnen hatte. »Ich bin Colonel Robert Wilkins, Regionalkommandant der People's Army of Righteous Justice. Und Sie, Dr. Horton, sind ein Kriegsgefangener.«

Erst jetzt konnte Horton das Geräusch identifizieren, das sich in sein Bewusstsein drängen wollte, seit die Türen des Geländewagens geöffnet worden waren – das Geräusch von Schüssen, die aus einiger Entfernung zu ihm drangen.

31.

Vom Wilden zum Gelehrten

> »Krieg ist nicht der normale Zustand der Menschenfamilie auf einer höheren Entwicklungsstufe, sondern lediglich ein Zeichen für die Barbarei, die uns in der Übergangsphase vom Wilden zum Gelehrten begleitet.«
>
> ELIZABETH CADY STANTON

Das Klebeband um Jeffrey Hortons Knöchel und Knie wurde abgenommen, aber die Fesseln an Handgelenken und der Klebestreifen auf seinem Mund blieben, als die kleine Gruppe durch das Waldlager der People's Army of Righteous Justice ging. Colonel Wilkins sagte nichts, ließ aber zu, dass Horton genug sehen konnte, damit sich seine dunklen Ahnungen fast bis zur Panik steigern konnten. Horton sah getarnte Fahrzeuge – Geländewagen, Pick-ups, ein Hummer und zwei Minibusse –, die am Rand des Walds unter einem Netz versteckt waren. Auf mindestens drei der Fahrzeuge waren automatische Waffen montiert worden. Bei anderen hatte man Panzerplatten auf die Kühlerhauben geschraubt und Türen und Ladeklappen mit dicken Matten geschützt.

Die Schüsse kamen von einem Scharfschützenschießplatz mit sechs Ständen, der auf einer Seite von einer leicht abfallenden Lichtung und auf der anderen von einem Erdwall mit Zielscheiben begrenzt wurde. In der Nähe konnte Horton einen Blick auf einen zweiten Schießplatz zwischen den Bäumen erhaschen, wo auf zusammenklappbare Zielscheiben mit menschlichen Silhouetten geschossen wurde.

Auch als sie sich von den Schießplätzen entfernt hatten, sah Horton überall Waffen. Jeder männliche Erwachsene war bewaffnet, meistens sogar mit einem Gewehr und einer Pistole. Der vorherrschende Typ waren Colt AR-15 und andere Halbautomatikwaffen, allerdings sah Horton mehr als nur ein echtes Sturmgewehr. Das andere Extrem waren die Bolzenjagdgewehre einiger älterer Milizangehöriger und ein Winchester-Karabiner mit Hebelabzug, den ein kurzbeiniger, dicker Mann mit sich herumtrug.

Alles in allem zählte Horton 26 bewaffnete Männer und etwa ein Dutzend Frauen. Er konnte Stimmen von Kindern hören, sah aber lediglich einen Jungen von vielleicht zwölf oder 13 Jahren. Da er bewaffnet war, zählte Horton ihn zu den Männern.

Horton sah zwei längliche Gebäude, die er für Schlafbaracken hielt, ein Küchenzelt, das von grob gezimmerten Bänken umgeben war, und eine Reihe tragbarer Toilettenhäuschen in Olivgrün. Die Schlafbaracken waren schon etwas älter und erinnerten an ein heruntergekommenes Sommerlager. *Ein Sommerlager für Spielzeugsoldaten …*

In einiger Entfernung davon standen zwei neue Schuppen aus Stahl, vor denen Wachen postiert waren. Sämtliche Gebäude waren zwischen den Bäumen verborgen und aus der Luft nicht zu sehen.

Um das Lager herum zogen sich Splittergräben, und innerhalb der Einzäunung waren Schützenlöcher und ein halbes Dutzend niedrige Erdhügel mit Sturmtüren aus Metall angelegt worden. Zu einem dieser Hügel wurde Horton jetzt geführt.

Wilkins öffnete die Metalltür, dann drehte er sich zu Horton hin.

»Es kann ein bisschen eng da drin werden, und ich will nicht, dass Sie an Ihrem Erbrochenen ersticken«, sagte er und riss Horton mit einer schnellen Bewegung das breite Klebeband vom Mund, das Barthaare und kleine Hautfetzen mitnahm. Horton zuckte vor Schmerz zusammen, dann wurde er von den beiden Männern durch die offene Tür in das Erdloch gestoßen. Er überschlug sich zweimal, bis er schließlich mit dem Gesicht nach unten auf einer feuchten, übel riechenden Schicht aus durchnässten Sägespänen und Erde lag. Als sich die Tür über ihm mit einem lauten Knall schloss, war er wieder von Dunkelheit umgeben.

Als sie wiederkamen, war es draußen fast schon so dunkel wie in dem Erdloch. Die kühle Nachtluft, die durch die offene Tür hereinströmte, ließ einen beißenden Geruch in Hortons Nase steigen – er hatte den Kampf mit seiner Blase verloren und schon vor Stunden Wasser gelassen.

»Holt ihn raus«, sagte jemand von oben, dann wurde er an den Armen gepackt und durch die Luke gezogen.

»Er stinkt ganz schön, Colonel. Der Kerl, der Bunker 6 als Nächster benutzen muss, tut mir jetzt schon Leid.«

Horton drehte den Kopf zur Seite und suchte nach Wilkins. Als der Colonel wieder etwas sagte, fand er ihn.

»Macht ihn sauber und bringt ihn in die Schlafbaracke der Männer.« Auf Hortons wütenden Blick reagierte er mit Gleichgültigkeit. »Und dann verbrennt seine Kleidung.«

Es waren zu viele, um sich wehren zu können. Horton wurde ausgezogen, vor einen Baum gestellt und immer wieder mit eiskaltem Wasser übergossen. Dann brachte man ihn so, wie er war – nackt, triefnass und vor Kälte zitternd –, zu einer der Baracken.

Im Schein von drei Glühlampen, die von den Dachbalken herabhingen, konnte er eine lange Wand mit dreistöckigen Etagenbetten, einen Schreibtisch mit einem KomSet, einen leeren Gewehrständer und einen Halbkreis schweigender Männer erkennen. Wilkins saß mit unbewegtem Gesicht zwischen seinen Männern.

»Vincent, geben Sie Dr. Horton ein Handtuch«, sagte er.

Ein glatzköpfiger Mann, der rechts von Wilkins stand, brachte Horton ein rechteckiges Stück Stoff, das kaum größer war als ein Geschirrtuch. Horton, der immer noch zitterte, fuhr sich damit über sein feuchtes Haar und seine nassen Schultern und versuchte erfolglos, seine Blöße zu vergessen.

Als könnte er Hortons Gedanken mit seinem kühlen, abschätzenden Blick lesen, gab Wilkins einem der Männer hinter sich einen Wink. »Bringen Sie Dr. Horton etwas zum Anziehen«, sagte er.

Man brachte ihm eine Art Gefängnisoverall in grellem Orange, doch Horton war trotzdem dankbar dafür. Aber die Geste verwirrte ihn auch. Ihn nackt und zitternd dastehen zu lassen hätte eher zu der Behandlung gepasst, die er bis jetzt erfahren hatte – und wurde vermutlich auch in den Handbüchern über psychologische Kriegführung empfohlen, aus denen Wilkins sein Handwerk gelernt hatte.

»Habt ihr eigentlich gewusst, dass Dr. Horton und ich eine gemeinsame Bekannte haben?«, fragte Wilkins seine Männer. Dann sah er wieder Horton an. »Haben Sie das gewusst, Dr. Horton?«

»Die Welt ist klein«, entgegnete Horton mit einem Achselzucken. Er ließ sich nicht dazu verleiten, nach dem Namen zu fragen.

»Sie heißt jetzt Pamela Bonaventura – aber erst, seit sie verheiratet ist, nicht wahr, Jeffrey? Als sie bei der Olympiade ihre Medaille im Sportschießen gewonnen hat, hieß sie noch Pamela Horton.«

Horton wurde flau im Magen, als er den Namen seiner Schwester aus Wilkins' Mund hörte. »Woher kennen Sie sie?«

»Nun, im Gegensatz zu Ihnen, Jeffrey, versteckt sich Pamela nicht. Wir haben uns bei den Nationalen Meisterschaften im Pistolenschießen kennen gelernt. Sie war sehr gut, obwohl sie die Weiss-Cushing erst seit ein paar Monaten hatte.«

Das ungute Gefühl steigerte sich zu Wut. »Sie haben ihr nachspioniert?«

»Wohl kaum. Wir sind nach dem Wettkampf zusammen Mittag essen gegangen, das ist alles.«

»Pamela und Sie?«

»Genau. Dann sind wir auf den Schießplatz gegangen und haben unsere Pistolen getauscht, um ein paar Runden zu schießen.« Er lachte. »Ich fürchte, sie war erheblich im Vorteil – bei den Zielen, mit denen ich übe, ist das Schwarze so groß wie ein Kopf.«

»Wenn Sie mir damit sagen wollen, dass Sie meine Familie als Druckmittel benutzen wollen ...«

»Ihre Familie als Druckmittel benutzen? Nein, nein, Dr. Horton, das verstehen Sie vollkommen falsch. Ich wollte damit einfach nur sagen, dass wir über Ihren familiären Hintergrund Bescheid wissen. Wir wissen, dass Sie und Ihre Familie Sportschützen sind. Wir wissen von Pamela. Wir wissen, dass Ihr Vater Mitglied der NAR ist.«

»Und was bedeutet das für Sie? Was hat das damit zu tun, dass Sie mich hierhergeschleppt haben?«

»Es bedeutet, dass wir bereit sind zu glauben, dass Sie an Brelands Verrat nicht aktiv beteiligt gewesen sind«, erwiderte der Mann, der links von Wilkins saß. Er hatte eine schiefe Nase und einen Anstecker mit einer amerikanischen Flagge am Kragen seines schmutzigen gelben Hemdes. »Es bedeutet, dass wir Ihnen vermutlich glauben werden, wenn Sie uns jetzt sagen, dass Sie nicht gewusst haben, was Breland mit Ihrer Erfindung vorhatte.«

»Und dann kann ich gehen?«

»Dann können Sie sich uns anschließen«, korrigierte

Wilkins. »Sie können uns dabei helfen, wieder alles in Ordnung zu bringen.«

»Wie soll das aussehen?«

»Erzählen Sie uns die Geheimnisse des Triggers und des Jammers. Um den Rest kümmern wir uns.«

»Die Geheimnisse des Triggers«, wiederholte Horton langsam.

»Ganz recht«, sagte der zweite Mann. »Wie man ein Waffenlager abschirmt, und wie man ein Jammer-Feld ablenkt, bevor es einen trifft.«

»Welche Sprengstofftypen immun sind ...«, warf ein dritter Mann ein. Weitere Vorschläge wurden gemacht.

»Die wahre maximale Reichweite.«

»Welche der neuen Satelliten mit den großen Systemen ausgerüstet sind ...«

»Was die UN-Truppen anstelle von Schießpulver benutzen werden ...«

»Es gibt keine Geheimnisse«, sagte Horton schließlich.

»Wie bitte?«, fragte Wilkins.

»Es gibt keine Geheimnisse. Ich habe sämtliche Informationen veröffentlicht. Es wurde nichts zurückgehalten. Es steht alles in dem Paket, das wir im Net veröffentlicht haben.«

»Und was ist mit dem Jammer?«

»Ich habe nie am Jammer gearbeitet.« Horton runzelte die Stirn. »Aber das Prinzip ist das Gleiche – er ist lediglich eine Verbesserung des Triggers. Er verändert die Zusammensetzung von Nitratverbindungen. Er muss die gleiche Schwächungskurve haben. Die Elektronik muss für elektromagnetische Impulse anfällig sein, wie der Trigger und Ihr KomSet und so gut wie alles andere heute – Sie haben keine Nuklearwaffen, oder? Vermutlich nicht.«

»Sie erzählen uns nichts, was wir nicht auch in *Popular Science* herausfinden könnten«, sagte der Mann mit der schiefen Nase.

»Aber verstehen Sie denn nicht? Genau darum geht es ja«, erwiderte Horton. »Es gibt nichts, was nicht schon in *Popular Science* gestanden hätte. Ich habe die Forschungsergebnisse veröffentlicht, damit alle darauf zugreifen können. Ich wollte den Trigger nicht verschwinden lassen, und ich wollte auch nicht, dass er von den Leuten kontrolliert wird, die den Status quo aufrechterhalten wollen. Aber wenn das bedeutet, dass ich wieder auf der Liste mit den Verrätern stehe …«

Er zuckte mit den Achseln und spielte ihnen eine Gleichgültigkeit vor, die er nicht empfand. Wenn sein Leben davon abhing, dass er ihnen nützlich war, gab es für ihn nicht viel Hoffnung.

»Wenn Sie nichts gegen eine tyrannische Regierung unternehmen, die das Volk entwaffnet und versklavt, dann *sind* Sie ein Verräter«, sagte einer der Männer und spuckte auf den Boden.

»Ich habe *sie* zuerst entwaffnet. Reicht das nicht?«

»Nein!«, rief ein anderer Mann. »Wir haben nur eine Chance gegen sie, wenn wir unsere Waffen haben. Sie können ihre Waffen ersetzen – sie haben viele Möglichkeiten. Sie können sie durch die Truppenstärke ersetzen. Sie kontrollieren die Medien, die Finanzen und ein Volk von Schafen, das am Euter der Planwirtschaft hängt. Wir brauchen unsere Waffen, Doktor, wenn wir ihren Einfluss brechen wollen. Wir müssen auf unsere Waffen zählen können, wenn wir jemals wieder frei sein wollen.«

»Es gibt keine Möglichkeit, ein Waffenlager abzuschirmen. Wir haben nie herausgefunden, wie man ein Trigger-Feld auch nur ansatzweise ablenkt. Wenn Sie das von mir erwarten, war es ein Fehler, dass Sie mich hergebracht haben.«

»Wenn wir einen Fehler gemacht haben, werden wir ihn korrigieren«, sagte Wilkins. »Aber sind Sie absolut sicher, dass Sie nichts für uns haben?«

In Wilkins Stimme schwang ein drohender Unterton mit, und Horton suchte verzweifelt nach einem Knochen, den er ihnen vorwerfen konnte. »Ich kann Ihnen sagen, dass Sie sich keine Gedanken wegen der Satelliten machen brauchen. Die Reichweite hängt von der Stärke der Energiequelle ab, so steht es auch im Handbuch – kleine Systeme sind unproblematisch, aber es ist schlichtweg unmöglich, ein System zu bauen, das in einer Umlaufbahn funktionieren würde.«

»Und wenn man es an ein Atomkraftwerk anschließen würde?«

»Auf der Erde – vielleicht. Aber mit den Kraftwerken, die wir ins All schießen können, würde es nicht funktionieren.«

»Es wäre also möglich, wenn man genug Energie hätte?«

Horton drehte den Kopf in die Richtung, aus der die Stimme gekommen war. »Aber wir *haben* nicht genug Energie – darum geht es doch.«

Der Mann sah angewidert zu Wilkins hinüber. »Wie sollen wir ihm glauben? Entweder er steckt nicht tief genug mit drin, um über den Pink Bescheid zu wissen, oder er steckt so tief drin, dass er lügt.«

Auch Horton sah jetzt zu Wilkins hinüber. »Wovon spricht er?«

»Die Defence Advanced Research Project Agency hat seit zwanzig Jahren eine funktionsfähige Anlage zur Mikrofusion von schwerem Wasserstoff«, antwortete der Colonel langsam. Dann streckte er die Beine aus.

»Das ist Unsinn. Ein Gerücht aus dem Internet.«

»Kaum. Sie wurde für die Stealth-Aufklärungsflugzeuge vom Typ Shark und Falcon entwickelt. Projekt Pink Drum. Aber jetzt sind sie überall – wichtige Regierungseinrichtungen, Radiosender, alles, was noch laufen soll, wenn sie mit den Blackouts anfangen. Sie können einen Pink mit einem altmodischen Radio entdecken – im Umkreis von einigen Kilometern sind bei einer bestimmten Frequenz Interferenzen zu hören.«

»Was für Blackouts?«

»Die sind Teil der Pazifierungsstrategie, falls es zu zivilem Ungehorsam kommt.«

Was Horton anging, war das Gespräch abrupt von der Straße abgekommen und im dichten Unterholz des Surrealismus gelandet. »Haben Sie das aus den Nachrichten oder aus den Comics Ihrer Kinder?«, fragte er. Es gelang ihm nicht, seine Verachtung zu verbergen.

Aber Wilkins ließ sich nicht anmerken, ob er Horton die Reaktion übel nahm. »Selbst jemand, der so intelligent ist wie Sie, lässt sich von Propaganda beeinflussen – was Bewusstseinssteuerung und Täuschung angeht, sind unsere Feinde sehr effizient. Wir werden Ihnen dabei helfen, den Nebel vor Ihren Augen zu lichten, Dr. Horton – und wenn sie endlich klar sehen können, habe ich keinen Zweifel darüber, dass Sie sich und Ihre Fähigkeiten in den Dienst unserer Sache stellen werden.«

»Was bin ich jetzt – Kriegsgefangener oder Rekrut?«

»Was wollen Sie denn sein?« Wilkins stand auf. Das Gespräch war zu Ende. »Wir werden Ihnen die Fakten geben – die echte Wahrheit. Aber die Entscheidung treffen Sie.«

Als sie ihn aus der Baracke führten, konnte Horton auf dem Bildschirm des KomSets die Uhrzeit erkennen. Da er nun wusste, wie spät es war, brauchte er nur noch in den Himmel zu sehen, um feststellen zu können, wie weit und in welche Richtung er gebracht worden war – die Position der Sterne am Nachthimmel würde ihm verraten, wo er war.

Aber die Sicherheitsmaßnahmen der Miliz gegen eine Entdeckung aus der Luft machten das unmöglich. Die Bäume, zwischen denen das Lager angelegt worden war, versperrten ihm mit ihren Blättern die Sicht nach oben, sodass er auf dem Weg zurück zu Bunker 6 lediglich ein kleines Stückchen Himmel sehen konnte.

Horton bat darum, zur Latrine gehen zu dürfen, bevor er wieder unter der Erde eingesperrt wurde, aber bis auf einen Blick in einen Metallspiegel brachte ihn das auch nicht weiter. Sein Gesicht sah gehetzt und sonderbar alt aus.

»Haben Sie Dr. Brohier auch?«, fragte er, als er wieder in sein winziges Gefängnis geführt wurde. »Ist er auch in einem dieser Löcher?«

»Wenn ich es wüsste, dürfte ich es Ihnen nicht sagen«, erwiderte einer seiner Begleiter freundlich, als er die Metalltür aufsperrte.

Sie legten ihm keine Handfesseln mehr an, was genauso eine Wohltat war wie die frische Lage aus Sägespänen auf der Erde.

Horton schlief ein, zu den Klängen eines Kirchenlieds, das aus einiger Entfernung zu ihm herübergetragen wurde.

Monica Frances konnte einfach nicht glauben, was sie da las. Der wöchentliche Überwachungsbericht von Dr. Jeffrey Horton war mit Standardpriorität behandelt worden, obwohl sein Inhalt möglicherweise explosiv war. Nachdem sie ihr KomSet gesichert hatte, stürmte sie über den Korridor von Abteilung 7, um den Autor des Berichts zu suchen. Es reichte nicht, wenn sie Benhold Tustin eine Strafpredigt über den Bildschirm hielt – sie wollte ihm höchstpersönlich in den Hintern treten.

Frances fand ihn in der ›Höhle‹, dem fensterlosen Großraumbüro der technischen Abteilung und ihrer ultrageheimen Technologien zur Datensammlung. Er saß mit einem Ressourcen-Bibliothekar der Abteilung in einer sicheren Kabine, und der Ausdruck, der auf seinem Gesicht erschien, als er Frances sah, sagte alles: Er wusste, wie ernst das Problem war, und hatte gehofft, es lösen zu können, bevor sie es bemerkte.

»Was ist passiert?«, wollte sie wissen. »Sie sollten Kontakt mit ihm halten. Das war eine direkte Anordnung vom Präsidenten.«

»Ich weiß nicht, was passiert ist. Wir bekommen einfach nichts von unseren Pings zurück.«

»Was sagt das Überwachungsprotokoll?«

»Keinerlei Aktivität bei den Kommunikationsprotokollen. Seine Kreditkarte wurde vor ein paar Stunden in Evanston benutzt.«

»Chicago? Seit wir ihn überwachen, war er nicht mehr in der Nähe einer Stadt, die größer ist als Fergus Falls.«

»Das weiß ich«, erwiderte Tustin mit grimmiger Miene.

»Könnte er die Überwachungsprogramme entdeckt haben?«

»Eigentlich dürfte er nichts bemerkt haben.«

»Ist sonst noch etwas im Überwachungsprotokoll?«

»Nur die GPS-Datensätze der Transponder. Die letzte Ortung vom KomSet kam vor anderthalb Tagen aus der Gegend nördlich von Eau Claire. Die Ortung des Wohnmobils ist vor 16 Stunden abgebrochen, in der Nähe des Iron River. Es ist durchaus möglich, dass das zwei Punkte auf ein und derselben Route sind.«

»Dann ist das Wohnmobil also in Michigan, und die Kreditkarte in Illinois?«

»Vielleicht hat er das Wohnmobil ja verkauft ...«

»Etwa, um den Kauf einer Pizza in Chicago zu finanzieren? Warum haben Sie mich nicht früher verständigt?«

»Wir wissen ja noch gar nicht, ob wir ein Problem haben ...«

Sie sah an ihm vorbei zu dem Bibliothekar. »Überprüfen Sie die Transaktion in Evanston – stellen Sie fest, ob der Daumenabdruck geprüft wurde.«

Ein paar Sekunden später hatte der Bibliothekar die Antwort. »Nein. Kauf ohne Daumenabdruck – Benzin und eine Autowäsche an einer automatischen Tankstelle.«

»Mr. Tustin, wir *haben* ein Problem. Wann war der letzte Kontakt?«

Tustin sah auf seine Armbanduhr. »Vor etwa achtundvierzig Stunden.«

Sie schüttelte den Kopf. »Wir sollten besser zum Direktor gehen.«

Jacob Hilger, der Direktor des militärischen Nachrichtendienstes, sah sich das Material an, das Monica Frances für ihn zusammengestellt hatte. »Und das hier ist seit dem ersten Tag eine Routineüberwachung gewesen?«

»Hundertprozentig«, antwortete Tustin. »Das Weiße Haus hat sich nie dafür interessiert. Wir sind nie gebeten worden, die Überwachung zu verstärken. Ich weiß auch gar nicht, ob noch jemand außer Mrs. Frances unsere Berichte gesehen hat.«

»Mrs. Francis?« Hilger sah die Projektleiterin an.

»Er hat Recht. Als wir Dr. Horton gefunden hatten, hatte es Dr. Brohier bereits geschafft, den Jammer zum Laufen zu bringen, außerdem war Dr. Bennington-Hastings bereits über das Projekt informiert. Wir haben Dr. Horton trotzdem im Auge behalten, für alle Fälle.«

»Wie?«

»Huckepack-Transponder in den GPS-Schaltungen von Dr. Hortons Wohnmobil und KomSet. Unsere Agents haben die Blackbox des Wohnmobils ausgetauscht und das KomSet durch ein manipuliertes System ersetzt. Nach jeder zehnten Aktualisierung haben wir einen Standortbericht bekommen. Außerdem konnten wir die Transponder jederzeit mit Pings erreichen, wenn wir eine Echtzeit-Ortung brauchten.«

»Solange die übergeordneten Systeme Strom haben«, wandte Tustin ein.

»Hatten Sie schon einmal einen Daten-Blackout?«

»Nur einmal, im Wohnmobil. Es hat etwa sieben Stunden gedauert. Aber am gleichen Tag hat er einen Reparaturdienst geholt und die Rechnung für einen neuen Drehstromgenerator bezahlt.«

Hilger runzelte die Stirn und schüttelte dann den Kopf. »Dieses Szenario sehe ich hier aber nicht.«

»Ich auch nicht, Sir«, erwiderte Frances. »Ich glaube, er ist entführt worden.«

»Ich sehe das auch so. Haben Sie schon ein paar Leute auf den Fall angesetzt?«

»Drei Teams – eines ist bereits in Chicago, eines unterwegs zu einer Ortung in Michigan und das dritte auf dem Weg zur letzten bekannten Position, an der Dr. Horton länger geblieben ist, im Norden von Wisconsin.« Frances sah auf die Uhr. »Sie müssten inzwischen dort eingetroffen sein.«

»Sie werden Horton nicht finden«, warf Hilger ein.

»Vermutlich nicht, Sir. Aber vielleicht finden wir etwas heraus, das uns auf die richtige Spur bringt.«

»Das Wohnmobil wäre schon einmal ein Anfang. Wer koordiniert die Suchaktion am Boden?«

»Captain Whalen, zusammen mit den Rangern des Nationalparks in Chequamegon.«

»Was ist mit dem Wasser?«

»Bitte?«

Hilger fuhr mit dem Finger über die Umrisse des Lake Superior im Norden von Wisconsin. »Hier ist er gewesen. Das ist das Tor zum Atlantik – kein einziger Kontrollpunkt zwischen hier und Europa, Afrika oder Südamerika. Dr. Horton könnte auf jedem größeren Schiff sein, das in den letzten zwei Tagen irgendwo hier abgelegt hat. Und er könnte inzwischen schon längst auf einem anderen Schiff sein.«

»Oder in einem Wasserflugzeug.«

»Hören Sie auf. Es dürfte schon schwierig genug werden, wenn er noch auf dem Wasser ist. Sie alarmieren besser die Küstenwache und sagen ihnen, dass sie so schnell wie möglich ein paar Leute zu den Schleusen schicken – vielleicht gelingt es uns, den Korken in der Flasche zu behalten. Und in der Zwischenzeit setzen Sie sich mit der militärischen Aufklärung in Verbindung und fragen sie, was sie uns über den Verkehr auf dem See sagen können.« Hilger seufzte. »Eventuell müssen wir die ganze Abteilung darauf ansetzen.«

»Werden Sie das Weiße Haus verständigen?«, fragte Francis.

Der Direktor verzog das Gesicht. »Vielleicht sollten wir erst einmal herausfinden, was überhaupt passiert ist. Wir warten, bis die ersten Berichte hereinkommen.«

Die ersten Berichte kamen um Mitternacht, und die Geschichte, die sie erzählten, ließen einen sehr beunruhigten Jacob Hilger an das Tor des Weißen Hauses eilen. Er zeigte dem Scanner seine ID und den Agents des Secret Service sein Gesicht und wurde dann in das Fitnessstudio im Westflügel geschickt – ein umgebautes Büro, das Breland mit Trainingsgeräten und einem Laufband hatte ausstatten lassen.

Auf dem Weg dorthin passierte Hilger zwei weitere

Kontrollpunkte des Secret Service, und schließlich gesellte sich Charles Paugh zu ihm.

»Muss Amanda heute Nacht allein mit dem neuen Baby fertig werden?«, fragte er fröhlich. »Wie geht es Gavin?«

»Er wächst wie ein junger Baum«, antwortete Hilger. »Gehen Sie eigentlich nie nach Hause, Charlie?«

»Warum sollte ich? Ich habe mein Körbchen unter der Treppe und meine eigene Taschenlampe – außerdem weiß ich, wo die Reste von den Banketten aufbewahrt werden. Da wären wir. Gehen Sie einfach durch.«

Der Präsident saß auf einer Bank und wischte sich mit einem kleinen Handtuch den Schweiß aus dem Gesicht. Das graue Sweatshirt mit dem Aufdruck ›Philadelphia Phillies‹ war fast bis zur Taille durchgeschwitzt.

»Ist Ihnen schon einmal aufgefallen, dass man doppelt so müde wird, obwohl man nur die Hälfte gemacht hat, wenn man jenseits der Vierzig ist?«, fragte Breland, der sich den Nacken trocknete. »Ich weiß nicht, wie Ryan und Spahn in ihrem Alter noch spielen konnten.«

»Und ich weiß nicht, wer Ryan und Spahn sind«, erwiderte Paugh. »Hat einer von ihnen einen anständigen Sprungwurf hinbekommen?«

»Ungläubiger«, sagte Breland. »Jacob, was haben Sie für mich?«

»Jeffrey Horton ist verschwunden. Es sieht ganz so aus, als wäre er entführt worden.«

Breland ließ das Handtuch fallen. »Das kann doch nicht wahr sein! Was ist passiert?«

»Ich kann Ihnen leider noch nicht viel sagen«, erwiderte Hilger. »Vor zwei Tagen hat Dr. Horton ein sicheres Gespräch mit jemandem geführt, der eine Nummer des Verteidigungsministeriums manipuliert hat. Wir wissen nicht, mit wem er geredet hat oder was gesagt wurde, aber wir gehen davon aus, dass er kurz nach dem Gespräch seine Sachen gepackt hat und zum Flugplatz von Hayward gefahren ist. Und dort muss es dann passiert sein.«

»Woher wissen Sie das?«

»Ab diesem Zeitpunkt gehen die Ortungen für Dr.

Hortons KomSet und sein Wohnmobil auseinander, bis etwa fünfundzwanzig Kilometer zwischen ihnen liegen, auf der US 53 Richtung Süden nach Eau Claire.«

»Zwei Fahrzeuge.«

»Anzunehmen – aber wir wissen nicht, ob Horton in einem der beiden Fahrzeuge war. Die Ortung für das KomSet bricht in der Nähe der Chippewa Falls ab. Das Wohnmobil ist nach Osten bis Wausau gefahren und dann wieder nach Norden, zurück nach Michigan.«

»Wausau? Das ist ganz in der Nähe von Tigerton, nicht wahr?«, warf Paugh ein.

»Ja, das ist uns auch schon aufgefallen.«

»Tigerton?«, fragte Breland.

»Der ehemalige Stützpunkt der Posse Comitatus«, sagte Hilger. »Wenn es sie noch gäbe, hätten wir sie mit Sicherheit auf der Liste der üblichen Verdächtigen.«

»Sind wir sicher, dass es sie nicht mehr gibt?«

»Die Joint Anti-terrorism Task Force könnte Ihnen da sicher mehr sagen als ich«, erwiderte Hilger verlegen. »Aber wir wissen mit Sicherheit, dass das Wohnmobil auf einer unbefestigten Straße am Rand des Ottawa-Nationalparks stehen gelassen wurde. Es wurde völlig ausgeräumt, und jemand hat versucht, das, was noch übrig war, mit einer Brandwaffe zu vernichten – der Rauch ist einem Ranger aufgefallen, deshalb haben wir es auch so schnell gefunden.«

»Eine Bombe? Kein Streichholz im Benzintank?«

»Nein – Magnesiumfackel in der Militärversion, vermutlich mit einem Zeitzünder, sodass sie sicher schon weg waren, als das Wohnmobil hochging. Wir konnten es nur anhand der Seriennummer auf der Hinterachse identifizieren.«

»Du meine Güte.« Breland war entsetzt.

»Ich muss wissen, wie weit wir mit der Sache gehen sollen«, sagte Hilger. »Wir haben weder die Erfahrung noch die Autorität, um Ermittlungen in einer Straftat durchzuführen – obwohl wir natürlich bereit sind, die ermittelnde Behörde mit sämtlichen nachrichtendienstlichen Ressourcen zu unterstützen. Aber die Ermittlungen selbst können wir nicht übernehmen.«

Breland sah Paugh an. »Welche Möglichkeiten haben wir? FBI?«

»Eigentlich sollten wir den Fall dem FBI übergeben«, stimmte der Stabschef zu. »Aber das FBI hat zu viele Vorschriften, und das heißt, es gehört nicht gerade zu den Schnellsten. Was steht auf dem Spiel – Hortons Leben oder eine Frage der nationalen Sicherheit? Was nützt er seinen Entführern? Was weiß er?«

»Nicht sehr viel«, erwiderte Hilger. »Er wird schon seit einiger Zeit auf eigenen Wunsch nicht mehr über das Projekt informiert. Außerdem wurde die Geheimhaltungspflicht für das Material zum Trigger inzwischen weitgehend aufgehoben, da Terabyte ja das Forschungsarchiv veröffentlicht hat. Ich persönlich würde sagen, dass für die nationale Sicherheit nur ein geringes Risiko besteht.«

»Aber wissen das auch seine Entführer?«, fragte Breland.

»Vermutlich schon. Sie wussten genug, um Hortons Privatadresse und seine Verschlüsselungscodes zu bekommen und eine sichere Verbindung mit dem Verteidigungsministerium zu manipulieren. Das ist das eigentliche Sicherheitsproblem – seine Entführer müssen Hilfe im Kommunikations-Net des Pentagons gehabt haben. Und das ist Grund genug, in dieser Sache mit allen zur Verfügung stehenden Ressourcen vorzugehen.«

»Dr. Hortons Leben ist Grund genug«, erwiderte Breland scharf. »Vielleicht haben sie ihn ja gar nicht entführt, um Informationen aus ihm herauszupressen. Es gibt mehr als nur ein paar Leute, die sich an ihm rächen wollen.«

»Wenn sie sich rächen wollten, würden sie ihn möglichst brutal töten und seine Leiche irgendwo liegen lassen, wo man sie schnell findet«, sagte Paugh mit grimmiger Miene.

»Und woher wissen wir, dass die ganze Sache nicht so enden wird?«, fragte Breland. »Welche Möglichkeiten gibt es noch, Charlie?«

»Der militärische Geheimdienst könnte den Fall übernehmen, weil die Entführung eine Bedrohung des Verteidigungsministeriums darstellt. Und wenn wir gegenüber der CIA so tun, als käme die Bedrohung aus dem Ausland, könnten wir sie auch hinzuziehen.«

»Wenn es um Ihren Bruder gehen würde oder Ihren Sohn und es für Sie am wichtigsten wäre, ihn gesund und lebend wiederzubekommen …«

Paugh und Hilger sahen sich an. »Ich würde das Ganze möglichst geheim halten, um die Entführer nicht nervös zu machen«, sagte Hilger. »Kein Wort an die Presse, Informationen werden nur an die entsprechenden Abteilungen weitergegeben und sind streng geheim. Ich würde sagen, Einheit 13 – eine Antiterrortruppe der Armee. Wir bringen sie mit dem militärischen Geheimdienst, der CIA, der militärischen Aufklärung und der NSA zusammen und lassen ihr freie Hand. Sie haben vermutlich schon eine Liste mit möglichen Verdächtigen zusammengestellt.«

»Wie gehen wir vor?«

»General Steppak kann alles koordinieren«, antwortete Paugh. »Bis auf die CIA sind ihm sowieso alle unterstellt, und mit der CIA werden wir schon einig.«

»In Ordnung. Wenn ich etwas unterschreiben muss, bereiten Sie es bitte vor.«

»Das hat Zeit.«

»Ich habe noch eine Frage …«, warf Hilger ein.

»Ja?«

»Dr. Brohier. Sollte er nicht benachrichtigt werden? Und sollten wir nicht jemanden von Terabyte informieren?«

»Wo ist Dr. Brohier jetzt?«, fragte Breland.

»Er ist bei Aron Goldstein in Maryland und arbeitet von dort aus. Sein Gesundheitsstand ist so schlecht, dass er überhaupt nicht arbeiten sollte – er sollte eigentlich im Krankenhaus liegen. Aber er hat sich strikt geweigert.« Hilger schmunzelte. »Daher hat Mr. Goldstein zwei Räume in einem abgelegenen Flügel zu einer Art Feldlazarett umgebaut und ein komplettes Notaufnahmeteam eingestellt, einschließlich eines Kardiologen, das rund um die

Uhr Dienst hat. Soweit ich weiß, hat Dr. Brohier immer noch keine Ahnung, dass sie dort sind und sein Bett mit einem ganzen Arsenal von Biomonitoren verkabelt ist.«

»Ich glaube, wir sollten ihn informieren«, sagte Breland.

»Brohier kann doch gar nichts tun«, wandte Paugh ein. »Oder hat es einen Vorteil, den ich nicht sehe, wenn er Bescheid weiß? Wir können es ihm sagen, wenn alles vorbei ist – und ihm die Ungewissheit ersparen.«

Breland war nicht ganz damit einverstanden, gab aber nach. »Ich glaube, ich sollte jetzt besser General Steppak wecken.«

In der Morgendämmerung konnte sich Horton seine Gefängniszelle zum ersten Mal etwas genauer ansehen. Er hatte sie bereits mit den Händen ertastet, aber nur seine Augen konnten ihm sagen, dass er nicht träumte.

In dem weichen Tageslicht, das von draußen hereindrang, konnte er drei Schießscharten erkennen, die gleichzeitig als Belüftungsschächte dienten, und den faustgroßen Kamin über sich, der für den Zug sorgte. An dem Stahlkegel, der die Decke bildete, waren leere Federklammern angebracht, die vermutlich für Wasserflaschen, Laternen und Vorräte gedacht waren, und unter der Tür baumelten drei Sprossen einer Strickleiter.

Unterhalb des Stahlkegels bestanden die Wände aus festgestampfter Erde, die mit dicken Baumwurzeln durchzogen war. Bunker 6 war gerade so tief in Erde gegraben worden, dass ein Erwachsener im Stehen durch die Schießscharten feuern konnte, und gerade so groß, dass sich vier oder fünf Personen zu Füßen des Schützen zusammenkauern konnten.

Die Tatsache, dass im Wohnbereich des Lagers Bunker standen, sagte Horton einiges über die Einstellung derjenigen, von denen sie gebaut worden waren. Für Wilkins und seine Armee war es durchaus denkbar und völlig ›normal‹, dass man sie mit Waffengewalt angreifen würde, falls man sie entdeckte. Und wenn man sie angriff, war Kapitulation keine Alternative – die Angehörigen der Miliz waren bereit, ihre Familien in die Bunker zu schicken und bis zum Tod zu kämpfen.

Das waren die Regeln für den Kampf, auf den sie sich vorbereitet hatten. Den Krieg führten sie bereits – gegen die Welt, von der Horton sich verabschiedet hatte.

Als ihm das klar wurde, verstand er, dass er nur dann eine Chance hatte zu überleben, wenn er sich der Revolution anschloss oder in die Welt zurückkehrte – und dass er einen furchtbaren Preis zahlen würde, wenn er die falsche Entscheidung traf.

Sie kamen ihn schon sehr früh holen und erlaubten ihm, nicht nur die Latrine, sondern auch die Dusche zu benutzen. Dann brachten sie ihn zum Küchenzelt, wo er den letzten Teller mit Rühreiern bekam, die aus einer riesigen Pfanne zusammengekratzt wurden. Horton hatte nichts mehr in den Magen bekommen seit der Tüte Chips, die er vor zwei Tagen – oder waren es drei? – in seinem Wohnmobil am Flughafen gegessen hatte. Er schlang das Essen hinunter, wobei er kaum bemerkte, was er herunterschluckte, und spülte es mit mehreren Gläsern Wasser hinunter, bis sein zusammengeschrumpfter Magen wehtat.

Er hatte nichts zu sagen, während er aß, und die Frauen und Kinder, die ihr Frühstück bereits beendet hatten, als er gekommen war, hatten ihm ebenfalls nichts zu sagen. Sie wirkten verlegen, und ihr Gespräch war so banal, dass ihm sein Status als Außenstehender und Paria schmerzhaft bewusst wurde.

Erst als Colonel Wilkins kam und sich auf eine Bank rechts von Horton setzte, löste sich die Spannung allmählich. »Geht es Ihnen jetzt besser, nachdem Sie etwas im Magen haben?«, wollte er wissen.

»Fast schon wieder zivilisiert«, sagte Horton. Er zögerte, dann fügte er hinzu: »Danke.«

»Oh, danken Sie nicht mir, danken Sie Jean.« Wilkins deutete auf eine stämmige Frau, die zwischen den anderen saß und eine Tasse Kaffee in der Hand hielt. »Die Speisekarte hier draußen ist nicht sehr abwechslungsreich, aber Jean schafft es immer, aus etwas Einfachem etwas Besonderes zu machen, obwohl wir ihr nur einen Topf und eine Pfanne zugestehen wollen.«

Jean errötete, als sie das Lob hörte, aber als Horton versuchte, ihren Blick zu erhaschen, um sich bei ihr zu bedanken, wurde ihre Miene abweisend. »Sie sollten erst dem Herrn danken, nicht mir.«

Wilkins lachte leise. »Jeffrey, haben Sie etwa das Tischgebet ausgelassen? Sie werden noch feststellen, dass man damit an Jeans Tisch nicht so leicht durchkommt.«

»Ich fürchte, ich bin aus der Übung.«

»Wir helfen gern etwas nach«, erwiderte Wilkins. »Fertig hier?«

»Ja.«

»Dann gehen wir jetzt ein paar Schritte.«

Wilkins winkte die beiden Männer weg, die die ganze Zeit über hinter Horton gestanden hatten, dann ging er mit ihm in Richtung Osten auf einen baumbestandenen Hügel zu. »Man hat mir gesagt, dass Sie nach Karl Brohier gefragt haben.«

»Ich will wissen, ob Sie ihn haben. Ich will wissen, ob es ihm gut geht.«

»Ihre erste Frage kann ich beantworten. Nein, wir haben Dr. Brohier nicht. Sein hohes Alter, seine sozialistische Einstellung und sein eingefleischter Atheismus machen ihn für uns uninteressant.«

»Und woher wussten Sie dann, dass Sie mit Ihrer Lüge, er sei im Krankenhaus, durchkommen würden? Es wäre doch alles aufgeflogen, wenn ich Karl erreicht und Ihre Nachricht nicht gelesen hätte ...«

»Ihre Anrufe wurden auf den Satelliten umgeleitet. Dazu muss man die Adresse lediglich mit einem Virus infizieren. Sie hatten keine Chance, mit etwas anderem als den Stimmdateien auf KomSets zu reden.«

»Dann geht es Karl also gut?«

»Ich weiß es nicht«, antwortete Wilkins. »Er ist vor etwa acht Wochen aus der Öffentlichkeit verschwunden. Wenn Sie uns sagen, wo er ist, können wir vielleicht herausfinden, wie es ihm geht.«

»Ich weiß nicht, wo er ist.«

»Ich verstehe«, erwiderte Wilkins. »Kennen Sie sich mit Geschichte aus, Dr. Horton?«

»Ich weiß nur so viel, wie für die Pflichtkurse an meiner High School verlangt wurde.«

Wilkins nickte nachdenklich. »Ich fürchte, das macht Sie zum perfekten Durchschnittsamerikaner – so herrlich ahnungslos. Die gründliche Behandlung der amerikanischen Geschichte wurde von Feministinnen und schwarzen Rassisten aus unseren Schulen gedrängt, mit der Begründung, dass wir nichts aus dem Leben toter weißer Männer lernen könnten. Sie mussten sich vermutlich durch zeitgenössische Weltgeschichte oder eine andere Spielart dieser Weichspüler-Multikultur quälen.«

»Kurs SS-201, ›Zeitgenössische Probleme der internationalen Beziehungen‹.«

»Wobei ›zeitgenössisch‹ bedeutet ›nicht weiter zurückliegend als das Geburtsjahr von Schülern im Teenageralter‹. Sehen Sie, die wollen gar nicht, dass die Öffentlichkeit versteht. Sie bieten keine Bildung an – es ist Programmierung. Man kann jedem faules Obst verkaufen, wenn man ihn daran hindert, sich daran zu erinnern, wie einwandfreie Ware schmeckt.«

»Und was ist der fehlende Kontext für das hier?«

»Dass jedem Völkermord im 20. Jahrhundert Waffengesetze vorausgegangen sind. Dass jedes totalitäre Regime im 20. Jahrhundert versucht hat, ein Monopol auf Waffen zu errichten. Dass jede Regierung zu Tyrannei und Gewalt neigt und die einzige Hoffnung für einen erfolgreichen Widerstand in dem Recht freier Bürger liegt, Waffen zu tragen.

Das ist der einzige Grund, warum es den zweiten Zusatz zur amerikanischen Verfassung gibt. Es gibt ihn nicht deshalb, damit Jäger ihrem Sport nachgehen oder Reiche ihren Besitz verteidigen können. Es gibt ihn nicht einmal deshalb, damit sich Frauen gegen Vergewaltiger zur Wehr setzen können oder damit Männer ihre Familien vor Räubern schützen können – menschlichen und tierischen.

Nein, wir brauchen unsere Waffen, damit die Regierung Angst vor uns hat. Und wenn sie vergisst, Angst zu haben, vergisst, was dreihundert Millionen Waffen in den Händen von siebzig Millionen Patrioten mit einer Polizei tun können, die ihre Aufgaben nicht erfüllt, und Richtern, die niemanden bestrafen wollen, und Gesetzgebern, die Regeln für alle anderen, nur nicht für sich selbst machen, und Soldaten, die verfassungswidrigen Befehlen gehorchen, dann sind wir moralisch dazu verpflichtet, sie daran zu erinnern.«

»›Der Baum der Freiheit …‹«

»›… muss von Zeit zu Zeit mit dem Blut von Patrioten und Tyrannen getränkt werden.‹« Wilkins blieb stehen und rollte den rechten Hemdsärmel hoch. Er zeigte Horton die Tätowierung eines Baums mit blutroten Wurzeln auf seinem Oberarm. »Dr. Horton, diese Worte hätte man in die Verfassung schreiben müssen – in den zweiten Zusatz. Die Gründungsväter haben die Gelegenheit versäumt, die Bedeutung dieser Worte unmissverständlich klar zu machen. Aber alle, die sich mit Geschichte befassen, wissen, dass der zweite Verfassungszusatz als Selbstzerstörungsknopf für die Regierung gedacht war. Und ich fürchte, Sie sind derjenige, der die Drähte durchgeschnitten hat.«

»Das ist nicht fair«, erwiderte Horton. »Der Trigger ist durch Zufall entdeckt worden – es war mehr Glück als Verstand. Wir haben gar nicht an der Abrüstung gearbeitet. Wir haben nicht einmal für die Regierung gearbeitet. Erfindungen werden immer dann gemacht, wenn es Zeit dafür ist. Wenn wir es nicht gewesen wären, hätte ihn jemand anderes erfunden, und es hätte auch nicht mehr lange gedauert.«

»Über Ihr Verhalten als Wissenschaftler kann ich mich nicht beklagen, Dr. Horton. Mir missfällt Ihr Verhalten als Bürger dieses Landes. Stellen Sie sich nur vor, was für ein mächtiges Werkzeug der Demokratie der Trigger in den Händen patriotischer Milizen gewesen wäre. Wenn es die Regierung das nächste Mal gewagt hätte, uns ihre Armeen zu schicken, hätten wir sie entwaffnet und entmutigt wieder zurückschicken können – und sie hätten keine Ahnung gehabt, wie wir das gemacht hätten.« Wilkins lächelte bei dem Gedanken daran. »Wenn ich diesen Tag erleben könnte …«

Dann schüttelte er den Kopf. »Aber Sie haben ihn Washington gegeben – das ist ein entsetzlicher Fehler gewesen. Und wenn Sie jetzt nicht handeln, um Ihren Fehler wieder gutzumachen, werden auch Sie für die Tyrannei verantwortlich sein, die mit Sicherheit kommen wird. Jetzt haben sie nichts mehr zu befürchten.«

»Ich habe den Trigger allen gegeben«, erwiderte Horton. »Karl hat das Gleiche mit dem Jammer getan. So sollte es sein. Keine Monopole. Kein Ungleichgewicht der Macht. Keine Geheimwaffen.«

»Ich bin sicher, dass Sie gedacht haben, es würde so kommen. Aber Sie haben immer noch nicht erkannt, wie weit ihr Betrug geht. Man hat Sie getäuscht.«

»Wovon reden Sie?«

»Die Regierung hat kein einziges Waffensystem ausgeschaltet oder ausrangiert. Jeder Soldat verbringt noch genauso viel Zeit wie früher mit der Ausbildung an seiner M-16. Die Munitionsfabrik in Missouri produziert noch genauso viel Munition wie früher. Und jede größere Polizeibehörde in diesem Land hat immer noch eine Gestapo-Einheit mit einer Batterie von AAR-15.« Er blieb stehen und sah Horton an. »Was werden sie jetzt wohl mit all diesen schönen Sachen anfangen, wenn Zehntausende von Triggern und Jammern in Kellern, Schränken, Kofferräumen und Aktentaschen Waffen überflüssig gemacht haben?«

»Trägheit. Eingefahrene Wege. Berufsmäßige Vorsicht. Zukunftsschock. Politische Auseinandersetzungen über Rüstungsaufträge in Milliardenhöhe …«

»Sie haben die nahe liegende Erklärung dafür übersehen.«

»Und die wäre?«

»Die Regierung hat die Öffentlichkeit dazu gebracht, den Trigger in ihr Leben zu lassen wie einen jungen Hund, der zum besten Freund der Kinder heranwächst und nachts das Haus beschützt. Das Problem ist lediglich, dass die Regierung das liebe Hündchen bereits darauf abgerichtet hat, auf Kommando Platz zu machen – und daher ist es für sie keine Bedrohung mehr.«

Horton sah den Kommandanten der Miliz fragend an. »Tut mir Leid. Ich kann Ihnen nicht folgen.«

»Sie haben ihre Waffen behalten, weil sie wissen, dass sie sie immer noch benutzen können. Sie haben uns erlaubt, Horton-Geräte zu kaufen, weil sie wissen, dass sie sie jederzeit abschalten können – was sie auch sofort tun werden, wenn wir damit fertig sind, uns selbst zu entwaffnen. Sie hatten nie vor zuzulassen, dass wir sie entwaffnen, Dr. Horton. Nicht in einer Million Jahren.«

»Sie glauben, dass es bei den zivilen Triggern eine Schaltung für eine Fernbedienung gibt? Ein geheimer Knopf zum Ausschalten?«

»Das ist die einzige logische Erklärung dafür. Aber in *allen,* nicht nur in den zivilen Triggern – in einem Krieg wechseln die Waffen schon mal die Seite.«

»Das glaube ich nicht.«

»Oh, der Schalter ist da. Und Sie können ihn finden, Dr. Horton – wenn Sie nicht bereits wissen, wo er ist.«

Wilkins ging weiter. Es schien ihn nicht zu kümmern, ob Horton ihm folgte oder nicht. Der Physiker drehte sich um, weil er wissen wollte, ob er von jemandem beobachtet wurde. Als er niemanden sah, überlegte er kurz, ob er einen Fluchtversuch in den Wald wagen sollte. Aber es war noch zu früh. Er hatte weder Hilfsmittel noch Vorräte und wusste außerdem nicht genau, wo er war, sodass er keine echte Chance für eine Flucht hatte – schon gar nicht, wenn er einen orangefarbenen Gefängnisoverall trug. Also beeilte er sich, Wilkins zu folgen.

»Colonel, das ist schlicht und einfach unmöglich. Die Systeme sind von Aurum Industries hergestellt worden. Ich kann nicht glauben, dass Aron Goldstein sich für so etwas hergeben würde.«

»Warum nicht? Die reiche Elite hat Waffenkontrolle schon immer unterstützt. Wenn man Fabriken und Banken besitzt, braucht man die Armee und die Polizei, damit sie einen beschützen – und hat jeden Grund, die Armen und Lohnsklaven zu entwaffnen. Die Reichen sind die Regierung, Dr. Horton.« Er rümpfte verächtlich die Nase. »Außerdem – ein Jude, der etwas verkauft, ohne damit Gewinn zu machen? Was wollen Sie denn noch hören?«

»Er ist ein Humanist – er glaubt, dass Waffen Werkzeuge der Unterdrückung sind und niemanden befreien werden. Und er hat auch allen Grund dazu.«

»Was er wirklich glaubt, können Sie in den Steuerschaltkreisen der von ihm verkauften Trigger und Jammer nachprüfen!«

»Da bin ich mir sicher – und ich bin mir auch sicher, dass Sie sich irren«, entgegnete Horton wütend. »Haben Sie einen hier?«

»Einen Trigger? Ja, natürlich. Es steht schließlich schon in der Bibel, dass man seinen Feind kennen soll. Ah – hier ist es. Kommen Sie mit. Das hier wollte ich Ihnen zeigen.«

Horton seufzte und folgte Wilkins durch das dichte Unterholz, das ihnen den Weg versperrte. Am Ende des zugewachsenen Weges ging es steil zu einer Wiese mit einem kleinen Bach hinab. Dahinter waren noch mehr Hügel zu sehen, einige mit Bäumen, andere grasbewachsen wie die Wiese zu ihren Füßen. Wilkins hatte sich zwischen den Stamm eines Nussbaums und einen großen Felsbrocken gesetzt.

»Sie hätten mir auch einfach eine Postkarte schicken können«, sagte Horton. »Ich weiß nicht, was das hier ist.«

»Das war mir schon klar«, erwiderte Wilkins. Er wies auf die Landschaft vor ihnen. »So hat es ausgesehen, bevor die Menschen gekommen sind. Dieses Land hat nie die Hand eines Menschen erfahren. Wissen Sie, wie selten das geworden ist?«

»Dann sind Sie also Naturschützer? Ich hätte nicht gedacht, dass das Ihre Motivation ist.«

»Wenn Sie es wollten, könnten Sie hier viel lernen …«

»›Pass auf, wo du hintrittst‹, ist das Erste, was mir dazu einfällt.«

»Das Wesen der Natur ist Freiheit. Dort draußen gibt es keine Verordnungen, Richtlinien oder Verträge, keine Formulare, Listen oder Steuern. Auch der Mensch in seinem natürlichen Zustand ist frei. Das sind unsere naturgegebenen Rechte, Jeffrey – Gottes Garantie dafür, dass wir einen Platz in seiner Schöpfung haben, und die Werkzeuge, die wir brauchen, um unsere Aufgabe in seinem Plan zu erfüllen. Das sollte die Verfassung schützen – das Recht freier Christenmenschen, ihrem Glauben und ihrem Gewissen zu folgen. Keine Gesetze, sondern nur das Gesetz Gottes. Keine Autorität, die größer ist als Gottes Autorität.

Dieses Ziel haben wir aus den Augen verloren, und Finsternis kam über unser Volk und unser Land. Aber wir haben den Weg zurück gefunden, und wir werden die anderen führen. Wir leben im Licht, Jeffrey – im Licht der Liebe Gottes. Sie müssen wählen, ob Sie im Licht leben wollen oder in die Dunkelheit zurückkehren. Sie müssen entscheiden, welchen Weg Sie von hier aus gehen.«

War es eine Drohung oder nur die schwärmerische Rhetorik eines religiösen Fanatikers? Horton wusste es nicht, aber es spielte auch keine Rolle mehr. Er hatte sich bereits entschieden. »Sie sagten vorhin, dass Sie einen Trigger im Lager haben?«

»Einen Trigger und einen Jammer. Deaktiviert natürlich.«

»Ich werde sie mir ansehen«, sagte Horton. »Ich werde versuchen, diese Fernbedienung zu finden. Aber ich möchte eines klarstellen – ich gehe davon aus, dass Sie sich geirrt haben.«

Wilkins lächelte nachsichtig. »Und wenn Sie zufällig herausfinden, dass ich mich nicht geirrt habe – werden Sie es dann akzeptieren?«

»Ich kann Ihnen versprechen, dass ich mindestens so offen bin wie Sie, Colonel.«

»Wirklich?«, erwiderte Wilkins. »Das werden wir ja sehen.«

Mark Breland hatte General Steppak angewiesen, ihn dreimal am Tag zu informieren – um acht, 14 und 20 Uhr. Aber es fiel ihm schwer, sich so lange von der Befehlszentrale in der unteren Etage fern zu halten, von der aus Steppak die Suche nach Jeffrey Horton koordinierte.

Der Rest von Brelands Terminplan war nicht fesselnd genug, um ihn ablenken zu können – eine Haushaltsbesprechung mit Kongressvertretern, eine Telekonferenz mit den Parteivorsitzenden, in der es um die Wahlkampagne im Herbst ging, eine Preisverleihung im Rosengarten, ein privates Mittagessen mit Aimee Rochet, ein Softball-Spiel auf dem Südrasen mit den Praktikanten des Weißen Hauses.

Aber lediglich das Mittagessen konnte ohne größere Komplikationen abgesagt werden, und Breland entschuldigte sich mit einem Kuss und einem Versprechen bei Aimee. Die frei gewordene Stunde nutzte er, um in der Befehlszentrale vorbeizuschauen, die aus ihrer Untätigkeit gerissen worden war und sich in ein hektisches Krisenmanagementzentrum verwandelt hatte. Vor den Kommunikationsstationen saßen mehr als ein Dutzend Fachleute von den verschiedenen Geheimdiensten, und ganze Horden von Männern und Frauen in Bürokleidung oder Uniform sahen ihnen über die Schulter, drängten sich um Bildschirmtische oder redeten mit Steppak.

»Gibt es Fortschritte, General?«, fragte Breland, als er sich zu dem Verteidigungsminister gesellte, der mit dem Verbindungsmann von der CIA vor der Landkarte an der Wand stand.

Steppak wirbelte herum. »Mr. President – es tut mir Leid, ich habe Sie gar nicht kommen sehen.«

»Daran bin ich schuld. Ich wollte mich nicht mit einem Pfeifensignal an Bord begrüßen lassen.« Breland sah an Steppak vorbei zu dem Mann mit dem schmalen Gesicht und den wachsamen Augen. »Mr. Thorn, stimmt's?«

»Ja, Sir. Ich habe General Steppak gerade über die eingesetzten Ressourcen informiert.«

»Bitte, fahren Sie fort.«

Thorn nickte. »Wir haben jetzt acht Global-Hawk-RPVs in der Luft über Wisconsin, Illinois, Minnesota, Indiana,

Michigan und dem südlichen Zentralkanada. Außerdem wurde die Umlaufbahn des Keyhole-15-Satelliten geändert, damit wir das Hauptsuchgebiet besser erfassen können. Wir konzentrieren uns auf die bekannten regierungsfeindlichen Gruppen, die in diesen fünf Staaten operieren, auf der Grundlage von Informationen der Anti-Terrorismus-Sondereinheit. Aber wir lassen den Ermittlern etwas Spielraum, da eine neue Gruppe darin verwickelt sein könnte.«

»Gibt es schon konkrete Ergebnisse?«

»Nicht in Echtzeit. Aber ein Analyst der NSA hat ein paar Bilder aus den Archiven gegraben – Hortons Wohnmobil am Flughafen von Hayward, neunzig Minuten später dann im Konvoi mit einem Geländewagen auf der US 53. Wir haben sie beide unter ein paar Wolken verloren, die alles von Eau Claire bis westlich der Sioux Falls blockiert hatten. Aber wir haben ein gutes Infrarot-Profil des Geländewagens – wenn wir ihn wieder sehen, dürften wir ihn erkennen.«

»Was ist mit der Suche am Lake Superior?«

Steppak schaltete sich ein. »Das hat die Küstenwache übernommen, obwohl sie sowieso schon knapp an Leuten ist. Wir haben alle UDT-12 und die SEAL-Teams vier und sechs in Vier-Mann-Booten auf das Wasser geschickt und drei Hubschrauber von den Kanadiern ausgeliehen. Bis jetzt haben sie allerdings noch nichts gefunden. Ich habe das Gefühl, dass die Entführer aus der näheren Umgebung kommen und Horton immer noch dort ist. Das Problem liegt darin, dass die nähere Umgebung mit jeder Stunde größer wird.«

Breland ließ den Blick durch den Raum schweifen, bis er an Monica Frances hängen blieb. »Wie konnte das passieren, Roland? Der militärische Nachrichtendienst war doch beauftragt, Kontakt mit Jeffrey zu halten. Ich habe Hilger persönlich den Befehl dazu gegeben.«

»Es ist schwer, mit jemandem Kontakt zu halten, der nicht viel Kontakt zulassen will«, antwortete Thorn anstelle des Generals. »Und dann muss man sich mehr auf technische als auf menschliche Ressourcen verlassen. Aber man weiß erst, dass man die Zielperson verloren hat, wenn man weiß, dass eines der Systeme ausgefallen ist.«

Breland seufzte. »Vielleicht sollten wir einen Peilsender entwickeln, den man direkt im Körper verstecken kann.«

»Den gibt es bereits, Mr. President. Aber der Einsatz setzt in der Regel die Kooperation der Zielperson voraus«, sagte Thorn. »Die verdauliche Version löst sich innerhalb weniger Stunden im Magen auf. Die injizierbare erfordert einen kleinen Schnitt und regelmäßige Induktionsaufladungen.«

»Ich glaube, ich habe mich über die Technik in der Spionage nicht auf dem Laufenden gehalten.«

»Es ist alles realisierbar, was man sich vorstellen kann«, sagte Thorn. »Man braucht lediglich einen Grund dazu.«

Jeffrey Horton genoss zwei Tage lang eine Art ›Probemitgliedschaft‹ in der People's Army of Righteous Justice.

Zwar musste er immer noch den grellfarbenen Overall tragen, aber man wies ihm ein Bett in der Schlafbaracke der Männer zu, gewährte ihm das Recht, mit den Männern zusammen zu essen, und die ›Freiheit‹, ohne Eskorte zu den Duschen und zur Latrine zu gehen. Er verdiente sich diese Privilegien, indem er den größten Teil dieser zwei Tage in einer stickigen, fensterlosen Blechhütte verbrachte, wo er die Befehls- und Steuerlogik eines Triggers von Sears und eines Jammers von ADT analysierte.

Die Ausgangsstufen beider Einheiten waren von Wilkins' Cheftechniker Frank Schrier, der die ganze Zeit über neben Horton stand, während dieser arbeitete, durch einfache Statuslampen ersetzt worden. Die Manipulation des Technikers und seine ständige Gegenwart ließen Hortons schwache Hoffnung schwinden, die Instrumente und Werkzeuge gegen seine Entführer einsetzen zu können.

Und so blieb nur noch die ebenfalls nicht sehr große Hoffnung, das provisorische Labor mit einem eindeutigen Beweis verlassen zu können, der Wilkins zum Umdenken zwingen würde – oder ihn.

Allerdings hatten sie ihm die besten Instrumente und Werkzeuge zur Verfügung gestellt, die auf dem Markt zu bekommen waren. Die Logiksonde war ein CodeBreaker von PM Technologies, die in Labors auf der ganzen Welt verwendet wurde. Der Diagnostikanalysator war ein Zoftwerkz Mastermind, mit dem Designer und Codediebe auf beiden Seiten des Gesetzes arbeiteten. Und das Benchmark-Referenzmaterial war ihm bestens vertraut – es war sein technisches Handbuch für den Trigger, das er damals im Net veröffentlicht hatte.

Trotzdem war es eine Aufgabe, für die Gordie oder Lee besser geeignet gewesen wären als er. Beide kannten sich nicht nur besser mit dem Originaldesign aus als er, sondern hatten auch mehr Erfahrung darin, die Firmware eines anderen Designers von innen nach außen zu lesen – in diesem Fall, weil er einen abnormalen Code suchte. Horton versuchte, mit dem Hinweis auf seine mangelnde Erfahrung die Erwartungen zu senken, aber Schrier warnte ihn, dass Wilkins keine Verzögerungen dulde.

»Ich bin unter anderem hier, um dafür zu sorgen, dass es weitergeht«, sagte Schrier. »Der Colonel hat immer einen Zeitplan, und es ist gar nicht gut, wenn man derjenige ist, der ihn durcheinander bringt.«

»Haben Sie die Systeme bereits durchgetestet? Wissen Sie, ob es das, was ich suche, auch tatsächlich gibt?«

»Wenn sie so schlampig gearbeitet hätten, dass ich das feststellen kann, würden wir Sie ja nicht brauchen, oder?«

Am Ende des zweiten Tages fiel Horton auf, dass Wilkins langsam ungeduldig wurde. Nachdem er sie am ersten Tag die ganze Zeit über allein gelassen hatte, war er am zweiten Tag zweimal gekommen, um zu sehen, ob sie Fortschritte machten. Als er das dritte Mal kam, sah er ziemlich verärgert aus und unterhielt sich nur mit Schrier. Er war ganz und gar nicht glücklich, als er hörte, dass sie mit der Arbeit an der zweiten Einheit, dem ADT-Jammer, erst am späten Nachmittag begonnen hatten.

»Wie lange noch?«, wollte Wilkins wissen.

»Wenn es so weitergeht wie bisher, brauchen wir vielleicht noch drei Tage. Der Trigger war offen und im Prinzip sauber. Der Jammer hat logische Traps und sieht so aus, als wäre er mit einer Menge überflüssigem Zeug voll gestopft worden.«

Wilkins sah Horton prüfend an. »Der Gottesdienst beginnt in zwanzig Minuten. Ich möchte Sie beide dort sehen. Dann können Sie sich wieder an die Arbeit machen und feststellen, ob Sie mit der notwendigen Erleuchtung gesegnet worden sind, um die Sache schneller zum Abschluss zu bringen.«

Horton hatte den Gesang während des Gottesdienstes jede Nacht gehört, seit er ins Lager gebracht worden war, aber die Gebete und Predigten, zwischen denen immer wieder gesungen wurde, waren in den Tiefen von Bunker 6 nicht sehr gut zu verstehen gewesen. An seinem ersten Abend in Freiheit hatte er alles deutlich hören können, aber er hatte seine Freiheit genutzt und war in der Schlafbaracke geblieben, als der Gottesdienst begann. Die Predigt war einer der beiden Gründe, warum er kurze Zeit später die Baracke verlassen hatte und in den Wald gegangen war.

Außerdem wollte er testen, ob die Sicherheitsmaßnahmen im Lager während des Gottesdienstes lockerer waren. Wäre er nicht einem von Wilkins Männern in den Weg gelaufen, dann wäre er vielleicht sogar weitergegangen. Aber so wäre er fast von einer aus zwei Mann bestehenden Patrouille erschossen worden, denen er keine einleuchtende Erklärung dafür anbieten konnte, warum er um diese Zeit im Wald spazieren ging.

»Dr. Horton, Sie sollten abends darauf achten, in der grünen Zone zu bleiben«, hatte der Milizangehörige hinter seinem Nachtsichtgerät gesagt. »Noch zehn Schritte, und Sie wären in der Schusszone gewesen.«

»Ich glaube, ich habe mich verlaufen«, hatte Horton erwidert.

»Das ist ein Fehler, den Sie besser nicht noch einmal machen sollten, Doktor Horton. Wir bringen Sie zurück.«

Wilkins hatte Horton gegenüber nichts von dem Zwischenfall mit den Wachen erwähnt, aber sein strenger Blick und eine explizite Einladung waren deutlich genug. Am nächsten Abend sorgte der Physiker dafür, dass er unter den Ersten war, die sich in der Schlafbaracke der Frauen zum Gottesdienst versammelten.

Horton war nicht mehr in einer Kirche gewesen, seit er sich mit 14 Jahren von der Religion seiner Eltern losgesagt hatte, die Lutheraner waren. Er war überrascht, wie viele Melodien ihm noch vertraut waren – einige, weil sie sich aus der deutschen Romantik und Volksliedern aus England entwickelt hatten, die er inzwischen besser aus einem anderen Kontext kannte, aber andere weckten tatsächlich Erinnerungen an die Sonntagvormittage seiner Kindheit.

Der Text der Lieder war jedoch eine Überraschung für ihn. Keine Kirchengemeinde, die Horton kannte, hatte zu traditionellen Melodien Strophen gesungen, in denen es um die ›Märtyrer von Waco‹, die ›Helden von Tigerton‹ oder die ›Ballade von Gordon Kahl‹ ging. Aber er war fast genauso erstaunt darüber, wie kriegerisch einige der Lieder in der Originalversion klangen, als er sich deren Text in einem abgegriffenen Liederbuch von 1933 ansah, das ihm jemand in die Hand drückte, nachdem ihm aufgefallen war, dass Horton nicht mitsang.

»Erhebt euch, Soldaten Christi, und legt die Rüstung an.

Lasst keinen unbewachten Ort, keine Schwäche der Seele zurück.

Tretet die Mächte der Finsternis mit Füßen und geht siegreich aus der Schlacht hervor …«

Früher hätte Horton den Text für eine Metapher gehalten. Aber jetzt, mitten unter den Angehörigen der Army of Righteous Justice, als er den schwärmerischen Ausdruck und den blinden Eifer auf ihren Gesichtern und die Waffen in ihren Händen sah, wusste er, dass es keine Metapher war. Er bewegte die Lippen zum Text, weil er sie nicht aussprechen wollte.

Der Gottesdienst dauerte noch fast zwei Stunden. Mehr als ein Dutzend Männer und Frauen stand auf, traten vor die Gemeinde und beteten mit den anderen. Horton fragte sich, ob auch Gebete gesprochen wurden, um ihm bei seiner Aufgabe zu helfen oder weil er gestern gefehlt hatte. Er hatte den Eindruck, als testeten sie ihn, als erwarteten sie, dass die Kraft ihres Glaubens eine öffentliche Bekehrung auslöste und der Heilige Geist ihn erfüllte, sodass er seinen naturwissenschaftlichen Sünden entsagte. Und obwohl er nicht im Mittelpunkt des Gottesdienstes stand, wurde er das Gefühl nicht los, dass sich jeder im Raum seiner Anwesenheit bewusst war – besonders, als Colonel Wilkins aufstand und vor die Gemeinde trat.

»Der Herr ist meine Stärke«, sagte er und sah dabei Horton an.

Die Männer und Frauen antworteten laut und deutlich. »Der Herr ist die Stärke meines Lebens – wir haben nichts zu fürchten.«

»Als meine Feinde und Widersacher mich ergreifen wollten, um mein Fleisch zu essen, sind sie gestrauchelt und gefallen.«

»Der Herr ist die Kraft unserer Familie – wir haben nichts zu fürchten.«

»Auch wenn ich in den Krieg ziehen muss, wird mein Herz voller Mut sein.«

»Der Herr ist die Kraft unserer Kirche – wir haben nichts zu fürchten.«

»Gott wird mich über die Schar meiner Feinde erheben.«

»Der Herr ist die Kraft unseres Stammes – wir haben nichts zu fürchten.«

»Die Könige der Welt haben sich gegen den Herrn und die Seinen aufgelehnt.«

»Der Herr ist die Kraft unseres Landes – wir haben nichts zu fürchten.«

»Wir werden sie mit der eisernen Rute zerbrechen und in Stücke zerschmettern wie einen Krug aus Ton.«

»Gesegnet sind alle, die dem Herrn mit Furcht dienen und in der Angst frohlocken.«

»Gesegnet sind alle, die ihr Vertrauen in Gott den Allmächtigen setzen, dessen Urteil wahr und gerecht ist«, verkündete Wilkins. »Amen.«

»Amen. Gelobt sei der Herr«, antwortete die Gemeinde.

Horton lief ein Schauer über den Rücken, und trotz der Hitze in der Baracke hatte er eine Gänsehaut. Er stand auf und ging zur Tür. Draußen suchte er nach Schrier, packte ihn am Arm und zog ihn von der Frau weg, mit der er gerade sprach. »Mir ist eben etwas eingefallen«, sagte er. »Beide Einheiten müssen den gleichen Code enthalten. Könnten wir denn nicht die Anomalien, die wir im Trigger gefunden haben, mit dem Code im Jammer abgleichen? Dann müssten wir uns nicht durch den Basis-Code des Jammers arbeiten.«

»Aber der Befehl zum Überschreiben könnte *Teil* des Basis-Codes sein.«

»Nein«, sagte Horton entschieden. »Der Basis-Code ist der Code meines Labors. Wenn es dieses Ding gibt, muss es später hinzugefügt worden sein.«

»Wie sicher sind Sie sich?«

»So sicher, wie ich an diesem Punkt nur sein kann«, erwiderte Horton. »Kommen Sie, wir haben noch ein paar Stunden, bevor die Lichter ausgehen.«

Roland Steppak war zwar vor mehr als zwanzig Jahren vom Cockpit auf den Schreibtisch umgestiegen, aber eine der wichtigsten Fähigkeiten eines Kampfpiloten hatte er nicht verlernt – er konnte immer noch in einen kurzen, erholsamen Tiefschlaf versinken, wann immer sich die Gelegenheit dazu bot. Die vier Stunden Schlaf in einer der japanisch anmutenden Schlafkapseln neben der Befehlszentrale reichten völlig aus, um die Müdigkeit aus seinen Knochen zu vertreiben, und nach einer heißen Dusche war er so frisch wie andere nach acht Stunden Schlaf.

Er hatte einen Lieutenant Colonel vom militärischen Geheimdienst mit seiner Vertretung beauftragt und war daher überrascht, als er feststellte, dass in der Zwischenzeit Morton Denby von der CIA das Kommando übernommen hatte.

»Ein erster kleiner Erfolg, General – wir haben den Maulwurf im Verteidigungsministerium identifiziert«, sagte Denby. Dann stand er auf, um Steppak den Chefsessel zu überlassen.

»Ist Lt. Colonel Briggs deshalb gegangen?«

Denby nickte, während er sich auf den nächsten Stuhl setzte. »Der Maulwurf ist einer von ihren Mitarbeitern – ein Ziviltechniker, der für die Fernmeldetruppe arbeitet und im Kontrollzentrum des GLOCOMNET die Nachtschicht hat. David Luke Wickstrom, vierunddreißig Jahre alt. Es ist ihm anscheinend gelungen, auf die sicheren Adressen und Verschlüsselungscodes von mehreren leitenden Terabyte-Angestellten zuzugreifen und einen Weiterleitungsfilter in das Satellitennetzwerk einzuschalten.«

»Sie hätten mich wecken sollen«, sagte Steppak. »Wo ist der Maulwurf jetzt?«

»Es hätte nicht viel Sinn gehabt, Sie zu wecken – Wickstrom ist nämlich getürmt. Vielleicht hat er etwas gerochen, als die Sicherheitsabteilung von GLOCOMNET den Virus entdeckt und angefangen hat, die Satelliten abzuschalten, um ihn aus dem System zu bekommen. Er hat sich gestern krankgemeldet, und gestern Abend ist das Apartmentgebäude, in dem er gewohnt hat, völlig ausgebrannt. Es war Brandstiftung, und das Feuer hat in seiner Wohnung angefangen.«

»Lassen Sie mich raten – Magnesiumfackeln in der Militärversion mit einem Zeitzünder.«

»Sieht ganz danach aus«, erwiderte Denby. »Der militärische Geheimdienst ist am Tatort und untersucht das, was noch übrig ist. Das FBI kümmert sich um Wickstroms Hintergrund und versucht, seinen Schnitzer mit der schlampigen Sicherheitsüberprüfung wieder auszubügeln. Sie haben Wickstrom nämlich für unbedenklich erklärt, als er sich um den Job beworben hat.« Er schüttelte den Kopf. »Ziemlich üble Geschichte, General – bei dem Brand sind drei Kinder ums Leben gekommen, und ein halbes Dutzend Familien ist es jetzt obdachlos.«

»Ist Wickstrom seitdem gesehen worden?«

»Nein. Aber ich glaube nicht, dass er dorthin gehen wird, wo Horton gefangen gehalten wird.«

»Wahrscheinlich nicht«, erwiderte Steppak. Er lehnte sich mit sorgenvollem Gesicht zurück. »Aber er wird mit den Entführern Kontakt aufnehmen – und das heißt, dass sie jetzt wissen, dass wir es wissen. Und ich glaube nicht, dass das für Jeffrey Horton etwas Gutes bedeutet.«

32.

Ein Friede ist nie schlecht

»Es hat nie einen guten Krieg oder einen schlechten Frieden gegeben.«

BENJAMIN FRANKLIN

Es war später Vormittag, und die Regentropfen, die seit der Morgendämmerung fielen, waren immer größer und schwerer geworden, bis sie schließlich durch das Blätterdach der Bäume brachen und unaufhörlich auf das Blechdach des provisorischen Labors trommelten. Das Geräusch ging Horton auf die Nerven, die nach Tagen des Eingesperrtseins sowieso schon zum Zerreißen gespannt waren.

»Nichts«, sagte er und schob den Stuhl vom Tisch zurück, auf dem der Analysator und der Jammer standen. »Da ist nichts. Richtig? Sie haben doch auch nichts gesehen, oder?«

»Es hat keine Übereinstimmungen gegeben ...«, begann Schrier.

»Ich erwarte, dass Sie das auch Wilkins sagen.«

»... aber das heißt nicht, dass da nichts ist. Bei einem Jammer könnte der Code anders sein. Oder Sie haben sich geirrt, und es ist doch etwas im Basis-Code.«

»Oder ich lüge.«

»Oder Sie lügen«, stimmte Schrier zu. »Aber ich glaube, Sie sind zu klug, um zu einer Lüge zu greifen, bei der man

Sie erwischen könnte. Ich glaube, Sie sind zu intelligent, um uns zu unterschätzen.«

»Ich bin nicht der Feind«, sagte Horton kopfschüttelnd. »Ich will einfach nur in mein Leben zurück. Aber wenn Wilkins mich vor die Wahl stellt, könnte er einen aus mir machen.«

Schrier runzelte die Stirn, sagte aber nichts.

Horton seufzte. »Was jetzt?«

»Suchen Sie weiter. Wer weiß, wie viele Zusatzmodule in *diesem* System sind? Das, was wir bis jetzt gesehen haben, lässt mich eher an einen Schrotthaufen denken.«

Horton schob den Stuhl an den Tisch zurück und deutete mit dem Finger auf die Zusatzmodule: »Ene, mene, muh ...«

Sie hatten nur eine Stunde für sich, bevor Colonel Robert Wilkins die Tür des Schuppens aufstieß und im Eingang stehen blieb. »Bericht«, sagte er kurz angebunden.

»Ja, Sir, Colonel, Sir«, murmelte Horton leise.

»Nichts zu berichten, Colonel«, sagte Schrier, der aufgestanden war. »Alle Übereinstimmungen zwischen den beiden Systemen können einer der Standardsteuerfunktionen zugeordnet werden.«

»Sie haben nach drei Tagen Arbeit immer noch nichts vorzuweisen? Horton schindet doch nur Zeit.«

»Oh, wir können eine Menge vorweisen«, sagte Horton, der ebenfalls aufgestanden war. »Wir können Ihnen ein kleines Bild des Projektleiters von ADT zeigen, mit Hörnern und einem lustigen kleinen Schnurrbart. Wir können Ihnen die Ergebnisse der letzten zehn Football-Spiele zwischen Texas und Texas A&M nennen, die Telefonnummern von drei Frauen mit zweifelhaftem Ruf und etwa fünfhundert Wörter aus *Der alte Matrose*.«

Horton trat hinter dem Techniker hervor und sah Wilkins ins Gesicht. »O nein, wir haben nichts verpasst – wir haben die Stellen gefunden, an denen die Designer die Namen ihrer Kinder, ihren Tribut an einen Sexstar oder Ihr Lieblingszitat aus *Calvin & Hobbes* gespeichert haben. Aber wir haben keine verdammte Hintertür für einen ferngesteuerten Ausschalter gefunden, weil es keine *gibt.* Sie existiert nur in Ihren paranoiden Fantasien. Nein, das ist keine Paranoia – das ist reines Wunschdenken. Ich weiß nicht, warum, aber Ihnen gefällt das doch – Sie *wollen* diesen Krieg.«

»Wenn man es mit einem unmoralischen Feind zu tun hat, Dr. Horton, ist Krieg eine moralische Notwendigkeit. Und daran hat man keine Freude.«

Horton sah ihn verächtlich an. »Und Sie glauben, dass Sie darüber urteilen können, was Moral ist? Sie glauben, dass Sie so erhaben sind, dass Sie über *mich* urteilen können? Haben Sie in letzter Zeit schon einmal in den Spiegel gesehen?«

»Und *Sie,* Dr. Horton? Ihre Fortschritt-über-alles-Mentalität kaufe ich Ihnen nicht ab. Ihr Wissenschaftler habt uns Zyklon B, Aids, Abtreibung auf Verlangen und Evolution gegeben – und nun auch noch das. Es hat Sie nie interessiert, was es gekostet hat. Sie, Jeffrey Horton, haben siebzig Millionen gesetzestreue amerikanische Familien betrogen. Wegen Ihnen sind Zehntausende von rechtschaffenen Leuten von Dieben und Mördern getötet worden. Spielen Sie hier nicht den Moralapostel. Sie hätten sie genauso gut selbst umbringen können.«

Die unerschütterliche Selbstsicherheit des Milizanführers brachte Horton in Rage. Er schleuderte Wilkins einen Schwall zorniger Worte entgegen. »Sie versuchen so verzweifelt, ein Held zu sein, dass Sie auf Schritt und Tritt irgendwelche Feinde erfinden. Aber wenn ich einer dieser Feinde sein soll – bitte. Es tut mir Leid, dass meine Erfindung einige Leute das Hobby gekostet hat, wie meinen Vater zum Beispiel. Und es bedrückt mich, dass es Menschen gibt, die verletzt oder getötet worden sind, weil sie keine funktionierende Waffe hatten, um sich zu schützen. Aber ich bin verdammt stolz darauf, dass ich Terroristen wie Ihnen das Leben schwer machen kann. Sie sind ein Egoist mit einem unerschöpflichen Vorrat an Wahnvorstellungen, und alles, was ich tun kann, um Ihnen Sand ins Getriebe zu streuen, ist ein Dienst an der Allgemeinheit. Ihre Revolution wäre ein kompletter Reinfall …«

Irgendetwas von dem, was Horton gesagt hatte, fand eine schwache Stelle in der Rüstung, mit der Wilkins seinen empfindlichen Stolz umgab. Der Colonel stieß beide Hände gegen Hortons Brust, sodass dieser gegen den hinter ihm stehenden Schrier taumelte. »Sie glauben doch wohl nicht, dass Sie irgendetwas erreicht haben? Sie glauben doch wohl nicht, dass Sie uns entwaffnet haben?« Er stürmte nach draußen in den Regen. »Nehmt ihn mit!«, fuhr er die Wachen an.

Horton wurde an beiden Armen gepackt und hinter Wilkins hergeschleift. Er versuchte verzweifelt, wieder auf die Füße zu kommen und die aufsteigende Panik zu bekämpfen. *Nicht betteln,* dachte er. *Diese Genugtuung soll er nicht bekommen.*

Wilkins führte sie zu dem zweiten Blechschuppen, der etwa 150 Meter von den übrigen Gebäuden des Lagers entfernt für sich stand. »Fesselt ihn«, sagte er, als er sich zu dem Schloss herunterbeugte.

Horton wurde mit dem Gesicht nach unten ins Gras gestoßen, dann stellte ihm einer der beiden Männer den Fuß in den Nacken, damit er sich nicht bewegen konnte. Seine Arme wurden nach hinten gerissen, die Handgelenke mit einem dünnen Plastikband gefesselt, das tief ins Fleisch einschnitt. Horton hörte, wie die Tür quietschte und dann mit einem lauten Knall gegen die Wände des Schuppens prallte.

»Bringt ihn rein«, befahl Wilkins.

Horton, dessen Hemd und Gesicht mit Erde und Tannennadeln überzogen waren, musste gegen den Impuls ankämpfen, Widerstand zu leisten. Unerklärlicherweise fiel ihm ein Vierzeiler von Matthew Halverson ein:

»Kontrolle ist eine Illusion,
Ordnung unsere bequeme Lüge.
Aus dem Chaos, durch das Chaos,
in das Chaos fliegen wir …«

Als er durch die Tür gestoßen wurde, ging das Licht im Schuppen an. Horton stellte fest, dass er in einem Waffenlager war. An allen vier Wänden hingen Waffen, alles Militärwaffen, alle schwerer als die privaten Waffen, mit denen die Milizangehörigen ausgerüstet waren – SAWs, leichte Maschinengewehre, Granatwerfer, ein 40-mm-Mörser, zwei Stinger-Flugabwehrraketen. Am Boden waren jeweils zwei oder drei Munitionskisten übereinander gestapelt worden.

In der Mitte des Schuppens war der Boden frei, bis auf vier Quadrate aus zusammengenagelten Holzlatten, die mit einem Seilgriff versehen waren. Wilkins stellte sich auf eines der Quadrate und drehte sich um, damit er Horton ins Gesicht sehen konnte. »Sie sagen, Sie haben uns aufgehalten, und doch ist jede Waffe hier voll funktionsfähig. Ich bin versucht, Ihnen das zu demonstrieren, indem ich Sie als Ziel verwende, aber dann würden Sie die feine Ironie dessen, was ich Ihnen jetzt zeige, nicht mehr zu schätzen wissen.« Wilkins rief eine der Wachen herein und deutete auf eines der hölzernen Quadrate. »Bringen Sie einen Kanister aus Bunker 2 hoch.«

»Zu Befehl, Colonel.« Der Mann zog die Holzplatte hoch, unter der ein Tunnel in die Erde führte. Er ließ sich durch die Öffnung fallen und kam nach kurzer Zeit mit einem Zylinder zurück, der so lang wie sein Unterarm war und im Durchmesser etwa einem Tennisball entsprach.

»Jetzt eines der Aerosole aus Bunker 3«, befahl Wilkins, der den Zylinder an sich nahm und auf Horton zuging. »Wir sind sehr, sehr gut mit unseren Waffen und treffen fast nie etwas, auf das wir nicht gezielt haben. Aber falls es Ihnen tatsächlich gelingen sollte, uns unsere Präzisionswerkzeuge wegzunehmen, sind wir noch lange nicht unbewaffnet. Vielleicht haben Sie ja schon vergessen, dass Benzin ein perfekter Sprengstoff und fast überall zu kaufen ist.« Der Wachposten kam zurück und hielt etwas in der Hand, das wie eine kleine Spraydose aussah. »Und wenn die Zeit gekommen ist, Verräter schneller zu töten, als wir das mit Schlagstöcken und Garrotten können, nun, der Herr wird es geben.«

Er hielt Horton den olivfarbenen Zylinder vor das Gesicht, sodass dieser die mit einer Schablone aufgemalten

Buchstaben und Zahlen lesen konnte. Der Wachposten tat das Gleiche mit der Spraydose.

»Was ist das?«, wollte Horton wissen.

»Für chemische Waffen und biologische Aerosole braucht man keine konventionellen Sprengstoffe, Dr. Horton«, sagte Wilkins triumphierend. »Und was sagen Sie jetzt?«

Horton sah Wilkins ins Gesicht. »Ich sage, dass meine Arbeit noch nicht beendet ist – und je schneller ich damit weitermachen kann, desto besser«, erwiderte er ruhig.

»Schafft mir diesen Hundesohn aus den Augen«, sagte Wilkins, in dessen Augen der Hass funkelte. »Werft dieses Tier wieder in seinen Käfig – bevor ich ihm eigenhändig die Kehle zerreiße.«

»Zu Befehl, Sir!«

Horton wurde rückwärts aus dem Schuppen geschleift. Wilkins' Stimme, die mit jedem Wort lauter und unbeherrschter wurde, folgte ihm nach draußen. »Denken Sie einmal darüber nach! Denken Sie lange und gründlich darüber nach, Sie verdammter Held. Sie werden darüber entscheiden, welche Waffen wir einsetzen werden – die an der Wand oder die im Loch! Sie, Jeffrey Horton, werden entscheiden, wie viele wir töten werden und wie qualvoll sie sterben werden. Denken Sie einmal *darüber* nach!«

Aber nachdem sie Horton wieder in Bunker 6 geworfen hatten und die Tür über ihm mit einem lauten Knall ins Schloss fiel, dachte er nur eines: *Ich habe Sie durchschaut, Colonel Wilkins. Ich habe Sie endlich durchschaut. Jetzt weiß ich, wer Sie wirklich sind …*

Aron Goldstein sah zu, wie die GG-1-Elektrolok der Pennsylvania Railroad in die Broad Street Station einfuhr und sechs rote und weiße Passagierwaggons hinter sich herzog – der 8.40-Uhr-Zug aus Newark. Genau darunter fuhr ein langsamer Güterzug am Fluss entlang nach Norden.

Auf den großen Bildschirm vor Goldstein wurde von einer winzigen Kamera im Führerstand des maßstabsgetreuen Modells der GG-1 die Perspektive des Lokführers übertragen. Da der Zug mehrere Minuten im Bahnhof blieb, um die Post auszuladen, drückte Goldstein eine Taste auf der Fernbedienung und wechselte zu der Kamera in der Lok des Güterzuges, der gerade unter einer steinernen Hängebrücke hindurchfuhr. Die Strecke vor dem Güterzug wies mehrere Tunnel auf und bot einen Blick auf den Zoo. Es war eine seiner Lieblingsstellen in der Anlage, bei der es ihm immer wieder gelang, sich von seinen Problemen ablenken zu lassen.

Aber gerade als der Güterzug den ersten Tunnel erreichte, wurde Goldstein durch eine der Krankenschwestern gestört, die die Uniform der Hausangestellten trugen, um den Gesundheitszustand seines Hausgastes jederzeit überwachen zu können. »Mr. Goldstein, Dr. Brohier hat nach Ihnen gefragt.«

»Danke«, sagte Goldstein. Er fing an, die fahrenden Züge abzuschalten. »Ist er in seinem Arbeitszimmer?«

»Nein, er liegt noch im Bett.«

Die Auskunft ließ Goldsteins Finger über die Fernbedienung fliegen. »Hat er sonst noch etwas gesagt?«

»Nur, dass er müde ist. Er hat fast nichts von seinem Frühstück gegessen.«

»Dr. Hubbs soll nach oben kommen«, sagte Goldstein. »Der alte Brummbär hat jetzt lange genug seinen Willen gehabt.«

»Ich werden den Doktor holen.«

Goldstein fand Brohier im Bett sitzend vor, einen Berg von Kissen im Rücken. Das Digitalisiertablett lag unbenutzt neben ihm auf der Decke. Sein Blick schien in Richtung des Ostfensters zu wandern, war aber unkonzentriert und fahrig.

»Wie geht es Ihnen, Karl?«, fragte Goldstein leise, als er am Fuß des Bettes stand. »Zu viel Wein zu dem Kalbsschnitzel gestern Abend?«

»Ah – Aron. Was haben Sie gefragt? Oh, das Essen. Nein, nein, Ihre Köche sind nicht daran schuld.« Brohier brachte ein schwaches Lächeln zustande, aber die wenigen Worte hatten ihn so angestrengt, dass er nach Luft rang und einen Hustenanfall bekam. »Irgendwie scheint alles nicht in Ordnung zu sein, aber ich habe so wenig Kraft, dass es mir fast schon egal ist. Wenn ich jünger wäre, würde ich es für eine Erkältung halten. Aber bei meiner ausschweifenden Lebensweise kann mich natürlich auch eine Erkältung umbringen.«

»Ich habe Dr. Hubbs gebeten, herzukommen und Sie zu untersuchen«, erwiderte Goldstein. »Ich hoffe, Sie werden sich benehmen, wenn er hier ist.«

»Alles Quacksalber«, sagte Brohier verächtlich. »Es gibt kein Gegenmittel für Entropie, Aron.«

»Vielleicht nicht. Aber es kann auch nicht schaden, wenn ein guter Geriater ab und zu einmal einen Blick auf Sie wirft.«

»Ich weiß schon alles, was er mir sagen kann, und nichts davon ist wichtig«, beharrte Brohier. »Aber ich werde zulassen, dass er mich untersucht, wenn wir über etwas anderes reden können.«

»Natürlich, Karl.« Goldstein setzte sich auf einen Stuhl neben dem Bett. »Haben Sie gearbeitet?« Er deutete auf das Digitalisiertablett.

»Ich habe versucht, einen Brief zu schreiben. Wo sind Sie gestern Abend hingeflogen? Ich habe den Hubschrauber gehört.«

»Washington«, antwortete Goldstein. »Wieder eine dieser langweiligen Besprechungen.«

»Besprechungen – ja, danke, jetzt weiß ich wieder, was ich sagen wollte. Aron ...«

»Ich bin hier, Karl.«

»Zwingen Sie Jeffrey nicht in die Verwaltung. Lassen Sie nicht zu, dass er sich das antut. Suchen Sie jemand anderen, der die Briefe schreibt und die Besprechungen führt. Er muss im Labor sein. Er muss seine eigene Stimme noch hören können.«

»In Ordnung, Karl.«

»Deshalb hatte er auch diese Probleme. Deshalb ist er auch weggegangen. Ich möchte, dass Sie ihm die Tür offen halten, dass er jederzeit zurückkommen kann.«

»Aber natürlich. Nur ...« Goldstein seufzte. »Karl, bei dieser Besprechung gestern Abend – ich darf es Ihnen eigentlich gar nicht sagen, doch ich glaube nicht, dass mir jemand einen Vorwurf machen wird. Aber vielleicht haben sie mich ja gerade deshalb nicht früher informiert.«

»Hören Sie auf, um den heißen Brei herumzureden, Aron, sonst bin ich vielleicht nicht mehr da, wenn Sie endlich damit fertig sind.«

Goldstein nickte. »Karl, ich habe schlechte Nachrichten von Jeffrey. Er wird vermisst. Er ist vor einer Woche gekidnappt worden – wahrscheinlich von einer einheimischen Terroristengruppe. Seitdem gibt es keine Spur mehr von ihm.«

Die einzige sichtbare Reaktion von Brohier war, dass sein Blick rasch durch den Raum huschte. »Es geht ihm bestimmt gut«, sagte er schließlich.

»Eine Woche ist eine lange Zeit für eine Entführung.« Goldstein schüttelte den Kopf. »Sie tun alles, was Sie können, aber ... Karl, das FBI hat nicht mehr viel Hoffnung.«

»Jeffrey wird es überstehen.«

»Das hoffen wir natürlich alle«, erwiderte Goldstein. »Ich dachte nur, dass wir vielleicht darüber sprechen sollten, was wir mit Terabyte machen, wenn Jeffrey aus irgendeinem Grund nicht zurückkommen sollte.«

»Zeit- und Energieverschwendung – beides kann ich mir im Moment nicht leisten. Er wird zurückkommen, Aron«, beharrte Brohier. »Er weiß, wo er hingehört.« Dann ließ er sich in die Kissen zurücksinken, fast so, als wollte er versuchen, sich darunter zu verstecken. »Der Arzt ist da.«

Goldstein drehte sich um und sah Dr. Hubbs im Türrahmen stehen.

»Ich habe Ihr Wort, Aron?«, fragte Brohier.

»Ja, Karl.«

»Dann kommen Sie schon, Doktor, und beeilen Sie sich. Sie sind das letzte Versprechen, das ich noch erfüllen muss.«

Jeffrey Horton saß nun schon länger als einen Tag in der qualvollen Enge von Bunker 6. Niemand kam, um nach ihm zu sehen oder ihn zur Latrine zu führen. Niemand brachte ihm etwas zu essen oder zu trinken. Niemand machte die Metalltür auf, um wenigstens ein paar Sekunden Licht und frische Luft in sein Gefängnis zu lassen.

Er versuchte, das Beste aus dieser Vernachlässigung zu machen – schon nach einer Stunde in seiner Zelle fing er an, sich einen Weg nach draußen zu graben.

Das einzige Werkzeug, das er dafür benutzen konnte, war ein knöchelhoher Wanderschuh mit Profilsohle. Seine Entführer hatten ihm Schuhe und Kleidung bereits am ersten Tag weggenommen, aber die Schuhe – ohne Schnürsenkel – während der ›Probezeit‹ wieder zurückgegeben. Irgendwie war es ihm gelungen, den Schuh an seinem rechten Fuß zu behalten, während er zu der Scheune mit dem Waffenlager und von dort in den Bunker geschleift worden war. Er wusste nicht, wo der linke abgeblieben war, aber der rechte war immer noch da, nachdem er durch die Luke nach unten geworfen worden war.

Nachdem er die Tunnel unter dem Waffenlager gesehen hatte, fragte sich Horton, ob alle Gebäude im Lager unterirdisch miteinander verbunden waren, vielleicht sogar die Bunker – gerade die Bunker. Aber anstatt einen versiegelten Tunnel zu suchen, den es vielleicht gar nicht gab, versuchte er es mit dem vermutlich schnellsten und kürzesten Weg nach draußen und machte sich daran, ein Loch unter dem Rand des Stahlzylinder zu graben. Er fing am oberen Ende der Wand an zu graben, direkt unter der Luke, wo es von außen am wenigstens zu sehen sein würde, und verteilte die Erde gleichmäßig auf dem Boden, wo er sie mit den nackten Füßen feststampfte.

Selbst so nah an der Oberfläche war die Erde schwer und fest wie Lehm. Es stellte sich schnell heraus, dass der Schuh sich eher zum Kratzen als zum Graben eignete, und dass auch das sehr mühsam war – die Zwischenräume in der Sohle füllten sich schon nach kurzer Zeit mit Erde, und er verbrachte mehr Zeit damit, die Erdklumpen mit den Fingerspitzen aus der Sohle herauszuholen, als mit der Arbeit an der Wand. Nach einer Weile kümmerte er sich nicht weiter darum, und schließlich stellte er fest, dass es am effektivsten war, wenn er den Absatz des Schuhs mit beiden Händen packte und die Erde von der Wand kratzte.

Der einzige Vorteil, den der Schuh hatte, war die Tatsache, dass er praktisch keinen Lärm machte, egal, wie heftig oder schnell er arbeitete – selbst wenn er aus Versehen das Stahldach selbst traf. Und daher brauchte er auch nicht lange, um festzustellen, dass der Weg nach draußen versperrt war – das Dach stand nicht direkt auf der Erde, sondern auf einem runden Stahlkragen, der in die Erde ragte. So viel zu dem schnellsten und direktesten Weg nach draußen.

Horton ließ sich nicht entmutigen. Er suchte die Wand ab, bis er das untere Ende des Kragens gefunden hatte. Dann fing er wieder an zu graben, bis er einen Hohlraum geschaffen hatte, aus dem langsam ein Tunnel wurde. Er arbeitete, bis ihm der Schweiß über das Gesicht lief und seine Arme vor Anstrengung zitterten und dann noch ein wenig länger. Er ruhte sich so lange aus, bis sich sein keuchender Atem beruhigt hatte, und arbeitete dann sofort weiter.

In der Schlafbaracke der Frauen wurde gerade ein Lied gesungen, als Horton auf die ersten Wurzeln traf. Je tiefer er grub, desto dicker und dichter wurden sie, bis sie so dick waren, dass er sie mit seinen schmerzenden Händen nicht mehr herausreißen konnte. Er versuchte, nicht über die vergebliche Arbeit nachzudenken, suchte sich eine andere Stelle an der Wand und fing noch einmal von vorn an.

Als das Licht der Morgensonne auf die Luftschächte fiel, war der Tunnel etwa einen Meter lang. Horton schätzte, dass er etwas mehr als die Hälfte der Entfernung zur Oberfläche geschafft hatte. Aber es reichte nicht. Erschöpft und entmutigt setzte er sich auf den Hügel frisch gegrabener Erde und wartete darauf, entdeckt zu werden.

Aber niemand kam, um ihn zu holen. Und als ihm etwas verspätet klar wurde, dass er doch noch eine Chance hatte, machte er sich mit neuer Energie an die Arbeit. Der Schuh war schon längst nicht mehr zu gebrauchen – Horton hatte sich in den engen Tunnel gezwängt, wo er mit bloßen Händen die Erde herunterkratzte. Die Fingernägel hatte er sich bis zum Fleisch abgekaut, um die zu retten, die noch nicht abgebrochen oder umgebogen waren. Die Erde bildete eine dicke Kruste auf seinem Haar und seinem Gesicht und machte jeden Atemzug zur Qual. Aber er hörte erst auf, als seine Finger den äußeren Rand des Kegeldachs erreichten, und er wusste, dass nur noch wenige Zentimeter Erde zwischen ihm und der Oberfläche waren, die er in wenigen Minuten wegräumen konnte.

Dann brach er ab, weil er eine Entscheidung treffen musste: Sollte er eine Flucht bei Tageslicht riskieren? Oder sollte er bis zum Einbruch der Dunkelheit warten?

Wenn sie ihn nur deshalb nicht beachteten, weil Wilkins wütend war, konnte es jeden Augenblick zu Ende sein. Aber wenn sie so versuchten, seinen Willen zu brechen, würde es wahrscheinlich noch Tage dauern, bis wieder jemand kam.

Horton vermutete das Letztere und beschloss zu warten.

Er hatte falsch geraten. Sie kamen am frühen Abend.

Colonel Robert Wilkins sah Jeffrey Horton erstaunt an, als dieser von den Wachen auf die Bank gestoßen wurde. »Wie ist das passiert?«, fragte Wilkins und deutete auf Hortons erdverkrustete Kleidung.

»Er hat versucht, einen Tunnel aus dem Bunker zu graben, Sir.«

Der Anführer der Miliz schüttelte missbilligend den Kopf. »Dr. Horton, ich hätte Sie für klüger gehalten …«

Als Horton Wilkins ins Gesicht sah, wurde ihm plötzlich klar, dass der Colonel es schon längst gewusst haben musste. »Sie haben eine Überwachungskamera im Bunker.«

»Das wäre sehr aufschlussreich.«

»Sie wollten nur, dass ich glaube, ich würde es schaffen …«

»Dr. Horton, ich habe sie lediglich eingesperrt, damit Sie nicht verletzt werden. Sie wissen ja gar nicht, was für eine

Gefahr Sie für sich sind. Und wenn Sie einfach davongelaufen wären, ohne jemandem etwas zu sagen, hätten Sie eine sehr große Chance gehabt, erschossen zu werden. Sind Sie schon einmal angeschossen worden, Dr. Horton? Haben Sie schon einmal gesehen, wie jemand mit einer NATO-Kugel im Bauch aussieht?«

»Nein«, erwiderte Horton leise.

»Ich hoffe, Sie glauben mir, wenn ich Ihnen sage, dass es eine Erfahrung ist, die Sie auf jeden Fall vermeiden sollten.« Er sah zu den drei Männern hin, die in der Nähe standen. »Frank, sind Sie fertig?«

»Ja, Colonel.«

»Dann her damit.« Wilkins wies mit der Hand auf die Bank neben sich.

Schrier trat vor und legte ein Celestial-3000-KomSet mit einem Batteriepack auf die Bank. Das Plastikgehäuse des KomSets war an einer Ecke abgestoßen – es gehörte Horton.

»Danke«, sagte Wilkins. Er machte keine Anstalten, das KomSet an sich zu nehmen. »Würden Sie Dr. Horton bitte sagen, was Sie mit seinem Eigentum gemacht haben?«

»Ich habe das GPS-Ortungsmodul herausgezogen und anstelle des Moduls ein Dummy eingesetzt. Die Systemdiagnostik kann keinen Unterschied feststellen, sodass auch keine Fehlermeldungen an Ihren Provider gehen.«

»Und auf diese Weise manipulieren Sie alle unsere KomSets?«

»Ja, Sir. Es ist nicht besonders schwierig. Eigentlich dauert es länger, die Werkbank einzurichten, als die eigentliche Arbeit zu machen. Aber denken Sie daran, wir haben jetzt keine Helfer mehr – wenn der Anruf lange genug dauert, können Sie die Position immer noch über eine Schaltung von drei Satelliten bestimmen.«

Wilkins nickte. »Das ist alles, Frank.« Er drehte sich wieder zu Horton hin. »Niemand denkt daran, dass er jedes Mal, wenn er sein KomSet benutzt, der Regierung seinen Aufenthaltsort mitteilt – und das nur, weil sich vor fünfundzwanzig Jahren irgend eine Schlampe mit einem Mobiltelefon im Schneesturm verirrt hat und fast gestorben wäre. Immer, wenn so etwas passiert, können Sie darauf wetten, dass sich irgendein hergelaufener Liberaler etwas ausdenkt, mit dem man für ein *kleines* Bisschen unserer Freiheit verhindern kann, dass eine solche Tragödie noch einmal geschieht. Ich persönlich lehne es ab, jedem, der sich dafür interessieren könnte, meinen Aufenthaltsort zu verraten. Das werden Sie sicher verstehen.«

»Ich kann verstehen, warum *Sie* nicht wollen, dass Ihr Aufenthaltsort bekannt ist.«

»Ich hoffe, Sie tragen mir meine im Zorn ausgesprochenen Worte nicht nach, Dr. Horton – insbesondere, da ich Sie herbringen ließ, um Ihnen einen Gefallen zu tun.«

»Sie wollen mir einen *Gefallen* tun?«

»Richtig. Ich bin vor kurzem darüber informiert worden, dass Dr. Brohier gestorben ist ...«

»Ein guter Anfang«, höhnte einer der Wachposten.

»Michael, bitte, seien Sie nicht so gefühllos«, tadelte ihn Wilkins. »Dr. Horton und Dr. Brohier waren Freunde.«

»Warum sollte ich Ihnen glauben?«, wollte Horton wissen. »Sie haben mich schon einmal angelogen, damit ich das tue, was Sie wollen.«

»Ich habe erwartet, dass Sie Zweifel hegen.« Wilkins hob das KomSet auf und steckte die Batterie in die Aussparung. »Daher können Sie jetzt den Präsidenten anrufen und ihn fragen. Und wenn Sie ihn in der Leitung haben, kann ich mich ja auch gleich mit ihm unterhalten.« Er hielt Horton das KomSet hin.

Horton machte keine Anstalten, es dem Colonel abzunehmen. »Schon die Tatsache, dass Sie mich dazu bringen wollen, das zu tun, ist für mich Grund genug, es nicht zu tun.«

Wilkins machte ein Zeichen mit der Hand, und die beiden Männer, die neben Schrier standen, nahmen ihre Waffen von der Schulter. Ohne Vorwarnung feuerte einer der beiden eine Salve aus drei Schüssen ab, die knapp über Hortons Kopf pfiff und etwa zehn Meter hinter ihm einen Baumstamm traf.

»Bitte«, sagte Wilkins.

Horton, dessen Herz raste, griff nach dem KomSet.

»Ein authentifizierter Anruf, bitte, damit Sie beide sicher sein können, mit wem Sie sprechen.«

»Warum glauben Sie, dass der Präsident meinen Anruf entgegennehmen wird?«

»Ich glaube, das wird er«, erwiderte Wilkins. »Und ich würde sogar wetten, dass seine Adresse in Ihrem privaten Adressbuch steht.«

»Glauben Sie wirklich, dass ich den Behörden so viel wert bin, dass sie Ihnen geben werden, was Sie verlangen?«

»Da Dr. Brohier tot ist, dürfte Ihr Marktwert inzwischen beträchtlich gestiegen sein. Und ich verlange gar nicht so viel. Außerdem ist das doch das Mantra der Liberalen, oder? ›Wenn es das Leben eines Menschen retten kann …‹ Jetzt können sie Ihres retten.«

Horton legte das KomSet wieder auf die Bank und schob es zu Wilkins. »Nein, danke. Der Preis ist zu hoch. Sie können den Präsidenten selbst anrufen. Ich werde Ihnen nicht dabei helfen.«

Wilkins bewegte sich so schnell wie eine Raubkatze – Horton sah den Schlag gar nicht kommen. Sie saßen beide auf der Bank, und im nächsten Moment wurde Hortons Kopf von einem Schlag zur Seite gerissen, der so gewaltig war, dass er zu Boden geschleudert wurde. Benommen versuchte er, auf Hände und Knie zu kommen, aber Wilkins stieß ihn mit dem Fuß wieder um.

»Glauben Sie etwa, dass Sie für uns zu wertvoll sind, um Sie zu verletzen?«, schrie der Colonel, der über Horton stand. »Ist es das? Glauben Sie, dass Sie etwas Besonderes sind?« Wilkins trat ihm mit voller Wucht in den Magen, sodass Horton fast vom Boden hochgehoben wurde. Er rang nach Atem und versuchte, sich zur Seite zu rollen, um dem nächsten Angriff auszuweichen. Dabei packte Wilkins seine rechte Hand und bog ihm den Daumen so lange in Richtung Handgelenk, bis Horton sich nicht mehr beherrschen konnte und zu schreien anfing.

»Das ist schon besser. Sie fangen langsam an zu verstehen«, sagte Wilkins, der den schmerzhaften Griff aufrechterhielt, während er sich wieder auf die Bank setzte. »Dr. Horton, es gibt eine Menge Möglichkeiten, um Sie so zu verletzen, dass ich in einer Stunde zurückkommen und Ihnen noch ein bisschen mehr wehtun kann. Ich habe Sie bis jetzt sehr zuvorkommend behandelt, weil ich davon ausgegangen bin, dass es einen intelligenten Mann wie Sie beleidigen würde, wenn ich zu einer derart primitiven Strategie greife. Aber vielleicht habe ich Sie überschätzt. Zurzeit scheinen Sie nicht einmal halb so intelligent zu sein, wie das in den Presseberichten über Sie immer behauptet wird.«

Jedes Wort von Hortons Antwort kostete ihn ungeheure Anstrengung. »Was wollen Sie von mir?«

»Sie passen nicht richtig auf, Dr. Horton«, sagte Wilkins und drückte den Daumen noch etwas tiefer. »Ich will wissen, wie ich den Jammer blockieren kann. Ich will diesen verdammten Deaktivierungs-Code.«

Horton stieß die Antwort zwischen zusammengepressten Zähnen hervor. »Es – gibt – keinen – Code.«

»Ihre Glaubwürdigkeit hat etwas gelitten, Dr. Horton. Ich will noch jemand anderes fragen – jemanden, dem Ihr Leben vielleicht etwas mehr wert ist als Ihnen.« Der Colonel ließ Horton unvermittelt los und ging zu seinen Männern, während sich Horton vor Schmerz am Boden krümmte. »Gaylord, Sie sind doch über solche Sachen auf dem Laufenden. Hat schon einmal jemand getestet, wie lange ein amputierter Daumen vom Fingerabdrucktester eines KomSets als korrekt akzeptiert wird?«

»Länger als man sich vorstellt«, antwortete der Soldat. »Zehn, zwölf Stunden, wenn Sie dafür sorgen, dass er nicht austrocknet.«

Inzwischen hatte sich Horton zu einer sitzenden Position hochgezogen und hielt sich den verletzten Daumen. »Damit ich das richtig verstehe – so wie Ihr Verstand funktioniert, erwarten Sie jetzt, dass ich kooperativer bin?«

»Ich habe erwartet, dass bei Ihnen der gleiche Selbsterhaltungstrieb die Oberhand gewinnt, der euch nicht in einer Welt mit bewaffneten freien Bürgern leben lassen will«, sagte Wilkins. »Aber da Sie damit offensichtlich Probleme haben, will ich Ihnen das Ganze etwas einfacher machen. Wir sind die Schläger. Und Sie der Waschlappen. Es hat sich nichts geändert. Sie sind immer noch in der High School, und wir sagen, wo es langgeht. Wenn ich Ihr verdammtes Taschengeld haben will, werde ich es auch bekommen. Die Frage ist nur, wie viel Schmerz Sie wollen, bevor Sie aufgeben.«

Horton zog sich langsam auf die Bank hoch. »Der Präsident soll wissen, dass Sie mich haben, nicht wahr? Das wollen Sie.«

»Genau. Denn dann wird er mir zuhören.«

Horton nickte langsam. »Ich glaube nicht, dass ich noch etwas zu verlieren habe.« Er seufzte, dann deutete er auf das KomSet. »Kann ich es aufheben?«

»Aber bitte.«

Horton humpelte zu der Bank hinüber, setzte sich und nahm das KomSet in die unverletzte Hand. Dann stand er mit schmerzverzerrtem Gesicht auf. Er steckte den Daumen in die Öffnung an der Seite der Einheit, wo der Fingerabdrucktester eingebaut war.

»Privates Adressbuch«, sagte er. »Sicheren Ordner öffnen. Bis Breland blättern.« Horton hob den Blick und sah in den Gesichtern seiner Peiniger, dass sie ihren Triumph genossen. Und er sah noch etwas – ihre Aufmerksamkeit hatte gerade so weit nachgelassen, wie er gehofft hatte. Er hob die Hand, als wollte er eine Nummer auf der Tastatur eingeben.

Stattdessen packte er das KomSet mit beiden Händen und ließ seine Beine unter sich wegknicken. Mit Hilfe des Gewichts seines fallenden Körpers und des letzten Restes Kraft, das er noch in den Armen hatte, schmetterte er die Einheit auf den Rand der Holzbank. Der Schlag war eine Qual für seine verletzte Hand, aber er hörte, wie Plastik und Metall splitterten. Ein zweiter Schlag, den er auf Höhe seiner Knie ausführte, ließ das KomSet auseinander platzen und die Einzelteile auf die Erde fallen.

Der Wachposten, der Horton am nächsten war, griff ihn an, bevor er die Einheit vollständig zerstören konnte. Der Aufprall schleuderte Horton rückwärts zu Boden, sodass er den Kampf um das, was er immer noch in der linken Hand hielt, schnell verlor. Aber es spielte keine Rolle mehr – der Batteriepack war das größte Stück, das von der Einheit übrig geblieben war.

Horton lag mit dem Rücken auf dem Boden, während der Soldat auf ihm kniete. Er suchte nach Wilkins und begegnete seinem ungläubigen Blick mit einem schmerzverzerrten Lächeln. »Zum Teufel mit Ihnen«, sagte er. »Schläger konnte ich noch nie leiden.«

Sie schlugen ihn so lange, bis er fast bewusstlos war, dann banden sie ihn mit dem Gesicht zum Stamm an einen Baum und diskutierten darüber, was sie mit ihm anfangen sollten. Horton tat sein Möglichstes, um dem Gespräch zu folgen, aber die Wachposten machten es ziemlich schwierig – jedes Mal, wenn er mit dem lauten Stöhnen aufhörte, um mehr verstehen zu können, kam einer von ihnen herüber und schlug ihn wieder.

Sie ließen ihn am Baum hängen, während sie das Brot miteinander brachen. Der Geruch des Essens, den der Wind zu ihm herübertrug, quälte ihn fast so sehr wie seine vielen Prellungen und Quetschungen. Sie ließen ihn am Baum hängen, während sie beteten und sangen und das Blut an ihren Händen mit der Seife ihrer Ideologie loswurden.

Dann kamen sie zurück und stellten sich um den Baum, während einer von ihnen das Nylonseil zerschnitt, mit dem er gefesselt war. Mit Wilkins an der Spitze gingen sie mit ihm fünf Minuten weit in den Wald hinein, weg vom Lager. Horton war sicher, dass sie ihn töten wollten, aber die Wahrheit war noch viel schlimmer.

Als sie anhielten, wurde er an einer Stelle mit nackter Erde zu Boden gestoßen und musste dann zusehen, wie vier Männer direkt vor ihm eine längliche Grube schaufelten. Der Rest der Gemeinde stand im Kreis um ihn herum. Es herrschte eine unheimliche Stille, und sogar die Kinder, die von den Erwachsenen auf dem Arm gehalten wurden oder zwischen ihren Beinen hindurchsahen, sagten kein Wort.

»Das genügt«, sagte Wilkins. Er zog seine Pistole aus dem Halfter und trat vor.

Horton schnürte es die Luft ab. Starke Hände auf seinen Schultern machten es ihm unmöglich wegzulaufen.

»Bringt die Erste«, befahl Wilkins.

Der Kreis öffnete sich, und zwei Angehörige der Miliz schleppten eine zierlich gebaute Frau in die Mitte und zwangen sie, auf der anderen Seite der Grube niederzuknien. Man hatte ihr die Arme auf dem Rücken zusammengebunden und sie mit Klebeband geknebelt, wie Horton am ersten Tag. Aus einer Platzwunde an der Schläfe war Blut auf die Vorderseite ihrer hellbraunen Uniform gespritzt. Er kannte sie nicht, aber er wusste, was die Angst in ihren Augen zu bedeuten hatte.

»Was soll das?«, wollte Horton wissen. Dafür stieß ihm der Wachposten hinter ihm mit dem Gewehrkolben in die Nieren.

Wilkins hob die linke Hand. »Das ist nicht nötig. Ich bin sicher, dass wir Dr. Hortons volle Aufmerksamkeit haben«, sagte er. »Jeffrey, ich würde Ihnen gern Deputy Shannon Drayton vom Büro des Sheriffs vorstellen. Sie ist achtundzwanzig Jahre alt und allein erziehende Mutter zweier Kinder.

Das allein ist schon eine Beleidigung des Plans, den Gott der Herr für uns vorgesehen hat. Aber sie arbeitet auch in der Einsatzzentrale der Polizei und hilft den Dieben in Uniform dabei, den Besitz unabhängiger Bürger zu konfiszieren und deren Rechte zu beschneiden. Das macht aus ihr eine Verräterin, und da wir uns im Krieg befinden, haben wir das Recht, sie auf der Stelle hinzurichten.«

Drayton konnte nichts als ein leises Wimmern von sich geben, aber in ihren Augen stand pures Entsetzen – sie suchten nach Verständnis, flehten um Gnade. Seltsamerweise wehrte sie sich nicht gegen ihre Fesseln – ihr Körper schien keinen eigenen Willen mehr zu besitzen.

»Das ist doch Wahnsinn!«, sagte Horton.

»Hören Sie mir gut zu, Jeffrey, denn das Angebot, das ich Ihnen jetzt machen werde, ist nur für eine begrenzte Zeit gültig. Ich biete Ihnen die Chance, Shannons Leben zu retten ...«

»Wie können Sie erwarten, dass Ihnen irgendjemand auf diesem Weg folgt? Sie sind ein weitaus größerer Tyrann, als es Breland je werden könnte.«

»... und ihren Kindern die Mutter wiederzugeben. Da Ihnen das Leben Unschuldiger so viel bedeutet, biete ich Ihnen die Chance, in diese Leben einzugreifen. Sagen Sie mir, was Sie verheimlichen, sagen Sie mir *alles,* was Sie wissen, und ich werde diese Frau verschonen.« Er hob die Pistole und zielte auf den Bauch der Gefangenen.

»Colonel – um Gottes willen – haben Sie Erbarmen ...«

Wilkins hob die Hand. »Nein, Sie haben Recht, das wäre nicht human. Bauchschüsse sind sehr schmerzhaft, und es dauert sehr lange, bis man tot ist. Das ist besser.« Wilkins ging etwas zur Seite und hob den Arm, bis der Lauf der Pistole eine Handbreit hinter dem Ohr der Frau war. »Reden Sie mit mir, Jeffrey.«

»Tun Sie das nicht ...«

»Sie können mich aufhalten. Sagen Sie mir, wie man einen Jammer blockiert. Sagen Sie mir, wie man einen Trigger neutralisiert. Ich halte die Waffe, aber Sie halten ihr Leben in der Hand.«

»Um Gottes willen, es sind *Kinder* hier.«

»Gut. Sie sollen lernen, was der Preis für Verrat ist.«

»Das ist doch sinnlos! Ich kann Ihnen nicht geben, was Sie wollen! Es existiert gar nicht – Sie haben sich das nur eingebildet!«

»Shannon existiert. Wo bleibt Ihr Mitgefühl, Jeffrey? Sie haben die Chance, einen sinnlosen Tod durch eine Schusswaffe zu verhindern. Aber die Zeit wird langsam knapp. Wenn mein Angebot abläuft, läuft auch ihre Zeit ab.«

»Das wollen Sie doch nicht wirklich tun.« Horton versuchte verzweifelt, seinen Worten zu glauben. »Das *brauchen* Sie doch nicht zu tun. Es gibt diesen gottverdammten

Code nicht! Fragen Sie mich nach etwas, das ich Ihnen geben kann. Geben Sie mir eine *echte* Chance …«

»Ich glaube, ich weiß jetzt, was Sie für ein Problem haben, Jeffrey. Sie wollen einfach nicht glauben.«

»Nein, nein, nein, tun Sie es nicht«, flehte Horton. »Bitte – Wilkins!«

Es sah nicht so aus, als würde Wilkins überhaupt zuhören. Er setzte der Frau einen Fuß auf den Rücken und stieß sie nach vorn. Dann beugte er sich zu ihr hinunter und schoss ihr eine Kugel in den Hinterkopf.

Der Knall war ohrenbetäubend, aber trotzdem schluckten ihn die Bäume fast sofort. Etwas Warmes, Weiches flog durch die Luft und spritzte Horton ins Gesicht. Er fing an zu würgen, als die leere Hülle, die gerade noch Shannon Drayton gewesen war, zur Seite kippte und halb in die Grube fiel.

Horton konnte es nicht glauben, aber er hörte tatsächlich Beifall.

Als Wilkins den Blick hoch, liefen Horton Tränen übers Gesicht. »Bastard«, flüsterte Horton. »Sie sind krank, Wilkins.«

Wilkins ließ sich dadurch nicht im Geringsten beeindrucken. »In meiner Welt war das eine Hinrichtung aus gutem Grund. Aber *Sie* haben sie ermordet, Jeffrey – Sie haben die Entscheidung getroffen. Ich habe nur die Waffe für Sie gehalten.« Er sah zu den anderen hinüber. »Bringt Nummer zwei.«

»Nein!«, schrie Horton. Einen kurzen Moment lang gelang es ihm, den Händen zu entkommen, die ihn fest hielten, lange genug, um aufstehen und einen Schritt gehen zu können. Aber dann traf ihn etwas Hartes von hinten in die Knie, sodass er mit dem Gesicht nach vorn auf die blutdurchtränkte Erde fiel, nur wenige Zentimeter von der Grube entfernt, die jetzt ein Grab war.

»Ah, dann macht es Ihnen also doch etwas aus«, sagte Wilkins, der sich zu ihm herunterbeugte. »Und ich kann sehen, dass Sie jetzt glauben. Vielleicht macht Ihnen das Ihre nächste Entscheidung leichter.« Er gab seinen Leuten einen Wink, und Horton wurde wieder zurückgerissen und gezwungen, sich hinzuknien und einer zweiten Geisel ins Gesicht zu sehen.

»Das ist Ray Macey, Jeffrey. Er ist Sachverständiger für das Finanzamt des Countys …«

»Nein!«, schrie Horton noch einmal. »Ich spiele nicht mit. Sie können die Verantwortung nicht auf mich abschieben – für alles, was hier geschieht, sind Sie verantwortlich. Das ist *Ihr* kleiner Kult, und das sind *Ihre* Verbrechen. Und am besten töten Sie mich als Nächsten, denn ich werde der redseligste Zeuge sein, den der Staatsanwalt je gesehen hat, wenn ich bei Ihrem Prozess aussage – alle von Ihnen, jeder Einzelne von Ihnen hätte das verhindern können, aber ihr seid zu feige gewesen oder vielleicht auch schon zu sehr Roboter, um etwas zu unternehmen …«

Wilkins sagte nichts. Er stellte sich einfach hinter Ray Macey und presste der zitternden Geisel den Lauf seiner Pistole gegen den Kopf. Dann sah er Horton mit einem herausfordernden Blick. *Wähle.*

Horton schloss die Augen, holte tief Luft und atmete langsam wieder auf. Als er die Augen wieder öffnete, hatte er sich so weit beruhigt, dass er die Gedanken aussprechen konnte, die seinen Kopf fast zum Platzen brachten. »Sie verstehen ja gar nicht, wie wenig Macht Ihnen diese Waffe gibt«, sagte er dann. »Sie sind auf Ihren eigenen Mythos hereingefallen. Sie setzen Waffen ein, um Menschen zu kontrollieren, aber Sie können sie damit nur töten.«

»Das reicht, bis wir etwas Besseres haben!«, rief jemand aus dem Kreis.

»Wir *haben* schon etwas Besseres«, entgegnete Horton, dann richtete er seinen Blick auf Wilkins. »Aber selbst wenn wir das nicht hätten, wären Sie immer noch im Unrecht. Alles, was Sie in Händen halten, ist die Macht zu töten, und das ist nichts Besonderes. Das ist etwas so Gewöhnliches, dass jedes lebende Wesen und der größte Teil der unbeseelten Natur es auch kann. Und es reicht bei weitem nicht, um aus mir jemand anderen zu machen. Es reicht nicht, um aus mir Sie zu machen.

Das, was Sie haben wollen, Colonel, habe ich nicht – niemand hat es. Aber selbst wenn ich es hätte, könnten Sie mich mit dieser Waffe nicht zwingen, es Ihnen zu geben. Wir lassen uns von der Angst beherrschen – und jetzt beherrscht sie auch Sie. Aber ich werde keine Angst vor Ihnen haben oder vor dem, was Sie entscheiden. Ich weiß, wo meine Verantwortung aufhört und Ihre anfängt. Diese arme Frau geht auf Ihr Konto, nicht auf meins. Na los, richten Sie dieses verdammte Ding auf mich, damit ich ein letztes Mal ›Fahren Sie zur Hölle‹ sagen kann und endlich mit Ihnen fertig bin. Sie wissen doch, dass es Ihnen viel mehr Spaß machen wird, wenn Sie nicht ihn, sondern mich töten.«

»Nette Rede. Sehr philosophisch. Hier ist meine Widerlegung«, sagte Wilkins und drückte ab – aber nichts geschah.

Macey wimmerte.

Wilkins runzelte die Stirn und zog den Schlitten durch, um den Lauf freizubekommen. Dann presste er die Waffe erneut auf den Kopf der Geisel. Dieses Mal hörte der ganze Kreis das metallische Klicken des Hammers, aber wieder geschah nichts.

»Was, zum Teufel ...«, sagte Wilkins.

Dann hörte Horton das Wispern von Rotorblättern und wenig später das Donnern des Fallwindes. Die Zweige über seinem Kopf knackten, als mit Gewichten beschwerte Seile durch das Blätterdach fielen, an denen sich ein Spezialkommando abseilte.

»Aufstellung beibehalten!«, brüllte Wilkins. »Schützen, Gesicht nach außen – alle anderen in die Mitte und auf den Posten! Feuer!«

Die Disziplin der Army of Righteous Justice währte nur einige Sekunden lang. Diese Zeit brauchten ihre Angehörigen, bis ihnen klar war, dass sie einem Jammer-Feld ausgesetzt waren und keine ihrer Waffen funktionieren würde. Der Kreis brach auseinander und löste sich in alle Richtungen auf, wie Ameisen unter einem umgedrehten Stein liefen sie davon.

Wilkins brüllte ihnen zu, dass sie kämpfen sollten. Daraufhin zogen einige Milizangehörige Messer oder pflanzten Bajonette auf die Gewehre, um die Eindringlinge anzugreifen. Aber Horton sah auch, dass weitaus mehr stattdessen ihre Frauen und Kinder packten und sich in Richtung der Schlafbaracken davonmachten. Und einige kauerten einfach nur auf der Erde und hoben die Hände.

Die Soldaten, die zum Angriff übergegangen waren, sahen sich einer immer größer werdenden Anzahl von Gegnern gegenüber, die sich nicht nur an den Seilen herabließen, sondern auch aus allen Richtungen zwischen den Bäumen hervorkamen. Die Kommandos waren mit Kampfstäben und Druckluft-Pfeilgewehren ausgerüstet, aber sie setzten die Kampfstäbe so geschickt und erfolgreich ein, dass sie die Gewehre gar nicht brauchten.

Als der ungleiche Kampf schon fast zu Ende war, standen sich Wilkins und Horton einen Augenblick allein gegenüber. Einer der Männer trug einen ungläubigen Ausdruck im Gesicht, der andere sah sehr zufrieden aus. Ihre Blicke trafen sich, und in diesem Moment erinnerten sich die beiden Männer an Dinge, die sie vorübergehend vergessen hatten.

Im nächsten Moment warf sich Horton mit aller Kraft auf Wilkins. Der Colonel wehrte den Angriff mühelos ab und kümmerte sich nicht weiter um Horton. Als dieser nach Atem ringend am Boden lag, rannte Wilkins davon und verschwand zwischen den Bäumen.

»Haltet ihn auf«, krächzte Horton und deutete in die Richtung, in der Wilkins verschwunden war.

Niemand nahm von ihm Notiz. Horton zog sich auf Hände und Knie hoch und versuchte es noch einmal. »Bitte … hören Sie mir zu … Er darf nicht bis zum Waffenlager kommen! Dort lagern chemische Waffen! Halten Sie ihn auf!«

Seine Stimme war jetzt etwas lauter, aber immer noch reagierte niemand. Die nur noch vereinzelt stattfindenden Kämpfe hatten sich in die weitere Umgebung verlagert.

Das einzige Kommando im Umkreis von 25 Metern war vollauf damit beschäftigt, ein Dutzend Gefangene zusammenzutreiben.

Horton packte eine der Schaufeln, die auf dem Boden lagen, zog sich daran hoch und machte sich daran, Wilkins zu verfolgen. Sein Atem ging immer noch pfeifend, und er wusste, dass er keine Chance hatte, den durchtrainierten Colonel einzuholen. Aber ihm fiel nichts ein, was er sonst hätte tun können. Er stolperte über Wurzeln und Steine in die aufkommmende Dunkelheit und fiel der Länge nach hin, bevor er zwanzig Meter weit gekommen war. Mühsam zog er sich wieder hoch und ging weiter, wobei er kaum bemerkte, dass er sich an dem Blatt der Schaufel eine tiefe Schnittwunde im Unterarm zugezogen hatte.

Als das Waffenlager in Sicht kam, hatte er Wilkins schon längst aus den Augen verloren, aber inzwischen hatte die Hartnäckigkeit des Physikers die Reaktion hervorgerufen, die er mit seinem Bitten nicht erreicht hatte. Wie aus dem Nichts tauchten zwei Männer auf. Einer stieß Horton mit dem Stab zu Boden, während ihm der andere die Schaufel aus den Händen riss. Horton stürzte schwer.

»Ganz ruhig, der Krieg ist vorbei …«

»Soldat, in diesem Schuppen sind chemische und biologische Waffen«, keuchte Horton. »Wenn das Schloss geöffnet ist, ist die Miliz drin und will sie holen.«

Einer der Männer leuchte ihm mit einer Handtaschenlampe ins Gesicht. »Das ist die Geisel – das ist Dr. Horton«, sagte er überrascht.

»Bleib bei ihm. Ich kümmere mich darum«, sagte der andere und rannte auf den Schuppen zu.

»Ich versuche, Verstärkung zu besorgen, Badger«, rief ihm der erste Soldat nach. Dann griff er zu seinem Mikro. »Warthog an Lord of the Forest – ich habe das Paket, ich wiederhole, ich habe das Paket. Wir haben ein ungesichertes Gebäude, nordwestlicher Bereich, und möglicherweise chemische und biologische Waffen.«

»Wir kommen, Warthog. Bringen Sie das Paket raus.«

»Das Paket sind Sie, Dr. Horton«, sagte der Mann. »Können Sie gehen? Tut mir Leid, dass wir Sie angegriffen haben – aber wir haben Sie nicht erkannt.«

»Ich kann gehen«, antwortete Horton. »Aber dieses Waffenlager ist viel wichtiger als ich ...«

»Badger ist ein Marine, Dr. Horton«, sagte der Soldat. »Er schafft das schon.«

Als Horton und sein Begleiter den Einsatzleiter gefunden hatten, waren bereits mehrere Reihen tragbarer Scheinwerfer aufgestellt worden, die die Dunkelheit zum helllichten Tag machten. Der Einsatzleiter sah sich Horton kurz an, bestand darauf, dass er sich hinsetzte, und rief dann nach einer Bahre.

»Ich bin Captain Sandecki von Einheit 13, die zur 641st Tactical Brigade gehört«, sagte er. Er war in die Hocke gegangen und hielt Horton die Hand hin. »Sie sehen furchtbar aus, Dr. Horton. Es tut mir Leid, dass wir nicht schnell genug waren, um ihn das zu ersparen. Aber jetzt ist es vorbei, und ich kann Ihnen sagen, dass sich Ihre Freunde in Washington sehr freuen werden, wenn sie hören, dass Sie in Ordnung sind.«

»Wie haben Sie mich gefunden?«

»Wir haben ein Ping von dem Backup-Positionsgeber aufgefangen, den der militärische Nachrichtendienst in Ihrem KomSet installiert hat. Dann hat ein Global Hawk aus Minot das Lager gefunden und unter IR- und SSR-Überwachung gehalten, bis wir losschlagen konnten.«

Horton nickte, obwohl er kaum ein Wort davon verstanden hatte. »Captain – was ist das hier? Wo, zum Teufel, bin ich?«

»Die nächste Stadt ist Babbit in Minnesota – etwa neunzig Klicks und hundert Jahre nördlich von Duluth.«

Horton brauchte einen Moment, bis er die Information aufgenommen hatte. »Können Sie einen Transport nach Columbia, South Carolina, arrangieren?«

»Sicher – wenn Sie nichts dagegen haben, auf dem Weg dorthin einen Stopp im nächsten Militärhospital und in einer Hotelsuite in Washington einzulegen. Es gibt da ein paar Leute, die dringend mit Ihnen sprechen wollen.«

»Ich möchte einfach nur nach Hause«, sagte Horton.

Sandecki lächelte verständnisvoll. »Dann ist Ihre Familie in Columbia?«

»Zurzeit nicht«, erwiderte Horton. Er lehnte sich zurück und schloss die Augen. »Es sieht so aus, als wäre es mir gelungen, die einzelnen Teile meines Lebens so weit zu zerstreuen, dass ich nicht genau weiß, wo ich zu Hause bin. Aber wenn ich eine zweite Chance bekomme, kann ich sie vielleicht wieder zusammensetzen.« Er seufzte und fügte hinzu: »Aber ich bin mir nicht sicher, ob ich sie auch verdient habe.«

»Wer ist das schon? Aber ich glaube, das versuchen wir alle – das Beste aus einer zweiten Chance zu machen.« Sandecki legte Horton eine Hand auf die Schulter. »Sie und Ihre Freunde haben uns diese Chance gegeben. Wenn es noch Gerechtigkeit gibt – und heute bin ich bereit zu sagen, dass es sie vielleicht doch noch gibt –, werden Sie Ihre zweite Chance auch bekommen.«

III. Killer

Obwohl der schmale Kiesweg auf der kürzesten Route durch den Wald auf dem Campus führte, war es immer noch ein Spaziergang von fast einem Kilometer, der den Hauptkomplex der Terabyte Corporation in Columbus vom benachbarten Labor der Brohier-Stiftung für Friedensforschung trennte.

Die isolierte Lage gab den 22 Forschern von PeaceTech die Ellbogenfreiheit, die sie für ihre Arbeit in H-Wellen-Mechanik und Verteidigungstechnik brauchten. Und der Kiesweg wiederum gab Terabytes Forschungsdirektor Jeffrey Horton die Möglichkeit, jeden Tag ein paar Minuten der Ruhe und Abgeschiedenheit zu finden und sich etwas Bewegung zu verschaffen. Er ging mindestens einmal am Tag zu Fuß von einem Komplex des Campus zum anderen und brach nur bei sehr schlechtem Wetter mit dieser Gewohnheit.

Er ging trotz eines leichten Hinkens und der ständigen Schmerzen in seinen Beinen und der rechten Hüfte zu Fuß, die zum Teil Spätfolgen eines Albtraums waren, der jetzt schon mehr als zwanzig Jahre zurücklag. Trotz des modernen Kommunikationsnetzes auf dem Campus, das ihn mit jedem Mitarbeiter von Terabyte in einen VR-Raum bringen konnte, vom Büro nebenan bis zum Annex in Nevada oder dem Prozessmodul, das in 12 000 Kilometer Höhe über seinem Kopf kreiste.

Er tat es, weil ihm der Wald gefiel, weil er sich weder der Zeit noch den Schmerzen in seinem Körper beugen wollte und weil der Spaziergang für ihn zu einer Art Meditation geworden war, bei der er den Kopf wieder freibekam. Wenn er sich auf den Weg machte, ließ er sein Kom-Set im Büro zurück, und seine Mitarbeiter wussten, dass sie ihn auf ›seinem‹ Weg nicht stören durften, selbst wenn er eine Stunde oder länger brauchte, bis er im anderen Komplex war.

An diesem Morgen konnte er sich allerdings nicht so viel Zeit lassen. Die Nachricht von Jordan Kilmer, einem Mitglied der Arbeitsgruppe für Biophysik, hatte sich dringend angehört und Horton neugierig gemacht: »Es hat eine unerwartete Entwicklung beim TOCS-Projekt gegeben. Bitte kommen Sie so schnell wie möglich ins Labor, damit ich Sie informieren und Ihre Meinung dazu hören kann. Ich schicke den Rest des Teams nach Hause, bis wir miteinander geredet haben.«

TOCS war der Trace Organic Contaminant Separator, eine direkte Weiterentwicklung von Hortons Modifikation des Mark-V-Triggers, mit dem chemische Waffen deaktiviert werden konnten. Das Ziel des TOCS-Projekts bestand darin, ein Analyse- und Behandlungsgerät herzustellen, mit dem innerhalb kurzer Zeit Gifte zerlegt werden konnten, die bereits von einem lebenden Organismus aufgenommen worden waren. Das Problem bestand darin, die selektive Wirkung von TOCS so weit zu verbessern, dass nur der Kontaminierungsstoff zerstört wurde – und nicht sämtliche von der Struktur her ähnlichen Verbindungen, die für den Organismus lebensnotwendig waren. Kilmer hatte einen derart hohen Verbrauch an Versuchstieren, dass er von den anderen ›Killer‹ genannt wurde, und das Labor der Biophysiker hieß fast immer nur ›die Leichenhalle‹.

Horton fand Kilmer in Labor 3, dessen hohe Fenster viel Licht hereinließen, aber den Blick von draußen versperrten. Er stellte gerade den Prüfstand ein, der auf einem großen Rollwagen montiert war. Fünf Meter weiter stand auf einem Laborstuhl ein Käfig mit einem Dutzend Meerschweinchen.

»Hallo, Jordan. Ich dachte, Sie arbeiten in zwei«, sagte Horton.

»Chef – ich bin froh, dass Sie hier sind. Ich habe das hier aus zwei bekommen und sofort weggesperrt, nachdem mir klar war, was es bedeutet.« Kilmer richtete sich auf.

»Warum? Was ist denn los?«

»Wir haben gestern die neuen Filter für lange Moleküle in das Analysegerät eingesetzt. Drei Leute haben vier Monate daran gearbeitet – organische Chemie in Kombination mit höherer Boolescher Logik …«

»Ich kann mich erinnern. Probleme beim Zahnen?«

»So würde ich das nicht bezeichnen.« Kilmer ging auf die andere Seite des Prüfstands und winkte Horton zu sich. »Behalten Sie den Käfig im Auge. Das Große rechts.«

»Mit dem schwarzen Gesicht«?

»Von diesem Meerschweinchen stammt meine Probe.« Kilmer schaltete das Analysegerät ein. Mehr als zwei Minuten lang huschten Zahlen und Grafiken über die Monitore, dann wurden sie wieder schwarz. »Das System hat die Probe eingelesen und ein H-Wellen-Profil ausgewählt. Ich werde jetzt mit der Behandlung beginnen.«

»Okay.«

Kilmer entriegelte eine Sicherheitssperre und drehte an einem Knopf. Der Prüfstand gab ein tiefes Brummen von sich, und unmittelbar darauf fiel das Meerschweinchen mit dem schwarzen Gesicht um.

»Das ging aber schnell«, bemerkte Horton. »Ist es tot?«

»Sehr«, antwortete Horton.

Horton war etwas überrascht von der Gleichgültigkeit der anderen Meerschweinchen, die weiter an ihren Salatblättern knabberten. Aber das Ergebnis schien mit den bisher beim TOC aufgetretenen Problemen übereinzustimmen.

»Ich nehme an, das war das einzige kontaminierte Meerschweinchen der Gruppe?«, fragte er.

»Keines der Meerschweinchen war kontaminiert.« Kilmer schaltete den Prüfstand ab.

Horton zog erstaunt die Augenbrauen hoch. »Und was war ihre Probe?«

»Ein paar Haare aus dem Rückenfell.«

Horton starrte Kilmer an, dann ging sein Blick zurück zum Käfig. »Was ist passiert, Jordan? Erklären Sie es mir.«

»Ein einziger Fehler in einem Code von 26 Milliarden Bits – ein NICHT, wo ein UND stehen sollte. Das Analysegerät stellt sich auf das DNS-Muster der Probe ein, anstatt es auszuschließen. Man könnte es mit einer Mutation vergleichen. Aber Sie sehen, warum ich das Labor schließen musste. Ein mikroskopisch kleiner Hautfetzen von einem der Mitarbeiter, der auf das offene Probentablett fällt, und …«

»Wollen Sie damit sagen, dass Sie das Analysegerät gezielt auf jedes beliebige DNS-Muster einstellen können?«

»Ja.«

»Wie gezielt?«

»Ich glaube nicht, dass er zwischen eineiigen Zwillingen unterscheiden könnte«, erwiderte Kilmer. »Aber alles andere – die Meerschweinchen dort stammen alle aus dem gleichen Wurf.«

»Großer Gott«, sagte Horton. Er ging vorsichtig zum Käfig hin. »Theoretisch könnten Sie das Gerät also auf jeden beliebigen Organismus einstellen …«

»Nicht theoretisch.« Kilmer war ihm gefolgt. »Ich habe es gerade getan. Heute Morgen habe ich es dreimal gemacht, und gestern zweimal. Wenn genügend Marker aus einem DNS-Profil vorhanden sind, sucht es sich sein Ziel mit hundertprozentiger Sicherheit aus. Man braucht lediglich einen Tropfen Blut, einen Hautfetzen, ein Haar …«

Horton und Kilmer standen vor dem Käfig und starrten lange auf das tote Meerschweinchen und seine ahnungslosen Artgenossen. »Die perfekte Mordwaffe«, sagte Horton heiser. »Der Traum jedes Attentäters. Es wird nur die Person töten, auf die es eingestellt ist, und niemanden sonst auf dieser Welt …«

»Verstehen Sie jetzt, warum ich es wegsperren musste?«

»Aber Sie *können* es nicht wegsperren, Jordan, verstehen Sie denn nicht?« In Hortons Stimme lagen Wut und Angst. »Die Natur bewahrt keine Geheimnisse. Es spielt keine Rolle, was Sie tun – sie spielt einfach nicht mit.«

Horton wandte sich ab. Dabei fiel sein Blick auf die Messingplakette neben der Tür des Labors – die Plakette, auf der das Gesicht des Gründers von PeaceTech und seines alten Freundes und Mentors abgebildet war.

»Was nun, Karl?«, fragte er verzweifelt. »Was sollen wir jetzt tun?«